Toril Brekke

Sara

Toril Brekke

Sara

Roman

Aus dem Norwegischen von
Gabriele Haefs

Droemer

Originaltitel: *Sara*
Originalverlag: Aschehoug & Co., Oslo

Besuchen Sie uns im Internet:
www.droemer.de

Die Folie des Schutzumschlags sowie die Einschweißfolie sind
PE-Folien und biologisch abbaubar.
Dieses Buch wurde auf chlor- und säurefreiem Papier gedruckt.

Umschlaggestaltung: ZERO Werbeagentur, München
Umschlagabbildung: Jo Michael
Satz: Ventura Publisher im Verlag
Druck und Bindung: Ebner & Spiegel, Ulm
Printed in Germany
ISBN 3-426-19577-1

2 4 5 3 1

Teil 1

Die Tochter des Vogtes

Der Regen peitschte auf Nordmøre ein, und eine heisere Stimme fauchte, das sei nur recht und billig so. Der Himmel lag wie ein graues Frieswams über Hügeln und Bergen, über dem Fjord, der sich wand und schlängelte, der mit seinen grauen Armen und Fingern Landspitzen und Schären umklammerte. Das Nass, das von oben kam, traf auf das, was unten lag, in einem Brodeln von Wind und Meer, es schlug auf fröstelnde Viehrücken an den sanften Hängen unten am Wasser, es trommelte auf undichte Dächer, es spritzte bei Großbauern und Krämern an die Scheiben, es strömte die Wohnzimmerfenster des Vogtshauses in Thorvigen hinunter. Recht und billig, fauchte eine Stimme, die danach lauter wurde und einen anderen Tonfall annahm, als sei tief in der Kehle etwas gerissen, als liege unter der ersten noch eine andere Stimme, eine, die noch wütender war, noch gefährlicher. Soll der Verhasste doch da draußen ertrinken, wünschte sie laut und energisch, dann folgte ein böser Husten.
Wer hier verflucht wurde, das war der Vogt. Er war einige Tage zuvor im offenen Boot auf Dienstreise gefahren. Er war für einen großen Bezirk zuständig. Dieser Bezirk reichte von der Küste weit ins Binnenland hinein und verlief nach Norden und nach Süden gleich weit von dem weißen Haus auf der Grundmauer, in die jemand mit einem spitzen Messer Schmähungen eingeritzt hatte. Der Pastor werde mit dem Pack nicht fertig, hatte der Gescholtene zufrieden gebrummt, er hatte in seinem Bezirk mehrere Geistliche, nicht nur den von Tingvoll, mit dem er bisweilen einen trank und über die bösen Zeiten klagte.
Die Tochter des Vogtes stand am Fenster und schaute hinaus auf das Unwetter, während sie die Stimme hörte, die brach und in Husten umschlug und einem anderen Menschen den Tod

wünschte. Sie konnte jedem gehören, jedem von diesen armen Schluckern, die ihre Steuern nur ungern bezahlten.
Der Husten wurde abgeschnitten wie mit einer Schere, Gott sei Dank, oder dadurch, dass die Haushälterin die Küchentür geschlossen und den Mann zum Verstummen gebracht hatte; denn selbst wenn die Ohren des Vogtes anderswo weilten, so war hier doch noch …
Das alles glitt Sara durch den Kopf, flüchtige Gedanken über die feindseligen Worte, über die Schere, über die Ohren, über die Haushälterin, die zum Schweigen mahnte und leise die Küchentür schloss. Die fremde Stimme gehörte jemandem, der Holz gebracht hatte, dachte Sara vage, oder vielleicht Fisch. Das kam oft vor. Waren wurden verkauft. Getauscht. Brennholz gegen abgelegte Kleidung, Fische und Wild gegen Münzen oder vielleicht ein weiteres abgelegtes Kleidungsstück. Oft tauchte die Familie der Haushälterin auf, Brüder oder Neffen, die eine Weile bleiben durften, im Revier der Verwandten, in der Wärme der Feuerstätte, während sie ihnen vielleicht die Reste der warmen Mahlzeit des Vortags anbot und sie reden ließ, ehe sie wieder verschwanden. In dieser Hinsicht war sie wie … Sara suchte nach einem passenden Wort, während sie noch immer am Fenster stand und in den Regen hinausschaute. Eine Tür, dachte sie. Zwischen zwei unterschiedlichen Welten. Zwischen dem Vogtshaus und dem, was sich draußen befindet. Sie war eine von *denen,* obwohl sie ihre Stellung im Haus hatte. Zugleich gehörte sie zu Sara und ihrem Bruder und hatte lange bei ihnen die Mutter vertreten, doch sie kam von diesen anderen und war durch das Blut mit ihnen verbunden.
Wie ein dünnes Tuch, dachte Sara über die andere, ein Tuch, durch das etwas durchsickert, von beiden Seiten, ein Blick aus der Außenwelt auf die, die hier waren, und für die hier ein Blick hinaus. Die Besucher durften durch offene Türen in Räume voller Gegenstände blicken, wie sie sie selbst nicht besaßen. Und andererseits ließ die Haushälterin für Sara und ihren Bruder Brocken von fremden Ansichten fallen, gleichsam zufällig, als

hätten die Worte in ihrem Mund auf der Lauer gelegen und sich beim Ausatmen hinaustragen lassen. Worte über den Vater. Über den Vogt. Über den Mann, bei dem sie sich solche Äußerungen natürlich niemals erlaubte.

Ja, es gibt solche und solche, mochte sie sagen, während sie Staub wischte oder am Fenster ein Kissen ausschüttelte. Zweimal hatte sie zudem die Vogtkinder zu Besuchen bei diesen Menschen der anderen Sorte mitgenommen, zu ihrer eigenen Familie, als Sara und der Bruder noch jünger gewesen waren. Sie hatten kleine Kammern und dunkle, fensterlose Küchen gesehen. Sie hatten armselig gekleidete Kinder gesehen. Sie hatten den Gestank von Krankheit und halb verfaultem Hering kennen gelernt. Auf diese Weise hatten sich ihre Augen für ihr eigenes Leben geöffnet. Nur Großbauern und Kaufleute wohnten ebenso schön, oder nein, beim Vogt war es noch feiner, es war auf eine andere Weise fein, durch die helleren Zimmer, durch die schöneren Tapeten, durch die Möbel, die von weit her gekommen waren, damals, als die Mutter der Kinder noch lebte.

Und sie hatten aufgeatmet, als sie wieder zu Hause waren, im Wohnzimmer mit den hellgrünen Wänden, die an einen Wald im Frühling erinnerten, einen Wald, den sie in einem Buch über ein fremdes Land gesehen hatten. Sie hatten aufgeatmet, wenn der Vater nicht in der Nähe war, sie waren nur sie beide gewesen, ein Bruder und eine Schwester, fast gleich alt, mit denselben Gedanken, denselben Erinnerungen, demselben Wissen und denselben Träumen. Stundenlang hatten sie miteinander reden können, oder in Büchern blättern, in halb verbotenen, in anderen, aus denen der Vater sie unterrichtet hatte, über die er sie nach seiner Rückkehr abhören wollte. In Büchern aus dem Bücherschrank der Mutter. Der Vater besaß noch einen zweiten, in seinem Arbeitszimmer. Der Schrank der Mutter stand im Wohnzimmer, mit zwei Türen aus durchsichtigem Glas, mit einem Schloss und einem Schlüssel, der im Schloss steckte. Und hinter dem Glas standen die ledernen Rücken, manche mit Goldbuchstaben, die den Titel und den Namen des Autors nannten, und die Seiten enthielten schöne Geschichten. In einigen gab es kleine Bilder des Beschriebenen. Sara und ihr Bruder hatten die Bücher vorsichtig herausgenommen, hatten sie auf ihre Knie gelegt, hatten einander laut vorgelesen und das Gelesene später besprochen.

Wie ein Paradies war das grüne Zimmer für sie gewesen, als sie noch zu zweit waren und der Vater mit seinen eigenen Geschäften genug zu tun hatte. Hier hatten sie gesessen und sich an ihre Mutter erinnert, an ihr Lächeln und ihre Wärme, an ihre helle und freundliche Stimme, und hatten Dänisch gesprochen.

Sie hatten nie mit den Kindern aus dem Ort gespielt. Sie waren zu Weihnachtsfesten beim Pastor und bei zwei der am Fjord ansässigen Großbauern gewesen. Zweimal hatte eine Kaufmannsfamilie draußen an der Küste sie eingeladen. An einem seltenen Sommertag waren sie zu einem Bootsausflug eingeladen worden, sie waren ein Stück weit über den Fjord gesegelt und dann auf einer grünen Wiese an Land gegangen, sie hatten eine köstliche Mahlzeit verzehrt, die aus den gut gefüllten Körben der Großbäuerin gestammt hatte. Im Alltag jedoch waren sie allein gewesen, nur die beiden Geschwister, in hellgrüner Freiheit oder gelenkt von den strengen Worten und Blicken des Vaters.

Der Vogt hatte sich nach dem Tod seiner Frau geändert. Seine Augen waren tief in die Höhlen gesunken. Die Augenbrauen waren kräftiger geworden, wie winzige Winterbüsche, die auf seiner Stirn wuchsen. Er war schweigsamer geworden, und seine Stimme hatte einen anderen Klang angenommen, schärfer, drohender, wenn er dann doch den Mund öffnete. Das war ihnen aufgefallen, den beiden Geschwistern, und sie hatten darüber gesprochen. Und über den Seufzer, den der Mann manchmal ausstieß, wenn er über einem Glas saß und sich allein wähnte: Wenn sie doch nur eine Hebamme gehabt hätte …

Eine Hebamme. Was mochte das sein?

Eine, die die Mutter vielleicht hätte retten können, hatten sie später erfahren, einmal, als ein Gast im Vogtshaus geweilt hatte, einer, der eine ganze Zeit lang dort wohnte. Ein schwedischer Botaniker. Er hatte ihnen erklärt, was dieses Wort bedeutete. Eine Hebamme.

Es war jetzt sechs Jahre her. Vor sechs Jahren hatte die Trauer das Haus gefüllt, hatten die beiden Kinder sich in Verzweiflung und Sehnsucht aneinander geklammert, waren dem Vater die Brauen über die Augen gewachsen, war er noch strenger geworden als zuvor, war das grüne Zimmer ein Ort des Trostes geworden, wegen des Bücherschranks, wegen der Bücher, die der Mutter gehört hatten, die sie berührt hatte, in denen sie mit ihnen geblättert hatte, als sie noch da gewesen war. Vor sechs Jahren hatte die Haushälterin ihren Platz einnehmen müssen, mit Mahnungen und guten Ratschlägen in einer anderen Sprache, einer Sprache, die sie die beiden Mutterlosen gelehrt hatte, denn so wurde hier gesprochen, in dieser Gegend, Norwegisch und Romsdälisch, nicht Dänisch.

Sara schaute hinaus. Auf die Bäume. Auf die Zweige, die sich im Wind bewegten. Auf das graue Meer, das gegen die Felsen schlug, auf die Berge am anderen Ufer. Auch sie sahen heute grau aus, nicht grün, nicht weich, so wie sie sich das als Kind vorgestellt hatte, nämlich, dass die Berge dort drüben sich sicher weich anfühlten, weich wie der Samt in der Schmuckschatulle der Mutter.

Sie drehte den Kopf und schaute zur ein Stück weiter gelegenen Poststation hinüber. Eine gebückte Frauengestalt eilte im Regen vorüber, schwarz gekleidet und barhäuptig. Der Wind löste ihr Haar, verwandelte es in ein graues Segel, und sie sah aus wie die, die einige Zeit zuvor am Pranger vor der Kirche gestanden hatte. Sara hatte sich abgewandt von der armen Frau, die gestohlen hatte, von den leeren Augen und den grauen Haarsträhnen. Von der Diebin, die nur Dinge von geringem Wert genommen hatte.

Der Pranger muss weg, hatte der Bruder gesagt. Ein Pranger gehöre der Vergangenheit an, meinte er, passe nicht in eine moderne, aufgeklärte Welt. Er hatte es nicht sehr laut gesagt, nicht so, dass der Vater es hören konnte. Er hatte es nur zu Sara gesagt, als sie an diesem Sonntag von der Kirche zurückgekommen waren, als sie im Wohnzimmer saßen und die Essensgerüche durch die Wände sickerten. Sara hatte es geschaudert. Der Bruder hatte gewusst, wie seine Schwester die Sache sah, ehe er darüber gesprochen hatte. Auf diese Weise hatte er eine Gemeinsamkeit betont. Den Abscheu dem Pranger gegenüber. Und das zu sagen, während der Vater fast in Hörweite war, hatte allerlei Mut erheischt, das wusste Sara, obwohl der Vogt das Gesagte ja gar nicht hören konnte.

Der Wind riss Blätter von den Bäumen. Doch das sah Sara nicht. Sie sah Jens, sah ihn vor sich, an einem anderen Ort. Den hatte er jetzt erreicht, davon war sie überzeugt. Kopenhagen. Wo es gepflasterte Straßen gab. Wo die Häuser nebeneinander in Reih und Glied standen. Und sie zitterte am ganzen Leib, obwohl es durchaus warm im Raum war. Sie fror vor Sehnsucht nach ihrem Bruder, der immer bei ihr gewesen war. Hätte ich doch nur mitfahren können, dachte sie. Mit dem Boot an der Küste entlang, nach Süden, zur königlichen Stadt. Der Vater hatte sie gelehrt, diese Stadt so zu nennen, mit einer seltenen Wärme in der Stimme, als sei der dänische König ein bitterlich vermisster Freund. Was er ja vielleicht auch war. Sara hatte nie zu fragen gewagt. Aber der Vater hatte dort unten in einem Ministerium gearbeitet, ehe er in den Norden versetzt worden war, kurz vor dem Krieg, dem Krieg gegen den französischen Kaiser Napoleon. Also hatte er immer in Diensten eines Königs gestanden, nur war es jetzt kein dänischer mehr, sondern ein schwedischer. Der Vogt hatte seine Stellung behalten. Eifrig tat er für den neuen Herrn seine Pflicht. Doch sein Herz schlug in der Stadt eines anderen Königs. Im wunderschönen Kopenhagen. Mit den prachtvollen grünen Bäumen. Er sprach nur über wenige Dinge auf diese Weise, mit dieser Wärme.

Jetzt war der Bruder sicher dort eingetroffen, jetzt war er dort, in der wunderschönen Stadt. Und dort würde er allein zurechtkommen müssen. In Freiheit. Natürlich musste er studieren.

Aber niemand konnte ihn sehen, niemand hier zu Hause, wenn er lieber einen Spaziergang machte, wenn er sich im Park ins Gras legte, denn es gab dort Parks mit Bänken und Gras, das hatte Sara gehört, und dort konnte er sitzen, ihr Bruder, sitzen, so lange er wollte, und die strenge Stimme des Vaters konnte ihn nicht erreichen.

Der glückliche Jens. Der nicht hier stand und wartete. Dem an diesem Abend die Klagen des Vogtes erspart bleiben würden, über das Pack, das seine Schuldigkeit nicht tun wollte. Der nicht daneben sitzen und Zahlen und Beträge in das große Protokollbuch eintragen musste, während der Vogt das eingezogene Geld zählte, zählte und wieder zählte, bis er sicher war, dass alles stimmte, in der Kasse und im Buch. Sara würde das alles über sich ergehen lassen müssen.

Anfangs waren die Geschwister stolz auf ihre Aufgabe gewesen. Aber dann … als ihnen der Zusammenhang aufgegangen war zwischen den angekündigten Zwangsversteigerungen und dem Geld, das die Kasse des Vaters füllte …

Heute Abend werden viele Tränen vergossen, hatte die Haushälterin manchmal gesagt, ohne Anklage, aber dennoch … um ihnen auf jeden Fall klar zu machen, dass jemand weinte. Jemand, der nichts mehr besaß. Dem das Wenige genommen worden war, was er gehabt hatte, weil … weil …

Es fiel ihnen nicht schwer, sich einen weinenden Menschen vorzustellen. Aber sie hatten es nie gesehen, Sara und ihr Bruder, hatten die Tränen und die vom Weinen entstellten Gesichter nie gesehen, die an solchen Abenden irgendwo dort draußen waren. Sie hatten etwas anderes gesehen. Sie hatten den Hass gesehen. Der begegnete ihnen, wenn sie sich draußen sehen ließen, wenn sie im Frühling und Herbst den Vater zum Markt begleiten durften, wenn sie nach dem Gottesdienst allein vor der Kirche standen. Den Hass auf den Vogt. Der die Kinder traf. Nicht den Mann. Der war zu groß.

Anfangs hatten sie das nicht begriffen. Sie hatten sich gefürchtet. Sie hatten die Augen niedergeschlagen, um den Blicken der anderen nicht begegnen zu müssen. Sie waren im Haus geblieben. Dem Vater war das nur recht, er wollte wissen, wo sie sich aufhielten. Aber nach und nach, durch die halben, ausgeatmeten Sätze der Haushälterin …

Es war nicht die Schuld des Vaters, dass Gesetze und Forderungen eben so waren, hatten sie zueinander gesagt, als sie älter wurden und mehr begriffen. Der Vater tat ja nur seine Pflicht. Nicht er bekam das Geld, das er eintrieb. Das war für den König bestimmt. Also müssten sie den König hassen, die Menschen dort draußen, nicht seine Diener.

Aber der König war so weit weg, das erkannten sie dann, den Vogt dagegen sahen die Menschen, der Vogt war hier.

Danach war den Vogtkindern das Reden schwer gefallen. Deshalb hatten sie lieber über andere Themen gesprochen. Und es war leicht, in dem grünen Zimmer die Welt zu verdrängen, die nahe Welt, die Tränen und Hass enthielt. Denn sie waren kein Teil von Tränen und Armut, sie waren nicht wie die anderen. Sie waren besser angezogen. Und sie verfügten über ein Wissen, von dem die dort draußen keine Ahnung hatten. Sie hatten Bücher über das Leben in fremden Ländern gelesen und konnten sich dort hinträumen, in grüne englische Täler mit schönen Herrenhäusern, auf französische Klatschmohnwiesen und in deutsche Städte mit hohen Kathedralen. Sie sprachen Latein und konnten kleine Unterhaltungen auf Englisch, Französisch und Deutsch führen. Der Vater hatte sie selber unterrichtet, mit Strenge und hohen Ansprüchen. Und mit dem spanischen Rohr in Reichweite.

Aber warum, fragte sich Sara und schaute auf die Blätter, die draußen umhergewirbelt wurden, warum hatte er von ihr ebenso großen Fleiß und ebenso gute Ergebnisse verlangt wie von ihrem Bruder?

Das war der klarste Gedanke in ihr, als sie dort stand, dieses Warum, während draußen ein Sturm heraufzog, während sie hörte, wie anderswo im Haus eine Tür geschlossen wurde, während sie den Mann sah, der vorhin noch in der Küche gehustet hatte und der jetzt um die Ecke bog und in der Allee verschwand, die die Bezeichnung Allee kaum verdiente, denn an dem kleinen Hang, den ihre Mutter damals so gern mit Muschelsand bedeckt hätte, standen nur zwei Bäume auf jeder Seite.

Sie ballte die Fäuste, aber die hatten keine Kraft. Ihr Gesicht war bleich, der Schlafmangel ließ die Haut um die Augen grau aussehen. Sie stand seit einer Stunde hier, vielleicht seit zwei, sie stand und schaute hinaus auf das Wetter, auf die Häuser, auf den Fjord, den Fjord, der im Regen so seltsam hell war, wie von unten her angestrahlt, denn der Himmel darüber war düster, doch darüber staunte sie nicht, nicht darüber staunte sie, nicht dieses Warum wirbelte ihr wieder und wieder durch den Kopf.

Sie hätte sich damit begnügen können, die Tage mit der Haushälterin in der Küche zu verbringen. Sie hätte kochen können. Putzen. Nähen. Und Bolette, die kräftige Haushälterin, hatte sie dazu angehalten, immer wieder, als habe sie die ganze Zeit gewusst, dass das andere vergeudet war, unnötig, nutzlos. Dieses Latein zum Beispiel, was in aller Welt sollte sie damit? Und die französischen Vokabeln ... Sara würde niemals eine Klatschmohnwiese erleben, würde niemals die schönen Glasmalereien in den alten Kathedralen sehen wie der in Reims – das Rääs ausgesprochen wurde, mit einem schnarrenden r und einem Nasal in der Mitte. Reims. Niemals. Niemals Reims. Niemals Rom. Niemals ... nicht einmal durch die königliche Stadt würde sie wandern, über das Pflaster, durch die Parks. Nicht einmal das. Während Jens ...

Il pleut. Es regnet. It is raining.

Sie war nicht neidisch. Jens war nicht daran schuld. Er hatte auch nicht weitergedacht, über den Tag hinaus, die Stunde, die Lektionen und die Angst vor dem spanischen Rohr. Beide hatten sie geträumt, und sie waren zusammen gewesen, beim Träumen, in den Träumen, aber es war ein Spiel gewesen, in einem grünen Zimmer. Bei allem waren sie zusammen gewesen, bis der Vater sie getrennt hatte. Und Sara kam sich so töricht vor, weil sie das nicht begriffen hatte, denn natürlich hätte sie es begreifen müssen, und vielleicht hatte sie das auch getan, irgendwo im tiefsten Herzen, denn sie hatte genug gesehen und gehört und gelesen, um zu wissen ... zu wissen, dass Männer Männer waren und Frauen Frauen und dass sie nicht für dieselben Aufgaben geschaffen waren.

Sara hatte natürlich auch die Kunst der Nadeln und der Stiche gelernt, widerwillig, unter dem Blick der Haushälterin. Aber erst jetzt, als sie vor dem Fenster stand, erkannte sie, dass sie für die Sprache der Nadel taub gewesen war; jeder kleine Stich, jeder kleine Blutstropfen hatte ihr klar machen sollen, wer sie war. Doch Jens hatte neben ihr gesessen. Auch er hatte Nähen lernen wollen, denn er wollte dasselbe tun wie seine Schwester, auch jetzt. Bolette hatte seinem Gequengel nachgegeben. Auf diese Weise hatte sie den Geschwistern ein falsches Bild ihrer Zukunft gelassen.

Je suis une fille. Ich bin ein Mädchen. Ein Mädchen in einem Märchen, dachte sie. Und Jens: Un garçon. A boy. Ein Knabe in demselben Märchen.

Deshalb waren sie nicht auf den Frühlingstag vorbereitet gewesen, an dem der Vater erklärt hatte, dass der Sohn nach Molde reisen müsse, um dort das Abitur zu machen. Nur er. Nicht sie. Obwohl beide vom selben Wissen erfüllt waren. Obwohl sie eine schönere Handschrift hatte und schneller rechnete, wenn sie für den Vater Protokoll führte.

Sie hatten nicht widersprochen. Es hatte nichts gegeben, dem sie hätten widersprechen müssen. Sie hatten es gewusst, in dem Moment, als der Vater gesagt hatte, dass es so sein müsse. Der Vater hatte sie durch seine Worte zerspalten, sie waren zu zweien geworden, zu zwei unterschiedlichen Personen, zu einem jungen Mann und einer jungen Frau, und die Wunden, die der Erwachsene ihnen zugefügt hatte, verbargen sie sofort, als zögen sie eine Maske vor das Gesicht. Jens wurde der junge Mann, der wegfahren sollte, zuerst nach Molde und dann nach Kopenhagen, und Sara, Sara war die gewesen, die nicht mitkam. Der Jüngere schien der Ältere geworden zu sein, die Ältere die Jüngere, denn

Sara war älter, um elf Monate, doch die Entscheidung des Vaters hatte sie kleiner gemacht, fast zu nichts.
Das hatte der Bruder gesehen und durch kleine Zeichen versucht, ihr zu zeigen, dass er derselbe sei, derselbe für sie, aber dennoch …
Warum hatte der Vater ihr dieses Wissen gegeben, wenn sie es doch nicht brauchte? Die Antwort ergab sich sofort. Er hatte es dem Sohn zuliebe getan. Der Junge sollte nicht allein sein mit dem Vogt im Lehrerkittel, mit den Aufgaben, Jens sollte mit einem anderen Menschen über das sprechen können, was er gelernt hatte, sich mit diesem Menschen messen; denn das hatte der Vater gemacht, hatte sie gegeneinander aufgestachelt, hatte den Sohn angetrieben, damit der mindestens ebenso tüchtig wurde wie die andere. Wie sie. Wie Sara.
Wieder ballte sie die Fäuste. Wieder merkte sie, dass die keine Kraft hatten. Ein Kind trägt in sich den Keim zu etwas anderem, sagte eine Stimme in ihr. Ihre Worte wurden in verschiedenen Sprachen gesagt, wie von selber, als lerne sie Tabellen auswendig, als sitze in ihr ein kleiner Schelm und necke sie, weil sie so dumm gewesen war, so blind. Weil sie nicht auf die Haushälterin gehört hatte, denn dann wäre sie vorbereitet gewesen! Weil sie nicht begriffen hatte, wozu die gut sein sollten, die schönen Kissenbezüge, die sie auf Geheiß der Frau hatte nähen und mit einem kleinen Bibelspruch besticken müssen. Hatte sie geglaubt, die seien für das Vogtshaus bestimmt? Wir wissen ja nicht, was der Herr für Pläne hat, hatte Bolette über ihrer Näharbeit vor sich hin gemurmelt, wie zu sich selber. Sie meint den Herrn, hatte Sara gedacht, vielleicht wegen der Bibelsprüche. Aber jetzt wusste sie, dass Bolette an den Vogt gedacht hatte.
Schon seit langem hatte die Haushälterin von Mädchen erzählt, die gleich nach der Konfirmation heirateten. Sie hatte in der Kirche auf sie gezeigt. Sara hatte in Gesichter geschaut, die so alt waren wir ihr eigenes und die später, als die Zeit verging, sogar jünger wurden. Junge Mädchen, umringt von ihren Kindern.

Kindliche Gesichter unter schwarzen Kopftüchern oder Hauben, mit vorgewölbten Bäuchen unter dem Mantel.
Sie gehörten in eine andere Welt. Das hatte Sara gedacht und sie dann vergessen. Sie kannte sie nicht. Sie kannte die Männer nicht, die sie geheiratet hatten. Nur selten einmal waren im Vogtshaus Fremde aufgetaucht, nie jedoch arme verheiratete junge Mädchen. Nein, es waren andere gekommen, oft von weit her, wie der schwedische Botaniker Herr Myrin. Er hatte ihnen von seinen Funden in der Umgebung erzählt; er hatte eine Orchidee entdeckt. Und er hatte über die Eichen gesprochen, die in der Nähe wuchsen, weiter im Norden gab es solche Bäume nicht.
Sara und ihr Bruder hatten sich noch lange an seine Gesten und an seine Worte erinnert, und sie hatten in Büchern geblättert, um mehr über Orchideen zu erfahren. Und über Eichen. Und über andere Dinge, die er erwähnt hatte.
Damit war jetzt Schluss.
Das grüne Zimmer war kein Garten mehr. Die Wände waren zu Mauern geworden, zu von dichtem Efeu bedeckten Mauern.
Draußen wurde es dunkel. Die Haushälterin stand im Zimmer. Sie tadelte Sara, die vergessen hatte, im Kamin Holz nachzulegen. Danach schimpfte sie, weil Sara einfach dastand, untätig eben.
Du musst noch so viel nähen, sagte sie. Ich habe nicht vor, dir deine Truhe zu füllen.
Aber du sollst mir helfen, hätte Sara antworten können. Denn das hatte der Vogt gesagt, Bolette solle ihr helfen. Beim bloßen Gedanken an die Truhe aber wurde ihr schlecht, fühlte sie sich krank.
Du musst allein essen, sagte die andere. Er ist sicher bei diesem Wetter irgendwo eingekehrt.
Diese Vorstellung war eine Erleichterung, die Vorstellung, dass der Vater noch nicht auftauchen würde.
Nach dem Essen öffnete Sara die Truhe mit dem hölzernen Einsatz und nahm ihr Schreibzeug heraus. Sie wollte durchaus nicht

nähen. Sie setzte sich an einen Brief an ihren Bruder, an ein Klagelied für den Einzigen, den sie hatte, den Einzigen, der verstehen konnte. Es ging nicht um das Wissen, mit dem sie nutzlos gefüllt worden war. Es ging auch nicht um ihre Sehnsucht danach, dort zu sein, wo der andere war, fort von hier, fort von hier, in einer großen Stadt. Es ging um einen Pastor, einen Witwer mit fünf kleinen Kindern. Einen Mann, der fast so alt war wie ihr Vater. Einen kleinen Mann mit einer fahlen Bartkrause am Kinn, mit einer Stimme, die wie trockenes Schluchzen klang, wenn er den Mund öffnete, einen Mann, der sie vorher erst einmal besucht hatte und der dem Vogt gegenübergesessen und den Mangel an Tugenden beklagt hatte, der die neue Zeit prägte.
Und mit diesem Mann soll ich etwas zu tun haben?, fragte sie. Von dem soll ich mich berühren lassen?
Sie weinte, als sie das schrieb. Es waren die ersten Tränen, die ersten, nachdem der Vater seinen Beschluss gefasst hatte, zusammen mit dem Pastor. Sie hatte sich innerlich abgewandt, hatte ihre Ohren gegen die Worte der anderen verschlossen, die Worte von Vater und Haushälterin an den Tagen, die auf den Besuch des kleinen Pastors im Vogtshaus folgten. Sie hatten nicht wirklich ihr gegolten, das taten sie erst jetzt, als sie über diese Worte schrieb. Hilf mir, Jens, das steckte hinter jedem Satz, hilf mir, rette mich davor.
Aber Jens konnte ihr nicht helfen. Das wusste sie. Er war weit fort. Und niemals hätte er es gewagt, dem Vater zu widersprechen. Nicht laut, nicht so, dass der Vater es hören konnte. Trotzdem schrieb sie, Worte, die sich immer mehr mit Hoffnungslosigkeit füllten, als sie sie deutlicher vor sich sah, diese Zukunft, die andere für sie beschlossen hatten. Denn schon in zwei Monaten sollte sie diesem Unbekannten angetraut werden, diesem Alternden, diesem Hässlichen mit dem widerlichen Bart. Nein!, schrie es in ihr. Nein! Während die Hand die Feder führte, Wörter formte, die ein Leben in einem fremden Haus schilderten, einem Haus, das sie noch nicht besucht hatte, das sie aber vor sich sah. So, wie sie es vor sich sah, ähnelte es dem Haus des

Pastors von Tingvoll, nur wurden in ihren Gedanken die Zimmer düsterer, die Wände niedriger, die Möbel spartanisch und farblos, und dort sollte sie leben, unter den Augen dieses Männleins, mit seiner Stimme in den Ohren, seinem Willen unterworfen.
Sie brachte es nicht über sich, das vor sich zu sehen, es sich vorzustellen. Sie schob ihn weg, in eine Kirche, in einen Raum mit großer Entfernung zwischen dem Menschen dort oben und den anderen; wie mochte sie aussehen, die Kirche, in der er predigte? Sara kannte nur die Kirche hier auf Tingvoll, nie hatte sie einen anderen Geistlichen gehört. Während der Predigten hatte sie sich oft weggeträumt, zurück in die Zeit, nach damals, als ihre Mutter noch lebte, als ihre Mutter ihnen die Geschichten aus der Bibel wie kleine Märchen erzählt hatte.
Sie wusste, dass der Pastor von Tingvoll mit strenger Stimme tadeln konnte, aber seine Worte galten nicht ihr, sie galten anderen, denen, die ein böses Leben führten, ein Leben in Unsittlichkeit.
Was war ein böses Leben?
Ein Leben, das nicht im Geiste des Herrn geführt wird.
Der Herr sei das Licht, hatte die Mutter gesagt.
Wieder sah sie die düsteren Kammern vor sich, in denen er vielleicht lebte, dieser Mann mit der fahlen Bartkrause; konnte der Herr denn meinen, sie werde dort das Licht finden?
In ihr krampfte sich alles zusammen, so, als sei sie durch und durch krank.
Ein zufälliger Gast, hatte sie gedacht über den Mann, der mit Pferd und Wagen von weit her gekommen war und der in Jens' Zimmer hatte schlafen dürfen. Ein zufälliger Gast, den der Vater vielleicht auf seinen Reisen kennen gelernt hatte. Er war doch schon einmal bei ihnen gewesen, sie hatte ihn sofort erkannt und ihn freundlich und höflich begrüßt. Doch sein Blick hatte sich seit seinem ersten Besuch verändert. Das hatte sie gesehen, hatte es aber nicht begriffen, hatte nicht verstanden, warum seine Blicke ihr folgten, warum er sie aus zusammengekniffenen

Augen anstarrte, wenn sie sich im selben Zimmer aufhielten. Als stimme etwas nicht mit ihr, hatte sie gedacht. Als sei ihr Kleid verrutscht. Obwohl sein Blick tatsächlich von anderer Art gewesen war.

Zieh dir heute ein richtig schönes Kleid an, hatte ihr Vater vor dem Essen zu ihr gesagt. Ein Geistlicher kann das schon verlangen.

Der Vogt hätte ihr das nicht zu sagen brauchen. Sie machte sich immer schön, wenn Besuch kam. Das war doch die einzige Gelegenheit, die sie hatten, sie und der Bruder, um ihre schöneren Kleidungsstücke vorzuzeigen, die Dinge, die von der Näherin stammten, die jeden Herbst zu ihnen kam, mit Stoffen und Fäden in einer Truhe. Es war auch vorgekommen, dass sie es einfach so getan hatten, an den Tagen, wenn der Vater verreist war. Dann hatten sie und Jens sich gekleidet wie für ein Fest, wie in einem Theater, wo sie andere Menschen darstellten. Menschen, die in schöner Kleidung spazieren gingen, die tanzen konnten. Wie ihre Eltern, als sie jung gewesen waren, damals, als sie einander im wunderschönen Kopenhagen kennen gelernt hatten. Und das grüne Zimmer hatte den Rahmen um den Spaziergang gebildet, um den Ballsaal, um das Theater, und sie hatten sich gegenseitig geschildert, was sie dort sehen konnten, die fremden Bäume, die schönen Bogengänge, die Brunnen, an denen die Frauen das Wasser holten. Tanzen aber hatten sie nie gelernt.

Sie hätte es nicht tun sollen! An diesem Tag mit dem Witwer. Diesem alternden Pastor. Sie hätte sich etwas anderes heraussuchen sollen, etwas Abgelegtes und Unschönes.

Und seine Kinder, dachte sie dann, während ihr Herz sich zusammenzog; was gingen die sie eigentlich an? Sie dachten sicher an ihre eigene Mutter, die ihnen fehlte und um die sie trauerten; sollte sie selber denn einen solchen Raum füllen?

Jens!, schrie es in ihr, während der Federkiel die Worte hinkratzte über das, was sie nicht wollte, diese Kinder, mit denen sie nichts zu tun haben wollte, diesen Mann …

Sie fand keine Ausdrücke, die stark genug gewesen wären. Stattdessen strömten neue Wörter aus einer anderen Sprache durch ihr Gehirn, Wörter, die sie von ihrem Vater nie gehört, Wörter, die sie sich selber herausgesucht hatten: amo, amas, amat, amamus. Beugungen des Wortes »lieben«. Denn es gab auch ein paar Liebesgeschichten in der kleinen Büchersammlung der Mutter, die die Geschwister hinter dem Rücken des Vaters gelesen hatten. O ja, sie hatte gewusst, dass etwas auf sie wartete, etwas Schönes und Feines, das irgendwo in der Zukunft glitzerte. Wie eine Flamme zwischen zwei Menschen. Einem Mann und einer Frau, die zueinander kommen wollten. Die einander liebten. Mit eigenen Gefühlen, die zu dieser Liebe gehörten. Ach, sie hatte sie in ihrem Körper schon lange geahnt, wie einen Keim, diese Gefühle, aber noch war ihr niemand begegnet, kein Mann, der … Aber wer war ihr denn überhaupt begegnet? Der Botaniker Herr Myrin. Einige Bauernsöhne. Einige verlegene Jungen, die Holz oder Wild gebracht hatten. Und keiner von ihnen hatte in ihr ein Feuer entzündet.
Einen Blick hatte sie sich vorgestellt. Den ersten Blick, der ihr zu verstehen gäbe, dass *jetzt* … dass *er* …

Während der Nacht wurde der Sturm stärker. Sara konnte nicht schlafen, wegen des Lärms und ihrer Gedanken. Der Regen trommelte auf das Dach. Der Wind packte die Zweige der Bäume. Zuerst hatte er nur sausend und rauschend gegen die Wände geschlagen, jetzt wurden sie wie im Zorn gepeitscht. Der Zorn des Herrn, dachte sie. Das waren Bolettes Worte. Es lag am Zorn des Herrn über die Torheit und Bosheit der Menschen, wenn die Wellen auf dem Meer die kleinen Boote verschlangen, wenn der Blitz in ein Haus einschlug. Es war Gottes Zorn, der in den lodernden Flammen lebte, in den gewaltigen Brechern, das hatte die Haushälterin gesagt.
Sara hatte sich bei Sturm immer gefürchtet. Sturm sagte Trauer voraus. Kommende Verluste. Obwohl sie die Menschen nicht kannten, die später irgendwo in Tränen ausbrechen würden,

fanden sie sie unheimlich, die strafende Hand dieses Herrn. Und war sie wirklich gerecht?
Der Pastor in der Tingvollkirche sprach nie solche Worte. Das tat nur Bolette. Der Pastor spendete Trost, wenn die Natur gewütet hatte. Er fügte der Trauer der Hinterbliebenen nicht auch noch die Schande hinzu.
Den Vogt hatte es noch nie getroffen.
Auch jetzt war er während des Unwetters unterwegs. Am nächsten Tag würde er vor ihr stehen, hoch aufgerichtet und groß. Da war Sara sich sicher.
Sie seufzte. Beim Gedanken an den Brief, der nur ein Brief war, kein großer Vogel, der sie forttragen könnte.
Der Brief konnte nur ihre Worte mitnehmen. Was nichts helfen würde.
Dann war ein Pochen zu hören. Wollte der Sturm die Tür einschlagen?
Sie erstarrte und horchte in die Dunkelheit hinaus.
Es klopfte wieder, wie mit einer kräftigen und willensstarken Faust.
War das der Vater? Hatte er dem Wetter doch getrotzt?
War Bolette schon unterwegs, um ihn einzulassen?
Noch einmal wurde geklopft, so laut wie mit einem Fuß, dann erklang eine tiefe Stimme, der der Wind fast alle Wörter raubte.
Sara sprang auf, jemand musste dem Vogt doch ins Haus helfen. Bolette schlief offenbar so tief, dass sie gar nichts hörte. Sara warf sich einen Schal über ihr Nachthemd und eilte die Treppe hinunter. Sie lief auf bloßen Füßen über den Holzboden und riss die Tür auf.
Der Wind traf sie mit aller Wucht, sie hätte fast Gleichgewicht und Atem verloren.
Kommt herein, Vater, rief sie ängstlich, um die Tür rasch wieder schließen zu können.
Und es kam jemand. Sie konnte im Dunkeln erkennen, dass jemand kam. Mehrere. Offenbar hatte der Vogt noch andere Männer mitgebracht.

Sie hörte ein Seufzen. Und jemand trat von einem Fuß auf den anderen und räusperte sich.
Sie brauchten Licht, sie mussten ihre nassen Kleidungsstücke ablegen können. Bestimmt waren alle triefnass. Und Sara ging in die Küche, wo im Herd noch ein wenig Glut vorhanden war. Sie zündete eine Kerze an und ging zu den Männern zurück.
Gottes Friede, sagte jemand.
Ganz vorn in einer kleinen Menschengruppe, die sie noch immer nicht klar sehen konnte, stand ein junger Mann. Er schaute ihr in die Augen. Das Wasser floss ihm aus Haaren und Kleidern. Es floss in Strömen und Bächen.
Der Sturm hat uns erfasst, erklärte er. Und uns hier an Land geworfen.
Es waren nicht der Vogt und seine Begleitung. Es waren andere. Fremde.
Wer ist das, Sara?, hörte sie Bolettes ängstliche Stimme durch die Küche.
Leute ... die der Sturm angetrieben hat.
Aber Kind! Du stehst ja im bloßen Hemd da! Mach, dass du nach oben kommst!
Verzeiht, gnädige Frau, rief ein anderer aus der Menschengruppe, einer mit einer gröberen Stimme.
Wenn wir nur hier Unterschlupf finden könnten, rief er, bis es hell wird.
Bolette gab keine Antwort, als habe sie nichts gehört, als sei sie wieder in ihrer Kammer verschwunden. Und Sara stand da und brannte vor Unsicherheit. Denn sie konnte die Fremden doch nicht allein lassen? Und sie konnte auch nicht hier stehen bleiben, so unzureichend, wie sie angezogen war. Und dann war da ja noch diese Angst vor allen, die wussten, wer sie waren – die, die in diesem Haus lebten –, dass sie zu dem verhassten Vogt gehörten. Aber diese Menschen hier hatten keine Ähnlichkeit mit denen, die ihnen vor der Kirche oder vor der Poststation verstohlene böse Blicke zuwarfen; natürlich nicht, denn sie waren

doch einfach nur an Land getrieben worden, sie wussten ja nicht einmal, wo sie waren.
Und ihre Angst legte sich, die Verlegenheit dagegen, wegen des Hemdes …
Dann reichte sie die Kerze dem Nächststehenden, dem jungen Mann.
Verzeihung, sagte sie. Verzeihung.
Sie wich zurück in die Schatten, zur Treppe, und dann war Bolette da, die sich eine Bluse über den Kopf gezogen hatte und einen Rock, der ihren restlichen Körper verbarg. Sie warf Sara einen wütenden Blick zu, und die junge Frau lief die Treppe hoch, bis sie nicht mehr gesehen werden konnte.
Es sei kein Mann im Haus. Niemand nahm Fremde auf, wenn kein Mann im Haus war.
Aber bei diesem Wetter!
Die Poststation, hörte sie die Haushälterin sagen. Die liegt gleich hinter der nächsten Ecke. Da könnt ihr unterkommen. Geht einfach dem Weg nach.
Aber die sind doch triefnass, rief Sara. Und was, wenn die Poststation schon voll ist?
Niemand antwortete ihr. Die Frauenstimme unten wurde leiser. Und dann wurde die Tür geöffnet, geschlossen und verriegelt.

Am nächsten Tag strahlte der Himmel über dem Werk des Sturms. In dem weißen Haus auf der Landspitze war ein Fenster kaputtgegangen. Der kleine Gartentisch war in Stücke zerschlagen. Und in der Bucht lag ein fremdes Boot mit einem gebrochenen Mast.
Die Sonne schien auf das fremde Boot, auf andere und kleinere Boote, die an Land gezogen worden waren, auf den Fjord, der nicht mehr grau war, sondern blau, auf die grünen Hügel am anderen Ufer, diese Hügel, bei deren Anblick Saras Mutter so oft geseufzt hatte. Und die Kinder waren ihrem Blick weiter gefolgt, über das Grüne hinweg, zum Meer hin, wo die größeren Schiffe lagen, die sie fortbringen konnten, nach Dänemark.

Oder nach Island, das war den Geschwistern später aufgegangen, als der Vater ihnen Erdkundeunterricht erteilt hatte. Oder sogar nach Amerika. Manche waren dorthin gesegelt, mit großen Schiffen, hatte Sara gehört. Alles, was sie besessen hatten, hatten sie mitgenommen, in Truhen mit Bauernmalerei, stellte sie sich vor. Und dann wollten sie ein neues Leben anfangen, in einem Land, in dem es für alle Platz gab, hatte sie gehört.
Wenn ich doch mitfahren könnte, dachte sie jetzt.
Egal wohin, dachte sie, als sie sich aus dem Haus schlich, unbemerkt von der Haushälterin, den Brief an Jens an ihren Mantel gepresst.
Ja, wohin wäre fast egal, dachte sie.
Hatte sie keine Verwandten in Dänemark? Doch, das hatte sie. Aber sie kannte diese Menschen nicht. Die Eltern des Vaters waren schon lange tot, doch die der Mutter? Sie hatten schon lange nichts mehr von sich hören lassen. Aber es gab noch andere. Der Vater hatte dort unten Brüder und Schwestern; bei denen hatte Jens doch unterkommen sollen.
Sie konnte im Haushalt helfen. Und sie konnte vielleicht Kinder unterrichten, ihre Vettern und Kusinen. Wenn sie nur nach Molde gelangen könnte. Dort würde sie dann einen Frachter finden, der weiter nach Süden fuhr. Auf einem solchen Frachter hatte der Vater für Jens eine Passage gebucht.
Aber sie hatte ja kein Geld für eine solche Reise!
Sie hatte die Schmuckstücke, die ihrer Mutter gehört hatten. Die Kette und das Armband, das sie zu ihrer Konfirmation bekommen hatte.
Sie hatte sie nicht bei sich. Sie würde also wieder ins Haus gehen müssen und sie holen. Aber dann könnte die Haushälterin sie erwischen, sie fragen, was sie da vorhabe und für wen der Brief bestimmt sei. Bolette, die sie ausgeschimpft hatte, weil sie Fremde im Haus übernachten lassen wollte, während der Vogt verreist war. Die geschimpft hatte, weil Sara sich schamlos vorgezeigt hatte. Bolette, die eine Schar von Menschen in Not in den Sturm hinausgeschickt hatte. Das musste doch eine größere Schande

sein, als dass sie Sara im Nachthemd gesehen hatten. Und Sara hatte sich doch den Schal um die Schultern gelegt.
Sie zitterte.
Sie setzte sich in Bewegung, sie musste zur Poststation. Dort konnten Briefe abgegeben werden. Die Luft war frisch, sie roch nach feuchter Erde, nach Laub und Meer. Sara sog sie zitternd in sich ein. Sie umklammerte den Brief, der ihre Gedanken enthielt, ihren Schmerz. Die Sätze gingen ihr durch den Kopf, Wort für Wort, und sie presste den Umschlag fester an sich.
Aber warum sollte der Bruder das alles lesen?
Er konnte ja doch nicht …
Sie blieb stehen. Sie wollte kehrtmachen, nach Hause gehen und den Brief ins Feuer werfen.
Trotzdem gingen ihre Füße weiter, als besäßen sie einen eigenen Willen, ein wenig Hoffnung und ein wenig Trotz, eine kleine Erwartung, als könne sie mit ihren Gedanken ein kleines Stück ihrer selbst nach Kopenhagen schicken, als könne sie durch viele Briefe langsam vollständig zu ihrem Bruder gebracht werden.
Sie schaute zu dem zerstörten Mast hinüber. Er lag quer über dem Dollbord und reichte bis ans Ufer, mit einem Knick, der zwei Seiten in einem vorgestellten Dreieck bildete. Woher nehmen sie wohl einen neuen, fragte sie sich vage. Müssen sie dann einen Baum fällen? Das Boot war ein Achter, glaubte sie, ein Boot, mit dem sie sich weit hinaus auf die Fischgründe wagten. Wieder spürte sie diesen Schwindel erregenden Sog in sich.

Vor dem langen Gebäude mit den Ställen war eine Gruppe von Männern ins Gespräch vertieft. Sara kannte keinen von ihnen. Sie fürchtete sich vor ihren Blicken. Das tat sie immer. Und jetzt war Jens nicht bei ihr. Und die Haushälterin auch nicht.
Sie richtete sich gerade auf. Sie sah niemanden an. Aber sie hörte das Gemurmel. Es kam tief aus einer Kehle. Dann wurde die Stimme lauter, mutiger, und andere fielen ein. Spitze Wörter wurden aus Mundwinkeln gespuckt, Spottwörter, über ihren

Hut, den schönen Hut mit den zwei prächtigen Federn, über ihren Mantel aus gutem Tuch.

Jetzt nur noch einige Schritte, dann würde sie an den Männern vorbei sein. Der Posthalter war ein freundlicher Mann. Er würde ihren Brief annehmen, obwohl sie kein Geld bei sich hatte. Das wusste sie, sie hatte auch schon für ihren Vater Post aufgegeben.

Aber diese Männer vor dem Haus ließen sie nicht durch. Sie verstellten ihr den Weg, Männer in verschlissenen grauen Wämsern, die an den Handgelenken aufgeriffelt waren, andere in knopflosen, am Hals offenen Jacken. Sie kamen so nah. Sie kamen viel zu nah, mit einer fremden und neuen Kühnheit, die bei dieser Nähe entstand. Und Sara registrierte alle Einzelheiten: die geflickte Kleidung, den verschlissenen Stoff, die ungekämmten Haare, einen fast zahnlosen Mund. Der gehörte einem kleinen Mann mit laufender Nase und Speichel am Kinn. Er griff nach ihr, griff in die Luft, fuchtelte mit gespreizten Fingern herum. Er berührte sie nicht, nur fast, fast, aber trotzdem nicht ganz, als gebe es trotz allem eine Grenze, einen unüberbrückbaren Abgrund zwischen Sara und ihnen, als hätten sie doch noch Achtung vor Gesetz und Ordnung, als besäßen sie einen letzten Rest einer Art Bildung. Aber er hüpfte und sprang vor ihr hin und her, dieser Kleinwüchsige, und er blies ihr ins Gesicht mit seinem Atem voller Krankheit und Heringen.

Sie kam nicht vorbei. Sie wollte umdrehen. Aber auch da waren sie, hinter ihr, überall um sie herum, vielleicht sechs, vielleicht acht, sie schienen ineinander überzugehen, eine bewegliche Mauer, grau und schwarz und verschlissen, Rotz und Speichel, zerkratzte Gesichter und glotzender Hohn. Sie sprangen auf sie zu und wichen zurück, wie Unterirdische, durchfuhr es Sara in ihrer Angst, wie Unterirdische, die aus ihren Höhlen gekommen sind, nicht wie Menschen, sondern wie andere Wesen, wild, unlenkbar, unheimlich.

Doch sie hatten Stimmen wie Menschen, und diese Stimmen kläfften Wörter mit menschlicher Bedeutung, über ihren Mantel, der einer anderen gelegen käme, der Marja, spuckten sie, denn Marja hatte nichts, bei ihr war ja schließlich der Vogt gewesen.

Dann nimm ihn dir doch, rief jemand, nimm ihren Mantel oder wenigstens den Hut!

Die Stimmen knisterten und rauschten, sie zitterten und hoben und senkten sich um Sara herum, hoben und senkten sich in halben Sätzen, in halben Herausforderungen, die zu neuen Stimmen wurden, als wage niemand wirklich, zu dem Gesagten zu stehen, keiner für sich, aber zusammen ... zusammen ... zusammen waren sie ein höhnender Chor, ein loderndes Feuer aus Hass, und der kleine Wicht bohrte noch immer seine gespreizten Finger in die Luft, zielte auf ihre Augen, auf ihren Mantel, auf ihre Hutkrempe, auch wenn er sie noch immer nicht berührte.

Sie schien in sich selber zu versinken, fort von dem Ort und den Worten, in einen Raum, in dem sie sie nicht erreichen konnten, nicht *sie.* Sie wollen mich umbringen, dachte sie, gleich bringen sie mich um, das wollen sie schon lange, sie müssen sich nur noch über die Grenze wagen, über die letzte, durch eine Berührung. Ihre Gedanken waren nüchtern und klar, sie schienen von einer ganz anderen zu handeln, trotzdem aber waren sie schwer vor Müdigkeit, vor Trauer, als sei das, was hier passierte, die Folge einer logischen Notwendigkeit.

Aber den Brief! Den sollten sie nicht bekommen. Und sie klammerte sich daran fest, als seien ihre Hände das Einzige, das einen Willen besaß, das Einzige an ihr, das Knochen enthielt und Substanz, denn ansonsten war sie schwach und ohne Kraft, in den Beinen, im Rücken.

Und dann geschah es. Die Grenze wurde überschritten. Der Kleine zog am Seidenband unter ihrem Kinn, er zog ihr den Hut vom Kopf; aber das war es nicht, es kam ihr ja doch nicht nahe, nicht ihrer Haut, nur dem Band, dem Hut, einem Ding, nicht ihr selbst, aber zugleich! Zugleich presste ein anderer sich durch die Mauer aus Männern, ein wenig von der Seite kam er, unerwartet und jählings, wie ein dunkles Tier, mit einer Wollmütze, wie sie in aller Eile wahrnahm, und dieser andere packte sie, hob sie hoch. Und jetzt schrie sie. Jetzt stieg ein Geheul in ihrer Kehle hoch und zwang sich hinaus, das schrille Gebrüll eines unbekannten Tieres. Der Griff um ihren Körper aber wurde nur fester; sie hatten die Grenze jetzt überschritten, jetzt konnten sie alles wagen, das wusste sie, und Sara wurde von der Stelle weggetragen, wo sie ihr den Weg versperrt hatten, hinunter zum Meer, und sie schrie, laut und wild, denn sie wollte nicht sterben, sie wollte nicht in das kalte Wasser geworfen werden, sie wollte nicht, wollte nicht … Und ihre Blicke waren wie lange Seile, die sie nach allem auswarf, was ihr bekannt und vertraut war, sie warf sie über die Schulter des Mannes, der sie trug, zur Klinke der Tür zur Poststation, zum Handwagen davor, zu den Zweigen der Bäume dahinter, den Kühen, die sie am Hang darüber sehen konnte, als könnten ihre Blicke sich an dem festhalten, was an Land war, und sie retten.

Und während ihre Blicke hin und her irrten, fingen sie noch mehr ein, sie fingen die Menschen ein, die zurückblieben, ihre Gesichter, und sie wirkten durchaus nicht froh, die da hinten, die, die sie verspottet hatten, sie schienen sich durchaus nicht darüber zu freuen, dass Sara nun ins Wasser geworfen werden und verschwinden sollte. Sie spuckten aus und schimpften, und jetzt hob jemand einen Stein auf und warf, aber nicht auf Sara, denn er zielte tiefer, auf den Rücken oder die Beine der Gestalt, die sie forttrug. Und der Stein traf. Der Körper, der sie festhielt, fuhr zusammen, er schoss vorwärts, wurde schneller, fasste sie noch fester, wie um sie nicht zu verlieren, und sein Griff wurde zu Händen und Armen um ihren Leib und zu einer Brust an ihrer eigenen, einer Brust, die lebte, atmete, zu einer Schulter, an die sie sich lehnte, so dass ihr Ohr fast das des anderen berührte.

Niemand hatte sie je so getragen, höchstens als Kind, da mochte es passiert sein, später jedoch nie, nie ihr Vater, nie ihre Mutter, nie ihr Bruder, nie die Haushälterin, kein Junge aus dem Ort, kein Mann, nicht der Botaniker Herr Myrin, aber jetzt passierte es mit ihr, und der, der sie trug, besaß eine Stimme, die dicht bei ihr war, und sie murmelte, sprach, ruhig und ohne Spott; sie hatte die Stimme schon einmal gehört, aber wo denn nur? Und was sagte sie?

Keine weiteren Steine wurden nach ihnen geworfen, aber die anderen schrien, wütend und zornig, und plötzlich brach eine Prügelei aus. Sie hatten jetzt das Wasser erreicht, Sara und der Fremde, sie näherten sich den Booten, und unter ihrem Mantel gab es etwas, das begriff, das mehr verstand als ihr Kopf, denn während dort die Angst noch lebte, verflog sie in Bauch, Schultern, Kehle. Erst als sie in den Achter gehoben wurde, wusste sie, dass sie gerettet war, wirklich gerettet, das wusste sie jetzt mit Leib und Seele.

Ich bringe Euch weg von hier, hörte sie ihn sagen. Hier könnt Ihr nicht bleiben.

Für einen Moment sah sie zwei leuchtende Augen. Für einen Moment sah sie, dass der Mann zitterte. Die starken Hände bebten, und seine Stimme auch. Dann richtete er sich auf und schaute hinüber zum Land, zu den sich prügelnden Männern. Jetzt wogten sie auf sie zu, mit Geschrei und Schlägen, dann rissen sie sich los, die, die nicht in den Ort gehörten, sie rissen sich los und stürzten auf das Boot zu.

Der, der sie getragen hatte, löste bereits die Vertäuungen, dann schob er den zerbrochenen Mast über Bord. Sie waren schon zwei Meter weiter, als der Letzte der kleinen Besatzung an Bord sprang und auf dem Segel landete, das wie ein großer Tuchhaufen im Bug lag. In diesem Moment wurden die Ruder zu Wasser gelassen, erst ein Paar, dann noch drei Paare, dann wurde gerudert, gerudert aus Leibeskräften.

Sara saß im Boot, sie drehte sich um zu dem, was sie verließen. Die Gestalten an Land wurden kleiner. Magere Männer in zu großen Kleidungsstücken. Noch konnte sie die Speichelklumpen, die ihnen hinterhergeschickt worden waren, glitzern sehen. Noch konnte sie die Hand mit dem Hut sehen, ihrem eigenen Hut mit den schönen Federn, die fast über den Boden fegten.

Ich bringe Euch weg. Hier könnt Ihr nicht bleiben.
Diese Worte sangen in ihrem Kopf, ihrem Blut. Während die Häuser zu kleinen weißen und grauen Flecken wurden.
Langsam und zitternd drehte sie sich zu den Ruderern um. Dicht neben ihr saß der, der sie getragen hatte. Für einen Moment streifte sein Blick sie, wie der Flügel eines blauen Schmetterlings, dann schaute er fort, schaute zu dem Ort hinüber, der hinter ihnen lag, dem Ort, in dem fast alles war, was Sara je gesehen hatte.
Ich bringe Euch weg.
Zum dritten Mal hatte sie in diese Augen geblickt. Aber seit der Nacht hatten sie in ihr gewohnt. Wirklich? Ja. Das wusste sie. Dass sie danach im Stöhnen des Unwetters gelegen und die Augen dieses Mannes vor sich gesehen hatte, seine offenen und furchtlosen Augen, das Wasser, das ihm über Stirn und Gesicht strömte. Nur das. Mehr hatte sie nicht wahrgenommen. Aber das hatte sie vor sich gesehen, während sie im Bett lag und sich ängstigte, weil er sich nun noch einmal durch das Unwetter kämpfen musste.
Seine Mütze war inzwischen getrocknet. Und die dunkle Jacke. Sicher hatte er in der Poststation beides vors Feuer hängen dürfen. Es hatte dort also doch Platz für ihn und seine Leute gegeben, zum Glück.
Sie schlug den Blick nieder. Sah ihre Hand an, die noch immer den Brief umklammerte. Jetzt fahre ich, jetzt fahre ich auch, dachte sie, wie ein Windstoß jagte dieser Gedanke durch ihren Kopf und trug ein vages Bild von Jens mit sich. Ein undeutliches Bild des Bruders in der königlichen Stadt. Es vermischte sich mit anderen. Mit dem des Mannes, der ihren Hut gestohlen hatte. Mit dem Gesicht mit der grauen Haut und den triefenden Augen. Mit den kleinen Kammern, die die Haushälterin ihnen gezeigt hatte, und den Küchen, mit den qualmenden Feuerstätten und den verlausten Kindern. Das waren die Worte des Vaters, die verlausten Kinder, und jetzt glitt auch das Bild des Vogtes an ihr vorüber, in seinem feinen Mantel mit den braunen Hand-

schuhen; eben nach Hause gekommen, schalt er, spottete: Dieses total verlauste Bettelpack, als ob es nicht genug Wasser für alle gäbe, wenigstens waschen könnten sie sich ja wohl.
Sie schloss die Augen. Aber das Bild war in ihr, die Düsterkeit des Vaters, seines Mantels, seines Blickes, er versperrte ihr die Sicht, und die anderen verschwanden fast, der Bruder und die Ruderer, die Parks in Kopenhagen; der Vogt wuchs, diese düstere Macht, die Menschen dazu bringen konnte, in seiner Abwesenheit in der eigenen Küche zu sitzen und zu weinen. Oder zu fluchen. Diese Macht, die aus ihr einen Gegenstand gemacht hatte, der nach Belieben verschenkt werden konnte.
Sie zitterte.
Es kamen immer noch weitere Bilder, und sie zitterte. Die Bilder huschten vor ihrem inneren Auge vorbei, sie stießen gegeneinander, Angst gegen Angst, der ausgedörrte Pastor, die Schikane vor der Poststation, der Griff, mit dem der Fremde ihren Körper gepackt hatte, dieser Griff, der zu etwas ganz anderem geworden war, zur Rettung.
Er saß jetzt barhäuptig vor ihr. Seine Haare waren braun. Seine Hände, die die Ruder umschlossen, waren kräftig, breit. Er hatte die Augen niedergeschlagen, starrte den Boden des Bootes, starrte vielleicht auch ihre Stiefel an. Auf diese Weise konnte sie ihn betrachten, ohne dass er es merkte. Auch er trug Stiefel aus Leder, das konnte sie sehen, unter dunklen Hosen mit helleren Flecken, vom Salz vielleicht.
Er hatte in etwas eingegriffen, das ihn nicht betraf, das er nicht durchschauen konnte. Er hatte sich dem Willen des Vogtes widersetzt, das wusste sie. Und erst jetzt atmete sie endlich auf, vor Erleichterung, vor bebendem Jubel. Sie war auf dem Weg fort aus dem Vogtshaus, das war sie. Es war die Wahrheit, es war kein Traum.
Dann hörten die Männer auf zu rudern. Zuerst die beiden ganz hinten, dann die anderen. Sie zogen die Ruder halbwegs ins Boot, und sie ließen ihre Blicke unsicher von Sara und dann durch die ganze Runde gehen, und die Männer hinten im Boot

sahen vor allem den an, der ganz vorn saß, den, der für diesen Gang der Dinge verantwortlich war.
Thorvignes war jetzt nicht mehr zu sehen. Und die Männer tauschten fragende Blicke, sie waren schweißnass auf der Stirn, ihre Gesichter waren von der Prügelei gezeichnet, durch eine gesprungene Lippe, einen Schatten unter einem Auge, einen blutigen Fingerknöchel.
Wer ist sie?, fragte einer.
Er war der Älteste an Bord, vierzig Jahre vielleicht. Die anderen waren jünger. Der, an den er seine Frage richtete, war der Allerjüngste, aber auch der Größte und Kräftigste. Er sah Sara mit seinem blauen Blick an. Sie erwiderte diesen Blick. Und lächelte. Sie spürte es am ganzen Leib, dieses Lächeln, das echter war als seit langer Zeit.
Da konntet Ihr doch nicht bleiben?, fragte er.
Nein, erwiderte Sara.
Aber warum nicht?, fragte einer der anderen.
Ich bin die Tochter des Vogtes.
Ihnen schauderte. Das konnte sie sehen. Sie sah, wie ihre Gesichter sich verzogen. Wie sie sich abwandten.
Aber sie ist schließlich nicht der Vogt, sagte der junge Mann.
Wir können sie doch nicht einfach …, setzte einer an.
Entführen, vollendete ein anderer.
Ich will keinen Ärger mit dem Vogt, sagte ein Dritter.
Was wollt Ihr selber?, fragte der Junge, Kräftige.
Weg.
Aber was wird der Vater sagen?, fragte jemand.
Der soll sagen, was er will, erwiderte Sara.
Aber Eure Mutter, hieß es nun.
Ich habe keine Mutter, sagte Sara. Die, die ihr letzte Nacht gesehen habt, war die Haushälterin.
Die Männer schlugen die Augen nieder, vielleicht, weil sie an die Nacht denken mussten, an Sara im Hemd.
Auch sie schlug die Augen nieder und spürte, wie sie ein heißer Schauer durchfuhr.

Das war also ein Vogtshof, murmelte jemand.
Dann schwiegen sie. Sara umklammerte ihren Brief. Sie schaute zu einer Möwe hinüber, zu vielen Möwen, die über dem Wasser ihre Bögen zogen.
Aber die hier, sagte der Älteste mit belegter Stimme. Die wollte uns doch bleiben lassen.
Was sagst du, Oskar?, fragte ein anderer. Weißt du, was du tust?
Der Mann ganz vorne drehte sich zu dem Frager um. Sara sah nur seinen Hinterkopf und den fragenden Blick des anderen.
Sie wollte uns doch bleiben lassen, murmelte ein Dritter. Das andere Frauenzimmer hat uns vor die Tür gesetzt.
Dann ist das abgemacht, sagte der Älteste und schob die Ruder wieder ins Wasser.

Aber etwas lastete doch auf dem Boot, das spürte Sara, die Angst vor Strafe. Sie hörte das in jedem Ruderschlag, der Vogt, der Vogt, einer, der sich rächen konnte. Der Vogt, der Vogt. Aber konnte er das wirklich, wo sie doch aus freien Stücken weggelaufen war?
Der Vogt, der Vogt. Sie sah die Gesichter vor sich. Sie hatten Ähnlichkeit miteinander, die, die hinter dem Vordersten saßen, sie hatten Ähnlichkeit miteinander, weil sie dasselbe dachten, weil sie sich fürchteten. Der, der ihr am nächsten saß jedoch, der lächelte. Seine Hände zitterten jetzt nicht mehr. Und seine Stimme hatte nicht gezittert, als er mit den anderen gesprochen hatte.
Der Vogt, der Vogt. Fort, fort. Das Boot zerschnitt das Wasser wie ein hölzernes Messer. Es wäre leichter für sie, wenn sie Segel setzten, dachte Sara. Aber sie hatten ja keinen Mast.

Später am Nachmittag legten sie an einem Handelshafen an.
Habt Ihr hier Bekannte?, wurde sie gefragt.
Nein, hier sei sie noch nie gewesen.
Die anderen baten sie, im Boot sitzen zu bleiben. Sie blieben lange aus. Dann kam der eine zurück. Ihr Freund. Der Oskar hieß.

Wie der Kronprinz. Sie kannte sonst keinen, der so hieß. Es war ein Name, der laut gerufen werden konnte.
Ich heiße Sara, sagte sie zu ihm.
Er reichte ihr einen Schal aus brauner Wolle.
Es gab keine Hüte im Laden, sagte er. Aber ein Schal ist sowieso besser. Gegen den Wind in einem Boot. – Und Ihr müsst ins Haus kommen und etwas essen, fügte er dann hinzu.
Sara bedeckte ihre Haare mit diesem Geschenk. Dann erhob sie sich. Dann stand sie da, ein wenig unsicher in dem schaukelnden Boot, den Brief an Jens an ihre Brust gedrückt. Oskar sprang an Bord. Er machte sich unter dem Segeltuch zu schaffen und legte dann einen Deckel frei.
Ihr könnt ihn solange hier ablegen, sagte er. In meiner Seekiste.
Hinter ihm an Land standen zwei der anderen. Sie sahen es. Sahen ihn die Kiste öffnen, sahen, dass er etwas nahm, das ihr gehörte, das Einzige, was sie mitgebracht hatte, und zu seinen eigenen Sachen legte.

Bald darauf saßen sie alle an einem langen Esstisch. Die Männer sprachen über das, was ihnen fehlte. Die Frau, die das Essen serviert hatte, stand in der Türöffnung und sah ihnen zu. Dann tauchte ein Mann auf und meldete, dass der Mast erst am nächsten Tag fertig sein werde. Sie müssten am Ort übernachten.
Und wer ist die Jungfer?, fragte er munter.
Oskars Verlobte, war die Antwort.

Die Frau des Seemanns

Oskars Verlobte.
Sie spürte den Abdruck seiner Hände an ihrem Leib, als sie sich an diesem Abend im Gasthaus auszog. Sara war eine kleine Kammer zugewiesen worden, mit einem schmalen Bett, einer Kanne mit Wasser und einem Tuch zum Abtrocknen. Ob es im Bettstroh wohl Ungeziefer gab? Sie stellte sich diese Frage nicht. Sie befreite sich von einem Kleidungsstück nach dem anderen und spürte dabei die Hände auf ihrem Leib. Oskars Hände, als er sie getragen hatte. An der Wand gab es einen Haken, und vorsichtig hängte sie zuerst ihre Bluse auf, dann ihr Korsett, dann den Rock und vier ihrer fünf Unterröcke. Den letzten behielt sie an, zusammen mit ihrem Unterhemd. Dann hüllte sie sich in ihren weiten, wattierten Umhang und legte sich auf die Bettdecke, als habe sie sich doch gefragt, ob es im Bett Ungeziefer geben könnte.
Zum ersten Mal schlief sie nicht in ihrem Elternhaus, schlief sie weit entfernt von Eltern und Bruder. Aber daran dachte sie jetzt nicht, sie dachte an Oskar. An sein Lächeln. An seine Hände. An seine braunen Haare. Und an die Worte des älteren Mannes.
Oskars Verlobte.

Erfüllt von gespannter Erwartung stand sie am nächsten Morgen auf. Erfüllt von einer neuen Leichtigkeit in der Brust kletterte sie in den Achter, als der neue Mast angebracht war. Und auch bei den Männern hatte die Stimmung sich geändert. Mit raschen Bewegungen machten sie sich bereit zum Aufbruch, und der Älteste sang bei der Arbeit. Die Angst vor der möglichen Rache des Vogtes sei verflogen, dachte Sara, als gehe das, was passiert war, die anderen nichts mehr an.

Ja, der Oskar, der Oskar, sagten sie und stupsten ihn freundschaftlich an.
Das Segel war gehisst, der Wind war gut, das Boot glitt dahin, ohne die Ruder zu brauchen. Die Männer lachten leise und zufrieden; so sollte das Leben sein, schienen sie sagen zu wollen, mit gutem Wetter und gutem Wind, und Sara spürte ihre Blicke, Blicke voller Munterkeit und Interesse, die Blicke der drei, die hinter dem Vordersten saßen.
Ja, der Oskar, der Oskar.
Sie musterte ihn verstohlen. Und begegnete seinem Blick, dem hellen, blauen. Darin lag eine Frage. Und Sara schaute ihn mit derselben Frage an. Er war einer, der zupacken konnte, das wusste sie, einer, der das tat, was er für richtig hielt, der gegen das Unrecht einschritt. Sie hatte noch nie einen Menschen wie ihn kennen gelernt. Aber so sollte der Mensch sein, das wusste sie jetzt. Und es erfüllte sie mit einem reichen, großen Gefühl, dass er war, wie er eben war.
Über ihr Ziel wusste sie nichts, nur, dass der Achter nach Süden fuhr. Er folgte einer Fahrrinne zwischen den Schären, nur ab und zu sahen sie ein Stück Meer. Und Sara füllte sich mit allem, was sie sah, mit braunen Felsen und bewaldeten Hängen, mit Katen und fremden Booten, mit dem Himmel und dem welligen Nass, das sie umgab. Sie sah Oskar an. Ihn, der sich um ihretwillen in Gefahr gebracht hatte. Und damit hatte er sie aus dem Schicksal losgerissen, das ihr bestimmt gewesen war, und von dem Vogtshof, der ohne den Bruder ein anderer geworden war.

Ihre Mahlzeiten nahmen sie unter dem Segel ein. Sie schliefen im Boot, unter der Leinenplane, unter offenem Himmel, vertäut in einer engen Bucht. Sara lag allein. Oskar lag in ihrer Nähe. Und sein Lächeln am nächsten Morgen war dasselbe, erfüllt von neugierigem Staunen.
Dann ging es weiter, vorbei an neuen Ufern, an neuen Häusern, nach Ålesund, das wusste Sara jetzt. Drei der Männer hatten Frau und Kind. Oskar lebte mit seiner Mutter zusammen, einer

Seemannswitwe. Seine Geschwister waren älter als er und bereits ausgezogen.
Das alles war wie eine Antwort auf eine Frage gekommen, die sie nicht gestellt hatte, nicht laut, doch die die Männer geahnt hatten; vielleicht hatten sie auch gedacht, dass Sara das wissen müsse. Sie hatten sie nicht direkt angesprochen, sie hatten nicht Sara angesehen, sondern einander oder das Meer, sie hatten kleine Sätze geäußert, die ihr die Möglichkeit gaben, Bilder zusammenzusetzen. Ålesund. Eine Seemannswitwe und ein Sohn. In kleinen Kammern, in denen früher noch mehr Menschen gelebt hatten. In denen wieder mehr Menschen leben könnten. Eine Frau für den Sohn. Und vielleicht Kinder …
Sie schaute hinaus aufs Wasser. Sie wagte nicht, den Blicken der anderen zu begegnen, nicht jetzt, während sie die kurzen Sätze miteinander verflocht und ein Leben sah.
Mit einem Fischer, das wusste sie jetzt. Einem, der zu den Fischgründen hinausfuhr, wenn die Zeit gekommen war. Der mit den anderen im Boot hauste, vielleicht über Wochen hinweg. Der dann an Land ging, um seinen Fang zu verkaufen. An einen Kaufmann vielleicht? Das wusste sie nicht. Sie wusste nichts darüber, wie viel Fisch die Männer wohl fangen mochten, was der wert sein konnte. Darüber, wie ein Fischer lebte. Aber sie dachte diese Gedanken nicht zu Ende, dachte nicht nach über den möglichen Unterschied zwischen dem Leben im Vogtshaus und dem in einer vielleicht um vieles ärmeren Fischerhütte. Stattdessen sah sie Oskar an, und bei jedem Blick wuchs die Freude in ihr.
Dann weitete sich vor ihnen das Meer, und Sara keuchte auf, denn es war so groß, so schön, so strahlend im Nachmittagslicht, mit einem roten Rand ganz hinten, wo der Himmel begann, einem Rand, der zerteilt wurde, als Inseln sich davorschoben.

Sie waren am Ziel. In einem Hafen, in dem ein Boot neben dem anderen lag, in dem ein Lagerhaus neben dem anderen stand, in dem die Menschen laut und geschäftig hin und her eilten.

Oskar half ihr an Land. Da stand sie dann, im Lärm, im Gestank von Tran und Fisch, in Möwengeschrei und Flügelschlägen, mit Männern und Frauen vor Augen, vor allem Männern, doch auch einigen Kindern, die vorübereilten oder auch langsam gingen, zu zweit, allein, in Gruppen, während die Männer aus dem Achter Mast und Segel und Ruder an Land und in ein baufälliges Bootshaus trugen, zurückkamen, Tonnen holten, die Decken, unter denen sie geschlafen, die Holzkisten, in denen sie Lebensmittel und Trinkwasser aufbewahrt hatten und Kleidung zum Wechseln.
Die Gegensätze waren so groß zwischen der Stille der Tage im Boot und dieser geschäftigen Munterkeit, die Sara in sich hineinsog, denn so kam es ihr vor, dass alles von einem ganz besonderen Frohsinn geprägt sei, die Stimmen der Menschen, die Kleidung der Seeleute; sie kam sich durchsichtig vor, als sie das alles in sich aufnahm, ohne Angst, erfüllt von einem plötzlichen Hunger auf dieses Neue, das so anders war.
Und dann waren sie wieder da, die Männer, die sie kannte, mit ungeduldigem Lächeln im Gesicht, ehe sie verschwanden, ehe sie zu Schatten wurden, die mit den anderen verschwammen. Oskar dagegen stand vor ihr, in seinen Stiefeln. In der schwarzen Jacke. Er nahm die Mütze ab und fuhr sich durch die braunen Haare. Dann setzte er die Mütze wieder auf und ging los. Sara folgte ihm. Zuerst blieb sie hinter ihm, dann verlangsamte er seine Schritte, damit sie ihn einholen konnte. Jemand rief seinen Namen und etwas über den Sturm, aber er gab keine Antwort, er ging einfach weiter, so, als habe er nichts gehört.
Sie verließen den Hafen und gingen an anderen Anlegestegen mit kleineren Booten vorbei. Die Felsen dahinter waren von Fischen bedeckt. Sie schienen überall zu sein, die Fische, sie lagen auf dem Weg, waren an Hauswänden aufgestapelt, Fische, die getrocknet werden sollten, Fische, die schon getrocknet waren; Sara hatte noch nie so viele Fische auf einmal gesehen, und so viele Häuser auch nicht. Dicht an dicht standen sie da, Wand an

Wand, mit zwei oder drei Stockwerken, als sei der ganze Ort von Vögten oder Kaufleuten besiedelt.
Aber es gab auch Schuhmacher, das verriet ihr ein Schild. Und andere schienen Schnaps zu verkaufen, dachte sie, als sie an einer Tür vorüberkamen, die geöffnet wurde, und sie dahinter eine Szene sehen konnte, die in eine Schenke gehören musste. Der Mann, der herauskam, war außerdem unsicher auf den Beinen. Wie eine Stadt, dachte sie. Fast wie eine Stadt. Wie Kopenhagen. Aber nein, das nun doch nicht. Hier gab es keine Pflastersteine. Und keine richtigen Straßen. Und die Häuser lagen in kleinen Gruppen da, unten am Ufer. Dahinter stand der Wald, an einem steilen Hang, der sich immer weiter aufwärts zog, bis zum Berggipfel, dachte sie.
Oskar führte sie wieder zum Wasser, zu einer kleinen Bucht mit einem grünen Gürtel am Ufer, Gras und große Steine, die tief ins Wasser reichten, und er blieb stehen. Sie waren allein. Zum ersten Mal. Ohne die Blicke der anderen. Ohne Geräusche in der Nähe, außer denen des Wassers und des leisen Windes, einer einsamen Möwe und ihres eigenen Atems.
Sie waren allein, und der Hafen schien nicht mehr zu existieren, Geschäftigkeit und Häuser, Anleger und die vielen Fische, die von Menschenhand dort ausgelegt worden waren, waren verschwunden. Oskar stellte seine Seekiste ab und bat sie, sich darauf zu setzen. Er selber ließ sich am Hang nieder, oberhalb von ihr. Er schaute zu den flachen Inselchen weit draußen hinüber, dorthin, wo gerade die Sonne unterging.
Was soll ich sagen?, fragte er mit abgewandtem Blick.
Die Worte schienen in der kühlen Luft zu schweben. Was er sagen sollte? Zu ihr, jetzt? Aber hatte er das Nötige denn nicht schon gesagt, mit seinem Blick? Und hatte sie ihm nicht geantwortet, mit ihrem Blick? In den vielen Stunden im Boot …
Was er sagen sollte?
Zu anderen, ging ihr auf. Zu denen, die hier waren. Zu denen er heimkehrte, zu einer Frau. Nicht zu *ihnen,* sondern nur zu ihr, zu seiner Mutter.

Mein vollständiger Name ist Sara Cold, sagte Sara.
Hatte er das hören wollen? Er nickte vage und sah sie noch immer nicht an.
Meine Mutter ist tot, sagte sie dann. Mein Vater ist Vogt in Tingvoll … aber das wisst Ihr schon. Mutter ist gestorben, als ich elf war, und Jens … ich habe einen Bruder … in Kopenhagen.
Oskar schaute zu dem rosa Streifen hinüber, der das Land draußen dunkler aussehen ließ.
Und jetzt, sagte er, jetzt seid Ihr hier.
Ja, erwiderte Sara.
Sie sah ihn an. Er sah zu der Stelle hinüber, an der die Sonne fast schon verschwunden war.
Und Ihr?, fragte sie vorsichtig.
Auch er nannte seinen vollständigen Namen. Und fügte hinzu: Ich bin zwanzig Jahre alt.
Ich bin achtzehn, sagte Sara atemlos.
Denn sie hatte ihn richtig verstanden; genau das hatte er wissen wollen, wissen, wer sie war, woher sie kam.
Wir sind die Einzigen, sagte sie. Jens und ich. Und mein Vater. Und eine Haushälterin. Sie war schon früher bei uns, als meine Mutter noch lebte, sie stammt aus dem Ort, Mutter hatte sie angelernt, damit sie so kochte, wie Vater das wollte. Das hat sie gesagt. Ich weiß noch viel davon, was sie damals gesagt hat, dass es richtig sei, sie zu nehmen, eine aus dem Ort. Weil er Vogt war, aber das hat sie nicht gesagt. Das habe ich einfach begriffen. Später.
Sara verstummte. Sie spürte, dass ihre Wangen glühten. Sie hatte das noch nie ausgesprochen, nicht einmal Jens gegenüber.
Meine Mutter heißt Anna Maria, sagte Oskar. Auch sie ist klug. Wie Eure Mutter das war.
Dann schwieg er wieder.
Danke, sagte Sara. Dafür, dass Ihr mich gerettet habt.
Ich hätte Euch nach Hause bringen können, sagte Oskar. Danach. Statt wegzurudern. Wir hätten warten können. Und dann hätte ich Euch zurückgebracht. In die sichere Hut Eures Vaters.

Das wollte ich nicht, sagte Sara.
Ihre Stimme war jetzt stärker. Das hörte sie. Und deshalb erzählte sie über den Pastor. Über einen alternden Mann, den sie kaum kannte.
Noch immer lag der Brief an den Bruder unter ihr in der Kiste. Und sie holte ihre eigenen Worte heraus, ihre Verzweiflung, so, wie sie unter dem Deckel lagen, auf dem sie saß.
Ach so, sagte Oskar.
Noch hatte er sie nicht einmal angesehen, seit sie sich gesetzt hatten.
Vielleicht kann ich Euch helfen, sagte er. Weiterhelfen. Zu Eurem Bruder.
Seine Stimme hatte sich verwandelt. Sie klang trocken, fremd. Sara fröstelte. Sie zog ihren Umhang am Hals fester zusammen. Sie zog sich den braunen Schal, den er ihr geschenkt hatte, tiefer in die Stirn. Sie stellte sich Jens vor, in der königlichen Stadt. Sie sah die Angst in seinem Gesicht, die Angst vor dem Vater, wenn der sie dabei ertappte, dass sie ihre Hausaufgaben vernachlässigt hatten.
Nein, sagte sie. Nein.
Erst jetzt wandte Oskar sich um. Er betrachtete sie schweigend. Er lehnte seinen Oberkörper ein wenig zurück, als könne er durch die größere Entfernung mehr sehen. Er musterte sie. Sie hatte ihr Gesicht dem letzten Licht zugewandt, sein eigenes zeichnete sich dunkel vor der Dämmerung ab, nur seine Augen waren deutlich zu erkennen, und Sara schaute ihn an, mit weit offenem Blick, damit er sehen konnte, was er wollte, und Antwort fand. Die fand er offenbar, denn sein Gesicht wurde weich, er streckte die Arme aus und zog sie an sich, und sie erwiderte seine Umarmung und spürte, dass er zitterte, dass auch er zitterte.
Ich will es von dir hören, flüsterte er. Willst du mich?
Ja, flüsterte Sara zurück. Ja! Ja! Es klang in ihr wie Rufe, wie staunende, glückliche Rufe, doch das Wort kam nur ein einziges Mal hörbar heraus. Was aber bereits reichte.

Er wohnte in einem größeren Holzhaus. Sie betraten einen engen Gang ohne Licht. Sara ahnte eine Treppe, die weiter nach oben führte. Aber dahin wollten sie nicht. Oskar öffnete die eine der beiden Türen im Untergeschoss. Sie schauten in eine kleine Küche hinein, in der eine Frau mit einer Handarbeit saß. Die Frau ließ ihre Arbeit fallen und sprang auf; ich hab es gewusst, rief sie. Ich hatte so seltsame Träume, als der Sturm ...
Mitten in diesem Satz entdeckte sie hinter ihrem Sohn Sara und verstummte.
Das ist Sara Cold, sagte Oskar. Wir werden heiraten.

Das hörte sich so einfach an. Aber so einfach war es nicht, sie konnten nicht einfach nach Borgund übersetzen und sich trauen lassen. Sara brauchte die Erlaubnis ihres Vaters. Und sie wusste, dass er diese verweigern würde. Deshalb brauchten sie einen königlichen Dispens, aber ob sie den erlangen konnten, wo der Vogt doch im Dienst des Königs stand?
Anna Maria führte am Küchentisch die Diskussion. Sie meinte, Sara solle ihrem Vater schreiben, wo sie sei und warum.
Die jüngere Frau weigerte sich. Sie sagte, der Mann könne dann kommen, sie packen, ohne ein Wort, und sie mit Gewalt nach Hause holen. Sie sah seinen Blick vor sich, den niemand zu erwidern wagte, wenn er vor Befehlsgewalt funkelte.
Sie weigerte sich. Aber er weiß doch von nichts, sagte Anna Maria. Hast du ihn nicht wenigstens ein bisschen lieb?
Das konnte Sara nicht sagen. Sie hatte sich diese Frage nie gestellt. Ihren Vater gab es einfach nur, wie einen Willen, einen Willen, an dem sich nichts ändern ließ. Aber Bolette liebte sie wohl. Ja, das tat sie.
Sie wissen doch, was passiert ist, sagte Oskar. Es waren genug da, die es gesehen haben.
Sara schüttelte langsam den Kopf. Die, die dabei gewesen waren ... warum hätten sie den Vogt unterrichten sollen? Nein, das hätten sie bestimmt nicht getan. Aber die Haushälterin ... mit

der sprachen sie, die hatte es sicher erfahren. Dass Sara mit einem fremden Boot verschwunden war.
Du kannst doch schreiben?, fragte Anna Maria.
Sara nickte, das war nicht das Problem.
Und als Oskar ihr am Tisch gegenübersaß, unter seinem starken Blick, mit seiner ruhigen Hand vor ihr auf der Tischplatte, da schaffte sie es.
So vergingen die Tage, während sie auf Antwort warteten. Sara hatte dem Vater alles erzählt, über die Männer, die ihr die Kleider vom Leib reißen wollten, über den Mann, der sie mit großem Mut an diesem fremden Ort gerettet hatte, ein Ehrenmann, das war er, das musste der Vater begreifen. Sie war ihm aus freien Stücken gefolgt, aus Tingvoll, wo sie verhasst waren, ja, das hatte sie dem Vogt offen gesagt, verhasst waren sie, nicht nur der Vogt selbst, sondern alles, was zu ihm gehörte. Und dieser Hass, der habe ihr so wehgetan, schon so lange. Nicht, dass sie ihrem Vater wegen seines Amtes Vorwürfe machen wollte, denn sicher musste jemand das tun, was anderen solches Leid verursachte. Aber sie konnte nicht länger dazugehören. Und diese Ehe, die er für sie ausgemacht hatte, gegen ihren Willen, ohne sie auch nur darauf vorzubereiten …
Geehrter Vater, so hatte sie ihren Brief begonnen. In eleganter Schönschrift hatte sie eine Zeile nach der anderen gefüllt. Wie einen begründeten Abschied. Sie hatte ihm gedankt für alles Wissen, das er ihr gegeben hatte. Und für Essen und Kleidung. Sie hatte bedauert, dass er sich möglicherweise Sorgen gemacht hatte. Aber sie wollte nicht zurückkehren. Sie wollte hier bleiben, in Ålesund, und deshalb bat sie um die Erlaubnis des Vogtes, den zu heiraten, den sie heiraten wollte.
Mit vorzüglicher Hochachtung, Eure Tochter Sara Cold.

Langsam verging sie Zeit. Die beiden jungen Leute wichen einander im Hause aus, verlegen, ängstlich. Sara schlief in einer kleinen Kammer, Oskar auf einer Ausklappbank in der Küche. Zwei Kämmerchen und eine Art gute Stube, die nur selten benutzt wurde, das war alles, zusammen mit der Küche. Das Haus gehörte einem Kaufmann namens Rønneberg, wie Sara erfuhr. Er hatte es für die Männer in seinen Diensten erbauen lassen, für Seeleute und Fischer und deren Familien. Als Anna Maria Witwe geworden war, hatte er ihr gegen eine kleine und erschwingliche Miete lebenslanges Wohnrecht zugesichert. Im Haus lebten acht Familien. Außerdem konnten zur Fischzeit Fremde auf dem Dachboden kampieren.

Die Worte kamen zu Sara und setzten sich fest, während in ihr eine stumme Stimme fragte: Was ist eine erschwingliche Miete? Wie sah die gute Stube aus, die sie noch nicht betreten hatte, gab es dort schöne Möbel? Waren die Wände bunt gestrichen? Wurde sie zu Weihnachten benutzt?

Anna Maria sorgte dafür, dass keine verbotene Grenze überschritten wurde. Sie war klein und adrett und ging immer in Schwarz, wenn auch mit einem weißen Kragen. Sie setzte die junge Frau zur Arbeit an, Sara musste kochen und putzen, und sie wurde zum Einkaufen zu den Kaufleuten geschickt. Das meiste schaffte Sara mühelos. Aber den Boden zu scheuern, sich zu bücken in den langen knöchellangen Röcken und dem strammen Schnürleib und ohne dabei ihr Kleid zu verschmutzen ... Sie besaß auch keine Schuhe, die sie im Haus tragen konnte. Sie hatte nur die knöchelhohen Stiefel. Und deshalb lief sie barfuß und fror, bis Anna Maria ihr ein Paar verfilzter Wollstrümpfe gab.

Sara verglich und verglich doch nicht. Hier war es im Haus enger und draußen weiter, als sie es gewohnt war. Im Hafen kam sie sich vor, wie in ein Märchen aus fremden Ländern versetzt. In Anna Marias Küche gab es nur die Ausklappbank und drei Hocker, einen schlichten Holztisch, die Feuerstätte und einen Hängeschrank für den Hausrat. Doch durch das Fenster strömte das klare Licht. Und durch die Fensterscheibe schaute man auf das Meer, dieses Meer, an dem sie sich nie satt sehen konnte.

Hier im Haus regierte Oskars Mutter. Und sie erklärte Sara: Allein durfte sie aus dem Haus gehen, wenn sie etwas zu erledi-

gen hatte, das jedoch nie in der Dunkelheit. Fremden Frauen durfte sie antworten, wenn die sie ansprachen, Männern aber nicht, lieber nicht, jedenfalls nicht, wenn sie mit ihnen allein war. Und Sara und Oskar durften nicht zusammen gesehen werden, noch nicht, und sie durften nicht ohne Gesellschaft im Haus bleiben. Denn Sara war einem anderen versprochen; das war so, bis diese Verlobung mit dem Pastor gelöst war. Wenn Sara es doch nicht schaffte, ihren Vater umzustimmen, wenn er auftauchte, dann wollte Anna Maria versichern können, dass nichts geschehen war, nichts, was sich nicht gehörte.
Trotzdem fühlte Sara sich frei, wenn sie an den Häuserreihen entlanglief, zum Brunnen, wo die Frauen Wasser holten und Neuigkeiten austauschten, zum Hafen mit seinem Lärm und seiner Geschäftigkeit, zur Stille am Strand. Denn hier schien niemand ihr übel zu wollen.
Die Frauen am Brunnen lächelten, oft mit viel sagender Miene. Offenbar hatte Anna Maria also das Nötige erwähnt, um die Neugier zu stillen, vielleicht hatten auch die Männer aus dem Achter geplaudert. Und Sara lächelte zurück, denn sie wollte freundlich sein, wollte gemocht werden.
Und sie setzte die Stücke zusammen, die sie aus dem Augenwinkel sah und sammelte. Oskar beim Essen, Oskar, der mit seiner Mutter sprach, den Löffel in der Hand, den Klang seiner Stimme, o ja. O ja. Nein, nie im Leben würde der Vater sie hier wegholen können. Sie hatte sich ihm brieflich widersetzt. Und sie würde das auch von Angesicht zu Angesicht schaffen.
Sie richtete sich im Gehen gerade auf und kostete ihren Mut aus. Sie war kein *Ding.* Sie war Sara. Ein Mensch. Und Menschen sollten aufrecht gehen und ihre Meinung sagen, statt wie die Fische auf dem Felsen dazuliegen. Sie wollte sein wie Oskar. Und zusammen mit ihm würde sie es schaffen. Wirklich? Doch, in diesem Moment war sie sich ganz sicher.

Dann kam die Antwort. Ein Boot, das in Molde gelegen hatte, hatte eine Truhe mitnehmen sollen, eine große Truhe, die

jemand dorthin gebracht hatte, der aus Tingvoll gekommen war, aber keine Weiterfahrt nach Ålesund plante.
Oskar ging zu diesem Boot, holte die Truhe ab und schaffte sie mit Hilfe eines Schubkarrens und eines Knaben nach Hause. Es war eine Truhe aus frischem Holz. Sara hatte sie noch nie gesehen. Und ihr Herz wurde vor Verwirrung schwer, denn diese Truhe konnte doch nicht von ihrem Vater stammen, das war nicht ihre Brauttruhe, die schöne rote und blaue, was war das also für eine Truhe? Zugleich war sie erleichtert, dass es nicht ihre Brauttruhe war, die sie in ihrer letzten Zeit zu Hause zu hassen gelernt hatte.
Oskar öffnete den Deckel. Dann zog er sich zurück, auf die andere Seite des Tisches, zur Mutter. Der Inhalt der Truhe ging nur Sara an. Sie musste entscheiden, ob sie ihn zeigen wollte.
Und Sara sah sich alles an. Sah eins ihrer Kleider, eins aus blauem Samt, während der Zipfel eines anderen, aus grauem Satin, von unten hervorlugte.
Sie hätte darauf vorbereitet sein müssen. Oder nicht?
In den Wochen, die jetzt hinter ihr lagen, hatte sie sich Kleider zum Wechseln gewünscht, aber hatte sie dabei an diese hier gedacht?
Sie war anderswo gewesen, in einem anders gearteten Leben. In diesen Kammern gab es keine Kleider aus Samt und Satin zum Wechseln. Das glaubte sie nicht, auch wenn sie Anna Marias Kammer nie betreten hatte.
Sie hatte eine Wartezeit hinter sich, unter Oskars scheuen Blicken, mit kurzen Augenkontakten hinter dem Rücken der Mutter. Mit Schmetterlingsblicken. Voller Verheißungen. Voller Unruhe und Hoffnung. Voller Verwunderung und Neugier.
Während der Wartezeit hatte sie sich mit dem begnügt, was sie hatte, womit sie durch die Fjorde gesegelt war, das sie eines Morgens angezogen hatte, um einen Brief aufzugeben. Sie hatte ihre Kleidung stückweise gewaschen, heute den einen Unterrock, morgen den nächsten. Wenn die Unterwäsche an die Reihe

kam, hatte sie das Korsett auf der bloßen Haut getragen. Das war nicht angenehm gewesen, aber es war gegangen.
Sie betrachtete den schönen Samt. Er zeichnete Bilder in ihr, von anderen Zimmern. Sie lebte nicht mehr dort, in diesen anderen Zimmern. Es kam ihr vor, als gehe das, was hier unter dem Truhendeckel zu sehen war, sie nichts mehr an. Ein schönes Kleid. Und noch eins, unter dem oben liegenden. Und darunter waren sicher noch weitere.
Nein, nicht danach hatte sie sich gesehnt, sondern nach etwas anderem, nach etwas, das in einer Zukunft zu ihr kommen würde, wenn die Wartezeit zu Ende wäre, wenn Oskar sie in die Arme nehmen würde wie am Strand, wenn alles gut und sicher wäre, wenn Oskar sich um sie kümmern würde, für sie sorgen, damit es ihr an nichts fehlte.
Und zugleich erweckte das, was sie in der braunen Holztruhe sah, in ihr einen jähen Hunger danach, sich gründlich zu waschen und saubere Kleidung anzuziehen. Es juckte ihr in den Händen, sie wollte in dem herumwühlen, was sie da sah, mehr finden, mehr, Unterhemden und Unaussprechliches, vor allem Unaussprechliches, und vielleicht etwas, das sie benutzen konnte, wenn das Monatliche kam, denn es konnte jederzeit so weit sein, sie wartete schon darauf, fürchtete sich davor, hatte vorgehabt, dann einen Unterrock zu zerreißen.
Aber hier durfte nicht herumgewühlt werden. Sie war nicht allein. Sie war zusammen mit zwei anderen, einer Frau mit einem weißen Kragen und einem jungen Mann in verschlissenen Hosen, und diese beiden sahen sie an, beide mit abwartender Miene. Bestimmt wollten sie sehen, was Sara da bekommen hatte.
Sie streckte die Hand nach dem Samtkleid aus. Zog es vorsichtig aus der Truhe und hielt es ihnen hin, zuerst den Rock, dann das dazugehörige Oberteil. Danach nahm sie das Satinkleid heraus. Es hatte zwei Oberteile, eins für den Morgen, das andere, ärmellose, für den Nachmittag. Alle drei Teile waren mit rosa Schleifen und Bändern versehen, der Rock besaß Knöpfe, die aussahen wie lange Zungen.

Dann gab es noch ein weißes Baumwollkleid, auch das mit zwei verschiedenen Oberteilen, auch diese mit fröhlichen Schleifen besetzt.
Der Haufen auf dem Tisch wuchs. Noch mehr Kleider. Und Unterröcke. Und dann der Umhang für den Sommer. Und danach die Unterwäsche und die Hemden aus Seide und Baumwolle, die Sara durchaus nicht hochhob, sondern rasch unter den Umhang schob.
Die beiden anderen schwiegen. Sie schauten nur. Mit den gleichen unergründlichen Gesichtern.
Sara zitterte. Jetzt füllte sie die Küche mit der Vogtstochter, füllte und füllte sie. Als habe der Vater das alles geschickt, um klarzustellen, wer sie war, dass sie nicht zu Oskar und seiner Mutter gehörte. Als rechne er damit, sie würden alles wieder in die Truhe stopfen und auch Sara unter den Deckel pressen, um sie an ihren Ursprungsort zurückzuschicken.
Und noch immer hatten sie nicht alles gesehen.
Sie wollte aufhören, den Rest unbesehen liegen lassen. Aber da saßen Oskar und seine Mutter, und ihre Blicke hingen an Saras Blicken, denen, die fanden und zeigten, zeigten und fanden.
Sie spürte, wie ihre Wangen rot wurden. Sie hätte sich gern im Kleiderhaufen auf dem Tisch versteckt, ihr Gesicht verborgen, sich ganz und gar versteckt.
Hatte sie wirklich so viel besessen? Und wo sollte sie das hier alles unterbringen?
Anna Maria hob einen Arm, streckte ihn über den Haufen. Sie packte Saras Hand und drückte sie. Diese Berührung ließ in Sara eine Stimme ertönen, eine ruhige Stimme, die ihre Gedanken auf den Kopf stellten, denn durch diesen Stoffberg konnte sie sich jedenfalls für lange Zeit mit Kleidern versorgen, nachdem sie mit leeren Händen hergekommen war.
Die ältere Frau lächelte freundlich, gleichsam erfreut über diese Erkenntnis, und ließ Saras Hand los. Und etwas in Sara fühlte sich leichter an, denn so musste es doch sein, dass es Gutes für sie mitbrachte, für sie alle drei, wenn ihr Vater … dass das ein

Zeichen dafür sein musste, dass der Vogt … und das musste es doch sein, oder etwa nicht?
Sie beugte sich wieder über den Kasten und spürte etwas Hartes unter ihren Fingern. Es war die Reisetruhe ihrer Mutter, die Sara zu ihrem fünfzehnten Geburtstag erhalten hatte, mit der Einlage unter dem Deckel. Sie hob sie heraus und stellte sie auf den Boden. Das hatte Zeit. Denn die große Truhe war noch immer nicht leer. Es folgten die Decken, die sie gestickt hatte, es folgten die Kissenbezüge mit den Bibelsprüchen, die sie unter den Blicken der Haushälterin vollendet hatte. Und ganz unten lagen ihre Schuhe, Sommerschuhe aus Leinen oder dünnem Leder, Abendschuhe aus Seide, dazu ihr Pelzmuff und einige Schals.
Kein Brief?, fragte Anna Maria.
Sara öffnete die kleinere Truhe. Die enthielt Hüte und Gürtel und zwei Kämme aus Schildpatt, mit denen die Haare befestigt werden konnten.
Sie schaute in das Einlegefach. Und sah Bögen und Umschläge, Tintenfass und Gänsefeder und die kleine Streusandbüchse, die der Tinte beim Trocknen half. Auf dem obersten Umschlag stand ihr Name. Sie erkannte die Schrift ihres Vaters.
Es war ein kurzer Brief. Er sagte sich von ihr los. Schweren Herzens habe er dem Pastor mitgeteilt, dass er keine Tochter mehr verheiraten könne, das stand in dem Brief. Aber er habe die Haushälterin gebeten, Sara zu schicken, was ihr gehört hatte. Mit Ausnahme der Brauttruhe, die ihr nicht mehr zukam, da sie nicht den vom Vater ausgesuchten Mann heiraten wollte, und der Schmuckstücke, die sie in den letzten Jahren getragen hatte und die von ihrer seligen Mutter stammten, denn »Deine Mutter hätte diesem hier niemals ihre Zustimmung ertheilet, denn indem Du Dich von Deinen Eltern loossagest, sagest Du Dich auch von allem loos, was Dir zum Erbtheile bestimmt gewesen«.
Sara las den Brief zweimal. Dann las sie ihn laut vor.
Sie fühlte sich so seltsam. Sie musste sich setzen. Sie hatte keinen

Vater mehr. Hatte sie einen Bruder? Das wusste sie nicht. Aber sie wusste, dass sie das grüne Zimmer nie wieder sehen würde, nie wieder würde sie die schönen Hügel auf dem anderen Fjordufer sehen, nie wieder den Bücherschrank mit den Glastüren öffnen. Nie wieder.

Danach wurde ein weiterer Brief losgeschickt, diesmal an den König. Nach drei Monaten traf die Antwort ein. In verschlungenen Formulierungen und mit Brief und Siegel gestattete der König die Heirat mit dem Seemann und Fischer.

Sie wurden in Borgund getraut, unmittelbar vor der Frühlingsfischerei 1837. In Ålesund gab es keine Kirche. Sie segelten über den Fjord. Oskar und Sara, Anna Maria und einige andere Verwandte des Bräutigams. Als sie zurückkamen, regnete es; ein gutes Omen, wie alle fanden. Zum Hochzeitsschmaus gab es frischen Fisch, ein wenig Speck und Fleisch, dazu Knäckebrot, Kartoffeln und Grütze. Sie hatten Tische und Stühle ausgeliehen und saßen in der guten Stube. Und in der einen Kammer stand jetzt ein neues und breites Bett mit einer frischen Strohmatratze.

Sara war verheiratet. Und sie war glücklich, als sie wenige Tage darauf ihren Mann zum Boot brachte und ihm zum Abschied zuwinkte. Sie blieb lange stehen, länger als die anderen Frauen, die ihre Lieben so weit begleitet hatten. Dann ging sie zu dem zurück, zu dem sie jetzt gehörte, zu einigen kleinen Kammern, in denen es jedoch sehr viel Licht gab. Und Anna Maria fasste ihre Hände.

Jetzt kann ich dich endlich willkommen heißen, sagte sie. Jetzt endlich richtig.

In der Küche roch es anders als sonst, und die Schwiegermutter bat Sara, sich zu setzen. Dann schenkte sie Kaffee ein. Für Sara war es das erste Mal, dass sie in diesem Haus Kaffee trank. Für Anna Maria war es das erste Mal im Leben. Frau Rønneberg hatte ihr ein Tütchen mit bereits gemahlenen Bohnen geschenkt. Damit du deine Schwiegertochter richtig willkommen heißen kannst, hatte die Frau des Kaufmanns lächelnd gesagt.

Frau Rønneberg ist ein guter Mensch, sagte Anna Maria und nippte an dem heißen Getränk.
Sara vermisste den Zucker, sagte aber nichts. Auch im Vogtshof hatte es nicht jeden Tag Kaffee gegeben. Der Vater hatte sonntagnachmittags eine Tasse getrunken, ansonsten wurde Kaffee serviert, wenn Gäste besonders geehrt werden sollten. Kaffee in feinen Porzellantassen. Hier tranken sie aus Holzbechern.
Und du bist der Krug, sagte Anna Maria.
Das begriff Sara nicht. Aber Anna Maria erklärte. Während des Sturms hatte sie von Oskar geträumt. Er war mit einem Krug in der Hand zur Tür hereingekommen. Der Krug hatte ausgesehen wie der, in dem der Apotheker Arznei aufbewahrte, hatte die gleiche elegante Form gehabt, war jedoch golden gewesen und bedeckt mit einem feinen Muster, wie von winzigen Zeichnungen. Er hatte ihn ihr hingehalten wie ein Geschenk.
Als ich aufwachte, wusste ich, dass er den Sturm überleben würde, sagte die Ältere. Und dass er etwas mitbringen würde. Dich nämlich.
Einen Krug.
Sara schaute sie verwundert an.
Das Goldene waren deine Haare, sagte Anna Maria. Und das schöne Muster deine feinen Kleider. Aber der Krug hatte einen kleinen Deckel. Und im Traum durfte ich nicht hineinschauen. Deshalb waren deine Geheimnisse zuerst noch verborgen, für Oskar und mich.
Sie tranken den restlichen Kaffee. Er schmeckte bitter. In der Tüte war aber noch genug für einen anderen Tag.

Sie kamen gut miteinander aus, die beiden Frauen. Sara hatte schon alles gelernt, was sie zum Kochen brauchte; manches war wie in der Küche zu Hause, anderes war neu. Sie kannte nicht alle Geräte und Gefäße und Zutaten. Es gab hier kein weißes Mehl. Es gab Roggen und Gerste. Daraus wurde Grütze gekocht, das aber fast immer mit Wasser, nicht mit Milch. Und in die Grütze wurde bisweilen Hering gemischt, das hatte Sara auch noch nie gegessen, Heringsstücke in der Grütze. Fischklöße dagegen kannte sie. Und frischen Fisch. Davon lebten sie vor allem, während der hellen Jahreszeit, von vielen Sorten frischem Fisch, gekocht in Meerwasser, serviert mit Kartoffeln oder Knäckebrot.

Du bist sicher anderes gewöhnt, sagte Anna Maria leise.

Eine Antwort war hier nicht nötig. Sara sehnte sich immer wieder nach Speck und nach Eiern. Das gab es hier nur sonntags. Doch nach kurzer Zeit legte sich diese Sehnsucht. Sie brachte fast überhaupt nichts mehr herunter und fühlte sich nur noch elend. Die Schwiegermutter benannte ihre Krankheit, noch ehe Sara es selber begriffen hatte. Sie war schwanger. Und sie freute sich, so elend sie sich auch fühlte. Denn sie liebte Oskar. Sie liebte ihn von ganzem Herzen. Das spürte sie in den warmen Monaten, als er zur Sommerfischerei unterwegs war. Er war nicht nur eine Rettung gewesen. Er war nicht irgendeiner, den sie genommen hatte, weil sie den anderen nicht wollte. Er war so wunderbar, in seinem ganzen Wesen, das wusste sie. So lieb und gut. So fürsorglich, ihr und seiner Mutter gegenüber. Dauernd war er an der Arbeit. Er hackte Holz für sie, damit sie immer genug hatten, wenn er unterwegs war. Er hatte ein Bett und eine große Kommode für ihre Kleider gezimmert, für die Dinge, die sie täglich trugen. In der guten Stube stand noch immer die große Holztruhe mit Saras schönen Kleidern, mit der Reisetruhe und den Hüten. Er hatte vor, dafür einen neuen, schönen Schrank zu zimmern. Und er hatte ein hübsches Stück Stoff mitgebracht, das sie darüberbreiten konnte.

Und seine Augen … Sara bekam nie genug von diesem warmen Blick, der von Blau zu Blau wechselte wie das Meer. Und sie verspürte einen Hunger, wenn sie von einer Arbeit zur anderen ging, nach seiner Nähe, nach seinen Armen.

So ist die Liebe, das wusste sie. So und nicht anders. Sich sehnen. Vermissen. Sich auf das Wiedersehen freuen.

In der letzten Zeit verließ Sara das Haus nicht mehr. Das gehöre sich nicht, sagten die anderen. Und sie hätte es auch nicht mehr geschafft, draußen unterwegs zu sein. Das Atmen fiel ihr jetzt schwer, unter dem strammen Korsett, mit ihrer zusätzlichen Last. Wieder war es Winter geworden. Vom Meer her wehte ein kalter Wind. Er drang durch die Wände, da konnten sie heizen, so viel sie wollten.

Das Kind kam in einer sternenklaren Nacht. Die Brecher schlugen an Land. Das konnte Sara durch ihre eigenen Schreie hindurch hören. Es tat so weh, sie hatte keine Ahnung gehabt, dass es so weh tun könnte. Anfangs kam ihr das Rauschen des Meeres vor wie ein Widerstand, wie etwas, das gegen sie war, genauso wie ihr Körper, der sich von seiner Last offenbar nicht trennen wollte, aber nach und nach, nach und nach schienen die Wellen sie zu begleiten, schienen die Brecher im Takt ihres Herzens zu hämmern, im Chor mit ihren Schreien zu dröhnen, und damit wurde die Natur zu einer Gehilfin, die sie weitertrieb.

Die Schwiegermutter kümmerte sich um sie, zusammen mit zwei anderen Hausbewohnerinnen. Sie feuchteten ihre Stirn, sie trösteten sie und redeten ihr zu, gut so, jetzt pressen, jetzt ist es gleich so weit.

Es war ein Junge. Ein lebendes Wesen, das schreien konnte, das einen gierigen Mund hatte. Am nächsten Tag lachte sie, die Mutter, laut über den Jungen, und die anderen stimmten ein. Denn alles war gut gegangen, und der Junge umklammerte ihre Brüste eifrig mit seinen winzigen Fäusten.

Er wurde Sigmund getauft, nach seinem Großvater. Sara gefiel die Kirche von Borgund. Sie war sehr alt und aus Stein errichtet. Und der Pastor war ein Mann mit einem offenen und freundlichen Gesicht, einer, der nicht tadelte, einer, der sanfte Reden führte. Nach der Taufe wiederholte Sara in Gedanken einige seiner Worte, ehe sie abends einschlief. Gott segne Sigmund, sagte ihre innere Stimme, und jeden Abend fügte sie noch etwas hinzu: Gott segne Sigmund und Oskar. Und Anna Maria. Gott segne uns alle und lasse uns unsere Gesundheit behalten. Und

Oskar auf dem Meer behüten, und auch die übrige Mannschaft des Achters. Und ihre Familien. Und alle freundlichen Seelen in Ålesund. Amen und danke.

Sie hatte auch früher immer zu Abend gebetet, schon als kleines Kind, bis dann der Vater ihre Jugend zerstört hatte und damit ihr ganzes Leben, wie es ihr vorgekommen war. Sie hatte nicht gewusst, dass sie mit Beten aufgehört hatte, hatte nicht daran gedacht; als seien der Vogt und der Herr ein und derselbe, und wenn der eine sie im Stich gelassen hatte, dann konnte sie sich auch nicht darauf verlassen, dass der andere sie sah. Denn so hatte sie es empfunden, dass der Vater, dass er seine eigene Tochter einfach nicht sah. Aber der Vater war nicht Gott. Und das war auch der alternde Pastor mit der schütteren Bartkrause nicht.

Jetzt war sie wieder in Sicherheit, auch wenn diese Sicherheit neu war, von anderer Art. Sie hatte Ruhe gefunden, die Ruhe lebte in dem weißen Haus, am Herd, an den Fenstern, im Lächeln der älteren Frau, im Atem des Kindes, in den Armen Oskars, wenn der zu Hause war und sie im Bett lagen. Lieber Gott, betete sie, mit neuer Überzeugung. Dass Er alles für sie gefügt habe, dass Er Oskar und dessen Boot während des Sturmes nach Thorvigen gelenkt habe, damit Oskar sie dort finden könne. Danke, flüsterte sie in die Dunkelheit.

Bald würde der Mann wieder lossegeln. Auch das gab ihr ein Gefühl von Sicherheit, zu wissen, wo er war, auf dem Meer, das sich jetzt von seiner besten Seite zeigte, in dem sich noch kein Unwetter verbarg. Sie kannte den Achter. Das Holz unter den Händen. Das Knattern des Segels im Wind. Und den Mond, nachts, über ihnen. Aber die Fischerei kannte sie nicht, das Einholen der Netze, die Freude über die Schwere, die Enttäuschung über einen mageren Fang.

Der Fisch ernährte sie. Wenn Oskar lange auf See blieb, bekamen sie ihn von einem Nachbarn, einem Witwer mit kleinen Kindern, der deshalb nicht mehr auf Großfahrt gehen konnte. Fast täglich fuhr er mit einem kleinen Ruderboot hinaus. Anna

Maria und Sara passten derweil auf seine Kinder auf und wurden dafür mit Fisch belohnt.
So gesehen war es wie auf Tingvoll: Waren wurden gegen Waren getauscht oder gegen Dienste. Der Witwer tauschte bei einer anderen Nachbarin Fisch gegen Knäckebrot ein. Und bei einer dritten Fisch gegen abgelegte Kleidungsstücke. Geld sahen sie alle nur selten, nur selten ging es von Hand zu Hand. Aber es war vorhanden. Es steckte in einem kleinen Beutel unter Anna Marias Matratze. Es kam mit Oskar, wenn der seinen Fisch veräußert hatte. Die Aufkäufer bezahlten in klingender Münze. Es war ein kleiner Schatz, der in guten Zeiten wuchs. Alles, was übrig blieb, wenn Oskar beim Kaufmann gewesen war und die Rechnungen bezahlt hatte, die seit dem letzten Mal zusammengekommen waren, wurde in dem kleinen Stoffbeutel verstaut.
Der Frühjahrshering sei vor einigen Jahren zurückgekommen, konnte Anna Maria erzählen. Er wurde in Tonnen eingelegt oder zu Tran verarbeitet.
Dann gab es den Frühjahrskabeljau. Der wurde zu Stockfisch oder zu Klippfisch. Anna Maria und Sara halfen bei dieser Arbeit; der Fisch wurde in der Sommersonne auf den Felsen ausgelegt. Die Männer aus dem Achter hatten ihren festen Trockenplatz, und sie halfen; Frauen und Kinder plauderten und lachten und stöhnten im Chor über ihre Rückenschmerzen. Sie liefen barfuß. Sara war das nicht gewöhnt, aber sie machte sich diesen Brauch zu eigen. Und langsam wurde die Haut unter ihren Füßen zäh und hart. Wie ein kleines Bündel lag Sigmund neben den Fischbergen, neben anderen kleinen Kindern, die in den Pausen von ihren Müttern an die Brust genommen wurden, wenn diese allein dasaßen, umhüllt von Frieden und süßen Düften.
So war es in Ålesund. Immer waren viele zusammen an der Arbeit. Die Männer hatten ihre Aufgaben. Danach waren die Frauen an der Reihe. Der Kabeljau trocknete zu steifen Brettern, die von norwegischen oder spanischen Schiffen nach Süden gebracht wurden.

Die Spanier lagen oft monatelang im Hafen oder draußen in Steinvågen und warteten darauf, dass ihre Schiffe beladen werden konnten. Sie kochten den Tran selber, in kleinen Häusern, die ihnen an Land zugewiesen wurden. Es kam vor, dass Lausbuben durch die Schornsteine Grassoden hineinwarfen. Oder die Türen aufrissen, Schimpfwörter riefen und dann davonstürzten.

Das alles erfuhr Sara nach und nach, sie hörte von den Kindern aus dem Ort, die in Scharen über die Inseln streunten wie wilde Ziegen, die keine Arbeit hatten und nicht zur Schule gingen. Denn Ålesund bestand aus dem Sund und vielen Inseln, war ohne Verbindung zum Festland, und die Jungen lernten schon früh, sich in die Riemen zu legen, um die vielen Inseln des Orts zu erreichen. Sie verstanden sich gut mit den Spaniern, auch wenn sie ihnen manchmal einen Streich spielten. Viel häufiger halfen sie ihnen, um sich eine Hand voll Schiffszwieback oder Tabak zu verdienen. Und wenn die Spanier an Land kamen, um ihre Kleider zu waschen, folgte ihnen immer ein ganzer Schwarm kleiner und größerer Kinder. Vorneweg marschierten die dunkelhaarigen Männer mit der schmutzigen Wäsche in den Armen, immer mehrere zusammen, als handele es sich bei dem Gang zum Brunnen um eine lustige Landpartie.

Ansonsten hieß es, die fremden Seeleute lägen bei Korsebakken auf der Lauer und hätten es auf die jungen Mädchen abgesehen, weshalb denen von den Eltern verboten wurde, dort vorbeizugehen. Aber sie lockten, die braunäugigen Burschen. Das las Sara aus den Blicken der jungen Mädchen im Hafen.

Im Herbst fischte Oskar dann in Landnähe, in einem kleineren Boot, und brachte Seelachs und Kabeljau, Riesenhai und den einen oder anderen Heilbutt nach Hause. Ein seltenes Mal fuhr Sara bei schönem Wetter für kürzere Touren mit hinaus. Sie kam sich dann vor wie auf ihrer ersten Bootsfahrt, der aus Tingvoll, und sah bisweilen den Mann mit derselben Verwunderung an. Denn noch immer wusste sie nicht alles. Darüber, was er dachte.

Darüber, was er früher erlebt hatte. Er sagte nicht sehr viel, ihr Oskar, er war einfach nur da, hielt die Ruder in sicherem Griff, hielt alles, was er anfasste, in sicherem Griff. Fast alles, was sie über den Ort erfahren hatte, hatte seine Mutter ihr erzählt. Aber Oskar gehörte ihr, das wusste sie. Sie sah es in seinem Blick, wenn sie mit anderen zusammen waren. Sie spürte es in seinem Körper, wenn sie Seite an Seite gingen, Arm in Arm. Oskar gehörte Sara. So wie sie ihm gehörte.

Aber es gab vieles, wonach sie ihn gern gefragt hätte. Dinge aus der Vergangenheit. Wie er als Junge gewesen war, als junger Mann. Diese Worte jedoch blieben ungesagt, denn er stellte selber niemals solche Fragen, er schien bereits am ersten Abend am Strand genug erfahren zu haben.

Deshalb fragte sie Anna Maria. Und die Frau gab bereitwillig Antwort und erzählte über ihr Leben, als dieser Sohn und seine Geschwister noch Kinder gewesen waren. Mit sechzehn hatte Oskar auf einem spanischen Boot anheuern wollen; er hatte damals zu viele Träume, sagte die Mutter, zu großes Fernweh. Alle Vorbereitungen waren schon getroffen gewesen, doch dann war sein Vater ertrunken. Deshalb blieb er bei der Mutter, da die anderen schon fortgezogen waren.

Zu Weihnachten war Sara von neuem schwanger. Sie saß da in ihrem blauen Samtkleid, mit Sigmund auf dem Schoß, und sah zu, wie die anderen sich am Weihnachtsmahl gütlich taten. Oskar hatte eine Schüssel mit Meerwasser unter ihr Bett gestellt. Am nächsten Morgen sah er sich die Schüssel an. Es waren einige Strohspäne aus der Matratze hineingefallen, wie Sara sah, und Oskar hockte davor und betrachtete die Späne aus zusammengekniffenen Augen.

Was machst du?, fragte sie neugierig.

In diesem Jahr müssen wir weit fahren, erwiderte er.

Das Wasser war ein Orakel. So hatten sie es immer schon gemacht, hatten in der Weihnachtsnacht eine Schüssel mit Meerwasser aufgestellt, um etwas über die Fischzüge des kommenden Jahres zu erfahren. Wenn das Stroh, das hineinfiel, dicht am Rand schwamm, würden die Fische nahe am Land vorbeiziehen.

Sie sprachen darüber in der Heuerzeit, vor der Frühjahrsfischerei, als der Ort sich mit Männern füllte, die von weit her kamen, um sich einen Platz auf einem Boot zu suchen. Mehr als fünfzehnhundert Mann konnten Kneipen und Bootshäuser füllen und nach Heuer suchen. Vor allem sammelten sie sich in Kiperviken, wo die meisten Schenken lagen. Dort saßen sie dann, die Einheimischen und die anderen, aßen getrocknetes Heilbuttfleisch, tranken Schnaps und spekulierten über Wetter und Fang. Sara hörte das Gerede der Fremden, wenn sie mit ihrem Mundvorrat draußen saßen. Sie machten ihrem Ärger Luft, denn der Logierpreis war in manchen Häusern von einem auf zwei Schillinge gestiegen, und das Wetter war schlecht, weshalb die Ausfahrt aufgeschoben werden musste und die Ausgaben sich während der Wartezeit anhäuften.
Dann kam der Tag, an dem Oskar und die anderen aufbrachen. Sara brachte ihn zum Boot, mit Sigmund auf dem Arm. Dann stellte sie den Kleinen auf den Boden. Er konnte jetzt laufen. Und der Junge sah sich neugierig um. Es wimmelte nur so von Menschen. Im Hafen drängten sich die Boote. Die Masten lagen dicht an dicht. Werkzeug und Geräte wurden an Bord gebracht. Manche mussten über fremde Boote klettern, um ihre eigenen zu erreichen.
Das ist Vaters Boot, sagte Sara und zeigte es dem Jungen. Er fährt jetzt zu den Fischgründen. Da ist das Meer voll von Fischen.
Oskar umarmte sie und das Kind vor den Augen der anderen. Gleich darauf stand er mit seinen Genossen im Boot, und Sigmund winkte und winkte, während der Achter noch dicht vor ihnen lag, während er zwischen den anderen hinausbugsiert wurde, während er durch Adern und Muskelkraft hinausbewegt wurde, vorsichtig, um nicht mit anderen zusammenzustoßen, aber dennoch rasch, als wetteiferten die Boote darum, die Fang-

gründe als Erste zu erreichen. Sigmund winkte und winkte, während der Vater kleiner und kleiner wurde. Und er winkte immer weiter, während die Männer im Achter die Ruder einzogen und Segel setzten.

Und dann musste sie warten. Und sich sehnen. Und mit Anna Maria sprechen. Und mit dem Jungen, der noch nicht viele Worte hatte, der jedoch fast alles zu verstehen schien. Er hatte die Augen seines Vaters. Und die blonden Haare seiner Mutter. Dazu ein schmales Gesicht; vielleicht hatte er Ähnlichkeit mit Jens, überlegte Sara. Mit Jens, der in Kopenhagen war. Wie das Leben dort wohl aussehen mochte? So eine große Stadt ... Sie verdrängte diesen Gedanken. Sie war hier, in einer kleinen Küche, zusammen mit einem lebendigen Kind. Wenn sie keine anderen Pflichten hatte, setzte sie sich zu ihm und sang die kleinen Melodien, die ihre Mutter sie einst gelehrt hatte. Und das Kind folgte ihr mit seinen Blicken, ernst und aufmerksam. Sigmund weinte nur selten. Er sei ein liebes Kind, sagte die Großmutter. Und was habe er für ein reizendes Lächeln, meinte Bernta, die mit einem von Oskars Brüdern verheiratet war. Sie schaute während der Fischerei oft herein, kinderlos und einsam, wie sie war, wenn ihr Mann auf See war. Zwei Kinder hatte sie verloren, und jetzt tröstete der Neffe ihres Mannes sie über diesen Verlust hinweg. Am liebsten hätte sie ihn die ganze Zeit auf dem Schoß gehabt, aber Sigmund hatte ihre Umarmungen und das ewige Geschnüffel in seinem Nacken satt. Er wollte im Zimmer herumlaufen. Er wollte nach draußen. Und Sara ging mit, wenn sie Zeit hatte. Dann spielte er mit anderen Kindern, mit Muscheln und Stöckchen und Möwenfedern, die manchmal aussahen wie Männer und Frauen und Kinder und Tiere. Am liebsten aber wollte er rennen. Laufen und springen. An der Häuserzeile vorbei und zurück. Zum Brunnen und zurück. Und zum Wasser. Dort aber rannte er nicht. Dort lag er auf allen vieren und betrachtete alles, was dort wuchs und was an Land gespült worden war, und Sara erzählte ihm, wie das alles hieß. Er schaute sie

dann mit ernstem Blick an und nickte, als sammele er ihre Worte, obwohl er sie selber noch nicht aussprechen konnte.
Doch, sie war hier. In Ålesund. Zwischen Menschen, die so lebten wie sie selbst, in einigen engen Kammern. Einer winzigen Küche mit kahlen Wänden. Kopenhagen war wie ein Ort in einem Traum. Genauso wie die Zimmer im Vogtshaus. An die sie nicht denken durfte. An die sie sich nicht erinnern durfte, hier, zwischen den anderen Menschen. Den Frauen, die ihr auf der Straße begegneten. Der kräftigen Johanna. Der klapperdürren Stina. Der zahnlosen Magda. Sie zogen sie jetzt zu sich, zogen sie in ihr Gerede hinein. Es war nicht mehr wie in der ersten Zeit, als die anderen plötzlich verstummt waren, wenn Sara aufgetaucht war. Jetzt konnten sie ihre Sorgen mit ihr teilen, in dem Wissen, dass sie lebte wie die andern, im Grunde schon, trotz ihrer feineren Kleider. Und auch sie vermisste doch sicher ihren Mann, so wie die anderen Frauen ihre Männer vermissten, wenn diese auf See waren. Sicher ängstigte auch Sara sich.
Bisweilen rutschte der einen oder anderen eine seltsame Bemerkung heraus, die Sara anfangs tief bestürzt hatte. Sie hatte versucht, ihre Verblüffung über all das zu verbergen, was die Frauen erzählten, darüber, wie das Leben sein konnte. Wie damals, als sie von einem jungen Mädchen erzählt hatten, das ein Kind erwartete. Und der Schuldige war der eigene Vater.
War das denn möglich? War es wirklich möglich, dass ein Vater …
Sie hatte nach Luft geschnappt.
Aber sicher, Stina hatte energisch genickt. Das stimmte schon. Denn die Nachbarin der betreffenden Familie hatte alles gehört, hatte Geräusche durch die Wände gehört, wieder und wieder, und im Haus waren nur diese beiden gewesen, ein Witwer mit seiner jungen Tochter.
Wie entsetzlich! Wie grauenhaft!
Aber war das denn erlaubt?
Der Pastor war bei ihnen gewesen, konnte Stina ebenfalls erzählen. Und danach hatte das Mädchen erzählt, das Kind stamme

von einem jungen Mann, der ertrunken war, doch vor diesem Unglück sei die Hochzeit noch besprochen worden.
Aber Gott weiß die Wahrheit, und die beiden werden in der Hölle brennen, wenn der Jüngste Tag gekommen ist!
Aber doch nicht das Mädchen, hatte Sara protestiert.
Man kann nie wissen, hatte Stina geschnaubt.
O ja. Die Welt war viel größer, als die Vogtstochter gedacht hatte. Und sie klärten sie auf, die Frauen in ihrer Nähe, sie hielten sie am Ärmel fest und tuschelten und nickten und murmelten und verdrehten die Augen, sie zwinkerten und kicherten und bedachten Sara mit einem verständnisinnigen Lächeln, das sie wärmte, die Frau, die zu ihnen gekommen war.

Ihr war nicht mehr schlecht. Sie freute sich auf das neue Kind. Und sie freute sich auf Oskars Heimkehr.
Dann hörten sie durch Fenster und Türen die Rufe, die Boote waren zu sehen. Weit draußen konnte man sie ahnen, und Frauen und Kinder und alte Leute warfen ihre Mäntel über und liefen los, stolperten, holperten dahin, zwischen Häuserzeilen, am Hafen entlang, zu den Felskuppen, wo sie die beste Aussicht hatten. Bald war jeder einzelne Felsen besetzt, sie standen, sie reckten sich, sie hielten sich die Hand an die Stirn und starrten aufs Meer hinaus. Sahen sie den, auf den sie warteten? Das richtige Boot? War es auch diesmal wieder gut gegangen? Denn oft blieb jemand auf See, und die Angst, die sie unterdrückt hatten, während die Männer draußen gewesen waren, kam jetzt in ihnen hoch, wie Feuer brannte sie in ihren Kehlen während der wenigen Minuten, bis die Antwort kam und das Feuer wieder auslöschte; doch, Gott sei Dank. Gott sei Lob und Dank …
Oskar kam an Land. Mit See und Wind in Haaren und Kleidung. Mit froher Stimme, die die Räume füllte. Zuerst rührte er nichts an. Er musste sich zuerst das Meer aus dem Leib spülen. Er zog sich aus und stieg in die Wanne. Dabei war er allein in der Küche. Während er sich das Salz aus den Haaren wusch und sich rasierte. Danach saß er in sauberen Hosen auf einem Hocker,

während seine Mutter ihm die Haare schnitt. Das hatte sie immer schon gemacht. Sara hätte gern an ihrer Stelle hinter ihm gestanden, doch sie beherrschte diese Kunst nicht. Alles andere hatte Anna Maria ihr erklärt, dieses jedoch nicht; diese Wanderung um den nackten Oberkörper des Sohnes wollte sie sich wohl nicht nehmen lassen, diese Möglichkeit, seinen Kopf zu verschönern. Und Sara zog sich zurück zu dem Kind, das nicht weinte, sondern tief schlief, und das im Schlaf keine Mutter brauchte. Sie wartete. Auf schwerere Schritte als das Trippeln der Schwiegermutter. Sie wartete auf das Geräusch des Besens, der die Spuren dieser Gemeinsamkeit tilgte, an der sie keinen Anteil hatte.

Und dann war er für sie da. Gekämmt und in sauberem Wollwams. Und er umarmte sie, obwohl die Tür nur angelehnt war. Und jetzt gönnte sie Anna Maria das andere.

Am nächsten Tag machten sie einen Spaziergang, Oskar und Sara und der kleine Sigmund, vorbei am Hafen und vorbei an den Lagern, sie schauten in den Kaufläden vorbei, vor allem, damit der Mann ein Schwätzchen halten und alle Neuigkeiten erfahren könnte. Und vielleicht auch, weil er sie gern vorzeigte, hoffte Sara. Denn er hatte stolz den Arm um ihre Schultern gelegt, und ab und zu wiederholte er, was andere gesagt hatten: dass sie schön sei, dass er Glück gehabt habe. Er sagte es nie direkt, er zitierte nur andere, deren Namen er nicht nannte, aber dabei strahlte das Licht in seinen Augen.

Hier am Ort soll eine Bank eröffnet werden, hieß es in einem Laden.

Wer sagt das?

Der Prinzipal. Er will sich offenbar daran beteiligen. Und dann bringt dein Geld Zinsen, falls du welches hast. Und das hast du doch, Oskar?

Was ist denn eine Bank?

Das wollte Sara wissen, als sie den Laden verlassen hatten.

Eine große Truhe im Hinterzimmer des Kaufmanns, erklärte ihr Mann. Dann wird darüber Buch geführt, wer etwas hineingelegt

hat. Und er lässt sich sicher für das Aufpassen bezahlen, stelle ich mir vor.
Oskar lachte. Sara dachte an das Geld im Schreibtisch ihres Vaters, an das Vogtsgeld, über das sie Protokoll geführt hatte. Sie schloss die Augen und lehnte sich an ihren Mann.
Der Beutel unter der Matratze ist doch gut genug, flüsterte sie.
Wenn er nicht reißt, sagte Oskar lächelnd.
Sie hatten guten Fang gemacht, wie Sara jetzt wusste.

Die Wochen flogen nur so dahin, obwohl die Tage länger und heller waren. In der Mittsommernacht versammelten sich alle auf den Felsen, zum Lagerfeuer, zu gutem Essen und Tanz. Die Kinder waren auch dabei. Sigmund saß bei seinem Vater auf dem Schoß und schaute aus zusammengekniffenen Augen in die Flammen. Sie waren mit der Verwandtschaft dort, Oskars Bruder Hans war mit Bernta gekommen. Hans war mager und schmalschultrig, aber ebenso groß wie sein Bruder. Bernta war mollig und bleich, und ihre Trauer wohnte selbst dann in ihrem Gesicht, wenn sie lächelte. Jetzt griff sie gierig nach dem Kind; geht ihr nur tanzen, sagte sie. Geht mit den anderen tanzen.
Und Oskar und Sara tanzten. Sie war fast schon im achten Monat, aber noch war es ihr kaum anzusehen, durch die vielen Röcke, und sie war diesmal außerdem viel dünner als beim ersten Mal, sicher, weil sie ein Mädchen erwartete, hatte die Schwiegermutter gemeint. Sie tanzten Ringelreihen, bei dem alle einander an den Händen hielten. Einige sangen vor, die Übrigen antworteten. Dann gab es plötzlich zwei Kreise, die Frauen innen, die Männer außen, bis Gesang und Akkordeon den Takt wechselten und jeder Mann die nächststehende Frau packte und herumwirbelte. Dann tanzten alle weiter, in zwei Kreisen, bis zum nächsten Wechsel, bis wieder ein Fremder nach Sara griff. Sie schaute in Gesichter, die sie nicht kannte, von denen sie nur wusste. Dann war einer aus dem Achter da, und sie lächelte glücklich. Doch viel lieber hätte sie Oskars Hände gehalten. Er war ein so sicherer Tänzer. Und er trank keinen Schnaps.

Der brannte im Hals und nahm den Menschen den Verstand, sagte Oskar. Letzteres konnte Sara mit eigenen Augen sehen. Die Leute bekamen glasige Augen und fingen an zu nuscheln. Manche kippten um und schliefen ein. Andere riefen Bemerkungen, die ihnen sonst nie über die Lippen gekommen wären, manchmal waren Frauen damit gemeint, die anderen gehörten.

Buttergans, rief einer hinter Sara her.

Was er damit wohl meinte?

Der Mann saß auf einem kleinen Hügel in der Nähe und grinste mit laufender Nase.

Oskars Buttergans, rief er.

Achte nicht auf den, sagte Anna Maria.

Aber wie meint er das?

Er glaubt, dass du reich bist. Dass Oskar eine gute Partie gemacht hat. Das liegt an deinen Kleidern. Den Vogtskleidern.

Aber … aber …

Das wissen wir doch, tröstete Bernta. Wir wissen doch, dass du durchgebrannt bist.

Sara konnte diese Szene nicht vergessen. Deshalb fragte sie Oskar danach, eines Abends, als sie schlafen gegangen waren. Ob er sich ihrer Kleider schäme.

Die trägst du eben auf, murmelte er in ihre Haare. Und dann kaufe ich dir neuen Stoff, der noch viel schöner ist.

An den folgenden Tagen dachte sie viel über diese Antwort nach. Nein, er schämte sich wohl nicht. Nicht darüber, dass sie besser gekleidet war als die anderen Fischersfrauen. Er wünschte sich etwas anderes, er wollte selber für ihre Kleidung sorgen. Und ihr wurde innerlich ganz warm, weil dieser Mann nicht auf die Meinung der Leute achtete, auf deren dummes Gerede. Bernta dagegen nahm den Zwischenfall beim Tanz zum Anlass, um später im Sommer einmal eine Frage zu stellen. Wie es gewesen sei, bei einem Vogt aufzuwachsen, fragte sie plötzlich eines Abends, ganz ohne Vorbereitung.

Du warst ihr keine Antwort schuldig, sagte später die Schwiegermutter. Du kannst in solchen Dingen deine eigenen Grenzen ziehen.
Aber Sara hatte geantwortet. Sie hatte ihren Bruder erwähnt, hatte erwähnt, wie schön alles gewesen war, wenn der Vater verreisen musste. Sie hatte von den Büchern erzählt, in denen sie geblättert hatten, von Büchern über fremde Länder. Sie hatte von dem grünen Zimmer erzählt und die Fragen der Schwägerin nach den Möbeln beantwortet. Die schöne Truhe der Mutter beschrieben. Den Bücherschrank mit den Glastüren. Die Stühle mit den geschwungenen Beinen und den Rücklehnen.
Danach war sie verstummt. Denn ihre Worte hatten Jens so nahe gebracht. Bisher hatte sie ihn sich vom Leib gehalten. Mit einer Art Trauer in ihrem Herzen. Weil er sie niemals mit einem Brief erreicht hatte. Mit einem Brief, der ihr erzählt hätte, dass sie zumindest einen Bruder besaß, wo sie den Vater schon verloren hatte. Denn so hatte sie sich das vorgestellt, dass Jens ihr und dem Vater gemeinsam geschrieben hatte, in Briefen, die in Tingvoll eingetroffen waren. Dann hatte der Vogt geantwortet. Und Sara mit keinem Wort erwähnt. Hätte das Jens nicht misstrauisch machen sollen? Hätte er nicht fragen müssen, abermals fragen und eine klare Antwort verlangen?
Aber das hatte er wohl nicht getan. Er hatte sich offenbar mit vagem Gerede und keiner Nachricht über seine Schwester zufrieden gegeben. Oder der Vogt hatte sich unmissverständlich geäußert und die Tatsachen geschildert, und der Sohn hatte sich dem Urteil gefügt, der Verstoßung.
Jens, Jens. Unter dem Daumen des Vaters.
Deshalb hatte sie selber nicht geschrieben, eben weil sie sich davor fürchtete. Nichts hatte sie nach dem ersten Brief geschrieben, den sie niemals abgeschickt hatte, den sie hier in Anna Marias Küche ins Feuer geworfen hatte, da sein Inhalt nicht mehr von Gültigkeit war.
Aber wenn sie sich nun irrte. Wenn Jens sich Sorgen machte und um sie trauerte. Wenn er in seinem Herzen dem Vater trotzte

und dort unten in Kopenhagen verzweifelte, weil er ihren neuen Wohnort nicht kannte …
An diesem Abend setzte sie sich hin, mit Tintenfass und Streusandbüchse und Gänsekiel. Jetzt schrieb sie ihrem Bruder über alles, was es zu sagen gab, über alles, was passiert war, und am nächsten Tag ging sie zur Posthalterei, um den Brief auf die Reise zu bringen.

Ihr zweites Kind war schon geboren worden, als sie von ihrem Bruder hörte.
In einer warmen Augustnacht hatten sie eingesetzt, diese Schmerzen in ihrem Unterleib, als drehe jemand dort ein Messer um. Sara hatte sich nach dem Winterwind und den kräftigen Wellen vom ersten Mal gesehnt. Sie hatte das Gefühl, es allein nicht zu schaffen, ohne diese mächtigen Geräusche. Doch Anna Maria war ja da, zusammen mit zwei Nachbarinnen, stand bereit mit kochendem Wasser und sauberen Lappen.
Die Wehen kamen wellenweise. Lange Zeit spürte sie gar nichts. Doch dann waren sie wieder da. Die Schwiegermutter legte sich über ihren gewölbten Bauch, um ihr zu helfen. Die anderen drückten ihren Rücken nach oben.
Schrei, hatten sie gesagt. Schrei es aus dir heraus.
Und Sara hatte geschrien. Bis die Schmerzen sich wieder gelegt hatten. Und die Stunden vergingen. Es wurde hell. Oskar und Sigmund waren aufgestanden und hatten das Haus verlassen. Den ganzen Tag waren sie fortgeblieben, bei Verwandten, und hatten auf Nachricht gewartet. Aber nichts war passiert.
Hier stimmt etwas nicht, hatte Anna Maria gemurmelt.
Vielleicht liegt es falsch, hatte sie gemurmelt.
Wieso denn falsch?
Vielleicht mit den Füßen nach unten. Ich weiß nicht …
Die Schwiegermutter hatte vorsichtig Saras Bauch betastet, wie um unter der Haut Glieder und Kopf zu finden. Die übernächtigten Helferinnen hatten sie mit besorgten Augen gemustert und waren zu ihren Familien nach Hause gegangen. Sie hatten

zwei neue Gehilfinnen geschickt, zwei Frauen aus dem Nachbarhaus.
Es hatte den ganzen Tag und die ganze Nacht gedauert. Heftige Wehen mit argen Schmerzen. Aber es war nichts passiert. Am nächsten Morgen hatte Anna Maria Oskar nach besserer Hilfe gesandt. Eine Frau im Ort wusste angeblich mehr. Bald war sie da. Und sie drückte auf Saras zum Bersten gespannte Haut und murmelte unverständlich vor sich hin. Danach braute sie einen bitteren Absud und zwang die Gebärende, den zu trinken.
Es half nichts. Obwohl das Kind kam. Es kam zur Mittagszeit. Aber es war tot.

Am nächsten Tag traf der Brief des Bruders ein. Vielleicht lag es an dem Verlust des Kindes, jedenfalls sagten seine Worte ihr nichts. Seine Stimme kam ihr trocken vor. Und wichtigtuerisch. Seine Redewendungen waren steif. Nein, sie kannte ihn nicht mehr.
Er erzählte von seinen Studien. Vom reichen musikalischen Leben dort unten in Kopenhagen. Aber es klang nicht so, als habe er Freude an der reichen Musik. Es klang wie Prahlerei. Es gab dort auch Theater, und er erwähnte die Anzahl der Sitzplätze im Saal, erzählte jedoch nicht, welche Stücke er gesehen hatte und wovon sie handelten.
Sara brach in Tränen aus.
Anna Maria streichelte ihren Arm.
Sie hatte bisher noch nicht geweint; nach dem langen, vergeblichen Kampf, der am Vortag geendet war, hatte sie nicht geweint. Jetzt weinte sie. Über Jens' Worte. Die einfach keine Wärme enthielten. Ein Brief über Musik, aber ohne Töne, ohne Freude oder Trost. Und er fragte nicht nach ihr, fragte nicht, wie es ihr ging, fragte nicht nach ihrem Jungen, Sigmund, mit dem er so nahe verwandt war. Nur über sich selber schrieb Jens, über sein Leben, das ebenso tot wirkte wie … das Kind.
Und Sara schluchzte. Denn es ist nicht richtig, dass Kinder sterben, ehe sie ein Leben bekommen haben. Das ist nicht richtig.

Anna Maria umarmte sie.
Schlaf jetzt, Liebes, flüsterte sie.
Und Sara schlief ein. Sie schien dabei in einem tiefen Nichts zu versinken.
Sie habe sehr viel Blut verloren, sagte Anna Maria, vielleicht fühle sie sich deshalb so müde, so schwer, obwohl ihr doch die Last genommen war. Sie sah die anderen wie durch einen dünnen Nebel. Am liebsten hätte sie immer nur geschlafen, sie raffte sich jedoch auf, kümmerte sich um Sigmund und beteiligte sich an der Hausarbeit. Dabei aber schien sie nicht anwesend zu sein. Das war sie nicht einmal in Oskars Armen, sie war weit weg, in Gedanken, unten am Strand, den Blick zum Himmel gerichtet, wo sich nichts bewegte außer den Wolken.
Er berührte sie nicht, nicht so, sie war dazu zu schwach, das sah er ein. Er nahm sie nur in den Arm, zärtlich, vorsichtig. Und im Traum dankte er Gott für Saras Leben. Er redete im Schlaf, und das hörte Sara, hörte, dass er dankte. Dann lag sie in seiner Wärme und wusste, dass er im Traum bei ihr war. Und dass er Angst gehabt hatte, sie könne sterben. O nein, von Oskar würde sie nicht fortsterben.
Langsam kam sie wieder zu Kräften. Der Mann besorgte ihr fette Milch, die heiß getrunken werden sollte. Die anderen sahen zu, wie sie daran nippte, der Mann und die ältere Frau, ernst und aufmerksam, denn sie sollte alles trinken, nicht ein Tropfen sollte verloren gehen. Sigmund starrte sie hungrig und verständnislos an, bis der Tag kam, an dem sie ihn plötzlich sah, klar, scharf, und ihm den letzten Schluck überließ. Und damit hatte der Milchgenuss ein Ende; jetzt war sie gesund.
Das war sie wohl. Ja, das war sie, denn jetzt sah sie die anderen wie früher, und sie begnügte sich nicht nur damit, dafür zu sorgen, dass der Sohn gewaschen und angezogen wurde und zu essen bekam; sie drückte ihn an sich wie früher, sie ging mit ihm spazieren wie früher, und sie lehrte ihn weiterhin die Bedeutung der Wörter. Und zwischendurch sang sie, und dann spürte sie das Lächeln des Mannes, der älteren Frau, des Kindes.

Und Oskar näherte sich ihr wieder als Ehemann. Das passierte eines Abends, als sie in die Kammer kam, nachdem sie sich als Letzte gewaschen hatte. Sie hatte ihre Haare gelöst, das tat sie immer. Sie war barfuß und im Hemd, und sie hielt eine Kerze in der Hand.
Nein, nicht ausmachen, bat der Mann.
Das flüsterte er, um den Jungen nicht zu wecken.
Ich möchte dich ansehen, flüsterte er vom Bett her.
Mich ansehen?
So hast du vor mir gestanden. Damals in der Nacht. Als ich dich zum ersten Mal gesehen habe. Genau so. Und mit einer Kerze in der Hand. Wie ein Engel, flüsterte er.
Und Sara errötete, über seine Worte, darüber, was er gesehen hatte, und über seinen Blick jetzt, ehe sie die Kerze ausgeblasen hatte.

Dann wurde sie wieder schwanger. Und sie dankte Gott. Denn zweimal konnte es doch nicht schiefgehen. Beim nächsten Mal rufen wir die Fremde mit den Kräutern sofort, dachte sie, sagte sie zu Anna Maria, damit sie den bitteren Absud trinken könnte, ehe es zu spät war.
Sie fühlte sich jung und stark. Selten war sie erkältet, was bei der älteren Frau immer wieder vorkam. Anna Maria hustete oft wochenlang und trug einen Breiumschlag auf der Brust. Sara passierte das nicht. Sigmund auch nicht. Und auch nicht Oskar. Sie blieben das ganze Jahr hindurch gesund.
In den folgenden Monaten traf Sara ihre Vorbereitungen. Das hatte sie beim letzten Mal nicht getan. Damals hatte sie gedacht, die Kleider, aus denen Sigmund herausgewachsen war, seien gut genug. Aber jetzt fand sie, nicht genug zu haben, und deshalb nähte sie neue. Sie benutzte dazu ihre eigenen Kleider, von denen es in der Holztruhe noch immer genug gab, auch bei Sigmund hatte sie das so gemacht, außerdem hatte sie die schönen Kissenbezüge mit den Bibelsprüchen zu Windeln und Wickeltüchern verarbeitet. Im Fischerhaus gab es keine Kissen.

Es tat gut, so zielgerichtet nähen zu können. Und die Schwiegermutter fuhr mit der Hand über die schönen Stoffe, wo hier und dort manchmal noch ein Schleifchen saß, das die Herkunft von einem anderen Kleidungsstück verriet.
Das neue Leben in ihr regte sich, als sie zwischen den kleinen Kindern am Strand umherlief; Anna Maria hatte sie von der Arbeit mit den Fischen weggeschickt, sie sollte sich während der Schwangerschaft schonen. Sie konnte doch auf die vielen Kinder aufpassen, dafür sorgen, dass die nicht im Weg standen oder ins Wasser fielen. Sara ließ ihre Hände auf ihrem Bauch ruhen, während die Kinder spielten, und doch, in ihr wurde getrampelt und gestrampelt.
Es wurde ein Mädchen. Es kam zu früh. Sara hielt es jedenfalls für zu früh. Die Kleine war winzig und zart. Ihr Schrei war hoch und dünn wie der eines Vogeljungen. Schon nach zehn Tagen setzten sie über den Fjord und ließen das Kind taufen, Anna Maria, nach der Großmutter. Und ohne zu weinen, ließ das Neugeborene den Pastor seine Arbeit tun, und lautlos lag es auf der Rückfahrt in den Armen der Mutter.
Sara musste selber darauf achten, wann die Zeit zum Stillen und Windelwechseln gekommen war, das Kind stellte einfach keine Forderungen.
Nein, die Kleine forderte nichts, rein gar nichts. Als die Mutter sie eines Morgens aus dem Bett heben wollte, lag sie mit gebrochenen Augen da, mit einem Schatten der Enttäuschung auf der Stirn. Als hätte sie so gern die Blumen dort draußen sehen, die Vögel singen hören wollen.

Diesmal weinte Sara nicht.

Arm und Reich in Ålesund

Sie hatte sich verhärtet. Und ihr Blick wurde schärfer, ihre ganze Erscheinung wachsamer und energischer. Sie richtete sich auf und spürte überall in ihrem Leib Schmerzen; sie schienen sich von den Fersen bis zum Scheitel hinzuziehen, durch die Beine, durch Hüften und Rückgrat. Sie schloss sie in sich ein. Aber die Schmerzen waren da, wie eine Stange, die ihren Körper starr und steif werden ließ.

Bald würde sie ihren zweiundzwanzigsten Geburtstag begehen. Eine erwachsene Frau. So hatte sie sich bisher nicht gefühlt, als Erwachsene. Die Erwachsene hier, das war Anna Maria gewesen. Und vor ihr waren es andere. Jetzt aber …

Sara war erwachsen, als sie am Fenster stand und auf die Felsen hinausblickte. Noch lag der Kabeljau dort, wie ein Meer aus Fladenbroten. Dann würde er verschwinden, mit den Schiffen, die ihn nach Spanien brachten, wo er Bacalao genannt wurde. Und man ihn als rotes, scharfes Gericht servierte, mit fremden Gewürzen. Scharf wie der Herbstwind, der jetzt wehte. Und wie Sara, in Gedanken und Blicken.

Sie war in dieser Zeit viel allein unterwegs, ging in der Dämmerung hinaus, wenn das Kind schon schlief, ohne sich um die Meinung der Leute und ihr Gerede zu kümmern. Sie brauchte den Regen auf der Haut, den Wind im Gesicht, das Rauschen der Wellen, die an den Strand schlugen. In Gedanken war sie Sara Cold, eine, die in einem Zimmer wie ein grüner Garten klein gewesen war, einem Raum voller Bücher, mit Zeichnungen von Menschen in fremden Häusern, in anderen Gärten, Menschen, die einen Hund an der Leine führten, die auf einem Pferd ritten … Und sie war Sara Cold, die in Ålesund lebte, obwohl sie jetzt einen anderen Nachnamen trug, sie war eine erwachsene

Frau mit dem Wissen der Sara Cold, dem Wissen über Rechnen und Botanik, ferne Städte und Länder. Wie ein fremder Vogel war sie in dieses Haus gekommen, und ihre Kräfte hatten sich in dem Versuch verzehrt, so zu werden, wie sie es erwarteten, Oskar und seine Mutter, Oskar und der Mutter zuliebe, damit niemand etwas auszusetzen hatte. Doch, sie hatte es auch selber gewollt, und die feinen Kleider waren nicht mehr fein, sie waren nur verblassende Schatten von etwas, das sie einmal gewesen waren, nachdem sie sie im Boot und auf den Fischklippen getragen hatte, nachdem sie darin bei jeder Art Wetter unterwegs gewesen war. Und Schuhe und Stiefel waren von Regen und Fischabfällen und Dreck verschlissen. Bald würde sie fast alles wegwerfen können. Und dann konnte Oskar ihr neue Kleider geben, Dinge, die aussahen wie die der anderen, wie Berntas und die der Nachbarinnen. Kleider und Schuhe einer Fischersfrau.

Trotzdem war sie Sara Cold.

Mit der neuen Schärfe im Blick sah sie, wie die anderen sie in den bald vier Jahren, die sie nun schon hier lebte, gemustert hatten, wie sie sie beobachtet hatten, wenn sie mit den anderen draußen an der Arbeit war, wenn sie eine Besorgung erledigte, bei einem Kaufmann, einem Handwerker oder in der Posthalterei. Die Blicke der anderen waren nicht unfreundlich gewesen, das nun wirklich nicht. Aber neugierig. Und gespannt, gespannt darauf, was aus ihr werden würde. Hier. Denn alle wussten Bescheid. Das war ihr jetzt klar. Die anderen im Achter hatten von der Vogtstochter und ihrem eigenen Oskar erzählt, die einander mit einem Blick, oder vielleicht mit zweien, gefunden hatten; Sara wusste nicht genau, was sie gesagt hatten, ob sie die Begegnung im Hausflur oder vielleicht die böse Szene vor der Poststation erwähnt hatten … auf jeden Fall hatte sie alles aufgegeben und dem Geld des Vaters und dem Schmuck der Mutter den Rücken gekehrt.

Erst nach dem Tod der Tochter hatten sie sie wirklich als eine der ihren aufgefasst. Sie hatte es in ihren Augen gesehen, das

Mitgefühl, vor allem das der Frauen. Die Gesichter hatten eine neue Wärme, die Stimmen eine neue Nähe. Erst durch die Veränderung hatte sie begriffen, dass sie bisher auf Distanz gehalten worden war, auch wenn die anderen sie in so vieles einbezogen hatten. Vielleicht mit einem kleinen Lachen hinter ihrem Rücken, dachte sie jetzt. Einem Lachen über ihre Reaktion, wenn sie Entsetzliches erzählten, wie die Sache mit dem jungen Mädchen, das von seinem eigenen Vater ein Kind bekommen hatte. Von einer anderen, die ins Zuchthaus gesperrt worden war, nachdem sie ihr in Schande geborenes Kind umgebracht hatte ….

Aber jetzt lachten sie wohl nicht mehr. Nicht Stina. Nicht Magda. Viele hatten dasselbe durchgemacht wie jetzt Sara. Sara hatte nicht zu fragen brauchen; ihr neuer Blick hatte es ihr gesagt: Bernta war nicht die Einzige hier, die Kinder verloren hatte, Johanna, die über ihnen wohnte, hatte das auch erlebt, dazu die Frauen von zwei Männern aus Oskars Achter, und … und …

So war es eben. Frauen verloren Kinder. Nachdem sie sie viele Monate in sich getragen hatten, wurde die Schwere in ihrem Leib zu Leere und zehrendem Schmerz. Wieder und wieder. In einer Kammer nach der anderen. Bei Arm und Reich. Denn auch in den Augen einer feinen Dame hatte Sara es gesehen. Die hatte sie auf der Straße angehalten und ihre beiden Hände genommen. Sie hatte nichts gesagt, aber Sara hatte begriffen, dass in dem Blick der anderen mehr lag als Mitgefühl, weil sie etwas gehört hatte; in diesem Blick lag Erfahrung.

Jetzt lief sie durch den Herbstregen und war Sara Cold, obwohl sie Oskars Frau war, denn es waren das Mädchen und die Erwachsene in ihr, die aus ihrer Erinnerung eine Erkenntnis zogen: Es musste nicht so sein, es dürfte auch nicht so sein. Dass Kinder gleich nach der Geburt starben. Dass etwas schiefging. Es gab doch ein Wissen über diese Dinge.

Warum gibt es hier keine Hebamme, fragte sie Anne Maria, als der erste Schnee fiel.

Eine Hebamme?

Dieses Wort war der anderen unbekannt. Und Sara erklärte das, was sie selber einst vom Botaniker Myrin erfahren hatte.
Nein. In Ålesund gab es keine Hebamme. Es gab ja kaum einen Arzt. Einen einzigen Arzt hatten sie, der für einen großen Bezirk die Verantwortung trug, dazu zwei gemietete kleine Zimmer, in denen Kranke lagen, um die dieser eine Mann sich auch noch kümmern sollte.
Aber dahin will niemand, sagte Anna Maria, denn da sind die Aussätzigen.
Sie selber war nie bei diesem Arzt gewesen. Niemand aus der Familie ging dorthin. Sie gingen zu der Frau, wenn etwas war, zu der mit den Kräutern, und früher noch zu einer anderen, die jetzt tot war.
Hatten sie je geholfen, dieser Absud, diese Ratschläge?
Doch, schon. Gegen vereiterte Finger. Gegen Zahnschmerzen. Aber nicht gegen die Krankheit, die Fäule genannt wurde.
Die Fäule führte zu Flecken auf der Haut, zu einem Ausschlag mit weißgrauen Schuppen, zu Knoten und Verhärtungen, zu eiternden Wunden an Hals und Nase. Die Fäule war eine Krankheit der Armen, das wusste Sara, und sie schauderte zusammen. Sie hatte die Fäule in Tingvoll gesehen, als etwas, das dazugehörte, das man einfach sah, wie Pilze auf fauligen Baumstümpfen. Aber gab es sie auch hier? Sicher, sicher. Sie hatte nur nicht darüber nachgedacht. Sie hatte die Blicke der Menschen erwidert und nach Freundlichkeit gesucht. Sie hatte nicht auf Husten gehorcht, nach Ausschlag Ausschau gehalten.

Jetzt war das anders. Der neue Blick ließ Sara klarer sehen; sie sah spärlich bekleidete Kinder, die immer verrotzt waren, sie sah Erwachsene mit roten, triefenden Augen, sie sah schmutzig graue Hälse, die scheinbar nie gewaschen wurden, sie sah Frauen und Männer, die Eiter ausspuckten, sie sah Gesichter voller Schuppen, an denen gekratzt wurde, bis das Blut floss.
Mit ihrer neuen Starre im Rücken putzte sie häufiger als zuvor, wusch Sigmund gründlicher, jeden Morgen und jeden Abend.

Und sie sprach auf neue Weise zu ihm, über Reinlichkeit und Krankheit, über Kälte und Wärme und die Wichtigkeit der Kleidung, über die Notwendigkeit einer Mütze im Herbst und Winter, wenn besonders scharfer Wind wehte. Sie sprach laut und ermahnend, damit Oskar es auch hörte, denn er war oft barhäuptig und trug nur selten die Handschuhe, die sie für ihn gestrickt hatte.
Und sie fing an, auch den anderen Frauen gegenüber ihre kurzen Bemerkungen fallen zu lassen, wenn sie am Brunnen oder vor den Kaufmannsbuden standen – vorsichtige Worte über heißes Wasser und Wärme und trockene Kleidung.

Wieder wurde es Weihnachten. Am sechsten Januar wurde das Dreikönigsfest mit einem Umzug durch die Straßen gefeiert. Angeführt wurde der Umzug von Leuten, die an einer Stange eine Kerze trugen, die in einem mit Ölpapier bespannten Fassreifen saß. Durch eine Schnur wurde der Fassreifen immer wieder im Kreis gezogen, sah aus wie ein großer, lebendiger Stern. Sigmund lief seinen Eltern davon, um dem Stern möglichst nahe zu kommen. Als sie ihn wiederfanden, fehlte seine Mütze. Jemand hatte sie ihm weggenommen, er hatte nicht gesehen, wer, es waren doch so viele Leute dort, und es war so schnell passiert, aber am Ende hatte er die Mütze auf einem anderen Kopf entdeckt.
Das berichtete er mit verwunderter Stimme.
Zeig sie mir, forderte der Vater.
Du bekommst eine neue, sagte die Mutter.
Siehst du ihn?, fragte Oskar.
Sigmund schaute sich um. Nein, diesen Jungen konnte er jetzt nicht entdecken.
Aber ich stricke dir doch eine neue, sagte Sara.
Wolle kostet, sagte Oskar. Diebsgesindel kann ich nicht leiden.
Vielleicht sollte der Mützendiebstahl eine Art Rache sein, überlegte Sara auf dem Heimweg, an ihr und den Worten, die sie hatte fallen lassen, den Worten über Reinlichkeit und Wärme.

Die anderen Frauen hatten sie als Kritik auffassen können, als Herablassung einer, die von anderer Art war. Dieser Gedanke ließ sie nicht los, als sie ins Haus gekommen waren und die Lampe angezündet und im Herd ein Feuer gemacht hatten. Sie sah zugleich, dass Sigmund traurig war. Er glaubte, der Vater sei böse, weil die Mütze verschwunden war, und Sara versuchte, für bessere Stimmung zu sorgen; sie erzählte die Geschichte der Heiligen Drei Könige, die ausgezogen waren, um das Jesuskind zu suchen. Sie beschrieb, wie die Könige durch die Wüste zogen, mit schönen Umhängen in bunten Farben.

Was ist eine Wüste?, fragte Sigmund, und die Mutter erklärte.

Oskar und Anna Maria beobachteten sie dabei. Das wusste Sara. Sie wusste, dass sie jetzt mehr von sich selber hergab als früher. Sie gab die Legende her, die ihre eigene Mutter gefärbt hatte. Sie gab ihnen die Wüste, so, wie sie in Büchern darüber gelesen hatte, eine Ebene mit Sanddünen, in der fast nichts wachsen konnte, aber etwas war da, einige seltene Gewächse, die fast ohne Flüssigkeit auskamen und deren Blüten sich in jedem Jahr nur an einem einzigen Abend öffneten, um dann rot und golden zu leuchten. Und an diesem Abend … sobald die Blüte sich öffnete … kam der Schmetterling, der schon darauf gewartet hatte. Denn dieser Schmetterling lebte von dem süßen Nektar, der sich zwischen diesen Blütenblättern verbarg …

Erzähl mehr, bat Sigmund mit glänzenden Augen.

Seinen Kummer hatte er offenbar vergessen. Und Oskar und Anna Maria wohl auch. Doch Sara dachte daran. Und sie holte Wolle und Nadeln, während sie erzählte, und sie fing mit einer neuen Mütze an, während sie mit ruhiger Stimme erzählte und die Nadeln klirren ließ. Die anderen sahen sie offenbar nicht, die Nadeln und den Faden, sie sahen Sara an, ihr Gesicht, ihren Mund, der den Himmel über der Wüste schilderte, wo ein Stern heller leuchtete als die anderen, und gerade in dieser Nacht, als der Stern so leuchtete, öffnete sich nicht nur eine Blüte, Tausende öffneten sich, obwohl die Wüstenpflanzen gerade erst Knospen getragen hatten, die sich öffneten, um wieder zu verwelken, und es dann lange nicht wieder tun würden, doch jetzt, jetzt taten sie es, und die Luft duftete so süß, so süß, und die Schmetterlinge kamen in Schwärmen, und sie waren wie goldene, flatternde kleine Sonnen.

Und dann?, fragte Sigmund atemlos.

Nachdem sie den süßen Saft getrunken hatten, schwärmten sie weiter, sagte die Mutter. Und bald hatten sie die Könige gefunden. Die drei Männer ritten auf Kamelen, und bald waren ihre Schultern und ihre Köpfe von den goldenen Faltern bedeckt. Aber einige Schmetterlinge flogen vorweg und zeigten ihnen den Weg zu einem kleinen Haus, das genau unter dem großen Stern lag. Als sie dort ankamen, flog der ganze Schwarm hoch und war zuerst in der Kammer, in der ein neugeborenes Kindlein lag. Und die Schmetterlinge sangen, sie waren wie kleine singende Engel, sie sangen für das Kind und für die Könige, die einen so weiten Weg hinter sich hatten.

Was haben sie gesungen, was haben sie gesungen?, fragte der Junge.

Wie mag wohl so ein Kamel aussehen, murmelte Anna Maria.

Das hat Höcker, sagte Sara und schaute ihre wachsende Strickerei an. Und deshalb saßen die Könige ganz sicher da, sie lehnten sich an den Höcker hinter ihnen und hielten sich an dem Höcker vor ihnen fest. So wurden sie im Wiegeschritt durch das Wüstenland getragen. Und in den Höckern gab es Wasser, deshalb litten die Tiere keinen Durst, obwohl der Regen auf sich warten ließ und es weit war bis zum nächsten Brunnen.

Worüber haben sie gesungen?, fragte der Junge.

Über die Liebe, sagte die Mutter.

Wie schön, sagte Oskar, als sie im Bett lagen.

Sara dachte an die Fäule. Und die Armut. Und den Schnaps, für den viele das wenige hergaben, was sie überhaupt hatten.

Danke, flüsterte sie ihrem Mann zu. Dafür, dass du nicht trinkst.

Sie lag auf der Seite, mit einem Arm auf seiner Brust.

Er gab keine Antwort, schien sie nicht gehört zu haben, schien noch immer in der Wüste zu weilen. Aber er hatte wohl doch etwas gehört, denn jetzt fragte er mit einer anderen Stimme: Du weißt doch wohl, wie ich zum Bootsbesitzer geworden bin?
Es wogte in Sara, vor Erstaunen über die neue Klarheit, darüber, wie sie so lange alles als selbstverständlich genommen hatte, ohne nachzudenken. Denn Oskar besaß einen Anteil an diesem Boot; noch ehe er zwanzig geworden war, hatte er diesen Anteil übernommen, zusammen mit dem Ältesten, mit Jacob, dem Fiedler, während die anderen Männer nur Ruder besaßen, obwohl der eine doch Jacobs Neffe war und der andere Oskars Bruder und außerdem viel älter als dieser.
Oskar erzählte. Es war in dem Frühling gewesen, in dem er siebzehn geworden war. Jacob hatte damals getrunken, oft und viel. Keiner der Männer hatte gewagt, etwas zu sagen. Es war Jacobs Boot. Er entschied, wo die Netze ausgeworfen wurden, was er in sich hineinschüttete. Und er arbeitete auch dann noch hart, wenn seine Zunge zu dick in seinem Mund lag und die Lippen kein klares Wort mehr formen konnten. Einmal jedoch hatten sie dicht neben einem anderen Boot gelegen, und Jacob hatte einen Streit mit dessen Besatzung vom Zaun gebrochen. Ein achtloses Wort hatte das andere gegeben, und am Ende hatte Jacob ins Nachbarboot steigen wollen, um die Sache mit den Fäusten zu klären. Oskar hatte vorsichtig versucht, ihn zurückzuhalten, als Einziger. Aber Jacob hatte seinen Willen durchgesetzt, war über zwei Bootswände gesprungen und auf drei andere Männer losgegangen. Gleich darauf lag er im Meer, schlug wild um sich und schluckte Wasser. Die Fremden lachten und ruderten von dannen. In Jacobs Boot konnte keiner schwimmen, aber Oskar band blitzschnell ein Tau an eine Ruderbank und sprang mit dem Tauende in der Hand ins Wasser. Er hatte damals dem anderen das Leben gerettet, hatte seine Schulter gepackt und ihn zum Boot geschleppt, hatte ihn und sich hochgezogen, mit eigener Kraft und etwas Hilfe von denen, die im Trockenen saßen.

Als sie wieder an Land waren und ihren Verdienst verteilen wollten, hatte Oskar mehr bekommen als die anderen. Du hast jetzt einen Anteil, hatte Jacob erklärt, die Hälfte des Bootes. Zum Dank für mein Leben.
Seither hat er nie mehr Schnaps getrunken, sagte Oskar. Und ich auch nicht.
Sara streichelte seine Brust. Es war ihr Mann, ihr Mann, der ins Meer gesprungen war. So war er eben. Und sie küsste seinen Hals, schnupperte seinen warmen Duft und fühlte sich weich und dankbar.
Und dann lag er über ihr. Und sie war die Blüte, die sich öffnete, doch in der Süße lag ein neuer Beigeschmack, das Bittere, das der Frau eigen ist.
Lieber Gott, betete sie. Lass es gut gehen ... diesmal. Denn sie erwartete schon wieder ein Kind. Das war ihr am Heiligen Abend aufgegangen, als ihr das Festmahl zuwider gewesen war. Sie hatte den Gedanken verdrängt. Das, was geschehen musste, sollte geschehen. Sie war Oskars Sara, eine, die mit dem Mann ihrer Wahl zusammenlebte. Mit einem Bootsbesitzer und Lebensretter.

Sie war Oskars Sara. Er kaufte ihr neue Stiefel. Er besorgte den Stoff für ein Kleid. Sie war jetzt nicht mehr gekleidet wie die feinen Damen, sie sah aus wie die Frauen aus der Nachbarschaft. Er kaufte nichts noch Schöneres, als sie vorher besessen hatte, wie er das angekündigt hatte, aber sie war trotzdem zufrieden. Es war so, wie es sein sollte.
Trotzdem suchte sie den Arzt auf. Zweimal sprach sie vergeblich vor. Die Kranken waren allein, inmitten des Gestanks von Urin und Eiter. Der Arzt war zu anderen gegangen, denen es auch schlecht ging, wurde im Gestank gemurmelt.
Beim dritten Mal traf sie ihn an. Er saß in der Ecke des einen Zimmers, an einem winzigen Tisch unter dem Fenster, und wog auf einer kleinen Waage weißes Pulver ab.
Ich wollte nicht stören, sagte Sara.

Der Mann schaute von der Arbeit auf. Er musterte sie, von den neuen, aber schlichten Stiefeln, über den Mantel, der bessere Tage gesehen hatte, bis zu der Haube, die aussah wie die Kopfbedeckung einer beliebigen Fischersfrau, ohne lange Federn, ohne eine einzige künstliche Blume oder Frucht als Schmuck, nur mit einem blauen Band unter dem Kinn.
Ich bin nicht krank, sagte Sara, und ich habe auch keine Kranken zu Hause.
Das sagen sie alle, brummte der Mann, und trotzdem lauern sie mir zwischen den Häusern auf, mit verklebten Augen, mit Bitten vielleicht, aber krank? Nicht krank genug, um herkommen zu wollen, denn das will ja niemand.
Sara vergaß ihr eigentliches Anliegen über dem Bild, das er hier gemalt hatte, dem Bild verzweifelter Menschen.
Was sagt Ihr ihnen denn?, fragte sie. Was gebt Ihr ihnen als Heilmittel gegen die entsetzliche Fäule, denn darunter leiden sie sicher am meisten?
Nein, von selber kommen sie nie her, sagte der Mann. Was das angeht, seid Ihr eine seltene Ausnahme. Und sie stellen keine direkten Fragen, die da draußen, sie lauern mir nur auf mit ihren Blicken.
Jemand stöhnte. Ein Schatten huschte über das Gesicht des Arztes. Er wandte sich wieder seine Waage zu, seinem Pulver. Er goss das weiße Pulver aus der Waagschale in ein kleines Gefäß voll Wasser und rührte dann mit einem Löffel um. Er arbeitete rasch und doch vorsichtig. Dann erhob er sich und ging zu dem stöhnenden Menschen hinüber. Sara hörte ihn murmeln. Dann schrie jemand. Ein langes Geheul, das im Nichts verklang. Sara starrte aus zusammengekniffenen Augen in das dunkle Zimmer hinein. Der Kranke, der geheult hatte, hatte das halbe Gesicht mit Tüchern bedeckt. Dass sie kein Fenster aufmachen, dachte sie. Sie selber hielt den Atem an, als sie hier stand.
Dann wandte der Arzt sich ihr wieder zu. Saras Blick richtete sich noch immer auf den verbundenen Kopf, und der Arzt zeigte auf den Kranken.

Ich musste das Auge herausnehmen, sagte er. Das eine Auge. Es war verfault. Das meiste hier ist verfault.
Er stützte sich auf die Tischkante.
Gegen Aussatz hilft gar nichts, seufzte er. Aber gegen die Fäule … ich weiß nicht.
Aber woher kann sie kommen?, fragte Sara.
Von den vielen Erkältungen, sagte er. Ich glaube, sie kommt von den vielen Erkältungen.
Dann richtete er sich auf und redete weiter, anklagend, über den Dauerhusten und alles andere, was zu den Erkältungen gehörte, die sich im Körper festsetzen, das ganze Jahr hindurch, Jahr für Jahr, oft schon von Kindesbeinen an.
Eine Verarmung des Körpers, sagte er, eines erbärmlichen Körpers, der nie richtig gesund gewesen ist und der dann immer kränker wird. Die Geißel der Armut.
Nein, widersprach Sara. Die Geißel der Unwissenheit.
Er musterte sie schweigend. Dann starrte er zu Boden. Dann schaute er sie wieder an und sagte: Das lässt sich doch nicht ändern, wenn man so lebt. Das müsst Ihr ja wohl begreifen.
Wie meint Ihr das?
Dicht gedrängt in engen Kammern. Viele im selben Bett. Sie schlafen auf altem Stroh voller Ungeziefer. Sie haben die Krätze und syphilitischen Ausschlag. Die Männer spucken auf den Boden, wo die Kinder herumkrabbeln. Und es liegt in der Luft.
Wie das?
Es gibt Luft und Luft. Und die der Armen ist schlechter.
Aber die Luft ist doch dieselbe wie draußen?, fragte Sara.
Nein, nein, sagte der Arzt. Das ist sie nicht. Die Luft in armen Zimmern ist anders. Sie ist krank. Und daran kann man nichts ändern.
Aber hilft es nicht, sich zu waschen? Und hilft es nicht, sich warm anzuziehen?
Es hilft immer, sich zu waschen. Und nicht zu frieren.
Aber wenn Ihr …
Ich?

Ja, wenn Ihr diese Leute aufsuchtet und ihnen erklärtet …
Er breitete die Arme aus. Er schien wütend zu sein. Doch dann war sein Zorn auch schon verflogen.
Ich muss mich um alle Inseln kümmern, sagte er. Und wie gesagt, sie kommen mit ihren Leiden nicht zu mir, sie bleiben dort, in ihrer Luft.
Aber sie fragen Euch doch mit den Augen da draußen, das habt Ihr ja selber gesagt.
Sie gehen lieber zu den weisen Frauen. Mich rufen sie erst, wenn sie schon im Vorhof des Todes stehen.
Wieder schrie jemand in der Krankenstube. Wieder musste der Arzt zu Pulver und Waage greifen. Er sah Sara offenbar nicht mehr. Und sie wollte nichts mehr sagen, zu seinem Rücken und dem unerträglichen Gestank. Das, was sie auf dem Herzen gehabt hatte, als sie gekommen war, passte nicht hierher, in dieses faulige Elend.

Sie wurde aus seinen Antworten nicht schlau. Das mit der Luft … Aber er hatte ihr doch zugestimmt, Reinlichkeit war wichtig? Und trockene, warme Kleidung?
Sie gab Oskar mehr Kleidungsstücke mit als sonst, als er das nächste Mal zum Fischen fuhr. Und sie sorgte dafür, dass Anna Maria sich einen Schal umband, wenn sie das Haus verließ. Denn die Schwiegermutter wurde vom Husten geplagt. Sie spuckte dabei in ein Tuch, und Sara fing an, diese Tücher auszukochen.

Ihre Schwangerschaft war ihr jetzt anzusehen. Und ihre Gedanken gingen neue Wege, fort von dem Arzt, der Augen wegnahm und Beine abschnitt. Sie dachte an Frau Rønneberg, die freundliche Dame, die Kaffeetüten verschenkte. Und sie dachte an andere der wohlhabenden Frauen im Ort. Ob die auf sie hören würden? Ob die sie empfangen würden, wenn sie sie aufsuchte? Am einen Tag glaubte sie das. Am nächsten zweifelte sie. Denn sie lebten ihr eigenes Leben, die feinen Damen. Sie spazierten

mit kleinem Trippelschritt am Meer entlang, mit Sonnenschirmen in der Hand, Arm in Arm mit ihren Ehemännern, Herren mit hohen Hüten und Spazierstöcken mit blanken Handgriffen. Die Männer hatten ihren eigenen Klub, das wusste Sara, wo sie rauchten und Wein tranken und über ihre Geschäfte sprachen. Das hatte Bernta erzählt. Denn Bernta kannte eine, die bei den Feinen in Diensten stand. Sie wollten für Ålesund die Stadtrechte erlangen, hatte diese Bekannte erzählt.
Die Frauen besuchten sich gegenseitig zu Hause und naschten Plätzchen und stickten, das wusste sie auch. Sara hätte gern so einem Treffen beigewohnt. Aber sie musste warten. Bis nach der Geburt des neuen Kindes.
Dann wurden ihre Gedanken dadurch abgelenkt, dass Anna Maria sich ins Bett legen musste. Sara musste auch die Hausarbeit der Schwiegermutter übernehmen. Wenn sie Zeit hatte, setzte sie sich zu der Kranken, zusammen mit Sigmund, und erzählte Märchen. Oft griff sie auch auf biblische Geschichten zurück, legte den Text jedoch auf ihre eigene Weise aus, mit kleinen Abschweifungen, die sie während des Erzählens ersann.
Oskars Krug, sagte die Schwiegermutter lächelnd, und Sigmund schaute seine Großmutter verwundert an.

Nach einer Nacht mit stillem Regen gebar Sara im Morgengrauen eine Tochter. Es ging schnell. Und das Kind schrie, tat einen lauten, kräftigen Schrei des Erstaunens, dann verstummte es und holte Atem. Es war so schnell gegangen, dass sie die alte Frau mit den Kräutersäckchen nicht mehr hatten holen können, obwohl Oskar sofort losgegangen war, als Sara ihm gesagt hatte, dass die Wehen eingesetzt hatten. Ganz allein hatte Sara in der Kammer das Kind auf die Welt gebracht, während Anna Maria über dem Kessel mit dem Wasser hustete, das noch nicht kochte.
Alles war herausgekommen, ganz von selber, und Sara hatte sich im Bett aufgesetzt, um sich darum zu kümmern. Mit den Händen wischte sie dem Kind die Fruchtblase ab. Mit den Zähnen

biss sie die Nabelschnur durch. Dann verknotete sie sie und legte das Kind an die Brust.

So war das also. Sie hatte es noch nie gesehen. Bei ihren früheren Geburten war sie liegen geblieben und hatte den anderen diese Aufgaben überlassen. Aber beim Anblick dessen, was zwischen ihren Beinen lag, hatte sie begriffen. Die Schnur musste gekappt werden. Und dieser Blutklumpen da, der musste weg. Sie nahm ihn in die Hände und legte ihn auf die Bodenbretter. Sie stand vor dem Bett, als die Schwiegermutter hereinkam. Sie achtete nicht auf deren Erstaunen bei diesem Anblick: dem der Frau, die ihr Bett verlassen hatte, dem des Kindes, das so schnell gekommen war und das kein Vogel war, denn das hatte sie gedacht, Anna Maria, dass der Schrei sicher von einem Vogel stamme, aber ... Sara hörte nicht zu. Mit scharfen und klaren Gedanken holte sie ein sauberes Stück Stoff aus der Kommode, trug sie das Kind in die Küche, schob sie den Kessel mit dem kochenden Wasser beiseite, tunkte sie das Stoffstück hinein, wrang es aus, ließ es abkühlen und wusch dann das kleine Kind. Dann trocknete sie es ab und wickelte es. Danach leerte sie die oberste Kommodenschublade aus, ließ nur eine weiche Unterlage darin und legte das Kind darauf.

Sauber sollte es sein, alles.

Ein starker Wille erfüllte sie. Sie warf das Bettzeug aus der Tür. In diesem Moment kam Oskar mit der Kräuterfrau. Und Sara zeigte. Auf den Blutkuchen auf dem Boden, den Blutkuchen mit der Nabelschnur. Und auf das Stroh im Bettkasten. Das musste weg. Das Stroh sollte verbrannt werden. Den Blutkuchen musste Oskar vergraben. Dann musste er frisches Stroh besorgen. Sie würde inzwischen das Bettzeug waschen und den Boden putzen.

Nein, sagte Anna Maria, leg dich hin.

Aber ihre Stimme war schwächer als die Saras.

Die Kräuterfrau stand mit törichtem Lächeln in der Tür. Ich kann die nehmen, sagte sie dann. Die Nachgeburt. Das tat sie, und dann war sie verschwunden.

Erst als die Sonne hoch am Himmel stand, konnte Sara sich hinlegen, auf frischem Stroh, zwischen sauberes Bettzeug, in einem sauberen Hemd, mit einem reinen, dicken Stoffstück zwischen den Beinen und ihrer kleinen Tochter im Arm.
So war es richtig, das wusste sie. Jetzt würde das Kind überleben.

Was es auch tat. Und wie. Mit zappelnden Gliedern und saugendem Mund. Das Kind schrie und atmete. Und in Sara lebte eine stille Freude. Jetzt brauchte sie sich keine Sorgen mehr zu machen. Jetzt hatte sie es wohl geschafft.
Erst einige Tage später fing sie Sigmunds Blick auf. Nach der Geburt hatte der Vater sich um ihn gekümmert, war tagsüber mit ihm ausgegangen, während die Großmutter für die Mahlzeiten gesorgt hatte. Aber jetzt war er da, am Fußende, während sie die Kleine stillte, und plötzlich wusste die Mutter: Sigmund hatte alles gesehen. Von seinem Bettchen aus hatte er alles gesehen. Alles, was geschehen war an jenem frühen Morgen. Und eine ängstliche Wärme durchfuhr Sara, denn was mochte er empfunden haben, gedacht …
In diesem Moment kam er näher, schmiegte sich an sie. Und mit seiner kleinen Faust strich er der Schwester über den Kopf.
Danke, sagte er.
Sara legte den Arm um die schmalen Schultern und zog ihn an sich. Sie hatte keine Worte. Nicht für diesen Jungen, der zu viel gesehen hatte und der ihr dankte.

Aber in der nun folgenden Zeit ließ sie ihn an allem teilhaben. Sie legte Sigmund das Kind auf den Schoß. Wenn die Kleine gewaschen wurde, durfte er helfen. Wenn sie in der Küche saß und dem Kind die Brust gab, saß er dicht neben ihr, während sie vor sich hin summte oder mit ihm darüber sprach, wie die Kleine wachsen würde, bis sie dann gehen und reden könnte. Und du musst ihr helfen, sagte Sara, damit sie Wörter lernt, und deren Bedeutung.

Bei gutem Wetter ging sie manchmal mit der Kleinen nach draußen und verpackte das Kind gut, denn die Luft roch schon nach dem kommenden Winter. Und Sigmund zeigte auf alles, was sie umgab, und nannte es beim Namen.
Sie lebten in einem kleinen Kreis aus Weichheit und Wärme. Und aus Märchen. Manchmal saß Oskar bei ihnen und lauschte auf Saras Worte, und sein blauer Blick hüllte alle ein wie eine beschützende Decke.

Doch, das neue Kind lebte. Und es wurde Sara getauft, nach der Großmutter. Es war schwierig, dass jetzt Mutter und Tochter so hießen. Und die Mutter drehte die Buchstaben um und fügte andere hinzu. Seidensara, Zuckersara, Arasari, Wuschelfari, Schmusenara.
Schmusenara, jubelte Sigmund. Wie aus einem fremden Land. Mit runden Häusern und Türmen.
Wuschelsara, sagte Oskar. Das Säuglingsgesicht zog sich soeben zu einer Grimasse zusammen, die wütendes Geschrei ankündigte. Die Flauschhaare auf dem Kopf standen zu Berge, einige armselige dünne Haare, die sich zu zwei komischen Zipfeln übereinander legten.
Sie trank während der ersten Monate eifrig und wurde bald mollig, während die Mutter abmagerte, aber das machte nichts, es machte Sara wirklich nichts aus, dass die Kleine sich an ihren Kräften gütlich tat, dass ihre Zähne in dieser Zeit grau wurden, dass sie müde und erschöpft war, denn das alles war nur richtig so; das Kind lebte.
Aber in der Kammer lag Anna Maria und kränkelte. Sie hatte Fieber. Und einen bösen Husten. Sara hielt die Kleinen von ihr fern. Sie erinnerte sich daran, was der Arzt über die Luft gesagt hatte. Die Luft der Armut, hatte er gesagt, aber Sara glaubte, er habe etwa anderes gemeint, eine Luft der Krankheit, vor der die Kleinen beschützt werden mussten, wenn sie nicht ebenfalls erkranken sollten. Denn das hatte sie ja oft erlebt; war in einem Haus erst jemand krank, dann erkrankten zumeist auch die anderen.

Es war schwer, die Kleinen auszusperren, denn die Großmutter wollte sie doch sehen, die Kleine in den Arm nehmen, zuhören, wenn Sara im Nachbarzimmer sang und erzählte. Sie könne das auch durch die Tür hören, sagte die Jüngere. Und dann saß sie in der Küche, während die Tür offen stand, und sprach mit unnatürlich lauter Stimme, wie damals, wenn sie und Jens Gaukler gespielt hatten. Auf diese Idee hatte Herr Myrin sie gebracht, er hatte ihnen von umherziehenden Gauklerscharen erzählt, hatte beschrieben, wie sie aussahen und was sie machten. Und mit lauter Stimme wechselte Sara nun ihre Rollen, für die Kranke im Bett und für Sigmund, der ihr gegenüber auf einem Hocker saß. Sie glitt in die Märchen hinein und wieder hinaus, mischte die Gestalten mit denen, die es auch in Wirklichkeit gab, schwupp, schon war der Prinz ein Junge, der aussah wie Sigmund, schwupp, schon benutzte die gute Fee die Redensarten der Großmutter, und sie schüttelten sich vor Lachen, bis die Ältere wieder so heftig hustete, dass sie sich erbrach. Dann wurde die Vorstellung beendet, Sara musste die Schwiegermutter stützen, ihr den Mund abwischen, vielleicht den Boden putzen, vielleicht das Bett frisch beziehen, vielleicht Wasser kochen und alles schmutzig Gewordene, Besudelte reinigen. Und der Junge wurde hinausgeschickt, weg von der Krankheit, auf die Straße, wo er mit den anderen spielen durfte. Sara behielt ihn durch das Fenster im Auge, verschwinden konnte er deshalb nicht. Sie spielten vor dem Haus Plumpsack, so, wie sie es den älteren Kindern abgeguckt hatten. Der Plumpsack, der geht um, konnte sie seine Stimme durch die Wand hören.
Er war jetzt dreieinhalb Jahre, ein dünner Spatz mit großen Augen unter einer viel zu weiten Schirmmütze, die der Vater für ihn gekauft hatte. Mit einer kurzen Jacke über der schwarzen Frieshose und mit Holzschuhen.
Sie sollte wohl den Arzt bitten, sich Anna Maria einmal anzusehen. Doch das wollte die Schwiegermutter nicht zulassen. Und Oskar war entsetzt, als sie diesen Vorschlag machte: Der Arzt war für die anderen da, für die wirklich Kranken. Aber was,

wenn sie die Fäule hatte? Wenn das nur der Anfang war? Nein, widersprach Oskar grob, sie habe ja keinen Ausschlag, keine schuppige Haut. Sie huste nur, und das tat doch die ganze Nachbarschaft.
Sara machte sich Sorgen. Sie arbeitete und machte sich Sorgen. Sie machte sich solche Sorgen um die Schwiegermutter, dass sie darüber die Milch verlor, so glaubte sie, als die Milch verschwand. Oder lag es daran, dass sie leer war? Dass sie zu mager geworden war, um noch etwas für andere hergeben zu können? Sie wusste es nicht. Aber sie hatte Angst, es könne doch die Fäule sein, an der sie sich alle anstecken würden, die Kleine, die sich jetzt mit dünnem Brei begnügen musste, Oskar und Sigmund, sie selber, die sich elend fühlte, die jetzt auch hustete, die keinen Appetit mehr hatte, sondern sich zum Essen zwingen musste, den frischen Fisch in sich hineinquälte; ja, zu essen hatten sie genug, das war es nicht. Aber diese viele Putzerei sei sicher zu anstrengend. Das sagte Oskar, dass sie nicht so sei wie die anderen. Mit leicht verlegener Stimme sagte er das, und er sprach nicht von der Vogtstochter, er sprach von seiner Fischersfrau, die Eimer um Eimer mit Wasser füllte, die schleppte und schleppte, die kochte und kochte, um die Gefahr zu töten, die sich in schlechter Luft versteckte und vielleicht auch in Anna Marias Speichel, in ihrem Schleim, in ihrem Auswurf lag und in Lappen und Bettzeug landete. Zweimal pro Woche bekam die Kranke frisches Bettzeug. Das gab es in keinem anderen Haus. Und die anderen sprachen über Sara, die jeden Tag die Kochwäsche zum Brunnen schleppte, um sie dort zu spülen, und die fast immer Wäsche auf der Leine hinter dem Haus hängen hatte. Aber sie konnte es nicht lassen. Jeden Morgen sammelte sie die besudelten Lappen der Schwiegermutter ein und gab ihr saubere. Jeden Morgen scheuerte sie den Boden in der Kammer und die anderen Böden, denn es sollte sauber sein, sauber, sauber, damit nichts Unsichtbares, das aus der Luft gefallen war, über den Boden und an den Beinen der anderen hochkriechen könnte.

Nachts träumte sie davon. Von dem gelbgrünen Etwas. Es wuchs vor ihren Augen und schwebte wie eine grüne Wolke durch die Luft, es wurde im Menschenleib zu Eiter, nicht nur in Anna Marias, sondern auch im Leib anderer, in dem von Männern und Frauen, die sie kannte oder auch nicht, mit denen sie am Vortag noch gesprochen hatte, am Brunnen, beim Kaufmann, und sie erwachte und erbrach sich. Eben erst war eine Frau an der Fäule gestorben, das wusste sie. Und mehrere von ihren Kindern schienen auch nicht mehr lange zu haben.

Sie erbrach sich. Und wusch. Am liebsten hätte sie die Luft gewaschen, aber wie hätte sie das tun sollen?

Ab und zu fiel ihr ihr altes Vorhaben ein, Frau Rønneberg und die anderen Damen aufzusuchen. Wenn es der Kranken in der Kammer nur endlich besser ginge ...

Oskar kam und ging in dieser Zeit. Manchmal war er allein mit dem kleinen Boot unterwegs. Manchmal gab es kürzere Touren mit dem Achter. Dann brachte er ihnen frischen Fisch. Er aß rasch und stürzte wieder davon. Ob er ihr aus dem Weg ging? Das wohl doch nicht. Es überkam sie langsam, wie der Nachhall eines Gedankens, der sich durch ihr Leben hindurchfraß. Sicher jagte sie ihn aus dem Haus mit dieser vielen Putzerei. Es war schon Wochen, vielleicht Monate her, dass sie zusammen glücklich gewesen waren. Sie hatte nicht daran gedacht. Aber jetzt ... liebte er sie nicht mehr? Hatte er keine Lust? Fand er sie nicht mehr schön? Anziehend?

Ein Spiegel.

Sie blieb auf den Knien liegen, beim Putzen. Sie schaute in den Wassereimer, um ihr Gesicht zu sehen. Aber das reichte nicht, war nicht gut genug, um sich wirklich ein Bild zu machen.

Ein Spiegel. Das war es vielleicht, was ihr am meisten fehlte, der Spiegel der Mutter, der auf dem Vogtshof im Wohnzimmer gehangen hatte. Ein Spiegel, in dem sie sich sehen konnte, um zu wissen, wer sie war, wie sie aussah. Das wusste sie jetzt nicht mehr. Sie legte sich die Haare, ohne genau zu wissen, wie ihre Frisur dann ausfiel. Sie hätte nicht gewusst, dass ihre Zähne grau

geworden waren, wenn Bernta das nicht erwähnt hätte. Ihre Hände verrieten ihr, dass sie dünner geworden war, dass ihr Gesicht und ihr Körper schärfere Konturen aufwiesen.
Ein Spiegel.
Ihr ging auf, dass die Menschen in ihrer Umgebung sich niemals selber gesehen hatten, nicht auf diese Weise. Abends konnten sie sich in den Fensterscheiben entdecken. Aber diese Bilder waren dunkel, ohne klare Details. Dann ging ihr auf, dass sich die Menschen, wenn sie sich keinen Spiegel an die Wand hängen konnten, in den Augen der anderen spiegelten.
An diesem Nachmittag war sie weniger verspannt. Vielleicht hatte sie übertrieben. Sie hatte seit langem keine Geschichten mehr erzählt. Das tat sie jetzt. Ihr war nicht mehr schlecht. Ihre Furcht war gewichen. Und Anna Maria hatte ja keinen Ausschlag, keine schuppige Haut. Ihr Fieber schien auch ein wenig gesunken zu sein. An diesem Nachmittag setzte Sara sich also hin, nahm Wuschelsara auf den Schoß und zog Sigmund an sich. Oskar lächelte erwartungsvoll und setzt sich zu ihnen, auf die Schwelle zur Kammer seiner Mutter. Sara erzählte von einem Jungen, der lieber und klüger war als die meisten anderen. Einem armen Jungen, der fast nichts besaß, der jedoch durch seine Güte zu Reichtum gelangte. Sie kostete die Ruhe aus, die ihr in letzter Zeit gefehlt hatte, und genoss die erwartungsvollen Blicke; ihre Stimme trug fast von selber. Sie erzählte, wie dieser Junge von einem Ort zum anderen wanderte, durch Feld und Wald, in ein fremdes Land, wo ein böser König mit einer unglücklichen Tochter lebte, die er mit einem alten Troll verheiraten wollte. Doch der Junge …
Anna Maria in ihrem Bett lachte.
Der Junge schaffte Ordnung. Dann hob er die Prinzessin auf sein Ross. Und sie ritten von dannen.
Ihre Stimme floss nur so dahin. Sara streichelte Sigmunds blonde Haare und gab dem Jungen in ihrer Geschichte Aussehen und Züge des Sohnes, eine graue Schirmmütze hatte er, und seine Augen waren groß und ernst, das aber nicht immer, einige Male

lachte er laut. Und alle, die in der Nähe waren, mussten ebenfalls lachen. Zusammen mit der Prinzessin ritt er durch die Lande und machte die Menschen durch sein Lachen froh, und gesund wurden sie bisweilen auch, wenn sie krank gewesen waren, sobald der Junge lächelte und freundlich mit ihnen sprach ...

Das war ich, oder?, fragte Sigmund gespannt, als sie ihn ins Bett brachte.
War ich das?, fragte Oskar, als sie unter der Decke lagen. An diesem Abend umarmte er sie, und alles war wie früher.
Du hast doch über Jesus gesprochen, sagte Anna Maria am nächsten Tag. Ich dachte zuerst ... aber das war doch Jesus, nicht wahr?
Sara lächelte nur. Und an diesem Tag blieben die Böden ungescheuert. Und später am Nachmittag ging sie mit Oskar und Sigmund einen Athleten anschauen, der in den Ort gekommen war. Sara trug die Kleine auf dem Arm, doch bald nahm Oskar ihr diese Last ab. Sie mischten sich unter die anderen Neugierigen, die sich auf Hellen versammelt hatten, um den starken Mann zu sehen. Er komme aus Kopenhagen, hieß es. Er trug nur eine Hose und zeigte seine gewaltigen Muskeln. Dann stemmte er Gegenstände in die Höhe, eine mit Wasser gefüllte Tonne hob er sich über den Kopf, sie stand auf seinen Händen, und etwas von dem Wasser sickerte unter dem Deckel durch und tropfte ihm auf die Stirn. Danach wiederholte er dieses Kunststück mit einem erwachsenen Mann. Dann bat er zwei Burschen, auf seine Schultern zu klettern, während er in die Hocke ging, und erhob sich vorsichtig, damit sie nicht das Gleichgewicht verloren. Am Ende nahm er einen weiteren Mann dazu, und die drei klammerten sich aneinander, während der Starke sich zu seiner vollen Höhe aufrichtete und durch die Menge spazierte. Doch, stark war er schon. Und wer Geld hatte, warf Münzen in seine Mütze, als sein Auftritt zu Ende war.
Offenbar war der ganze Ort zusammengeströmt. Viele waren mit Booten von den anderen Inseln gekommen. Jetzt drängten

sie sich aneinander und plauderten. In einer Gruppe stand Frau Rønneberg mit ihrem Mann und anderen feinen Leuten. Sara schaute immer wieder zu der Frau mit dem schönen Hut und den modernen Stiefeln hinüber, die mit einem Zug aus indischem Gummi geschlossen wurden. Oskar war mit einigen Männern ins Gespräch gekommen. Sara ging ein paar Schritte weiter. Doch nun fing die Kleine an zu weinen, und die Mutter drehte sich um und griff nach ihr. Das Gejammer verstummte, und Sara bewegte sich, gleichsam zufällig, auf die Kaufmannsfrau zu, vielleicht steuerte sie aber auch Bernta und Hans an, die ein Stück hinter dieser standen. Sigmund hielt sich an seine Mutter. Dann lief der Junge zu Onkel und Tante hin, und Sara ging langsam hinterher.

Als sie nahe genug gekommen war, versuchte sie, den Blick Frau Rønnebergs zu erhaschen. Aber wer dann auf sie zutrat, war deren Mann.

Ich soll einen Gruß ausrichten, sagte Rønneberg mit einer leichten Verbeugung.

Einen Gruß?

Er war ihrem Vater begegnet. Er hatte in Molde zu tun gehabt, und dort hatte er den Vogt aus Tingvoll getroffen. Der Vater habe nach ihr gefragt, konnte der Mann berichten, wie es ihr gehe, ob sie vielleicht schon Kinder habe.

Und das habt Ihr ja, sagte Rønneberg und lächelte der Kleinen zu.

Dann kamen noch andere dazu. Eine der Damen streichelte die runde Wange des Kindes, die Frau, der Sara einmal angesehen hatte, dass sie selber auch ein Kind verloren hatte.

Sie wusste nicht, was sie denken sollte. Der Vater hatte nach ihr gefragt? Hatte er ihr verziehen? Sie errötete unter den Blicken, die sich auf sie richteten, die über ihren Kopf hinweg getauscht wurden, den Blicken, die fragten und antworteten: Wusste der Vogt wirklich nichts von seinen eigenen Enkelkindern? Nein, denn die Tochter war doch von zu Hause durchgebrannt. Worauf der Vogt sich von ihr losgesagt hatte. Was nur gut und richtig gewesen war. Nein, durchaus nicht, denn er hatte sie doch gegen ihren Willen verlobt. Aber dennoch. Ein Vater ist ein Vater. Es gibt viele Sorten von Vätern, und manche sind eben besonders hart.

So empfand Sara die umherschwirrenden Gedanken und ließ ihre Blicke hilflos durch die Runde wandern. Sie hatte fast vergessen, was ihr Vorhaben gewesen war, aber jetzt fiel es ihr wieder ein, und sie sah Frau Rønneberg an.

In diesem Moment gesellte sich der junge Leutnant zu ihnen, der galante Herr Sødring, und er zwinkerte ihr zu und erklärte mit lauter Stimme: Der Zorn eines jeden Vaters wird mit der Zeit wohl schmelzen, wenn es um eine Frau geht, eine Tochter, die …

Vielleicht sollte mein Mann ihm schreiben, mischte sich jetzt Frau Strøm geschäftig in die Debatte, und Euren Vater hierher nach Ålesund einladen?

Es war unmöglich gewesen. Sigmund war angerannt gekommen, er hatte an ihrem Mantel gezogen. Und dann hatte Oskar neben ihr gestanden, verwundert über die Gesellschaft, in der sie sich hier befand. Es war unmöglich gewesen. Das Gespräch hatte sich den Fischen zugewandt, den Lofoten, und einer von den Männern, die mehr Geld und größere Boote besaßen, hatte Oskar für die nächste Tour nach Norden die Leitung eines Bootes angeboten. Er brauche einen tüchtigen Mann, er habe den vorigen verloren, und …

Süße Worte. Wie Honig in Oskars Ohren. Und in Saras. Weil sie so viel über ihn wusste – dass er ein rechtschaffener Mann war, der schon einmal ein Leben gerettet hatte. Und der eine großartige Frau erobert hatte, das las Sara in Herrn Sødrings Augen; ob er ihre Herkunft meinte oder ihr Aussehen, das wusste sie nicht, konnte es auch nicht beurteilen, sie hatte ja keinen Spiegel.

Die Lofoten, wiederholte Oskar auf dem Heimweg. So weit war er noch nie gesegelt. Es war ein einzigartiges Angebot, eine zusätzliche Großfahrt vor der Frühjahrsfischerei des nächsten Jahres. Er war ganz erfüllt von diesen Aussichten, und deshalb

kam er nicht auf die Idee zu fragen, worüber sie gesprochen hatten, ehe er sich zu ihnen gesellt hatte.
Die Sonne ging jetzt unter. Noch immer wimmelte es auf dem Fjord von kleinen Booten, in den meisten saßen junge Leute, die muntere Rufe austauschten und lachten. Der Sommerabend war mild und hell. Oskar lief weiter, stark und froh und leichtfüßig. Er dachte an seine Zukunftspläne. Sara schaute zu den Booten hinüber und dachte an ihren Vater. Der vielleicht eingeladen werden sollte und der vielleicht verziehen hatte. Und dann dachte sie an die Freundlichkeit in den Gesichtern dieser Menschen, dieser Menschen, mit denen sie so gern ein ernstes Gespräch führen würde.
Als sie sich der Haustür näherten, dachte sie wieder an ihren Vater, und sie sah ihn nicht so vor sich wie früher, mit seiner strengen Miene; sie sah ihn so, wie sie ihn einmal nachts gesehen hatte, als beide aus dem Schlaf geweckt worden waren und sie ihn im grünen Zimmer gefunden hatte, wo er im Nachthemd und einer hellblauen Schlafmütze mit Quaste auf dem Sofa las, das Gesangbuch der Mutter in den Händen.
Als sie nach Hause kamen, lag Anna Maria tot im Bett.

Wo ist sie jetzt?, fragte Sigmund.
Johanna aus dem Obergeschoss hatte sich um die beiden Kinder gekümmert, während die Eltern über den Fjord zur Beerdigung gefahren waren.
Sie ist in der Erde, sagte Oskar.
Sie ist im Himmel, sagte Sara.
Der Junge staunte.
Ihr Körper liegt drüben in Borgund in der Erde, erklärte die Mutter, aber sie ist wiedergeboren worden, in Gottes Himmel.
Der Sohn bekam es offenbar nie über, diese seltsame Geschichte zu hören, über den Himmel, wo es von schwebenden Engeln nur so wimmelte. War die Großmutter denn auch so ein Engel geworden? Konnte sie sein Abendgebet hören, wenn er Gott-

vater darum bat? Und warum mussten die Menschen überhaupt sterben?

Auch draußen, wenn er mit anderen Kindern zusammen war, sprach Sigmund darüber, und als der Vater dann zur Herbstfischerei gefahren war, kam er ins Haus gestürzt, denn ein anderer Junge hatte gesagt ... hatte von seinem eigenen Vater erzählt ... der dort draußen bei den Fischgründen ums Leben gekommen war.

Das konnte passieren, musste die Mutter zugeben.

Aber Vater ist doch so tüchtig, tröstete sie ihn.

Das Kind war seither ernster. Sigmund hatte den Zusammenhang zwischen Sturm und Ertrinken begriffen, und wenn ein Unwetter wütete, musste Sara neben ihm liegen und ihn festhalten, bis er dann endlich einschlief. An einem solchen Abend fiel ihm plötzlich ein, dass er ja noch andere Geschwister haben könnte. Denn war es nicht so? Hatte er nicht einmal gesehen, wie ein kleiner Sarg aus dem Haus getragen worden war?

Das stimmte. Die Mutter hatte geglaubt, er habe es vergessen. Aber er konnte sich an das erste kleine Mädchen erinnern, das nur einige wenige Tage gelebt hatte.

Nach diesem Gespräch schien er Mutter und Schwester nicht aus den Augen lassen zu wollen. Selbst bei gutem Wetter blieb er im Haus. Er spielte mit Wuschelnara-Kuschelara-Seidensara. Er drückte sie an sich und küsste ihr Gesicht. Er murmelte die seltsamen Kosenamen und schaute der Kleinen in die Augen, als wolle er feststellen, welcher Name ihr am liebsten war. Und seine Blicke folgten der Mutter, die Kleidungsstücke Anna Marias für die anderen umnähte.

Vieles hatte sie zusammen mit dem Bettstroh verbrannt. Der kleine Beutel mit dem Geld, der unter der Matratze gelegen hatte, befand sich jetzt in ihrer Reisetruhe, zusammen mit den Hüten, die sie nie benutzte, und da sollte das Geld bleiben, bis Oskar von der Fahrt zurückkam.

Dann kam er, und Sigmund klammerte sich an den Vater. Sara freute sich darüber, dass sie endlich dem Mann die Haare schnei-

den würde, nachdem er sich das Meer abgewaschen hatte. Sie konnte das jetzt, wenn sie auch nicht am Kopf des Fischers geübt hatte, sondern an den Köpfen der Kleinen. Sie ließ sich Zeit. Sie genoss es. In seine braunen Haare zu fassen und sie von seinem Kopf zu lösen. Seine nackten Schultern anzuhauchen. Vorsichtig die Haarsträhnen langzuziehen, um sich davon zu überzeugen, dass sie überall gleich viel abgeschnitten hatte.
Am nächsten Tag nahm Oskar seinen Sohn an der Hand und ging mit ihm zur neuen Sparkasse. In der anderen Hand hielt er den Beutel mit dem Geld.
Sara nähte gerade, als sie zurückkamen; aus dem Mantel der Großmutter machte sie eine Jacke für Sigmund und zerbrach sich dabei den Kopf über die Zukunft. Ein eigenes Haus, dachte sie, aus dem niemand sie vertreiben könnte. Die Sache mit der Wohnung hatte ihr nach dem Tod der Schwiegermutter arg zu schaffen gemacht, denn Anna Maria hatte doch das Wohnrecht gehabt, nicht die jungen Leute. Und Oskar war gegangen, ehe sie darüber hatten sprechen können.
Er schien ihre Gedanken gelesen zu haben.
Jetzt bekommt Sigmund eine eigene Kammer, sagte er lächelnd.
Ach?
Oskar hatte mit Rønneberg gesprochen. Sie konnten die Wohnung behalten, obwohl Anna Maria nicht mehr lebte, nur die Miete war ein wenig erhöht worden.

Die Monate vergingen. Die Lofotfischerei rückte näher. Sara fürchtete sich vor dem Alleinsein. Es war auf irgendeine Weise etwas anderes, jetzt, wo er auf so eine weite Reise ging. Aber darüber sprach sie nicht. Sie füllte die Truhe ihres Mannes. Und sie ermahnte ihn, Kopf und Hände warm zu halten. Und sich umzuziehen, wenn das nötig war, statt tagelang in nasser Kleidung zu verharren, was viele taten, das hatte sie gehört. Dort oben gebe es Bootshäuser, erzählte er ihr, wo sie ab und zu Zuflucht suchen und am Feuer ihre Kleidung trocknen konnten.
Dann war er verschwunden.

Und der Sohn nahm seinen Platz im Bett ein, wie beim letzten Mal, als der Mann zur Herbstfischerei gezogen war. Er wollte einfach nicht allein in seiner Kammer bleiben. Und als Sigmund ins große Bett übersiedelte, wollte die Schwester das auch. Sara war das recht. Sie hatte die Kinder gern bei sich. Und außerdem war es dann wärmer für alle.

Es war ein kalter Winter.

Und es kam ein unerwarteter Brief. Er stammte von Jens. Er war anders und wärmer als der letzte. Es ging darin nicht um Konzerte oder Theatervorstellungen. Es ging auch nicht um sein Studium. Und nicht um Kopenhagen, sondern um ihre Kinder, darum, dass Sara ihm gefehlt hatte. Endlich kamen die Fragen: Ging es ihr gut? Behandelte ihr Mann sie gut? Hatte sie noch weitere Kinder bekommen? Wie war das Leben in Ålesund?

Sara antwortete schon am nächsten Tag. Warm und glücklich füllte sie die Seiten. Sie schrieb über den Mann, den sie liebte. Über den Ort, der wuchs; seit sie hier war, wuchs er mit jedem Jahr. Immer neue Häuser wurden gebaut. Und manche hatten sogar kleine Gärten mit Blumen und Bäumen. Und vielleicht konnte man die Durchgänge zwischen den Häusern ja als Straßen bezeichnen?

Vor langer Zeit, schrieb sie, habe Ålesund aus kleinen Häusergruppen bestanden, die sich um die Kaufmannsniederlassungen scharten. Auf jeder Insel hatte es einen Kaufmann gegeben. Sie zählte die Namen der Inseln auf, die zu Ålesund gehörten: Hellen und Lorchenes, Thodeplassen, Korsen, Notenes und Grimmergård. Jedes Kaufmannshaus bestand aus zwei Etagen und hatte ein Wohnhaus und einen Laden. Darunter lagen die Bootshäuser und die Speicher, dazu gab es Stall und Scheune, Vorratshäuser und Unterkünfte für das Gesinde. Um diese Kaufmannsniederlassungen sammelten sich seit alten Zeiten einzelne Hütten mit Grasdächern, für Seeleute, Fischer und solche, die beim Kaufmann in Lohn und Brot standen. Aber diese Gruppen waren immer größer geworden, und jetzt gab es viele Zeilen mit Mietshäusern für die Menschen hier. Die meisten mieteten sich

ein, einige aber hatten auch eigene Häuser. Vor allem die Handwerker. Es gab hier Schuhmacher und Schneider, Schreiner und Segelmacher.
Und jetzt haben wir auch eine Feuerwehr, erzählte Sara dann. Und sie zählte alle Brunnen auf. Insgesamt gab es davon sechs. Und der in Einarviken wurde Heilquelle genannt, weil sein Wasser angeblich Augenkrankheiten heilen konnte. Industrie haben wir auch, fügte sie hinzu, eine Schnapsbrennerei, auf die wir gern verzichten würden.
Was gab es noch?
Ach ja, es gab noch viel mehr zu sagen: über die Boote, über die dunklen Spanier, über den Fisch, der auf den Felsen getrocknet wurde. Und über die Bestrebungen, für den Ort Stadtrechte zu erlangen.
Davon träumen die Kaufleute und vielleicht auch die Handwerker, schrieb sie an Jens, und sie selber träumte auch davon. Denn in einer Stadt musste es doch ein richtiges Krankenhaus mit mehreren Ärzten geben. Und mit einer Hebamme. Glaubte er das nicht auch?
Ihr Bruder war jetzt sicher schon ein fertig ausgebildeter Arzt, nahm sie an, er müsste sich damit also auskennen. Er schrieb zwar nicht, dass alle Examen hinter ihm lägen, aber er gab eine neue Adresse an, in Bergen, und Sara nahm das als Beweis dafür, dass er sein Studium beendet und in dieser weiter südlich gelegenen Stadt einen Posten angetreten hatte.

Ein weiterer Brief von Jens traf erst ein, als Oskar von den Lofoten zurückgekehrt und dann wieder ausgefahren war, um mit dem Achter den Frühjahrshering zu fischen, erst dann kam ein Brief.
Nein. Jens war kein Arzt.
Das klang wie ein weher Seufzer.
Er hatte in der königlichen Stadt kein Glück gehabt. Die Wörter in den dicken Büchern hatten bei ihm nicht haften wollen. Und der Unterricht, wo sie Leichen zerschneiden mussten … Ihm

war dabei schwindlig geworden, er hatte unter Ohrensausen gelitten. Viele Jahre hatte er dort unten verbracht und es immer wieder versucht. Nein, er hatte nicht aufgegeben, nicht sofort.
Ach, Sara, du hättest dabei sein sollen, schrieb er. Um es selber zu erleben. Du hättest alles verstanden. Für mich war das nichts. Aber unser Vater. Du kennst doch unseren Vater …
Er verbarg jetzt nichts mehr. Er sagte alles ganz offen. Er hatte vom Geld des Vaters gelebt, ohne etwas zu schaffen. Er war bei den Prüfungen durchgefallen, wieder und wieder, hatte das aber verschwiegen, hatte gelogen.
Jetzt aber ist Jens Cold endlich frei, schrieb er.
Er ging bei einem Maler in die Lehre. Bei einem Kirchenmaler. Bei seinem Meister konnte er wohnen und sich satt essen, schrieb er, nach der Lehre würde er aber noch einige Jahre für diesen Mann arbeiten müssen.

Sara lief mit dem Brief an der Brust durch die Kammern, sie wusste nicht, ob sie enttäuscht und traurig sein sollte oder sich freuen, weil der Bruder jetzt wohl endlich glücklich war. Außerdem war ihr wieder schlecht, schlecht und unwohl auf diese Weise, die nur eine einzige Bedeutung haben konnte. Sie ärgerte sich, diesmal wäre es wirklich nicht so eilig gewesen, denn sie war doch noch immer nicht bei den Kaufmannsfrauen gewesen. Noch immer hatte sie mit ihnen nicht darüber gesprochen, was ihr so auf dem Herzen lag.
Wieder und wieder hatte sie es aufgeschoben.
Wieder und wieder hatte sie mit dem Gedanken gespielt, wenn sie von zu Hause aufgebrochen war, hatte ihn dann aber wieder verdrängt. Das weiße Haus hatte sie gewissermaßen zurückgehalten. Früher war es der Gedanke an die Kranke gewesen. Oder an Oskar, dem die Zeit manchmal lang wurde, wenn er mit den Kindern allein war. Und wenn er zum Fischen fort war …
Aber Johanna aus dem ersten Stock würde jederzeit nach den Kleinen sehen, so wie Sara das bisweilen ebenfalls für andere tat. Auch Stina und Magda konnte sie fragen.

Doch was machte ein Kirchenmaler überhaupt? Strich er Kirchen an? Von außen? Oder stammten die schönen Bilder in den Kirchen von ihm? Und hatte ihr Bruder gewagt, dem Vogt reinen Wein einzuschenken? Darüber schrieb er nichts.
Es fiel ihr leichter, an ihren Bruder zu denken, als an das, was sie noch immer nicht getan hatte.
Wie schwach, so dachte sie über Jens. Und hatte sie das nicht immer schon geahnt?
Aber trotzdem, dachte sie. Wenn man eine solche Möglichkeit hatte ... in der königlichen Stadt ... und sie dann wegwarf ...
Sie schämte sich.
Sie schämte sich sozusagen doppelt, denn wenn sie an ihren Bruder dachte, dann erinnerte sie sich auch an ihre eigenen Gefühle: dass sie immer wieder gedacht hatte, jetzt nicht, heute nicht ... um dann wieder nach Hause zu laufen und nicht zu Frau Rønneberg, wie sie es doch vorgehabt hatte.

Noch konnte sie es schaffen, ehe ihre Umstände zu deutlich wurden.
Doch ihre Einstellung war jetzt eine andere als früher, als ihr dieser Gedanke zum ersten Mal gekommen war.
Wieso bildete sie sich überhaupt ein, diese feinen Damen würden auf sie hören? Wieso bildete sie sich ein, als Erste hier am Ort auf eine solche Idee gekommen zu sein? Frau Rønneberg und die anderen verfügten doch sicher über viel größere Kenntnisse über die neue Zeit als sie selber. Natürlich wussten sie, dass es Hebammen gab. Natürlich hatten sie sich erkundigt, und die Antwort hatte vielleicht gelautet: Nein, die müsste man aus Stockholm oder Kopenhagen holen. Und die schwedischen und dänischen Hebammen hatten sicher auch so genug zu tun.
Konnte es so gewesen sein?
Hatten die Damen bei Kaffee und Kuchen gesessen und auf diese Weise geredet? Hatten sie mit ihren Männern darüber gesprochen und diese traurige Antwort erhalten?

Vielleicht doch nicht. Vielleicht sprachen sie über ganz andere Dinge, wenn sie sich beieinander trafen, über die neueste Mode, über fremde Städte, die sie gern besuchen würden, wie Reims mit der schönen Kathedrale, wie London und Paris.
Vielleicht wäre es trotzdem wichtig, wenn sie selber ...
So zerbrach sie sich den Kopf und wurde traurig und wieder zuversichtlich, immer abhängig davon, wie ihre Gedanken sich gerade verhielten.
Dann kam Oskar von der Fischerei zurück und würde eine Zeit lang zu Hause bleiben.
Heute, dachte sie. Heute!
Und sie machte sich auf den Weg.
Zuerst erledigte sie im Laden einige Einkäufe. Dann ging sie weiter, zu dem Haus, das seit so langer Zeit ihr Ziel war. Doch als sie es fast erreicht hatte, rief jemand ihren Namen. Er wurde aus der Ferne gerufen, gejohlt wurde er, mit Berntas Stimme: Sara, wo willst du hin, Sara?
Sie hatte das Gefühl, dass der ganze Ort sie anstarrte, sie anstarrte, während sie auf das schöne Haus zuging, auf ein Gebäude, in dem sie wirklich nichts zu suchen hatte, sie, die Schwägerin der johlenden Bernta, die Frau des Fischers Oskar, eine Frau in verschmutzten, abgenutzten Schuhen und mit einem schlichten Schal um den Kopf.
Wie schon einige Male verflog ihr Mut, und sie machte kehrt.
Nein, sagte sie, als die andere sie erreicht hatte. Sie habe nur einen Spaziergang machen wollen, die frische Luft tue ihr so gut.
Mit einem schweren Einkaufskorb am Arm?
Saras Herz setzte aus. Hatte sie Frau Rønneberg wirklich so besuchen wollen? Mit einem Korb voller Waren? Sie hätte es umgekehrt machen müssen, den Einkauf auf nachher verlegen.
Sie ging zusammen mit Bernta weiter. Und die Schwägerin konnte ihr Neues erzählen: Eine unverheiratete junge Frau hatte von einem Spanier ein Kind bekommen, stell dir das vor, stell dir das vor.
Entsetzlich.

Aber es war ja ihre eigene Schuld, schließlich hatte sie sich mit dem Mann eingelassen, oder?
Entsetzlich.
Manche besitzen einfach kein Schamgefühl.
Entsetzlich.

Sara Cold, dachte sie, als sie an diesem Abend im Bett lag. Die gab es nicht mehr. Es gab nur noch Sara Junge. Sie gehörte jetzt zu Bernta. Zu dem Gerede der Frauen am Brunnen. Den Fischersfrauen, so wie sie selber eine war. Den Menschen, deren Leben von Wetter, Kälte, Wind geprägt war. Und den Gerüchten und dem Gerede, wie über diese junge Frau, die ins Unglück geraten war, und über die Witwe, von der alle wussten, dass sie eine gottlose Dirne war, ja, eine Dirne, auch wenn sie ihren Witwenstand durch schwarze, geziemende Kleidung betonte, denn die schien sie offenbar schnell genug fallen zu lassen, ja, schnell genug, wenn nur ein Mannsbild mit klingender Münze in der Nähe war.
Sara wusste es jetzt. Dass solche Dinge passierten. Sie nahm sie sich aber nicht mehr so zu Herzen wie anfangs. Sie folgte Stinas knochigem Finger, der sich auf das arme Wesen richtete, über das gerade geklatscht wurde. Sie nickte zu Magdas Behauptung, die Spanier könnten so katholisch sein, wie sie wollten, denn wenn sie nur weit genug von zu Hause weg wären, dann vergäßen sie sich, jawohl, sogar Kapitäne vergäßen sich, denn das hatten sie auch schon gesehen, einen Kapitän, der durch den Schlamm zum Haus besagter Witwe schritt.
Die Erkenntnis kam ihr in dieser Nacht, nachdem sie es nicht geschafft hatte, nachdem sie das wichtige Thema ein weiteres Mal nicht zur Sprache gebracht hatte. Es erschien ihr als Schande, aber sie hatte auch eine Art Verteidigung; denn worüber sollten sie denn sonst reden, die Frauen in ihrer Umgebung? Wie sollten sie sonst in all den einsamen Tagen, wenn die Männer unterwegs waren, den Mut nicht verlieren? Sie hatten keine Bücher, mit denen sie ihr Wissen erweitern konnten, hatten vielleicht nur eine

Bibel, und nicht wenige hatten die Kunst des Lesens nie erlernt, das wusste sie jetzt.
Was war denn an ein bisschen Klatsch und Gelächter auszusetzen? Es war doch nicht wirklich böse gemeint, oder? Sie brauchten nur etwas, das ihre Gedanken von der Kälte in der Kammer ablenkte, von den Sorgen in den schlechten Zeiten – Sorgen, die alle teilten, alle, die sie kannte ...
Und das mit den Frauen, die ins Unglück geraten waren – waren die nicht wirklich selber schuld? Eine Unverheiratete durfte sich doch nicht mit Männern einlassen ... und eine Verheiratete hatte sich an ihren Mann zu halten. So entsprach es Gottes Willen und den Worten des Pastors.
So lag sie in der Dunkelheit und dachte voller Zuneigung an diese Leute, die sie offenbar endlich als eine der ihren betrachteten, die sie die Arbeit mit den Fischen gelehrt hatten, die ihr freundlich gute Ratschläge gegen wunde Hände, gegen im Winterwind triefende Augen erteilt hatten.
Und über all ihren Überlegungen lag etwas Undefinierbares, eine Art Erleichterung, vielleicht sollte sie ihr Vorhaben ja doch lieber vergessen. Dann würde sie sich auch nicht der möglichen Herablassung der reichen Damen aussetzen müssen. Und sie selber hatte doch außerdem zwei gesunde und lebende Kinder. Sie hatte jetzt gelernt, wie viel Reinlichkeit und Vorsorge nötig waren, um das zu erreichen.
Es wuchs in ihr, dieses Gefühl der Erleichterung. Sie gehörte hierher. Nicht zu den Wohlhabenden. Warum sollte sie sich also davonstehlen? Warum sollte sie ihr Ziel geheim halten müssen, wie am Vormittag ihrem Mann gegenüber, dem sie gesagt hatte, sie gehe nur kurz einkaufen? Es war eine Erleichterung, die Richtung, die ihre Schritte genommen hatten, erklären zu müssen, wenn sie Bekannte traf, wie vorhin Bernta ...
Doch am nächsten Morgen erwachte sie mit einem schweren Stein in der Brust. Einem Stein anstelle von Sara Cold.
Sie hatte offenbar die Kraft verloren, die sie damals dazu gebracht hatte, den Arzt aufzusuchen.

Dann füllten sich die Tage mit der Arbeit auf den Felsen. Ihr Rücken schmerzte, wenn sie ins Bett fiel. Ihre Gesichtshaut fühlte sich nach den langen Stunden in der Sonne rot und trocken an. Ihre Fußsohlen schienen aus Leder zu sein.
Nein, Sara Cold …
Und bald war es dann ohnehin zu spät. Sie war zu umfangreich. Ein neuer Herbst war gekommen. Sie sprach mit den Kindern über alles, was sie sehen würden, über die Boote im Hafen, über die Mützen, die die Ohren bedecken würden, über die Ohren, die gewaschen werden müssten. Märchen und Lieder hatte sie wohl vergessen. Sie erzählte jedenfalls keine Geschichten mehr und summte nur selten.
Kurz vor Weihnachten bekam sie abermals einen lebenden Sohn. Diesmal ging alles gut, und sie dankte Gott. Im Spätwinter aber hörte sie von einer anderen Geburt in einem Fischerhaus, bei der Mutter und Kind das Leben verloren hatten. Und sie klagte. Den ganzen Tag klagte sie, wenn sie an diese andere Frau dachte.
Was ist los?, fragte Oskar.
Er machte sich für die Frühjahrsfischerei bereit.
Wir brauchen hier eine Hebamme, sagte sie traurig.
Er setzte sich zu ihr. Er setzte sich und fragte, was sie meine. Und sie erzählte ihm, dass es Frauen gab, die mehr gelernt hatten.
Ja, meinte er. Wir brauchen in Ålesund eine Hebamme.
Dann erzählte sie ihm, was sie schon so lange erwogen, aber doch nie geschafft hatte.
Aber tu das doch, sagte Oskar. Frau Rønneberg ist ein feiner Mensch. Also sprich mit ihr, mach das.

Und dann war er wieder verschwunden.
Abends hielt sie das jüngste Kind in den Armen und sehnte sich. Sie hatte das kleine Kinderbett in die andere Kammer geschoben und Anna Marias längeres und breiteres herübergezogen. Es passte gerade noch herein. Und sie konnten alle im selben Zim-

mer schlafen, Sigmund und Klein-Sara dicht aneinander geschmiegt, unter einer Decke im Bett der Großmutter, sie selber mit dem Säugling neben sich, ohne die Angst, die älteren Geschwister könnten ihn im Schlaf erdrücken.
Und sie fühlte sich reich, als sie so dalag, umgeben von den Geräuschen der Kleinen, als sie im Traum versank, einem Traum, in dem ihr Mann bei ihr war, in dem seine Geborgenheit schenkenden Arme sie umfingen.

Doch dann war alles zu Ende. Die anderen Männer kamen zurück, mit Armut im Blick.

Die Fischerswitwe

In ihr schien ein Frost zu stecken. Nachts war es am schlimmsten, wenn sie schlief, etwas eisig Kaltes, das sie im Traum vor Angst erstarren ließ, so dass sie sich am nächsten Morgen mit steifen Gliedern erhob.

Die Landschaft draußen kam ihr bleich und leblos vor, obwohl die Sonne schien, obwohl der Wind Grasbüschel und Halme erfasste.

Es gab so vieles, was sie noch nicht wusste über ihren Mann. Darüber, was er gedacht hatte, wenn er einfach nur lächelnd dagesessen hatte, ohne zu sehen, welche Bilder ihn erfüllt hatten, wenn er im Boot war und an die Menschen zu Hause dachte; wie er sich die Zukunft der Kinder vorgestellt hatte, was sie lernen sollten, was sie werden sollten …

Hatte er an sie gedacht, kurz bevor es passiert war?

Nein, da hatte er gearbeitet. Sie hatten das Netz hochgezogen. Es war so voll gewesen, so voll, so wunderbar schwer unter ihnen im Wasser. So voll war das Netz gewesen, dass es gerissen war, an der Stelle, wo Oskar gezogen hatte; die anderen waren nämlich aus dem Takt geraten. Das konnte passieren, wenn die einen schnell zogen und die anderen langsam. Und dann konnte man alles verlieren, wenn man nicht sofort zupackte, vor allem, wenn das Netz alt und verschlissen war, dann war es nicht auf einen so reichen Fang vorbereitet und konnte auch am anderen Ende reißen, vor allem dann, wenn das eine verschlissene Ende die ganze Last tragen musste, und dann konnten die Fische davonschwimmen, wenn man nicht sofort ins Kalte griff und Maschen und Tau schnappte.

Das hatten sie erzählt und erklärt, die Männer mit den niedergeschlagenen Blicken.

Es war wie ein Märchen gewesen, ein so dichter Schwarm, dass er das Boot fast hochgehoben hatte. Er hatte wie ein glitzernder Berg aus Silber unter ihnen gelegen, eine Woge aus schimmernden Fischleibern. Wie ein Wunder war es gewesen, das viele Silber zu sehen, das Gewicht zu spüren …

Als sei die Rede von Münzen.

Und das war ja auch der Fall.

Und Oskar hatte sich den Münzen hinterhergeworfen, hatte nach dem gerissenen Netz gegriffen, hatte eine Masche erwischt, vielleicht zwei, hatte die Hand vielleicht hindurchgeschoben in dem Moment, als das Gewicht auf der anderen Seite zu schwer geworden war.

Er ist einfach verschwunden, sagten die anderen. Mit dem Netz und allem.

Aber die, die das andere Ende gehalten haben, was habt ihr denn gemacht?, hatte sie gerufen.

Sie hatten zu Boden gestarrt.

Stand denn niemand neben ihm, der ihn packen konnte?, hatte sie gerufen.

Es ging so schnell, murmelten die anderen. Wir haben es nicht begriffen. Und dann war es zu spät.

Und dann? Und dann?

Er ist nicht wieder aufgetaucht. Er ist unten geblieben, bei dem Silber.

Die Gestalten der anderen an diesem Tag ließen ihr keine Ruhe: Jacob, dessen Stimme zitterte. Oskars Bruder Hans, dessen Gesicht so bleich war wie ein Birkenzweig. Der Dritte, der sich auf den Holzkasten hatte fallen lassen. Sein Körper hatte sich gewiegt. Vor und zurück hatte er sich gewiegt.

Sara wusste nicht, wie lange die Männer bei ihr gewesen waren.

Am folgenden Tag waren die Frauen gekommen. Dann war ein anderer Bruder Oskars aus dem Fjordinneren aufgetaucht, als hätten Wind oder Vögel die Nachricht bereits weitergetragen. Alle Blicke zeigten ihre eigene Trauer, doch sie zeigten auch Sorge um Sara, die jetzt zur Witwe geworden war.

Sara konnte ihre Stirn an anderen Schultern ruhen lassen, an denen von Menschen, die sie in den Arm nahmen, Bernta und die Frauen im Haus, die Frauen vom Brunnen, und sie weinten mit ihr, sie weinten und weinten – um Oskar, wegen der Angst, die sie alle quälte, dass es beim nächsten Mal um einen der ihren gehen würde, und in der Erinnerung an die, die das Meer schon geholt hatte. Eine Gemeinschaft, die im gemeinsamen Kampf um die eine Nahrung gründete, den Fisch.

Die Tage vergingen wie in einem Nebel. Andere kochten oder brachten Essen, fertig, in heißen Töpfen. Sara klammerte sich an den Jüngsten an, der denselben Namen trug, Oskar, Oskar, und die Mutter drückte ihn an sich wie einen Schild, wie ein Daunenkissen. Er begriff von allem nichts, der Kleine, aber er lächelte ein erstauntes, tröstliches Lächeln, das sie erwidern konnte, von dem sie trank.

Und Sara weinte. Sie hatte nicht einmal ein Grab, das sie besuchen konnte. Denn niemand war hinter Oskar her ins Wasser gesprungen, wie er das selber getan hatte, um einen Menschen zu retten. Er war ganz einfach verschwunden. Nicht zu sehen, während die Sonne aufging und alles zeigte, was es an der Meeresoberfläche zu sehen gab.

Und sie weinte. Jetzt nicht mehr zusammen mit den anderen, sondern allein, in der Nacht, wenn die Kinder schliefen. Sie weinte und sah dabei Oskar im Netz, Oskar in der Tiefe, dort unten in der Dunkelheit, die Hand in den Maschen verfangen.

Mama, das war die zitternde Stimme des kleinen Mädchens. Mama …

Also schlief sie doch nicht.

Also schlief wohl auch Sigmund nicht. Sie spürte es jetzt, dass auch er wach war, dass er steif im Bett der Großmutter lag und vielleicht die Zähne zusammenbiss. Und die Mutter holte tief Luft, ehe sie sich räusperte, um ihre Stimme von den Tränen zu befreien.

Kommt doch her, brachte sie heraus. Ihr könnt Vaters Platz leihen.

Wie früher. Wie vor der Geburt des Kleinsten. Er war jetzt einige Monate alt, konnte nicht mehr aus Versehen erdrückt werden und schrie, wenn er etwas wollte.
Die beiden anderen stapften von Bett zu Bett, und ein Wort blieb in den Gedanken der Mutter hängen, ein Wort, das sie eben gesagt hatte. Leihen – sie könnten den Platz des Vaters leihen. Sie unterdrückte ihr Schluchzen. Sie umarmte unter der Decke alles, was sie hatte, drei Kinder, drei feine Kinder …

Eine Woche war vergangen. Und ihr wurde nicht mehr schwindlig. Sie sah die Kinder. Sie sah das Essen, das sie für sie kochte. Sie streichelte Köpfe. Sie erwiderte die Blicke der beiden Ältesten. Sie konnte nicht lächeln, aber sie weinte auch nicht. Sie konnte nicht viel sagen, aber sie nickte ihnen zu. Eine Art aufmunterndes Nicken, hoffte sie, das sagte, das Leben werde weitergehen. Und das würde es wohl auch.
Sie wichen nicht von ihrer Seite. Klein-Sara und Sigmund gingen Hand in Hand. Die Mutter trug den Kleinsten. Am Brunnen übernahm der Ältere den warm eingewickelten kleinen Bruder, während die Erwachsene Wasser hochzog. Auf dem Heimweg hielt sie mit der einen Hand das Joch und presste mit der anderen den Kleinen an sich.
Im Haus blieb sie dann stehen und schaute durch das Fenster auf die Landschaft, an die sie sich so gewöhnt hatte. Sie lebte seit über sieben Jahren hier. Unten lag der Hafen. Noch waren die Boote bei der Frühjahrsfischerei. Nur eins war zurückgekehrt. Ohne Netz. Und Sara würde nie wieder hier stehen und aufs Meer hinausblicken und warten.

Vielleicht könntest du dich mit deinem Vater versöhnen?, fragte Hans.
Er und Bernta schauten abends vorbei, sie hatten sich etwas überlegt, das Sara vielleicht eine Hilfe sein könnte.
Sara blickte sie lange an, erst den einen und dann die andere. Sie mühte sich ab, um den Sinn ihrer Rede zu begreifen. In den

Augen der Schwägerin sah sie schöne Gobelins und einen langen Esstisch mit Stühlen, die Polstersitze und geschwungene Beine aufwiesen. Bei Hans sah sie Tingvoll, die Bucht vor dem Vogtland, wie andere es nannten, daneben die Poststation und dahinter am Hang die Kühe. Danach sah sie die Erinnerung an eine Angst in dem Blick des Mannes, den dieser gleich niederschlug, die Angst vor einem Vogt.
Wollte er sie zu ihrem Vater zurückschicken? Aber das wäre doch unmöglich, das musste er wissen!

Sie steckten noch in ihr, die Reste der Empörung, als sie sich am nächsten Tag auf den Weg zum Kaufmann machte. Sie steckten in ihr wie Eiter, der unmögliche Vorschlag des Schwagers und das, was ihr dadurch klar geworden war: dass sie niemanden hatte, keinen Mann, keinen Vater. Sie hatte nur die Kinder. Und diesen Bruder, der gelogen hatte, sich geduckt, noch mehr gelogen, bis er jetzt bei einem Maler in der Lehre war.
Nicht Jens hätte zum Studium in ein anderes Land geschickt werden sollen …
Sie unterdrückte diesen Gedanken. Sie schob ihn fort, hinter das, was sie sah, den Laden, dem sie sich näherte, hinter den Gedanken daran, was sie dort kaufen wollte.
Der Verkäufer ließ sie anschreiben, er wusste, dass das Geld kommen werde, wenn die junge Witwe nur endlich die Sparkasse aufsuchte. Das sagte er laut. Denn alles, was Oskar dort eingezahlt hatte, gehörte doch jetzt ihr, erklärte der Mann hinter dem Tresen.
Sie lief wieder hinaus, zu den Kindern, die draußen warteten.
Bei ihnen stand der Leutnant, der galante Herr Sødring. Er nahm höflich ihre Hand und sprach ihr sein Beileid aus. Danach warf er einen Blick auf Klein-Saras goldene Haare. Das Kind stand barhäuptig im Wind und hielt seinen schmalen Schal in der Hand.
Ein Schatz aus Gottes Hand, sagte der Leutnant lächelnd. Was für eine brausende Mähne.

Jetzt sah er Sara an, mit einem schrägen kleinen Lächeln, trotz des eben ausgesprochenen Beileids.
Die Mutter band dem Kind den Schal um den Kopf.
Der Mann …, sagte Klein-Sara.
Er hat sie darum gebeten, erklärte Sigmund auf dem Heimweg.
Wieso denn das?, fragte die Mutter verwundert.
Er wollte es einfach sehen, hat er gesagt, wollte die Haare sehen, und ob sie Ähnlichkeit mit ihrer Mutter hat, sagte Sigmund.
Aber meine Haare hat der Leutnant doch nie gesehen!, rief die Erwachsene.
Nur die Locken an den Ohren, sagte der Sohn.

Vielleicht wurde Sara dadurch endgültig geweckt, durch Herrn Sødrings Schamlosigkeit und durch die Bemerkung, die der Ladengehilfe über die Sparkasse gemacht hatte.
Sie war jetzt Witwe.
Nachts träumte sie von ihnen, von den Witwen am Ort. Sie wanderten in einer schweigenden Reihe an den Häusern vorbei wie aufrechte schwarze Ameisen, dicht an die Wände gedrückt, im Windschutz und doch so, als zwinge der Wind ihnen eine schiefe, krumme Haltung auf. Als hätten ihre Mäntel keinen Inhalt, so sah es aus, als gebe es nur eingesunkene Kleidungsstücke unter den Gesichtern mit den schwarzen, verzweifelten Augen.
Trauer. Not.
Ewig zehrender Kummer. Kälte und Hunger.
Im Traum waren sie alle alt.
Sie dachte daran, als sie aufwachte, an die alten Gesichter.
Viele waren mehrmals verwitwet, die, die so aussahen. Denn die jungen heirateten wieder. Sie verbrachten die Trauerzeit mit gebeugtem Nacken und langsamen Schritten, dann richteten sie sich auf, hoben die Köpfe und schauten sich um.
Doch nein, das wusste Sara. Nie im Leben würde sie einen anderen umarmen, nie.
Aber so war es eben. Die Leute heirateten wieder. Es musste sein. Die Frauen brauchten einen neuen Ernährer. Die Männer

brauchten eine neue Frau, die sich um die Kinder kümmerte, die die Verstorbene ihnen hinterlassen hatte.

Noch an diesem Morgen ging sie zur Sparkasse, um sich über ihr Guthaben zu informieren.
Sie hatte lauter Zahlen im Kopf, als später an diesem Tag der Schwager anklopfte und eintrat, diesmal allein. Er wollte über den Achter sprechen.
Den hatte sie vergessen.
Ich sollte den Anteil wohl übernehmen, sagte Hans, ich als sein Bruder.
Er wollte sich nicht setzen. Er wollte nur loswerden, was er auf dem Herzen gehabt hatte, über das Boot, über eine Summe, die er sich überlegt hatte; so viel könnte er geben, wenn er nur in Raten …
Dann war er verschwunden. Eine Antwort hatte er nicht von ihr erhalten. Er hatte wohl auch keine erwartet, nicht sofort. Überleg es dir, hatte er gesagt.
Und Sara überlegte. Dachte an die Zahlen.
Doch, sie würden einige Jahre leben können von dem, was auf der Sparkasse lag, und wenn sie das Boot verkauften. Doch danach? Sie sah die Menschen vor sich, die auf die Armenkasse angewiesen waren, die Witwen, die keinen neuen Mann gefunden hatten, die Frauen, die sozusagen aufgegeben hatten, und die kinderlosen Junggesellen, die keine richtige Arbeit mehr schafften. Es gab keinen traurigeren Anblick als diese Menschen.
Sie rechnete und rechnete. In einem Jahr kam Sigmund in die Schule. In die Gemeindeschule, nicht in die private, wo die Schüler mehr lernten. Würde das Geld bis zu seiner Konfirmation reichen?
Vielleicht. Vielleicht. Wenn sie sich sehr einschränkten. Wenn sie sich niemals eine zusätzliche Freude gönnten.
Aber was dann?
Dann würde der Junge fischen müssen. Und dann würde er sie alle versorgen müssen – bis Klein-Sara irgendwo in Dienst

gehen konnte. Als Dienstmagd bei den Reichen? Als Gegenstand, fast als Besitzstück in irgendeinem Haus, mit Händen, die nach ihren schönen Haaren griffen …

Nein!, rief es in Sara.

Und wieder sah sie die anderen vor sich, die allein geblieben waren, diese Frauen, die Ausschau nach einem neuen Mannsbild hielten, das sie versorgen konnte. Die sich für die Männer schön machten, so lange sie das noch konnten, egal für wen, wenn er nur Arbeit hatte, Heuer fand.

Sie holte die Reisetruhe mit der Einlegelade. Sie nahm einen Federkiel und ein Blatt Papier heraus. Sie tunkte die Feder in die Tinte und schrieb die Zahlen auf, um alles deutlich werden zu lassen. Sie berechnete die Zinsen. Denn das hatte der Mann in der Sparkasse gesagt, dass das eingezahlte Geld sich vermehrte. Sie zog das ab, was sie im folgenden Jahr brauchen würde. Dann rechnete sie die Zinsen für den Rest aus. Sie machte für jedes Jahr eine solche Rechnung. Für acht Jahre. Für elf. Für dreizehn. In dreizehn Jahren würde auch der Jüngste mit der Schule fertig sein. Und sie war dann allein. Aber sollten die Kinder sie in alle Ewigkeit versorgen? Sie würden doch selber heiraten wollen, Kinder bekommen …

Wenn sie nur von der anderen Sorte gewesen wäre, dachte sie. Wenn sie nur ein Mann gewesen wäre. Dann würde sie mit den anderen Männern aufs Meer fahren können, in ihrem eigenen halben Boot.

Aber wenn sie ihren Anteil nicht verkaufte … dann würde sie regelmäßig einen Teil des Fangs erhalten, einfach indem sie an Land saß und wartete, sie war ja Mitbesitzerin! Und wenn die Söhne größer wurden … dann lag er bereit für sie, der Achter, wie ein Schatz und eine Sicherheit.

Sie rechnete alles noch einmal durch, diesmal aber nahm sie nur das, was auf der Bank war, mit Zins und Zinseszins. Sie würde mit Jacob darüber sprechen, einen wie großen Anteil am Fang sie beanspruchen könnte. Gleich morgen wollte sie das tun.

Aber nachts träumte sie wieder von dem Mann auf dem Meeresgrund und schrie im Schlaf.
Was ist los, Mutter, was ist los?
Sie drückte die Kleinen an sich.
Nein, murmelte sie, ihr sollt da nicht hin!
Wohin denn, Mutter?
Sie wand sich.
Wohin denn?
Aufs Meer hinaus, flüsterte sie Sigmund ins Ohr. Auf das gefährliche Meer hinaus.
Und am nächsten Tag blieb sie zu Hause. Und sah vor sich ein neues Bild: den schmalschultrigen älteren Sohn in einem kleinen Boot draußen in den Fischgründen. Nein, das wusste sie jetzt. Dorthin sollte er niemals fahren. Nicht, wenn sie das verhindern könnte.

Dann war Hans wieder da, lang und mager. Er wollte wissen, ob sie schon eine Entscheidung gefällt habe. Er wiederholte sein Angebot. Nannte die Summe, die er für das Boot zahlen konnte, wenn auch nicht sofort. Denn der letzte Fischzug war ja ein Fiasko gewesen.
Sie sah es in seinen Augen, ehe er sich abwandte: das Silber, das verschwand, Oskar, der zugriff …
Der Schwager war ihr nächster Verwandter hier in Ålesund. Er würde wachsen, wenn sie ihm ihren Anteil verkaufte. Die Kleinheit würde vielleicht aus seinen Augen verschwinden. Vielleicht würde er überhaupt größer werden, mutiger, großzügiger. Sein Mund hatte Ähnlichkeit mit dem des Bruders, in der Form, wirkte aber strenger, das war immer schon so gewesen, seit Sara ihn kannte. Er würde vielleicht weicher werden, häufiger lächeln, wenn er Herr in seinem eigenen Boot werden könnte.
Sie bat ihn, sich auf die Bank zu setzen. An diesem Tag hatte er offenbar mehr Zeit. Es tat gut, ihn dort zu sehen, einen Mann, der Ähnlichkeit mit einem anderen hatte. Dann fing der Kleine an zu schreien, und Sara lief in die Kammer. Als sie zurückkam,

sah sie etwas, was sie noch nie gesehen hatte: Die große Hand des erwachsenen Mannes streichelte einen kleinen Kopf. Sigmunds. Eine kleine Liebkosung. Die unbeholfene Faust des Onkels auf dem Schopf eines kleinen Jungen.
Saras Herz setzte aus. Sie brachte diesem Mann jetzt mehr Wärme entgegen. Diese Kinder waren von seinem Blut, und das wusste er, mit dem Körper, mit seinen Gedanken, mit seiner Hand, die die schmächtige kleine Gestalt vor ihm berührt hatte.
Onkel Hans bringt mir Fischen bei, sagte Sigmund eifrig. In dem kleinen Boot. Das hat er versprochen, er bringt mir Angeln bei, mit Haken.
In der Mutter vermischten sich Gedanken und Gefühle. Was war das Beste, für sie, für die Kinder, jetzt und auf längere Sicht? Und mitten in allem wuchs ein Wort. Es wohnte schon lange in ihr, ein Wort wie eine Notwendigkeit, doch sie hatte es verdrängt, um es dann dem Mann wieder hinzuhalten, ehe er ausgefahren war. Dann hatte sie es durch das Unglück wieder vergessen. Nun aber stieg es auf neue Weise in ihr auf, und es schien in ihren Gedanken zu leuchten.
Ja, sagte sie zu ihrem Schwager. Ich bin einverstanden.

Und sie tat es. Sie suchte die freundliche Frau Rønneberg auf. Sie ging zu ihrem Haus und sprach vor der Tür mit dem Dienstmädchen. Sie müsse mit der Gnädigen sprechen, es sei wirklich wichtig.
Und dann saß sie an einem kleinen Tisch mit einer schönen Decke. Sie nahm sich Plätzchen mit Händen, die trocken und rissig waren durch zu viel Waschen und Putzen und Kälte, aber sie gab Zucker in ihren Kaffee, als sei es alltäglich für sie, eine kleine Silberzange zu betätigen.
Diese unglücklichen Geburten, darüber sprach Sara jetzt, die, die mit dem Schlimmsten endeten. Sie verdrängte die Erinnerung an ihre eigene Trauer, sie sprach klar, vernünftig, über die Ängste, die jede Schwangere quälten. An einem Ort ohne fachkundige Hilfe.

Ja, Frau Rønneberg nickte.
An einem Ort, wo es nur weise Frauen gibt, sagte Sara.
Doch, Frau Rønneberg nickte.
Weise Frauen sind vielleicht nicht immer so weise, sagte Sara. In einer Welt, die weitergekommen ist. Denn es gibt Universitäten, an denen man mehr lernen kann. Darüber, was zu tun ist, wenn das Kind falsch liegt, unnatürlich groß ist, wenn die Mutter zu schmale Hüften hat …
Eine Hebamme, sagte Frau Rønneberg.
Ja, sagte Sara.
Frau Rønnebergs Wangen glühten jetzt. Wenn sie doch eine Hebamme hätten! Natürlich müsste es in Ålesund eine Hebamme geben, es war eine Schande, dass sie keine hatten, ja, eine Schande, dass so viele sterben mussten, weil es keine fachkundige Hilfe gab, ach ja …
Sie ließ das Mädchen eine Obstschale und eine Flasche Portwein und zwei winzige Gläser holen, und Sara nippte an dem Wein, als mache sie das jeden Tag, und sie schälte eine Apfelsine mit einem kleinen Obstmesser, und das Messer lag in ihrer Hand, als gehöre es dorthin, und die Obstschale wurde unter der Messerklinge zu feinen Streifen und fiel auf einen Teller mit aufgemalten blauen Pflaumen.
Eine Hebamme in Ålesund.
Ich habe mir das schon lange überlegt, sagte Sara. Nach meiner ersten Totgeburt und seit ich von so vielen anderen gehört habe.
Sie schob sich ein Stück Apfelsine zwischen die Lippen. Der Saft füllte ihren Mund, süß und säuerlich zugleich, sie hatte so etwas noch nie gegessen, im Vogtshaus war diese Frucht unbekannt gewesen, aber trotzdem, trotzdem konnte die andere ihr nicht ansehen, dass es das erste Mal war, denn sie schluckte und nahm sich nicht sofort ein neues Stück, sondern sagte: Nein, sie habe durchaus nicht gedacht, dass sie selber diesen Mangel gutmachen solle, jedenfalls nicht, als ihr der Gedanke zum ersten Mal gekommen war, jetzt aber …

Sie wurde beim Wort genommen. Sie wollten Stadtrechte, die Honoratioren, wie Molde und Kristiansund, wie Bergen und Trondhjem sie hatten, und eine Stadt musste mehr zu bieten haben als eine Sparkasse und eine Schnapsbrennerei. Und außerdem gab es Gesetze; sie hätten sich schon längst eine Hebamme zulegen müssen.

So redeten sie. Und Sara erfuhr davon über die Damen Rønneberg, Strøm, Andersen und Sahl. In geschlossener Formation suchten die gut angezogenen Frauen sie auf, in ihrer Küche ohne Kaffee, aber das spielte wohl keine Rolle. Sie wollten es sich nicht gemütlich machen, sie wollten über den Stand der Dinge berichten, über einen Brief, der nach Christiania geschickt worden war, wo es eine Schule gab, über ein Treffen der Herren der Stadt, wo schließlich beschlossen worden war, Saras Ausgaben während des Ausbildungsjahres dort unten zu übernehmen.

Denn auch das wollte das Gesetz, wie Sara nun erfuhr, dass die Stadt diese Kosten trug. Es gab einen Paragraphen über die Verteilung der Kosten zwischen der Frau und denen, die sie losschickten, um sie später in Dienst zu nehmen, und die Herren hatten gerechnet und abgezogen und dividiert, und am Ende hatte einer auf den Tisch geschlagen: Das ist doch nicht der Rede wert, wir bezahlen alles!

Nur die Reise musste sie selber finanzieren.

Sara musste diese Worte erst einmal verdauen, nachdem die anderen gegangen waren. Die lächelnden Gesichter ließen sie nicht los. Sie hatten sich über die Nachricht gefreut, die sie überbringen konnten, aber sie hatten sich auch Sorgen gemacht, denn wer sollte sich um die Kinder kümmern, während sie in Christiania die Schule besuchte?

Die Kinder.

Plötzlich war alles Wirklichkeit geworden.

Plötzlich war er Wirklichkeit geworden, dieser Gedanke, dessen Folgen sie nicht hatte erkennen können, ehe sie nicht darüber gesprochen hatte, mit einem Wort für einen Beruf, einen Beruf,

den sie selber mit Worten füllen wollte; ehe sie sich noch nicht, nicht wirklich, als kommende Helferin gesehen hatte.
Vor ihr drehte sich alles. Die anderen hatten sie ernst genommen. Nicht nur ihre Gedanken, sondern sie selber, dass sie, Sara, es schaffen könnte, diesen Beruf auszuführen, dass sie von Haus zu Haus gehen und Leben retten könnte. Sie wollten sie in die Lehre schicken! Sie wollten sogar Kost und Logis für sie bezahlen, solange sie lernte.
Dann sank ihr der Mut, als sie an die Kinder dachte, daran, dass sie die jetzt weggeben musste.
Aber es war doch nicht für lange Zeit. Ein Jahr, nicht mehr. Zwölf Monate dauerte die Ausbildung. Und dann war da noch die lange Reise, mit dem Schiff nach Bergen, mit der Postkutsche über das Gebirge.
Sie drückte in diesen Tagen die Kleinen an sich, umarmte sie wieder und wieder, während sie sang wie früher und die Fragen der Älteren beantwortete und ihnen ihre Märchen schenkte. Sie sagte nichts über die Reise, noch nicht.
Bernta bot sich an, noch ehe sie den Satz vollendet hatte, sie wollte den Kleinsten, den liebte sie jetzt, die mollige Frau. Hans hatte offenbar andere Vorstellungen, das konnte Sara ihm ansehen, er hätte lieber den Ältesten genommen. Doch Bernta hatte den Kleinen schon auf dem Arm und strahlte.
Oskars Bruder, der weiter oben im Fjord wohnte, bot an, das Mädchen zu nehmen. Doch was sollte aus Sigmund werden?
Den holte sich der Vogt.
Plötzlich war er da, groß und dunkel in den niedrigen Kammern. Saras Vater, der sie verstoßen hatte. Er wolle ihr sein Beileid aussprechen, sagte er mit düsterer Stimme, während er sich aus dem Augenwinkel umschaute. Hatte er ihr verziehen? Das sagte er nicht. Er wohne bei Rønnebergs, das sagte er immerhin, dort schlief und aß er. Sie hatten ihn über alles informiert. Erst nach seinem Eintreffen in Ålesund hatte er von Saras neuen Plänen erfahren.
Aber er setzte sich auf den Hocker, den sie ihm anbot.

Soso, sagte er.
Ja, sagte die Tochter.
Das schaffst du sicher, du, murmelte der Vater.
Er bot nicht an, ihr zu helfen, die Ausgaben zu übernehmen, die sie selber haben würde. Er schaute aus zusammengekniffenen Augen zu den Kindern hinüber, zu den beiden älteren, die am Feuer standen und einander an den Händen hielten.
Liest er schon?, fragte er und nickte zu Sigmund hin.
Nein, sagte Sara. Noch nicht.
Wenn du zurückkommst, liest er, erklärte der Vogt.
So kam es, dass der Junge seinen Großvater nach Tingvoll begleitete.

War das richtig?, fragte sich Sara.
War das richtig?, fragte sie sich, als sie an Bord des Schiffes stand, das sie nach Süden bringen sollte. Sie tröstete sich damit, dass die Haushälterin ein lieber Mensch war. Und Sigmund war doch noch so klein, dass der Mann keine zu strengen Anforderungen stellen konnte. Außerdem war der Junge doch intelligent, oder nicht? Und er war gehorsam und umgänglich.
Es würde schon gut gehen, und bald wäre sie wieder da und könnte wieder alle zu sich holen.
Sie schaute zum Land hinüber, doch keins von ihren Kindern stand dort, um ihr zuzuwinken. So sei es besser, hatte sie gedacht. Klein-Sara war schon bei dem Onkel am Fjord, Oskar saß wohl auf Berntas Schoß und war mit einer Schleckerei beschäftigt. Er war jetzt ein halbes Jahr alt, ein rundes Kind, das ihre Arme vermissten. Sie verdrängte diesen Gedanken. Sie schaute zu den flachen Inseln im offenen Meer hinüber; bald lagen die hinter ihnen, bald waren sie weit draußen, sie war unterwegs, unterwegs … und ihr großes Ziel erfüllte sie, die Reise und das Ziel, alles, was sie sehen und lernen würde.

Saxtorphs Jüngerinnen

Sie trug sie in sich wie kleine Goldstücke, als sie am ersten Abend am Fenster ihres kleinen Zimmers in Christiania stand: die Reise entlang der Küste, die vorübergleitenden Landschaften, wie Zeichnungen aus einem Buch, grün und grau, braun und ein wenig weiß. Und dann das Meer, das so endlos weit war, aber wunderschön, und diese stillen Tage, mit Ausnahme des letzten, an dem es geregnet hatte. Doch auch dieser Tag funkelte in ihrer Erinnerung, voll Fröhlichkeit und blanken Knöpfen, denn der Kapitän des Schiffes hatte ihr eine Tasse seines eigenen, aus südlichen Gefilden mitgebrachten Kaffees angeboten. Sara war auf einem spanischen Schiff gereist; es machte auf der Heimfahrt Station in Bergen und konnte sie dort absetzen. Und der Kapitän war ein galanter Herr mit munter funkelnden Augen gewesen. Aber so klein, hatte Sara innerlich gelacht, er reichte ihr kaum bis zur Schulter. Und war so seltsam gekleidet, er trug ein rot-weiß gestreiftes Wams unter einer Art offenen Uniformrocks. Und am nächsten Morgen war der Himmel abermals wolkenlos gewesen, der Fels fast rosa unter der Morgensonne, als das Boot zwischen Inseln und Schären auf den Hafen zuglitt.
Dort hatte Jens sie schon erwartet. Ein erwachsener Jens, mit eingefallenen Wangen und Schatten unter den Augen. Aber sein Blick hatte vor Wiedersehensfreude gestrahlt, und er hatte Ähnlichkeit mit einem Fohlen gehabt, durch seine lange Mähne, die er immer wieder in den Nacken warf, während er zugleich eifrig gestikulierte: Sieh dir das an, das ist Bergen, da oben wirst du übernachten, in dieser Gasse, oben in der Mansarde, und dort, dort liegt die Kirche, und dort …
Eine echte Stadt. Giebel an Giebel am Hafen, überall Holzhäuser, manche ziemlich groß. Und dann die Kirche. Mit ihren

Glasfenstern, an denen Jens und der Meister gerade arbeiteten. Auf diese Weise erhielt man die richtige Farbe, die klare blaue, und die warme gelbe. Siehst du? Siehst du das Licht?
Es war schön, wenn die Sonne hereinschien. Und der Bruder so froh war, wie früher in dem grünen Zimmer, mit der Sonne in den blonden Haaren. Doch zugleich, zugleich ... diese ungewohnten, jähen Kopfbewegungen, die Hände, die offenbar keine Ruhe halten konnten, die zeigen mussten, greifen, halten, tragen – wie den Hut, als sie durch die Gassen gewandert waren, den er in der Hand gehalten hatte, statt ihn auf den Kopf zu setzen, als habe er vergessen, wo der Hut hingehörte. Und in der kleinen Werkstatt musste er immer wieder über eine Glasfläche streichen, eine Bleikante, eine Wand, einen Tisch. Ging es ihm gut? Später wusste sie es nicht, als sie in der Kutsche durch die Berge fuhr und vor sich die Hochebene mit den verstreuten kleinen Seen sah. Doch, es ging ihm sicher besser als in Kopenhagen. Das, was er jetzt machte, war bestimmt das Richtige, für Jens eben.
Das glaubte sie. Das hoffte sie, als sie am ersten Abend an ihrem Fenster in der Pilestrede stand und sein Gesicht vor sich sah. Und doch, er hatte Ähnlichkeit mit Sigmund. Mit diesem kleinen Menschen, der jetzt in Tingvoll war, der durch die vertrauten Zimmer lief, die so anders waren, so viel schöner als alles, was der Junge bisher gekannt hatte.
Ihr traten die Tränen in die Augen.
Nein, sie durfte nicht weinen. Sie durfte sich nicht in Sehnsucht versenken. Das durfte sie nicht.
Dann schaute sie hinaus auf die Stadt, die noch größer war als die, in der ihr Bruder lebte, und von der sie nur einen winzigen Teil gesehen hatte, doch bald ... Und am nächsten Morgen, am nächsten Morgen fing die Schule an ...

Die Frau, bei der sie sich eingemietet hatte, hatte ihr den Weg erklärt, und nach wenigen Minuten stand Sara in der Akersgate und schaute neugierig und ein wenig unsicher zu einem grau-

blassen Haus hinüber, das hinter einem schmiedeeisernen Zaun lag. Dort lag sie, Christianias Accouchieranstalt. Ein großes Gebäude mit zwei Stockwerken, oder waren es drei? Eine riesige Mansarde, dachte sie, als sie hinaufschaute, und es gab Erker auf einem schräg abfallenden Dach. Die beiden unteren Etagen wiesen Reihen von direkt untereinander gelegenen großen Fenstern auf. Die noch tief stehende Sonne ließ die Glasscheiben auffunkeln. Dort drinnen, im Morgenlicht, liegen Frauen, dachte sie, einige glückliche Frauen in reinen Betten, die dort ihr Kind geboren haben, umgeben von Sicherheit spendendem Wissen. Mutter und Kind, die beide leben, dachte sie.
Sara wusste, dass sie sehr früh gekommen war. Sie wollte nicht hineingehen, ehe noch weitere Schülerinnen aufgetaucht waren. Wie viele sie wohl sein würden? Sie hatte sich das noch nicht überlegt, nicht so, dass sie Fremde kennen lernen würde, ihnen vielleicht nahe stehen, eine Gemeinschaft mit ihnen fühlen. Freundinnen, dachte sie. Als Kind hatte sie nie eine Freundin gehabt. Sie hatte Jens gehabt. Sie war nie mit anderen zusammen zur Schule gegangen, anders als die Gemeindekinder aus Thorvigen und den umliegenden Flecken, die in Scharen in einen Raum gerannt waren, um dort den Worten und Ermahnungen eines Lehrers zu lauschen.
In ihr erwuchs ein neuer Reichtum beim Gedanken an andere Frauen, die wie sie selbst hergekommen waren, um sich von etwas Wichtigem und Großem erfüllen zu lassen. Eine prickelnde Stimmung erfüllte sie, und sie konnte nicht mehr still stehen. Sie lief am Zaun entlang, durch eine breite Straße. Und sie atmete schneller beim Gedanken an das, was ihr bevorstand, beim Anblick der Straße, bei den Geräuschen, die sie zu deuten versuchte, Schläge auf Holz und Schläge auf Metall, aus einer Werkstatt, aus einer Schmiede, Geräusche, die sich mit einzelnen Vogelrufen und fernen Stimmen vermischten.
Mitten auf der Straße schlenderte ein ziemlich junges Paar dahin, die Frau mit kurzen Trippelschritten, der Mann mit lässigem Gang, mit spielerischer Haltung. Er hielt einen Stock in der

Hand und schlug damit gegen die Pflastersteine, er trug einen hohen schwarzen Hut. Rock und Hose waren aus einem grünbraun karierten Stoff genäht, über seinen Schultern lag ein kurzer schwarzer Mantel. Die Frau ging bei dem milden Wetter ohne Mantel. Ihr pflaumenblauer Rock war von gewaltigem Umfang. Das Oberteil hatte Keulenärmel, die zum Handgelenk hin enger wurden. Sara konnte bei jedem Schritt für einen Moment hellblaue Schleifchen auf ihrem Spann ahnen. Hinter ihnen lief ein Knabe mit einem mit Brot gefüllten Karren. Und ihm folgten ein Pferd mit Wagen und ein Mann. Der Knabe sprang sofort beiseite, das junge Paar aber ging unangefochten weiter, lässig und mitten auf der Straße, als habe nichts auf der Welt irgendeine Eile, als müsse eben der Mann seinen Gaul zur Seite lenken, wenn er die Menschen zu langsam fand. Sara sah sich das braune Tier an. Das Pferd lahmte, und sein Maul war an der Seite aufgerissen, das arme Tier. Der Mann warf einen verächtlichen Blick auf das schlendernde Paar. Danach lächelte er Sara ins Gesicht und nickte zu den anderen hinüber, als werde sie ihn verstehen, als sei sie eine, die alles gesehen hatte und seine Verärgerung teilte. Ein Mann in verschlissener Kleidung mit einem lahmenden Gaul.
Sara ließ ihren Blick an sich hinunterwandern, über ihren Sommermantel und bis zu den Stiefeln, die Oskar ihr gekauft hatte, als ihr altes Paar nicht mehr zu retten gewesen war. Diese Stiefel hatten Frühlingsschlamm und Winterschnee erlebt, Eis und Wasser, und erst jetzt sah sie, dass sie alles andere als neu waren und nicht gerade schön. Trotzdem waren sie das Schönste, das sie hatte, deshalb hatte sie die Stiefel angezogen, keine Schuhe. Der Umhang stammte noch aus Tingvoll. Er war jetzt verschossen, und Salzwasser und Schlamm hatten unten am Saum viele Flecken hinterlassen. Ein Umhang für junge Mädchen, dachte sie verlegen. Mit zu heller Farbe für eine verheiratete Frau. Für eine Witwe. Aber ihr Mantel war zu schwer und zu warm für den Sommer. Nicht, dass er viel schöner gewesen wäre, das war er nicht. Und auf dem Kopf trug sie eine schlichte Haube ohne

Verzierung, nicht wie der Hut der jungen Frau aus der Stadt, die sie eben gesehen hatte.
Plötzlich schämte sie sich. Sie war jetzt in Christiania. Einer großen Stadt, fast wie Kopenhagen, mit Pflastersteinen und schönen Fassaden. Sie hätte sich neue Kleidung zulegen müssen. Aber sie hatte sich damit begnügt, die alte zu waschen und zu flicken, damit sie doch immerhin sauber und unversehrt war, wenn sie losfuhr; die ganze letzte Zeit hatte sie damit verbracht, hatte geflickt, hatte neue Kleider für die Kinder genäht, damit die in ihren Pflegeheimen keine zusätzliche Mühe bereiten würden. Sie hatte einfach keine Zeit gehabt, um sich Stoff zu kaufen und etwas für sich selber zu nähen. Und sie fuhr ja nicht nach Christiania, um sich bewundern zu lassen!
Aber dennoch!
In ihr erwachte eine neue Unsicherheit, als sie kehrtmachte und zurückging. Wieder blieb sie vor dem Haus stehen. Vor der Accouchieranstalt. Die geschlossenen Fenster kamen ihr plötzlich abweisend vor. Wie auch die verschlossene Eingangstür. Aber zwischen der kleinen Treppe und der Straße lag ein Garten mit einigen Büschen und Bäumen, mit Gras. Im Gras standen zwei schmale Holzbänke und ein Tisch. Die kamen ihr überhaupt nicht abweisend vor. Ob sie vielleicht dort sitzen könnte? Um die Sonne zu genießen und einfach zu plaudern?
Dann fand sich eine weitere junge Frau ein, auch sie in verschossenem Mantel, auch sie in abgenutzten Schuhen. Aber ohne Haube. Sie trug einfach nur ein Kopftuch. Sara fühlte sich ein wenig erleichtert, als auch die andere unschlüssig vor dem Tor stehen blieb.
Haben wir vielleicht dasselbe Ziel?, fragte sie. Wollt auch Ihr vielleicht eine Lehre machen … hier?
Sie nickte zum Haus hinüber.
Ja, sagte die andere, ich bin auch eine Lerntochter.
Und dann waren sie plötzlich drei, dann vier, und schwupp, nun waren sie acht und dann elf und dann noch mehr, und jetzt flogen die Worte nur so hin und her, denn alle hatten das-

selbe Ziel, und sie reichten einander die Hände und nannten ihre Namen und ihren Herkunftsort, eine kam aus Tønsberg, eine andere aus Solør, eine dritte aus Namsos, doch nun mussten sie hineingehen, und sie liefen über den Kiesweg auf die hohe Tür zu.

Sara hatte nichts gewusst, nicht einmal, dass sie *Lerntöchter* heißen würden und nicht Schülerinnen oder Studentinnen. Aber jetzt wurde ihr das alles mitgeteilt, zumindest wurde ein Anfang gemacht, von einer Frau, die sich Pflegerin nannte. Diese Frau stand wie ein Fels in der Türöffnung im Erdgeschoss und nahm die Neulinge in Empfang. Ohne ein Lächeln hatte sie kurz jeder der jungen Frauen zugenickt, als die an ihr vorübergezogen waren. Als die letzte im Haus stand, hatte sie sie alle überholt und sie dann in ein ziemlich großes, lang gestrecktes Zimmer geführt, das einen langen Tisch und viele Stühle enthielt. Nun stand sie vor dem Tisch, nachdem sie die Schülerinnen zum Hinsetzen aufgefordert hatte. Und sie zählte sie, lautlos, nur mit den Lippen, die dabei Zahlen formten. Dreiundzwanzig Lerntöchter waren angemeldet worden, doch vier hatten ihre Verspätung bereits mitgeteilt, wie sie sagte.
Und dann redete sie weiter, mit belegter Stimme, als kämpfe sie mit den Tränen. Sie redete über einen gewissen Magnus Andreas Thulstrup.
Schon mit elf Jahren, erzählte die Pflegerin, habe er an der Universität Kopenhagen die ersten Vorlesungen im Fach Anatomie gehört. Schon mit elf Jahren! Als kleiner Knabe! Mit Mittelscheitel! Und elf Jahre darauf hatte er Examen gemacht, das *Examen chirurgicum,* und zwar *summa cum laude.*
Sara schaute zu den anderen hinüber. Deren Blicke hingen an der Frau am Tischende, an ihrer Brust, die über den Korsettstangen anschwoll, an den eisengrauen Haarsträhnen, die sich aus ihrem Knoten gelöst hatten und auf ihre eine Schulter fielen, an ihrem Mund, der diese seltsamen Dinge erzählte.

Dann hielt er selber Vorlesungen ab, sagte die Pflegerin andächtig. Und bald wurde er *Amanuensis* bei dem großen Matthias Saxtorph.
Die Frau hob ein dickes Buch hoch.
Und das hat er mit hergebracht, sagte sie dann. Das hat er geschrieben. Nicht Professor Thulstrup, sondern Matthias Saxtorph. Und ihr müsst es lernen, alles, was hier steht, bevor ihr wieder in eure Heimat zurückkehren könnt.
Sara schaute das Buch an. Der graubraune Einband war verschlissen. Und dieser Anblick machte sie glücklich. Wann hatte sie zuletzt in einem Buch geblättert? Zuletzt auf Tingvoll. Abgesehen von der Bibel, aus der sie Anna Maria in deren letzter Zeit ab und zu vorgelesen hatte. Und diese Erinnerungen ließen die Sehnsucht in ihr entstehen, das Buch der Pflegerin aufzuschlagen und sich in dessen Inhalt zu vertiefen.
Aber wer zu *uns* kam, das war Thulstrup, sagte die Pflegerin feierlich. 1814 wurde er zum ersten Professor für Chirurgie und Geburtshilfe an der neuen norwegischen Universität ernannt. Und er trat dem Königlich Norwegischen Gesundheitskollegium bei, das sich für die Einrichtung einer Accouchieranstalt einsetzte. Mit dreißig Betten. Und so geschah es dann.
Der Blick der Pflegerin veränderte sich, sie schien in sich hineinzublicken, auf einen Text in ihrem Kopf, und sie leierte diesen Text herunter: Norwegen mangelte es an einer Accouchieranstalt, die indes unentbehrlich ist als Zufluchtsstätte für unglückliche Mütter und als Institution, in der Ärzte und Hebammen die Übung erlangen können, die sie dazu befähigt, vielen Müttern und Kindern das Leben zu retten.
Und jetzt sind wir hier, sagte sie mit einem traurigen Lächeln. Das hier ist Professor Thulstrups Werk. Zuerst waren wir in der Lille Strandgate, dann in der Vognmannsgate, danach in der Theatergate. Und jetzt hier. Und damit heiße ich euch alle willkommen.
Sie schnappte zitternd nach Luft und ließ sich auf einen Stuhl sinken. Dieser Stuhl stand nicht wie die anderen vor dem Tisch,

sondern an der Wand dahinter. Und die Pflegerin fuhr sich wie nach harter Arbeit über die Stirn.
Was mag mit ihr los sein?, fragte Sara sich. Alles kam ihr so seltsam vor: das Gesicht der Pflegerin, ihre Worte, ihr ganzer Körper, der sich zu einer Beerdigung bereitzumachen schien. Sie fing die Blicke der anderen Lerntöchter auf und las in ihren Augen dieselbe Frage, dasselbe Erstaunen darüber, dass die Pflegerin sich verhielt, als sei dies ein unbeschreiblich trauriger Tag, als sei es eine schwere, schwere Bürde, einen neuen Schülerinnenjahrgang in Empfang nehmen zu müssen.
Dann erhob sie sich wieder, die traurige Frau, um die Neuen herumzuführen. Sie betraten einen Saal, in dem drei Wöchnerinnen lagen; sie saßen in ihren Betten, hielten ihre neugeborenen Kinder in den Armen, und alles sah weiß und sauber aus. Dann schauten die neuen Lerntöchter zu zwei anderen Frauen hinein, deren Stunde noch nicht gekommen war. In einem dritten Zimmer fanden sie eine einsame Frau, die an einem Fieber litt.
Wieder versammelten sie sich um den langen Tisch, an dem offenbar der theoretische Unterricht stattfinden sollte. Die Pflegerin erklärte ihnen, wie sie sich kleiden sollten und dass sie über ihrem Kleid eine besondere Schürze tragen müssten. Diese Schürzen lagen auf dem Flur in einem Schrank bereit; für jede gab es zwei, damit sie immer eine saubere umbinden konnten. Aber Papier und Schreibzeug mussten sie sich selber besorgen.
Und das Buch, fragte Sara mutig, müssen wir nicht das Buch von Professor …
Saxtorph. Nein, das ist nicht im Handel. Wir haben nur dieses eine.
Die Frau fuhr mit der Hand über den Umschlag.
Aber wir werden daraus vorlesen. Jemand wird … jemand …
Sie brach schluchzend zusammen. Dann riss sie sich wieder zusammen: Wenn erst Madame Christensen hier ist … die weiß mehr.

Der Gründer und Leiter der Schule war tot. Das erfuhr Sara draußen, unter den Bäumen mit den grünen Kronen; zwei von den anderen hatten es schon gewusst, dass sie in einer von Trauer erfüllten Lernanstalt ihre Ausbildung antreten würden und dass noch nicht feststand, wer die hohe Verantwortung nun übernehmen sollte.
Vielleicht Stadtphysikus Steffens, glaubte eine gehört zu haben.
Sie gingen die Straße hinunter, fast die ganze Schar, auf dem Weg zu einem Laden, wo billiges Papier verkauft wurde. Sara schloss sich an, obwohl sie keins brauchte, sie hatte die Einsatzlade, mit Tinte und Gänsekiel und den schönen Bögen.
Sie fühlte sich in dieser Schar geborgen. Sara schaute zu den anderen hinüber. Wer waren sie? Was lag hinter ihnen? Sie schienen alle im gleichen Alter zu sein, zwischen zwanzig und dreißig. Ihre Gesichter waren erfüllt von Erwartung und Neugier, auch wenn Einzelne versuchten, das hinter einer Maske der Würde und der Ruhe zu verbergen. Vergeblich, dachte Sara. Und wie sah sie wohl selber aus? Sie versuchte ebenfalls, den Ernst zu bewahren und nicht ungehemmt und aus großen Augen um sich zu schauen. Aber das war nicht leicht. Denn nun kam ein glänzend schwarzer, von zwei Pferden gezogener Wagen; ob der aus schwarzem Lack sein konnte? Der Kutscher sah elegant aus mit seinem hohen Hut und den weißen Handschuhen. Und was für Leute mochten da hinter den Fensterscheiben sitzen? Es war unmöglich, nicht hinzuschauen, sich nicht umzudrehen, um noch mehr zu sehen, vielleicht hielt der Wagen ja und jemand stieg aus …
Ihre Einkäufe waren vergessen, zusammen mit Thulstrup und der traurigen Pflegerin, als sie hier auf der hellen, breiten Straße standen. Bald redeten sie wild durcheinander, überwältigt von der Stadt, der großen, schönen Stadt mit den vielen Menschen, und so unterschiedlichen Menschen: Seht doch nur die Frau in Rot! Welche Frauen wohl Rot tragen? Und angemalt hat sie sich! Im Gesicht! Und hört euch den da an! Ob der verrückt ist? Sie eilten an einem Mann vorüber, der in einem Torweg stand

und Zoten schrie, sie steigerten in ängstlicher Empörung ihr Tempo, dann aber mussten sie kichern, als sie ein Stück weitergekommen waren, und schließlich lachen. Was für eine Sprache. Herr Jesus, was für Wörter!

Als sie den Laden gefunden und ihre Einkäufe erledigt hatten, entdeckten sie einen kleinen Park und setzten sich ins Gras. Das, was sie gemeinsam gesehen hatten, und ihr Lachen hatten sie zusammengeschweißt. Jetzt saßen sie im Grünen im Kreis und schauten einander ins Gesicht. Und dann erzählten sie, noch immer von ihrer Munterkeit getragen, angespornt durch die Offenheit von vorhin, als keine die Maske der Förmlichkeit und vielleicht der Sittsamkeit hatte behalten können. Sie erzählten, was sie hinter sich zurückgelassen hatten.

Vor allem Trauer.

Fast alle waren sie Witwen. Sara war nicht die Einzige, der das Meer ihren Mann genommen hatte. Der Mann einer anderen war von einem Trunkenbold totgeschlagen worden. Andere Männer waren an Krankheiten gestorben, und sie hatten dann oft auch ihre Kinder mitgenommen, so dass die Frauen, die hier saßen, nicht nur ihren Mann verloren hatten, sondern auch Kinder.

Trauer. Um so viele Verluste. Um Kinder, die tot auf die Welt gekommen oder kurz nach der Geburt gestorben waren.

Und Armut. Not, ohne einen Ernährer. Oder mit einem Ernährer, der seiner Aufgabe und seiner Verantwortung nicht gewachsen war; denn hier saßen auch verheiratete Frauen, und diesen fiel das Sprechen nicht so leicht, wie aus Scham über den Mann, der zu wenig verdiente, der vielleicht überhaupt keine Arbeit hatte, weil er kränkelte oder ohne Willen war, ohne Stärke …

Enttäuschung.

Sie huschte wie Schatten über die Gesichter derjenigen, die sprachen, über die der anderen, die zuhörten und sich im Gehörten wiederfanden.

Aber jetzt sind wir hier, sagte Hilda aus Nordnorwegen lächelnd.

Jetzt vergessen wir unsere Sorgen. In einem Jahr haben wir alles gelernt. Und dann können wir uns allein ernähren!
Ja!, erklärte eine magere Frau aus der Mjøsa-Gegend energisch, denn wenn der Mann auch ein Schwächling ist, so sind wir doch aus besserem Stoff. Das haben wir schriftlich!
Das hatten sie. Sie alle hatten ein Führungszeugnis, aus dem hervorging, dass es sich bei ihnen um tugendsame Christinnen handelte. Ohne dieses Zeugnis hätte die Schule sie nicht angenommen.
Der Gedanke an das Zeugnis und seine Bedeutung spornte sie an. Sie wollten nicht mehr im Gras sitzen. Das gehörte sich nicht. Und die magere Frau aus der Mjøsa-Gegend stützte sich auf eine Schulter und kam mühsam auf die Beine. Sie strich sich den Rock glatt, sorgte dafür, dass er ordentlich saß. Dann half sie der Nächsten und dann noch einer, bis viele halfen, bis alle standen. Sie keuchten nach dieser Anstrengung, noch immer mit dem neuen Ernst in den Augen, dann richteten sie sich gerade auf und fanden die nötige Würde.
Doch, sie waren Auserwählte, die eine wichtige Kunst erlernen sollten. Sie waren unter allen ausgesucht worden, die sich ebenfalls beworben hatten. Und auch in ihren Heimatorten waren sie gewogen und für schwer genug befunden worden, denn keine, der danach nicht eine feste Anstellung bevorstand, wurde als Lerntochter an der Accouchieranstalt angenommen. Sie hatten Unterstützung und Vertrauen ihrer Heimatorte im Rücken, sie würden dorthin zurückkehren und Leben retten, und das fühlten sie, als sie im Gras standen, es sprach aus ihren Blicken, ihrem Atem, ihren Gliedern, ehe sie sich in Bewegung setzten, nicht als Schar, sondern zwei und zwei und Arm in Arm, die Blicke zu Boden gesenkt, nicht auf Wagen und Menschen gerichtet, die an ihnen vorüberzogen.
Aber nach diesem ersten Tag wussten sie, was sie voneinander zu halten hatten, dass sie sehr vieles teilten: ihre Trauer, ihr Ziel, aber auch die Freude darüber, in der großen Stadt zu sein, und die Munterkeit, die trotz allem in ihnen wohnte.

Und die Schwermut der Pflegerin prallte an ihnen ab, denn keine hatte Doktor Thulstrup zu dessen Lebzeiten gekannt. Doch sie war unermüdlich, diese kräftige Frau, wenn es darum ging, diesen prächtigen Menschen und wunderbaren Arzt zu preisen. Was für geistreiche Kommentare er immer gebracht hatte! Wie weise er gewesen war! Und wie gut aussehend, mit den kleinen Locken auf seiner Stirn. Kein Geringerer als der Dichter Welhaven hatte ihm zu seinem fünfzigsten Geburtstag ein Gedicht geschrieben:

Gesandt aus Gottes Lehrersaal
die Helferschar für Berg und Tal,
wo einst der Schmerz nur galt!
Voll Freude lauscht man deinem Wort
und in uns all'n lebt fort und fort
dein wunderbares Bild.

Die Pflegerin hatte das abschreiben lassen, diese eine Strophe, die nun im Unterrichtsraum an der Wand hing.
Meine Güte, ist die verliebt, murmelte Magnhild aus Bergen.
Bestimmt hat er sie nicht mal angeschaut, meinte eine Frau aus Christiania.
Thulstrup hatte in den Adel eingeheiratet, hörten sie jetzt. Außerdem war er mit der Königsfamilie befreundet gewesen. Und er war ein Nachkomme Martin Luthers.
Auf diese Weise tuschelten und plauderten die Lerntöchter, sie tauschten Informationen aus, wenn sie morgens allein in dem lang gestreckten Raum standen. Dann kam die Pflegerin dazu. Sie ging an ihnen vorbei bis zur Längswand, an der das Gedicht hing. Daneben hing ein Gemälde, das die Madonna mit dem Kind zeigte, und die Pflegerin trat davor und knickste mit gesenktem Blick. Das tat sie jeden Morgen, wie die anderen nach und nach feststellten, und sie scherzten darüber, wem der Knicks wohl gelte, der Jungfrau Maria oder dem von Welhaven bedichteten Mann.

Erst nach diesem Gruß an der Wand war die Pflegerin wirklich für die anderen anwesend.
Ach, hier steht ihr?, fragte sie mit scharfer Stimme. Aber ihr habt doch jetzt Andacht.
Dann marschierte sie vor den anderen her in einen kleinen Aufenthaltsraum. Dort sangen sie einen Choral und sprachen ein Gebet. Sie sollten für das Leben danken und vor allem für die kleinen Leben, die über Nacht vielleicht in diesem Haus auf die Welt gekommen waren, und sie sollten für die Frauen beten, bei denen es noch nicht so weit war. Alle nahmen an dieser Andacht teil, die Angestellten, die Lerntöchter und die Frauen, die schon geboren hatten oder die noch immer mit ihren dicken Bäuchen dastanden. Alle waren dabei, wenn die Umstände es nicht anders verlangten.
Normalerweise leitete die Hebamme diese Andacht, Madame Christensen mit ihrer warmen, milden Stimme. Und nach dem Gebet führte sie die Schülerinnen zurück an den langen Tisch, wo der Unterricht erteilt wurde.
Mit derselben milden Stimme erklärte sie, was von den Lerntöchtern erwartet wurde. Sie sollten durch ihren Lebenswandel ein Vorbild sein, hier und an ihrem zukünftigen Wirkungsort. Wer gegen die Hausordnung verstieß, wurde sofort nach Hause geschickt. Sie mussten von morgens bis abends arbeiten und lernen. Sonntags hatten sie frei, falls sie nicht gerade Zugehdienst oder andere Pflichten hatten. Dann konnten sie den Gottesdienst besuchen und vielleicht bei gutem Wetter einen Spaziergang machen, das jedoch nie allein. Und sie durften auf keinen Fall abends lange ausbleiben.
Was euch sicher allen bereits von selbst klar ist, endete Madame Christensen.
Was bedeutet Zugehdienst?, fragte eine vorsichtig.
Die Hebamme erklärte. Zugehdienst hatten immer zwei von ihnen. Sie wohnten in der Mansarde der Anstalt und wurden für alle täglichen Arbeiten herangezogen. Die beiden Ersten hatten ihren Dienst schon angetreten. Deshalb waren sie jetzt nicht

anwesend, sie waren zu einer Besorgung in die Stadt geschickt worden.

Madame Christensen hatte den Dienstplan schon aufgestellt. Saras Name stand dort zusammen mit dem von Frau Bertelsen, wer mochte das sein? Sie schaute sich um und begegnete dem fragenden Blick von Hilda aus Nordnorwegen.

Auf der grünen Wiese hatten sie einander mit Vornamen angeredet, wie Kinder. Sie errötete. Denn das war nicht richtig gewesen. Sie sollten die Nachnamen benutzen: Frau Junge und Frau Bertelsen, Frau Angelsen, Frau Monsen und Frau Sandvig, so hießen sie für die Hebamme.

Und so redeten sie einander nun auch an, jedenfalls in der Anstalt oder an dem kleinen Gartentisch. Und abends gingen sie gleich nach Hause, jede zu sich, erschöpft nach dem langen Tag, und mussten oft noch vor dem Schlafengehen Hausaufgaben erledigen.

Aber Hilda war jeden Sonntag für Sara Hilda, so wie sie selber für die andere Sara war. Denn der bevorstehende Zugehdienst führte sie bereits zusammen. Sie besuchten den Gottesdienst und spazierten durch die Straßen, genau, wie es vorgeschlagen worden war. Und lange vor Einbruch der Dunkelheit saß jede wieder in ihrem kleinen Zimmer.

Ziemlich schnell stellte sich heraus, dass die Fischerswitwe aus Ålesund, die Vogtstochter aus Tingvoll, die besten theoretischen Kenntnisse besaß. Natürlich konnten alle lesen und schreiben, aber nur wenige beherrschten die Grammatik so gut wie Sara, und keine verstand die lateinischen Ausdrücke in Saxtorphs Werk. Aufgrund der Übergangssituation, der Unklarheit, was den neuen Anstaltsleiter betraf, gab die Hebamme Sara die Lehrbücher mit nach Hause, damit sie später für die anderen den Text zusammenfassen und ihnen beim Aufschreiben helfen konnte.

Eine wunderbare Herausforderung! Endlich hatte sie Verwendung für etwas von dem, was sie aus Rücksicht auf Jens hatte

lernen müssen. Endlich hatte sie selber etwas davon, dass sie schnell las, dass sie die Kunst des Zusammenfassens geübt hatte, dass sie das Wesentliche vom Belanglosen unterscheiden konnte. Und sie machte sich über die Beschreibungen her, die der dänische Professor über den Frauenkörper und die mögliche Lage des Fötus zu Papier gebracht hatte. Sie las, dass die Schwangere schwer verdauliche Kost, starke körperliche Anstrengungen und Gemütserregungen meiden solle. Die Hebamme solle zur Patientin ihre eigene Matratze mitbringen. Danach sollte sie die Wehen beobachten und zum gegebenen Zeitpunkt drei oder vier Gehilfinnen dazuholen. Diese sollten den Rücken der Gebärenden stützen, ihre Knie halten, sie trösten und sie aufmuntern.
Eine eigene Matratze, du meine Güte!, rief Frau Michelsen, die üppige Blondine aus Solør. Sollen wir die mit uns durch die Gegend schleppen?
Der alte Saxi meint sicher etwas anderes, sagte Hilda.
Eine Bettstätte, las Sara. Das steht hier so. Aber damit muss doch eine Matratze gemeint sein?
Er meint sicher einen Gebärstuhl, sagte Frau Sandvig. Und die, die uns anstellen, müssen einen für uns besorgen.
Sonst könnten wir doch auch ein Stück Fries und ein Laken nehmen?, schlug die magere Amanda Larsen aus dem Süden vor. Die schützen die Frau vor Ungeziefer.
Aber dann nehmen wir das Ungeziefer doch mit zur nächsten?, wandte Hilda ein.
Dann müssen wir die Sachen zwischendurch waschen, sagte Frau Michelsen.
Aber wenn wir zwei Geburten an einem Tag haben? So dass uns die Zeit fehlt …
Nun stand Madame Christensen im Zimmer und mahnte sie zur Stille.
Aber was meint Herr Saxtorph …, begann Frau Elvenes.
Später, sagte die ältere Frau. Später kann ich euch sicher alles erklären. Aber jetzt muss ich mich um die kleine Frau Zwei kümmern.

So wurden sie genannt, die Frauen, die zur Geburt hergekommen waren, jede nach der Nummer ihres Bettes. Auf diese Weise wurde die Anstalt zu einer Freistätte, wo die, die darauf angewiesen war, mit ihrer Schande in Ruhe gelassen wurde. Arzt und Pastor führten natürlich über alles wahrheitsgemäß Buch, aber die Bücher waren nur diesen beiden zugänglich, und wenn eine Frau nicht mehr als ihren Namen nennen wollte, dann war auch das möglich. Sie konnte ihren Namen sogar verschweigen. Und die Lerntöchter wussten nichts darüber, was die Frauen in den Betten erzählt hatten oder auch nicht. Sie begriffen aber nach und nach, zu welcher Gruppe jede gehörte. Denn einige verhehlten nichts und bekamen bisweilen Besuch von ihrem Mann und vielleicht von älteren Kindern. Andere lagen wie verängstigte Hasen in den Betten und starrten die Wand an. Manche weinten, und dann versuchten die Zugehmägde, die im Haus wohnten und sie am besten kannten, sie zu trösten. Auf diese Weise erfuhren sie die Geschichten Stück für Stück, von einem Brotherrn, der sich an einem Dienstmädchen vergriffen und es nachher vor die Tür gesetzt hatte, oder von einem strengen Vater, der seiner Tochter die Hochzeit mit dem Geliebten nicht gestatten wollte und der nun verlangte, dass das Kind Fremden überlassen wurde.
Es war ein Haus der Trauer und der Freude, und das Glück war zumeist groß, wenn eine Mutter ihr lebend geborenes Kind in den Arm nehmen konnte. Doch wenn das Leben von Mutter oder Kind in Gefahr waren, wurde der Pastor geholt, und die Pflegerin empfing ihn mit ihrem demütigen Knicks, ehe sie dann vor ihm hertrippelte, um ihm den Weg zu zeigen.
Auch darüber wurde gesprochen oder getuschelt, unter den Frauen in dem lang gestreckten Zimmer, denn zumeist waren sie um diese Zeit allein dort, in diesen ersten Monaten, als die Dinge nicht so waren, wie sie gewesen waren und auch wieder werden sollten. Nur ausnahmsweise hielt jemand eine Vorlesung ab, die Hebamme, die Pflegerin oder ein seltenes Mal ein Mann von der Universität oder dem Königlichen Hospital.

Und sie sprachen über ihr Wissen und tuschelten über die Dinge, die geheim gehalten werden sollten, wie über die arme Frau Zwei, die nicht verheiratet war und ihren neugeborenen Sohn hergeben musste.
Aber nach einer der Morgenandachten, in der sie für zwei tote Seelen gebetet hatten, konnten sie nicht flüstern, obwohl das sicher passender gewesen wäre.
Ein Kind war während der Geburt gestorben und eine Frau vom Fieber geholt worden. In einem Krankenzimmer lag ein mutterloses Kindchen, in einem anderen eine trauernde Frau, denn sie gehörten nicht zusammen, die beiden, für die gebetet wurde.
Musste das denn so sein?
Sollte man in einem solchen Haus denn nicht überleben können? Waren sie nicht deshalb hier, die Lerntöchter, um später dafür sorgen zu können, dass so etwas nicht passierte?
Warum?, fragten sie.
Und wiederholten diese Frage der Pflegerin gegenüber.
Das kommt vor, sagte die und faltete die Hände.
Auch hier?
Auch hier. Denn der Herr gibt und der Herr nimmt …

Während der Geburten wurden sie abwechselnd hinzugezogen. Sara musste drei Wochen warten, ehe sie an die Reihe kam. Die Geburt fand in einem eigenen Zimmer stand. Die Frau im Bett musste Ende dreißig sein, tippte Sara, und sicher hatte sie schon eine stattliche Anzahl von Niederkünften hinter sich. Ruhig und gefasst lag sie da, ohne zu schreien, nur mit den üblichen Zuckungen im Gesicht, die von ihren Schmerzen berichteten. Madame Christensen leitete die Entbindung. Das Kind war klein und lag richtig, Sara konnte kaum den Rücken der Frau umschlingen, um sie zu stützen, als das Kind auch schon zwischen deren Beine glitt. Und die Zugehmägde hoben die Kleine hoch, um sie zu waschen und zu wickeln.

Dann stand Sara wieder in ihrem engen Zimmer, über Saxtorphs dickem Buch.
Die Gebärende darf weder Schnaps noch Bier trinken, las sie. Aber eine leichte Grießsuppe darf sie zu sich nehmen, wenn die Geburt sich in die Länge zieht.
Am besten ist abgekochtes Wasser, sagte Frau Sandvig.
Aber wenn es nun zwei Tage dauert, protestierte eine andere. Soll sie dann verhungern?
Die Hebamme muss ein Klistier und einen Katheter mitbringen, sagte Sara.
Ein Klistier mit lauwarmem Wasser?, fragte Hilda.
Das Klistier kann auch Haferschleim enthalten, las Sara vor, oder Öl mit Zucker oder Salz. Und wenn die Frau einen beschleunigten Puls und gespannte Adern, Anzeichen für Entzündungen oder Atembeschwerden hat, dann kann ein Aderlass angesagt sein. Und wenn der Gebärkanal entzündet oder vernarbt ist, kann sich ein Einlauf in die Scheide oder in den Muttermund mit warmem Wasser, Milch, Haferschleim oder ungesalzener Butter empfehlen.
Lies das bitte noch einmal, bat Frau Angelsen.
Sara wiederholte langsam, und die anderen schrieben.
Bald lernten sie dann in der Praxis, ein Klistier zu setzen.
Der entblößte Leib einer anderen Frau. Die ersten Male war Sara verlegen angesichts der nackten Haut, des Geschlechts. Alles war so nackt, so verletzlich, das bräunliche Fleisch, die Enddarmöffnung, in die sie einen Fremdkörper pressen sollten, um Gedärm und Magen zu leeren, damit später nichts mehr kommen konnte.
War es hässlich? War es schön? Dieses weibliche Geschlecht. Es *war* einfach nur. Und es war ihnen allen gemeinsam, allen, die hier standen, denn sie alle waren Frauen. Nur ausnahmsweise wurde in diesen ersten Monaten ein Mann dazugeholt.
Doch, Stadtphysikus Steffens hatte die Krankenhausleitung übernommen, aber er hatte noch so viele andere Verpflichtungen. Es kam vor, dass er sich zeigte, wortkarg, mit straffem

Rücken und strenger Miene. Mit den Lerntöchtern sprach er erst kurz vor Weihnachten, als er wissen wollte, wie viel jede Einzelne gelernt hatte. Sie saßen kerzengerade da und beantworteten seine einfachen Fragen nach der Lage des Fötus und nach den Maßnahmen, die ergriffen werden mussten, wenn die Nachgeburt nicht kam, nicht einmal dann, wenn sie vorsichtig an der Nabelschnur gezogen hatten.

Dann können wir bis zum nächsten Tag warten, sagte die, auf die er gezeigt hatte.

Ganz recht, ganz recht. Aber was, wenn trotzdem nichts passiert?

Dann müssen wir die Ränder vorsichtig lockern, um Blutungen oder einen Riss der Gebärmutter zu verhindern.

Und wie werden die äußeren Gebärorgane gereinigt, wenn alles vorüber ist?

Mit Essig und warmem Wasser.

Ganz recht, ganz recht. Und was sind die wichtigsten Geräte einer Hebamme? Was trägt sie auf ihren Gängen bei sich?

Einen Gebärstuhl oder eine Matratze, einen Messingschnäpper mit zwei Griffen, ein Silberrohr zum Wasserlassen, einen Klistierapparat und ein Rohr zum Lufteinblasen.

Die Frauen lachten ein wenig über ihn, als er gegangen war, denn er hatte doch zu einfache Fragen gestellt, fanden sie.

Sie waren jetzt alle bei Geburten dabei gewesen, mit der Madame an ihrer Seite, sie hatten den Leib einer fremden Frau an ihrer Haut gespürt, hatten vorsichtig in den Hohlraum einer anderen gegriffen, nach einem Kopf, einem winzigen Kopf. Sie hatten mit den Händen Schleim und Blut und manchmal auch »faeces« gespürt, wie es in Saxis Buch hieß, so war es eben, so musste es sein, wenn neues Leben in Empfang genommen wurde. Sie hatten Nabelschnüre durchschnitten und Neugeborene gewaschen. Alles hatten sie getan, alles konnten sie wieder tun, wenn nur die Geburt normal verlief.

Aber was, wenn das nicht der Fall war? Wenn das Kind falsch

herum lag? Dann mussten sie versuchen, mit den Händen zuzufassen und das Kleine umzudrehen. Und immer mussten sie auf die Nabelschnur achten, damit das Kind nicht erwürgt wurde. Manchmal mussten sie zur Zange greifen.
So viele neue Wörter und Geräte. So viel Neues.
Es ist schon eine seltsame Vorstellung, sagte die kleine Frau Moltzau.
Die jungen Frauen saßen zusammen im Aufenthaltsraum. Der Unterricht hatte mit Steffens' kleinem Examen geendet, über Weihnachten fand keiner statt. Madame Christensen hatte für alle Winteräpfel und Saft spendiert, ehe sie bis zum zweiten Weihnachtstag entlassen waren, wenn sie keinen Zugehdienst hatten. Aber keine schien aufbrechen zu wollen, um dann sich selber und der Sehnsucht nach denen, die nicht bei ihnen waren, überlassen zu sein.
Wie meinst du das?, fragte Frau Solvang.
Ich denke nur an alles, was wir jetzt wissen, sagte die kleine Frau Moltzau. Noch vor wenigen Jahren wussten wir nicht einmal, dass sie jemals nötig sein könnten, diese Dinge. Ich meine ... ja, das war bei euch doch sicher auch nicht anders? Dass ihr nichts gewusst habt? Vor eurer Hochzeit?
Na ja, sagte Hilda Bertelsen. So eng, wie wir hausen, sehen wir doch allerlei. Und da, wo ich aufgewachsen bin, gab es Vieh. Das hatten wir immerhin gesehen.
Sara errötete. Sie dachte an ihre Hochzeitsnacht mit Oskar. Nein, auch sie hatte nicht wirklich gewusst, was dann passieren würde. Das hatte sie nicht. Aber sie hatte doch eine Ahnung gehabt, und das verdankte sie dem schwedischen Botaniker. Ohne zu murmeln, ohne Hemmungen hatte er Sara und ihrem Bruder von dem Mysterium des Kindes erzählt, das den Mutterleib verlassen muss. Nicht wie die Vögel, hatte er gesagt, denn die legen ja Eier. Aber wie Hirsch und Elch tragen auch die Menschenweibchen ihre Kinder in sich. Und dann müssen die Kinder heraus, wenn sie reif genug sind. Dann suchen diese Tiere sich eine friedliche Stelle im Wald und bleiben dort liegen, bis es so

weit ist. Ab und zu geht es schief, vielleicht ist das neue Leben zu groß für sie. Und deshalb brauchen sie Hilfe. Deshalb hätte die Vogtsgattin damals eine Hebamme gebraucht, dann wären Mutter und Kind vielleicht zu retten gewesen.
Vor meiner Hochzeit kannte ich nicht einmal den Unterschied zwischen einem nackten Mann und einer nackten Frau, kicherte Frau Elvenes. Und ich muss schon sagen, ich war ziemlich erschüttert.
Hast du deinen Mann denn nackt gesehen?, rief Frau Michelsen.
Nein, aber ich habe ja doch gespürt, wie er beschaffen war, lachte die andere. Gesehen habe ich ihn erst, als ich seinen Leichnam waschen musste.
Ach, ihr sitzt noch immer hier?, fragte Madame Christensen staunend von der Tür her.

Erst später im Frühling begann für Sara und Hilda der Zugehdienst. Es wurden harte Wochen. Jeden Morgen mussten sie um fünf Uhr aufstehen. Dann mussten sie das Frühstück bereiten, putzen, bei der Versorgung der Neugeborenen helfen, Einkäufe erledigen, Dinge besorgen, die nicht regelmäßig geliefert wurden, wie Brot und Milch. Sie mussten auf dem Markt Gemüse kaufen. Sara fand es wunderschön, durch die Straßen der Stadt zu wandern, ein klares Ziel zu haben und sich gleichzeitig umzusehen. Die Stadt war ja so groß! Und hatte so viele Menschen! Und alle sahen so unterschiedlich aus. Sie liebte das Geräusch von Pferdehufen und Wagenrädern auf den Pflastersteinen, das Läuten der Kirchenglocken. Das liebte sie. Sie schaute den fröhlichen Studenten vor der Universität hinterher, und manchmal mussten sie bis zum Hafen laufen. Dann hatte sie Heimweh, wenn sie Boote und Fjord sah, Heimweh nach den Kindern. Aber an die durfte sie nicht denken, sie durfte sich nicht ihrem Kummer überlassen, denn sie hatte eine wichtige Aufgabe, und bald, bald …
Die Zugehmägde mussten alles für die Geburt vorbereiten und dann helfen. Erst jetzt lernten sie wirklich dazu, erst jetzt

erlebten sie die Vielfalt aus nächster Nähe; sie sahen, wie unterschiedlich Frauen trotz allem beschaffen sein konnten, wie unterschiedlich sie sich verhielten und dass manche Kinder sofort nach Luft schnappten, während andere Hilfe zum Atmen brauchten. Einige hatten Fruchtwasser geschluckt und mussten an den Füßen hochgehalten werden, oft mussten sie ihnen die Finger in den Mund stecken, um sie vom Schleim zu befreien.

Und Sara dachte über etwas nach, das ihr schon lange Gedanken gemacht hatte. Nämlich, dass die Hebamme das Kind zuerst herausholte und dann, mit denselben Händen, ohne sie zu waschen, in den Mund des Kleinen griff. Konnte das denn richtig sein?

Sie dachte daran, wie gehässig ihr Vater über Armut und Unreinlichkeit geredet hatte. Seine Worte hatten sich ihr eingeprägt: Armut, Unreinlichkeit und Krankheit hausten zusammen in den Elendshäusern. Sie selber waren gesund gewesen, weil sie sich häufiger gewaschen hatten, glaubte Sara, nicht weil sie reicher waren. Das Kranke wohne im Schmutz, hatte sie geglaubt. Der Arzt in Ålesund hatte etwas anderes gesagt, das Kranke lebe in der Luft, in der Luft der Armen. Aber der Gestank stammte von dem Kranken, das hatte sie gedacht; denn besonders der grüne und gelbe Schleim, den die Schwiegermutter ausgehustet hatte, hatte gestunken. Der Gestank lebte auch in der Luft, in ihrer Kammer, aber er war doch am schlimmsten gewesen, wenn Sara an den mit Auswurf besudelten Lappen gerochen hatte.

In Saxtorphs Buch hatte sie vergeblich gesucht. Er brachte keine Erklärung für das gefürchtete Kindbettfieber, er verband es durchaus nicht mit einem Mangel an Reinlichkeit. Aber dennoch …

Nach einiger Zeit als Zugehmagd stellte sie sich eine eigene Wasserschüssel zum Händewaschen hin, als sie eine Geburt vorbereitete. Neben die Schüssel legte sie ein Stück Seife und ein sauberes Handtuch.

Nimm das weg, sagte die Pflegerin. Das steht im Weg.

Aber müssten wir uns nicht besser waschen?, fragte Sara.
Die Pflegerin musterte sie verständnislos. Sie wuschen sich alle nach einer Entbindung die Hände, im selben Wasser, in derselben Schüssel, draußen in der Küche, wo die Wassereimer standen.
Ich meine … zwischendurch, sagte Sara verzweifelt.
Die Hebamme sollte die Hände in lauwarmes Wasser halten, damit sie sich am Körper der Gebärenden nicht kalt anfühlen, zitierte die Pflegerin frei nach Saxtorph. Und das tun wir doch, fügte sie hinzu. Sie nickte zur Tür hinüber, in Richtung Küche. Im Winter tun wir das. Aber nicht jetzt, wo das Wetter wärmer ist.
Sonst bringt ihr doch lauwarmes Wasser, wenn das Kleine da ist, fügte sie belehrend hinzu. Aber jetzt doch noch nicht. Das ist doch bis dahin zu kalt für das Kind … habe ich nicht Recht?
Der Blick der Pflegerin wanderte von Sara zu Madame Christensen, die ins Zimmer getreten war.
Hier kommen die Zugehmägde und wollen uns belehren, brummte sie.
Ich dachte nur …, sagte Sara.
Ja?, fragte Madame Christensen freundlich.
Sara erklärte.
Ja, Reinlichkeit ist sicher immer vernünftig, sagte Madame Christensen und lächelte.
Ich halte sie für absolut notwendig, sagte Sara eifrig. Ich glaube, dass manche deshalb an Kindbettfieber erkranken. Wie Frau Drei.
Pflegerin und Madame tauschten über ihrem Kopf einen Blick.
Ich glaube nicht, dass Frau Drei am Fieber erkrankt wäre, sagte Sara, wenn Frau Vier es nicht schon gehabt hätte. Das wäre nicht passiert, wenn nicht …
Was denn, fragte die Pflegerin schroff.
Wenn Ihr nicht von einem Bett zum anderen gegangen wärt, ohne Euch die Hände zu waschen.
Damit war es gesagt. Die Pflegerin wusch sich seltener als die

anderen. Als Zugehmagd hatte Sara das immer wieder gesehen. Zwei Tage zuvor hatte die Frau erst den Unterleib einer Fieberkranken gewaschen, um dann bei einer Geburt zu helfen.
Nein, ich muss schon sagen!, rief die ältere Frau.
Sie glotzte. Sie sieht aus wie eine Henne, dachte Sara, wie eine Henne mit aufgerissenen Augen und offenem Schnabel.
Aber, aber, sagte die Madame. Wie gesagt, die Benutzung von Wasser und Seife kann nicht schaden. Aber das Fieber kommt sicher nicht auf diese Weise. Das ist einfach …
Der Herr entscheidet, schnaufte die Pflegerin. Seine Macht währet ewig.
Manche Frauen sind nicht so stark, sagte Madame Christensen. Eine Geburt ist eine arge Belastung. Für das Blut.
Deshalb lassen wir sie zur Ader, sagte die Pflegerin bissig.

Am folgenden Tag starb Frau Vier, zwei Tage darauf war Frau Drei an der Reihe.
Sara weinte. Sie hatte bei Frau Drei gesessen, als es passiert war. Frau Drei war eine unverheiratete Näherin von sechzehn Jahren gewesen, gesund und munter, als sie zu ihnen gekommen war, und trotz ihrer unglücklichen Umstände immer guter Laune. Der Vater des Kindes hatte sich abgesetzt, ein junger Mann von neunzehn Jahren; er war einfach verschwunden, nachdem sie ihm von dem kommenden Leben erzählt hatte. Sara hatte ihre Stirn angefeuchtet, hatte ihre Lippen mit Wasser bestrichen und versucht, sie in den letzten Nächten zum Trinken zu bringen, sie hatte ihr vorgesungen. Hilda war zum Krankenhaus gelaufen, um einen Arzt zu holen, doch als der endlich gekommen war, war es zu spät gewesen.
Traurig und übernächtigt lief Sara auf dem Flur hin und her, mit dem schreienden Neugeborenen von Frau Drei auf dem Arm, als am nächsten Morgen die Pflegerin auftauchte. Und die ältere Frau schaute unwillig zu ihr hinüber, als sie die traurige Nachricht erfuhr, dann machte sie vor der Jungfrau Maria und Welhavens Gedicht ihren Knicks.

Das Kind wurde von vornehm gewandeten Fremden adoptiert. Steffens und der Pastor waren dabei, als die Papiere unterzeichnet wurden, und die Pflegerin triumphierte: Der Herr weiß immer, was Er tut. Jetzt braucht das Kleine nicht in Armut aufzuwachsen.
Aber wusste der Herr das wirklich immer?, überlegte Sara. Und sollten die Menschen auf Erden nicht trotzdem immer ihr Bestes tun? Waren sie nicht deshalb hier, als Lerntöchter? Um zu lernen, das Beste zu tun, für das lebende Leben?
Sie stellte weiterhin die Waschschüssel zurecht. Die Madame ließ sie gewähren und wusch sich bisweilen auch die Hände, tat es aber nicht regelmäßig. Sara machte es immer, wenn sie helfen musste, doch nur im Übergang, nachdem sie die Gebärende berührt hatte und bevor sie dem Kleinen vielleicht beim Atemholen helfen musste.
Dann fiel die Schüssel einmal auf den Boden, als sie Hilfe hatten holen müssen, und der junge Arzt wäre im Wasser fast ausgerutscht. Sara fiel auf die Knie, um aufzuwischen, sie wischte und schrubbte, wischte und wrang aus, mit glühend heißem Gesicht unter dem triumphierenden Blick der Pflegerin, obwohl die doch die Schüssel angestoßen hatte, nicht Sara; natürlich hatte sie das nicht bewusst getan, aber trotzdem, sie hätte immerhin beim Aufwischen helfen können, damit der Arzt schneller seine Arbeit beginnen konnte, aber nein, Sara sollte auf dem Boden herumkriechen, zwischen seinen schwarzen Schuhen, während ein Kind den Mutterleib nicht verlassen wollte.

Sectio Caesarea, sagte der mit den Schuhen viele Stunden später. Er saß draußen auf einer der Gartenbänke. Es war schon nach neun Uhr abends, seit dem Morgen hatten sie sich vergeblich um die Frau im Bett bemüht. Beide waren tot, auch das Kind im Mutterleib.
Es muss doch möglich sein …, sagte der junge Mann.
Er rauchte. Sara saß ihm gegenüber. Er hatte sie angesehen, dort oben, dort drinnen, nachdem alles vorüber war, hatte sie

angesehen und kurz nach oben gezeigt, hatte etwas über frische Luft gesagt, darüber, dass sie frische Luft schnappen müssten, jetzt, nach allem.
Zwei andere hatten ebenfalls geholfen; jetzt mussten sie den Leichnam fortschaffen und den Angehörigen der Frau Bescheid sagen.
Sectio Caesarea.
Hilda saß bei ihnen. Aber nicht die Madame. Nicht die Pflegerin. Und der Mann sah Sara an, als er das alles sagte.
Sie dachte an den Abschnitt in Saxis Buch, darüber, wovon schon bei den alten Griechen die Rede gewesen war. Und an den Erlass in der *Lex regia,* der ältesten römischen Gesetzgebung, dass eine Schwangere, die gestorben war, erst begraben werden durfte, wenn der Fötus aus ihr herausgeschnitten worden war. Solche Föten wurden *Caesones* genannt.
Sara sah ihm ins Gesicht und begriff, was er gemeint hatte; man müsste auch früher etwas unternehmen können, solange die Frau noch am Leben war.
Meint Ihr, man könnte …, setzte sie an.
Ich weiß nicht, sagte er müde.
Er fühlte sich verantwortlich, das wusste sie, für das, was schief gegangen war. Alle müssten sich verantwortlich fühlen, dachte sie, alle, die dabei gewesen waren. Doch zugleich hatten sie ja ihr Bestes getan.
Sie sah seine Hände an. Er hatte sie nach der Arbeit gründlich gewaschen. Und jetzt schaute sie in sein trauriges Gesicht.
Die Frage ist, *wann,* sagte er.
Er hatte etwas Inständiges, etwas verzweifelt Inständiges, etwas Verletzliches.
Ein gefährlicher Balancegang, murmelte er. Denn wenn die Frau gerettet werden könnte … und man sie aufschneidet, um das Kind zu retten …
Aber könnten nicht *beide … ?*, fragte Sara hoffnungsvoll.
Aber denkt doch an das viele Blut, sagte der Mann. Das viele Blut, das sie verlieren würde.

Und wenn der Schnitt sofort, ganz schnell wieder vernäht würde?, fragte sie.
Es müsste möglich sein, sagte der Mann. Und wir sind durchaus nicht die Einzigen, die sich darüber Gedanken machen.
Hilda war gegangen, ohne dass sie es bemerkt hätten. Sie waren allein in der abendlichen Dunkelheit, und der Mann erhob sich.
Ihr habt mich dazu gebracht, nicht aufzugeben und immer noch einen Versuch zu machen, sagte er leise. Weil Ihr das unbedingt wolltet, weil Ihr es so sehr gewünscht habt, noch mehr als ich selber, obwohl auch ich … ich wollte es auch.
Er nahm ihre Hand.
Wie heißt Ihr?, fragte er.
Sara nannte ihren Namen.
Meinen kennt Ihr vielleicht, sagte er.
Sara nickte.
Lebt wohl, sagte der junge Arzt und wandte sich zur Straße um.

Eine Woche darauf wurde er wieder gerufen, Kindbettfieber war ausgebrochen. Drei Frauen waren daran erkrankt, und der Mann ging von einem Bett zum anderen und erteilte seine Anweisungen.
Sara war noch immer Zugehmagd, es war ihre letzte Woche, und sie war einkaufen gewesen, als der Mann gekommen war. Als er ging, begegneten sie einander im Tor.
Na sieh an!, sein Gesicht erhellte sich. Ich habe Euch schon gesucht.
Er senkte seine Stimme. Hättet Ihr vielleicht Lust, mich am kommenden Sonntag ins Theater zu begleiten?
Ins Theater! Sara war noch nie im Theater gewesen. Aber der Sonntag war der letzte Tag der Woche, so sah hier der Zeitplan aus, und jener Sonntag war ihr letzter Diensttag als Zugehmagd. Sie würde nachmittags abgelöst werden und musste dann ihre Habseligkeiten zurück in ihr Zimmer in der Pilestrede schaffen.
Und wann begann die Vorstellung?
Um acht.

Es ist sehr nett von Euch, sagte sie. Ich muss nur sicher sein, dass meine Ablösung eingetroffen ist ... Aber ich möchte so etwas unendlich gern einmal erleben.

Der junge Arzt holte Sara ab. Er hatte einen schwarzen Regenschirm bei sich, denn es war Regen vorausgesagt. Vor dem Haus bot er ihr den Arm, und Sara hakte sich ein, denn so gehörte es sich wohl in Christiania, dass ein Mann einer Frau den Arm bot, auch wenn er ein Fremder war, auch wenn sie nur zusammen ins Theater gehen wollten.
Ach, es war ein seltsamer Abend. Die Menschen in ihrem feinsten Staat, im Foyer und im Theatersaal, dann die Pause, als sie ein Glas Limonade tranken, ganz zu schweigen vom Lachen im Saal, im Halbdunkel unter der festlich angestrahlten Bühne, auf der der betrunkene Jeppe zuerst ins Bett des Barons und dann zurück auf den Misthaufen gebracht wurde.
Sara lachte Tränen. Und danach machten sie einen Umweg, während sie über das Stück sprachen und noch mehr lachten, alle beide. Aber hinter dem Lachen lag etwas anderes. Etwas, das sie beide teilten. Das Erlebnis des Todes. Die Verzweiflung darüber, nicht mehr zu wissen, nicht mehr zu können, nicht genug, um Kindbettfieber zu heilen, nicht genug, um jedes Leben zu retten, für das sie die Verantwortung oder einen Teil der Verantwortung trugen.
Danke für Eure Begleitung, sagte der Mann, als sie vor Saras Haustür standen.
Ich muss mich bedanken, sagte Sara.
Vielleicht können wir uns wiedersehen?, fragte der andere. Am nächsten Samstag vielleicht, dann findet ein Konzert statt.

Erst jetzt nahm Sara sich die Zeit, sich neue Kleider zu nähen. Früher war die Zeit nur so verflogen, und sie hatte auch nicht anders ausgesehen als die anderen Lerntöchter in ihren alten Kleidern unter der Schürze, die bei allen die gleiche war. Aber nun rückte der Tag der Heimreise näher. Und sie war ins Konzert

eingeladen worden. Sie kaufte Stoff für Rock, Oberteile und einen neuen Mantel. Sie hatte jetzt abends frei, und das theoretische Pensum konnte sie auswendig. Deshalb schnitt sie zu und nähte. Und sie ging zum Schuhmacher und bestellte ein Paar gute Spazierschuhe und Winterstiefel. Und in einem Moment der Eitelkeit suchte sie sich noch dazu elegante Sommerschuhe aus, die sie im Konzert tragen wollte.
Im Treppenhaus vor ihrem Zimmer hing ein großer Spiegel. Hier konnte sie sich selber sehen, sah, dass ihre Haare so golden waren wie früher, ihr Gesicht magerer, die Lippen blasser, und dass die neuen Kleidungsstücke so aussahen, wie sie sich das vorgestellt hatte.
Seit ihrem ersten Tag freute sie sich darüber, dass es hier einen Spiegel gab. Endlich wusste sie, wie sie wirklich aussah, nach so vielen Jahren.
Der junge Arzt strahlte, als er sie am folgenden Samstag abholte.
Du meine Güte, sagte er, habt Ihr Euch verwandelt?
Sie lächelte nur und nahm seinen Arm. Und ihre Füße kamen ihr in den neuen Schuhen wunderbar leicht vor.

In der nächsten Zeit trafen sie einander einige Male. Sie kamen beide aus der Ferne, auch er war nie im Theater gewesen, ehe er sein Studium in Christiania aufgenommen hatte. Er war ein Pastorensohn, wie er erzählte, und hatte oft Heimweh nach Südwestnorwegen, nach der Natur, dem reichen Vogelleben und der tiefen Stille.
Eines Sonntags wanderten sie zusammen aus der Stadt hinaus und fanden ein ruhiges Plätzchen unter schattigen Bäumen. Er hatte einen Korb mit Brot und Saft mitgebracht, und an diesem Tag erzählte er mehr von seinem Heimweh. Und Sara zeichnete für ihn den Hafen von Ålesund, mit den vielen Menschen und den Schiffen.
Und jetzt kehrt Ihr dorthin zurück, sagte er.
Ja, erwiderte Sara.
Für wie lange habt Ihr Euch verpflichtet?, fragte er.

Sie schaute ihn überrascht an. Sie wollte doch aktiv bleiben, solange sie lebte, jedenfalls solange sie das schaffte, dort in Ålesund.
Das sagte sie auch, und danach lenkte sie das Gespräch auf ein anderes Thema, denn plötzlich schien sie unmittelbar bevorzustehen, die Stunde der Abreise, und sie musste noch etwas mit ihm besprechen, etwas, das sie schon lange zur Sprache hatte bringen wollen, seit sie zum ersten Mal seine Schuhe gesehen und die Wasserlachen davor aufgewischt hatte.
Er hörte ihr zu, während sie über Reinlichkeit sprach. Über Hände, die von den intimen Teilen der einen Frau zu denen der anderen weiterwanderten. Über die seltsame Behauptung, dass Krankheit in einer bestimmten Luft leben sollte und dass das Fieber als verborgene Möglichkeit in jeder Frau steckte.
Ihr seid so ernst, sagte er, als sie verstummt war.
Ihr doch auch, erwiderte Sara freundlich.
Das liegt vielleicht daran, dass ich Euch so mag, sagte der junge Mann.
Aber … was sagt Ihr also? Zu dem, was ich erzählt habe?
Ich habe mir diese Frage auch schon gestellt, sagte er. Es gibt so viel, was wir noch nicht wissen.
Sie empfand es auf dem Heimweg als Enttäuschung, dass er auch nicht mehr wusste als sie. Wo er doch die Universität besucht hatte.

Am nächsten Tag zog die Pflegerin sie in einen leeren Raum, um unter vier Augen mit ihr zu sprechen. Die Lerntöchter durften sich nicht mit hergelaufenen Mannsbildern herumtreiben. Sie hatten sich anständig zu benehmen, zu lernen und zu arbeiten. Wenn Sara in die Stadt gekommen war, um sich einen neuen Mann zu suchen, dann konnte sie ihre Sachen packen, und zwar sofort.
Sara erstarrte. Diese dumme Person. Welches Recht hatte die denn! Ein hergelaufenes Mannsbild! Es handelte sich doch um den Arzt, der am häufigsten bei ihnen war. Und sie hatten sich

nur unterhalten, waren ins Theater und ins Konzert gegangen, hatten Spaziergänge gemacht. War das denn verboten? In der Freizeit zu tun, was sie selber wollte?
Zuerst wurde ihr kalt, dann warm, heiß. Denn war Sara nicht ein erwachsener Mensch? Fünf Geburten hatte sie hinter sich. Drei Kinder musste sie allein ernähren. Und deshalb war sie hier, nicht um zu …
Herr Jesus, sagte in ihr eine Stimme. Konnte der junge Mann Absichten haben?
Sie schluckte. Und ihre Gedanken wirbelten durcheinander, sie öffnete den Mund und schloss ihn wieder.
Für Flittchen ist hier nämlich kein Platz, sagte die ältere Frau höhnisch.
Jetzt öffnete Sara wieder den Mund und antwortete, ruhig und gelassen, wenn auch verwirrt und mit heißem Kopf: Ich habe mich mit Dr. Bergroth getroffen, in anständiger Umgebung, im Theater und im Konzert. Wir wollten uns dabei nicht amüsieren, sondern über Geburtshilfe sprechen, und über die fehlende Reinlichkeit, die manchen Menschen den Tod bringt.
Dann machte sie auf dem Absatz kehrt und ging.
Danach wurde ihre Freizeit nicht mehr kommentiert. Aber sie traf sich auch nicht mehr mit Dr. Bergroth. Er lud sie noch einmal ein, diesmal nur zu einem Spaziergang in der Stadt, doch Sara lehnte höflich und freundlich ab; sie musste den Stoff wiederholen und danach nach Hause, zu ihren drei Kleinen in Ålesund.
Kurz danach trat sie zum Examen an und bestand mit Glanz.

Die erste Geburtshelferin in Ålesund

Wieder stand sie an Bord eines Schiffes. Wieder stand sie auf einem Deck und schaute vor sich hin, auf das sich kräuselnde blaue Wasser der Fahrrinne. Zugleich dachte sie an Jens, ihren Bruder, der sie mit Pferd und Wagen von der Poststation abgeholt hatte, denn das Schiff, auf dem sie die Passage gebucht hatte, fuhr noch am selben Tag ab, nicht wie angekündigt erst am nächsten. Sie mussten sich wirklich beeilen, um Sara noch rechtzeitig an Bord zu bringen, und Jens hatte den Kutscher immer wieder angespornt. Jungenhaft besorgt um die Schwester und zugleich erfüllt von seiner neuen Rastlosigkeit, als sei er innerlich ständig auf der Flucht. Vor dem Blick des Vaters, dachte sie, vor der Strafe und den höhnischen Worten des Vogtes.

Sie nahm noch immer seinen Geruch wahr, als Erinnerung an seine Umarmung, die abrupt und ungeschickt erfolgt war, warm und nah und zugleich scheu; hatte er wohl je eine Frau geliebt?, fragte sie sich aus einem Impuls heraus. Aber nein, wie sollte das möglich sein, er war ja nicht verheiratet.

Tabak, danach hatte er gerochen, und dann irgendwie stickig, obwohl er doch im Freien gewesen war, als halte er sich sonst immer im Haus auf, als schlafe er in einem Raum, in dem auch gekocht wurde, als werde seine Kleidung nur selten gewaschen.

Dann entglitt er ihr, während das Schiff weitersegelte und die Entfernung vergrößerte. Jetzt dachte Sara an Hilda, die Frau aus Nordnorwegen, der sie im vergangenen Jahr so nahe gekommen war. Hilda würde mit ihren neuen Geräten und ihrem neuen Wissen an der Küste von Helgeland tätig werden. Ob sie einander je wiedersehen würden? Sie hatten Adressen ausgetauscht, schreiben konnten sie einander immerhin. Auch Hilda hatte Kinder, die sie allein ernähren musste, vier kleine Jungen, die während des Lehrjahres bei ihren Eltern gelebt hatten. Sara sah Hildas Gesicht vor sich, mit den scharf blickenden braunen Augen und dem bitteren Zug im Mundwinkel, nur in dem einen Mundwinkel, der auch dann nicht verschwand, wenn Hilda lachte. Ihr Mann hatte sich um Sinn und Verstand getrunken und war in einer Winternacht ins Wasser gefallen.

Ach, sie hatten einander viele Geschichten erzählt, in der Mansarde, auf der Bettkante, während sie zusammen Zugehdienst hatten; eine Freundschaft war entstanden, etwas Kostbares und Schönes.

Daran dachte sie, als sie ihr Gesicht in den Wind hielt, daran und an das Leben überhaupt, wie es die Menschen umherwirbelte. Sie dachte nicht an ihre eigenen Kinder, nicht an Sigmund, Klein-Sara und den kleinen Oskar; sie hatte noch Willenskraft genug, um diese Gedanken zu verdrängen, so, wie sie sich die ganze Zeit diesen Zwang auferlegt hatte, um sich nicht zu sehnen, um sich nicht krank zu sehnen. Noch immer ließ sie sich von dieser Kraft leiten, um einen Schrei unterdrücken zu können, ein animalisches Gebrüll, das vielleicht in ihrer Brust steckte. Nur so konnte sie es schaffen, ruhig dazustehen in ihrem neuen Mantel, der eigentlich zu warm war, zu warm für dieses Wetter, aber er schützte vor dem Wind und war außerdem schön, und deshalb tat er ihr gut, beim bloßen Gedanken schon, dass sie ihn trug. Doch, sie war die Hebamme, die jetzt zurückkehrte, an den Ort, an dem sie arbeiten würde, und so würde sie aussehen, wenn sie geholt wurde und von Haus zu Haus ging, nicht zu fein, aber auch nicht das Gegenteil, damit alle sie bei sich willkommen heißen könnten, ohne dass sie ihnen als fremd erschien.

Aber in der letzten Nacht auf See wichen alle diese Gedanken. Sie erwachte schweißgebadet. Sie spürte die Bewegungen des Schiffsrumpfs, das unablässige Schaukeln, und ihr war schlecht, elend, ihr Hals so trocken, dass sie kaum atmen konnte, denn

etwas stimmte nicht, etwas mit den Kindern, vielleicht würden sie nicht da sein, wenn sie zu Hause eintraf …
Sie hatte geträumt. Einen flirrenden Traum, in dem sie an einem Grab stand, dem Grab ihrer kleinen Tochter, der, die nur wenige Tage gelebt hatte, aber dort standen so viele Kreuze, zu viele, und im Traum hatte sie geschrien, das scharfe Echo hallte in ihrem Kopf noch nach.
Für den Rest der Nacht ließ sie sich von ihrer Sehnsucht erfüllen, denn nur so konnte sie die Angst vertreiben. Und sie zitterte bei dem Gedanken, die goldenen Haare ihrer Tochter zu streicheln, ihr Jüngstes an sich zu drücken, den vertrauensvollen blauen Blick des Ältesten zu erwidern.
Sie hielt im Hafen nach ihnen Ausschau, als das Schiff in den Sund glitt, vergeblich, das wusste sie ja, denn niemand konnte wissen, dass sie gerade heute kommen würde, aber vielleicht hatte Bernta ja doch mit Oskar auf dem Arm einen Spaziergang gemacht …
Auf dem Arm? Sicher hatte Oskar in diesem Jahr laufen gelernt, bestimmt hatte er das.
Doch als Sara ihr Gepäck nach Hause hatte bringen lassen und losgegangen war, um den Kleinen zu holen, hatte er nichts von ihr wissen wollen. Was aber noch nicht alles war. Eine Nachbarin hatte ihr einen Brief überreicht, vom Vogt, der schrieb, er werde Sigmund behalten. Es klang, als wolle er Sara ein Geschenk machen. Der Vater hatte den Jungen gehorsam und gelehrig gefunden und wollte ihm nun die Möglichkeiten geben, die sein eigener Sohn verschmäht hatte. So stand es in dem Brief. Und dass der Junge dadurch eine viel bessere Jugend haben würde, als ihm ansonsten vergönnt wäre, ja der alte Vogt wollte ihn sogar adoptieren, damit Sigmund ihn dereinst beerben könnte.
Ein Geschenk?
Sara stand in der Küche der Schwägerin und las diese Worte, zu Hause hatte sie den braunen Briefumschlag einfach eingesteckt und war losgelaufen, um Oskar zu holen. Jetzt stand sie in dem Licht, das durch Berntas kleine Fensterscheiben fiel, und las Satz

um Satz, während ihr Jüngster sich an die Tante klammerte. Offenbar sollten ihr beide im selben Moment genommen werden, der kleine Mollige und der schmalschultrige Ältere, der ihrem Herzen immer am nächsten gestanden hatte. Steif stand sie da, wie eine Salzsäule in ihrem neuen Mantel, wie ein Mast. Während ihr die Tränen über die Wangen liefen.

Jetzt sieh dir das an, murmelte Bernta vorwurfsvoll und schuldbewusst, deine Mutter weint, weil du sie nicht erkennen willst.

Die Buchstaben verschwammen vor Saras Augen zu schwarzen, undeutlichen Bächen, und der Junge auf dem Schoß der anderen, auch er verschwamm und wurde noch molliger und fremder, bis er ganz in die überging, an die er sich anklammerte. Aber er war Saras Kind! Und obwohl er kein Säugling mehr war, gehörte er ihr und nicht der anderen. Auch wenn sie ihn an einem fremden Ort wohl kaum erkannt hätte, denn das hätte sie nicht, und dieser Gedanke traf sie wie ein Peitschenhieb, und ihr entfuhr ein Jammerlaut, aber dennoch, dennoch … sie hätte ihn doch sicher an seinem Geruch erkannt, oder irgendetwas entdeckt … ein Echo … in der Tiefe seines Blickes? Sie wollte ihn packen, ihn aus den Armen der anderen reißen, mit ihm davon und nach Hause stürzen, nach Hause, wohin sie gehörten. Aber das tat sie nicht. Sie tat es nicht, sie stand nur da, stand da in dem bleichen Licht des Tages, der draußen zur Neige ging, stand da mit hängenden Armen, der Brief des Vaters wie eine Verlängerung der Glieder, die sich zum Boden hinstreckten, diesem Boden, auf den sie ohnmächtig hätte sinken können.

Dann kniff sie die Augen zusammen und sah klarer. Sie schaute zu dem Kind hinüber. Sie trat dich an Oskar heran und beschnupperte seinen Nacken, seine Haare, die gewachsen waren, die zu blonden Locken geworden waren, fast wie bei einem Mädchen, doch er schlug nach ihrem Gesicht, sie war ihm zu nahe gekommen, und als sie ihm in die Augen schauen wollte, wandte er sich ab und begrub sein Gesicht an Berntas Hals.

So verlief die Heimkehr der Hebamme, gefolgt von einer einsamen Nacht allein in der Wohnung, die sie von Rønnebergs gemietet hatte. Am nächsten Morgen ging sie zum Hafen und besorgte sich eine Schiffspassage nach Norden, nach Molde und weiter nach Tingvoll und Thorvignes. Eine Woche darauf war sie wieder da, mit dem Sohn, der sich an seine Mutter erinnerte und nur dort sein wollte, wo sie war. Danach ruderte sie los, um ihre Tochter vom Fjordufer zu holen, und als sie zurückkehrten, saß Bernta, wie sie es abgemacht hatten, mit Oskar und Sigmund in Saras Wohnung, und in dieser Nacht waren alle ihre Kinder da, schliefen mit ihr zusammen in der Kammer.

So verlief der Anfang des neuen Lebens, in dem sie für andere da sein und außerdem damit ihr Geld verdienen sollte. Sie bezog ein festes Gehalt. Es war nicht hoch und reichte durchaus nicht für den Lebensunterhalt. Aber sie bekam außerdem eine Entlohnung für jede Geburt von denen, denen sie half, nach unterschiedlichen Sätzen. Den Ärmsten musste sie unentgeltlich helfen, so stand es in den Vorschriften. Die anderen sollten mit Geld bezahlen. Aber Geld war in den kleinen Häusern Mangelware, weshalb Sara das nahm, was die Menschen geben konnten, ein Bündel Fische, einen Sack Kartoffeln, einige Lagen Knäckebrot, ein Stück Fisch oder Fleisch, eine Stiege Eier und selten einmal ein Huhn.

Sie wurde schon erwartet. Auf allen Inseln wusste man, dass eine Hebamme unterwegs war, dass Oskars Witwe, die Frau von Oskar, der mit Jacob den Achter geteilt hatte, eine Schule besucht hatte, um diesen Beruf zu lernen. Keine würde jetzt noch im Kindbett sterben müssen, glaubten sie. Und sie lächelten ihr ins Gesicht, wo immer sie sich an diesen ersten Tagen sehen ließ, stolz lächelten sie, stolz auf Ålesund, als sei der Ort mit allen seinen Bewohnern nun gewachsen.

Feierlich wurde sie in Rønnebergs Büro empfangen, wo sich Ålesunds Honoratioren versammelt hatten, um eine Abmachung über Gehalt und Verantwortung zu unterzeichnen. Auch der Arzt war dabei anwesend. Sie würden natürlich zusammenarbeiten müssen, diese beiden, denn es konnte ja doch noch etwas schief gehen, konnte die Anwesenheit eines Arztes nötig machen. Er reichte ihr die Hand und gratulierte ihr wie die anderen.

Und damit hatte sie ihr Amt angetreten.

Der Erste, der sie holen kam, war ein junger angehender Vater aus dem Ort, ein unansehnliches und nervöses Wesen in zu kurzen, an den Knien geflickten Hosen. Mit röchelndem Atem lief er vor ihr her durch die Gassen. Die Hebamme kam gerade zur richtigen Zeit. Das Fruchtwasser war schon abgegangen, die Öffnung bereits ziemlich groß.

Zur nächsten Geburt wurde sie mit dem Boot geholt, auch diesmal ging alles glatt und schnell.

Aber es gab auch Fälle wie den einer jungen, frisch verheirateten Frau, die winzig klein dalag, groß war allein ihr Bauch, ihr Mann dagegen war einen Kopf größer als alle anderen. Dass das Kind von diesem Riesen abstammte, war leicht zu sehen, und Sara wusste nicht so recht, wie sie diesen Brocken aus der schmächtigen Frau herausholen sollte.

Das kann doch nicht gut gehen, flüsterte eine der Frauen, die ihr helfen sollten. Das kann doch nicht gut gehen, wiederholte sie und wrang ihre kleinen Hände, denn sie war die Schwester der anderen und ebenso klein, wie ein Vögelchen. Ich hab es von Anfang an gewusst, klagte sie, als die beiden zusammengekommen sind, das geht doch nicht …

Pst, sagte die Hebamme.

Die andere verstummte.

Die Öffnung war nun zwei Finger breit, und Sara dachte daran, wie elastisch der Körper dort unten ist, aber dennoch …

Eine heftige Wehe setzte ein, und die Schmächtige spannte ihren Körper wie einen Bogen vor der, die hinter ihr stand und sie stützte, es war nicht die Schwester, vielleicht eine Nachbarin.

Spar deine Kräfte, riet Sara. Nimm die Wehen an, folg ihnen, wehr dich nicht, aber versuch auch nicht, mitzuhelfen. Verstehst du?

Zwei dunkle Vogelaugen fanden ihre, und der kleine Kopf nickte fast unmerklich.
Sara tunkte einen mitgebrachten Lappen in das Wasser, das bereits in einer Holzbütte bereitstand. Sie wusch sich die Hände mit dem Lappen und einem Stück Seife, das sie ebenfalls mitgebracht hatte. Dabei dachte sie, dass das Wasser kalt werden würde, bevor sie es wirklich brauchten.
Mit ruhiger Stimme fragte sie, wann die Frau zuletzt etwas gegessen habe. Das war am selben Morgen geschehen, und entleert hatte sie sich seither nicht. Die Hebamme bereitete das Klistier vor und verabreichte es, während sie die ganze Zeit erklärte, was sie tat, und warum. Die Kleine schien sich erbrechen zu wollen, konnte es dann jedoch verhindern.
Und ausgewachsen ist es doch auch noch nicht, klagte die Schwester.
Warum glaubst du das?, fragte die Hebamme.
Ja, hieß es, die Hochzeit sei doch erst knappe acht Monate her, und beide behaupteten, vorher nicht zusammengewesen zu sein, so nicht.
Stimmt das?, fragte Sara.
Die Gebärende nickte und schwor bei Gott.
Die Hebamme fühlte sich erleichtert und betastete noch einmal die pralle Haut mit den Händen. Hatte sie sich vorhin geirrt? Gab es mehr als nur ein Kind? Sie spürte zwei strampelnde Füße, aber konnte hinter dem einen noch ein anderes liegen? Sie horchte an der nackten Haut, horchte, horchte.
Dann setzte eine weitere heftige Wehe ein, und die Öffnung weitete sich noch mehr. Und noch mehr. Jetzt ging alles schnell, viel zu schnell, wenn es nur ein Kind gab; es würde zu spät sein, um noch nach dem Arzt zu schicken, er könnte nicht mehr rechtzeitig eintreffen, er hätte es nicht einmal geschafft, wenn sie den Ehemann losgeschickt hätte, sowie sie das Haus betreten hatten. Sie konnte nur einen Kopf erkennen, aber der war nicht sehr groß, glaubte sie, dann zog er sich ein wenig zurück, aber da, da war er wieder, und Sara nahm das Kind in Empfang, ein

winziges Vogeljunges von Kind, einen Abkömmling, der der Mutter ähnelte und nicht dem riesigen Vater. Und nun kam noch eins.

Zwillinge. Alle im Zimmer jubelten. Die Säuglinge wurden gewaschen und gewickelt, die Mutter wurde gewaschen und frisch angezogen, und Sara erklärte, wie wichtig es sei, alles immer sauber zu haben, wenn sie die Kinder behalten und selber gesund bleiben wollten.

Aber bedeutet das denn kein Unglück?, murmelte der Vater besorgt, als die Hebamme sich zum Aufbruch bereitmachte.

Im Gegenteil, sagte Sara. Zwillinge bedeuten Glück. Und für dich bedeuten sie ein noch größeres Glück, denn es ist nicht sicher … Wenn es nur eins gewesen wäre … und wenn es Ähnlichkeit mit dir gehabt hätte …

Der Mann zog sich an den Haaren.

Es bedeutet also wirklich kein Unglück?, stammelte er unsicher.

Das ist so, als hättest du zwei Schweine für den Preis von einem bekommen, sagte die Hebamme. Und merk dir meine Worte: Deine Frau darf keine weiteren Kinder bekommen, wenn du sie behalten willst.

Dann saß sie wieder im Boot und wurde über den Fjord zurückgerudert. Fünf Kartoffeln und eine Lage Knäckebrot hatte sie für ihre Arbeit bekommen. Um mehr hatte sie nicht gebeten. Es hatte nicht mehr gegeben, worum sie hätte bitten können, in dieser kleinen Hütte. Und der Mann, der ruderte, sah jetzt anders aus, Freude strahlte aus seinem Blick, als gehe ihm erst jetzt langsam auf, was geschehen war.

Die Monate vergingen. Weihnachten und Ostern kamen, gefolgt von einem verregneten Frühling und einem sonnenwarmen Sommer. Johanna aus dem Obergeschoss kümmerte sich um die Kleinen, wenn Sara zur Arbeit war. Nachts schmiegte der kleine Oskar sich an seine Schwester. Alle drei Kinder lagen in dem breiten Ehebett, während Sara das Bett der Schwiegermutter zurück in die andere Kammer geschoben hatte.

Anfangs hatten alle vier im selben Zimmer geschlafen. Sie hatte sie um sich haben wollen, nachts ihren Atem hören, wissen, dass sie lebten. Sie hatte in der Nähe sein wollen, wenn eins erwachte und sie brauchte. Aber das passierte nicht. Der Einzige, der vielleicht aufwachte und ein wenig jammerte, war der Jüngste, aber er wollte nicht von seiner Mutter getröstet werden, sondern von seiner Schwester. Deshalb hatte Sara das eine Bett umgestellt. Jetzt schlief sie allein, in Anna Marias altem Bett. Und es war sicher besser so, sie störte ihre Kinder nicht im Schlaf, wenn sie nachts geholt wurde.

So war es also gekommen. Dass der Kleinste sich an die zwei Jahre ältere Schwester angeschlossen hatte, als Ersatz für Bernta. Sie wusch ihn und half ihm beim Anziehen. In der ersten Zeit hatte die Mutter das getan, doch der Junge war ein Klumpen Unwilligkeit unter ihren Händen gewesen. Aus dem Augenwinkel hatte sie gesehen, dass er freiwillig kam und mithalf, wenn Klein-Sara sich um ihn kümmerte, und die Mutter hatte gesagt, als sei ihr gerade ein guter Gedanke gekommen: Hilf du Oskar, Liebes, dann koche ich den Brei ....

So kam es, dass die Kleine dem Jungen die Hosen anzog, ihm den Pullover über den Kopf streifte. Mit vorsichtigem Griff packte sie seine schmutzigen Windeln und trug sie auf den Hof, um ihren Inhalt ins Klo zu schütteln. Die schmutzigen Windeln legte sie in die Waschbütte, damit sie gekocht werden konnten, und wusch sich dann die Hände mit Wasser und Seife, das hatte die Mutter sie gelehrt. Es war die Schwester, die Oskars Locken mit dem Kamm bearbeitete, der in Saras Truhe aus Tingvoll gelegen hatte, wobei sie dem Kleinen etwas zumurmelte. Was sie wohl sagte? Die Erwachsene wusste es nicht. Sie stand an der Feuerstelle, nur einige Schritt entfernt, war aber nicht nahe genug, um mehr zu hören als diese hellen, leisen Laute, vermischt mit einigen kurzen, klaren Wörtern, vielleicht über seine Haare, dass die schön waren, sich weich anfühlten.

Wie ein einziges Wesen glitten die beiden Kleinen durch den Tag, immer zusammen. Die Mutter hatte versucht, sie voneinander zu trennen, indem sie ihnen kleine Aufgaben aufgab, dem einen, nicht der anderen: Oskar, reichst du mir den Löffel auf dem Tisch? Oder umgekehrt: Sara, würdest du kurz den Boden fegen? Dann reichte das Mädchen ihr den Löffel und griff nach dem Besen. Der Junge tat nichts, schien nichts gehört zu haben. Die Schwester übernahm alles, als seien sie wirklich eins, als könne sie den Unterschied zwischen dem Namen des Bruders und ihrem eigenen nicht hören.

Es kam vor, dass die Erwachsene sich abends auf die Bettkante setzte und ihren Kindern etwas vorsang, so, wie ihre eigene Mutter das früher getan hatte. Sigmund und seine Schwester sahen sie mit offenen und frohen Gesichtern an, der Kleinste aber versteckte sein Gesicht in der Armbeuge des Mädchens. Und wenn die Mutter die Kammer verlassen und die Tür geschlossen hatte, konnte sie hören, dass der Gesang weiterging, mit der hellen und zarten Mädchenstimme. Als habe der Kleine die Töne beim ersten Mal nicht gehört, als müsse jetzt seinetwegen alles wiederholt werden. Und Sara musste sich auf die Lippen beißen, um nicht zu weinen, wenn sie dort vor der Tür stand.

Ein anderes Mal erzählte sie vielleicht ein Märchen. Dann saß der Lockenkopf still da und steckte sich einen Finger in den Mund. Aber auch dann schmiegte er sich an die andere, die Kleine mit den Zöpfen.

Doch, es würde schon kommen. Wenn Oskar erst einmal alt genug wäre, um zu begreifen …

Es steckte ihr wie ein Dorn im Fleisch, dass das Kind nichts von ihr wissen wollte. Klein-Sara dagegen war glücklich darüber, wieder zu Hause zu sein, glaubte die Mutter, und Sigmund, der strahlte wie die Sonne. Ach, sie liebte ihn so sehr, diesen Jungen mit dem schönen Gesicht. Und den hatte der Vogt adoptieren wollen? Der Junge hatte sich in ihre Arme geworfen, als sie in Thorvigen aufgetaucht war, hatte sich an sie geklammert, während sein Herz wie wild gehämmert hatte, die Mutter hatte das durch Kleid und Hemd hindurch gespürt. Einmal hatte sie gefragt, ob er es gut gehabt habe. Ja, danke, hatte er geantwortet,

höflich, erwachsen, aber dabei war ein Schatten über sein Gesicht geglitten.
Nein, er hatte es nicht gut gehabt. War der Vogt zu streng mit ihm gewesen? Oder hatte die neue Haushälterin, denn jetzt war eine neue im Haus, diesem einsamen kleinen Wesen nicht genug Wärme entgegengebracht? Sara wusste es nicht. Sie wollte fragen, wieder und wieder wollte sie fragen, aber dann fiel ihr etwas anderes ein, es gab so viel zu bedenken, die Probleme, die der Kleinste machte, wie sie alles schaffen sollte, was geschafft werden musste, die ganze Zeit ein Ohr zur Tür hin gewandt, für den Fall, dass jemand anklopfte und ihre Hilfe brauchte.
Sigmund war der kleine Mann im Haus. Acht Jahre zählte er jetzt, bald neun, und war groß für sein Alter. Sein Blick strahlte, wenn er aus der Schule kam. Dann hackte er Holz. Das war schwer. Es war zu schwer für den Jungen, die größten Holzstücke zu spalten; bei den kleineren schaffte er es. Der Mann von Johanna aus dem Obergeschoss erledigte die Grobarbeit, das hatte er die ganze Zeit getan, um der Witwe behilflich zu sein. Aber er wollte so gerne, ihr Sigmund, der Mann sein, der dafür sorgte, dass sie es warm hatten. Auch Wasser wollte er holen, und er kam mit vollen Eimern zurück, obwohl die Mutter gesagt hatte, er solle sie nur zur Hälfte füllen. Und seine Blicke folgten ihr. Sara spürte sie, diese Jungenblicke, die vor Vertrauen und Zusammengehörigkeitsgefühl fast überliefen. Vor Freude.
Doch, sie liebte ihn. Er verstand so viel. Er schnappte Sätze auf, draußen, in der Schule, bei den Kaufleuten, unten im Hafen, und wiederholte sie zu Hause, erzählte, wohin die einzelnen Schiffe unterwegs waren, was sie mitgebracht hatten, die, die aus der Ferne kamen, an seltenen Dingen wie Spezereien oder Baumwolle; er wusste, wer gestorben war, welche Fremden sich ansiedeln wollten, ein neuer Bäcker, ein neuer Schneider, und dass die Wasmuths einen Baum von einer Sorte gepflanzt hatten, die hier noch nie gewachsen war.
So konnten sie sich über Bäume und Blumen unterhalten, über den Botaniker Herrn Myrin, der einst eine Orchidee gefunden

hatte, über die Straßen in Christiania, an deren Rand hohe Bäume standen und wo es einen Laden gab, in dem nur Blumen verkauft wurden, einen mit wunderbarem Duft gefüllten Raum.
Hatte die Mutter diesen Laden besucht? Hatte sie in dem Duft gestanden, hatte sie ihren Blick von Rot zu Gelb wandern lassen, hatte sie *ausgewählt?*
Nein, das hatte Sara nicht. Sie hatte ihr Geld nicht dafür ausgeben können, das nicht, das musste er doch einsehen, aber ihr hatte es gereicht, langsam an diesem Laden vorbeizugehen und einige Sekunden stehen zu bleiben.
Er konnte einfach nicht genug über diese große Stadt hören, ihr Sigmund, alles wollte er wissen, über die Festung, die über dem Hafen aufragte, über die Pferde, die Wagen über die Pflastersteine zogen. Auch die Kleinen saßen in solchen Erzählstunden manchmal bei ihnen, Klein-Sara stellte selber keine Frage, schien aber jedes Wort einzusaugen. Und später konnte die Mutter hören, wie sie alles dem Jüngsten erzählte, mit leiser Stimme, Christiania, verstehst du, sagte sie dann, das ist eine große Stadt. Es ist keine Frau, sondern ein Ort, der viel größer ist als unserer. Und der viele Straßen hat. Länger als die, die hier zum Hafen führt. Und da gibt es Pferde, die nicht aus Holz sind. Sie sind aus Fleisch und Fell, wie Kühe und Ziegen. Sie können weiß sein und eine Decke aus Himmelsamt über dem Rücken tragen, und darauf sitzt dann eine Prinzessin oder ein kleiner König.
So redete sie, und die Mutter staunte.
Ja, sie schienen unzertrennlich zu sein, die beiden Kleinen, und Sara nahm sich vor, das Gute daran zu sehen, zu sehen, dass diese Gemeinschaft doch auch niedlich sei, und schließlich erinnerte sie doch auch an sie selber und Jens? Sie lebten zwar nicht in einem grünen Zimmer und hatten keine Bücher zum Blättern, aber dennoch … Diese seltsamen Worte, die die Kleine von sich gab, bei denen es oft um Mond und Sterne ging, oder um Elfen und Feen – als ob sie in einem schönen Märchen lebten, diese beiden.
Auf jeden Fall war es eine Erleichterung, dass der Junge sich mit

seinem Schicksal abgefunden hatte und nicht mehr nach Bernta schrie. Die Tante schien ihn überhaupt nicht mehr zu interessieren; wenn sie und Hans zu Besuch kamen, dann achtete er kaum auf sie. Er saß nur da, an seine Schwester geschmiegt, zumeist auf dem Holzkasten. Einmal hatte die Kleine aufstehen wollen, um sich den kleinen Vetter anzusehen, das Kind, das Hans und Bernta nun endlich behalten durften, aber dann hatte sie es doch nicht getan, war mitten in der Bewegung erstarrt, als ob sie nun keine Lust mehr habe. Als hätten sie aneinander genug, die beiden in der Ecke, hatte die Mutter gedacht. Als seien andere Kinder nicht von Interesse. Sie saßen auf dem Holzdeckel bei der Feuerstelle, verflochten die Hände ineinander, spielten mit den Fingern, warfen damit Schattenfiguren.

Wenn die Sonne schien, konnten sie draußen spielen. Aber die Mutter kam sich fast überflüssig vor, wenn sie mit den beiden ans Wasser ging. Sie saß auf dem Felsen und schaute aufs Meer hinaus, in die Ferne. Das leise Gemurmel der Kinder mischte sich mit Wellenschlag und Möwenschrei. Ein seltenes Mal kamen sie zu ihr, um ihr etwas zu zeigen, eine schöne Muschel, einen glatten Stein: Ist das nicht schön?

Dann redete das Mädchen, hielt das Schöne in den Händen. Und die Mutter konnte nicken und zustimmen. Manchmal hob sie die Tochter hoch, drückte sie an sich und flüsterte ihr ins Ohr: mein braves Mädchen. Dabei sah sie den Jungen an, wollte wissen, ob er begriff, dass es schön war, von einer Mutter aufgehoben zu werden; das Mädchen schien es schön zu finden, das spürte die Mutter in ihren Armen und ihrem Leib. Doch wenn Sara danach nach dem Kleinsten griff, machte er sich schwer wie ein Sack Kartoffeln und wollte auf den Boden. Und die Schwester nahm seine Hand oder zog ihn an sich, während der Junge erleichtert aufatmete. Das sah die Mutter. Seine Erleichterung. Und sie musste ihr Gesicht abwenden, um ihren Blick nicht zu zeigen, einen Blick, über den sie in solchen Momenten alle Kontrolle verlor, einen Blick, der vielleicht ihre bösen Gefühle zeigte, denn die hatte sie, in solchen Momenten, böse Gefühle der

Tochter gegenüber, die der Kleine mit dem Silberhaar so dicht an sich heranließ. Und sie musste eine Weile warten, ehe sie wieder etwas sagen, mit ihrer normalen Stimme sprechen konnte, darüber, dass sie wohl wieder nach Hause müssten.

Dann brauchte jemand die Hebamme, und Sara drängte ihre Verletztheit beiseite. Sie musste aufbrechen, die beiden Kleinen mussten nach oben zu Johanna.

Und die Frau nahm ihre Tasche, den Mantel und die Gebärunterlage und folgte dem Boten, zu Fuß oder mit dem Boot. Sie kam zu Frauen, die sie kannte, zu Nachbarinnen, zu anderen, mit denen sie noch nie ein Wort gewechselt hatte. Sie kam in alle Arten von Häusern. Die meisten ähnelten einander in ihrer Schlichtheit. Einige waren sauber und ordentlich. Andere waren entsetzlich verschmutzt. Manche Menschen schämten sich deshalb. Andere murrten, wenn sie versuchte, ihr Wissen mit ihnen zu teilen: Gebadet wurde zu Weihnachten, alles andere wäre übertrieben, so hatten sie es schon immer gehalten.

Einige Male wimmelte es um die Gebärende herum nur so von Ungeziefer. Und reine Laken gab es nicht. Dann konnte die Hebamme wütend werden. Sollte das Kind vielleicht die Krätze bekommen, noch ehe es das Licht der Welt erblickt hatte? Wie eine Furie ließ sie einen verdutzten Mann Dreck schaufeln, die Töchter den Boden schrubben, die kleineren Kinder bei den Nachbarn saubere Wäsche leihen. Wenn die Geburt länger dauerte, obwohl alles in Ordnung war, half sie selber mit, lag sie auf allen vieren und scheuerte, warf sie verdreckte Kleidung in kochendes Wasser, trug sie sie hinaus und hängte sie auf. Einmal schnitt sie zwei verrotzten kleinen Kindern die verlausten Haare ab. Oder schickte sie den Mann frisches Stroh holen und verließ das Haus erst, wenn Mutter und Kind sauber und behaglich lagen, so sauber und behaglich, wie das überhaupt nur möglich war.

Vielleicht mochten die Leute sie nicht. Sie wusste es nicht. Sie machte ihnen ihre Armut nicht zum Vorwurf, sie teilte mit ihnen nur das Wissen, von dem sie überzeugt war. Aber

dennoch. Sie zog die Menschen mit Worten aus. Sie sah sie sozusagen nackt, nicht nur die Frau, der sie eigentlich beistehen sollte.
Aber sie kamen wieder zu ihr, beim nächsten Mal, im nächsten Jahr. Dann war es oft besser, sie waren sauberer, und Sara war stolz und froh. Denn ihre Worte halfen ja offenbar. Die Menschen, bei denen sie gewesen war, wuschen sich jetzt häufiger. Und alles, was sie brauchte, stand schon für sie bereit.
Auch zu den Reichen wurde sie geholt. In dieser Hinsicht waren sie wie alle anderen, brauchten Hilfe. Und Sara betrat Zimmer wie die, in denen sie aufgewachsen war. Aber auch hier waren bisweilen kluge Worte nötig, darüber, wie man sich von krabbelndem Ungeziefer befreien konnte, dass Männer nicht auf den Boden zu spucken hatten. Obwohl diese Reichen ihr geholfen hatten, das zu werden, was sie nun war, sagte sie ihre Meinung. Und sie dankten ihr. Und gaben ihr Geschenke mit, mehr als die wenigen Kartoffeln, das Stück Speck, das Bündel Fische, die sie anderswo erhielt. Auf Thodeplassen bekam sie einmal einen schönen Teppich. Frau Andersen auf Grimmergård gab ihr einen silbernen Löffel. Und eine der jüngeren Rønnebergs schenkte ihr neben den vorschriftsmäßigen Münzen zwei Stühle für die gute Stube.

So ging sie in den Häusern ein und aus. So wurde sie zu einer, die mehr als die meisten anderen darüber wusste, wie die Menschen lebten. Um sie herum entstand eine Art neuer Raum, so empfand sie es, ein Raum aus einer Art Respekt, fast schon Ehrfurcht. Nur wenige grüßten sie nicht, wenn sie zwischen den Häusern einherlief. Und mit schüchternem Blick blieben sie stehen und gaben Antwort, wenn sie sich nach ihrem Befinden erkundigte. Es kam vor, dass ihr Patenschaften angetragen wurden. Sie sagte immer ja und fühlte sich später für diese Kinder ganz besonders verantwortlich. Sogar ein Kaufmann bat sie einmal, sein Kind über die Taufe zu halten. Es war eine besonders schwere Geburt gewesen, und dem Mann war klar, dass er jetzt wohl Witwer wäre, wenn es keine Hebamme gegeben hätte … In dieser Hinsicht war sie etwas Besonderes. Etwas, das es nur einmal gab. Eine geschäftige Frau, die allen in die Augen schaute und ihre Meinung sagte.

Das tat sie nämlich.

Es war nicht wie in ihrer ersten Zeit hier im Ort, als sie sich alle Mühe gegeben hatte, zu werden wie die anderen. Oskars Frau. Eine, über die die anderen Fischersfrauen nicht hinter ihrem Rücken kichern sollten, weil es so vieles gab, was sie nicht gewusst hatte über dieses harte Leben, ehe sie hergekommen war. Dem Mann zuliebe hatte sie sich Mühe gegeben, und wegen seiner Mutter, als die noch gelebt hatte. Die beiden sollten sich ihrer nicht schämen müssen. Nein, sie hatte nicht hochnäsig sein wollen. Das war sie wohl auch nicht gewesen. Sie hatte alles so genommen, wie es war. Sie hatte sich nicht einmal etwas anderes gewünscht.

Aber in sich hatte sie ihr Wissen aus der früheren Zeit getragen. Eine Menge Wörter, die die anderen nie gelernt hatten, die sie auch nicht verstehen könnten, wenn sie sie laut ausspräche. Also hatte sie sie nicht gesagt. Stattdessen hatte sie zugehört und die Reden der anderen nachgeahmt, über Rückenschmerzen, über die schlechten Zeiten, über die Kälte, und sie hatte das Seufzen gelernt, das solchen Sätzen zu folgen hatte. Sie hatte sich mit der Neugier der anderen Frauen gefüllt, deren Freude über Skandale, deren schlichten Bibelworten, die im Alltag Trost boten.

So hatte sie versucht, sich zu formen, sich in eine von diesen Frauen zu verwandeln.

Jetzt war sie abermals zu einer anderen geworden.

So dachte sie manchmal, wenn sie Zeit genug hatte. Und hinter diesen Gedanken lag die Gewissheit, dass Oskar stolz auf sie wäre. Denn er hatte sie hochgezogen, als sie sich einmal wie eine Ertrinkende gefühlt hatte in ihrer Mühe, so zu werden wie Magda und Stina, Jensine und Klara, diese Frauen, die am Brunnen am meisten die Köpfe zusammensteckten, im tröstlichen Lachen über andere.

Ach, die Menschen waren so unterschiedlich, es war nicht nur eine Frage von Arm und Reich. Denn Anna Maria ... ganz zu schweigen von Oskar. So aufrecht und heil.
So dachte sie. Über ihren Mann. Und er fehlte ihr so sehr, dass es ihr wehtat.
Nachts träumte sie manchmal von ihm, von Oskar, der sie von zu Hause wegruderte, von Oskar in einer Mittsommernacht, seinem Lächeln, so stark und so lebendig. Einem Lächeln, das aus seinem Herzen kam, das sein ganzes Gesicht prägte. Sie konnte so von ihm träumen, wie sie ihn durch das Fenster gesehen hatte, beim Holzhacken, sie konnte ihn auf dem Küchenhocker sehen, frisch gewaschen und mit nackten Oberkörper, während sie ihm die Haare schnitt, die dunklen über der Stirn, die weichen im Nacken.
Einmal hatte er sie einen Engel genannt.
Was hatte er noch gesagt, was noch? Sie horchte in sich hinein und zog Worte hoch, Oskars Worte, über die Zeichen, die etwas über den nächsten Fischzug verrieten, über die Farbe der Wolken, den Weg des Windes.
An den Festtagen fehlte er ihr. Er konnte ihr fehlen, wenn sie den Jungen sah, der seinen Namen trug, denn das stimmte einfach nicht, das mit dem Namen ... Wenn nur der Mann da gewesen wäre, dann hätte er eine Lösung gefunden, hätte den Knoten zerschlagen, hätte die Kleinen hochgehoben und Saras wehe Gedanken geheilt, über die Tochter, die so lieb war und die ihre Mutter doch für einen Moment mit diesem beängstigenden Widerwillen füllen konnte.
Sie konnte von plötzlicher Hoffnung erfüllt werden, wenn sie den Ruf hörte, dass die Boote hereinkamen, einer Hoffnung, die sofort wieder schwand und zu Schmerz wurde. Der Mann fehlte ihr an den hellen Sommerabenden, wo die Menschen sich die Zeit nahmen, um zusammenzusitzen, zu essen und zu trinken und dabei auf das Meer oder auf das flatternde Geschehen auf dem Vogelfelsen zu schauen. Dann schaute sie zu den anderen hinüber, die zu zweit saßen, die ihre Gedanken miteinander

teilen konnten. Und ihre Augen füllten sich mit Tränen, die ganz schnell weggezwinkert werden mussten.
Denn Oskar war nicht mehr da.
Und Sara fühlte sich einsam. Vor allem dann, wenn mehrere Tage vergingen, seit zuletzt jemand ängstlich an ihre Tür geklopft hatte, wenn sie bei ihren Kinder war und alle Arbeit erledigt hatte, wenn sie abends allein in der kleinen Kammer im Bett lag, ohne die Müdigkeit, die ein harter Einsatz mit sich brachte.
Einsam, wartend. Mit horchenden Ohren, noch im Schlaf, damit sie sofort das plötzliche Geräusch von Fingerknöcheln auf Holz zum Verstummen bringen könnte, von besorgten Rufen, ehe auch die Kinder aus ihren Träumen gerissen wurden, oder die Nachbarn in den anderen Wohnungen.
Sie war die Einzige ihrer Art. Sie wollte nicht werden wie die übrigen Fischersfrauen, selbst wenn das einst ihr Ziel gewesen war. Und auch wie die anderen wollte sie nicht sein.
O nein, auch mit den Feinen konnte sie nicht verglichen werden, mit denen, die langsam dahintrippelten, mit ihren eleganten Hüten, ihren kleinen Sonnenschirmen. Die bei Kälte und Schnee im Haus blieben. Bei Sturm waren nur die unterwegs, denen nichts anderes übrig blieb. Eine Hebamme hatte keine Wahl. Wenn ein werdender Vater es geschafft hatte, über den Fjord zu rudern, um sie zu holen, dann musste sie ihn einfach begleiten. Mit den Händen in den Achselhöhlen und fest um den Kopf gewickeltem Schal ließ sie sich auf einer Ruderbank davontragen, kehrte sie dem Wind den Rücken. Oft schlugen dabei die Wellen ins Boot. Oft war sie durchnässt, wenn sie ins Haus kamen. Dann zog sie die Überkleider aus und hängte sie zum Trocknen auf, dann wärmte sie ihre Hände in heißem Wasser, ehe sie mit der Arbeit begann. Der Arbeit für eine Gebärende. Eine, die in sich ein lebendes Kind trug. Eins, das hinaus musste, um selbst zu atmen.
Sie spürte dabei die Kälte nicht, die durch die Wände drang, höchstens als etwas, vor dem das Kleine beschützt werden

musste; es musste dann schneller als sonst gewaschen und zurechtgemacht und besonders warm eingepackt werden.
Wenn der Sturm zunahm, musste sie oft noch einige Stunden bleiben, vielleicht auch einen ganzen Tag oder noch länger, bis der Wind sich ein wenig legte. Dann fuhren sie zurück über den Fjord, während die Finger bald alles Gefühl verloren, wenn sie sich an den Rand eines kleinen Holzbootes klammerten, das sich in den wilden, nassen Wellen hob und senkte. Und sie fühlte sich so klein, diesem Großen gegenüber, obwohl sie doch eben erst im Kampf um ein Leben gesiegt hatte. Wenn sich der Wind jedoch legte, so dass ihre Angst sie verließ, dann konnte sie fast lachen über die Mächte, denen der Ruderer trotzte oder die sie freiwillig dem gegenüberliegenden Ufer zutrugen. Und sie fühlte sich doppelt siegreich, wenn sie dann endlich die Schwelle des weißen Hauses überschritt.
An solchen Tagen erteilte sie zu Hause Befehle wie in den verschmutzten Kammern der anderen, verlangte heißes Wasser, sehr viel heißes Wasser. Sie stand mitten im Zimmer, hochaufgerichtet, den Sturm noch im Leib, einen Sturm, den sie mit dem Mantel ablegte, während sie sich mit dem Handrücken über das Gesicht fuhr, während sie sich die Wangen warm rieb, während sie rieb und rieb, während die Kinder Holz holten, im Feuer nachlegten, den Kessel füllten, die Waschbütte bereitstellten, ihr Tücher zum Trocknen holten, ihr trockene Wäsche hinlegten, den Breirest brachten, damit sie etwas in den Leib bekam. Sogar der kleine Oskar bewegte sich in solchen Momenten, sogar er legte Holzscheite unter den Kessel und ließ die Mutter nicht aus den Augen, bis sie die Kinder aus der Küche jagte, in die Kammer, um allein zu sein, während sie sich nackt auszog, während sie in die Bütte stieg, während sie das fast kochend heiße Wasser über ihre Haut laufen ließ, während sie sich vom Schmerz erfüllen ließ, durch das Wasser, durch das Gefühl, das in Hände und Füße zurückkehrte, während sie langsam eine andere wurde, mit trockener Kleidung, mit Essen im Magen.

Die Winterstürme hatten sich gelegt, als ein Bote des Postmeisters kam, um einen Brief abzugeben.
Einen Brief?
Sie öffnete ihn erst abends, als die Kinder im Bett waren. Dann saß sie in der Küche, auf dem Hocker vor dem Feuer, in glücklicher Hochstimmung über diesen Gruß von einem Menschen, der an einem anderen Ort lebte. Sie hatte schon mehrere Briefe bekommen, seit ihrer Rückkehr. Jedes Jahr zu Weihnachten traf ein Schreiben von Hilda ein, während sie kurz vorher der anderen geschrieben und ihr von den vergangenen Monaten erzählt hatte, von Siegen und einzelnen Niederlagen, von seltsamen Erlebnissen und von ihrem Leben mit den Kindern. Und ein seltenes Mal kam auch ein Brief von Jens. Er hatte jetzt ausgelernt und teilte die Aufträge mit seinem Meister, von gleich zu gleich, hatte er geschrieben.
Aber die Schrift auf dem gelben Umschlag gehörte weder Jens noch der Freundin aus Helgeland, und sie gehörte auch nicht dem Vogt.
Sie gehörte dem jungen Arzt, der Sara einmal ins Theater und ein anderes Mal ins Konzert eingeladen hatte. Er schrieb zuerst einen freundlichen Gruß, hoffte, dass es ihr gut gehe, dass sie gesund sei. Dann erzählte er in umständlichen Formulierungen, dass auch andere so dächten wie er und Sara, in ihren Gesprächen im Garten an der Akersgate und auf ihren Spaziergängen ... Menschen, die ähnliche Vorstellungen von der Bedeutung der Sauberkeit hatten.
Sara machte große Augen und las weiter: In Wien gab es einen Arzt namens Ignaz Philipp Semmelweis. Er arbeitete auf einer der beiden Wochenstationen in der städtischen Accouchieranstalt und hatte sich immer schon über die hohe Sterblichkeit gegrämt. Von hundert Gebärenden verloren manchmal nicht weniger als dreißig oder vierzig ihr Leben. Kommissionen waren eingesetzt worden, um die Ursache zu ermitteln, und sie waren zu dem Schluss gekommen, dass die Todesfälle durch Verhältnisse in der Atmosphäre verursacht würden,

durch »tellurische miasmatische Kontagien«, wie es hieß, die zu den ungeheuer vielen Fällen von Kindbettfieber führten, weshalb es nicht in Menschenmacht stehe, etwas daran zu ändern. Aber dieser Semmelweis hatte sich damit nicht zufriedengeben wollen.

1846 waren auf seiner Station nicht weniger als vierhunderteinundfünfzig Frauen gestorben, schrieb der Arzt aus Christiania, und Dr. Semmelweis war verzweifelt. In Wien glaubten inzwischen alle, dass es für die Schwangere den Tod bedeutete, wenn ein Arzt zu ihr geholt wurde.

Er hatte gesehen, wie andere Ärzte von der Obduktion einer toten Frau direkt zu einer Gesunden gegangen waren, die ihr Kind gebären sollte, worauf auch die Gesunde bald tot war. Es musste also ein Leichengift geben, das an den Händen dieser Ärzte haftete und von einer auf die andere übertragen wurde. Semmelweis wusch sich nun mit besonderen Mitteln. Er versuchte, eine Lösung zu finden, die stark genug war, um das Leichengift zu entfernen, was ihm dann endlich gelang. Im Mai 1847 hatte er damit begonnen, und schon zwei Monate darauf war das Vorkommen von Kindbettfieber auf seiner Station auf ein Prozent gesunken.

Er benutze eine Chlorkalklösung, konnte Dr. Bergroth berichten. Aber die meisten wollten nicht auf Semmelweis hören, sondern machten ihm in Wien das Leben schwer.

Das alles habe er von einem Dr. Faye erfahren, stand in dem Brief. Dieser Faye leitete jetzt die Accouchieranstalt in Christiania, wie Sara damit erfuhr, und er war offenbar mit Dr. Semmelweis befreundet.

Bergroth bedauerte, ihr nicht schon früher geschrieben zu haben, aber bisher habe er zu wenig gewusst, denn Faye habe anfangs nicht erklärt, warum er zu dieser Chlorkalklösung griff. Jetzt aber habe er seinen Kollegen einen Brief von Semmelweis gezeigt, in der der Wiener Arzt seine Erkenntnisse schilderte.

Der Brief endete mit einem freundlichen Gruß von »Eurem Johannes Bergroth«.

Chlorkalk.
Sara zitterte, als sie den Brief sinken ließ. Ob der Apotheker auf Hellen wohl Chlorkalk verkaufte? Sie eilte am nächsten Morgen los, erfüllt von einer Mischung aus Empörung, Erleichterung und Dankbarkeit dem Mann gegenüber, der ihre Gespräche nicht vergessen hatte, der sich erinnerte und berichten wollte. Ein Leichengift, ja, natürlich musste es sich um ein Leichengift handeln. Um ein Gift, das von einem Leib auf den anderen übertragen wurde, das sich einfraß und den Tod verbreitete.
Danach suchte sie Ålesunds kleine Krankenstube auf, denn es war ja noch wichtiger, dort ihr Wissen zu verbreiten; dort lagen die Kranken im Bett und konnten sterben, während sie selbst nur sehr selten von einer Frau gleich zur nächsten eilte und noch seltener von einer, die gestorben war, zu einer anderen. Fast keine hatte unter Saras Händen ihr Leben gelassen. Wenn sie danach am Fieber erkrankt waren, waren sie zumeist gestorben, ohne dass Hilfe geholt worden wäre, denn die Hebamme war dafür sicher nicht zuständig, und vor dem Arzt scheuten die meisten weiterhin zurück. Aber es kam vor, und dann war der Weg von einem sterbenden zu einem anderen Menschen sehr kurz.
Ach, dieser Gestank. Und dass sie kein Fenster öffnen und auslüften, dachte sie, als sie die Kammer betrat. Alles war wie damals, Menschen mit blutigen und vereiterten Verbänden. Eine Frau mit krummem Rücken schlich umher und plauderte, tröstete, brachte Wasser und Arznei. Alle bekamen aus demselben Becher zu trinken, und die Frau wusch sich nicht die Hände, nachdem sie die Kranken berührt hatte.
Sara fragte nach dem Arzt. Der war unterwegs und wurde erst gegen Abend zurückerwartet.
Trotzdem sagte Sara, weshalb sie gekommen war, und bat die Frau, ihre Worte weiterzugeben. Chlorkalk, Chlorkalklösung gegen das Leichengift.
Der alte Arzt hatte jetzt einen Nachfolger. Und er sprach sie bald darauf an, als er sie vor einem Laden sah. Was sie da gesagt

habe, an dem Tag, als sie die Stube besucht hatte? Sie wiederholte es und fügte alles hinzu, was sie wusste über den Mann in Wien.
Der Arzt räusperte sich und runzelte nachdenklich die Stirn. Schaden kann es ja auf keinen Fall, murmelte er und schaute in die Ferne.
Nein, der Versuch kann nichts schaden, fügte er hinzu und lächelte sein Gegenüber an.
Das Lächeln war noch bei ihr, als sie nach Hause ging. Ein jüngerer Mann, der offen für das Neue war. Und zu Hause setzte sie sich sofort an einen dankbaren Antwortbrief an Dr. Bergroth.
Wem schreibst du da?, wollte Sigmund wissen, als er aus der Schule kam.
Die Mutter erzählte, und der Junge strahlte bei ihren Worten vor Interesse, wie sie glaubte, aber auch, weil sie ihn an ihren Gedanken teilhaben ließ. Er war nicht wie die anderen Jungen, die vor allem draußen spielen wollten, die in den Booten herumturnten oder sich gegenseitig die Hänge hochjagten. Wenn er hinausruderte, dann nur selten zum Spaß. Sondern um zu angeln. Danach kam er mit seinem Fang immer sofort nach Hause und machte Feuer, wenn die Mutter unterwegs war, um dann zusammen mit der Schwester zu kochen.
Er besuchte die Privatschule, die Bürgerschule. Sie wollte sich das einfach leisten können. Und wer ging schon auf die Gemeindeschule, der ein Jahr unter dem Vogt und dessen Rohrstock gelernt hatte?
Ist er vielleicht ein alter Mann, dieser Arzt in Christiania?, fragte der Junge jetzt.
Nein, erwiderte die Mutter, er ist durchaus nicht alt, er ist vielleicht dreißig, vielleicht fünfunddreißig, ich weiß es nicht genau, wir haben nie darüber gesprochen.
Ihr habt euch also nur in der Anstalt getroffen?, fragte das Kind.
In Gedanken war Sara in der großen Stadt, in den Räumen mit den weißen Betten, auf den Straßen, unterwegs ins Theater, und die Worte glitten nur so aus ihr heraus, die Erinnerung an die

prachtvolle Vorstellung, an die schöne Musik eine Woche darauf.
Erst als sie die Unruhe des Jungen spürte und begriff, dass er dieselben Gedanken hatte wie die Pflegerin, diese dumme Person, verstummte sie mitten im letzten Satz und zog ihn an sich.
Nein, flüsterte sie ihm ins Ohr, zwischen uns war nichts, nicht in dieser Weise.
Sigmund entwand sich ihrer Umarmung, dazu war er zu groß; außerdem musste er Holz hacken.
Auf dem Holzkasten saßen die Kleinen. Und Sara hörte sie murmeln: Manche sind einfach nicht mehr zu sehen. Aber er war hier. Andere kannst du noch sehen, auch wenn sie beinahe unsichtbar sind. Wie Johannas Gunder.
Johannas Gunder. Sara sah ihn vor sich, dieses Männlein, das sich an den Wänden entlangdrückte, und sie schaute erstaunt zu den beiden Kindern hinüber. Sprachen sie wohl über ihren Vater? Der hier gewesen, aber jetzt nicht mehr zu sehen war?
In der Ecke wurde es still.
In diesem Moment trat jemand in die Tür, ein hochgewachsener Junge, der die Hebamme zu seiner Tante holen sollte.
Der Brief hatte Zeit.
Sie rief Sigmund kurz etwas zu, ehe sie davonlief, über Essen und die Hausaufgaben, die er nicht vergessen durfte.
Diese Ermahnung war überflüssig gewesen. Der Lehrer hatte sich nie über ihn beklagt. Die Kinder kochten immer, wenn Sara nicht zu Hause war. Und die Wohnung war sauber und ordentlich, wenn sie zurückkam.
Was sie wohl sonst noch machten, wenn sie unterwegs war? Saßen sie am Tisch als drei kleine Menschen, die nur über die praktischen Aufgaben sprachen? Wenn die Mutter da war, kam das nie vor. Dann wandte Sigmund sich fast nur an sie. Er war ja viel älter als die beiden anderen. Fast vier Jahre.
Ob er sich ängstigte, wenn sie nachts allein waren? Normalerweise schliefen sie dann wohl, aber es kam schon vor, dass der kleine Oskar schniefte und ein wenig Fieber hatte, häufiger als

die anderen. Dann konnte die Zeit für sie alle lang werden, vor allem für Sigmund, der am nächsten Morgen in die Schule musste. Aber er klagte nie. Er fragte, wie die Geburt verlaufen sei und ob die Frau ein Mädchen oder einen Jungen bekommen habe.

Eines Abends wollte er sie dann zu einer Gebärenden bringen, wollte vor dem Haus warten und in der Dunkelheit mit ihr zusammen nach Hause gehen.
Warum denn das?, fragte die Erwachsene.
Der Junge wollte zuerst nicht reden. Aber dann tat er es doch: Ein Seemann hatte eine junge Frau angefallen und ihr etwas angetan.
Aber einer Hebamme passiert so etwas nicht, sagte Sara mit fester Stimme. Und ich bin kein junges Mädchen mehr.
So hatte sie ihn beruhigt, aber doch nicht ganz, und ihr fiel auf, dass er fast immer wach war, wenn sie nachts nach Hause kam, auch wenn er sich schlafend stellte, wenn sie vorsichtig in die Kammer schaute.
Außerdem musst du doch zu Hause auf die Kleinen aufpassen, hatte sie dann noch gesagt.
Aber sie ließ sie nicht los, die Sorge ihres Sohnes, und dass er sich solche Gedanken machte, quälte sie doppelt, weil dazu ein Grund bestand.
Mehr als einmal war sie von fremden Stimmen angesprochen worden, hatte widerliche Wörter aus unsichtbaren Gesichtern vernommen. Von Männern, die nicht wussten, wer sie war, glaubte sie. Vor allem in der Heuerzeit konnte es schlimm sein, wenn es im Ort von Fremden wimmelte, die sich beim Anblick einer einsamen Frau vor den anderen aufspielen wollten.
Sie behielt solche Zwischenfälle für sich, erwähnte sie nie, es gab ja auch nichts zu sagen, schließlich ging alles gut. Aber dass der Junge sich Sorgen um sie machte … Es war schlimm genug, dass Bernta bisweilen in dasselbe Horn stieß. Es sei unnatürlich, meinte die Schwägerin, dass eine Frau allein auf diese Weise durch die Gegend zog. Eine Mutter gehöre zu ihren Kindern

und brauche außerdem einen Mann. Stina und Magda teilten diese Ansicht. Sara hatte sie reden lassen, lange hatte sie sie ignoriert, bis sie sie zur Rede stellte: Und wer hat euch geholfen, bei der letzten Geburt? Habt ihr nicht auch das andere erlebt, eine Geburt ohne kundige Hilfe?

Sollten sie doch reden. Sara wusste, wer sie war. Und sie wusste auch, wie Johanna aus dem ersten Stock sie nach ihrer Rückkehr aus Christiania stolz und froh empfangen hatte. Du bist etwas Besonderes, Sara, hatte sie gesagt. Ich muss dich fast anfassen, damit ich weiß, dass du wirklich da bist.

Dann hatte sie gelacht, warm und herzlich, diese stattliche Frau.

Sie bedeutete eine Sicherheit. Immer war sie für Saras Kinder da, wenn etwas passierte.

Aber in letzter Zeit …

Da hatte Johanna sich verändert. Hatte sie zu viel mit Stina gesprochen? Oder war da noch etwas?

Dieses mögliche Andere machte Sara zu schaffen, obwohl Johanna nichts gesagt hatte.

Darüber schrieb sie, an Hilda. Nur ihr vertraute sie sich an, über den kleinen Oskar, der sein seltsames Verhalten wohl niemals ablegen würde, über seine Schwester, die um sie beide einen Raum zu erschaffen schien, in den sonst niemand einen Fuß setzen durfte. Als gehöre er ihr. Als sei er ein Ding, über das sie ganz allein bestimmen wollte.

War die Mutter zu gutmütig, wäre es besser, die beiden mit Gewalt zu trennen? Selten einmal hatte sie versucht, die Tochter mit dem älteren Bruder loszuschicken, einmal in den Laden, einmal zur Seifensiederin, um für einen Moment allein mit Oskar zu sein, aber jedes Mal hatte das mit Tränen geendet. Der Kleine hatte sich an die Schwester geklammert, die Schwester hatte gebettelt: Den Weg schafft er doch, Mama, er hält uns wirklich nicht auf.

Als sei das das Problem.

Und Sara hatte nachgegeben. Jedes Mal hatte sie nachgegeben. Jedes Mal war sie am Fenster stehen geblieben und hatte ihnen hinterhergeschaut, Sigmund, der seine Schwester an der Hand hielt, Oskar, der sich an ihrem Arm oder Rock anklammerte.

Sie werde mit ihnen nicht fertig, schrieb sie an die Freundin.

Und zugleich musste sie an ihren Vater denken, an den Vogt, der zwei andere Kinder mit Gewalt getrennt hatte.

Aber sie und Jens waren doch nicht so gewesen? Hatten auch getrennt den Mund aufgemacht? Und als sie so klein waren, da lebte doch die Mutter noch, und sie waren so gern mit ihr zusammen …

So wirbelten ihr die Gedanken durch den Kopf, als sie diesen Brief an Hilda schrieb. Den Vogt erwähnte sie darin nicht. Sie erwähnte auch ihre Kindheit nicht. Sie zeichnete nur ihre beiden Jüngsten als eine vage, murmelnde Doppelgestalt in einer Ecke, weit von der Welt der anderen entfernt.

Sie sah das Gesicht ihres verdrossenen Jüngsten vor sich. Es enthielt eine Anklage. Weil er hungrig ins Bett musste. Es waren böse Zeiten.

Noch hatte sie ihre Ersparnisse nicht angegriffen. Sie hatte von ihrem Hebammengehalt die Miete und das Schulgeld für den Ältesten bezahlen können. Das wenige, was übrig war, steckte sie in den Beutel der Großmutter, zusammen mit dem, was wohlhabendere Ehemänner ihr nach einer Geburt zusteckten. Davon bezahlte sie die Rechnungen im Laden und kaufte Schuhe und andere Notwendigkeiten.

Das war für sie eine klare Regel: Das Geld, das Oskar hinterlassen hatte, sollte nicht angerührt werden. Es war für die Zukunft bestimmt, für die Kinder. Und auch die Raten, die Hans für den Bootsanteil zahlte, kamen auf die Bank, denn es war Geld derselben Art, es stammte von ihrem Mann, als Schatz, der nicht angerührt werden durfte, noch lange nicht. Da mussten sie eben jetzt, in dieser schweren Zeit, ein wenig hungern. Da mussten sie sich im Mantel schlafen legen, wenn es vorübergehend an Holz fehlte. Sie mussten sich mit wenig begnügen, wie auch Johanna und alle anderen, wenn der Fisch ausblieb. Zweimal hintereinander war das jetzt passiert, und Hans hatte gebeten, die Ratenzahlung aussetzen zu dürfen.

Nein, in solchen Zeiten wurde für eine Geburt nicht viel bezahlt, oft gab es nichts. Aber die Heringstonne ließ sich strecken und strecken, bis nur noch die Lake übrig war, und selbst die gab dem dünnen Brei noch etwas Geschmack. Und wenn kein Wind wehte und es nicht zu kalt war, ruderte Sigmund auch im Winter hinaus, um frischen Fisch auf den Tisch zu bringen, auch wenn es nichts dazu gab. Aber wenn der Sturm tage- und vielleicht wochenlang tobte, dann war Schmalhans Küchenmeister.

Mehrere Male hätte sie fast nachgegeben, wegen des Hungers, wegen Oskars Zorn beim Schlafengehen, beim Anblick der beiden Ältesten, die sich über ihren leeren Mägen zu krümmen schienen, über die gerunzelten Stirnen, wenn die Zahlenreihen in dem dicken Buch auf dem Ladentisch länger wurden als sonst. Aber sie hatte sich zurückgehalten, denn nein! Noch nicht! Erst wenn es wirklich sein musste! Das Geld auf der Bank sollte Sigmund auf die Universität bringen, hatte sie gedacht, vielleicht in Kopenhagen, vielleicht in Christiania. Vielleicht könnte er Arzt werden, träumte sie, einer wie Bergroth oder dieser Semmelweis, einer, der nicht aufgab, solange eine große Frage noch unbeantwortet war. Und die Tochter könnte Hebamme werden, so wie sie selber. Oder vielleicht Lehrerin?

So zwang sie ihre Gedanken fort von dem kleinen Vermögen, als sei es überhaupt nicht vorhanden. So lebten sie in den härtesten Zeiten an der Grenze zur Not.

Hilda erzählte dasselbe. Es gab nicht genug zu essen. In Nordland herrschte offenbar noch größere Armut, wie Sara jetzt aufging. Dort gingen sie wohl wochenlang hungrig schlafen. An Geld für Chlorkalklösung war für Hilda nicht einmal zu denken. Die Freundin freute sich darauf, dass ihr Ältester bald konfirmiert werden würde und dann selber Geld verdienen könnte. Der Junge ging auf die Gemeindeschule, eine weitere Ausbildung war unerreichbar.

Der Brief hatte einen düsteren Unterton. Etwas Müdes, fast

Resigniertes. Und zugleich eine Distanz, als stünden sie einander doch nicht nahe, diese beiden Hebammen. Auf Saras Frage, wie sie den kleinen Oskar erziehen solle, ging Hilda nicht einmal ein.

Nach nur wenigen Wochen kam ein weiterer Brief, obwohl Sara den anderen noch nicht beantwortet hatte. Dieser hier war anders, offener und zugleich eine traurigere Lektüre. Hilda bedauerte den schroffen letzten Brief. Aber es sei so viel passiert … ihr jüngster Sohn sei krank geworden. Er habe immer schon gekränkelt, aber jetzt litten die Augen, und er müsse wohl erblinden. Vielleicht gebe es ein Heilmittel. Aber die Reise zu einem guten Arzt, der sich damit auskenne, sei zu weit. In diesen Zeiten konnte sie an eine solche Reise nicht einmal denken. Und der Junge litt so sehr.

Saras Probleme wirkten klein dagegen.

Und nachdem sie einige Stunden nachgedacht hatte, brach sie ihr sich selbst gegebenes Versprechen und ging zur Sparkasse. Sie schickte der Freundin Geld. Außerdem bezahlte sie ihre Schulden im Kaufladen und erstand ein Paar dringend notwendiger Schuhe für den Ältesten, einige frische Eier und ein großes Stück Speck.

Es war ein wunderschöner Abend. Sogar Oskar strahlte die Mutter über den Tisch hinweg an.

Und noch immer hatten sie Geld auf der Bank. Sara hatte nur einen Teil der Zinsen abgehoben. Sie war glücklich, als sie ins Bett ging; als Letztes beschloss sie vor dem Einschlafen, ihre Tochter auf die Nähschule zu geben. Denn so eine gab es jetzt, für Mädchen von sechs Jahren an. Auf diese Weise würde sie die beiden trennen, und sei es immer nur für zwei Stunden.

Und jetzt musste der Fisch doch bald kommen, dachte sie am nächsten Tag, als sie von einem ungeduldigen Mannsbild geholt wurde. Es war der Apotheker, mit dem sie über den weichen, schlammigen Boden eilte; es hatte seit Wochen nur geregnet, und der Schlamm spritzte unter ihrem Mantelsaum auf. Der Apotheker war ein fetter Mann und normalerweise schlecht zu

Fuß, jetzt rannte er aber dahin, auf seltsam kleinen Füßen, die hin und her hüpften, um den Pfützen auszuweichen. Er war mehrere Jahre Witwer gewesen, dann hatte er plötzlich eine um einiges jüngere Frau geheiratet. Das hier war ihre erste Geburt. Sie lag in einem schönen Zimmer, in einem Bett aus schön geschnitztem dunklen Holz. Neben ihr stand eine breite Kommode mit einem metallenen Handgriff. Darauf lag eine Häkeldecke, auf der zwei Kästchen standen, die sicher Schmuck enthielten. Sara nahm alles in sich auf, was sie sah, doch ihre Gedanken waren dabei anderswo, in der braunen Tasche, die sie öffnete, der sie Dinge entnahm, bei dem Wasser, um das sie bat, bei der Gebärunterlage, die sie unter die junge Frau schieben konnte.
Drei Helferinnen waren zur Stelle, doch lange saßen sie untätig da, jede auf ihrem Hocker, den sie ins Zimmer geholt hatte. Denn es passierte nichts. Die Frau hatte zwar Wehen, aber die waren nur schwach, obwohl das Fruchtwasser schon abgegangen war. Das Kind war groß, und es lag falsch, wie Sara ertasten konnte. Es lebte, aber wie ein langsamer Fisch, dachte die Hebamme, ein dösiger Kabeljau, dem der Haken falsch im Leib sitzt, dessen Leben zu versickern scheint.
Auch die Mutter schien keine Kraft zu haben. Sie schrie nicht, sie stöhnte nur, wimmerte, schloss die Augen und schien zu schlafen.
Pressen, jetzt, verlangte Sara. Mithelfen, jetzt.
Eine neue langsame Wehe setzte ein, die Frau aber half nicht mit. Erst nach mehreren Stunden war die Öffnung so groß, dass Sara den einen Fuß des Kindes fassen konnte. Sie griff mit der Zange danach und zog bei der nächsten Wehe vorsichtig. Sie verspürte einen Widerstand, als sei der andere Fuß steif, hänge neben dem ersten fest. Steif? Er musste doch weich sein!
Hier stimmte etwas nicht. Sara verstand das nicht. Aber sie wagte nicht, härter zuzupacken, aus Angst, die Frau zu zerreißen.
Und dann tat sie etwas, was sie noch nie getan hatte; sie bat den Apotheker, den jungen Arzt aus der Krankenstube zu holen. Und der kam und verstand.

Doch, er konnte das Kind herausholen. Es war missgestaltet, deshalb war die Arbeit so schwer gewesen. Das Leben der Mutter jedoch ging verloren, durch den vielen Blutverlust und den Riss zwischen ihren Beinen.
Der Apotheker brach vor aller Augen in Tränen aus. Aber er machte niemandem Vorwürfe, wie wäre das auch möglich gewesen? Sie hatte zweifach Hilfe gehabt, und das Kind sah aus wie ein Wechselbalg, mit viel zu großen Augen gleich unter dem Haaransatz und seltsam steifen Gliedern. Die Beine schienen sich nicht beugen zu lassen, aber der Junge schrie und griff in die Luft, nach etwas, das nicht da war.
Einige Zeit darauf kam der Apotheker, um der Hebamme zu erzählen, dass auch der Junge gestorben sei.
Aber das war ja nicht Eure Schuld, murmelte er traurig.
Sie trug sie in sich, als sie am selben Abend zu einer anderen geholt wurde, die Trauer um das Verlorene im Gesicht des Mannes. Wenn der Arzt doch mehr gewagt hätte … etwas anderes …
Diesmal war alles so, wie es sein sollte. Erleichtert und froh ging Sara in der Morgendämmerung nach Hause. Sie fühlte sich sicher, alle waren ihr vertraut. Sie schaute auf die Fenster, hinter denen Menschen schliefen, die sie kannte. Sie blieb stehen. Kein fremder Mann konnte sich ihr mit Grobheiten und Belästigungen nähern, jetzt, wo es hell wurde. Außerdem war die Heuerzeit vorbei.
Sie blieb stehen und schaute sich um. Sie sah zu den Masten im Hafen hinüber. Zu den Hängen, die zur Inselspitze führten. Zum Land auf dem anderen Fjordufer, das von einem leichten Nebel verhüllt wurde. So sollte alles aussehen. So sollte es sein, dort, wo sie zu Hause war.
Das erfüllte sie mit einem schönen, warmen Gefühl. Hier war sie, mit ihren Kindern.
Und bald würde ihre Tochter nähen lernen.

Die Mutter und der kleine Bruder brachten sie am ersten Schultag hin. Sara hatte schon vorher erklärt, was passieren würde; die

eine würde in ein fremdes Haus gehen und eine Weile dort bleiben, die anderen beiden würden zurückgehen.
Begriff er das, der Kleine? Noch klammerte er sich dort an, wo er sich immer anklammern wollte. Würde er freiwillig loslassen? Würde die Mutter ein schreiendes Kind nach Hause tragen müssen?
Sag Jungfer Samuelsen einen schönen Gruß von mir, mahnte sie.
Sie waren am Ziel.
Ja, Mutter, antwortete die Tochter laut und klar, ehe sie dem Kind zumurmelte: Es dauert nicht lange. Bald bin ich wieder da.
Vorsichtig löste sie seine Finger von ihrer Bluse. Die Hand des Jungen fiel herab. Er schaute wütend vor sich hin. Dann schien sich eine Haut über seine Augen zu ziehen, so, als sähen sie nichts mehr.
Die Mutter nahm die kleine Hand. Die wirkte einfach leblos. Sie drehten sich um und gingen. Oskar kam brav mit. Er schaute sich nicht zu dem Haus um, in dem seine Schwester verschwunden war. Er sagte nichts. Er ging nur.
Es war schönes Wetter.
Wollen wir mal im Hafen vorbeischauen?, fragte die Erwachsene.
Sie bekam keine Antwort. Aber er kam mit zu den Schiffen. Er schaute in die richtige Richtung, während sie zeigte und erzählte, woher die Schiffe kamen, die allergrößten. Aus Spanien, sagte sie, einem fremden Land mit fremden Bäumen und Blumen.
Wäre es nicht schön, diese Bäume und Blumen zu sehen?, fragte sie.
Der Junge gab keine Antwort.
Dann gingen sie nach Hause, zu Sigmund, der an seinen Hausaufgaben saß.
Sara setzte Oskar auf die Bank. Sie nahm ihm gegenüber Platz.
Ist es lustig oben bei Johanna?, fragte sie.

Das Kind glitt auf den Boden.
Nein!, sagte die Mutter. Du bleibst jetzt erst mal hier sitzen. Ich will mit dir reden.
Oskar lief über den Boden, hinüber zum Holzkasten.
Sara kochte. Vor Wut und Schmerz. Wenn nur Sigmund nicht dabei gewesen wäre! Wenn er nicht sehen müsste, wie sehr sie sich abmühte. Jetzt saß er da und ließ sich nichts anmerken, als habe er nichts gehört oder gesehen, weil er für den nächsten Tag so viel zu lernen hatte.
In der folgenden Woche ging die Tochter allein los. Sie zog ihr schönstes Kleid und gute Schuhe an. Sie flocht die Haare sorgfältig, um ordentlich auszusehen. So kam sie zu der Frau, die an der Wäscheleine stand und Kleider herunternahm: Ist es nicht so weit, Mutter?
Das war es wohl. Und die Kleine zog fröhlich los und fing dann an zu laufen. Wie der Wind jagte sie davon, und die Mutter schaute ihr verwundert hinterher. Glaubte sie denn, zu spät zu kommen? Oder glaubte sie, auf diese Weise eher wieder bei ihrem kleinen Bruder zu sein?
Als sie auf die Tür zuging, hörte sie Sigmunds Stimme: Wenn Mutter jetzt hereinkommst, dann benimmst du dich. Du antwortest, wenn sie etwas zu dir sagt!
Sie zögerte einen Moment und lehnte sich dann gegen den Türrahmen.
Oskar saß in der Ecke. Der andere saß auf der Bank.
Sara legte die Wäsche zusammen. Sigmund ging Holz holen. Danach ging er zum Brunnen, weil sie Wasser brauchten.
Die Mutter setzte sich und sah ihren Jüngsten an.
Soll ich dir ein Märchen erzählen?, fragte sie freundlich.
Er gab keine Antwort. Er schaute nicht auf. Er hatte die Augen geschlossen. Schlief er? Bald glitt er auf den Boden und blieb dort liegen. Er lag noch da, als seine Schwester hereinkam, mit roten Wangen und frohen Augen. Ihr Blick schlug sofort in Ernst um, und sie ging neben ihm in die Hocke.
Jetzt bin ich hier, flüsterte sie, jetzt bin ich wieder hier.

Und er packte ihren Arm und kletterte auf den Holzkasten, und da saßen sie beide eine Weile, bis die Schwester fragte: Soll ich etwas erledigen, Mutter?
Nein, bleibt ihr nur sitzen.

Aber Arme und Beine konnte er benutzen wie andere in seinem Alter, dachte die Erwachsene. Er saß auch nicht sabbernd auf einer Treppe wie ein anderer Junge, den sie kannte. Und Oskar zeigte seinen Willen beim Essen. Das war ihm wirklich wichtig. Er verstand außerdem, was zu ihm gesagt wurde, auch wenn er das oft nicht zeigte. Das alles war es also nicht …
Aber der Junge lachte nie! Das Einzige, was eine Art Lächeln in das runde Gesicht locken konnte, war das Essen. Ein Stück Speck. Ein seltenes Mal ein Stück Fleisch. Ein Hühnerbein. Dann stopfte er sich voll, in wildem Tempo, als fürchtete er, jemand könne es ihm wegnehmen. Er bedankte sich nie für das Essen, so wie seine Geschwister das taten. Doch, er murmelte eine Art Dank, verschämt gleichsam, das Kinn auf die Brust gepresst, mit niedergeschlagenem Blick.
Sieh mich an, Junge, hätte die Mutter verlangen können. Vor langer Zeit wäre das möglich gewesen. Andere würden es tun, das wusste sie, ihn schütteln, ihn zwingen, gerade zu stehen. Sara hatte ihn in Ruhe gelassen. Sie hatte gehofft, dass er langsam Manieren entwickeln werde, die anderen nachahmen, die sich für das Essen bedankten und einen Knicks oder einen Diener machten, wenn sie etwas Neues zum Anziehen bekamen, ja schon dann, wenn die Mutter einen Rocksaum ausgelassen oder ein Hosenknie geflickt hatte; dann bedankten sie sich artig, mit strahlenden Augen, Sigmund und seine Schwester.
Aber der Kleine schien kein Licht in sich zu haben. Er war einfach nur da. Anders war er nur in dem murmelnden Raum, zusammen mit seiner Schwester, hatte sie gedacht. Aber stimmte das? Sprachen da zwei leise miteinander, oder war es nur die eine?
Ihr schauderte.

Dann kam sie eines Tages unerwartet früh nach Hause und wurde zur Zeugin eines Auftritts zwischen den Geschwistern. Pfui, schimpfte die Schwester. Wie konntest du Frida an den Haaren ziehen? Pfui? Du hättest Prügel verdient. Wenn nur Vater hier wäre, dann könntest du was erleben.
Ein Vater. Sara fuhr zusammen. Nicht mit ihr wurde gedroht, sondern mit einem toten Vater. Und dieser Tadel. Sie hatte die Tochter nie so reden hören, als seien sie nicht nur ein Wesen, sondern zwei, was sie ja auch waren, natürlich waren sie das – eine, die brav und hilfsbereit war, die sich wirklich Mühe gab, und einer, der …
Trotzdem war sie verwirrt von diesem deutlichen Abstand, dass die eine tadelte; hatten die Stunden in der Nähschule sie so verändert? Vielleicht … Aber hatte Oskar wirklich ein Kind an den Haaren gezogen?
An diesem Tag nahm sie ihn sich vor. Sie wiederholte das, was sie zufällig gehört hatte. Sie fragte: Aber warum ziehst du Frida an den Haaren? Johannas Tochter ist doch so lieb!
Eine Antwort bekam sie nicht. Dann sprach sie über gute Manieren und über Gott, der unartige Kinder nicht leiden mochte. Als das alles den verdrießlich dreinblickenden Knaben nicht zu beeindrucken schien, legte sie ihn übers Knie und schüttelte ihn. Und dann steckte sie ihn ohne Abendbrot ins Bett.
Das änderte aber nichts. Oskar war wie immer. Mürrisch. Freudlos. Er schien draußen nie mit den anderen Kindern zu spielen. Sicher kamen sie deshalb immer so schnell zurück, die beiden Kleinsten, wenn sie sie an die frische Luft geschickt hatte. Sara hatte durch das Fenster gesehen, dass sie den anderen einfach nur zuschauten.
Und sie schämte sich. Über die traurigen Blicke der beiden Kinder. Und weil sie den Kleinen geschlagen hatte, der ihre Liebkosungen immer zurückwies. Auf diese Weise hatte sie alles noch schlimmer gemacht, denn wie sollte sie ihn jetzt erreichen?
Oskar, rief sie in Gedanken vor dem Einschlafen, und damit meinte sie den Mann auf dem Meeresgrund, was soll ich tun?

Du musst wieder heiraten, sagte Johanna.
Sie sagte das jetzt laut, nicht mehr nur mit ihrem Blick.
Warum denn?, fragte Sara.
Das ist natürlich so, sagte die andere. Und außerdem …
Ja?
Um den Lockenkopf zur Raison zu bringen. Ich versuche das schon seit Jahren. Aber genauso gut könnte ich gegen die Wand anreden.
Und dann kam das, wonach Sara nicht zu fragen gewagt hatte. Denn sie fragte sich ja schon lange, wie der Junge sich oben bei Johanna benahm.
Der Kleine braucht einen Vater, der ihn Mores lehren kann, erklärte Johanna.
Ich hab ihn mir wegen der Sache mit Frida vorgeknöpft, sagte Sara zu ihrer Verteidigung.
Das war immerhin schon etwas, sagte Johanna.
Sollte das ein Lob sein? Weil die Mutter den Jungen dieses eine Mal hart angefasst hatte? Nein, so war es sicher nicht, denn die andere hatte es eher so gemeint: Da hat er wenigstens ein Lebenszeichen gezeigt.
Die anderen kabbeln sich doch dauernd, fügte sie dann hinzu. Aber dein Oskar, der will ja nicht einmal spielen.
Dann macht er dir immerhin keine Arbeit, fiel Sara ihr ins Wort.
Man bekommt es aber doch ein wenig mit der Angst zu tun …
Mit der Angst zu tun. Johanna hatte es mit der Angst zu tun bekommen. Und sie freute sich darüber, dass Oskar ihre eigene Tochter an den Haaren gezogen hatte.

Sara wollte nicht daran denken. Oskar war doch erst vier. Nun, viereinhalb. Aber trotzdem ein kleines Kind. Sie verdrängte den Gedanken mit Arbeit. Sigmund brauchte neue Hosen, für den Alltag und die Schule. Von seinem Vater war nichts mehr da, das umgenäht werden könnte. Und dann war da noch die Tochter. Im Herbst kam sie in die richtige Schule. Sie brauchte ein neues Kleid und eine Schürze, vielleicht auch zwei.

Als sie an den Herbst dachte, musste sie auch wieder an Oskar denken. Sie würde dann allein mit ihm sein, jeden Vormittag in der Woche, wenn sie nicht zu einer Geburt musste.
Mit der Angst zu tun, sang in ihr eine Stimme.
Sie musste ihn zum Reden bringen. Er musste laut darüber sprechen, was in ihm steckte. Sie müsste es im Guten versuchen, überlegte sie. Ihm vielleicht einen Leckerbissen versprechen, wenn er nur gerade am Tisch säße, mit geradem Rücken, sie ansah und antwortete.
Dann ging sie die Wochen durch und machte ihre Pläne, doch zugleich hatte sie Angst. Denn was sollte sie tun, wenn alles fehlschlug?

Dann aber waren Feiern und Jubel wichtiger. Endlich hatten die Honoratioren der Stadt ihren Willen durchgesetzt. 1848 wurde Ålesund zur Stadt erklärt. Es gab Festzüge und Feierlichkeiten. Wer ein Boot hatte, schmückte die Masten mit Laub und Blumen. In Reden wurde die neue Zeit beschworen. Von auswärts wurde ein Gesangverein eingeladen. Eine kleine Theatertruppe reiste aus Bergen an und gab Vorstellungen unter freiem Himmel. In den Kneipen wurde bis spätabends so laut gesungen, dass es noch aus der Ferne zu hören war.
Sigmund kannte kein anderes Thema mehr. Jeden Tag brachte er aus der Schule weitere Neuigkeiten mit nach Hause. Sie brauchten auch eine eigene Kirche, fand er.
Eine Kirche?
Damit wir jeden Sonntag den Gottesdienst besuchen können, sagte er eifrig, und nicht nur ab und zu, wie jetzt, wo wir über den Fjord nach Borgund rudern müssen.
Und vielleicht ein eigenes Theater, sagte er ein andermal. Und einen Blumenladen.
Im Herbst mischte sich auch seine Schwester in dieses Gerede ein. Auch sie hatte etwas gehört, denn auch auf der Gemeindeschule gab es Träume von einer richtigen Stadt.
Diese Schule besuchte sie jetzt nämlich. An der Bürgerschule

gab es keine Mädchenklassen. Klein-Sara ging auf dieselbe Schule wie alle anderen, Arme und Feine, Barfüßige und Gutbeschuhte. Sie ging zusammen mit der gleichaltrigen Frida aus dem ersten Stock und strahlte über dieses neue Leben.
Auf dem Holzkasten saß der kleine Bruder und war sauer.
Es war für die Mutter fast eine Erleichterung, wenn jemand an ihre Tür klopfte und sie das Haus verlassen konnte.

An einem Sonntag im späten Winter wurde sie von einem mageren jungen Mann geholt, den sie als Laufburschen eines Ladens kannte. Er sei der Onkel, erklärte er, dieses Kindes, das jetzt geboren werden sollte. Sie gingen zum Wasser, zu einem Boot. Es war windstill, und der Junge ruderte mit kurzen, ungeduldigen Schlägen.
Sara war schon einmal in diesem Haus gewesen. Einmal hatte sie es schon besucht. Vor dem Haus spielten Zwillinge, und die Hebamme dachte jetzt nur noch an das, was vor ihr lag, und an einen Brief, den sie vor einem knappen Monat erhalten hatte. Einen weiteren Brief aus Christiania. Bergroth hatte ihr voller Freude erzählen können, dass ein Arzt in Voss durch einen Schnitt unter dem Nabel der Mutter ein Kind geholt habe und dass Mutter und Kind wohlauf seien. Diese Nachricht hatte Sara traurig gestimmt, im Gedanken an den Apotheker, der Frau und Kind verloren hatte, unnötigerweise, da diese große Tat doch möglich war, genau so, wie sie es überlegt hatten, Bergroth und sie selber. Aber wer war schon kühn genug, um als Erster oder auch als Zweiter etwas Neues zu versuchen? Wenn sie nur selber dieses grundlegende Wissen besessen hätte, hatte Sara gedacht. Aber das hatte sie nie gelernt, bei einer Operation Fleisch zu zerschneiden.
Sie ließ ihren Blick von den Zwillingen zu deren Vater wandern, der in der Türöffnung stand. Es war der Riese mit der winzigen Frau, den die Hebamme zur Zurückhaltung ermahnt hatte.
Das hatte nichts geholfen.
Und Sara konnte sich schon in wenigen Minuten davon über-

zeugen, dass es diesmal keine zwei Kinder waren, sondern nur eins, dass sie einem großen, ausgewachsenen Kind ans Licht der Welt verhelfen sollte. Das war unmöglich. Auf normale Weise würde sie es nicht schaffen.
Ihr Kopf war kalt und klar, als sie jetzt sprach. Ihre Stimme war ruhig und fest, als sie den Riesen aufforderte, den Arzt zu holen. Sagt ihm Folgendes, ermahnte Sara und ließ den Mann ihre Worte wiederholen, Worte, die er nicht begriff und die ihm deshalb auch nicht unnötig Angst einjagen konnten: Sectio Caesarea, Sectio Caesarea.
Der Arzt traf mit seiner großen Tasche aus starrem schwarzem Leder ein. Seine Stirn und seine Oberlippe waren von Schweiß bedeckt. Sara nickte aufmunternd und auffordernd und zeigte auf die kleine Schüssel mit Chlorkalklösung, die sie schon bereitgestellt hatte. Der Mann wusch sich die Hände, gründlich unter ihrem strengen Blick, vielleicht auch, um einen kleinen Aufschub zu gewinnen. Dann betastete er mit frisch gewaschenen Händen den Bauch der Frau und schaute abwechselnd die kleine Spatzenfrau und ihren Mann und danach Sara an. Dabei nickte er stumm.
In Voss haben sie es geschafft, sagte die Hebamme.
Wieder nickte der andere, auch er war darüber informiert.
Sie ließen einen Tisch hereinbringen. Die Frau wurde vom Bett auf den Tisch gehoben. Sara wusch die Messer des Arztes in der Kalklösung. Die Helferinnen wurden hinausgeschickt, um mehr Wasser zu kochen, um weitere saubere Tücher zu holen. Sie waren nicht dabei, als der Arzt mit einem Kopierstift einen blauen Strich auf die bleiche Bauchhaut der Frau zeichnete. Vorher hatte er sie betastet und befühlt, um sich ein Bild davon zu machen, wo alles war, wo unter der gespannten Haut Knochen, Knorpel und Kind lagen.
Ob es eile?
Es eilte. Die Gebärende hatte starke, schlimme Wehen. Sie sah aus wie ein magerer Birkenstamm, an dem ein Riesenpilz wächst, oder vielleicht wie eine Schnecke mit einem viel zu

großen Haus, von dem sie sich erfolglos loszumachen versucht. Sie wand sich, um sich zu befreien, doch ihre Last hielt sie fest.
Jetzt, sagte der Arzt leise. Jetzt holt die anderen herein.
Sara rief die Helferinnen und erklärte ihnen, dass es sich bei dem, was jetzt geschehen würde, um die einzige Lösung handele. Ihr müsst euch zusammenreißen, wenn ihr Angst bekommt, sagte sie. Es geht hier um ein Leben, das ist euch doch klar?
Sie anderen nickten, mit plötzlicher Willensstärke im Gesicht.
Dann wurde die Liegende aufgeschnitten. Vorsichtig, vorsichtig, während die Helferinnen sie mit starken Armen hielten, sie festhielten, fest, fest, während sie schrie, jammerte wie ein todwunder Vogel in einer Schlinge, und während Sara dem jungen Arzt alles reichte, was er brauchte, alles tat, worum er bat, alles, was er ihr vorher erklärt und gezeigt hatte.

Polonaise durch schöne Zimmer. Liebesgedichte

Am folgenden Tag war er in aller Munde: der Kaiserschnitt. Dieses Wort wurde zögernd ausgesprochen, ehrfürchtig, manchmal nur geflüstert, als habe es etwas Geheimnisvolles, fast Magisches; denn das Kind sah nicht aus wie andere Neugeborene, es hatte glatte Züge, als sei es schon mehrere Monate alt.

Es war eine Sensation. Selbst aus Trondhjem kam ein Zeitungsschreiber, um mit dem Arzt zu sprechen, denn in der weiter im Norden gelegenen Stadt war ein so bedeutendes Ereignis noch nicht vorgekommen. Und die Hebamme schrieb Briefe, an Bergroth und an Hilda, darüber, was ihnen gelungen war, und über das seltsam schöne Kind, das jetzt ihren Namen trug.

Sara ging gerade von einer leichten Geburt nach Hause, als sie dem Arzt und dem Zeitungsmann begegnete. Sie standen unten am Hafen. Sie standen da, schauten sich um und sprachen über Ålesunds Verwandlung, wie Sara hörte, jetzt, wo es zur Stadt geworden war.

Im Hafen lagen mehr fremde Schiffe als früher, sie brachten Zucker und Gewürze, Mehl und Stoffe, Wein und Tabak, Kaffee und Tee und manchmal sogar seltene Früchte aus den südlichen Ländern. Sie brachten schönes Porzellan, moderne Geräte, Leder und Golduhren, durchsichtige Trinkgläser und Gefäße für Lebensmittel und anderes. Die Kramläden füllten sich und mussten nach hinten und seitlich anbauen, falls das überhaupt möglich war. Neue Lagerhäuser wurden errichtet. Zuzügler strömten in die Stadt, an allen Ecken und Enden wurde gebaut. Wer es sich leisten konnte, kaufte fleißig ein, wer kein Geld hatte, stand in den Läden und starrte mit hungrigen Blicken die Regale an. Fischersfrauen, deren Männer ein eigenes Boot besaßen, wagten nun, anschreiben zu lassen, zwei Trinkgläser, eine Gabel, ein Messer. Handwerkersfrauen waren noch kühner, sie trugen in ihren Körben gelbe, saftige Früchte mit nach Hause, und Teller, deren weißer Grund mit blauen Blumenranken bemalt war. Und ihre Männer erhielten stattliche Uhren mit Kette und Deckel, mit denen sie auf ihren Sonntagsspaziergängen voller Stolz prunkten.

Sara kannte das alles.

Der Arzt strahlte vor Wiedersehensfreude. Er ließ seine Hand sinken und streckte sie dann der Frau hin, die unter dem Arm die Gebärunterlage trug. Sie musste ihre Tasche hinstellen, um ihm die Hand schütteln zu können.

Das ist die Hebamme, von der ich erzählt habe, erklärte der Arzt dem Fremden eifrig. Ohne sie wäre das nicht passiert. Und das ist der Schreiber von den »Nachrichten des Adressenkontors«. Das ist eine Zeitung, in Trondhjem.

Es war wie ein Wunder, mischte sich eine Stimme ins Gespräch.

Die drei fuhren herum, zu einem Vierten, einem Mann, der hinter ihnen in einer Türöffnung stand, einer Öffnung zu einem Raum, in dem gehämmert und gepocht wurde.

Und was für ein schönes Mädchen, fügte noch jemand hinzu.

Es war einer von denen, die so laut gehämmert hatten, sie schienen im Haus den Türrahmen zu erneuern. Jetzt verbeugte er sich vor den drei anderen und schaute dabei Sara an.

Ich weiß das, sagte er lächelnd, weil ich gleich nebenan wohne.

Der, der sich zuerst ins Gespräch gemischt hatte, verbeugte sich jetzt ebenfalls. Er sah nicht aus wie ein Handwerker. Ihm schien dieses Haus zu gehören.

Ist es wirklich so schön, dieses Kind?, fragte der Journalist.

Man hätte ein Bild machen müssen, war die Antwort.

Ein Bild?, fragte jemand.

Eine fotografische Aufnahme, wurde erklärt. Von der Hebamme und dem schönen Kind.

Eine fotografische Aufnahme?

Der Mann auf der Treppe trat einen kleinen Schritt vor und ver-

beugte sich ein weiteres Mal. Ole Andestad, Fotograf und Uhrmacher.
Er sei erst vor kurzem in die Stadt gekommen, erklärte er jetzt, und habe um Bürgerrechte ersucht, um seinen doppelten Beruf ausüben zu können. Er besaß noch keinen Laden, weder für den einen Beruf noch für den anderen, sagte er lächelnd und zeigte auf die Räume, in denen gearbeitet wurde, aber die Ausrüstung besitze er, und wenn er im Dienste des Guten tätig werden könne? Denn es sei doch wirklich ein Ereignis, das festgehalten werden sollte, dieser Kaiserschnitt.
Aber der Herr Doktor hat ihn gemacht, wandte Sara ein.
Natürlich, gab Andestad nach. Der kommt auch mit aufs Bild.
Danach verabredeten sie, sich am nächsten Tag bei der Familie des kleinen Mädchens zu treffen. Derweil stahl der Wind den Hut des Zeitungsmannes, und der nächststehende Handwerker setzte ihm hinterher.
Aber etwas ging schief bei der Aufnahme. Die Kleine hatte darauf einen hässlichen Streifen quer übers Gesicht. Andestad wollte noch eine machen. Er stand mehrere Male vor Saras Tür, um eine neue Verabredung zu treffen, doch jedes Mal kam er vergeblich, sie war zu einer Geburt geholt worden. Dann gab er auf.

Doch, alle begriffen, dass sie eine große Leistung war, diese ungewöhnliche Geburt. Die Achtung vor der Hebamme schien noch einmal gewaltig gewachsen zu sein, und die feinen Damen wollten alle Einzelheiten hören, wenn sie ihnen zufällig begegnete. Die Herren fassten sich an den Hut und grüßten. Sigmunds Lehrer, mit dem sie noch nie gesprochen hatte und den sie nur auf den Schulabschlussfeiern sah, überquerte die Straße, nur um ihr zu gratulieren.
Sie fühlte sich stolz, als sie danach weiterging, mit dem Blick dieses ihr kaum bekannten Mannes in Erinnerung, als sei er bewegt gewesen, dachte sie, ein feinfühliger Mann, dieser Lehrer.
Dann stand einige Zeit später Ole Andestad vor ihr. Er hatte

endlich seinen Bürgerbrief erhalten, und seine Räume waren fertig gestellt, doch es sei immer schwer, sagte er, den Anfang zu machen, an einem neuen Ort, und deshalb dürfe er sie vielleicht ein weiteres Mal fotografieren, natürlich kostenfrei?
Aber das schöne Kind ist jetzt gewachsen, wandte Sara ein. Ihm ist jetzt nichts mehr anzusehen.
Sicher, das war dem Mann auch klar. Aber darum ging es ihm gar nicht. Er wünschte sich ein Bild der Hebamme mit ihren eigenen Kindern.
Denn dann sehen die Leute, erklärte er, dass es möglich ist, sich fotografieren zu lassen.
Er hatte also bei allem einen Hintergedanken gehabt. Als die Arbeit getan war, hängte er das Bild von Sara und ihren drei Kindern ins Fenster seines kleinen Ateliers, wie er es nannte, damit alle Vorüberkommenden sehen konnten, wie schön es aussehen würde, wenn sie nur hereinkämen und für seine Dienste bezahlten. Das Bild zeigte eine hochgewachsene Frau mit Haube und hellen Locken vor den Ohren, es zeigte einen strahlend stolzen Sigmund, der hinter ihrem Stuhl stand und eine Hand auf die Schulter der Mutter legte, und ein fröhliches Mädchen mit Schleifen in den langen Zöpfen, die der Fotograf auf ihrer Brust arrangiert hatte. Das dritte Kind hatte eigentlich vor der Mutter stehen sollen; aus Gründen, die die Vorübergehenden nicht ahnen konnten, war es jedoch zur Seite geschoben worden und deshalb nur zur Hälfte zu sehen.
Ein Abzug des Bildes lag in einer Schublade unter Saras Kleidern. Sie nahm es nie heraus, Sigmund dagegen holte es gern hervor, er fand es wunderschön, und er ärgerte sich nicht über das verdrossene halbe Kind am Bildrand.
Nun war Sara für die Menschen in ihrer Umgebung gleich zwei Personen; sie war die Hebamme, die Wunder vollbringen konnte, und die Frau im Fenster des Fotografenateliers. Sie wusste nicht, ob ihr diese zweite Funktion gefiel. Sie fühlte sich bloßgestellt, und das war sie ja auch, bloßgestellt für alle, die sie anglotzen wollten. Er wird es sicher bald auswechseln, dachte sie,

wenn der Betrieb erst einmal richtig läuft. Aber das tat Andestad nicht, noch lange nicht, und wenn sie ihm, selten genug, einmal begegnete, dann strahlte er, mit einem Blick, als sei sie eine besonders nahe Bekannte.

Das ganze Aufsehen schien ihr aber zugute zu kommen, woran immer es liegen mochte, denn sie wurde jetzt besser für ihren Einsatz bezahlt. Sogar die Menschen in den ärmsten Hütten mochten sie nicht mehr mit leeren Händen gehen lassen, und die wohlhabenderen zeigten sich ebenfalls großzügiger als früher. Bei einem Schuhmacher bekam sie nach einer ziemlich leichten Geburt für alle Kinder feste Schuhe; fast schämte sie sich über diesen hohen Lohn. Und Kaufmann Wasmuth gab ihr neben der vorgeschriebenen Geldsumme noch mehrere Meter schönes Tuch.

Auf diese Weise blickte Sara jetzt hoffnungsvoll in die Zukunft, so wie überhaupt die ganze Stadt von Optimismus und Lächeln geprägt war.

Im Frühjahr wurde sie dann auf ein Fest eingeladen.

Das Fest sollte bei Rønnebergs stattfinden, und Sara war ein vornehmer Umschlag mit einer schriftlichen Einladung gebracht worden.

Die Gastgeber standen in der Tür und hießen alle willkommen. Vor dem Haus bildete sich eine kleine Schlange, denn alle mussten ein Begrüßungswort loswerden, und Sara tat es den anderen nach, sie bedankte sich für die Einladung. Dann standen sie im Haus und legten ihre Mäntel ab, in einem Stimmengewirr, das sich hob und senkte, vermischt mit Lachen und halb ersticktem Kichern. Eingeladen waren Kaufleute, Mitglieder des neuen Stadtrates, einzelne Handwerksmeister, einige Lehrer, die beiden Ärzte der Krankenstube und die Hebamme. Sara hatte sich aus Kaufmann Wasmuths Stoff ein neues Kleid genäht. Kein zu elegantes. Keins, das sie später dann nie wieder tragen könnte. Aber elegant genug, das merkte sie, als sie hier zwischen den anderen stand.

Sie schaute sich im Gewimmel um, fand aber niemanden, den sie gut genug kannte, um Kontakt zu suchen. Doch, da war endlich ein Gesicht, das bei ihrem Anblick aufleuchtete; es war die Schwester der Spatzenfrau, die Tante des schönen Kindes, die mit einem Tablett in den Händen in der Gästeschar umherwanderte.

Gleich gibt es eine Polonaise, flüsterte sie aufgeregt, als sie Sara ein Glas reichte, sie haben einen Akkordeonspieler gemietet.

Sara nippte an dem Getränk, das sie für Obstsaft hielt. Die andere lief weiter, doch dann stand sie wieder bei ihr und flüsterte: Das ist eine Art Tanz, glaube ich. Diese Polonaise. Etwas Neues, das hier noch nie ausprobiert worden ist.

Die Nachricht hatte sich bereits herumgesprochen, überall hörte Sara den Namen dieses Tanzes. Und dann schienen alle Gäste zur Stelle zu sein, denn Rønneberg klatschte in die Hände und verkündete stolz, dass in einer Stadt mit einer Polonaise zu Tisch gegangen werde. Die folgende Stille war von Spannung und Unsicherheit erfüllt, die Gäste wechselten Blicke, was jetzt? Was mochte hier von ihnen erwartet werden?

Aber es war dann doch nicht schwer: Jeder Herr sollte eine Dame auffordern. Die sollte dann den Arm ihres Kavaliers nehmen, und die Paare sollten im Takt der Akkordeonklänge hintereinander her wandern. Der Musikant stand allein in einer Ecke, er trug ein rotes Halstuch. Sara entdeckte ihn erst, nachdem Lehrer Borgwad sich vor ihr verbeugt und ihr seinen Arm angeboten hatte; dann ging es los, zwischen den vielen Paaren, zu einer mitreißenden, lebhaften Musik, in einen großen Saal, angeführt von den Gastgebern. Plötzlich teilten die vorderen Paare sich, die Damen gingen nach rechts, die Herren nach links, sie verbeugten sich, als sie die Wand erreicht hatten, und gingen dann zurück, um sich wieder zusammenzuschließen, ein Paar nach dem anderen, ebenso wie vorher. Dann bog das Ehepaar Rønneberg gemeinsam nach links ab, als erstes Paar, und plötzlich blieben sie stehen, traten einen Schritt auseinander und drehten sich um, um das nächste Paar durchzulassen. Danach wussten alle, dass sie es ihnen nachtun sollten, und so bauten sie

eine Allee aus festlich gekleideten Menschen, die von immer neuen Paaren durchwandert wurde.
Sara war glücklich. Das hier war ein munteres Spiel, und zwar eins für Erwachsene! Sie lachte ihren Kavalier an, den Lehrer ihres Sohnes, den Mann, der sie einmal mit bewegtem Blick auf der Straße angehalten hatte. Jetzt erwiderte er ihr Lachen wie ein kleiner Junge. Und als alle das erste Paar in der Allee passiert hatten, das Gastgeberpaar eben, zog dieses weiter, vorbei an den anderen, die noch standen, und vollführten dann eine neue Wendung, durch den Saal und in den Nebenraum, wo zwei Dienstmädchen im richtigen Moment die breite Tür geöffnet hatten.
So viel Licht! Überall standen hohe Leuchter mit Wachskerzen, auf dem langen Tisch mit der leuchtend weißen Decke, auf kleinen Aufsätzen vor den Wänden. Und auf dem Tisch stand das schönste Service, das Sara je gesehen hatte.
Sie kam zwischen Leutnant Sødring und Borgwad zu sitzen, und jetzt ging ihr auf, dass der Lehrer gewusst hatte, dass sie nebeneinander sitzen würden, dass er sie deshalb aufgefordert hatte. Warm und froh saßen sie da, nachdem er ihr galant den Stuhl zurechtgerückt hatte, und bald stand die Schwester der Vogelfrau hinter ihnen, um ihre eleganten Gläser mit Wein zu füllen.
Es gibt Fischsuppe und Hirschbraten, flüsterte die Frau in der Schürze, und als Nachtisch Kuchen und eingemachte Beeren.
Borgwad blickte sie fragend an, und Sara wiederholte.
Kennt Ihr diese Frau?, fragte der Mann erstaunt.
Sara erklärte, und der Mann zeigte wieder diesen bewegten Blick.
Ja, Ihr kennt natürlich die meisten Menschen hier im Ort, sagte er mit warmer Stimme.
Schweigend verzehrten sie ihre Suppe. Während sie auf das Hauptgericht warteten, sprach der Mann dann über Bücher. Es ging ihm nicht um die Schulbücher, die er verwendete, sondern um Gedichtsammlungen, um Romane und Erzählungen, die er offenbar gelesen hatte. Und er traf eine Empfänglichkeit bei

seiner Tischdame, einen weichen Punkt tief in ihr, wo Erinnerungen an andere Bücher lebten, an Bücher mit Ledereinband, die mit fesselnden Worten gefüllt waren. Sara hatte nie mehr mit jemandem über solche Bücher gesprochen, seit sie erwachsen war. Und in ihr erwachte eine jähe Sehnsucht, ein weher Hunger, während ihr schöner Teller mit Braten gefüllt wurde.
Charles Dickens, sagte Borgwad, der ist richtig unterhaltsam. Und ab und zu gibt es bei ihm seltsame philosophische Perlen. Aber die Hebamme beherrschte doch sicher keine Fremdsprachen?
Doch, das tat sie.
Borgwad staunte. Er hob die Augenbrauen und betrachtete sie mit einem neuen Blick. Dann fiel ihm ein, dass sie ja ein Jahr in Christiania verbracht hatte, vielleicht hatte sie dort unten eine Leihbücherei besucht?
Eine Leihbücherei? Nein, das hatte sie nicht, gab es denn so etwas?
Aber ja doch, sagte der Mann, das wisse er genau, denn da es in Trondhjem eine gab, die er selber besucht habe, müsse es in der noch größeren Stadt doch erst recht eine geben.
Saras Gedanken wanderten zurück zu den breiten Straßen, durch die sie gewandert war, zu den Häusern mit den schönen Fassaden und den Geschäften. Sie dachte an Schilder und Schaufenster, und sie hatte auch ein Lokal gesehen, wo auf einem Regal hinter dem Glas Bücher gelegen hatten, aber das war ein Buchladen gewesen, wo man kaufen musste, diese Bücher wurden nicht verliehen. Dass ihr niemand etwas gesagt hatte! Die Lerntöchter, die in der Stadt aufgewachsen waren, hätten doch … oder Bergroth … oder Madame Christensen.
Nein. Sie hatte Zeit und Gedanken mit so vielen anderen Dingen füllen müssen. Aber dennoch … Sara hätte doch das eine oder andere Buch lesen können, viele Bücher hätte sie lesen können, zwischendurch, und sie empfand es als tiefe Enttäuschung, dass sie nichts von dieser Möglichkeit gewusst hatte.
Man kann sie bestellen, wisst Ihr, erzählte Borgwad jetzt eifrig.

Ich habe Adressen von Verlagen und Druckereien, in Kopenhagen und in Berlin und in London.
Geld, dachte Sara, sie konnte ihr Geld doch nicht für so etwas ausgeben. Schon eine Briefmarke riss ein Loch in die Kasse, und ein ganzer Roman …

Drei Tage später tauchte der Lehrer auf, um ihr ein Buch zu leihen. Es stammte von dem Autor, den er beim Essen erwähnt hatte, es waren *The Posthumous Papers of the Pickwick Club* von Charles Dickens. Das Buch lag auf dem Küchentisch, als Sara von einem langen Einsatz auf Brunholmen zurückkehrte. Sigmund erklärte mit einem unergründlichen Blick, wie es dorthin geraten war.
Sara nahm es in die Hände. Der Einband war blau. Die Buchstaben waren klein. Ab und zu gab es Illustrationen. Ihre Hände zitterten, als sie vorsichtig in dem Buch blätterte. Das erste Bild zeigte einen Tisch, an dem eine Gruppe von Männern saß. Einer der Männer stand auf einem Stuhl und hielt eine Rede, er hatte einen runden Kahlkopf und eine Reihe von Knöpfen, die sich über seinen Schmerbauch zog. Ein anderes Bild zeigte ein Paar, das sich unter einem Bogen aus Blattwerk, von dem jedes Blatt sorgfältig ausgeformt war, eng aneinander schmiegte. Die beiden schauten entsetzt zu einem Mann hoch, der sich über sie beugte und sie anstarrte; seine ganze Gestalt strahlte vor Schadenfreude. Ein drittes Bild zeigte eine Frau, die sich vor einem kleinen Spiegel schön machte. Im Zimmer hinter ihr saß jemand auf einem Bett und schaute ihr durch einen Vorhang zu.
Sara hätte sich gern sofort an die Lektüre gemacht, aber sie musste kochen, sie musste Wäsche von der Leine holen und die beiden Kleinen ins Bett stecken.
Erst als das ganze Haus zur Ruhe gekommen war, schlug sie das Buch auf. Das Lesen fiel ihr schwer. Die englischen Wörter wollten sich ihr nicht erschließen. Die einfacheren verstand sie ja, aber viele andere wollten keinen Sinn ergeben. Nach einigen Seiten kam dann eine einfachere Passage. Herr Pickwick war mit

dem Fiaker unterwegs. Er hatte ein kleines Notizbuch bei sich und notierte darin die seltsamen Aussprüche des Droschkenkutschers, denn die waren wirklich seltsam; der Mann erzählte von seinem Pferd, das uralt sei, er könne es jedoch nicht von der Deichsel nehmen, denn dann werde es zusammenbrechen. Weshalb es die Räder waren, die das Tier zogen, nicht umgekehrt, obwohl es auch umgekehrt so war, denn wenn der Gaul erst einmal in Bewegung gesetzt worden war, dann zockelte er ja weiter und zog auf diese Weise seine Last.

Sara begriff. Und sie verstand, dass der Kutscher Herrn Pickwick für eine Art Spion hielt, weil dieser das alles aufschrieb. Am Ende der Fahrt wollte er ihn niederschlagen, und es kam zu einer Schlägerei, an der schließlich auf jeder Seite mehrere Mann teilnahmen.

Das war wirklich lustig, das fand Sara auch. Dickens betonte das Witzige, das unfreiwillig Komische, bei Menschen aller Art, nicht nur bei den ungebildeten Volksschichten, zu denen der Kutscher gehörte; ebenso oft machte er sich über die feinen Herren in diesem Klub lustig, denn die nahmen sich doch selber viel zu wichtig, oder nicht?

Doch, sagte Borgwad, als er zehn Tage später wieder vorsprach. Und dann tat er noch etwas, um den Kleinen eine Freude zu machen. Er spielte die Episode mit dem alten Pferd vor, sagte die witzigen Worte auf Norwegisch und war zuerst der Kutscher und dann der Gaul. Die Kinder hatten noch nie einen Erwachsenen erlebt, der solche Faxen gemacht hätte. Sie rissen vor Verwunderung die Augen auf. Dann begriff Klein-Sara endlich, dass Lachen hier erlaubt war, und bald musste sie sich die Hand vor den Mund halten. Auch Oskars Lippen zogen sich nach oben, und er lachte, ein ungewohntes und abgehacktes Lachen.

Plötzlich stand Sigmund mit einem Bündel Fische in der Tür, und der Lehrer riss sich zusammen, wurde Lehrer vor einem Schüler, setzte sich auf den Hocker und wurde ernst. Doch ehe er die höfliche Verbeugung des Fischers beantwortete, zwinkerte er den Kleinen zu. Das sah Sara. Und sie sah, wie Oskar kicherte, den Mund an den Jackenärmel gepresst und mit funkelnden Augen.

Ole Borgwad sah recht durchschnittlich aus. Nicht zu groß, nicht zu klein. Nicht fett und nicht mager. Seine Haare waren hellbraun, ein wenig schütter, aber mit Locken an Ohren und Nacken. Seine Augen waren blau. Seine Hose war von gutem Sitz, hatte aber speckige Oberschenkel, und er trug unter Weste und Jacke ein weißes Hemd.
Wie ist er als Lehrer?, fragte Sara ihren Sohn an diesem Nachmittag, nachdem der Mann gegangen war.
Sigmund zuckte mit den Schultern.
Greift er oft zum Rohrstock?, fragte sie.
Nur wenn es sein muss, murmelte der Junge.
Hat er dich schon einmal geschlagen?, fragte Sara.
Sigmund schüttelte den Kopf, gleichsam entsetzt über diese Vorstellung.
Er schlägt doch nur, wenn es einen Grund gibt, sagte er.
Natürlich, sagte die Erwachsene lächelnd.
Aber Sigmund lächelte nicht zurück. Für einen Moment stutzte sie darüber, dann vergaß sie es, denn sie musste an den anderen denken, den Kleinen, der während der Faxen des Lehrers zuerst gelacht und dann gekichert hatte.
Der Schulmann kam nun immer wieder, ungefähr alle zehn Tage, und brachte immer neue Bücher. Sara fand es wunderbar, sie liebte die Geschichten von fremden Orten, die Erzählungen über Menschen, die ein ganz anderes Leben führten als sie selber. Sie konnte ein ganzes Buch auf einmal verschlingen, wenn sie Zeit und Gelegenheit hatte, sie konnte langsam lesen, Einzelheiten genießen, Naturbeschreibungen, das Aussehen eines Mannes oder einer Frau, ihr Verhalten, das ihrer Meinung nach oft überraschte. Und wenn Borgwad dann kam, sprachen sie darüber; sie konnten über alles im Leben sprechen, konnten erwähnen, was sie wollten, wie Sara nun erkannte, wenn sie sich

nur auf ein Buch bezogen, so dass es nicht aussah, als sprächen sie über sich selbst oder ihre eigenen Erfahrungen.
Wie sahen Borgwads Erfahrungen aus?
Er war nicht verheiratet, war es wohl auch nie gewesen. Trotzdem konnte er, ohne zu erröten, über Geburten sprechen, über die Liebe, wenn sie in einem Roman oder einem Gedicht erwähnt wurde. Und sein ansonsten so unscheinbares Gesicht wurde ausdrucksvoller, es wirkte jetzt gar nicht mehr unscheinbar, sondern lebendig, warm. Und bei jedem Besuch sagte er etwas zu den beiden Kleinsten, das sie zum Lachen brachte, vor allem Oskar, der die Augen offenbar nicht von diesem Mann abwenden konnte, obwohl der doch vor allem mit der Mutter sprach. Borgwad konnte die Augen aufreißen, er konnte sie verdrehen, so dass nur das Weiße zu sehen war, wenn er seine kleinen Vorstellungen gab. Und Sara war glücklich über die Freude in ihren Zimmern, über den Anblick des Sohnes, der plötzlich wusste, dass etwas in ihm lebte, etwas, das er der Welt noch nicht gezeigt hatte.
Dann hielt der Lehrer eines Tages eine Tüte in den Händen, die durchaus kein Buch enthielt. In der Tüte steckte eine kleinere Tüte, mit drei süßen Brötchen und einer Flasche Wein. Die Brötchen waren für die Kinder. Begierig griff Oskar nach seinem, aber er vergaß nicht, sich zu bedanken, er verbeugte sich sogar. Und er zog sich nicht in eine Ecke zurück, er blieb bei dem Mann am Küchentisch sitzen und aß langsam und vorsichtig.
Dann gingen die Erwachsenen in die gute Stube mit dem Teppich und den beiden Stühlen, um den Wein zu genießen. Der Gast hatte auch zwei elegante Gläser hervorgezaubert, und jetzt saßen sie da wie auf einem Fest, auch wenn sie keinen Tisch hatten. Aber der Teppich war ein schöner Anblick.
Aus Spanien, sagte Ole Borgwad und wies auf die Flasche. Er hatte sie von einem spanischen Kapitän bekommen, für den er einen Brief geschrieben hatte.
Dann steckte er sich die Pfeife an und verbreitete sich über sein

zweites Lieblingsthema, die Unwissenheit der Allgemeinheit. Seine gewöhnlich so bleichen Wangen liefen rot an, wie sonst, wenn er mit den Kleinen herumalberte. Sara betrachtete ihn verstohlen, die errötende Haut, die schmalen Lippen, die sich um die Wörter bewegten, wie mit einer Art Hunger, dachte sie, vor allem, wenn er die Unterlippe ein wenig vorschob, wie um etwas aufzufangen.

Er wartete nicht auf Antwort, wenn er zu solchen Erörterungen ansetzte, als gebe es keine Antwort, als müsse sie selbstverständlich zustimmen, wie tragisch es doch sei, dass so viele hier im Ort in der Finsternis der Unwissenheit dahinwandelten. Sie konnte deshalb den dauernden Änderungen in seinem Mienenspiel folgen, vom überschäumend Munteren bis zum tiefen Ernst und zur Enttäuschung, wenn er sich über etwas oder jemanden ärgerte.

Wissen, sagte Borgwad zum Beispiel, ist wie ein Krug. Und die Enttäuschung machte einer lyrischen Stimmung Platz, während er nach weiteren Worten suchte, die das deckten, was er mit ihr teilen konnte. Wenn ihm das auf die Schnelle nicht gelang, dann sagte er ein Gedicht auf, und Sara freute sich.

Außerdem konnte er singen. Er hatte eine schöne, klangvolle Stimme. Sara erfuhr das erst an diesem Nachmittag, als er den Wein brachte. Plötzlich setzte er sich aufrecht hin, holte tief Luft und füllte den Raum mit Klängen. Wieder änderte sich seine Miene, war jetzt unbeschreiblich schmerzerfüllt und sehnsüchtig, und Sara hätte ihm gern die Hand auf den Arm gelegt, während sie den Atem anhielt und lauschte.

Er blieb niemals lange. Die Kinder waren noch auf, wenn er sich zum Gehen erhob. Auf diese Weise schützte er Saras guten Ruf, das wusste sie; niemand konnte wohl etwas daran aussetzen, dass ein Lehrer seinen Schüler besuchte?

Manchmal kam er vergeblich.

Borgwad war hier, konnte Sigmund dann berichten. Er hatte etwas bei sich, hat es aber wieder mitgenommen.

Seine Stimme war ein klein wenig ironisch, das merkte Sara, es

gab darin jedoch keine Unverschämtheit, denn so war er nicht, dieser Sohn, den sie so liebte; er sah nur, was er sah, und drückte es auf seine eigene Weise aus, dachte sie. Er kommt deinetwegen, meinte er, und das mit den Büchern ist nur ein Vorwand.
Sie streichelte seinen Rücken.
Aber Sara wusste ja, dass der Junge Recht hatte. Und Borgwad sprach nach und nach auch über andere Themen. Er erzählte von sich. Von seinen Träumen. Neben der Schule würde er gern einen kleinen Buchladen mit einer Leihbücherei im Hinterzimmer betreiben. Was Sara von dieser Idee hielt?
Sara hielt viel von dieser Idee. Denn er könnte dann auch Schriften über Gesundheit und Reinlichkeit verleihen. Eifrig erzählte sie von ihrem Bekannten in Christiania, der ihm vielleicht helfen könnte, einem Arzt, den dieselben Fragen bewegten wie sie selber. Bei diesen Worten huschte ein Schatten über das Gesicht des Mannes, und für einen Moment musterte er sie forschend, dann wandte er sich ab, der Wand zu. Doch bald gewann er seine gute Laune wieder und erzählte, dass er außerdem einen Gesangverein gründen wolle.
Singt Ihr auch?, fragte er.
Ach ja. Sie hatte immer schon gern gesungen. Ihre Mutter hatte sie kleine Lieder gelehrt, die sie noch immer summte.
Ich besitze zu meiner Freude eine kleine Hausorgel, sagte Borgwad.
Er schaute an ihr vorbei, als er das sagte, zu Oskar hinüber, der mit erwartungsvollem Blick in der Tür stand.
Weißt du, was das ist?, fragte er den Jungen.
Nein, sagte Oskar.
Das ist etwas, das wunderbare Geräusche macht. Alles vom zwitschernden Vogel bis zum Brummbär.
Was ist ein Brummbär?, fragte das Kind.
Und Borgwad spielte ihm einen Bären vor, mit krummem Rücken und Händen, die fast über den Boden fegten.
Vielleicht möchtest du dir meine Orgel einmal ansehen?, fragte der Mann, als er sich wieder gesetzt hatte.

O ja, jubelte Oskar.
Du musst mit deiner Mutter sprechen, vielleicht bringt sie dich ja hin.
Dann ging er, mit geradem Rücken und ausdruckslosem Gesicht.
Aber die Leute redeten trotzdem, auch wenn der Lehrer nur zu geziemenden Zeiten kam und ging. Und die Nachbarinnen kicherten oder sagten laut und deutlich ihre Meinung. Denn endlich war sie zur Vernunft gekommen, diese Frau ohne Mann.
Sara überlegte. Seine Besuche gefielen ihr. Sie unterhielt sich gern mit einem erwachsenen Menschen über wichtige Dinge. Und sie liebte die Lektüre, die diese Freundschaft ihr brachte. Außerdem war sie ihm zutiefst dankbar für das Wunder, das er am kleinen Oskar gewirkt hatte.
Aber Sara konnte doch nicht wieder heiraten, oder? Eine Ehe würde Folgen haben. Sie musste anderen Gebärenden helfen, sie durfte selber kein Kind bekommen. Sie musste den Mann abweisen, das wusste sie, das machte sie sich klar, ehe die Situation peinlich und schmerzhaft würde. Aber was sollte sie sagen? Er hatte ihr schließlich keinen Heiratsantrag gemacht. Und immer waren doch die Kinder in der Nähe.
Sie verdrängte diese Überlegungen und dachte lieber an das letzte Buch, das er ihr geliehen hatte.
Aber am nächsten Tag wurde am Brunnen die kichernde Frage gestellt: Na, jetzt feiern wir ja wohl bald Hochzeit?
Wieso denn?, fragte Sara barsch.
Ach, da stehen doch genug zur Auswahl, sagte Stina. Nicht nur der eine … Du merkst doch sicher, wie alle dir hinterherblicken …
Du meinst den Witwer von nebenan?
Ach, es gibt noch andere.
Das wusste Sara. Viele Fischer und Seeleute hatten ihre Frau verloren. Sie brauchten eine neue. Die Handschuhe für sie strickte und sich um ihre Kinder kümmerte. Sogar zwei jüngere und un-

verheiratete Männer hatten sie auf eine Weise angesprochen, die mehr enthielt, Neugier und Sehnsucht. Während sie Allgemeinplätze über Wind und Wetter von sich gegeben hatten, hatte sie diese leichte Scheu erkannt, hinter der sich ein Wille verbarg, eine Begierde, ein Bedürfnis nach Geborgenheit und Zusammengehörigkeit mit einer Frau.

Ihr schauderte. Beim Gedanken an das Leben mit irgendeinem Mann. Und beim Gedanken an dieses Begehren, an diese Gier, die eine Frau nicht in Ruhe lassen konnte. Zu manchen Frauen wurde sie jedes Jahr geholt. Das war zu viel, zu oft. Sara sah, wie ihre Gesichter von Mal zu Mal fahler, ihre Handgelenke magerer wurden. Außerdem waren manche innerlich zerrissen worden. Sie sah es sofort, am Blut, noch ehe die Geburt richtig eingesetzt hatte. An dem Blut, das aus ihnen hervorsprudelte wie aus einer inneren Wunde, die einfach nicht heilen wollte. Immer wieder hatten sie sich geöffnet, nach zwei Monaten, vielleicht nach drei, nach fünf. Und sie schienen sich zu schämen, wenn sie die Fragen der Hebamme beantworteten, sie schämten sich dessen, was sie verloren hatten, was misslungen war. Schämten sich ihrer Schmerzen und ihrer Erschöpfung. Und des Blutes, das unablässig kam.

Du darfst keine Kinder mehr bekommen, sagte Sara so oft, sanft zu der Liegenden, scharf zum Mann, später, vor dem Haus. Deine Frau darf keine Kinder mehr bekommen. Weißt du nicht, dass du eine, die blutet, in Ruhe lassen musst?

Aber sie …

Diese Worte wurden aus einem Mundwinkel gemurmelt, Worte, die schwer, fast unmöglich zu sagen waren, vor allem zu einer Fremden.

Ja, sie blutet die ganze Zeit. Sara stellte den Sachverhalt klar. Und das bedeutet, dass du sie in Ruhe lassen musst.

Sie hätte auch zu einem Tauben sprechen können. Das wusste sie.

Aber ich dachte eben nicht an den Witwer, sagte Stina jetzt am Brunnen.

Sara gab keine Antwort. Sie zog ihren Eimer hoch. Sie drehte sich um und ging nach Hause.
Und ihr schauderte. Beim Gedanken an den Schmerz und die Scham im Blick der immer blutenden Frauen, die in ihren Kammern lagen, mit einem neuen Leben in den Armen, einer neuen Quelle der Arbeit und der Mühsal für ihren ausgezehrten Leib. Und sie seufzte, als sie die Eimer in ihrer eigenen Küche abstellte, wo Oskar saß und wartete, auf einen anderen als seine Mutter.
Es war unmöglich. Ein Leben mit einem neuen Mann. Daran war nicht zu denken. Sie musste allein zurechtkommen. Das musste sie. Denn wie sollte sie den anderen sonst helfen und sie ermahnen können?
Sie setzte eine andere Miene auf, wenn sie unterwegs war, weniger freundlich, distanzierter. Sie ging mit schnelleren und festeren Schritten zu ihren wichtigen Zielen. Sie hatte eine Aufgabe, die keine andere übernehmen konnte. Es war wie eine Pflicht; sie schien dazu auserkoren zu sein, sie war diejenige, die etwas Richtiges erkannt hatte, die diese Erkenntnis genutzt hatte und das geworden war, was die anderen brauchten. Hinter ihr schien das Schicksal zu stehen, ein höherer Wille. Denn welche andere Frau aus dem Ort wäre zu der Schule in Christiania gereist? Welche andere hätte das alles lernen können? Die meisten anderen Fischerswitwen konnten ja kaum lesen, und keine der Reichen hätte sich in dieser Rolle wiederfinden wollen. Sie konnten kein Blut sehen, hatten sie ihr anvertraut, um ihr ihren Respekt zu zeigen.
Und Sara ging weiter, mit geradem Rücken, eins mit ihrer Pflicht, wie taub für die Bemerkungen der Nachbarinnen. Aber zugleich … zugleich durfte Borgwad seine Besuche fortsetzen. Sie liebte seine Bücher, sie liebte seine Besuche.

Es kann doch für die Kleinen sicher nicht gut sein, wenn sie nachts allein sind?, fragte er ganz plötzlich.
Allein? Sie haben doch die Nachbarn, wenn etwas passieren

sollte. Und außerdem ... Sigmund war so groß und tüchtig, das musste der Lehrer doch wissen.
Aber es kann zu viel werden, auch für einen wie ihn, sagte der Mann, die Schularbeit wird mit den Jahren nicht gerade leichter, und ich habe ihn morgens schon grau und übernächtigt erlebt ...
Diese Worte waren für Sara eine schwere Last, und sie wagte keinen Widerspruch.
Doch, tüchtig sei er, ihr Sohn, konnte der Lehrer an einem anderen Tag loben. Und die Tochter sei das sicher auch?
Er schaute der Kleinen über die Schulter, als sie ihre Hausaufgaben machte.
Du würdest sicher auch gern lesen können?, fragte Borgwad den kleinen Oskar.
Ach ja, erwiderte der Kleine zum großen Erstaunen der Mutter.
Und die Orgel sehen, wagte er dann noch hinzuzufügen.
Denn noch hatten sie den Lehrer nicht zu Hause besucht. Das war eine Grenze, das wusste Sara, sie durften seine Wohnung nicht betreten. Keine alleinstehende Frau besuchte einen Junggesellen, wenn sie nicht mit ihm verwandt war.
Jederzeit, sagte er, wann immer deine Mutter Zeit hat, das habe ich doch gesagt.
Sara erhob sich, um das Thema zu wechseln. Sie legte im Herd Holz nach und machte sich an das Abendessen für die Kleinen, und der Gast meinte, die Zeit zum Aufbruch sei gekommen.
Dann kamen einige Wochen, in denen sie häufiger geholt wurde als sonst. Borgwad ließ sich nicht mehr sehen, nachdem er einige Male vergeblich da gewesen war. Und die Hebamme kam erschöpft nach Hause, in das Haus, in dem die fast acht Jahre alte Tochter jetzt fast alle Arbeiten erledigen konnte. Sie wusch und putzte, sie schälte Kartoffeln und reinigte Fische. Sie kochte sogar Wasser und wusch Kleider, obwohl die Mutter gesagt hatte, sie dürfe das nicht, sie könne sich doch schrecklich verbrennen. Aber die Schulschürze musste sauber sein, sie hatte sie bekleckert, und so konnte sie sich doch nicht sehen lassen?
Johanna hätte das doch gemacht, tadelte die Mutter, denn das

hatte die Nachbarin schon häufiger übernommen, ungebeten, wenn es nötig gewesen war.
Die Kleine sah sie an, ohne zu antworten, aber ihr Blick schien zu sprechen. Was sagte er? Sara war so müde, so müde, aber trotzdem stellte sie sich ans Waschfass und übernahm die Arbeit, während sie nachdachte und begriff: Klein-Sara wollte die Frau aus dem Obergeschoss nicht bitten, wollte nicht zeigen, dass sie Hilfe brauchte, wollte die Mutter beschützen, vor Gerede, vor dem Drängen, wieder zu heiraten. So musste es sein, das wusste Sara nun. Das hatte sie sich überlegt, die Kleine.
Brauchte die Hebamme denn Schutz? Von ihren eigenen Kindern?
Etwas in ihr loderte auf. Sie wollte sich mit allem füllen, was sie geschafft, was sie sich erarbeitet hatte; sie wollte sich mit Stolz füllen. Aber sie musste an fremde Hände denken, die nachts nach ihr gegriffen hatten, und an Borgwads Wärme und seine besorgte Stimme.
Dann passierte es wieder, dass sie in der Dunkelheit belästigt wurde. Plötzlich war er einfach da, der Mann mit der Schnapsfahne und den grabschenden Händen. Sie ließ Gebärunterlage und Tasche fallen, sie wurde gegen eine Wand gepresst, von einem willensstarken Körper, und sie schrie. Das Untier hielt ihr den Mund zu, aber sie biss ihn in die Hand und brachte einen weiteren Schrei heraus. Deshalb wurde sie gerettet, von Wächter-Ola, der sie gehört hatte und herbeigestürzt kam.
Der Wächter tröstete sie. Er hob ihre Sachen auf. Er trug sie für sie und brachte sie nach Hause.
Doch sie weinte. Sie konnte nicht dagegen an. Noch im Haus schluchzte sie, und auch durch ihren auf den Mund gepressten Schal war es noch zu hören.
Sigmund hörte sie.
Sofort stand er in der Tür: Was ist los, Mutter? Was ist los?
Nichts, schniefte Sara.
Aber ihre Haare waren zerzaust, und die Gebärunterlage war durch den Fall verschmutzt.

Ich bin nur gestolpert, sagte sie eilig.
Er nickte, als glaube er ihr. Aber als sie das nächste Mal abends gerufen wurde, erklärte er mit fester Stimme: Keine Frau darf in der Dunkelheit allein unterwegs sein.
Er wollte sie begleiten, wie er das früher schon einmal gewollt hatte.
Sara kümmert sich hier um alles, sagte er. Ich komme mit dir.
Sie standen einander gegenüber, ein elf Jahre alter Junge und eine Mutter, auf die vor der Tür ein Fremder wartete.
Ich verlange, dass sie mich nach Hause bringen, sagte die Erwachsene.
Und so geschah es. An diesem Abend brachte der Mann, der sie geholt hatte, sie wieder nach Hause. Aber das war nicht immer möglich, oft war sie bei Frauen, die keinen Mann im Haus hatten, während der Fischzüge zum Beispiel. Sie konnte doch keine alte Schwiegermutter oder Helferin aus der Nachbarschaft um Begleitung bitten, sollte die andere denn dann allein zurückgehen müssen?
Wenn doch erst der Frühling da wäre, dachte Sara, dann wäre alles leichter.
Wenn der Ort doch nicht zur Stadt geworden wäre, dachte sie auch manchmal, dann wären nicht so viele Unbekannte hergezogen.

Es hat schon wieder eine Schenke aufgemacht, brummte Borgwad bei seinem nächsten Besuch. Noch ein Lokal, in dem getrunken und gelärmt wird.
Als er seine Einladung dann wiederholte, nahm sie sie dankend an.
Die Hausorgel stand vor einer blau angestrichenen Wand. Oskar musste die Beine lang machen, um die Pedale zu erreichen. So saß er auf dem runden Hocker mit dem braunen Samtbezug und den hängenden Troddeln und wand sich hin und her, während zuerst der eine Fuß und dann der andere unten am Boden Töne hervordrückten. Bärentöne.

Sara hörte mit halbem Ohr zu, während sie sich im Zimmer umschaute. Hier gab es zwei Bücherschränke mit Glastüren. Und einen schönen Tisch aus glänzendem Holz, mit einem kleinen bestickten Deckchen. Auf der Decke standen eine Schüssel mit süßen Brötchen und eine Kanne Himbeersaft. Und im Fenster hingen zwei schmale rote Vorhänge. Auf dem Vogtshof hatten sie im Wohnzimmer Vorhänge gehabt, sonst nirgends. Hier in Ålesund hatte sie so etwas nie besessen. Sie hatte es auch nicht vermisst, nicht bewusst jedenfalls.
Sie schaute zu dem Mann hinüber, der ihrem Sohn so geduldig alles erklärte. Oskar schien zuzuhören und alles tun zu wollen, was der Erwachsene ihm sagte. Klein-Sara stand daneben und wartete sicher schon ungeduldig darauf, selber ihr Glück versuchen zu dürfen. Und dann kam sie an die Reihe. Mit Hilfe des Lehrers brachte sie eine winzige Melodie zustande, und sie drehte sich stolz zu ihrer Mutter um.
Er kann unmöglich so sein wie andere Männer, dachte Sara. Denn wie viele Männer brachten Kindern solche Geduld entgegen? Und welcher Mann, der allein lebte, hätte sich die Mühe gemacht, sich Vorhänge ins Wohnzimmer zu hängen?
Ein Mann mit Herz, dachte sie. Einer mit Sinn für das Schöne.
Dann saßen sie alle an dem glänzenden Tisch, tranken den leckeren Saft und aßen die süßen Brötchen, und als die Gäste gehen wollten, reichte der Mann der Frau ein dünnes kleines Buch. Das sei ein Geschenk, keine Leihgabe, sagte er, wieder mit diesen bewegten, ein wenig feuchten Augen. Ein dänischer Dichter hatte es geschrieben, das sah sie, als sie auf der Straße standen. Und das Buch enthielt fast nur Liebesgedichte, sah sie, als es abends ruhig um sie geworden war.

Die sind durch und durch wurmstichig, klagte Oskar am nächsten Tag über die Kartoffeln. Sara war nach einer Geburt in Borgund gerade zur Tür hereingekommen, hatte Kartoffeln und ein Stück Speck gekocht, das die vier sich teilen sollten, als wieder an die Tür geklopft wurde. Sie stand auf der Schwelle, wieder im

Mantel und mit der Tasche in der Hand, vor sich einen ängstlichen Mann, hinter sich die klagende Kinderstimme.
Sei jetzt still, schimpfte Sigmund.
Sara ging. Sie stand kurz vor den Tränen, als sie dem Fremden folgte, zu einer weiteren gespannten Bauchhaut in einer fremden Kammer. Mit schweren, müden Gliedern erhob sie sich einige Stunden später und erhielt zum Dank noch eine Hand voll verdorbener Kartoffeln. Denn die Zeiten waren jetzt wieder schlechter geworden in den Fischerhütten.

Kurz vor Ostern machte er ihr einen Antrag, der Lehrer Ole Borgwad.
Du hast wirklich Glück, sagte Johanna.
Du musst unter einem Glücksstern geboren worden sein, sagte Bernta. Überleg doch nur. Ein belesener Mann. Ist er so klug, wie er aussieht?
Sara lächelte in Gedanken. Dachte die andere wohl an seine neue Brille? Bernta hatte doch nie ein Wort mit dem Mann gewechselt, wie konnte sie da wissen, ob er klug war? Aber das war er. Ein kluger, reicher Mann, dachte sie voll Wärme, reich an guten Gedanken.
Er ist vor allem ein guter Mensch, sagte sie deshalb. Und einer, der sich um meine Kinder kümmern wird.
Und um seine, lachte die Schwägerin.
Aber nicht doch, widersprach Sara in Gedanken, denn sie hatte mit ihrem Verehrer darüber gesprochen, dass eine Hebamme unmöglich Kinder bekommen dürfe. Und er hatte zugehört und genickt, ernst und mit der Brille auf der Nase.

Sie heirateten im Frühsommer 1880. Die Braut war knapp zweiunddreißig, der Bräutigam ein Jahr jünger. Die Hochzeitsgäste wurden in mit Blumen und Laub geschmückten Booten über den Fjord gerudert. Sara trug ein schwarzes Kleid mit einem weißen Kragen, wie es sich gehörte. Der Bräutigam verzichtete auch auf andere Farben als die ernsten Töne Schwarz und Weiß.

Auf der Hinfahrt schwiegen sie und hörten nur das Schlagen der Ruder und die Schreie der Vögel über ihnen. Der Pastor predigte ergreifend über das Band zwischen zwei Menschen, die einander gefunden hatten, und für einen Moment, ehe sie den Mund öffnen und dieses Band besiegeln sollte, dachte Sara an Oskar: Du bist nicht mehr da, und das hier ist doch sicher ein Mann, den du als deinen Nachfolger akzeptieren kannst? Er ist lieb und gut, wenn er auch nicht so schön ist wie du, und er besitzt ein reiches Gemüt …

Dann waren sie auf der Rückfahrt, und jetzt scholl Gesang über das Wasser, erst ein Choral, dann noch einer. Und der Bräutigam mit seiner schönen Stimme führte an.

Teil 2

Ein strahlender Tag

Die Tochter der Hebamme schaute zu ihrem neuen Stiefvater hinüber. Er saß hochaufgerichtet auf der hintersten Ruderbank, neben der Mutter. Es war neu, dass die beiden Erwachsenen so dicht beieinander saßen. Es war nie passiert, wenn der Mann zu Besuch bei ihnen gewesen war. Jetzt hielt er sogar ihre Hand, und die Tochter musste ihren Blick abwenden.
Liebespaar, sagte eine Stimme in ihr. Liiiiiiiebespaar. Fridas Stimme. Die schien mit Sand gefüllt zu sein, wenn sie so etwas sagte. Mit kicherndem Sand. Und zugleich war sie feucht und glatt, wie die Steine, die sie aus dem Wasser holten, die, die schöner waren als die anderen, ehe sie trockneten.
Liebespaar. Das waren doch andere. Das war Stinas Tochter Hildegunn mit einem gewissen Oluf. Oluf, der hinter Hildegunn herrannte, und Hildegunn, die wie Magdas Katze schrie, wie die mit dem gebrochenen Schwanz. Über solche Paare hatte Frida mit ihrer fremden Stimme getuschelt. Ihnen hatte sie einmal im Schutz einer Hausecke nachgerufen: Liiiiiiebespaar!
Aber die Hebamme war nicht so. Und Lehrer Borgwad auch nicht. Bisher jedenfalls nicht. Aber jetzt …
Mutter sagt, hatte Frida mit großen Augen geflüstert. Mutter sagt, dass …
Der schöne Gesang stieg zum Himmel. Die Ruderer passten die Schläge dem Rhythmus des Liedes an und stimmten ein. Klein-Sara konnte sehen, wie sie die Töne herausließen, während sie sich vorbeugten, um dann tief Luft zu holen und die Riemen zu bewegen. Am lautesten aber sang der Bräutigam, am klarsten und reinsten, und war deutlich zu hören. Seine Stimme versetzte dem Mädchen einen Stoß. Sie schien sie tief in ihrem Herzen zu treffen. Und bei diesem Gedanken wurde ihr schwindlig.

Ein Vater, dachte sie.
Ein Vater.
Sie musste die Augen schließen. Sie hielt sich an der Bootskante fest. Und der Gesang füllte sie fast ganz und gar. Es schien nur noch ihn zu geben, er wurde zu dem kleinen Fahrzeug auf dem blanken Wasserspiegel, zu den Hügeln an den Ufern, zum Wasser, zum stillen, glitzernden Fjord. Trotzdem verursachten diese dunklen, kraftvollen Töne auch Wellen, die zuschlugen, wie Wellen das taten.
Die Welle.
Sie musste an den Traum denken. Den sie vor langer Zeit geträumt hatte. Damals, als ihr richtiger Vater auf dem Meer geblieben war. Sie hatte sich im Wasser befunden, zwischen gewaltigen Wassermassen, die über sie hinwegspülten. Sie hatte in diesem wilden, harten Kampf fast den Atem verloren, hatte sich im Bett umhergeworfen, hatte sich aus der Gefahr herausgekämpft, hatte sich danach an der Decke festgeklammert und das Echo ihres eigenen Schreis im Zimmer noch gehört. Sie hatte die anderen geweckt. Den Bruder und die Mutter. Und den Säugling im Arm der Erwachsenen. Die, die sprechen konnten, hatten sie beruhigt. Der Kleine hatte geweint, und die Mutter hatte ihn auf den Arm genommen, hatte beruhigend gesummt und Sara zugleich gefragt, was sie geträumt habe.
War es wirklich so gewesen?
So war es gewesen. Seither hatte sie diese Bilder verloren, zumindest zum Teil. Aber jetzt waren sie wieder da. Die Angst aus der längst vergangenen Nacht, als sie zu klein gewesen war, um ihren Traum in Worte zu fassen. Wasser, hätte sie sagen können. Wasser. Aber das wäre nicht genug gewesen. Denn Wasser holten sie auch aus dem Brunnen, und nicht davon hatte sie geträumt.
War es in der Nacht gewesen, in der Sigmund und die Mutter das Licht gesehen hatten? Einen bleichen Lichtschein, der wie eine Hand oder ein Flügel über die Wand huschte?
Das glaubte sie nicht. Sie war sich nicht sicher, aber sie glaubte, dass es später gewesen war, in einer der folgenden Nächte.

Weißt du das nicht mehr?, hatte Sigmund gefragt. Nein, du warst ja erst ... zwei Jahre warst du alt. Natürlich kannst du dich nicht daran erinnern. Aber so war es.
Ein bewegliches Licht war über die dunklen Wandbretter gewandert, um dann zu verschwinden. Wie das Schattenbild eines Wiedergängers. Eines Spuks, der sie heimgesucht hatte.
Aber du bist auch aufgewacht, hatte Sigmund gesagt. Und du hast meinen Arm gestreichelt, weil du begriffen hattest, dass ich mich fürchtete. Aber das Lichtzeichen hast du nicht gesehen, oder?
Nein. Sie hatte kein Licht gesehen. Aber sie hatte etwas anderes geglaubt. Sie hatte geglaubt, die Mutter und der Bruder hätten dasselbe erlebt wie sie einige Nächte früher, hätten auch in diesem Wasser gekämpft, in dieser schrecklichen Welle.
Das alles lebte in ihr als eine vage Erinnerung, verbunden mit ihrem eigenen Traum und den Erklärungen des Bruders.
Ein letzter Gruß, hatten die Mutter und Sigmund zueinander gesagt. Oft hatten sie das getan, und dabei hatten sie einander mit diesem Blick angesehen, der sie gewissermaßen miteinander verschmelzen ließ und der die jüngeren Kinder ausschloss.
Denn genau damals war es passiert. Dass der Vater auf dem Meer geblieben war.

Klein-Sara zitterte. Sie sehnte sich so nach einer Erinnerung an ihn, an diesen Mann, der mit ihnen zusammen im weißen Haus gewohnt hatte. Aber sie hatte keine. An die Welle konnte sie sich erinnern. An die Angst in ihrem Traum. Dem Traum, der die Rede des Herrn an die Menschen war. Das hatte Johanna gesagt. Auf diese Weise habe Gottvater zu ihr gesprochen und ihr gesagt, was bevorstand. Eine verschlingende Welle.
Warum hatte Er nur zu ihr gesprochen?
Es war nicht zu glauben.
Er hätte sich doch der Mutter mitteilen müssen, nicht einem kleinen Kind. Aber die Erwachsene hatte etwas anderes gesehen, die Hand an der Wand. Es war die Hand des Fischers gewesen.

Des Fischers Seelenhand, hatte Sigmund gesagt, nicht die, die an dem Mann festgesessen hatte, denn die lag auf dem Meeresgrund, zusammen mit dem Rest seines armen Leibes.
Was war eine Seelenhand?
Eine Hand, die auf dem Weg zum Paradies ein letztes Lebewohl winkte. Deshalb brauchten sie das, was irgendwo zwischen dem Tang in der Tiefe lag, nicht zu betrauern, hatte Sigmund erklärt, denn dort lag ja nur eine Hülle. Nach dem Tod zählte die Seele, wichtig war, ob sie ins himmlische Paradies gelangte oder in den glühenden Pfuhl der Sünde. Eine durchsichtige Hand, die aussah wie eine weiße, leuchtende Vogelschwinge vor einer dunklen Wand, musste einer Seele gehören, die jetzt bald in einen Engel verwandelt werden würde.
Es war gut, das zu wissen.
Aber sie wollte sich so gern an sein Gesicht erinnern.
Sigmund hatte die Kammern gezeichnet, so dass sie sich mit Nachbarn und Verwandten füllten, und mit anderen Menschen, die nie dort gewesen waren. Die Geschwister hatten dicht nebeneinander gesessen und einander an der Hand gehalten. Um nicht getrennt werden zu können, hatte der Bruder gesagt, denn dem Reden der anderen hatte er entnommen, dass das passieren könnte. Und deshalb hatte er sie ermahnt, ganz still zu sitzen, damit die Erwachsenen sie vielleicht vergaßen. Aber das taten sie nicht. Ein böser Mann hatte Sigmund gepackt und verschleppt. Ein anderer hatte Sara zu einem Boot getragen.
Onkel Knut.
Das wusste sie. Dass sie das Jahr, in dem die Mutter zur Ausbildung in Christiania gewesen war, bei Onkel Knut verbracht hatte. Irgendwo im Inneren des Fjordes. Auf einer Felsnase.
Sie sah vor sich, wie die Felsen auf dem anderen Ufer ins Wasser abfielen. Und das glänzende Band darunter, blau oder schwarz, manchmal matt und grau. Sie dachte an die gehörnten Ziegen. Und an die Schafe. Und den Klang der Glocken. Sie erinnerte sich an die Geräusche, die sich miteinander vermischten. Und an den Bach, der den Fels hinuntergeschäumt war.

Geh da nicht hin!
Geh nicht zu nah an die Kante!
Die Stimmen von Onkel und Tante.
Ein Leben, eingerahmt von einigen grauen Häusern, von einem brausenden Wasserfall und dem drohenden Abgrund. Deutlich gemacht durch zwei ernste Erwachsenenstimmen. Es hatte noch ein drittes Wesen gegeben. Mit Händen, die aussahen wie Krebse. Sie hatten sich am Tisch um ihre eigenen herumbewegt, oder um ihre Füße. Sie gehörten einem großen Menschen mit einem Kinderlachen. Er war als kleiner Junge einmal in den Abgrund gefallen, dieser riesige Mensch. Das hatte der Onkel ihr erzählt. Und danach war sein Verstand verwirrt gewesen. Aber seine Mutter hatte ihm Märchen erzählt, immer wieder. Märchen, die bei ihm haften geblieben waren und die nun wieder an die Oberfläche kamen, als Sara oben auf der Felsnase lebte.
Die Prinzessin aus Ålesund hatte er sie genannt.
Das alles wusste sie noch. Der Große mit dem Kinderlachen. Die bleichen Hände mit den schmutzigen Nägeln, die an Krebse erinnerten. Das Lächeln, das von einem Ohr zum anderen gewandert war. Die funkelnden Augen.
An ihn konnte sie sich am besten erinnern. Nicht an Onkel Knut. Und nicht an die Frau.
Aber an den Großen. Und an die Aussicht.
Und an einen Webstuhl. Und an Stoff, der daran entstanden war. Und an Wassereimer, in denen die Wolle gefärbt worden war.
Hatte es dort nicht auch einen kleinen Acker gegeben? Zu dem sie hingegangen waren, im Frühling, im Sommer, im Herbst? Sie hatte auf irgendwelchen Schultern gesessen. Hatte nicht der Große sie getragen? Der, der einmal den Verstand verloren hatte?
Damals hatten sie ihn anbinden müssen.
Das hatte jemand erzählt. Vielleicht die Tante. Dass sie ihn im Hof an einen Baum hatten binden müssen, ehe die Mutter auf die Idee mit den Märchen gekommen war.

Auch Sara hatten sie angebunden.
Das wusste sie noch. Wie sie am Baumstamm angebunden gewesen war. Oder im Haus an den Küchentisch.
Aber warum hatten sie das getan?
Weil sie allein gewesen war. Weil die anderen fortgegangen waren. Vielleicht um eine Ziege zu holen, die in einem Felsspalt feststeckte.
Einige Male hatten sie ihr dieses Seil wohl auch umgebunden, wenn sie nicht allein gewesen war. Dann hatte der Große bei ihr gesessen und erzählt. Sie konnte sich an Bruchstücke seiner Sätze erinnern. Das konnte sie, weil sie die nachher wieder erzählt hatte. Alles, was sie noch wusste, hatte sie später erzählt, wieder und wieder, vor allem Oskar, aber auch Frida und einige Male Sigmund.
Der Große hatte viel von der Prinzessin aus Ålesund gesprochen.
Das war sie selbst gewesen. Das hatte sie gewusst. Er hatte gesagt, er wolle sich um die Prinzessin kümmern, während Königin Christiania verreist war. Die Königin sei fortgezogen, um jemanden zu finden. Einen König. Auf ihrem Pferd sei sie davongeritten. Aber dereinst würde sie zurückkehren und die Prinzessin holen, und dann würden sie beide davonreiten. Der Große hatte ihr ein Pferd zum Reiten gegeben. Das hatte er selber geschnitzt, aus Holz.
Und Sara hatte geweint. Denn sie hatte ja gewusst, dass sie auf diesem Holzklotz nicht weit kommen würde.
Aber trotzdem war sie von der Felsnase gerettet worden.

Sie sah ihre Mutter an, die Lehrer Borgwads Hand hielt.
Königin Christiania. Da saß sie mit leuchtenden Augen. Als Braut. Und Borgwad war der König, den sie endlich gefunden hatte. Denn der andere war tot. Er war zu einem Engel geworden. Noch immer sang er, der Lehrer. Noch immer strömten diese Töne aus ihm heraus und füllten die Luft und bedeckten das Boot und das Wasser, das blanke, im Sonnenschein funkeln-

de, und Sara zitterte, denn es herrschte eine so feierliche Stimmung.
Sie suchte die Augen der Mutter, doch die Erwachsene lächelte einen anderen an, ihren neuen Mann; ihre Haare jedoch, die goldenen Locken, die unter der Haube hervorkamen und über ihre Wangen fielen, die waren wie immer, wie beim letzten Mal, als Sara mit ihrer Mutter in einem Boot gesessen hatte.
Damals, als sie von der Felsnase geholt worden war.
Ein langes Jahr hatte sie oben am Fjord verbracht. Sie wusste jetzt, wie lange es gewesen war. Vom Frühsommer des einen bis zum Spätsommer des nächsten Jahres.
Länger nicht.
Trotzdem hatte sie dort alles vergessen.
Das wusste sie.
Und sie schämte sich, selbst jetzt, nach so langer Zeit, dass sie es hatte vergessen können, die Kammern in dem weißen Haus, den Hafen mit den vielen Booten, die Menschen, die zu ihr gehörten.
Im Frühling war ein neues Kind in das graue Zimmer am Fjord gekommen. Das wusste sie noch. Und jetzt begriff sie, wie dieses kleine Kind, das sie jeden Tag gesehen hatte, die Erinnerung an ein anderes erstickt hatte, das ebenso klein gewesen war: der kleine Oskar. Sie hatte den kleinen Oskar vergessen. Es gab für sie nur noch diesen neuen Säugling. Er war außer ihr das einzige Kind, denn dort hatte sie kein anderes sehen können. Und die Frau am Webstuhl war *die Frau* gewesen. Und dann, als die Mutter gekommen war …
Vage erinnerte sie sich an eine Ahnung, dass es etwas anderes geben könne, und ab und zu hatte sie sogar versucht, danach zu greifen. Nach diesen schattenhaften Erinnerungen an einen etwas größeren Jungen, an zwei Erwachsene, an ein Zimmer mit warmem Licht. Aber diese Menschen hatten ihre Farben verloren. Sie besaßen keine Gesichtszüge mehr. Sie hatten sich unter die Elfen und die Feen und die Unterirdischen gemischt, von denen der Große ihr erzählt hatte. Aber sie lebten im Berg, hatte er gesagt. Dort schürften sie Silber.

Silber, was ist das?
Wie Mondlicht, hatte der Große gesagt.
Dann hatte er sich eines Tages mitten in einem Satz unterbrochen und die Hand ausgestreckt, hatte zur Rückseite des Stalles gezeigt, wo der Weg endete, und aus seiner Brust war ein Laut gekommen, ein seltsames Summen. In diesem Moment war dort hinten eine Gestalt aufgetaucht. Eine Frau, hinter der die Sommersonne schien. Sie trug ein blaues Kleid. Und sie ging barfuß in dem warmen Wetter. An ihr Bein schlug eine Tasche aus braunem Leder.
Daran konnte Sara sich erinnern, sie hatte gewusst und doch nicht gewusst, wer diese Frau sein konnte.
Die Königin. Mit den goldenen Locken. Mit kleinen Füßen und leichten Schuhen. Die liegen sicher im Boot …
Hatte er das alles gesagt, der Große? Als das Summen sich in seinem Körper verloren hatte?
Mama, hatte es in Sara selber gesungen wie mit zitternden Tönen, Mama, Mama.
Und diese Silben waren in ihr haften geblieben, als das Einzige, das einzig Wahre und Wichtige, als die Mutter mit ihr zurück über den Fjord gerudert war, Mama, Mama …

So hatte sie ausgesehen, wie jetzt. Die Mutter auf der Ruderbank. Mit der Sonne in den Haaren. Mit einem Gesicht, das vor Freude strahlte. Oder nicht? Hatte sie sich nicht über das Wiedersehen gefreut, als sie damals Sara abgeholt hatte?
Unterwegs hatte sie mehrere Male innegehalten, hatte die Ruder ins Boot gezogen und Sara an sich gedrückt, oder etwa nicht?
Seidensara, Wuschelsara, Schmuselara … mein Kind … mein Schatz …
Und die Tochter lächelte, so, wie sie da saß, vor sich die Stadt, hinter sich die Kirche von Borgund. Das entdeckte jetzt die Mutter, und sie lächelte ebenfalls.
Eine Braut.
In einem geschmückten Boot.

Umgeben von weiteren geschmückten Booten, wo Birkenlaub an den Brettern befestigt war. Und aus allen Booten stieg Gesang auf. Auch unter denen, die nicht zum Brautzug gehörten, stimmten wohl einige ein, zu Ehren des Brautpaars, zu Gottes Ehre, denn sie waren im Herrn getraut worden, das hatte der Pastor gesagt; es sei Gottes Wille, dass gerade diese zwei …
Die Liebe, darüber hatte der Pastor gesprochen, über die Liebe als eine ganz besondere Flamme. Und Sara sah, dass es stimmte, sie sah es in den Augen von Ole Borgwad, in den Blicken ihrer Mutter, an den Händen, die einander dort auf der hintersten Ruderbank festhielten.
Ein neuer Vater. In einem schneeweißen Hemd. Und einer feinen Weste.
Ein Vater mit einer Stimme, die größer war als der Mann selbst. Und mit etwas Feuchtem in den Augen, als müsse er fast weinen, vor Freude, dachte das Kind.
Liebe, dachte sie dann noch, ist etwas anderes, als kreischend um Hausecken zu jagen.
An diesem Tag schienen alle glücklich zu sein. Sie schaute zu Oskar hinüber. Der saß ganz aufrecht da, in einer neuen Jacke und mit kurz geschorenen Haaren. Seine Augen hingen an dem neuen Vater, wie in der ganzen Zeit, seit er den Mann zum ersten Mal gesehen hatte. Und der Erwachsene zwinkerte dem Jungen zu, mitten im Lied tat er das, er zwinkerte dem Jungen zu, und Oskar lachte.
Er saß neben seiner Schwester und lachte. Seine Hände lagen auf seinen Knien, die Handflächen nach unten gepresst, auf seine Hose. Sie sah sie an, seine Hände. Die dort lagen, die sich nirgends festklammerten, auch nicht an ihr. Er saß dicht neben ihr, aber das lag daran, dass die Ruderbank so schmal war. Es war die kürzeste, vorn im Boot, und auf ihrer anderen Seite saß Sigmund. Dann waren dort noch zwei Frauen, die Sara nicht kannte. Sie waren sicher mit den Ruderern verheiratet.
Die Männer saßen an den Riemen. Und die Männer sangen. Die Frauen mussten auf ihre Röcke aufpassen, damit die nicht durch

das Wasser unten im Boot fegten. Nur eine sah anders aus als die anderen, sie hatte einen eleganteren Hut. Einen tiefroten mit einer dunkelgrünen Feder.
Sara schaute die Feder an. Und Oskars Hände. Sie sahen einsam aus. Trotzdem blieben sie einfach dort liegen. Brauchte er sie nicht mehr?
Das Mädchen stieß einen bebenden Seufzer aus.
Nein, er brauchte sie nie, wenn Borgwad in der Nähe war. Und jetzt würden sie ins Haus des Lehrers ziehen.
Sie näherten sich dem Land. Die Sänger verstummten. Die rhythmischen Ruderschläge gingen in ein knackendes Ächzen über, gefolgt von lauten Rufen: Auffangen! Auffangen, da vorn!
Sigmund stand bereits da, er schaute in die richtige Richtung, er stand hinter seinen Geschwistern am Bug. Jemand reichte ihm ein Ruder, um das Boot ruhig zu halten. Eine der Frauen jammerte, als einige Wassertropfen ihre rechte Schulter trafen. Die Männer lachten; ein bisschen Wasser, Elisa, ein bisschen Wasser wirst du ja wohl aushalten können.
Dann wurden sie aufs Trockene gehoben, Sara und die Frau mit den schweren Röcken. Die Herren und die Knaben kletterten ohne Hilfe aus dem Boot. Dann wurde das Boot festgemacht, und der Hochzeitszug lief durch Blumen und Gras. Ganz vorn gingen die Frischvermählten, Arm in Arm.
Was für ein wunderbarer Tag, sagte jemand.
Ja, was für ein wunderbarer Tag, lautete die Antwort.
Hört nur die Vögel, hieß es.
Sara hörte die Vögel. Und sie nahm den Duft von Blumen, Tang und Meer in sich auf. Sie wäre gern losgerannt, wie ein rascher Wind, was sie jetzt ja konnte, da niemand mehr sich an sie klammerte. Aber das tat sie nicht. Es gehörte sich nicht. Ein Schulmädchen durfte nicht wie der Wind dahinjagen. Sie sollte mit adretten kleinen Schritten auf ihr Ziel zutrippeln.
Außerdem kannte sie das Ziel nicht. Sie würden bei Fremden essen. Der Lehrer hatte offenbar ein großes Zimmer leihen

dürfen, hatten sie gehört. Das einem anderen Lehrer gehörte. Vielleicht dem mit der großen Nase? Sara hatte es in der Kirche gewagt, ihn verstohlen zu betrachten. Diese Nase … die sah aus wie eine haarige Tüte. Ganz ohne Knochen, hatte sie gedacht. Sie hatte zu Sigmund hinübergeschaut, um festzustellen, ob er das auch gesehen habe, doch der Bruder hatte nur vor sich hin gestarrt. Wenn doch Frida dabei gewesen wäre. Sie hätte es sofort gesehen. Und sie hätten einen ersten Blick gewechselt, einen ganz normalen Blick, was aber gereicht hätte, um sich darüber zu verständigen, dass sie sich einig waren. Erst später hätten sie dann gekichert und gelacht, wenn die anderen sie nicht hören konnten. Das hätten sie sicher getan, auch wenn es gemein war, über andere zu lachen. Es war einfach zu schön, zu zweit zu sein und etwas Komisches gesehen zu haben.

Sie schaute zu Boden. Sie durfte den Mann nicht anschauen. Sie betrachtete ihre neuen Schuhe. Und das Kleid, das ebenfalls nagelneu war und das die Mutter nur mit äußerster Anstrengung hatte fertig nähen können. Noch am Vorabend der Hochzeit hatte sie daran gesessen und den Rock mit kleinen Schleifen besetzt.

Die Prinzessin aus Ålesund.

Sara trug an diesem Tag auch eine neue Haube, die aus dem gleichen Stoff gefertigt war. Ob sie die wohl am nächsten Morgen in der Schule aufsetzen könnte? Wenn die Mutter zu einer Geburt geholt würde, könnte sie anziehen, was sie wollte … Aber passte die Haube zu ihrem Schulkleid?

Das alles überlegte Sara sich jetzt. Es waren leichte Gedanken. Und sie ging fast ganz hinten im Brautzug ihrer Mutter. Alle anderen hier waren erwachsen, nur sie und ihre Brüder nicht. Die Herren waren Lehrer, das wusste sie nun, wie der Bräutigam. Die meisten gingen Arm in Arm mit einer Ehefrau. Nur der mit der Nase, der schien keine zu haben. Sicher deshalb, dachte sie. Wegen dieser seltsam behaarten … Sie musste sich auf die Lippe beißen. Der arme Mann, dachte sie. Der Arme, Arme. Ob er wirklich Lehrer war? Musste er jeden Tag vor eine Klasse

treten? Und wie schafften die Schüler es, sich nicht auszuschütten vor Lachen?
Der Arme, Arme.
Vergib mir, lieber Gott, ich will nicht lachen, ich will das doch gar nicht.

Jetzt bist du ja offenbar wirklich frei.
Das war Sigmund. Plötzlich ging er neben ihr. Er schaute zum kleinen Oskar hinüber, der sich alle Mühe gab, um mit Borgwad Schritt zu halten.
Stimmte das? War sie frei?

Ihr fiel dieser Satz wieder ein, als sie abends ins Bett gegangen war. Sie lagen da wie immer, alle drei unter derselben Decke. Sigmund auf der Seite, das Gesicht zur Wand gekehrt. Sara zwischen beiden auf dem Rücken, daran hatte sie sich gewöhnt, nachdem der kleine Oskar damals fast verschwunden wäre. Er wäre ganz verschwunden, wenn sie nicht auf dem Rücken gelegen hätte, damit er das Gesicht gegen ihren Hals pressen konnte oder in ihre Achselhöhle, während er einen Arm um ihre Brust legte.
Nacht für Nacht hatten sie so dagelegen. Auch nachdem der Lehrer schon aufgetaucht war, hatte der Bruder noch so schlafen müssen. Obwohl er tagsüber ein anderer gewesen war …
Aber jetzt? Jetzt lag er da wie Sigmund, er kehrte ihr den Rücken zu. Zum ersten Mal. Es war ein seltsames Gefühl. Sie kam sich vor wie damals, als sie in die Nähschule gekommen war, als die Mutter und Oskar sie zu Jungfer Samuelsens schönem Zimmer gebracht und sie dann zwischen den Fremden allein gelassen hatten. Aber zugleich war es anders, denn damals hatte Oskar sie nicht loslassen wollen, und sie hatte jedes Mal, wenn sie wegging, ein schlechtes Gewissen gehabt. So wie später, als sie auf die Gemeindeschule gekommen war und er einfach nur auf ihre Rückkehr gewartet hatte.

Jetzt hatte er sich aus freiem Willen von ihr abgewandt. Am Hochzeitstag ihrer Mutter.
War er eingeschlafen? Schliefen sie, die beiden anderen?
Sara lag auf dem Rücken und schaute zur Decke hoch. Sie dachte an die Bootsfahrt über den Fjord. Sie dachte an das gute Essen, das es danach gegeben hatte. Geräuchertes Fleisch und Knäckebrot und fette Grütze. Danach hatten sie wieder gesungen. Keine Choräle, sondern andere, fröhlichere Lieder. Und dann waren Reden gehalten worden. Borgwad hatte sich von seinem Stuhl erhoben und über die Hebamme gesprochen. Mit dem feuchten Schimmer in den Augen hatte er betont, wie unvergleichlich wunderbar sie doch sei. Eine gute Frau, hatte er gesagt. Eine, die ein Herz für andere hatte. Eine hochgebildete Frau, hatte er auch gesagt, was das wohl bedeuten mochte?
Später hatte ein anderer das Wort ergriffen und über den Bräutigam gesprochen. Diesen rechtschaffenen Menschen. Der bisher ganz allein durch das Leben gegangen war.
Ganz allein?
Die Frau neben Sara hatte ihr flüsternd erklärt: Keine Geschwister hatte er, und seine Eltern waren längst tot.
Aber jetzt konnte er mit vier Menschen zusammenleben, das wusste Sara ja, und für einen, der ganz allein gewesen war, war das sicher eine große Freude. Für einen, der mit niemandem hatte reden können. Und mit keinem Kind spielen.
Oskar hatte neben dem Mann am Tisch gesessen. Und dort hatte der Junge die ganze Zeit gestrahlt.
Jetzt schlief er. Sara hörte ihn atmen. Ob er sich im Schlaf umdrehen würde? Ob er sich dann an ihr festhalten würde, so wie sonst?
Vielleicht nicht. Vielleicht hatte Sigmund Recht. Dass jetzt Schluss war. Einfach Schluss. Und sie wurde erfüllt von diesem doppelten Gefühl, von dieser Sehnsucht nach etwas, das vorüber war, und zugleich von ihrem Gewissen und der Erinnerung an die schrecklichen Tage.
Bernta hatte mit dem kleinen Oskar auf dem Schoß dagesessen,

als Sara und die Mutter vom Fjord zurückgekommen waren. Dann hatten sie den Kleinsten ins Bett gelegt, und Tante Bernta war nach Hause gegangen.

Am nächsten Morgen war der Junge mit einem Schrei erwacht. Bernta!, hatte er gebrüllt.

Sie erinnerte sich an seine Augen, groß und klaffend, wütend und ängstlich.

Bernta! Nach Hause!

Er hatte nach der Mutter geschlagen. Sara konnte sich an dieses Unfassbare erinnern, und auch daran, wie sie sich geschämt hatte, als sie seine Fäuste auf der Brust der Mutter gesehen hatte. Die Kammer hatte sich in einen unbegreiflichen Ort verwandelt, eine Stätte der Gewalt und des gellenden Lärms, mit einem Kind, das seine eigene Mutter schlug, einem kleinen Fettsack, der auf eine Königin eindrosch, auf Saras Mama, auf diese Mama, die sie liebte und nach der sie sich so lange gesehnt hatte, ohne es wirklich zu wissen. Aber seit dem Vortag wusste sie es nun, und niemand sollte ihre Mutter schlagen, niemand sollte sie anschreien, doch sie war ja auch die Mama dieses Kleinen.

Sie wusste noch, was sie selber bei diesem Lärm gedacht hatte. Dass der Junge den Verstand verloren habe, hatte sie gedacht, wie es dem Großen vom Felssims als kleinem Knaben passiert war. Sicher war auch dieser Junge hier in einen Abgrund gestürzt.

Dem Großen hatten nur die Märchen helfen können. Durch sie war er lieb geworden.

So hatte sie gedacht. Und dabei war der Lärm verstummt. Sigmund hatte rittlings auf dem Kind gesessen, das wegzulaufen versucht hatte. Die Mutter war zu einer Geburt geholt worden. Und Sara hatte Seltsamkeiten aus ihrem Mund strömen lassen.

König Oskar, hatte sie rufen müssen, mehrere Male, bis er dann endlich verstummt war.

Es war einmal ein König, der hieß Oskar, und er … er hatte ein Pferd … und das war weiß … und mit einer Decke aus … aus tiefblauem Samt!

Das hatte sie gesagt, denn davon war sie selber erfüllt; sie hatte nur den Zusammenhang geändert, damit alles auf das wilde Kind zutraf.
In den folgenden Jahren hatte sie damit weitergemacht, als sie keine Erwiderung mehr von ihm hörte, als Trost, hatte sie geglaubt, als Trost für etwas in ihm. Durch Worte, die sie selber schön fand. Wie dieser Samt, der so blau war und weich wie die sanfteste Nacht.
Nur beim allerersten Mal hatte er noch etwas gesagt. Kaum war sie verstummt, hatte er schon nach Bernta geschrien. Danach hatte er angefangen zuzuhören.
Könich ich?, hatte er gefragt. Und Ferd?

König Oskar. Ein verwöhnter kleiner Wicht, der, während die Mutter in Christiania gewesen war, auf Berntas Schoß gesessen und sich mit Kandis vollgestopft hatte. Am folgenden Tag hatte die Schwester das gesehen. Und der Kleine hatte sich bei Bernta ebenso unmöglich aufgeführt. Und nachdem die drei anderen Sigmund zur Schule gebracht hatten, hatte er seinen Willen durchgesetzt. Sie waren zur Tante gegangen.
Einige Meter von deren Haus entfernt hatte er sich von den anderen losgerissen, war er zur Tür gestapft, hatte er sich auf die Zehenspitzen gestellt und die Tür geöffnet. Als Sara und die Mutter dann die Küche betreten hatten, saß er, wo er sitzen wollte, auf Berntas Schoß, und lutschte etwas Süßes. Als die Mutter ihn später mitnehmen wollte, hatte er sich an die Tante geklammert und wieder wild um sich geschlagen. Er hatte getreten und geboxt und geheult.
Kann er nicht bis heute Abend hier bleiben, nur bis heute Abend?, hatte die Tante gebettelt. Dann bringen wir ihn.
Sie hatten ihn an diesem Abend nicht gebracht.
Erst am nächsten Tag war der Junge aufgetaucht, diesmal zusammen mit dem Onkel. Und König Oskar war durch die Küche gelaufen, um seine Sachen zu holen.
Sara konnte sich an alles erinnern, an die energischen Schrit-

te des Jungen an diesem Morgen, an seinen hocherhobenen Kopf.
Die Mutter war nicht zu Hause gewesen. Und Sigmund in der Schule.
Sara hatte ihn allein empfangen müssen.
Geh zu Johanna, hatte die Mutter zu ihr gesagt, ehe sie mit ihrer Tasche davongeeilt war.
Aber Sara war noch unten. Und König Oskar hatte seine Kleider gefunden. Er war schon auf dem Rückweg zur Tür, als der Onkel das vereitelte.
Sie konnte sich an die Worte nicht erinnern, nicht genau.
Doch sie erinnerte sich an den Mann. Einen Mann in dunkler Kleidung, mit einer schwarzen Mütze auf dem Kopf. Einen Mann, der vor ihr gewachsen war, als wolle er das Dach durchstoßen, den Himmel erreichen.
Zugleich war der kleine Oskar geschrumpft, zu einem kleinen Etwas unten auf dem Boden. Kleiner und kleiner war er geworden. Fast wie eine Fliege, wie ein kleines Insekt, das an den Hosenbeinen des Mannes hochklettern wollte. Und der Onkel hatte ihn abgeschüttelt wie Ungeziefer, das ihn anekelte.
Er wollte ihn nicht.
Das sagte er. Er sagte das doppelt und dreifach, das wusste Sara. Mit der Stimme, dem Körper und dem Gesicht. Sie wollten ihn nicht, weder Bernta noch Hans.
Hart und energisch hatte er gesprochen. Mit dem Mund, oben in dem kalten, schwarzen Winterbaum, zu dem der Mann nun geworden war.
Dann war er verschwunden.
Übrig war der Junge. Wie eine Fliege. Wie ein totes Schaf. Wie ein Stück Schlachtvieh, das Sara ein Jahr zuvor auf dem Hof gesehen hatte.
Auf dem Bergsims über dem Fjord hatte sie sich abgewandt. Sie hatte es nicht sehen wollen.
Aber sie sah Oskar. Sie sah ihn durch einen verschwommenen, flimmernden Schleier. Sie sah, dass er Locken hatte. Schöne

Locken. Wie ein Engelchen, hatte sie wohl gedacht. Wie einer von den kleinen Engeln, von denen die Großen erzählt hatten. Die Gott bei kleinen Dingen halfen.
Aber Oskar war kein Engel. Er war auch kein König. Er war Oskar. Und er durfte nicht sterben, wie das Schaf.
Sara hatte einen Schritt auf ihn zu gemacht, und dann noch einen. Sie hatte ihn in die Arme genommen, hatte ihn an sich gedrückt und ihm etwas zugeflüstert.
Denn sie hatte es jetzt begriffen. Dass er sich an nichts erinnern konnte. Dass ihm nicht klar war, dass seine Mutter seine Mutter war.
Er war zu klein gewesen, als sie gefahren war. Noch kleiner als Sara war der Junge gewesen. Und darüber hatte sie geflüstert und zu trösten versucht, während sie zugleich geweint hatte. Denn niemand sollte so daliegen müssen wie ein schweres Schaf, in den Armen eines anderen Menschen. Niemand sollte in eine Fliege verwandelt werden.
Brüderchen, hatte sie geflüstert. Brüderchen.
Du darfst nicht sterben, hatte sie geflüstert.
Da hatte er zu ihr hochgeschaut, und seine Augen hatten alt ausgesehen. Dann hatte er sie geschlossen und war eingeschlafen.

Und später hatte er sich an sie geklammert, als gebe es sonst keinen Menschen auf der Welt für diesen Jungen. Und Sara hatte ihn gewähren lassen. Weil sie an Onkel Hans gedacht hatte. Es hatte keine andere Möglichkeit gegeben.
Wie ein Kamel mit Höckern.
War es jetzt vorbei?
Sie lag in der Dunkelheit. Sie lag da und wartete darauf, dass er sich umdrehte und an ihren Körper klammerte. Dann vergaß sie ihn und dachte nur noch an den schönen Tag, an die Mutter und an den singenden neuen Vater.

Aufbruch

Jetzt wird der Junge wohl Manieren lernen, brummte Johanna.

In Sara verkrampfte sich alles, wie früher; sie wollte ihre Mutter in Schutz nehmen. Denn Johanna dachte an die alleinstehende Hebamme, wenn sie so etwas sagte; sie sollte so etwas nicht sagen, es tat weh wie ein Nadelstich. Jetzt aber war die Mutter verheiratet. Die Nadel konnte nicht mehr zustechen, und Sara hätte fast lachen müssen über Johanna, die immer alles ganz genau zu wissen glaubte.

Die Erwachsene beugte sich über Sara, die am Tisch saß und Hausaufgaben machte. Sie fuhr ihr sanft über die Haare und füllte das Zimmer um die Kleine mit Johanna-Gerüchen nach feuchter Erde.

Goldzopf, murmelte sie. Meine Kleine.

Ararat, las Sara in ihrem Buch.

Sie wollte Johannas Hand nicht auf sich spüren. In dieser Hand lag alles, was gewesen war, alles, worüber man nicht sprechen konnte. Die Erwachsene streichelte das Kamel.

Ararat. Ein Berg, der sich aus dem Meer erhob. Vielleicht wie in Ålesund die Aksla. Ein grüner Gipfel unter dem Himmel.

Goldzopf und Silberschopf.

Das hatte sie schon lange nicht mehr gesagt, schon lange nannte sie Sara und Oskar nicht mehr so. Irgendwann war es unmöglich geworden. Und zwar, nachdem die anderen Kinder den Namen »Silberschopf« verzerrt und in ein Schimpfwort verwandelt hatten.

Seither hatten die Erwachsenen Sara und Oskar nur noch mit ihren richtigen Namen angesprochen.

Nein, protestierte Frida jetzt, ein Nein, das aus ihr heraus-

sprang, ohne dass sie darüber nachgedacht hätte. So hießen sie doch nicht.
Sie saßen über ihren Hausaufgaben, es ging um Noah und die Arche, die auf dem Berg Ararat auflief. Sie saßen einander gegenüber am Küchentisch, Frida auf der Bank, Sara auf einem Hocker, wie schon so oft. Außer Johanna war sonst niemand da, keiner von Fridas lauten kleinen Brüdern, keiner von den Älteren, und Oskar schon gar nicht. Er war unten, um beim Umzug zu helfen.
Die ganze Nacht hatte er allein dagelegen, ohne zu klammern. Am Morgen war er als Erster aufgestanden, hatte sich angezogen und war allein zum Abtritt hinübergegangen.
Wann geht's los?, hatte er gefragt.
Wenn Sigmund aus der Schule kommt, hatte die Mutter geantwortet.
Sein Gesicht hatte sich für einen Moment verdüstert, als sei das eine viel zu lange Wartezeit, als habe er gehofft, sich sofort auf den Weg machen zu können, um alle Habseligkeiten ins Haus des Lehrers zu schaffen.
Du kannst mir beim Packen helfen, hatte die Mutter gesagt. Und es gibt so viel, was verbrannt werden muss. Das kannst du zum Feuer tragen.
Als Sara und Frida aus der Schule gekommen waren, stieg hinter dem Haus der Rauch auf. Was brannte, waren die alten Strohmatratzen. Jetzt würden sie neue bekommen, bei Borgwad. Oskar hatte aufgepasst, dass das Feuer sich nicht ausbreitete. Er achtete nicht auf seine Schwester. Er würdigte sie keines Blickes. Und Sara war wieder ins Haus gegangen.
Geh doch zu Johanna, hatte die Mutter gesagt. Dann sitzt du mit deinen Aufgaben nicht hier unten im ganzen Durcheinander. Du kannst doch nachher helfen, beim Saubermachen.
Jetzt saß sie hier. Und wusste plötzlich, dass etwas zu Ende war. In einer Woche würde es so weit sein, dann fingen in der Schule die Sommerferien an. Sie dachte dabei an den Bruder. Nie mehr würde Oskar hier oben sein, wenn die Mutter zur

Arbeit gerufen würde. Denn im Herbst kam auch er in die Schule.
Und sie dachte an das allererste Mal, als sie hergekommen waren, um bei Johanna Zuflucht zu suchen. Sie waren die Treppenstufen hochgeklettert, Sara mit dem Bruder im Schlepp. Und sie hatte das Gefühl gehabt, auf den Hof zurückzukehren, den sie eben verlassen hatte, auf das Sims am Steilhang. Johanna war der Fels mit den Ziegen gewesen.
Fast hätte sie jetzt gelacht. Denn die Frau war ihr so groß vorgekommen. Das war sie noch immer. Groß und breit, mit einem wogenden Busen. Aber jetzt reichte Sara ihr bis zur Brust. Damals hatte sie ihr nur bis zu den Oberschenkeln gereicht.
Ein Berg. Wie die Aksla hier auf der Inseln, auf die Sara und Frida schon einmal gestiegen waren, um aufs Meer blicken zu können. Wie der Ararat. Wo Noah und seine vielen Tiere ihre Reise beendet hatten. Damals hatte sie noch nichts von Noah gewusst. Aber so war Johanna ihr erschienen: als Fels, auf dem es von Leben nur so wimmelte. Mitten in der Küche hatte sie gestanden, als Sara und der Bruder hereingekommen waren, umgeben von den vielen Kindern. Auf jedem Arm eines, das genauso aussah wie das andere, eines, das an ihrem Rock hing. Ein viertes schaute hinter ihrem Rücken hervor, und außerdem lagen zwei über ihren Füßen, zogen einander an den Ohren und heulten.
Sieh an, hatte der Berg gebrüllt. Hier haben wir ja Goldzopf und Silberschopf.
Genau das hatte sie gesagt. Dann hatte sie die krabbelnden Kinder abgeschüttelt und war auf ihre Gäste zugekommen. Sie hatte sich über Sara und den Bruder gebeugt und sie in ihren Erdgeruch gehüllt. Sie roch nach Erde, nicht nach Fisch. Nicht nach Schweiß. Sondern nach feuchter Erde.
Sie hatte Sara mit einem braunen Auge zugezwinkert und Oskar einen Finger in den Bauch gebohrt. Der Kleine hatte sich dieses Ding angesehen, das sich in ihn presste und wieder herausgezogen wurde, ehe er sich fallen gelassen und mit den Händen die eine Wade seiner Schwester umklammert hatte.

So hatten sie angefangen, die Jahre hier oben. Und so waren sie weitergegangen. Sara und ihr Bruder hatten an der Wand gesessen und den anderen beim Herumtoben und Spielen zugesehen. Alles andere wäre unmöglich gewesen. Sara musste da sein, wo Oskar war. Immer musste er sich an ihr festhalten, an ihrem Bein oder ihrem Arm, ihrem Rock oder ihrer Bluse. Und die anderen hatten sie in Ruhe gelassen, damals hatten sie das, als hätten sie sie vergessen, als wären die beiden ein Teil des Zimmers geworden, fast unsichtbar. Fast wie die Unterirdischen. Und das war so traurig gewesen. Denn Sara wäre gern durch das Zimmer und zu Frida gegangen.

Die anderen waren allesamt Jungen.

Aber Frida war ein Mädchen und hatte Ähnlichkeit mit ihr.

Jetzt schau dir das doch mal an, hatte Frida gelockt.

Aber das hatte Sara nicht gekonnt. Sara musste bei dem kleinen Oskar bleiben. Und Frida war am anderen Ende des Zimmers stehen geblieben, als warte sie, warte auf eine Spielkameradin, die so nah war und doch unerreichbar blieb.

Es war vorgekommen, dass Johanna vor sie getreten war und den Jungen eine Weile angeschaut hatte, als wolle sie ihn hochheben und fortnehmen. Sara hatte ihm dann beschützend den Arm um die Schultern gelegt, getrieben von einer Notwendigkeit, die ihr im Leib steckte. Und die Erwachsene hatte das wohl verstanden, denn sie hatte sich zurückgezogen und ab und zu ein wenig gebrummt und den Kindern, die lärmten und sich rauften, eine Ohrfeige verpasst.

Erst im folgenden Sommer waren die Mädchen einander nahe gekommen.

Johanna war mit der ganzen Kinderschar hinausgezogen. Die Zwillinge hatten Laufen gelernt, und alle durften danach am Strand spielen. Oskar hatte an seiner Schwester gehangen. Am Wasser hatte er sich auf den Boden fallen lassen und sie nachgezogen. Aber es war doch etwas anderes gewesen. Es hatte mehr zu sehen gegeben. Die Boote, die ein Stück von ihnen entfernt lagen. Die anderen Kinder, die hin und her gerannt waren,

die muntere Rufe ausstießen und Holzstöcke in den Händen hielten.
Sie wusste noch, wie gern sie selber losgerannt wäre.
Aber das war unmöglich. Damals war es unmöglich gewesen.
Doch dann war Frida zu ihnen gekommen, zum ersten Mal, mit etwas in den Händen. Zwei glatten Steinen. Sie hatte Sara den einen gegeben. Und dann hatte sie den anderen folgen lassen und war weggelaufen, um noch weitere zu suchen. Am Ende hatte zwischen ihnen ein ganzer kleiner Haufen aus nassen Steinen gelegen, und die beiden Mädchen hatten ein wortloses Spiel begonnen, als dürften sie nicht laut sprechen, da sie ja nicht allein waren. Oskar konnte sie hören; Sara war klar gewesen, dass Frida so dachte.
Am nächsten Tag hatte Frida außerdem Muscheln und Holzstöckchen gefunden. Und sie hatten ihr stummes Spiel fortgesetzt, bis die andere wohl vergessen hatte, dass der Kleine dabei war, denn nun hatte sie kleine Sätze gesagt, an die Sara neue Wörter gehängt hatte, darüber, wie diese Gegenstände aussahen, wie ein Hund, eine Katze, Menschen, Häuser.
So war es weitergegangen, auch im Haus. Frida hatte Muscheln mit nach oben genommen, und die Mädchen hatten auf dem Boden gesessen, dicht an der Wand, und hatten gespielt. Die Fundstücke vom Strand könnten Krebse sein, schlug Sara vor. Oder Ziegen. Die andere hatte noch nie eine Ziege gesehen, und Sara hatte ihr erklärt, was das für Tiere waren. Nach und nach hatte sie ihr alles über das Leben am Fjord erzählt, über die Schafe und die anderen Tiere, über den Großen, der den Verstand verloren hatte, und über den sprudelnden Bach, wo sie Wasser holten.
Frida hatte alles in sich aufgesogen, und Sara hatte über die Mutter gesprochen, die mit einem großen Schiff in die Ferne gereist und die dann zurückgekehrt war, um Frauen und Kinder zu retten.
Frida hatte geglüht und alles in sich aufgesogen, und Sara hatte noch mehr erzählt, wie die kleinen Kinder quer oder falsch

herum liegen konnten, dass aber die Hebamme ... die Hebamme ... Denn das hatte Sigmund ihr erklärt, was die Mutter tat, wenn sie zu einer Geburt gerufen wurde.
Frida hatte große Augen gemacht.
Am nächsten Tag hatte sie verschwörerisch geflüstert: Das ist so wahr wie das Amen in der Kirche. Das weiß ich von Mutter, aber ich darf es den Jungs nicht erzählen, die dürfen so was noch nicht wissen.
Danach hatten sie gespielt, dass die großen Muscheln Frauen waren. Darin steckten kleinere Muscheln, und das waren die Kinder. Frida hielt die große Muschel fest, während Sara versuchte, sie zu öffnen und die Kleine herauszuholen. Jede hatte gezogen und gezerrt, bis die eine gewann und rückwärts umkippte.
Das war eine schwere Geburt, flüsterte Sara so leise, dass die Jungen es nicht hören konnten. Die kleine Muschel aber war unversehrt gewesen, und schwupp, schon konnte sie unter ihren Händen über den Boden laufen.
Wieder und wieder hatten sie das gespielt.
Oskar hatte halb hinter der Schwester gehaust. Er hatte nur als Griff um Saras eine Schulter existiert, um ihren Knöchel oder Arm, einige Male hart und fest, andere Male locker und schlaff, so als schlafe er.
Wie der Höcker eines braunen Tieres.
So war er bei Johanna gewesen. Wenn die Mutter mit ihnen zum Strand gegangen war, war er der Schwester ans Wasser gefolgt und hatte sie schöne Steine und Muscheln sammeln lassen. Er hatte sich hingehockt und sie festgehalten, hatte aber zwischendurch einen Finger ins Wasser gehalten. Nie hatte er etwas aufgehoben. Nie hatte er etwas gesagt. Wer gesprochen hatte, war Sara; sie hatte geredet und geredet, als wolle sie damit ihre Spiele mit Frida wiederholen.

Ja, der wird jetzt Manieren lernen, sagte Johanna und schaute aus dem Fenster. Jetzt tut er da unten sogar etwas.

Was denn?, fragte Frida, ohne den Blick von der Bibelgeschichte zu heben.
Er trägt einen Topf hinaus. Und stellt ihn auf den Wagen.
Fridas Brüder standen unten und sahen zu, wie die anderen Gegenstände aus dem Haus schleppten, wie sie sie zu dem geliehenen Karren zerrten. Johanna erzählte laut, was dort unten alles passierte. Wie gezogen und geschoben wurde. Hinüber, zum Haus des Lehrers.
Sara las über eine Taube. Sie war weiß. Einige Male hatte sie geträumt, sie sei selber ein Vogel, etwas Leichtes, das auf dem Wind davonschwebte. Auch jetzt kam ihr dieser Gedanke, für einen winzigen Moment, und verschwamm dann mit dem Bild von Oskars Rücken.
Das ist gut so, sagte die Erwachsene jetzt. Denn im Herbst …
Sie dachte an die Schule. Sara hatte sich vor diesem Gedanken gefürchtet. Früher hatte sie das getan. Jetzt nicht mehr. Denn der Lehrer hatte ihm schon das O beigebracht. Und der Junge war bestimmt kein Sabbertropf.
So hatten sie ihn nämlich genannt, die Kinder hier oben. Das hatten sie aus Johannas Silberschopf gemacht. Sabberkopf, hatten sie gerufen. Eines Tages hatten sie plötzlich damit angefangen. Sie hatten Oskar angestupst, hatten ihn an den Locken gezogen. Plötzlich schienen sie entdeckt zu haben, dass er da war, dass er nicht nur ein Teil der Wand war. Und Frida hatte nach ihnen geschlagen, nach ihren Brüdern und den Kindern, die Johanna einer anderen Witwe zuliebe auch hütete.
Seid nicht so gemein zu Sara!, hatte Frida gerufen.
Und damals hatte das ganz richtig geklungen.
Aber was war ein Sabbertropf?
Nichts, glaubte Sara. Einfach gar nichts. Das gab es nicht.
Trotzdem hatte sie gewusst, was die anderen meinten. Oskar sei ein Idiot. Davon gab es mehrere in Ålesund. Einige stolperten einher und sabberten. Andere kicherten ganz ohne Grund. Noch andere kreischten.
War Oskar so einer?

Nein, das wusste sie. Er sprach mit richtigen Wörtern. Sie hatten in ihm gewohnt. Lange hatten sie das, ehe er sie laut ausgesprochen hatte. Monatelang hatte er sie Sara abends im Bett zugeflüstert, ehe er die Augen schloss und den Arm um sie legte. Über Borgwad hatte er geflüstert. Darüber, was der Mann gesagt, was er getan hatte.
Aber davor ...
War er wie ein Klumpen aus erstarrtem Brei gewesen. Mit Augen wie das Schlachtvieh, das sie auf der Wiese gesehen hatte.
In der ersten Zeit oben bei Johanna hatte Sara ihm leise zugemurmelt und erzählt, was sie alles sahen. Sieh dir Bottolv an, der sieht aus wie ein Fisch. Wie so ein elender Fisch, der gleich über Bord geworfen wird. Und sieh dir Brynjulf an, der sieht auch aus wie ein Fisch, wenn er weint. Aber nicht wie ein unbrauchbarer Fisch, sondern eher wie ein seltener Hering.
So hatte sie mit ihm geredet.
Und Arngeir, der ist ein Huhn. Er gackert nicht. Aber er zupft Federn aus.
Der kleine Bruder hatte ihr nie geantwortet. Als könne er das, wovon sie da redete, nicht sehen. Als sehe er rein gar nichts.
Aber er war kein Sabbertropf gewesen, auch damals nicht. Denn er hatte ihre Zeichen verstanden, die Mitteilungen, die sie ihm nur mit den Augen gesandt hatte, oder nicht? Komm jetzt, wir holen die Holzschüssel, die Mutter zum Trocknen in die Sonne gestellt hat. Komm jetzt, wir gehen mit Sigmund Graupen kaufen. Wir holen Sigmund vom Angeln ab. Komm jetzt.
Immer war er von dem Holzkasten gerutscht, wenn sie ihn mit solchen Sätzen in den Augen angesehen hatte.
Noch wohnte er dort, auf dem Holzkasten. Aber er war dennoch zu einem anderen geworden.
So klang für Sara die Grenze, die Trennlinie zwischen früher und dem, was dann gekommen war: Borgwad. Der Tatsache, dass er sich ihnen gezeigt hatte. Dass er zu Besuch gekommen war.
Oskars Stern.

War sie jetzt wirklich frei, so wie Sigmund gesagt hatte?
Frei. Das war ein Sonntagswort. Es bedeutete ohne etwas zu sein. Ohne die Schule. Ohne Oskar, in der kleinen Stunde einmal pro Woche, in der sie damals die Nähschule besucht hatte.
Jetzt bist du für eine Weile von Oskar befreit, hatte damals ihr großer Bruder gesagt.
Es war ein seltsames Gefühl gewesen, mit Nadel und Faden in den Händen dazusitzen, auf einem bequemen Stuhl mit Rückenlehne. Beim ersten Mal hatte sie sich bei Jungfer Samuelsen an die Wand gepresst, als gehöre sie dorthin, überall, an eine Wand. Dann war ihr einer der Stühle an dem langen Tisch zugewiesen worden. Und sie hatte das Gefühl gehabt, dass ihr etwas fehle, etwas von ihr selber. Aber bald hatte sie es vergessen, über dem Stück Stoff, über den Anweisungen der Jungfer, über dem Anblick der fremden kleinen Mädchen in ihren schönen Kleidern. Und auf dem Heimweg war sie gerannt und fast ein Vogel gewesen. Aber der Anblick von Oskar in der Küche hatte sie dann wieder traurig gemacht. Und sie hatte sich zu ihm gesetzt und ihn klammern lassen.
Dann war da noch das Mustertuch, das sie sticken sollte. Es sollte alle Buchstaben im Alphabet aufweisen. Und darunter sollte ihr Name stehen. Die Lehrerin hatte ein Tuch, auf dem sie nachsehen konnten. Aber über dieses Tuch hatten sich so viele gebeugt, denn von den anderen konnte auch keine lesen. Da hatte Sigmund beschlossen, ihr das alles beizubringen, damit sie nicht bei jedem Stich nachschauen musste.
Lass Sara los, Oskar, hatte er gemahnt. Jetzt muss sie sich zu mir setzen.
Ach, das war schön gewesen, mit dem älteren Bruder am Tisch zu sitzen und etwas zu lernen. Aber trotzdem … diese Geräusche hinter ihm, die von dem Kleinen stammten, der sich vom Holzkasten auf den Boden gleiten ließ und dort sitzen blieb, wie damals, als Onkel Hans …
Dann war sie auf die richtige Schule gekommen. Und Sigmund

hatte sie und Frida auf dem Heimweg angehalten. Wartet hier. Ich sehe nach, ob Mutter zu Hause ist.
Dann war er vorgelaufen. Wenn die Mutter im Haus gewesen war, hatte er ihnen zugewinkt: Legt eure Schulsachen hier ab. Geht nicht rauf. Ich hole den Kleinen. Geht erst mal woandershin.
Johanna sei das recht, hatte Frida gesagt. Ihr war es recht, wenn sie nicht sofort kamen, wenn sie erst umherliefen und sich umsahen.
Frei.
Es war so schön gewesen: zwei Mädchen, die Hand in Hand liefen. Sie waren unten im Hafen gewesen. Sie hatten sich die Boote angesehen. Und das Meer, das blaue, blaue, das sich so weit ausdehnte, wie weit eigentlich, wohin?
Bis Molde, hatte Frida gesagt. Und bis nach Spanien.
Bis Christiania, hatte Sara gesagt, wo es Pferde und schöne Kutschen gibt.
So konnten sie reden und ihr Wissen teilen. Und Sara wusste immer mehr, jedenfalls über solche Dinge, denn Frida kannte nur das, was beide sehen konnten, den Ort und die Kammern, in denen sie lebten, und das bisschen, was der Vater über das Leben in den Fischgründen erzählt hatte, denn Fridas Vater war ein wortkarger kleiner Mann, der sich zwischen den anderen hindurchdrängte, wenn er zu Hause war, durch die Kinderschar und an der unübersehbaren Johanna vorbei und dann fort, an einen Ort, den Sara und Frida nicht gekannt hatten, ehe sie den Vater auf einem ihrer Ausflüge hinter einer offenen Tür in einem Haus entdeckt hatten, wo die Männer saßen und tranken.
Nein, Sara wollte lieber über fremde Städte sprechen, denn die Mutter hatte doch allerlei erzählt, über Christiania und die Reise hin und zurück, über das Meer und durch das Gebirge. Sie hatte es Sigmund erzählt, aber auch Sara hatte es gehört, über Städte und Länder, über Bäume und Blumen, über Menschen in fremder Tracht, über einen Onkel namens Jens.

In Bergen gibt es eine Kirche, konnte sie zu Frida sagen. Und dort habe ich einen Onkel, der rote und blaue Fenster malt.
Ach, es war so schön gewesen, sich bewegen zu können, ohne langsamer werden zu müssen, weil jemand nicht mitkam. Es war wunderbar, die Köpfe zusammenstecken und kichern und flüstern zu können, über den seltsamen Mann mit dem Bart, der fast über den Boden fegte und der total verdreckt war, o ja. Oder über die dicke Dame, die sie im Kramladen gesehen hatten und die sich nicht hatte halten können und gefurzt hatte wie eine … wie eine …
Wie ein blökendes Schaf, hatte Sara gekichert.
Genau, hatte Frida gesagt. Wie ein blökendes Schaf, ehe es in den Abgrund stürzt.
Oder von der Aksla, konnte Sara sagen, denn auch auf der Insel gab es Schafe, und einige Kühe, die an den Hängen grasten. Und viele Leute hatten Hühner, die auf den Hinterhöfen herumliefen und Körner pickten.
Aber dann war das Böse wiedergekommen, wenn sie sich dem Haus genähert hatte. Das böse Gefühl, dass sie sich ohne Oskar amüsiert hatte, dass sie sich davongeschlichen hatte, während sie wusste, dass er dort oben saß und wartete, wartete. Und der Bruder hatte sich an sie geklammert.
Bis Borgwad aufgetaucht war.

Jetzt bekommt ihr ein feines Leben, sagte Johanna.
Ach ja, sagte Sara.
Aber alte Bekannte wirst du doch wohl nicht vergessen?, fragte Johanna.
Ach nein, sagte Sara.
Du kannst doch ab und zu bei mir die Hausaufgaben machen?, fragte Frida. Oder ich bei dir?
Ihre Augen funkelten, aus Neugier, denn wie mochte es dort aussehen, zu Hause bei dem Lehrer?

Es war schön dort.
Sara wusste ja schon, wie schön es bei Borgwad war. Nur auf der Treppe stank es. Sie wusste es noch von damals, als sie ihn besucht hatten, um süße Brötchen zu essen und auf seiner Orgel zu spielen.
Das ist der Gerber, sagte die Mutter.
Sie hatte sie bei Johanna abgeholt. Die Zimmer unten waren jetzt leer, ganz leer, abgesehen von den Wassereimern und allem anderen, was sie zum Putzen brauchten. Das wollten sie am nächsten Tag erledigen. Wenn die Mutter es schaffte, würde sie selber putzen, mit Saras Hilfe, nach der Schule. Auf jeden Fall musste die Tochter gleich hingehen und allein anfangen, wenn die Hebamme gebraucht wurde.
Vielleicht kann Frida helfen, hatte Sara vorgeschlagen.
Das wäre eine gute Idee, hatte die Mutter lächelnd geantwortet.
Dann waren sie losgewandert, durch den milden Sommerabend, Seite an Seite, an einen neuen Ort. Es war ein seltenes Erlebnis für das Kind, mit der Mutter unterwegs zu sein, nur sie beide. Sie hätte die Mutter gern an der Hand gehalten. Nur ein einziges Mal war das passiert, wenn sie sich richtig erinnerte. Sie hatten am Hafen gestanden. Und zwar an dem Tag, als sie Sigmund zum ersten Mal zur Schule gebracht hatten. Damals war Oskar noch der König gewesen, der zu Bernta wollte. Die Mutter hatte seine Faust festgehalten, weil er so klein war und weil er nicht weglaufen sollte. Dann hatten sie dagestanden und sich im Hafen umgesehen, und die Erwachsene hatte auf ein Boot gezeigt, das Ähnlichkeit mit einem anderen hatte: So eines war das … auf dem euer Vater gefahren ist. Ein Achter.
Und Sara hätte gern ihre freie Hand gefasst, aber hätte sie das gedurft? Sie wollte ja nicht wegrennen, und sie war doch größer als Oskar.
Trotzdem hatte sie sie genommen, und die Mutter hatte Saras Hand warm gedrückt. Das wusste sie noch.
Seither war es wohl nicht wieder vorgekommen. Weil sie zum Kamel geworden war. Weil die Mutter immer vor ihnen hereilte,

wenn sie unterwegs waren. Und auf dem Heimweg hatte die Erwachsene zumeist beide Arme voll.
Sie hatte wohl niemanden an der Hand gehalten, die Mutter, in der Zeit, die seither vergangen war. Aber jetzt hatte sie Borgwad. Ihre Hand hatte auf dem Hochzeitsboot so schön in seiner gelegen. Und Sara hätte sie gern selber gehalten, als sie an diesem Nachmittag unter der tief stehenden Sonne zum Haus des Lehrers gewandert waren. Aber sie war doch acht Jahre alt! Fast neun! Keine, die so groß war, hielt noch eine Erwachsene an der Hand.
Aber könnte sie nicht trotzdem …?
Nein …
Doch?
Und dann war es zu spät. Sie standen schon auf der Treppe, über der der Gestank des Gerbers hing.

Es gab drei Kammern, dazu das Wohnzimmer und eine kleine Küche. Die eine Kammer hatte anderen Leuten gehört, doch nun war eine neue Tür in die Wand gesägt worden, während die alte, auf der anderen Seite, zugenagelt worden war. Sara schaute sich um. Sie sah die Orgel an, die an derselben Stelle stand wie damals, vor dem runden Hocker mit den Troddeln. Daneben stand das Sofa, dicht vor der Wand. Und davor der runde Tisch mit der schönen Decke, und auf der anderen Seite die beiden Stühle, die die Mutter einmal nach einer Geburt bekommen hatte. Und auf dem Wohnzimmerboden lag der Teppich, den sie ebenfalls ihrer Hebammentätigkeit verdankte.
Ach, es war alles so schön. Und Borgwad stand mitten im Raum und lächelte.
Sara trippelte durch offene Türen und sog alles in sich ein. In der einen Kammer saß Sigmund über seinen Hausaufgaben.
Die ist für Oskar und mich, murmelte er, als seine Schwester zu ihm hereinschaute. Und du bekommst die kleinste, ganz allein.
Sie sollte ein Zimmer für sich allein bekommen?

Borgwad findet das richtig so, erklärte der Bruder, dass Mädchen und Jungen nicht im selben Zimmer schlafen.

Es war seltsam. Ganz allein in einem Zimmer zu schlafen. In einer anderen Küche zu frühstücken. Einen anderen Weg zur Schule zu gehen.
Das Schulhaus aber hatte sich nicht verändert. Und die Kinder in der Klasse auch nicht. Oder der Lehrer mit dem Rohrstock und dem schlimmen Lineal. Er hatte ihnen ihre Tische zugewiesen, gleich am ersten Schultag. Ganz hinten saßen die mit der zerlumpten Kleidung. Vorne die Feinen. Sara hatte viele schon gekannt. Die Fischerkinder hatte sie in der Nachbarschaft des weißen Hauses spielen sehen, die feinen Mädchen hatte sie in Jungfer Samuelsens Nähstube getroffen. Sie selber sollte in der dritten Reihe sitzen. Aber sie hatte gebeten, zaghaft und mit zitternder Stimme, ob sie nicht neben Frida in der vierten sitzen dürfe.
So war es dann gekommen. Seit fast zwei Jahren saßen sie jetzt nebeneinander. Und in den Pausen waren sie auch immer zusammen, oft mit anderen, die bei ihnen in der Nähe wohnten. Es war vorgekommen, dass Nähschulmädchen Sara am Ärmel gezupft hatten, weil sie sie schon kannten, weil ihre Eltern nur Gutes über die Hebamme sagten und weil bei dem Fotografen ein Bild von ihr im Fenster hing, aber sie hatten nie auf Frida geachtet, sie wollten nur Sara mit in ihr Spiel hineinziehen, die andere nicht.
Auch an diesem Tag passierte das. Marie Charlotte, Eugenia und Amalie gingen Sara gleich entgegen. Lächelnd kamen sie auf sie zu, in ihren feinen Kleidern und den frisch gebügelten Schürzen. Ob sie über die Hochzeit sprechen wollten? Über die Stimmung in der Kirche oder auf der Rückfahrt über den Fjord? Sie hatten sich sehr für die Hochzeit der Hebamme interessiert, und Sara war ihnen ausgewichen, aus Angst, sie könnten kichern und blöde Sprüche über Liebespaare klopfen.
Aber jetzt schien es um etwas anderes zu gehen.

Wir sehen uns ja im Herbst, sagten sie und zwinkerten ihr zu.
Im Herbst? Natürlich würden sie einander im Herbst sehen, Und vorher auch noch, denn das Schuljahr dauerte doch noch zwei kurze Tage …
Dann stand Frida neben ihr. Die anderen musterten sie herablassend.
Du kommst dann zu uns, Sara, erklärte Marie Charlotte.
Ja, du kommst du uns, echote Eugenia.
Denn du kommst mit auf die Neue, sagte Amalie.
Auf was für eine Neue?
Auf die neue Schule natürlich!
Das tut sie überhaupt nicht, sagte Frida und zog Sara am Arm. Oder was sagst du?
Sara wusste es nicht. Sie hatte von keiner neuen Schule gehört.
Denn wir gehen nicht mehr hierher, sagte Marie Charlotte gehässig. In dieses Läusenest.
In dieses Läusenest, wiederholte Eugenia.
Zu dem Bettelpack, fügte Amalie hinzu.
Zu Leuten, die nicht mal Schuhe haben, sagte Rut, die nun auch dazugekommen war.

Das machst du doch nicht?, fragte Frida auf dem Heimweg.
Sara wand sich. Nein, wollte sie sagen. Aber wieso waren die anderen sich so sicher?
Sag was, Sara, sag was, drängte die Freundin.
Sie gingen den normalen Weg, zum weißen Haus, wo geputzt werden sollte. Die Mutter war da, sie wurde nicht bei einer Geburt gebraucht. Frida lief nach oben, als sie durch die offene Tür die Frau bei der Arbeit sah, ohne Abschiedswort, ohne das Versprechen, herunterzukommen und ihnen zu helfen.

Das ist ein Ereignis, sagte die Erwachsene.
Sie hielt die Tochter an den Schultern und sah durch sie hindurch, so kam es Sara vor, quer durch ihren Kopf und auf die andere Seite, auf das, was Zukunft hieß. Mit tiefem Ernst und lei-

sem Zittern in der Stimme erzählte die Mutter über dieses große Ereignis, das mit der Zukunft zu tun hatte, und darüber, dass Mädchen ein ebenso selbstverständliches Recht auf Wissen haben müssten wie Jungen.
Sie duldete keinen Widerspruch.
Das sei alles schon länger geplant gewesen, erklärte die Erwachsene, eine Privatschule für Mädchen. Dort würde es weniger Schülerinnen in jeder Klasse geben, und sie würden viel mehr lernen als auf der Gemeindeschule. Die Mutter hatte das erst erzählen wollen, nachdem die andere Schule beendet war, nach dem Umzug zu Borgwad. Sie hatte ihrer Tochter davon erzählen wollen wie von einem wunderbaren Geschenk.
Denn du willst doch nicht auf die schlechtere Schule gehen, wo es diese andere gibt? Willst du dich mit der Gemeindeschule abspeisen lassen, wo doch sogar Oskar auf die Bürgerschule kommt?
Die Erwachsene küsste sie auf die Stirn. Das kam nur selten vor. Und das Glänzen in den Augen der Mutter war ansteckend. Sara hätte weinen mögen, über die guten Hände auf ihren Schultern, über den Kuss auf die Stirn, wegen Frida, die so traurig sein würde. Denn Sara war sofort klar, dass diese neue Schule für ihre Freundin nicht zugänglich sein würde. Sie kostete ja schließlich Geld. Während die Gemeindeschule gratis war. Und oben bei Frida ... Da hatten sie immer schon weniger gehabt als andere. Sogar in den schlimmsten Zeiten war das so gewesen, obwohl doch ein Vater vorhanden war, der zum Fischen hinausfuhr, doch dieser Vater ... trank.
Sie zitterte.
Die Mutter richtete sich auf. Sie lächelte.
Dann putzten sie den Boden. Eine Mutter und eine Tochter. Sie waren noch sehr lange an der Arbeit. Bis der Hunger ihnen zu sehr zusetzte. Bis die Erwachsene das Kind zum Kochen vorausschickte.
Und Sara stürzte davon, weinend beim Gedanken an Frida, Frida, die die ganze Zeit oben gewesen und nicht zu ihnen

heruntergekommen war, und über sich selber, die nicht hochgegangen war, um der Freundin zu erzählen, was ihnen bevorstand.

Am nächsten Tag musste sie es tun.
Doch es blieb ihr erspart. Frida hatte es schon begriffen, am Vortag. Und jetzt begriff sie es noch einmal, als sie Saras Blick sah und als sie Jubel und Spott der anderen Mädchen hörte.
Sie saßen an ihren Tischen, ohne einander anzusehen. In der Pause zog Frida sich zurück, sie ging zu Magdas Margrete. Und Marie Charlotte und die anderen zogen Sara zu sich, um mit ihr über die neue Schule zu sprechen, in welchem Haus die liegen sollte, wie sie aussehen würde.
Und nach der Schule ging sie ein Stück zusammen mit den schöner angezogenen Mädchen, denn sie hatten jetzt denselben Weg, auch wenn der der anderen weiter war. Und Sara litt, denn in ihr lebte das Bild Fridas, ihres schmalen Rückens, der sich von ihr entfernte.
Nach dem letzten Schultag lief sie hinter ihr her.
Die Freundin rannte vor ihr, vor allen anderen, vor Magdas Margrete und den vielen anderen, die sich in der Sonne Zeit ließen und die frisch angebrochenen Ferien genießen wollten.
Warte, rief Sara. Jetzt warte doch!
Frida wartete nicht. Aber sie drosselte ihr Tempo. Und sie verließ den gewohnten Weg und ging zum Strand hinunter. Dort konnte Sara sie einholen.
Die Freundin hatte sich auf einen Felsen gesetzt. Sara setzte sich zu ihr. Und da saßen sie dann. Lange.
Wir könnten doch …, setzte Sara an.
Du verschwindest jetzt, sagte Frida mit belegter Stimme. Du verschwindest … ganz und gar.
Nein!, rief Sara. Wir wohnen doch am selben Ort! In derselben Stadt!
Dann weinten sie beide. Und klammerten sich aneinander und schluchzten und jammerten und trösteten sich gegenseitig und

murmelten, dass ihre Häuser doch nicht weit voneinander entfernt stünden, denn das stimmte doch, es war nicht weit, wirklich nicht, und deshalb könnten sie einander besuchen, denn Sara würde Frida nie vergessen, und auch Frida würde Sara nie vergessen, nein, nie!

Im Haus des Lehrers

Sara lag in Borgwads altem Bett. Der Mann selber schlief in dem breiteren Bett, das durch den Ort transportiert worden war, so dass alle es hatten sehen könnten. Er schlief dort zusammen mit seiner Frau. Zwei Erwachsene unter derselben Decke. Auch Sigmund und Oskar mussten sich eine Decke teilen. Sara jedoch nicht. Sie schlief allein in ihrer Kammer und fand es wunderbar.

Sie hatte es an den ersten Abenden nicht wirklich genießen können, da hatte sie immer an Frida denken müssen, doch das war jetzt anders.

Es war beinahe nicht zu fassen. Dass der Stiefvater beschlossen hatte, sie solle allein schlafen. Ohne den kleinen Bruder. Ohne irgendjemanden. Eine ganze Kammer hatte sie bekommen, mit einer kleinen Kommode für Kleider. Für ihre eigenen Kleider. Nicht für die der anderen. In ihrem eigenen Zimmer mit ihren Wänden, über die sie mit der Hand fahren konnte. Die Sarakammer, so nannte die Mutter dieses Zimmer jetzt, in der Sarakammer musst du selber Ordnung halten.

Natürlich. Das wollte sie jeden Tag machen, jeden Tag wollte sie für Ordnung und Sauberkeit sorgen.

Sie lag im alten Bett des Stiefvaters in der Sarakammer und war glücklich. Sie dachte an Frida, die sie im Sommer immer wieder besuchen wollte. Dann dachte sie wieder an ihr eigenes Zimmer und an Marie Charlotte, die ebenfalls allein schlief. Die andere hatte noch dazu einen Spiegel an der Wand, das hatte sie erzählt. Sara hatte das nicht. Aber das spielte keine Rolle, denn bei Borgwad und der Mutter hing einer, in dem sie sich betrachten konnte. Sie hatte das jetzt zum zweiten Mal getan, sich selber betrachtet. Das erste Mal war auf dem Bild in

Herrn Andestads Atelier gewesen, aber dieses Bild war doch arg undeutlich.

So wanderten ihre Gedanken zu zwei Spiegeln und einem Bild in einem Fenster, zu ihrem Aussehen, ihren Haaren und ihrem Gesicht, den kleinen Sommersprossen auf ihrem Nasenrücken, den Augen, die blau waren … und sie konnte dabei ihre Gedanken hören, hörte sie laut und deutlich. Denn keine anderen Geräusche störten sie dabei, kein Atmen, kein Husten, kein Verlangen nach einem Schnupftuch.

Dann dachte sie auch daran, an das, was fehlte, was sie aber durchaus nicht vermisste, und sie streckte die Arme nach beiden Seiten aus, denn das konnte sie jetzt, ohne jemanden anzustoßen. Und sie konnte die Beine spreizen. Wenn sie wollte, konnte sie sich auf den Bauch drehen. Sie konnte sich auf die Seite legen und sich zusammenrollen. Sie brauchte nicht auf dem Rücken zu liegen und zu warten, auf den Arm eines anderen, auf den Körper eines anderen, der sich an ihren drängte.

Nie mehr würde sie das tun müssen.

Ob er sich nach ihr sehnte, Oskar, hinter der Wand?

Er hatte nichts dergleichen gesagt. Seit dem Umzug hatte er sie kaum angesehen. Für ihn gab es nur noch den Mann.

Sara sprach ein kleines Abendgebet, das tat sie immer. Und tausend Dank für Borgwad, sagte sie abschließend, obwohl sie den Lehrer schon zusammen mit allen anderen genannt hatte, die sie in Gottes Obhut empfahl.

Wie still es war!

Nein, nicht ganz. Sie hörte durchaus Geräusche. Aber trotzdem. Diese Geräusche stammten von Menschen, die sie nicht sehen konnte, die in anderen Betten lagen. Und jetzt war Sommer. Sie brauchte am nächsten Morgen nicht davonzustürzen. Sie würde das noch lange nicht müssen. Und später würde sie dann in eine Schule laufen, die neu war, für alle, die dorthin gingen.

Es würde eine Schule für reiche Kinder sein.

Sara wusste ja, dass es Unterschiede gab. Den Reichen gehörten oft die Häuser, in denen sie wohnten. Manchmal gab es für jedes

Kind ein eigenes Schlafgemach. In solchen Häusern hießen die Räume nicht Kammer, sondern eben Schlafgemach. Das hatte sie den Reden von Marie Charlotte und den anderen entnommen.

Als Sara und Frida zum ersten Mal die Häuser der Reichen angesehen hatten, waren sie sofort übereingekommen, dass das das wahre Leben sei, in einem Haus mit Veranda und Säulen und einem Garten voller Blumen.

Sie hatten damals noch nicht gewusst, dass es Säulen und Veranda hieß. Aber Eugenia hatte die Dinge kurz darauf beim Namen genannt, und ihnen war gleich klar gewesen, was sie meinte.

Dreckshaus, hatte Frida gesagt, denn sie hatte sofort ihre Meinung geändert. Sie träumte durchaus nicht mehr davon, in einem Haus mit Dreckssäulen zu leben.

Aber es sah wirklich schön aus. Und Sara wusste, dass die Freundin das auch fand, egal, was sie sagte.

Bei Rut zu Hause gab es eine Orgel.

Wie hier, bei Borgwad.

Sie freute sich auf den nächsten Tag, den ersten in den Ferien, denn dann würde sie sich vielleicht an die Orgel setzen können. Und sie dachte, dass dieser Mann wirklich alles Gute mit sich gebracht hatte, nicht nur die Orgel und das mit ihrem Bruder, sondern auch die neue Schule, denn die Mutter hatte schon Recht, es war wirklich ein Geschenk, dort anfangen zu können, wo größeres Wissen zu erwerben war. Das war es sicher. So wie alles um sie herum feiner geworden war.

Oskar saß auf dem Holzkasten, als Sara aufstand. Er schielte verdrossen zu ihr hinüber. Die Mutter war zu einer Geburt geholt worden, das sah Sara sofort, da ihre Tasche und alles andere fehlten. Sigmund und der Stiefvater lagen offenbar noch im Bett. Dann stand Borgwad auf. Er wusch Gesicht und Oberkörper, danach rasierte er sich.

Oskar schielte nicht mehr. Aufmerksam und gespannt sah er dem Mann zu. Und der Erwachsene plauderte: Ja, so ist das

Männerleben, weißt du. Wir müssen uns die überflüssigen Haare abrasieren. Das, was da unten sitzt, darf bleiben.
Borgwad hatte einen Schnurrbart und eine schmale Bartkrause um das Kinn.
Sara musterte verstohlen seine Hände und sein Gesicht, während sie den Brei kochte. Dann weckte sie ihren älteren Bruder.
Aber wir haben doch Ferien, protestierte Sigmund. Und Mutter ist nicht da, ich habe gehört, dass sie gegangen ist.
Aber Borgwad, flüsterte die Schwester. Der ist doch hier. Und wir frühstücken doch zusammen?
Das taten sie. Aßen zusammen den Brei, in der Küche des Lehrers. Danach verließ der Mann die Wohnung, und gleich danach war auch Sigmund verschwunden.
Oskar saß auf dem Holzkasten, während Sara spülte. Wieder saß er dort und maulte. Seine Schwester sah ihn an, mit den alten Gefühlen, doch er starrte zu Boden, als brauche er ihre Gesellschaft nun wirklich nicht. Und Sara lief durch die Zimmer, wo alles so neu war. Musste hier etwas erledigt werden?
Hier wurde alles anders gemacht, teilweise zumindest. Denn Borgwad besaß einen Stab, an dem einige lange Federn befestigt waren, und damit wurde Staub gewischt. Hatte er das früher wohl selbst gemacht? Sara konnte sich das nicht vorstellen. Vielleicht hatte er jemanden bezahlt. Das hatte er vielleicht gemacht, als er so allein gewesen war. Denn es gab Frauen, die bei anderen sauber machten, das wusste sie. Zu Hause bei Marie Charlotte und den anderen Reichen gab es Dienstmädchen, die dort wohnten und für die Hausarbeit zuständig waren. Das wusste sie.
Aber Dienstmädchen waren hier nicht nötig, denn Sara war nur zu gern bereit, den Stab mit den Federn zu schwenken. Und danach putzte sie den Küchenboden.
Dann kehrte der Stiefvater zurück. Oskar stürzte ihm entgegen. Der Mann hob ihn hoch und schwenkte ihn durch die Luft.
Ach, wie der Junge strahlte.
Gut, sagte der Stiefvater. Gut, gut. Bald bringe ich dir noch weitere Buchstaben bei.

Nicht jetzt?, bettelte Oskar.
Das Gesicht des Mannes verzog sich für einen Moment.
Ist deine Mutter noch nicht wieder da?, fragte er.
Nein, sagte Sara. Aber ich habe Staub gewischt. Und den Boden geputzt.
Aber was ist mit dem Essen?, fragte Borgwad.
Das kann ich machen, sagte Sara. Wenn Mutter nicht kommt.
Aber ist eingekauft worden?, fragte der Erwachsene.
Ich sehe nach, erwiderte Sara.
Borgwad legte sich aufs Sofa. Er stopfte sich die Pfeife und steckte sie an. Oskar setzte sich ihm gegenüber auf den Stuhl und schaute gespannt zu. Die Schwester sah es durch die Türöffnung. Sie selbst war Königin in einer Küche. Hier gab es so viele schöne Dinge! An der Wand hing ein Schrank mit zwei Türen. Darin standen richtige Teller. Vorher hatten sie immer aus Holznäpfen gegessen. Außerdem gab es Schüsseln, in denen das Essen serviert wurde, und allerlei feine Gläser. Der Mann besaß sogar einige kleine Tassen mit geblümtem Rand und mit Untertassen. Und das war noch immer nicht alles. Es gab ein Kaffeeservice und etwas ganz Großartiges, eine Teemaschine, wie die Mutter erklärt hatte. Eine echte russische Teemaschine, ein Erbstück von Borgwads seliger Mutter. Die stand oben auf dem Schrank und hatte einen seltsamen Namen, sie hieß also nicht nur Teemaschine, sondern auch noch Masowar. Oder Sawomar. Und da heraus kam ein Getränk, das Tee hieß und heiß getrunken wurde, wie man auch heißen Kaffee trinken konnte, wenn man Bohnen und eine Mühle besaß.
Unter dem kleinen Fenster war eine schmale Bank angebracht, auf der Krüge für Mehl und Hafer und Salz standen. Und eine Holzschale für Knäckebrot. Unter der Bank stand eine halb volle Heringstonne.
Mehr brauchten sie nicht.
Sara ging ans Werk. Kochte den Mittagsbrei. Einen Brei mit Heringsstücken.
Hinter sich hörte sie die Stimme des Stiefvaters. Er brachte

Oskar einen neuen Buchstaben bei. Und zwar das B. Und der Junge lachte laut, denn Borgwad erklärte ihm den Klang, indem er wie ein Bär brummte.
B für Bär. B für Borgwad. Und wofür noch, Oskar, wofür noch?
Bbb für Borgwad. Und Bär.
Zeig mir mit dem Finger, wie das geschrieben wird.
Ja, so ist es richtig. Zuerst ein Strich. Dann zwei Halbkreise, die daran festsitzen.
Bbb für Borgwad, wiederholte der Junge.
Und wofür noch?
Bbb ...
Blume, Oskar, half der Erwachsene.
Ja, Blume, der Junge strahlte.
Und Beere, sagte der Lehrer.
Ja, Beere ... und ... Boot?
Gut, Oskar. Gut, gut. Aber jetzt brauche ich ein wenig Ruhe. Du kannst dir ja solange neue Wörter ausdenken.

Am nächsten Tag wollte der Mann Arm in Arm mit seiner Frau spazieren gehen.
Das wollte er in diesem Sommer sehr oft. Die Kinder mussten mitkommen, und Sara tat das gern. Oskar auch. Es machte Spaß, so herumzuwandern, zusammen mit den Erwachsenen. Oft hob der Mann vor anderen den Hut. Oft blieben sie stehen und unterhielten sich ein wenig mit anderen, über das Wetter, über den Fisch, über die fremden Schiffe, woher die kamen und was sie geladen hatten. Und Sara ließ sich nichts entgehen, nichts vom Gespräch, nichts von allem, was sie sehen konnte, den anderen Menschen, der Arbeit im Hafen.
Doch, diese Spaziergänge gefielen ihr gut. Wie eine richtige Familie, dachte Sara. Mit zwei Erwachsenen, einem Mann und einer Frau, und Kindern. Sie hatten sich fein gemacht. Sara trug das Kleid, das sie zur Hochzeit bekommen hatte. Oskar hatte ein weißes Hemd und eine Weste. Borgwad ließ seinen dünnen Spazierstock über den Boden klappern. Die Mutter hätte einen

Sonnenschirm haben müssen, fand Sara, als sie eine andere Frau mit einem sah, eine, die anhielt und mit der sie sprachen. Diese Frau war Eugenias Tante, das sagte sie selber; sie lächelte Sara an und fragte, ob sie nicht eine Mitschülerin ihrer Nichte sei, der kleinen Eugenia.

Ja, gnädige Frau, sagte Sara und machte einen Knicks.

Die Frau streichelte ihre Wange und errötete. Und im Herbst kommt ihr auf die neue Schule, darauf freust du dich doch sicher schon.

Ja, gnädige Frau, sage Sara.

Sie ist nur ein Fräulein, sagte die Mutter, als sie weitergingen.

Aber das macht doch nichts, widersprach Borgwad. Es ist doch besser, ein Fräulein mit gnädige Frau anzureden als umgekehrt, oder?

Ja, sicher …

Sie gingen weiter. Oskar im selben Tritt wie der Mann.

Bbboot, konnte er plötzlich sagen.

Bbbäcker!

Gut, Oskar, der Stiefvater lächelte auf ihn herab.

Aber manchmal wurde die Hebamme unruhig, denn was, wenn jetzt jemand vor ihrer Tür stand, jemand, der sich zuerst in der Adresse geirrt hatte, der zum weißen Haus gegangen war und dort erfahren hatte … und dann eilte es doch … mehr als sonst.

Es konnte sogar vorkommen, dass sie mitten im Spaziergang geholt wurde, von einem atemlosen Menschen: Ach, da seid Ihr, Frau Hebamme, endlich habe ich Euch gefunden, Gott sei Dank!

Dann ließ sie die anderen stehen und lief in aller Eile zurück in die neue Wohnung, um Tasche und Gebärunterlage zu holen, während Borgwad und die Kinder sich Zeit lassen konnten, für weitere Grüße und neue Plaudereien, ehe sie dann langsam und würdevoll zum Haus zurückkehrten, wo Sara sich der wartenden Aufgaben annehmen musste.

Das tat sie sehr gern. Sie schüttelte das kleine Putztuch durch das Fenster aus, kochte Wasser, um schmutzige Wäsche in die

Waschbütte zu stecken, trug die saubere hinaus, zu einer anderen Wäscheleine als früher. Sie lief zum Einkaufen in den Laden – in einen anderen Laden, aber auch hier konnten sie anschreiben lassen, sie musste nur einen anderen Namen angeben als bisher.

Und wenn die Arbeit getan war, durfte sie sich auf den runden Hocker setzen und spielen. Das tat sie fast jeden Tag, wenn der Stiefvater und die Mutter ihr Einverständnis nickten. Wenn sie nicht zu Hause waren, brauchte Sara niemanden zu fragen, und auch dann spielte sie, wenn sie die Zeit erübrigen konnte.

Sie liebte diesen Klang. Sie fand es wunderbar, sich zwischen den Tönen ihren Weg zu suchen, festzustellen, welche sich hintereinander spielen ließen, welche einen schönen Klang gaben, wenn sie gleichzeitig gespielt wurden. Sie lernte, Hände und Füße zu benutzen, und Borgwad lobte sie.

Spiel uns etwas vor, sagte er häufig. Und er lächelte sein feuchtes Lächeln, bis er sie dann bat, aufzuhören, weil er Ruhe brauchte, um sich in seine Gedanken zu versenken, mit der Pfeife in der Hand oder weil er sich mit seiner Gattin unterhalten wollte.

Das gefiel ihm offenbar am allerbesten. Auf dem Sofa zu sitzen, seine Frau neben sich oder ihm gegenüber auf einem Stuhl. Am liebsten war er dann mit ihr allein, und Sara zog sich zurück, in die Küche, oft mit einer Handarbeit, die sie im Auftrag der Mutter zu Ende führen sollte.

Der kleine Bruder begriff wohl nicht, dass die Erwachsenen dann unter sich sein wollten. Er blieb bei ihnen sitzen, bis der Stiefvater ihn mit sanfter Stimme in die Küche zur Schwester schickte. Dort setzte er sich dann in die Ecke. Aber die Tür zum Wohnzimmer stand offen, weshalb er zu den anderen hinüberschauen konnte, und das tat er auch, er starrte und starrte und schien sich niemals satt sehen zu können.

Dann war eines Tages der Holzkasten leer, als Sara kochen wollte.

Sie wusste nicht mehr, wann das zuletzt passiert war. Irgend-

wann damals, als es einfach kein Holz mehr gegeben hatte, in den kalten Zeiten, in Zeiten, in denen es an allem gefehlt hatte, an Lebensmitteln und an Brennholz.
Sigmund war für das Holz zuständig. Gewöhnlich kümmerte er sich darum, rechtzeitig, damit immer genug da war, Späne zum Feueranzünden, Holzscheite, für die Mutter, für Sara. Immer stand er draußen und produzierte dieses Geräusch von Axt auf Holz.
Sie spitzte die Ohren. War er vielleicht gerade an der Arbeit?
Aber das vertraute Geräusch fehlte, dieses Geräusch, das zu großen Jungen und erwachsenen Männern gehörte. Zu denen, die kräftigere Arme hatten als sie selber. Größere Hände, mit denen sie eine Axt halten konnten, sie sicher in der Hand halten, damit die Scheite so zerteilt wurden, wie es richtig war, und nicht als gefährliche Geschosse durch die Luft jagten.
Sigmund schien überhaupt nicht in der Nähe zu sein.
Sie schaute ins Wohnzimmer. Der Stiefvater saß wie immer rauchend am Tisch. Oskar saß neben ihm. Waren sie mit den Buchstaben beschäftigt? Es sah nicht so aus. Der Mann saß einfach nur da, eingehüllt in die graue Wolke, und starrte aus zusammengekniffenen Augen in die Luft. Oskar schaute erwartungsvoll zu ihm hoch und kaute an einem Fingernagel.
Sara wusste plötzlich, dass sie Sigmund nie so gesehen hatte, zusammen mit den anderen, mit dem Stiefvater, mit dem Stiefvater und der Mutter, wenn sie nicht beim Essen saßen. Er hatte sich auch nie an der Orgel versucht, wusste sie im selben Moment, als habe er keinerlei Interesse an Musik. Während dieser Tage, dieser Wochen, seit sie umgezogen waren, hatte Sigmund sich fast nicht blicken lassen. In Gedanken sah sie ihn durch die Tür zu seiner Kammer, sah ihn bei den Mahlzeiten in der Küche, nie jedoch im Wohnzimmer. Als sei er niemals dort gewesen. Als habe er nie auf dem Sofa oder auf einem der Stühle gesessen. Hatte er das wirklich nicht?
Aber es waren doch Sommerferien. Alle hatten jetzt mehr Zeit,

für andere Dinge, wenn sie zu Hause ihre Pflicht getan hatten. Wie Holzhacken …

Der Mann blickte sie fragend an.

Stimmt etwas nicht?

Nein … nicht doch, Borgwad, es ist alles in Ordnung.

Dann lief sie die Treppen hinunter, zu dem Holzklotz, den alle im Haus benutzten, zur Axt, die in das zersplitterte Holz des Blocks geschlagen worden war. Die großen Holzstücke lagen in der Ecke dahinter übereinander. Es gab mehrere Stapel, aber Sara wusste, welcher ihrer war, woher Sigmund beim Hacken das Holz nahm.

Sie streckte die Hände nach der Axt aus. Saß die Klinge wirklich fest? Das tat sie. Die Axt war mit harter Hand in den Block geschlagen worden. Und da saß sie jetzt.

Sie schaute sich um. Vielleicht würde ja jemand kommen. Ein großer Junge.

Es kam kein großer Junge. Wer kam, war ein Mann. Und zwar der alte Gerber, der unter ihnen wohnte. Sie hatte ihn schon zweimal gesehen. Jetzt machte sie einen Knicks. Und der Alte spuckte braunen Tabaksaft auf den Boden.

Das ist doch keine Arbeit für ein Mädel, brummte er.

Nein, aber Sigmund ist nicht zu Hause.

Der Gerber griff nach der Axt. Dann zerteilte er für sie einige Scheite.

Ich habe nichts gesagt, flüsterte sie später ihrem Bruder zu. Borgwad und Mutter wissen nicht, dass ich den Gerber bitten musste. Aber von jetzt an musst du ihn füllen, den Holzkasten, das darfst du nicht vergessen.

Sie hatten gegessen. Borgwad war in den Hinterhof gegangen, um seine Notdurft zu verrichten. Die Mutter saß im Wohnzimmer; sie war erst nach Hause gekommen, als das Essen schon fertig war, sie war sehr müde und musste sich ein wenig ausruhen. Sara wollte spülen, und noch hatten sie genug Holz, aber bald …

Sigmund lief davon. Sara konnte hören, wie er auf das Holz einschlug, während sie in der Küche arbeitete. Er hörte sich wütend an. Aber das durfte er nicht sein. Sie bewegte nun auch die Hände schneller, als sei diese Wut ansteckend. Sie war fast fertig, als der Bruder mit einem Stapel Brennholz in den Armen nach oben kam. Er ließ seine Last krachend in den Kasten fallen. Sein Gesicht war verschlossen. Die Haut unter der Nase war weiß, wie seine Wangen, auch die hatten ihre Farbe verloren. Und sein Blick ging ins Leere, ehe er ihr den Rücken kehrte und aus der Küche glitt, lautlos, wie ein Gespenst.
Sara wollte hinter ihm herlaufen. Sie räumte das letzte Geschirr ein, riss sich die Schürze ab und stürzte die Treppe hinunter. Aber ihr Bruder war nicht mehr zu sehen, er verhielt sich wirklich wie ein Gespenst, denn nur Gespenster konnten durch die Wände gehen und schneller als lebende Menschen von einem Ort zum anderen huschen. Sie waren nur die Schatten trauriger Seelen, hatte Johanna ihnen erklärt, ohne Knochen, und deshalb konnte der Wind sie mit sich tragen wie Herbstlaub.
Sara lief zum Boot. Sie hatte sich vorgestellt, dass er das auch tat, wenn er sich nicht sehen ließ, dass er zum Angeln hinausruderte. Irgendwo im tiefsten Herzen hatte sie das geglaubt, ihr war also doch aufgefallen, dass er nie zu Hause war, aber sie hatte nicht weiter darüber nachgedacht, hatte nur geglaubt, er mache dasselbe wie immer, er fahre fischen.
Aber er hatte nie einen Fang nach Hause gebracht. Das erschien ihr jetzt unheilverkündend, aber sie hatte es gewusst und verdrängt, dass Sigmund offenbar nie ... nicht ein einziges Mal ... seit dem Umzug frischen Fisch ins Haus gebracht hatte.
Das Boot lag in der Bucht vertäut, allein und leer. Sara zitterte in der Sommerhitze. Die warmen Mahlzeiten, die sie in der Küche des Lehrers verzehrt hatten, glitten durch ihre Gedanken. Sie hatte viele davon selber zubereitet, Brei, Brei, Brei. Und was hatte die Mutter für sie gekocht? Brei. Brei mit Hering. Zweimal ein wenig Speck. Einmal ein fettes Huhn. Davon hatten sie drei Tage gegessen.

Er ist sicher mit seinen Freunden zusammen, hatte die Mutter auf Borgwads Frage gesagt. Denn der Lehrer hatte gefragt. Jetzt wusste Sara das wieder.
Sie müssen doch auch ein wenig Spaß haben, jetzt, in den Ferien, hatte die Mutter gesagt.
Ihre Stimme. Das hörte Sara jetzt. Sie hatte es auch gehört, als die Worte gefallen waren, diesen fremden Klang, dieses Unsichere. Sie hatte es nur nicht wirklich begriffen, nicht sofort, nicht in ihrer Freude über alles Neue.
Sie zitterte. Sigmund war nur selten mit seinen Freunden zusammen. Er fuhr angeln. Er hackte Holz …
Sie setzte sich wieder in Bewegung, zum Wald hoch, wo sie lange nicht gewesen war, zu der Stelle, wo sie manchmal gesessen hatten, einer besonderen Stelle unter den Sternen, die sie wie ein grüner Raum umschloss, wenn die Sonne schien.

Schon seit dem Herbst, in dem die Mutter aus der großen Stadt zurückgekehrt war, war das ihr ganz persönlicher Ort gewesen. Und Sigmund hatte ihn gefunden.
Sie erinnerte sich an das erste Mal. Er hatte sie von Johanna abgeholt. Sie waren in ihre Wohnung nach unten gegangen. Dann hatte er sie an einem Zopf gezogen. Das hatte er oft getan. Sie an den Zöpfen gezogen. Nicht so, dass es wehtat. Sondern einfach so.
Wir gehen eine Runde, hatte er gesagt.
Können wir das denn?, hatte sie gefragt.
Wir können, was wir wollen, hatte er gesagt. Wenn Mutter hier ist, können wir machen, was wir wollen.
Dann waren sie losgewandert, durch die Bäume am Hang, zuerst der Älteste, der die Hand seiner Schwester hielt, sie in der Mitte und Oskar, wie ein Klotz am Bein, hinterher.
Sie hatte gestaunt, als sie diesen Raum aus Blattwerk betreten hatten, der sie umschloss, als gebe es nur sie: ein kleines Mädchen mit einem Anhängsel und einen großen Bruder.
Sara war nie so glücklich gewesen wie hier, zusammen mit dem

älteren Jungen. Es tat so gut, ihren Blick bei ihm ausruhen zu lassen, denn seine Augen hielten stand, sie wichen nicht aus, und was er sagte, prägte sich ihr ein wie ein Schatz, den sie hüten musste. Er hatte vom Vater erzählt, wie stark der gewesen war. Er hatte Sigmund und Sara auf einmal hochheben können, sagte Sigmund.

Hier hatten sie gesessen, als er von der Zeit des Unglücks erzählt hatte. Und von der Schule, in den Jahren, als Sara noch nicht dort hingegangen war. Er fühle sich wohl im Klassenzimmer, hatte er gesagt, sitze gern still über seiner Arbeit. Denn der Lehrer überrasche einen nicht plötzlich, so wie …

Wie wer denn?, hatte Sara gefragt.

Niemand, hatte Sigmund geantwortet.

Niemand. Das war der böse Mann, das hatte sie inzwischen verstanden, der ihn geholt hatte, damals als Onkel Knut sie selber zu seinem Boot getragen hatte und mit ihr davongerudert war. Und der Böse hatte eine Birkenrute gehabt, die in einem Gefäß mit Salzwasser stand. Einmal hatte er den Jungen außerdem im Garten mit einem Zweig geschlagen, nur weil Sigmund das Haus verlassen hatte.

Das alles war stückweise herausgekommen, durch einige Worte, die fast keinen Sinn ergaben, und dann durch andere, später einmal, die ebenfalls keinen Sinn hatten, die jedoch zusammen … zusammen eine Geschichte bildeten, eine Geschichte, die immer größer und bedeutsamer wurde, von einem unheimlichen Haus mit schönen Dingen darin, von einem Mann, der auf seinen Reisen Geld sammelte, um es dann zu zählen, wieder und wieder, ehe er es in einen Schrank mit mehreren Schlössern und mehreren Schüsseln legte, damit niemand es sehen könne. In einer kalten Kammer hatte der Junge ganz allein geschlafen, und niemand hatte mit ihm gesprochen, außer darüber, was erlaubt war und was nicht. Er durfte nur in bestimmte Zimmer gehen. Er durfte das Bücherregal im Wohnzimmer nicht anrühren. Er durfte nicht aus dem Fenster starren. Er musste manierlich essen und dabei gerade sitzen. Er musste jeden Morgen vor dem Mann eine tiefe Verbeugung machen. Er musste lange Texte auswendig lernen und sie mit lauter, klarer Stimme aufsagen. Er durfte das Haus nur verlassen, um seine Notdurft zu verrichten und Holz zu hacken.

Warum?, hatte er einmal gefragt.

Aber solche Fragen hatte er auch nicht stellen dürfen, denn der Mann hatte ihn mit der Rute geschlagen, um ihm klar zu machen, dass er die Anordnungen des Mannes nicht anzuzweifeln hatte.

So hatte Sigmund in der ersten Zeit geredet und geredet, die ersten Male, an denen er mit Sara in diesem grünen Blätterraum gesessen hatte. Und es hatte ihr wehgetan, von dieser Rute im Salzwasser zu hören, diesem Zweig von einem Baum im Garten, diesem bösen Mann.

Anfangs hatte sie nicht gewusst, wer dieser Mann war. Jetzt wusste sie es. Er war der Vater der Mutter.

Anfangs hatte sie nur mit großen Augen dagesessen und zugehört, sie hatte die Worte entgegengenommen wie eine Art Geschenk, auch wenn sie wehtaten, denn sie taten doch auch gut, weil sie aus dem Mund ihres Bruders kamen, zu ihr, damit sie sie aufbewahren und mit der Hand darüberfahren konnte. Das hatte sie getan, hatte die große Jungenhand gestreichelt.

Später hatte sie dann auch etwas gesagt. Über Fridas Vater, der manchmal ebenfalls schlug und zur Rute griff.

Das darf niemand tun, hatte der Bruder erklärt, wenn es nicht nötig ist.

Unser Vater der Fischer hat nie geschlagen, hatte er auch gesagt. Denn das war nicht nötig.

War auch auf dem Felssims jemand, der geschlagen hat?, hatte er dann wissen wollen.

Doch so jemanden hatte es nicht gegeben, daran konnte sie sich nicht erinnern.

Da hast du's.

So hatten sie geredet, über das, was nötig war und was nicht, Bruder und Schwester, in einer Welt, die nur ihnen gehörte,

einer Welt aus Grün und auch aus Gold, wenn die Sonne schien.
Unser Vater der Fischer, so nannte Sigmund den Toten.
Wir dürfen nicht vergessen, zu wem wir gehören, hatte er gesagt.
Zu unserer Mutter und zu unserem Vater dem Fischer.
In diesem Raum hatte Sigmund ihr erzählt, welche großen Leistungen eine Hebamme vollbrachte. Und hier hatte er Sara von seinen Träumen erzählt; er wollte weggehen und studieren, wenn er groß war. Auf einer Universität, hatte er gesagt, um Arzt zu werden. Nicht, um ein Glied in einer Kette von Beamten zu werden, ein Nachkomme von Leuten, die in der königlichen Stadt in ihrem Steuerbezirk eine eigene Fahne gehabt hatten.
In einem Steuerbezirk? Eine Fahne? Und was ist ein Beamter? Und was eine Universität?
Diese Worte stammten von dem Großvater.
Zu wem gehörst du?, hatte er den Jungen gefragt.
Zu vielen Generationen von Beamten mit eigener Fahne in einem Steuerbezirk in der königlichen Stadt, sollte die Antwort lauten.
Jeden Morgen, ehe er mit dem Mann zusammen frühstückte, musste Sigmund diesen Spruch über Fahne und Steuerbezirk aufsagen, Wörter, die er nicht verstehen konnte und die er auch nicht verstanden hatte, als er sie dann später seiner Schwester gegenüber wiederholte. Aber das eine hatte er begriffen: dass der Alte wollte, dass er die Bilder des Fischers Oskar aus seinem Herzen riss, dass Fischer Oskar diesem anderen weichen sollte, diesem Spruch, der Sigmund fast dazu bringen konnte, sich unter dem Dach aus Blättern zu übergeben, als seien Fahnen und Steuerbezirke aus verfaultem Hering hergestellt.
Zu wem gehören wir?, fragte er dann seine Schwester.
Zu unserem Vater dem Fischer und unserer Mutter, von der es in Ålesund nur eine gibt.
Ja, Sara.
Trotzdem wollte er Arzt werden, obwohl auch diese Idee ursprünglich vom Großvater stammte.

Du kannst es schaffen, hatte der Mann gesagt. Die nötigen Fähigkeiten scheinst du zu haben. Wenn du nur brav bist und mir gehorchst.
Wenn er jedoch mit der Mutter zurück nach Ålesund ginge, würde er nichts werden, gar nichts, einfach nur ein armer Schlucker.
Aber Sigmund wollte es diesem Vogt zeigen …
In der ersten Zeit hatte dieses Wort ihm keine Ruhe gelassen. Arzt, Arzt. Was war ein Arzt?
Einer, der studierte. Einer, der in der königlichen Stadt studierte. Einer, der sich nicht unterkriegen ließ, der nicht in Kneipen herumsaß und Bier trank, der sich nicht durchschummelte und kein fremdes Geld verschwendete, sondern der hocherhobenen Hauptes dastand und seine Übungen machte, der totes Fleisch zerschnitt …
Die Mutter konnte dieses Wort dann mit anderem Inhalt füllen. Ein Arzt war jemand, der den Kranken half …
Und der Junge war wieder zur Ruhe gekommen. Er wollte der Arzt seiner Mutter werden. Ein Helfer. So wie die Hebamme ja auch half.
Das Wort war zu einem goldenen Ziel geworden, es hatte nichts mehr mit wehem Trotz zu tun.
Das war aber erst später passiert, als all seine Verzweiflung verflogen war.
Anfangs hatte er die Hände der Schwester umklammert und das Böse ausgespuckt, bis er sich für den Moment geleert hatte und sein Gesicht wieder so weich aussah, bis sein Blick in sie hineinschaute, als suche er etwas, während er über ganz andere Dinge sprechen und sie ausfragen konnte, über die Stunden oben bei Johanna, über das Leben mit dem Großen, droben am Fjord.
Er hatte keine Ähnlichkeit mit den anderen Jungen gehabt, die sie kannte, wie den fünfen aus dem Obergeschoss, die sich nur rauften und kabbelten und kicherten und heulten und aussahen wie Tiere und Fische und Hühner. Und das lag an seinen Augen; sie waren so blau und so nah. Sie waren bei ihr, das hatte sie

gefühlt, sie umhüllten sie wie eine warme Jacke, wenn es draußen kalt war.

Meine Schwester, konnte er plötzlich sagen.

Aber oft hatte er dann etwas Ruheloses bekommen. Dann wollte er nach Hause, zur Mutter, um nachzusehen, ob sie noch immer da war, nicht verschwunden. Nach Christiania, hatte Sara gedacht, als sie noch kleiner gewesen war, aber das hatte er nicht gemeint. Er hatte nur wissen wollen, ob nach ihr geschickt worden war.

Und hier hatten sie gesessen, als er ihr von dem Kamel erzählt hatte. Von diesem Tier, das etwas Besonderes auf dem Rücken hatte und das durch die Wüste wanderte, auf der Suche nach einem Stern. Unter diesem Stern sollte es ein Kind geben, das schöner war als alle anderen. Es hatte blonde Locken, und auf seinen Schultern saßen Schmetterlinge.

In der folgenden Nacht hatte Sara von dem Kamel geträumt und war es selber gewesen. Sie war mit einer Last auf dem Rücken durch ein gelbes Sandmeer gewandert. Sie ging auf einen Stern zu, der heller leuchtete als alle anderen, und als sie darunter stand, fiel dieses Gewicht von ihrem Rücken. Es war Oskar gewesen. Oskar, der silberfarbene Locken hatte, und dort stand er nun vor ihr und lächelte, mit Schmetterlingen auf den Schultern.

Doch das Kind in der Geschichte war das Jesuskind, das wusste sie ja.

Sechs Jahre alt war sie damals gewesen. Noch hatte sie nie von Borgwad gehört. Aber die Geschichte von Sigmund und der darauf folgende Traum hatten ihr einen Gedanken gegeben. Oskar war einer, der wartete. Auf einen Stern.

Und während des Wartens war er wie ein toter Hund. Auch das hatte sie gedacht, denn das hatte sie einmal gesehen, ein weinendes Mädchen, das unter dem Gewicht eines großen toten Hundes fast zusammengebrochen wäre. Dann hatte sie diesen Gedanken verdrängt, rasch, rasch, denn ein Mann hatte das Mädchen von dieser Last befreit, er hatte den pelzigen Kadaver hochgehoben und auf den Boden geworfen, und später hatte er ihn zweimal in den Bauch getreten, damit alle sehen konnten, dass der Hund tot war.

Es war passiert, als sie einmal auf dem Weg zur Seifenfrau gewesen waren.

Ein andermal war etwas anderes und noch Schlimmeres passiert. Auch danach waren sie hinter den Laubvorhängen geendet, zum Weinen und zum Erklären, ehe sie mit dem Butterfässchen und einer Stange Seife nach Hause gegangen waren.

Die Seifenfrau lebte an dem kahlen Hang oberhalb des Hauptanlegers in Kiperviken. Bei ihr musste bar bezahlt werden. Sie waren losgezockelt, die drei Kinder, zu der Bucht, zu der die Menschen den Fjord heruntergerudert kamen, um ihren Überschuss feilzubieten. Andere wollten tauschen, etwas weniger Wichtiges gegen etwas Notwendiges, im Sommer zum Beispiel einen abgenutzten Wintermantel gegen Kartoffeln und Hafer und Mehl. Schon aus der Ferne konnte man ihren Lärm hören. Zahnlose Frauenzimmer johlten und kreischten, es gab gackernde Hühner, es gab blökende Schafe, es gab Schlachtvieh, und alles war zu verkaufen, zu verkaufen. Manche verkauften selbst gefärbte Wolle. Andere Stoffe. Sie saßen dabei meist in ihren Booten, die Kauflustigen mussten sich über sie beugen oder ins Wasser oder ins Boot steigen. Die Männer spuckten dunklen Tabaksaft aus, wenn schlechte Angebote gemacht wurden, die Frauen schimpften, überall wimmelten barfüßige Kinder umher. Und ein seltenes Mal konnten Leute von wirklich weit her auftauchen, mit blinkenden Messerklingen in schön verzierten Scheiden, mit kleinen Flöten, auf denen sie spielten, Menschen in anderen Kleidern, als sie selbst sie trugen, und auch in anderen Kleidern als die Spanier, die in ihren gestreiften Wämsern leicht zu erkennen waren.

Die Seifenfrau saß fast immer am selben Platz. Sie ging an Land und lehnte sich an einen Baumstamm. In einem morschen Holzkasten lagen lange gelbweiße Stangen. So eine sollten die drei kaufen, und Sigmund kannte den Preis; er hielt die passende Münze immer schon bereit. Die Frau hatte Ähnlichkeit mit ihren Waren, fand Sara, im Gesicht und an den Händen, und sie saß so sanft und still da, sozusagen durch und durch rein, wie das Lamm Gottes, das Johanna manchmal erwähnte. Denn Johanna sprach viel über Gott und über das gütige Lamm Gottes, mit dem alle Ähnlichkeit haben sollten. Aber wenn die Kinder ganz besonders laut herumtobten, dann klatschte sie in die Hände und erwähnte den Turmbau zu Babel.

Diesmal hatte die Mutter ihnen außerdem aufgetragen, ein wenig frische Butter zu kaufen. Sie hatte ihnen ein Holzfässchen mitgegeben, und das war nun bis zum Rand mit dieser köstlichen Ware gefüllt.

Sara hatte das Butterfass in Händen gehalten, als sie plötzlich den Ruf einer Stimme hörte, die sie einmal gekannt hatte.

Prinzessin, rief die Stimme.

Sie war herumgefahren. Sie hatte den Menschen mit den glücklichen Augen erkannt. Er war noch immer groß, kam ihr jetzt jedoch nicht mehr so gewaltig vor wie früher. Aber er trug offenbar noch immer dieselbe Hose, mit hellen und steifen Flecken, und seine Hände sahen noch immer aus wie Krebse, als sie an seinen Oberschenkeln auf und ab krochen, während er auf sie zukam.

Gott segne den Tag, hatte Sara gesagt.

Gott segne die Prinzessin, hatte der Große geantwortet und dabei gekeucht wie ein Kind.

Er hatte die Krebse ausgestreckt, um sie zu berühren, und der kleine Oskar hatte losgebrüllt.

Nicht anfassen!, hatte Oskar gebrüllt.

Und die Hände waren gefallen. Die Hände waren zu Boden gefallen, und der Große war ihnen gefolgt, wie früher, wie an dem anderen Ort, und wie dort hatten die Krebse seine Füße umkreist. Und nun hatte Oskar ihn getreten. Er hatte so hart auf die eine Hand getreten, dass der Große gewimmert hatte. Und Oskar hatte die Schwester zurückgerissen, und sie war gefallen.

Nein!

Ein Jammertal aus Geschrei und Gebrüll. Ein Turm zu Babel.

Ein Wahnwitz, in dem niemand den anderen verstand und alle wie im Tollhaus handelten. Die Leute kamen aus den Booten angestürzt, sie rannten den Hang herab, sie sprangen aus den Büschen, wo sie gesessen und geplaudert oder gelegen und sich ausgeruht oder gegessen oder getrunken hatten, mit funkelnden, gefährlichen Augen kamen sie angestürmt, um Sara hochzuheben, um sie an sich zu drücken, eine Frau nach der anderen. Mit fremden Armen schoben sie sie zwischen sich herum, entrissen sie sie einander, mit empörten Gesichtern und fremdem Atem, sauer, süß, bitter, verfault, während die Männer sich über den Großen hermachten, ihn zu Boden zwangen, sich auf ihn setzten, ihn schlugen und schrien, um ihn fortzuziehen, ihn hochzuheben; vier Mann waren nötig, um ihn ins Wasser zu werfen.
Nein!, hatte Sara geschrien. Nein! Nein!
Aber, aber, hatten die Frauen getröstet, aber, aber, Herzchen. Er tut dir nichts mehr. Jetzt nicht mehr. Geh jetzt mit deinem Butterfass zu deiner Mutter. Auch dem ist nichts passiert. Schau her, hier ist es, jetzt nimm es schon. Du hast nur ganz wenig verschüttet. Aber das versteht deine Mutter bestimmt, Herzchen, das war doch nicht deine Schuld!
Und dann waren sie auf dem Heimweg gewesen, Sigmund vorweg, er hatte seine Schwester gezogen, und sein Gesicht hatte Schuldgefühle und Angst gezeigt. Sara hatte anhalten wollen, reden, rufen, hatte zurück zu dem Großen gewollt, um zu sehen, ob er untergegangen war, ob er blutete, ob die Männer ihm an Land helfen würden. Aber Sigmund zog und zerrte nur.
Erst oben im Wald, auf der anderen Seite der Häuser von Kiperviken, hatte er sich zu Boden sinken lassen. Hier konnte niemand sie erreichen. Sie hatten einen freien Blick auf den Ort. Die Menschen kamen ihnen klein vor, und sie wimmelten nicht mehr durcheinander, sie riefen auch nicht, sie standen nur da, in kleinen Gruppen, die sich nun wieder auflösten. Sie waren zu ihren Booten, zu ihren Waren zurückgekehrt. Manche hatten die Taue gelöst und zu den Rudern gegriffen.
Sigmund hatte den Kopf zwischen die Knie gesteckt.

Ich habe nicht aufgepasst, jammerte er, ich habe nicht aufgepasst.
Aber Sara hatte gesehen, dass der Große lebte, dass er an Land geklettert war, dass ein anderer Mann, Onkel Knut, ihm ins Boot half.

Erst an ihrer vertrauten Stelle oberhalb des weißen Hauses hatte sie alles erklären können. Und dort hatten die beiden zuerst den kleinen Bruder angesehen und dann einen Blick getauscht: Sabbertropf. Der kleine Oskar hatte ausnahmsweise einmal Tatkraft gezeigt. Dann war er wieder so geworden wie vorher. Und weil sie beide denselben Gedanken gehabt hatten, noch dazu einen so bösen, und weil alles so erschütternd und gemein gewesen war, hatten sie beide geweint.

Das fiel ihr jetzt ein, als sie von dem leeren Boot zurückkehrte, an diesem Nachmittag, an dem der Gerber Holz gehackt hatte. Und sie dachte an das letzte Mal, als sie mit dem großen Bruder zu ihrer Stelle dort oben gegangen war. Auch dabei hatte sein Gesicht so seltsam und ausdruckslos ausgesehen. Das war gleich nach einem von Borgwads ersten Besuchen gewesen.
Ich will ihn nicht im Haus haben, hatte Sigmund gesagt. Es reicht, dass ich ihn in der Schule sehe.
Aber er kommt doch nur ab und zu, hatte Sara eingewandt.
Seither hatten sie den Mann wohl nicht mehr erwähnt. Jetzt ging ihr auf, wie der ältere Bruder sich immer zurückgezogen hatte, wenn der Lehrer gekommen war. So war es gewesen. Sie hatte es die ganze Zeit gewusst. Nur hatte sie nicht daran denken wollen. Es war einfach unmöglich gewesen, daran zu denken, dass Sigmund nichts von Borgwad wissen wollte. Es hatte so vieles andere gegeben, woran sie denken musste, das mit Oskar, der sich veränderte, alles, was in der Schule passierte, und dann ihre Abenteuer mit Frida, wenn sie sich von zu Hause hatten fortschleichen können. So vieles andere … und so viele schöne Dinge.

Und trotzdem war es die ganze Zeit da gewesen, in ihr. Sein Gesicht. Mit diesem neuen Zug darin.
Aber er hatte sich doch Sorgen um die Mutter gemacht. Er hatte es schrecklich gefunden, wenn sie nachts unterwegs war. Und da musste er jetzt doch zufrieden sein, wo Borgwad ihr entgegenging. Sara hatte es im Schlaf gehört, dass sie zusammen nach Hause gekommen waren.

Der Junge hatte die Stirn auf die Knie gelegt. Die Schwester ging näher heran, langsam zuletzt, vorsichtig schlüpfte sie durch den Laubvorhang und setzte sich zu dem Bruder.
Wir brauchen ihn nicht, murmelte Sigmund.
Sara gab keine Antwort.
Wir brauchen ihn überhaupt nicht, erklärte Sigmund. Er ist ein … ein …
Es kam nichts mehr, kein Wort dafür, was Ole Borgwad vielleicht war.
Wir kommen allein zurecht, sagte der Junge dann. Wozu brauchen wir ihn?
Seine Stimme wurde lauter.
Warum haben sie überhaupt heiraten müssen? Hatten wir nicht alles, was wir brauchten?
Erst jetzt schaute er auf, und seine Augen lagen nicht länger tief in ihren Höhlen, sie quollen heraus aus dem Kopf, so kam es Sara vor, wie zwei schwarze Kugeln, die in der Luft ihr eigenes Leben führten, die umhersprangen, dachte sie, hinunter zu den Häusern und wieder zurück, wie zwei Steine, die er geworfen hatte, auf Herrn Borgwad, um ihn zu treffen, damit er fiel, damit er vor seinem Sofa auf den Boden fiel, vor seinem runden Tisch mit der bestickten Tischdecke.
Er hat ein schönes Wohnzimmer, wandte Sara zitternd ein.
Was ist schon ein schönes Wohnzimmer?, höhnte Sigmund.
Ein Zimmer mit einer Orgel, sagte Sara. Und mit Vorhängen vor den Fenstern.
Und mit süßen Brötchen auf einem Tablett, spottete der Bruder.

Und mit rotem, süßem Saft. Aber nur das eine Mal! Ich hab's gewusst!
Was denn?
Dass alles Blendwerk war.
Blendwerk?
Schöne Bücher, leckere Kuchen, Geschichten für dich und Oskar. Eine süße Spur, wie für Ameisen. Wie zu Hause bei Andor August, wo sie Zucker in einem Krug haben, und einmal … So hat er euch angelockt, nicht wahr? Nicht wahr?
Wer Andor August sei?
Der Sohn des Bäckermeisters auf Hellen. Ein Fettwanst. Auch er ist so einer, sagte Sigmund und spuckte aus, einer, der andere lockt … die Jungen in der Schule … Aber die meisten fallen nicht darauf herein, die haben Zucker genug zu Hause, in ihren eigenen Krügen, und ich hab das auch nicht nötig, ich will es nicht, ich brauch es nicht!
Zucker, dachte Sara. Süß wie Zucker. Den sie noch nie gekostet hatte.
Sigmunds Augen waren wieder aus seinem Kopf getreten, sie sprangen zu Andor August hinüber und zu allen anderen, die vielleicht Zucker in Krügen hatten, süße Brötchen in schönen Schüsseln …
Er ist doch sehr nett, sagte Sara zaghaft.
Nett!, schnaubte Sigmund. Er ist ein Schwindler!
Was sagst du da?
Wie der Magere aus Kopenhagen.
Sara sah ihn vor sich, den langen, mageren Mann mit dem schwarzen Hut und der Jacke mit den weiten, am Handgelenk flatternden Ärmeln. Er hatte am Anleger von Einarvik eine Vorstellung gegeben, mit bunten Lappen, die zu einem langen Band zusammengebunden waren. Er hatte das Band hoch in die Luft geworfen, und dann hatte es sich ganz von selber aufgelöst.
Alles nur Jux, erklärte Sigmund. Natürlich hatte er noch mehr Lappen, und die hat er dann ausgetauscht, deshalb hatte er die weiten Ärmel. Und sein Gesicht, kannst du dich daran erinnern?

Das konnte Sara. Der Magere hatte sich das Gesicht mit weißer und schwarzer Farbe angemalt, so dass der eine Teil seines Gesichts lächelte, während der andere weinte oder eine Grimasse zog. Es war ein wenig unheimlich gewesen. Aber er hatte doch keine Ähnlichkeit mit Herrn Borgwad gehabt?

Beide haben zwei Gesichter, sagte der Bruder.

Sara musterte ihn ängstlich.

Borgwad verstellt sich, wenn er mit Mutter zusammen ist. In der Schule ist er nie so. Verstehst du? Da ist er nur trocken. Wie ausgedörrter Torf.

Sara schwieg. Konnte man sich dermaßen verstellen? Aber er war doch so freundlich, der Lehrer, und manchmal ungeheuer witzig. Singen konnte er auch. Und er hatte wirklich nichts Trockenes. Eher war er doch feucht, oder nicht? Um die Augen? Wenn er sie anlächelte? Wenn er Geschichten erzählte?

Sie sah ihn vor sich, sein fröhliches Gesicht, wenn er Oskar durch die Luft schwenkte, und die Freude in seinen Augen, wenn der Kleine vor Lachen aufkeuchte.

Aber er ist Oskars Stern, rutschte es Sara heraus.

Sigmund sah sie an. Er sah sie lange an. Sie erwiderte seinen Blick, denn er sollte verstehen, was sie gemeint hatte. Konnte er das? Er schnappte sich einen Grashalm. Schob ihn sich zwischen die Zähne. Dann ließ er ihn los, ohne ihn anzusehen. Er sah seine Schwester an.

Seine Augen waren keine Steine mehr, sie waren Augen. Sigmunds schöne blaue, aber sehr traurige Augen, so als wolle er weinen, wie sie geglaubt hatte, als sie ihm nachgelaufen war, früher einmal, vor langer Zeit, als er vom Großvater erzählt hatte. Aber es kamen keine Tränen. Er saß einfach nur da und schaute, zuerst sah er sie an, dann sah er in die Luft hinaus, über ihre Schulter, schien zu denken, sich den Kopf zu zerbrechen, um etwas zu begreifen.

Dann nahm er ihre Hände, drückte sie, rieb sie, wie um sie zu wärmen, als sei die Luft kalt, dann ließ er sie wieder los.

Meine Schwester, sagte er.

Und Sara umarmte ihn, beugte sich vor und legte die Arme um ihn, wie sie es sich schon so oft gewünscht hatte. Und so saßen sie da, dicht aneinander geschmiegt. Ohne noch etwas zu sagen, saßen sie da, und Sara wusste, dass etwas in ihrem Bruder Abbitte leistete, Oskar zuliebe und weil Borgwad der Stern war, der sie von ihrem Höcker befreit hatte.

Sigmund sorgte von nun an immer dafür, dass in der Küche genug Holz vorhanden war. Aber er fuhr nicht mehr ungebeten zum Angeln. Er tat das nur, wenn die Mutter ihn darum bat. Er saß höflich auf seinem Hocker, wenn der Stiefvater ihn ansah, er faltete die Hände, wenn der Mann das Tischgebet sprach, er aß schweigend und bedankte sich wie die anderen für das Essen, dann glitt er davon, zwischen die Häuser, zu Freunden, für die er bisher nie Zeit gehabt hatte, hoffte die Schwester, sie hoffte, dass er nicht einsam durch den Wald stromerte.

Sie hatte das Gefühl, während der Mahlzeiten den Atem anhalten zu müssen. Wegen dieses Bruders. Erst wenn er gegangen war, konnte sie aufatmen und sich freuen, über die Orgel, die dort stand, die sie bald berühren durfte, sowie der Abwasch erledigt war.

Ja, spiel du nur, sagte Borgwad freundlich.

Oft trat er neben sie, zeigte und erklärte. Das ist ein C. Und das da ein G. Der Sprung vom H zum C wird Halbton genannt, denn es liegt sonst nichts mehr dazwischen. Es muss immer einen halben Ton Entfernung zu dem Ton geben, von dem du ausgehst. Wenn du von einem G ausgehst, musst du weiter zu dem schwarzen darunter, sonst klingt es falsch und schrill. Kannst du das hören? Und da unten, am Boden …

So verging der Sommer. Mit Orgelspiel. Mit Spaziergängen. Mit Arbeit. Zweimal schaute sie bei Frida vorbei, um zu erzählen, wie das Leben im neuen Haus war, und um mit ihr zusammen herumzuziehen und sich im Ort umzusehen.

Warum kommst du so selten?, hatte die Freundin gefragt.

Weil so viel zu tun ist. In solchen Zimmern muss alles häufiger und besser gemacht werden.
Aber wann kann ich sie mir mal ansehen?
Da muss ich zuerst fragen. Heute war niemand zu Hause, als ich gegangen bin, und deshalb konnte ich das nicht. Aber nach dem Essen, dann frage ich.
Süße Brötchen, hatte sie gedacht. Und Himbeersaft. Es wäre so schön, das anbieten zu können, wenn Frida sie besuchte.
Wo hast du dich denn rumgetrieben?, fragte Borgwad schroff, als sie nach dem zweiten Besuch nach Hause kam.
Bei Frida im weißen Haus, antwortete Sara ängstlich, denn warum klang er so wütend? Das war er doch sonst nie?
Frida?
Sara erklärte, Johannas Frida, die Tochter von Johanna, die auf sie aufgepasst hatte, auf sie und Oskar.
Du kannst nicht einfach verschwinden, Kind. Und dann auch noch barfuß!
Aber … aber ich hatte doch alle Arbeit fertig, stammelte Sara. Durfte sie denn nicht spielen, wenn die Arbeit getan war? Und sollte sie an einem Sommertag in ihrer Freizeit ihre Schuhe verschleißen? Sie waren um diese Jahreszeit doch immer barfuß gelaufen. Nur wenn sie in den Laden musste, zog sie Schuhe an.
Was soll denn deine Mutter glauben?, schimpfte der Stiefvater. Dass ich nicht auf dich aufpasse?
Sara begriff nicht. Er sollte auf sie aufpassen? Aber sie war doch ein großes Mädchen. Es war mehr als zwei Jahre her, dass jemand auf sie aufgepasst hatte. Das Ganze war so unbegreiflich, sie hätte weinen mögen.
Aber, aber, sagte Borgwad.
Du musst zuerst fragen, das ist doch klar. Wir müssen wissen, wo du bist.
Bei Frida, wiederholte sie schluchzend.
Du wohnst nicht mehr mit ihr zusammen in dem weißen Haus, erklärte der Mann. Du lebst nicht mehr unter Bettelkindern, die ohne Schuhe herumstreunen.

Diese Sätze wirbelten durch Saras Kopf, als sie Kartoffeln schälte. Ging es darum, dass sie nicht gefragt hatte? Brauchte sie nur zu fragen, und dann könnte sie gehen? Oder ging es darum, wo sie wohnte ... Sollte sie die Freundin vergessen ... musste sie das? Nein, das konnte nicht sein. Und Frida hatte doch Schuhe. Sara könnte sie bitten, die anzuziehen, damit Borgwad sie sah.
Danach machte er ihr ein Kompliment für das Essen. Das andere schien er vergessen zu haben.
Aber Sara fand keine Ruhe. Denn konnte sie wagen, darum zu bitten, dass die Freundin zu Besuch kommen durfte? Durfte sie auf süße Brötchen und Saft hoffen?
Sie wollte mit der Mutter sprechen. Über alles, was der Mann gesagt hatte, wollte sie mit ihr sprechen. Dann würde die Mutter dem Lehrer alles erklären. Er kannte Frida und Johanna doch nicht. Und er war auch nicht daran gewöhnt, mit Kindern zusammenzuleben.
So musste es sein, dachte sie, dass Borgwad keine Ahnung davon hatte, wie es war, Kinder im Haus zu haben. Die Mutter war ja daran gewöhnt. Die Mutter wurde nie böse, wenn sie weggingen, ohne zu fragen. Es ging ja nicht, wenn sie nicht da war ...
Aber es war so schwer. Denn der Stiefvater war immer in der Nähe, wenn Sara mit der Mutter sprechen wollte. Einmal machte sie einen Versuch, als sie und die Mutter in der Küche allein waren. Mutter, flüsterte sie, ich wollte nur wissen ...
Was sagst du? Sprich lauter, Liebes, ich kann dich nicht hören.
Ach, es war nicht weiter wichtig.
Es war unmöglich. Solange sie durch die Tür den Mann sehen konnte. Und dann ging die Mutter zu ihm, und dann saßen sie da und machten es sich gemütlich, die beiden Erwachsenen.
Unmöglich. Tag für Tag. Während der Sommer verging.

Dann fing die Schule wieder an. Am ersten Tag durfte Oskar zusammen mit seinem Stiefvater gehen. Sara musste in eine andere Richtung, sie blieb aber für einen Moment stehen und sah hinter ihnen her; der Kleine schritt so stolz neben dem Mann her, frisch geschoren und mit Wasser gekämmt, unter einer ziemlich neuen Schirmmütze.

Sie waren jetzt endgültig getrennt, das wusste sie. Der Bruder brauchte sie nicht mehr. Und sie sang, als sie sich umdrehte, einen Choral, denn sie kannte kaum andere Lieder, aber der Choral hatte eine muntere Melodie, und sie sang drei, vier Schritte weit laut vor sich hin, dann riss sie sich zusammen, denn in der Nähe stand eine alte Frau, die sie hören konnte.

Eugenia war im Sommer in Molde gewesen. Marie Charlotte hatte die weite Reise nach Trondhjem gemacht, wo ein Onkel außerhalb der großen Stadt einen Landsitz besaß. Andere hatten Besuch von Verwandten erhalten und mit diesen Ausflüge zwischen den Inseln unternommen, mit Proviantkörben und Decken als Sitzgelegenheit.

Und dann betraten sie die neue Schule. Die Wände waren weiß, und ganz hinten hing ein prachtvolles Jesusbild. Aber das war noch nicht das Schönste, denn in der Ecke beim Fenster stand eine braune Orgel. Und sie wurden von einer Frau unterrichtet, nicht wie bisher von einem Mann, und die Lehrerin lächelte und begrüßte sie alle, ehe sie sich an die Orgel setzte und einen Choral spielte, und zwar den, den Sara eben noch gesummt hatte, den schönsten, den sie kannte.

Es war so schön und tat so gut, neben den Tischen zu stehen und zu singen und dabei diese freundliche Frau anzusehen. Nach dem Lied wurde ein Gebet gesprochen.

So machen wir das von jetzt an, erklärte die Lehrerin. Jeden Morgen beginnen wir mit einem Lied und einem Gebet. Dann setzen wir uns zum Lernen. Ganz leise soll das passieren. Ohne Gekicher und Albernheiten. Versteht ihr?

Sie nickten, alle.

Und jetzt möchte ich sehen, dass ihr euch Plätze sucht, ohne dass es Zank und Streit gibt.

Auch das war anders. Keine hier saß vor einer anderen, weil sie reicher und besser war. Hier waren offenbar alle gleich, dachte

Sara. Denn alle hatten denselben Preis bezahlt, um herkommen zu dürfen, ging ihr dann auf.
Marie Charlotte zog sie vorsichtig am Ärmel. Und auf diese Weise landete sie neben ihr, während Rut auf ihrer rechten Seite saß. Hinter Marie Charlotte saß Eugenia.
Alle trugen Schuhe an den Füßen. Alle trugen Kleider und Schürzen. Alle hatten Hauben auf dem Kopf. Saras Mutter hatte an den Tagen zuvor ihre Kleidung durchgesehen. Sie hatte Blusen ausgelassen und Röcke verlängert. Außerdem hatte sie zwei neue Kittelschürzen genäht. Weil die oben drüber getragen wurden, waren sie ja am besten zu sehen.
Hier gab es keine lärmenden Jungen. Hier schniefte und hustete niemand in der hintersten Reihe. Hier hatte niemand die Anzeichen der schrecklichen Fäule im Gesicht. Und in der Ecke bei der Tür lehnte kein Rohrstock an der Wand, wie es in der Gemeindeschule der Fall gewesen war.
Die neue Lehrerin hörte sie im Rechnen ab, um ihr Wissen auf die Probe zu stellen. Sie fragte eine nach der anderen und hörte jeder aufmerksam zu, nicht wie der Lehrer in der alten Schule, der die in den hinteren Reihen oft ignoriert hatte. Und sie verspottete keine, der nicht gleich alles gelang, sie versuchte zu helfen und der Schülerin das Problem zu erklären.
Ein herzensguter Mensch, sagte Marie Charlotte auf dem Heimweg wie als Echo einer älteren Stimme, findet ihr nicht?
Ach, ja, sagten die anderen wie aus einem Munde.
Aber die arme Pauline, sagte Rut. Sie hat die Antworten nicht gewusst.
Ja, die arme Pauline.
Darf sie denn hierbleiben, wenn sie nicht besser wird?
Das darf sie sicher. Aber dann muss sie das Schuljahr wiederholen.

Sara lief eifrig die Treppe hoch, um alles zu erzählen. Zum Glück war die Mutter zu Hause und hörte sich den Bericht ihrer Tochter interessiert und beglückt an.

Und du?, fragte Sara danach den kleinen Oskar. Hat es dir gefallen?
Er saß auf einem der Wohnzimmerstühle, ungewöhnlich gerade saß er da, als hätten sie am ersten Schultag gelernt, auf einem Stuhl zu sitzen und nicht auf einem Holzkasten.
Ja, danke, erwiderte er in erwachsenem Tonfall.
Dann wurde die Tür wieder geöffnet, und Oskar lief seinem Stiefvater erwartungsvoll entgegen.
Ja?, fragte der Mann. Hast du etwas gelernt?
Das A, Borgwad. Heute haben wir das A gelernt. Ein A für Aaarm!
Oskar sprang mit dem Buchstaben im Mund um den Mann herum. Er folgte ihm bis zur Schwelle zum Schlafzimmer der Erwachsenen, wo der Mann sich umziehen wollte. Dann ging er mit zurück ins Wohnzimmer, wo der Mann sich setzte.
Weißt du noch mehr?, wurde nun gefragt. A für Arm, das ist gut, aber wofür noch?
A für … Soll ich die Rauchsachen holen?
Borgwad besaß eine Meerschaumpfeife. Diese Pfeife hatte einen schweren Kopf mit Silberbeschlag und ein Mundstück aus Bernstein. Jetzt durfte Oskar sie festhalten, während der Mann ihm ein neues Wort schenkte: Asien.
Daher kommt der Meerschaum, erklärte der Stiefvater. Aus Kleinasien.
Kleinaaaaaasien, wiederholte der Junge.
Ja, daher kommt der Meerschaum. Da findet man ihn in Klumpen. Und wenn er trocken ist, ist er so leicht, dass er auf dem Wasser schwimmt.

Oskar fand es wunderschön, die Pfeife des Stiefvaters holen zu dürfen, sie festzuhalten, sie anzusehen. Der Tabak wurde in einer Messingdose aufbewahrt. Draußen gab es noch eine kleine Schale, in die man ein Stück der zerschnittenen Rollen legen konnte, um sie mit dem Daumen für den Pfeifenkopf zurechtzudrücken. Auf dem Deckel war ein Bild; es zeigte einen kleinen

Mann, der einen Hirsch schoss. Pfeife und Dose und auch das Feuerzeug durfte Oskar halten, während Borgwad sie stopfte und zum Rauchen bereitmachte.
Jeden Nachmittag saß der Mann deshalb im Wohnzimmer, und der Junge holte und half, ehe die Luft sich mit den grauen Wolken füllte.
Sara fiel es schwer, darin zu atmen, aber ihr kleiner Bruder schien es wunderbar zu finden.
Und auch die Mutter hatte offenbar keine Einwände, denn wenn sie in der Küche fertig waren, ging sie zu den anderen, um mit dem Mann zu sprechen, wenn er Zeit hatte, oder um einen der Schränke mit den Glastüren zu öffnen und ein Buch herauszunehmen.
Oft lasen sie dann gemeinsam, der Mann und die Frau. Und manchmal blickten sie auf und lasen einander laut vor, und dabei lächelten oder nickten oder lachten sie sogar ein wenig, über einen verborgenen Sinn, den sie gemeinsam erfasst hatten.
Sara sah sie gern so sitzen. Sie strahlten dann einen solchen Frieden aus. Und diesen Frieden trug sie mit sich in ihre eigene Kammer oder in die Küche, wo sie sich an ihre Hausaufgaben setzte, wenn es im Wohnzimmer zu lebhaft herging.
So konnten sie einander gegenübersitzen, die beiden jüngeren Geschwister, in ihre Arbeit vertieft, die eine fleißig und den Blick auf die Aufgaben gerichtet, der andere mit leisem Seufzen, das Gesicht dem Mann im Nebenzimmer zugewandt.
Aber wenn sie ihre Aufgaben beendet hatte, ehe der Stiefvater nach Hause kam, setzte Sara sich am liebsten an den runden Tisch. Das gefiel ihr vor allem, wenn die Mutter zu Hause war und sie beide dort sitzen konnten und nähten oder lasen. Denn dann kam es vor, dass die Frau aufblickte und ihr leicht und freundlich über die Haare strich.
Sie waren die Frauen im Haus. Auch Sara durfte die vielen schönen Dinge berühren, die feinen Teller spülen, die Glasscheiben in den beiden Bücherschränken abwischen, und sie fand es wunderbar.

Was die Kost anging, so hatte sich wenig verändert, wenn auch alles auf elegantere Weise serviert wurde.
Aber die Mutter gab sich wohl größere Mühe, dem Mann zuliebe. Sara und die Mutter füllten Kabeljauköpfe mit Fischleberpastete, sie stellten mit Rogen gefüllte Fischklöße her und ab und zu auch Knödel aus frischem Seelachs, rohen Kartoffeln und Zwiebeln, Hafermehl und etwas salzigem Speck. Und die Mutter dankte Sigmund mit lauter Stimme, wenn er einen besonders schönen Fang heimbrachte, nachdem sie ihn flüsternd, hinter dem Rücken des Mannes, vorher losgeschickt hatte.
Sie lebten bescheiden. Der Mann gab kein Geld für Kuchen und Saft her wie damals, bei ihrem ersten Besuch. Aber Sara ging nie mehr hungrig ins Bett, was früher doch bisweilen vorgekommen war. Denn es gab immer Kartoffeln genug, immer Mehl und Hafer. Daran konnte sie denken, wenn sie allein dalag, in ihrem eigenen Zimmer, und wenn sie an kalte Winternächte dachte, in denen die drei Geschwister sich aneinander geschmiegt hatten, ohne schlafen zu können, weil die Kälte durch die Wände gedrungen war, weil sie sich im Bettzeug und in ihren Körpern festgesetzt hatte, weil es kein Holz mehr gegeben hatte, abgesehen von einigen winzigen Stücken, die Sigmund bereitgelegt hatte, damit die Mutter ein Feuer machen konnte, wenn sie durchgefroren und erschöpft in der Morgendämmerung nach Hause kam. Dann lagen sie da und bissen sich in die Finger, um nicht weinen zu müssen. War es nicht so gewesen, dass sie einander zugeflüstert hatten, die beiden Älteren, dass die Mutter vielleicht etwas besonders Gutes mitbringen würde?
Auf diese Weise verglich sie ihr altes Leben mit dem neuen, für sich selber und in Gedanken auch für Sigmund, denn er musste es doch sehen? Dass es ihnen jetzt besser ging? Aber das sah er offenbar nicht. Er sah es bestimmt überhaupt nicht. Er verhielt sich wie ein Fremder, wie einer, der nicht dazugehörte, wie ein Gast, der das Haus bald wieder verlassen würde. Nur wenn Borgwad nicht zu Hause war, konnte er sich ins Wohnzimmer setzen, doch wenn er die Schritte des Mannes hörte, war er

sofort wieder verschwunden, in die Kammer, die er mit Oskar teilte, oder nach draußen.
Oft kam er erst spät aus der Schule und schien niemals irgendwelche Aufgaben zu haben.
Einmal fragte die Mutter: Hast du nichts auf?
Ist schon erledigt.
Wo denn?, fragte die Schwester. Oben im Wald?
Die Mutter stellte keine weiteren Fragen. Aber ein andermal wandte sie sich vorsichtig an ihren Mann, einmal, als sie sich ungehört wähnte.
Doch, er ist noch immer die Nummer eins, lautete Borgwads Antwort.
Liegt es daran, dass er dein Lehrer ist?, fragte die Mutter den Jungen einige Zeit später. Macht das alles so schwierig?
Die beiden waren allein im Haus. Der Mann hatte in der Stadt etwas zu erledigen.
Die Schwester konnte die Antwort des Bruders nicht hören.
Er will doch nur euer Bestes, sagte die Frau dann. Er spricht so freundlich über deine Begabung. Du kannst es weit bringen, sagt er.
Sara konnte weiterhin keine Antwort hören, aber sie konnte sich alles sehr gut vorstellen, wie Sigmund vielleicht nur dasaß, den Blick abgewandt, und mit etwas in sich kämpfte, wie oben im Wald, als sie zuletzt dort gewesen waren.
Borgwad will dir Möglichkeiten geben, sagte die Mutter.
Und dann sagte sie nichts mehr, und Sara hoffte von ganzem Herzen, dass die Mutter den Sohn vielleicht an sich zog und etwas flüsterte, gute Worte, die seine Schultern weicher machen und seinen blauen Augen ihren guten Glanz geben würden. Aber stattdessen hörte sie leichte Schritte, als habe er Flügel an den Fersen, Flügel, die ihn davontragen konnten, fort, fort, und dann fiel die Wohnungstür fast lautlos hinter ihm ins Schloss, ehe er die Treppe hinunterlief.
Wie konnte er der Klassenbeste sein, hätte die Schwester gern gewusst, wenn er doch nie lernte?

Diese Frage stellte sie ihm eines Morgens, als sie beide gleichzeitig von zu Hause fortgingen.
Ich setz mich zum Gerber, murmelte Sigmund. Der hat gern Gesellschaft. Und bei ihm in der Küche merkt man den Gestank nicht so. Das Fenster zum Hof ist zerbrochen, deshalb strömt immer frische Luft nach.
Dann starb er, der alte Mann aus dem Erdgeschoss. So war nun einmal der Lauf des Lebens. Er war immer allein gewesen und hatte keine Erben für die Wohnung. Die stand nun also leer. Und Borgwad tummelte sich.
So drückte die Mutter das aus. Dass er sich tummelte. Sara sah nur, dass der Mann zählte und rechnete und dabei nachdenklich die Stirn runzelte. Wieder und wieder saß er abends so da. Dann verschwand er und kehrte hocherhobenen Hauptes und mit breitem Lächeln zurück.
Ich habe mit Wächter-Ola gesprochen, erklärte er.
Tummelte er sich auf diese Weise? Indem er den Wächter bat, häufiger durch den Hafen zu gehen, wenn die Hebamme nachts von irgendeiner Insel zurückkehren musste? Indem er den kräftigen Mann in der Wächterjoppe gebeten hatte, sie nach Hause zu bringen, wenn sich das auf seinen Runden gerade so ergab?
So stellte Sara sich das vor. Denn Borgwad machte sich weiterhin Sorgen, wenn seine Frau in der Dunkelheit unterwegs war. Dann hielt er sich wach, las oder lief in den Zimmern hin und her. Wenn sie irgendwo in der Nähe war, ging er ihr mehrere Male entgegen, bis sie dann beide zu Hause waren und leise flüsterten, ehe sie sich schlafen legten.
Aber Sara hatte das alles falsch verstanden. Als Borgwad lange genug gerechnet und gezählt hatte, ging er zum Hausbesitzer und bat, die Wohnung des verstorbenen Gerbers übernehmen zu dürfen.
Und dann musste dort unten der harsche Gestank weggespült werden. Sara und die Mutter lagen auf den Knien und scheuerten. Der Lehrer zimmerte Regale, und beide Jungen halfen dabei. Sigmund schien jetzt zum Leben zu erwachen, denn er

war geschickt, er arbeitete schneller und besser als der Erwachsene. Seine Schwester sah voller Verwunderung, wie ungeschickt der Mann sich bei der praktischen Arbeit anstellte, ganz anders als der Bruder. Borgwads Gesicht war schweißnass und rot, während Sigmund Bretter schleppte und zurechtsägte und Oskar vor allem im Weg stand.
Die Schiffe brachten große Bücherkisten, zumeist aus Kopenhagen, und Sara half dabei, die Regale zu füllen, während die Mutter Listen über Titel und Preise anlegte. Und dann kam der Einweihungstag, und die beiden Räume füllten sich mit Neugierigen und geladenen Gästen. Der neue Buchhändler und Leihbibliothekar der Stadt lief zwischen den Besuchern hin und her und zeigte und erklärte sein System. Dort standen Beschreibungen von Reisen in fremde Länder und Provinzen, rechts unten gab es Romane, oben auf der anderen Seite die Poesie. Das dicke, braun eingebundene Buch gleich hinter der Theke war ein Lehrbuch der Astronomie, daneben stand ein illustriertes Werk über die phantastische Mythologie der Griechen und Römer, die wie ein Märchen mit vielen Kapiteln zu lesen war.
Borgwad wusste von jedem Buch, wo es stand, und mit schmalen, vorsichtigen Händen konnte er danach greifen, es hervorziehen, es ein ganz wenig öffnen und es vorzeigen. Sara hatte so etwas noch nie erlebt, hatte nie gesehen, dass Erwachsene so leise miteinander umgehen und nicken und lächeln konnten. In den Kaufläden ging es doch ganz anders zu.
Haben viele etwas gekauft?, fragte die Mutter später am ersten Abend.
Ja, die junge Frau Sødring hatte sich einen Gedichtband ausgesucht, ein Kollege von der Bürgerschule hatte ein Buch erstanden, in dem eine Reise am Mittelmeer geschildert wurde.
Die Frau des Buchhändlers fiel dem Buchhändler um den Hals und küsste ihn auf die Wange.
Du schaffst es, Borgwad, lobte sie ihn.
Danach saßen sie zusammen im Wohnzimmer, bei einem Glas dunkelgelben Weines, und der Mann konnte gar nicht genug

über die Stimmung im Buchladen erzählen, über das große Interesse, ja, denn fast alle Eingeladenen waren erschienen, und dazu auch noch andere, die von der Eröffnung gehört hatten.

Der Buchladen war an zwei Nachmittagen in der Woche geöffnet, und Sara und die Mutter halfen abwechselnd aus, denn eine musste im hinteren Zimmer stehen, wo sich die Leihbücherei befand, während der Mann sich um den Verkauf kümmerte. Borgwad hatte seine beiden Bücherschränke nach unten gebracht; ihr Inhalt sollte jetzt ausgeliehen werden. Vor der anderen Wand stand ein Schemel, und auf dem Schemel lag ein dickes Buch, in dem alle Titel verzeichnet waren, mit großen, deutlichen Buchstaben, auf jeder Seite ein Titel. Darunter stand dann, wer dieses Buch ausgeliehen hatte.

Du kannst sie auch bitten, ihren Namen selber zu schreiben, sagte Borgwad zu Sara.

Ein Buch durfte drei Wochen behalten werden, dann musste man es zurückbringen und bezahlen. Sara stand kerzengerade zwischen Bücherschrank und Schemel und wartete. Sie würde schon dafür sorgen, dass alle zurückgebrachten Bücher an Ort und Stelle zu stehen kämen. Und dann würde sie ein Kreuz in das dicke Buch setzen und das Geld entgegennehmen. Das Geld wurde dann in den anderen Raum gebracht und in ein Kästchen gesteckt, das Borgwad zu diesem Zweck bestimmt hatte.

Wenn sie zwischendurch ein paar Schritte ging, konnte sie sehen, wer im zur Straße gelegenen Zimmer gerade die Bücher betrachtete. Oft kannte sie diese Kundschaft, zum Beispiel die Eltern ihrer Mitschülerinnen. Alle unterhielten sich angeregt mit dem Buchhändler. Einige Kunden hatten Söhne in Borgwads Klasse, und sie wollten sich gerne über Bücher beraten lassen, die das Wissen der Jungen vergrößern und deren Leistungen steigern könnten.

Guten Abend, Herr Bäcker, hörte Sara den Stiefvater sagen.

Sie trat einen kleinen Schritt zur Seite, und dann sah sie ihn, den Bäcker und seinen Sohn, diesen Andor August, den Sigmund als

Fettwanst bezeichnet hatte, und sie kicherte, schlug die Hand vor den Mund und zog sich zurück.
Dann erschien ein junger Kaufmannskommis, ein langgliedriger Bursche in etwas zu kurzen Hosen. Er redete anders als die Leute hier am Ort. Er kommt sicher vom Land, dachte Sara, wo die Leute nach Kühen riechen, wie Marie Charlotte immer sagte, während Eugenia sie wie immer nachäffte, wenn auch mit einer leichten Variation: vom Land, wo es nach Viehstall riecht.
Und Sara dachte zufrieden, dass sie am nächsten Tag in der Schule davon erzählen könnte, von dem jungen Mann, denn das war ein wichtiges Erlebnis, von dem die anderen nichts wissen konnten.
Aber so toll war es dann auch wieder nicht, das wurde ihr rasch klar gemacht, denn viele der anderen Mädchen hatten ebenfalls Väter, die ihre Waren im Laden verkauften, auch wenn sie nicht immer selber hinter der Theke standen, diese Väter, sondern im dahinter gelegenen Kontor am Schreibtisch saßen, und bei den Vätern von Marie Charlotte und Eugenia wimmelte es offenbar von Leuten, die nach Kuh und Viehstall rochen, ja, von Leuten aller Art, von spanischen Kapitänen und Hellseherinnen und Bettlerinnen, die zu stehlen versuchten.
Zu stehlen?
Aber sicher, mein Vater und der Verkäufer mussten sie ins Hinterzimmer ziehen und ihr den Schal vom Leib reißen, und darunter hatte sie zwei Kartoffeln versteckt, von *unseren.*
Sara lief rot an. Bei der Vorstellung, dass es Leute gab, die stahlen. Und dann noch zwei Kartoffeln. Unvorstellbar, wie arm diese Menschen sein mussten!
Ach, es war so schön, nicht mehr arm zu sein, genug Kartoffeln zu haben und selber etwas verkaufen zu können. Und Borgwad lobte sie, lobte die schwarzen Buchstaben, die sie ins Protokoll malte, lobte sie, weil sie immer den richtigen Titel ankreuzte und die Bücher ordentlich zurück in den Schrank stellte.
Oskar durfte nicht nach unten kommen, wenn der Laden geöffnet war.

Aber wenn du erst die Kunst des Schreibens gemeistert hast, versprach Borgwad.
Der Junge strahlte, er wollte gern lernen, er wollte von Borgwad lernen. Er war offenbar zu allem bereit, wenn er nur mit diesem Mann zusammensein konnte.
Was hast du heute in der Schule gemacht, wurde er manchmal gefragt.
Oskar trat verlegen von einem Fuß auf den anderen. Er konnte sich nicht richtig erinnern. Doch, dann fiel es ihm wieder ein. D, sagte er. Für Dddach.
Aber ihr müsst doch schon viel weiter gekommen sein?
Oskar wand sich wieder und lief knallrot an.
F, sagte er dann, für Ffff …
Hier bekommst du ein S, sagte der Mann. Das ist der Buchstabe deiner Mutter. Und deiner Schwester. Und deines Bruders.
Ssss für Sara! Und für Sigmund!
Gut, gut, sagte Borgwad, aber jetzt wird gerechnet.
Dann setzte er sich vor den Geldkasten und zählte und addierte. Und er lächelte zufrieden, denn in diesen ersten Wochen nach der Ladeneröffnung schaute immer jemand herein, lauschte der begeisterten Stimme des Buchhändlers, der sich über die Freuden des Lesens und die Bedeutung des Wissens verbreitete, und bezahlte zuletzt für ein Werk, das bedeutsam und erbaulich zugleich sein sollte.
Aber dann blieben sie aus. Frau Sødring kam nicht mehr. Und nicht Rønnebergs. Oder Wasmuths. Ein Buch hatten sie gekauft, als reiche das, als hätten sie damit genug; so, wie Eugenia in der Schule Sara zugeflüstert hatte, das *Buch,* das Buch, das die Eltern von Saras Vater gekauft hatten, stehe auf dem Ehrenplatz neben der Bibel.
Doch, es kam schon vor, dass jemand vorbeischaute, aber nicht wie zu Anfang, und die meisten wollten nur ausleihen. Aber noch war Borgwad erfüllt von Eifer und Optimismus. Immer wieder hörte er von neuen Werken, die gerade gedruckt wurden, und das meiste bestellte er dann sofort, um es mit eigenen Augen

zu sehen. Wenn neue Bücherkisten eintrafen, las er die Bücher erst, ehe er sie in den Laden brachte. Vorsichtig, vorsichtig öffnete er die Bände ein wenig und saugte die Wörter in sich auf. Manche Bücher mussten aufgeschnitten werden. Anfangs hatte der Buchhändler da seine Zweifel; sollten sie nicht lieber in unberührtem Zustand verkauft werden? Aber wenn der Käufer unvorsichtig war und mit einem stumpfen Messer die Seiten ruinierte? Nein, tröstete er sich, da war es schon besser, wenn er der Kundschaft diese Arbeit abnahm, und dann setzte er sich mit frisch geschliffenem Rasiermesser hin und schnitt die Bücher auf, so dass jede Seite sofort gelesen werden konnte, auch von ihm selber, ehe er sie nach unten brachte. Auf diese Weise konnte er seine Empfehlungen mit Überzeugung aussprechen, erkannte Sara, und sie bewunderte ihn und war glücklich, wenn sie im Hinterzimmer stand und seinen Erläuterungen lauschen konnte.

Auf diese Weise bekommt Ihr zusätzlich eine ausführliche Beschreibung der Stadt London, konnte er sagen.

Zur Mahnung und Unterhaltung, konnte er über ein anderes Buch sagen, und Sara fragte sich, was darin wohl stehen mochte.

Ein hervorragendes Geschenk für Eure schöne und tugendsame Verlobte, konnte er ebenfalls empfehlen und ein Heft mit illustrierten Gedichten anbieten.

Und viele hörten zu, manche mit Hut oder Mütze in der Hand, andere scharrten verlegen mit dem Schuh über den Boden, das fiel Sara nach und nach auf, denn sie wollten gar kein Buch kaufen, das konnten sie sich offenbar nicht leisten, sie wollten nur eins ausleihen, was schließlich sehr viel weniger kostete. Und schließlich konnten sie sich diesem Wortstrom entziehen und zu ihr nach hinten gehen, wo sie gleich ein wenig gelassener wirkten, denn hier durften sie selber die Bücher aus dem Schrank ziehen, darin blättern und ein wenig lesen, ohne dass jemand ihnen über der Schulter hing. Sara stand nur auf ihrem Posten, sie trug die Bücher ins Protokoll ein und nahm die Leihgebühr entgegen. Und dann machte sie einen Knicks, wenn die Kunden

kamen und wenn sie gingen, denn so gehörte es sich doch, wie sie glaubte.
Aber der Verkauf lief schleppend. Im Spätherbst konnten ganze Nachmittage vergehen, ohne dass sich auch nur ein einziger Kunde sehen ließ.
Das liegt am Wetter, meinte der Mann.
Aber die Frau machte sich Sorgen, schließlich bestellte er weiterhin immer neue Bücher.
Sara konnte durch die Wand das Gespräch der beiden hören.
Aber du hast es doch auch für richtig gehalten?, fragte Borgwad verärgert.
Das weißt du doch, erwiderte Saras Mutter, aber ...
Damit ist der Fall erledigt, sagte der Mann.
Aber die Mahlzeiten fielen magerer aus. Und immer häufiger musste Sara allein im Buchladen stehen, oft an beiden Nachmittagen, wenn die Mutter arbeiten musste. Denn der Vater gründete gerade einen Gesangverein und saß außerdem in einem Komitee, das den Bau einer Kirche in die Wege leiten sollte.

Und Oskar mühte sich in der Schule ab. Was ihm leicht vorgekommen war, als Borgwad mit munterem Mienenspiel O und B vorgeführt hatte, wollte dem Jungen in einem Klassenzimmer mit vielen anderen nicht in den Kopf, bei einem fremden Mann, der schlagen konnte und der Oskar auch schlug, wenn der zu langsam begriff.
Borgwad schimpfte immer wieder: Du musst zuhören! Du musst aufpassen!
Die Mutter und Sara versuchten ebenfalls, dem Jungen den Lehrstoff klar zu machen, doch Oskar wollte nur den Stiefvater, nur wenn dieser Mann neben ihm saß, konnte er sich öffnen und etwas in sich aufnehmen.
Und die Schwester empfand es als große Erleichterung, wenn sie die Treppe hinunterlaufen und im Laden stehen konnte und dadurch von diesem schwierigen Bruder befreit war. Sie öffnete mit dem großen Schlüssel die Tür und lief andächtig zwischen

den Büchern hin und her. Es roch nach etwas Unbestimmbarem und Geheimnisvollem. Ehe Kundschaft kam, stand sie manchmal einfach da, mitten im Zimmer, und schnupperte. Dann hörte sie die Tür, und sie fuhr herum und machte einen Knicks: Bitte sehr, womit kann ich Euch behilflich sein?

Das sagte sie jedes Mal, wie eine Zeile aus einem Gedicht, ehe sie sah, wer hier den Laden betreten hatte. Einmal war es Andor August, und sie wurde rot, denn vor einem Jungen hätte sie doch keinen Knicks gemacht, und ein Junge war er, auch wenn er gewachsen war und jetzt nicht mehr so fett aussah wie früher. Trotzdem war er nur ein Schuljunge, so wie Sigmund.

Aber der Sohn des Bäckers machte als Antwort eine Verbeugung, als gehöre sich das so zwischen Büchern, man hatte zu knicksen und sich zu verbeugen, und seine Stimme klang verlegen, als er sein Begehr vorbrachte: Sein Vater feierte seinen vierzigsten Geburtstag, und seine Mutter, die bettlägerig war, hatte ihm Geld mitgegeben, für ein Buch. Der Bäcker liebte Bücher, hatte aber nie Zeit, um sich selber welche zuzulegen. Deshalb hatte er keine. Jetzt jedoch …

Sara zeigte ihm ein Buch nach dem anderen, ließ ihn mit der Hand über den Einband fahren und erzählte ihm dabei, was sie über den Inhalt wusste oder zu wissen glaubte.

Das hier enthält offenbar viele lustige Geschichten, sagte sie, und außerdem erfährt man alles über die Straßen von London. Und es gibt kleine Bilder der Handlung.

Das nahm er, dieser Andor August, und er machte noch eine Verbeugung, ehe er ging, ehe er mit ernster Miene seine Mütze wieder aufsetzte.

Ein andermal tauchte Jungfer Samuelsen auf, die Lehrerin aus der Nähschule. Sara knickste und lächelte und sagte ihren Satz auf, und die Erwachsene lächelte auch und schien sich über dieses Wiedersehen zu freuen.

Ja, hier hast du viele schöne Sachen, sagte sie, und als sie endlich ging, nahm sie nicht weniger als zwei Bücher mit, für die sie bezahlt hatte.

Ihre Worte hallten in Sara nach; *sie* hatte schöne Sachen, als gehörten sie ihr allein. Und fast kam es ihr auch so vor. Sie entfernte mit dem Federwisch den Staub von den Buchrücken, sie putzte nach Ladenschluss den Boden, sie polierte die Glasscheiben im Bücherschrank. Sie wusste, wer ein Buch mitgenommen hatte und es in spätestens drei Wochen zurückbringen musste, sie wusste, welche Bücher ausgeliehen waren.

Und so stand sie da mit ihrem Wissen und wartete. Aber es konnte lange dauern, bis wieder Kundschaft kam, und bald setzte sie sich auf den Schemel, und bald öffnete sie die eine Glastür und nahm ein Buch heraus, denn es war doch bestimmt richtig, überlegte sie, wenn sie sich besser informierte, damit sie, wie Borgwad, über den Inhalt erzählen konnte.

Ach, es war schön, hier in der Stille zu sitzen, ohne den maulenden und vergrätzten Oskar, ohne Sigmund, der in dem neuen Leben wie verhext wirkte und auch mit ihr nicht sprechen wollte, egal, worüber, denn mehrere Male war sie ihm gefolgt, um seine Gedanken zu erfahren, vielleicht, um ihn zu trösten, zu ihrer Stelle im Wald, doch die suchte er offenbar nicht mehr auf.

Hier unten konnte sie alles vergessen, alles Traurige und alles Schöne, ja, sie konnte sich selber vergessen, und manchmal stand dann plötzlich ein Kunde vor ihr, dessen Kommen sie nicht gehört hatte.

Einmal überraschte sie der Mann mit dem Dialekt, der Bäurische, über den sie allein und zusammen mit ihren Freundinnen gelacht hatte.

Vielleicht sollte ich lieber ein andermal kommen, wenn Euer Vater zugegen ist?, fragte er.

Sara sprang von ihrem Schemel auf, noch immer erfüllt von einem schönen Gedicht über Flieder.

Nicht doch, stammelte sie, bitte, womit kann ich Euch behilflich sein?

Er trat einen Schritt zurück. Noch trug er dieselbe Hose, die, die ein wenig zu kurz war und oben zu weit aussah.

Ich brauche etwas über Buchführung, erklärte er. Aber ich würde es lieber ausleihen …
Ihr meint vielleicht das Buch, das sonntags in der Gratisschule benutzt wird?, fragte Sara.
Ja, genau das, erwiderte der Kommis erfreut, genau das.
Sara legte das Heft mit den Gedichten beiseite und ging in das andere Zimmer. Dort zog sie das Buch zwischen zwei anderen hervor.
Leider, sagte sie, gibt es das nur im Verkauf.
Der Kommis griff in einen kleinen Lederbeutel und holte zwei Münzen hervor, die er danach in seiner Hand zu wiegen schien.
Ich brauche es aber, sagte er, wie an sich selbst gerichtet, und legte die eine Münze auf die Theke. Aber meint Ihr, es sei vielleicht möglich …
Was denn?
Es wieder zu verkaufen, wenn ich den Inhalt gelernt habe? Ich meine, dann könnt Ihr es doch in die Leihbücherei stellen, denn jedes Jahr, das wisst Ihr, jedes Jahr wird die Schule stärker besucht, und nicht alle sind so bemittelt, deswegen gehen sie ja dorthin … versteht Ihr?
Sara hätte lachen mögen. Es war zu viel, dass er »Ihr« zu ihr sagte und dass er so verlegen und zugleich so eifrig war und dass er zugab, dass er nicht … Dabei war er das doch, bemittelt, jedenfalls genug, um sich ein Buch zu kaufen, denn das tat er ja, auch wenn er es später zurückverkaufen wollte.
Ich werde fragen, sagte sie. Ich werde mich erkundigen, ob das möglich ist. Und wenn Ihr dann wieder hereinschaut, sage ich Euch Bescheid.
Tausend Dank, sagte der Mann lächelnd. Tausend Dank, Jungfer Borgwad.

Jetzt nicht, sagte der Stiefvater abweisend, als sie ihn am Abend danach fragen wollte. Er beugte sich über ein seltsames Heft mit Zeichen, die Sara noch nie gesehen hatte.
Ach, was ist das schön, sagte er verträumt zu seiner Frau.

So war er, einer, der in diesem Moment zu der einen in schroffem Ton sprechen und im nächsten die andere mit feuchten Augen anlächeln konnte. Sara dachte darüber nach und wunderte sich, über den Mann und sein Wesen, über diese Wechselhaftigkeit. Aber bald hatte er dann auch Zeit für sie, denn er erkundigte sich voller Interesse, ob sie etwas verkauft habe, und wenn ja, was. Und zu Saras Erstaunen war er bereit, das Werk über die Buchführung zurückzunehmen, das war er wohl, obwohl der Laden nicht gut lief, denn er lief wirklich nicht so, wie sie geträumt und erwartet hatten. Aber dieser Kommis, das ging Sara nun auf, war ein Mann nach Borgwads Herzen, denn er war ein *Leser.*

Danach setzte der Mann sich an die Orgel, vor ihm auf dem kleinen Brett lag das Heft mit den seltsamen Zeichen, und dann sang und spielte er zur selben Zeit. Bald stimmte die Mutter ein, und es klang so schön, so schön, dass Sara schlucken und schlucken und auf ihre Kammer laufen musste, um allein zu sein. Und da saß sie dann und hörte zu, bis sie sich für die Nacht zurechtmachte.

Die Erwachsenen sangen noch eine Weile weiter. Und dann sprachen sie, leise und freundlich. Und Sara war eingeschlafen, als sie wieder geweckt wurde, von Geräuschen aus der Kammer, in der die Mutter und Borgwad schliefen.

Aber du hast es versprochen!, sagte die Mutter. Du hast gesagt, du würdest aufpassen!

Es ist mein Recht, sagte Borgwad.

Die Stimmen klangen nicht länger wie vorhin im Wohnzimmer. Aber so war er eben, dieser Mann, dachte Sara, einer, der von einer Stimmung in die andere sprang. Bald wird er sicher wieder vor Freude über irgendetwas strahlen, dachte sie und erinnerte sich an den Gesang. Und mit dieser Erinnerung schlief sie dann wieder ein.

Ach ja, das tat er dann auch, in der folgenden Zeit strahlte er vor Freude. Die Mutter aber wurde mager und klein, und sie hatte Schatten unter den Augen. Größer aber wurde ihr Bauch.

Was jedoch unmöglich war. Sie sagte es nicht laut, wenn die Kinder dabei waren, aber sie sagte es abends, als sie im Bett lagen, mit tiefer Verzweiflung in der Stimme.
Das schaffst du schon, tröstete der Mann. In der letzten Zeit kann doch sicher einer der Ärzte einspringen?
Die will doch keine bei sich haben, erwiderte die Frau. Die kommen gleich aus der Krankenstube und bringen den Gestank des Todes mit sich, die will keine.
Aber vor deiner Zeit sind die Leute doch auch einigermaßen zurechtgekommen?, fragte Borgwad.
Du bist eben ein Mann, sagte die Frau kurz angebunden.
Aber, aber, sagte Borgwad. Deshalb hast du mich doch geheiratet, weil ich ein Mann bin?
Sara hörte zu, und in ihr steckte so viel, das perlende Kichern, bei dem sie sich die Hand vor den Mund schlagen musste, obwohl sie allein dort lag, das Kichern aus der Zeit mit Frida, als Frida über Liebeshändel gesprochen hatte, doch zugleich war da diese Verzweiflung in der Stimme der Mutter, die nicht ihr selber galt, sondern anderen, anderen Frauen, denen ebenfalls eine Geburt bevorstand, die Angst, dass sie ihnen nicht würde helfen können, wenn es bei ihr selber so weit wäre.
Am nächsten Tag jedoch, einem Sonntag, schien alles wunderbar zu sein, denn Borgwad lud sie alle zu einem Spaziergang ein, und so gingen sie, die Mutter und ihr Ehemann, Arm in Arm, zwischen Oskar und Sara. Und die Frau trug einen schönen Hut, den der Gatte ihr geschenkt hatte, und der Mann sah zufrieden aus, überaus zufrieden, wenn er nach rechts und nach links grüßte. Ab und zu blieben sie stehen und unterhielten sich mit anderen, die ebenfalls spazieren gingen, zuerst mit dem Bürgermeister, der ein wenig über die neue Kirche sprechen wollte, die die Bürger sich wünschten, dann trafen sie ein Mitglied des neuen Gesangvereins, schließlich den Apotheker von Hellen, der anstolziert kam, groß und rund, mit seiner dritten Frau am Arm. Seine Tochter von der ersten, die schon viele Jahre tot war, ging zusammen mit Sara zur Schule, und die beiden Mädchen

tauschten einen verständnisinnigen Blick, so war das Leben, mit langsamen Spaziergängen, um zu zeigen, zu wem man gehörte, die eine zu einem Mann mit einer goldenen Uhr an einer Kette, die er unter dem offenen Mantel deutlich sichtbar auf dem Bauch trug, einem Mann, dessen Regale mit Krügen und Arzneimitteln gefüllt war, und die andere zu einer mageren Gestalt mit Spazierstock, mit meterweise Büchern und mit einem Notenheft, das auf einem Brett über einer Orgel stand.

Deine Mutter hat uns gestern Abend spät ein neues Kind gebracht, sagte Rut am Montagmorgen freudestrahlend zu Sara.
Wieso denn das?, wollte Pauline wissen.
Sara stutzte. Wie war das nun gemeint?
Glaubst du, sie hat sie in ihrer Tasche?, fragte Marie Charlotte lächelnd.
Spinnst du?, schnaubte Rut. Sie hat sie in dieser komischen Unterlage, dann liegen sie unterwegs weich.
Sara lachte laut.
Marie Charlotte stimmte ein. Aber nicht doch, Rut, Saras Mama hilft doch nur, den Ruß abzuwischen.
Sara lachte nicht mehr.
Den Ruß aus dem Schornstein, erklärte Eugenia. Nachdem die Elster sie losgelassen hat.
Die Elster?
Wir sollen darüber übrigens nicht sprechen, sagte Petra Jensine, mein Vater sagt, das darf man nicht.
Meine Mutter sagt das auch, stimmte Marie Charlotte zu, wir dürfen das überhaupt nicht erwähnen. Es passiert eben einfach bloß.
Ihr seid ja vielleicht dumm, sagte Rut. Natürlich hat Saras Mama … deswegen sprechen doch alle so gut über sie, weil sie …
Na?, fragte die Lehrerin, die in diesem Moment hereinkam. Was ist denn das für ein lautes Gerede?
Die Mädchenschar starrte zu Boden.
Na, Kinder? Die Lehrerin ließ nicht locker.

Die reden über etwas, worüber sie nicht reden dürfen, sagte ein kleineres Mädchen mit großen Augen.
Alle Schülerinnen wurden im selben Raum unterrichtet. Sie waren insgesamt sechsundzwanzig; Sara gehörte zu den Ältesten, denn die Lehrerin hatte keine haben wollen, die schon mehr als zwei Jahre Gemeindeschule hinter sich hatten. Im nächsten Jahr könnte sie dann noch sechs neue nehmen, hatte Sara gehört, für mehr reiche der Platz nicht. Der Stiefvater hatte jedoch von Plänen erzählt, die Mädchenschule in ein anderes Haus zu verlegen, wo es zwei Klassenzimmer mit einer Verbindungstür geben würde, so dass die Lehrerin von einem zum anderen gehen könnte, hin und her, zwischen den jüngeren und den älteren Schülerinnen.
Und jetzt singen wir, sagte die Erwachsene und setzte sich an die Orgel.
Und sie sangen. Und sprachen ihr tägliches Gebet. Und dann folgte biblische Geschichte.
Doch in der Pause wurden die Ältesten zurückgehalten und mussten der Lehrerin gestehen, worüber sie vor den Kleineren gesprochen hatten.
Übers Kinderkriegen, antwortete Sara.
Ach.
Und dass sie von der Elster gebracht werden, sagte Marie Charlotte.
Nein, dass die Hebamme sie bringt, sagte Rut.
Ach, sagte die Frau noch einmal. Jetzt hört mir mal gut zu.
Sie blickten sie erwartungsvoll an.
Jedes kleine Kind ist ein Wunder Gottes, erklärte die Lehrerin. Mehr gibt es dazu nicht zu sagen.
Die Mädchen nickten stumm.
Und wir tun das deshalb auch nicht, oder?
Nein, wurde gemurmelt.
Das gilt auch für dich, Sara, fügte die Lehrerin hinzu.
Aber Fräulein Gulbrandsen, ich habe doch gar nicht …
Es reicht. Jetzt könnt ihr nach draußen gehen.

Und damit war die Sache wohl vergessen, denn draußen sprachen sie gleich über ein ganz anderes Thema.
Ich feiere ein Fest, sagte Marie Charlotte geheimnisvoll. Und ich darf neun Mädchen dazu einladen. Dann sind wir zehn. Für zehn Jahre, versteht ihr? Im Pavillon.

Es war so schön. Um einen runden Tisch zu sitzen, in etwas, das Pavillon hieß. Der Pavillon bestand aus einem Dach, und das Dach ruhte auf runden Säulen. Zwischen den Säulen, bis zum Boden hinunter, verliefen kreuzweise schmalere Bretter, und um alles, was aus Holz war, wanden sich grüne Schlingpflanzen. Im Pavillon war Platz genug für alle zehn, und die beiden Dienstmädchen der Familie brachten köstliche Kuchen und Kannen voll Saft. Sie aßen von weißen Tellern mit geblümtem Rand, und sie tranken aus hohen Gläsern mit geschwungenen Griffen.
Zuerst saßen sie ziemlich still und feierlich da, aßen manierlich und sagten Nettigkeiten über den Kuchen, wie sie es von den Erwachsenen gehört hatten. Aber dann ging das Geschwatze los, über die Schule, über andere, die nicht dabei waren, über die arme Hulda, die wohl von der Schule abgehen musste, weil ihr Vater das Schulgeld nicht mehr bezahlen konnte. Danach sprachen sie über die Hauben, die jetzt in Bergen und sicher auch in Christiania modern waren, mit noch längeren Zungen aus gestärktem Stoff, die in die Stirn hineinragten.
So eine kriege ich, teilte eine mit.
Ich frage meine Mutter, sagte eine andere. Welche Farben haben die denn?
Sicher rot, oder grün.
Sara sah Marie Charlotte an. Die hatte schon seit einiger Zeit nichts mehr gesagt, sie saß nur mit gespannter Miene da und schaute immer wieder durch die Ranken hinaus. Und dann sprang sie plötzlich auf und stürzte los, über den grünen Rasen, und dabei jubelte sie: Da kommen sie! Da kommen sie endlich!
Wer kam, war ihr Vater zusammen mit einem anderen Mann,

der ein großes Stativ bei sich hatte. Der andere war der Fotograf, Herr Arnestad. Jetzt sollten die Festteilnehmerinnen verewigt werden, aber im Freien ging das doch nicht, es musste im Haus geschehen, wegen der Lichtverhältnisse, wie es hieß, und deshalb liefen alle über den Rasen und in ein Wohnzimmer, wo die Dienstmädchen schon Tische und Stühle weggeräumt hatten, damit mehr Platz war.
Sara war noch nie in diesem Haus gewesen. Alles war so groß. Sie hatte noch nie ein so großes Zimmer in einem Wohnhaus betreten. Hier hing ein schöner Spiegel mit Goldrahmen, hier gab es Bilder an den Wänden, bestickte Wandbehänge, die einen Hirsch im Wald oder eine Blumenwiese zeigten. Und die Stühle, die vor der Wand standen, hatten Sitz und Rücklehne aus glänzender Seide, bestimmt war es Seide, und es waren so viele, dass Sara sie in der Eile nicht zählen konnte.
Wenn die jungen Damen vielleicht stillhalten und ein wenig enger zusammenrücken würden, bat der Fotograf.
Dann entdeckte er zwischen den anderen Sara.
Aber ist das nicht …
Doch!, rief Marie Charlotte. Das ist die, die noch immer in Eurem Fenster hängt!
Und das werden wir auch, sagte die Gastgeberin zufrieden, als die Gäste sich zum Aufbruch bereit machten; denn das hat der Fotograf meinem Vater versprochen, wenn das Bild etwas wird.
Ob sie dann zweimal dort hängen würde, überlegte Sara auf dem Nachhauseweg. Aber nein, Herr Andestad würde das andere wegnehmen, wenn er das neue aufhängte, denn für so viele Bilder hatte er sicher keinen Platz, und das erste hing doch schon seit einer Ewigkeit dort. Dann vergaß sie das Bild und dachte nur noch an den süßen Kuchen, wie sie ihn noch nie gekostet hatte, und an die feinen Gläser und daran, wie schön es war, in einem Pavillon zu sitzen. Sie hätte gern jemandem von allem erzählt, was sie erlebt hatte, aber wem? Frida, dachte sie. Früher hatte sie alle Erlebnisse immer mit Frida geteilt, aber jetzt sah sie Frida ja nicht mehr. Sie hatte die Freundin nicht

mehr besucht, seit Borgwad so heftig reagiert hatte. Sie hatte doch keine Zeit gehabt. Sie hatte sich um den Buchladen und ihre Hausaufgaben kümmern müssen ... ja, und um die ganze Hausarbeit.
Und Frida, dachte sie, Frida würde vielleicht nichts über ein Geburtstagsfest in einem Pavillon hören wollen.
Dreckssäulen, echote ihre Stimme in Saras Gedanken.
Aber jetzt sehnte sie sich nach der Freundin. Plötzlich sehnte sie sich entsetzlich nach ihr, nach ihrem mitreißenden Lachen und ihrem Gesicht, das im Bruchteil einer Sekunde seinen Ausdruck ändern konnte. Sie sehnte sich nach Fridas Stimme, wenn sie nicht böse war. Denn sie hatten über alles reden können. Über Fridas Vater, der trank. Über Borgwads seltsam feuchte Augen. Über die Jungen, die so anders aussahen als sie selber, denn das wussten sie schließlich; Sara hatte es jeden Tag gesehen, Jahr für Jahr, wenn sie mit Oskar zum Abtritt gegangen war, dieses Seltsame, das da vorn baumelte. Was machte er damit eigentlich? Pipi, das war klar, aber warum konnte er es nicht auf die andere Weise?
Und dann über die Sache mit den Geburten.
Frida wusste, dass kein Kind aus dem Schnabel einer Elster fällt. Frida *wusste* das, so gut wie Sara selber, denn Sara hatte es ihr einmal erzählt.
Die Mädchen in der Schule dagegen ... Sara hatte zuerst geglaubt, sie machten Witze. Aber das war nicht der Fall gewesen.
Als sei es etwas Hässliches, überlegte sie. Worüber nicht geredet werden darf.
Als sei die Arbeit ihrer Mutter auf irgendeine Weise anrüchig. Aber alle redeten doch nur freundlich über sie, das hatte sogar Rut zugegeben. Sara hatte es auf den Spaziergängen gesehen, wie die anderen Erwachsenen die Hebamme voller Achtung grüßten.
Eine Elster ...
Frida hätte vor Lachen geheult.
Noch war es hell. Konnte sie kurz im weißen Haus vorbeischau-

en? Wäre es Borgwad gegenüber schrecklich ungehorsam, das zu tun? Aber er brauchte es doch nicht zu erfahren …

Borgwad mit seinem Gerede über Schuhe und seinen vielen Regeln. Man ging mit leisen Schritten durch das Zimmer. Kein Kind durfte beim Essen etwas sagen, wenn es nicht vorher angesprochen worden war. Der Mann nahm sich zuerst, danach die Jungen, und zum Schluss Sara und die Mutter. Sie hatten das nie so gemacht. Sie hatten geteilt, was es gab, und beim Essen geplaudert.

Sitz gerade, konnte der Stiefvater plötzlich brüllen. Nimm die Ellbogen vom Tisch!

Einmal hatte er Sigmund angeschrien. Danach war das nicht mehr nötig gewesen. Aber Oskar vergaß sich manchmal, und sofort knallten die Wörter wie Peitschenhiebe: Gerade sitzen, Junge!

Gleich darauf war die Stimme zuckersüß und freundlich: So, ja, Oskar, es geht doch, wenn du willst.

Sara gab sich immer große Mühe, gerade zu sitzen. Und die Mutter versuchte, ihr mit Blicken ein Zeichen zu geben, wenn etwas nicht stimmte, damit sie sich noch rechtzeitig korrigieren konnte.

So ging es zu im Haus des Lehrers. So viele Regeln gab es dort. Wie in der Schule.

Und immer musste man um Erlaubnis bitten, wenn man etwas tun wollte. Es fehlte nur noch, dass sie auch noch Bescheid sagen müssten, wenn sie zum Abtritt wollten.

Sara lachte in Gedanken, als ihr das einfiel, als sei eine bei ihr, der sie das erzählen konnte, mit der zusammen sie lachte.

Frida.

Nein.

Sie konnte nicht zum weißen Haus gehen. Sie konnte nicht mit Frida zusammensitzen und über Borgwad lachen. Sie konnte das nicht. Denn der Mann war doch so gut! So war er doch auch! Er meinte das mit seinen Regeln nicht böse. Das war nur seine Art. Eine andere, als sie bisher gekannt hatten. Außerdem war es

sein Verdienst, dass sie sich bei Marie Charlotte nicht blamiert hatte. Denn er hatte ihr ein kleines Buch für das Geburtstagskind mitgegeben. Ein Geschenk.
Die Mutter war nicht auf diese Idee gekommen. Und Sara hatte nicht gewusst, dass ein Geschenk nötig war. Doch der Stiefvater hatte aus dem Buchladen ein wunderschönes kleines Buch mit Illustrationen und kleinen Gedichten geholt. Und deshalb hatte Sara ein Geschenk mitgehabt wie die anderen; die brachten einen schönen Kamm, eine kleine Steinfigur, eine hübsche Bluse … Wie schrecklich, wenn sie als Einzige mit leeren Händen gekommen wäre!
Sie eilte nach Hause. Sie wollte Borgwad erzählen, dass das Buch gut angekommen war, dass Marie Charlotte bei der Überreichung einen Knicks gemacht hatte. Was für ein schönes Buch, hatte sie gesagt.
Und sie lief die Treppen hoch und freute sich darauf, dem Mann alles zu erzählen.
Schon vor der Wohnungstür hörte sie es, das leise Schreien. Sie hatte eine Schwester bekommen.

Borgwad strahlte. Er konnte nicht schnell genug aus der Schule kommen, um die Frau mit dem Kind anzusehen, er küsste seine Frau auf die Stirn und streichelte langsam das winzige Köpfchen. Aber nach dem Essen musste er wieder fort, denn dann tagte der Gesangverein. Zu Weihnachten sollte das erste Konzert gegeben werden.
Dann wurde nach der Hebamme geschickt, schon vier Tage nach deren Niederkunft. Sara wurde erklärt, was sie in Abwesenheit der Erwachsenen zu tun hatte. Nämlich gar nichts, nur musste sie das Kleine ab und zu auf den Armen wiegen und ansonsten spülen und ihre Hausaufgaben machen. Doch als die Mutter einige Stunden später nach Hause kam, stöhnte sie, weil sie Rückenschmerzen hatte und weil ihre Bluse durchweicht war, obwohl sie sich so viele Lappen hineingesteckt hatte.
Ich werde die Milch verlieren, seufzte sie. Denn was soll werden,

wenn ich schon beim Fruchtwasser geholt werde? Wenn es viele Stunden dauert?
Sie weinte. Sara hatte noch nie gesehen, dass die Mutter weinen konnte. Oskar verkroch sich in seiner Kammer. Sigmund dagegen erhob sich vom Küchentisch, wo er über seinen Aufgaben gesessen hatte, er ging ins Wohnzimmer und setzte sich zu ihr, sein Blick war erfüllt von etwas Widersprüchlichem, von einer Art Hochmut und von der alten Fürsorge, das konnte die Schwester sehen. Er sagte jedoch nichts. Er streichelte nur unbeholfen die Schulter der Erwachsenen, und sein Gesicht war dabei weich und hart zugleich.
Mit Sara aber sprach er, am nächsten Tag, als sie einander zufällig draußen über den Weg liefen.
Jetzt ist sie nicht mehr da, sagte er verbittert. Die Hebamme. Die, die wir gekannt haben. Jetzt verschwindet sie und wird wie die anderen. Einfach ein Frauenzimmer.
Dann ging er weiter, ehe sie etwas sagen oder ihn fragen konnte, denn was meinte er eigentlich?
Die Antwort sollte sie bald erhalten. Denn noch während der Schwangerschaft der Mutter hatte Borgwad mit den Honoratioren der Stadt gesprochen, ohne ihr Wissen darüber, dass sie eine Nachfolgerin für sie anstellen müssten, eine andere, die rund um die Uhr von Haus zu Haus eilte, wie er sich ausdrückte.
Das sagte er, um seine besorgte Frau zu trösten, so hörte die Stimme des Mannes sich an, als könne er ihr eine gute Nachricht überbringen. Stolz war er, weil er alles so gut für sie geordnet hatte, aber das war ja seine Pflicht, die Angelegenheiten seiner Frau in Ordnung zu bringen, so war das, und die leitenden Bürger der Stadt hatten es für selbstverständlich gehalten, natürlich hatten sie das, deshalb brauche sie sich keine Sorgen mehr zu machen, die neue Hebamme werde in nicht allzu langer Zeit ihr Amt antreten.
Und die Mutter schien zu erlöschen, ihre Augen starben, sie sank in sich zusammen, wie ein Schal lag sie über dem Säugling.

So versteckte sie sich, während Borgwad redete, verbarg ihr Gesicht an der Kleinen.
Erst viel später sagte sie etwas: Aber können wir uns das leisten?
Sollte ich nicht Manns genug sein, um meine Familie zu versorgen?, rief der Lehrer und Buchhändler.
Sicher, sicher, murmelte die Frau, ja, ja.
Und sprich vor den Kindern nicht mehr über Geld!
Sara zitterte. Denn Sigmund hatte wohl Recht, sie hatten sie verloren; sie schaute niemandem mehr in die Augen, sie schaute durch alle hindurch, selbst durch Borgwad schaute sie hindurch. Der Mann aber bemerkte das nicht, glaubte die Stieftochter, er saß wie immer da und verbreitete sich über seine vielen großen Pläne.
Und Sara zitterte und dachte daran, was ihr Bruder kurz nach dem Umzug gesagt hatte: Er gehört nicht zu uns. Und wir gehören nicht zu ihm. Er hat uns nur mit in Kauf genommen.
Mit in Kauf?
Das hatte sie nicht richtig verstanden und hatte es als Unsinn abgetan, denn Borgwad war doch für sie alle da gewesen, mit seinem Lächeln, seiner fröhlichen Stimme, seiner Begeisterung, wenn er ihnen etwas beibringen konnte.
Früher hatten wir selber etwas, hatte Sigmund gesagt.
Aber das hier gehörte ihnen doch auch, alles, was sie umgab, sie konnten es benutzen, es berühren, den Tisch und das Sofa, alles, was in der Küche war, die Orgel … Sogar der Spiegel hing für alle an der Wand. Er war zwar nicht so schön wie der große im Wohnzimmer bei Marie Charlotte, aber es war doch immerhin ein Spiegel, mit einem braunen Holzrahmen und einem schmalen Absatz darunter, auf den Borgwad das Rasiermesser legen konnte, wenn er dann einen Schritt zurücktrat, um sich davon zu überzeugen, dass die Haarzier in seinem Gesicht so aussah, wie er das wollte.
Sara konnte in ihr Spiegelbild versinken, wenn niemand zusah. Das also waren ihre Ohren, ihr Hals. Und so sahen ihre Haare aus. Sie hatten keine Ähnlichkeit mit Oskars. Und auch nicht

mit Sigmunds. Aber mit denen der Mutter, das konnte sie sehen. Jeden Morgen stand sie vor der blanken Glasscheibe in dem braunen Rahmen und flocht sich die Haare so, dass der Scheitel ganz gerade wurde und keine Strähne entkommen konnte, und sie fühlte sich auf seltsame Weise reich, wenn sie später zur Schule ging, weil sie wusste, wer sie war, weil andere sie sehen konnten.

Aber von welchem Kauf hatte der Bruder da nur geredet? Borgwad hatte doch sicher nicht bezahlen müssen, um heiraten zu können? Sara glaubte, alles über das Kapital ihrer Mutter und ihres Stiefvaters zu wissen. Sie führte jetzt die Bücher für den Buchhandel; nach jedem Öffnungstag trug sie die Einnahmen aus Verkauf und Ausleihe sorgfältig in das große Protokoll ein. Diese Rechnung fand von der Rückseite des dicken Rechnungsbuches her statt. Von vorne her führte Borgwad eine andere, die der Familie, und an jedem Monatsletzten schrieb er Saras Eintragungen für den vergangenen Monat in die Spalte EIN. Die Spalte AUS füllte sich, wenn eine Sendung aus der Druckerei eintraf. Es gehörte in AUS, wenn die Rechnung im Laden bezahlt worden war und wenn jedes halbe Jahr die Miete übergeben wurde, in EIN jedoch, wenn Lehrergehalt und Hebammensalär eintrafen. Unter AUS fiel das Schulgeld, und Sara machte sich Sorgen, weil diese Zahlen so hoch waren. Die großen EIN-Beträge wurden auf die Bank gebracht, auf Borgwads Konto, um dann später wieder abgehoben zu werden, für die notwendigen Ausgaben. Wenn die Mutter Geld für eine Geburt erhielt, wurde das in ein Holzkästchen für die täglichen Ausgaben gelegt, für Stangenseife, für Schuhreparaturen …

Das alles wusste Sara, obwohl sie es vielleicht nicht wissen sollte, denn Borgwad legte ihr das dicke Buch immer falsch herum hin, wenn sie die Einkünfte eines Nachmittags eintragen sollte. Und er nahm es ihr dann schnell wieder weg, nachdem er ihre Eintragung und ihre Schrift gemustert hatte, und brachte es zusammen mit dem Geldkästchen in die Kammer. Nur einmal hatte er das Buch richtig herum gelegt. Und Sara hatte alles gesehen, denn

der Mann hatte sie im Zimmer allein gelassen. Er war in den Hinterhof gegangen, zum Abtritt, wo er sich immer viel Zeit ließ. Und sonst war niemand in der Nähe gewesen. Deshalb hatte sie es gewagt.
Nein, Geld für die Hochzeit hatte sie nicht gesehen. Und das hätte sie, wenn welches gezahlt worden wäre, denn Borgwad hatte seine Eintragungen schon begonnen, als er die Mutter noch längst nicht gekannt hatte. Sara hatte vor Neugier wie angewachsen dagesessen und die Spalten mit den Anführungszeichen am linken Rand gemustert, dann hatte sie das Buch umgedreht und ihre Eintragungen gemacht. Aber noch hatte sie die Schritte des Stiefvaters auf der Treppe nicht gehört, und deshalb drehte sie das Buch noch einmal um und las langsam von Anfang an, wann der Mann sich ein Paar neue Winterstiefel, eine Weste, eine Gedichtsammlung zugelegt hatte.
Sie hatte das Gefühl gehabt, in ein fremdes Leben zu schauen, in das Leben eines Mannes, der ihr damals unbekannt gewesen war: drei Ort für Magda Paulsen, für Reinigung und Kleiderwäsche. Wer war Magda Paulsen? Die zahnlose Witwe aus dem Nebenhaus, deren schielendes Auge oft so boshaft hinter Sara herstarrte.
Und Sara war ganz traurig geworden beim Gedanken an den Borgwad früherer Zeiten, der ganz allein hier gesessen hatte, in seiner neuen Weste mit dem roten Futter, ohne jemanden, mit dem er sprechen konnte, ohne jemanden außer dieser schielenden, zahnlosen Witwe, die seine Wäsche brachte. Ach, er war bestimmt froh darüber, hatte sie gedacht, dass jetzt so viele zu ihm gezogen waren.
Aber jetzt würden sie von allem weniger haben, das war Sara klar, wo die Mutter nicht mehr zur Arbeit gehen könnte.

Nach diesem Beschluss schien sich alles zu verändern. Die Erwachsene glitt leiser durch die Zimmer, oft mit dem Kind in den Armen. Borgwad ging häufiger in den Buchladen, denn der Gesangverein traf sich nur noch jeden Mittwoch. Und er hatte

einige russische Romane angeschafft, die ins Dänische übersetzt worden waren und die seiner Ansicht nach alle lesen sollten. Und sie wurden verkauft, einer nach dem anderen, und die Kunden kehrten zufrieden zurück und wollten mehr von dieser Sorte. Kurz vor Weihnachten ließ der Buchhändler seine Stieftochter schöne Buchstaben auf eine Tafel schreiben, die dann ins Fenster gestellt werden sollte. Wir machen eine Ausstellung, sagte er. Wie beim Fotografen, das war Sara klar. Gute Bücher als Weihnachtsgeschenk, sollte auf der Tafel stehen.
Was denn ein Weihnachtsgeschenk sei?
Das ist ein Geschenk, das zu Weihnachten überreicht wird, erklärte Borgwad.
Sara hatte noch nie ein Weihnachtsgeschenk erhalten.
Das ist eine schöne Sitte, erklärte der Mann, die wir auch in Ålesund einführen sollten.
Woher wusste er das nur, das mit den Weihnachtsgeschenken? Aus seinen Büchern, nahm sie an, aus den neuen, die er heimlich las, um zu wissen, was er da verkaufte.
Und Rønnebergs und Wasmuths kamen und kauften Bücher zu Weihnachten, und auch der Bäckermeister und sein Sohn, die getrennt erschienen. Eugenias Vater tauchte auf und war begeistert von den Buchstaben im Fenster. Sara machte einen Knicks, und Borgwad redete und redete, zeigte und gestikulierte und verbreitete sich über alles, was draußen in der Welt geschah, ja, jetzt gab es sogar eine Maschine, behauptete er, die nähen konnte.
Ja, erwiderte Rønneberg, das steht fest, und im Frühling werden diese Maschinen auch hier verkauft werden.
Dann ging der letzte Kunde, und Sara putzte den Boden, während der Mann die leeren Plätze in den Regalen musterte und die Titel notierte, um sie vielleicht gleich nachzubestellen. Und dann wurde es Weihnachten ohne Geschenke in der Wohnung über dem Laden, denn dieser Brauch galt wohl nur für andere. Aber es war mildes, schönes Wetter, fast klar unter einem leicht verhangenen Himmel, und deshalb konnten sie am nächsten Tag nach Borgund rudern und den Gottesdienst besuchen.

Sigmund saß an den Riemen. Die Mutter hielt das warm eingepackte kleine Kind auf dem Schoß. Sara bohrte die Hände in ihre Mantelärmel und wünschte sich einen Muff, so einen feinen kleinen, wie Marie Charlotte einen hatte. Vor allem aber sah sie auf das Wasser hinaus, das wie Silber funkelte, und auf die Landstreifen, die unter dem frisch gefallenen Schnee ebenfalls aussahen wie Silber. Und sie dachte an ihre Schwester, die Maren hieß, nach der Großmutter, einer Großmutter, die schon lange an einem anderen Ort in der Erde lag, in Borgwads Heimatort. Einer Großmutter, der einmal fast alles gehört hatte, was jetzt hier in der Wohnung stand, denn sie hatte außer Borgwad keine Kinder gehabt, und deshalb hatte der Sohn ihre ganze Hinterlassenschaft mit dem Schiff herschaffen lassen.
Doch, Maren war ein schöner Name, fand sie.
Dann gingen sie an Land und konnten Bekannte begrüßen. Der Lehrer hatte viele, er sprach sogar mit dem Pastor, nach dem Gottesdienst. Auch die Mutter hatte Bekannte, und die begrüßten sie und zeigten ihr ihre Kinder, Kinder, die die andere entbunden hatte, und Saras Mutter betrachtete sie mit feuchten Augen, ehe sie eine Entschuldigung murmelte und zum Boot zurückging.
Was für eine Eile, brummte Borgwad, als er hinterherkam.
Er sah zu den anderen hinüber, den anderen, die alle zu zweit gingen, in Paaren, und Sara wusste, dass in seinen Worten ein Tadel lag; die Mutter hätte neben ihm stehen bleiben sollen, um danach Arm in Arm mit ihm zu gehen.
Aber zu Hause war er dann wieder munter und wollte Weihnachtslieder singen. Alle sollten mitmachen, verlangte er, und Sara und die Mutter stimmten ein, die Jungen aber nicht.
Dann aßen sie, Brei und ein Stück Speck, dazu Knäckebrot und schlechte Kartoffeln. Und nun machte Oskar den Mund auf.
Niemand in der Schule kriegt zu Weihnachten Kartoffeln, sagte er. Die essen …
Mehr konnte er nicht sagen, ehe der Stiefvater ihm eine Maulschelle verpasste.

Er riss den Mund auf. Der Mann hatte ihn noch nie geschlagen. Und am Tisch wurde es sehr still.

Von nun an kümmerte Sigmund sich um seinen kleinen Bruder. Er hörte ihm die Hausaufgaben ab, er ließ ihn erst in Ruhe, wenn alles saß.
Seit dem Tod des Gerbers hatte Sigmund seine Aufgaben in der Wohnung erledigt, allerdings nie, wenn der Stiefvater in der Nähe war. Doch der Mann war so viel unterwegs, dass der Junge trotzdem alles geschafft hatte.
Und als das Wetter wärmer wurde, fuhr er mit Oskar zum Angeln hinaus. Ungebeten brachten sie ihren Fang nach Hause und legten ihn für Sara und die Mutter auf den Küchentisch, und im Frühling brachte der Ältere einmal einige Schneehühner heim. Sigmund besuchte jetzt den Konfirmationsunterricht, einmal pro Woche ruderte er mit Gleichaltrigen aus dem Ort über den Fjord, und er hatte vor der Kirche die Vögel gegen einige große Kabeljaus eingetauscht, bei einem Mann vom Fjord, der nie weit genug hinausfuhr, um einen solchen Fang machen zu können.
Die Mutter lächelte, ein seltenes Lächeln, das alle drei wärmte, Sara und Oskar und Sigmund, und am folgenden Tag wurde Borgwad als große Überraschung diese Köstlichkeit aufgetischt.
Woher hast du das denn?, fragte er und lief plötzlich rot an.
Von Sigmund, antwortete seine Frau stolz, er hat sie eingetauscht, gegen Fische.
Borgwad starrte das Essen an, noch immer rot, wenn nicht sogar röter, als sei etwas ganz Entsetzliches passiert, dachte Sara.
Sieh an, sagte der Mann, und seine Stimme klang seltsam, tonlos, gedrückt, als müsse er etwas für sich behalten.
Und wieder aßen sie schweigend, als schmecke das Essen nicht, als sei damit etwas nicht in Ordnung.

Am folgenden Tag erschien Sigmund nicht zum Essen. Kein Wort wurde dazu gesagt, dazu nicht. Borgwad lobte dagegen

Oskar, der in letzter Zeit in der Schule offenbar große Fortschritte machte.
Wenn das so weitergeht, kannst du Sara bald unten ablösen, versprach er, dann können wir zwei Männer den Laden übernehmen, nicht wahr?
Oskar lächelte über das ganze Gesicht. Und Sara spürte etwas in der Brust, etwas Scharfes, Wehes.
Auch am nächsten Tag blieb Sigmund aus. Und auch diesmal wurde das mit keinem Wort erwähnt. Doch als der Junge am späten Abend nach Hause kam, war der Stiefvater zur Stelle und schlug wieder zu.
Hier halten wir die Mahlzeiten ein, sagte er.
Früher haben wir gegessen, wenn wir das wollten, sagte der Junge und blickte ihm ins Gesicht.
Das brachte ihm die zweite Ohrfeige ein.
Einem Erwachsenen wird nicht widersprochen, sagte der Mann.
Sara starrte verängstigt Bruder und Stiefvater an, danach sah sie zur Mutter hinüber, doch die Mutter hatte die Augen niedergeschlagen, und ihre Hände zitterten.
Eine Woche verging. Sigmund erschien zu den Mahlzeiten, ließ sich ansonsten aber nicht sehen. Er glitt in die Wohnung, wenn das Essen auf dem Tisch stand. Er aß wortlos und verschwand dann wieder, um Holz zu holen und dann für den Rest des Abends auszubleiben.
Kann ich einen kleinen Spaziergang machen?, bat Sara am sechsten Tag.
Sie hatte schon häufiger fortgehen wollen, aber da war der Laden geöffnet gewesen, und dann hatte die Mutter zu einer Geburt gemusst, denn noch war die neue Hebamme nicht im Dienst. Außerdem war da der Tag gewesen, an dem Sigmund mit den anderen zur Kirche hinübergerudert war. Sic hatte ihn suchen wollen, an der Stelle im Wald, wo er vielleicht saß.
Einen Spaziergang?
Ja, einen kleinen Spaziergang, bei dem schönen Wetter.
Und was ist, wenn nach deiner Mutter geschickt wird?, fragte

Borgwad. Dann musst du dich doch um deine Schwester kümmern.
Sara schaute zu ihrer Mutter hoch, und die Erwachsene seufzte.
Vielleicht zu Frida, fügte die Tochter hinzu, ich war doch so lange nicht mehr bei ihr, und ich kann Maren doch mitnehmen?
Mein Kind wird nicht durch den ganzen Ort geschleppt, sagte Borgwad.
Mehr gab es dazu nicht zu sagen.
Setz dich doch lieber an die Orgel, du, so beendete der Stiefvater das Gespräch.
Sara gehorchte. Aber die Töne wollten sich nicht so aneinander anschließen, dass es schön klang. Sie konnte sich nicht darauf konzentrieren, wo die Finger hingesetzt werden sollten, und unten auf dem Boden geriet ihr auch alles durcheinander.
Nimm dir doch lieber eine Handarbeit, schlug die Mutter nach einer Weile vor.
Ja, eigentlich hättest du ruhig gehen können, sagte sie noch später, da niemand nach ihr geschickt hatte, und sie streichelte die Haare der Tochter.
Später im Sommer können wir zusammen zum weißen Haus gehen, wenn du willst, fügte sie hinzu.
Aber in ihrer Stimme lag eine Unruhe, das hörte Sara, auch wenn sie wohl versuchte, die zu verhehlen.
Dann war endlich Sigmund da, wortlos, und ging sofort zu Bett.
Borgwad stürzte hinterher und riss die Kammertür auf.
Wir grüßen, wenn wir hereinkommen, brüllte er.
Euch hat viel zu lange die väterliche Hand gefehlt, brüllte er. Wie Zigeunerkinder habt ihr gelebt, wie Unkraut, ohne Führung. Aber nicht unter meinem Dach!

Er war der Tüchtigste von allen, brummte Borgwad, als er später mit seiner Frau allein war. Aber in letzter Zeit …
Ist er nicht mehr gut in der Schule?, fragte die Mutter besorgt. Das Examen steht doch vor der Tür!

Das Examen steht vor der Tür, und er ist nicht mehr der Klassenprimus, sagte Borgwad.
Aber was ist er dann?, fragte die Mutter, ängstlich und atemlos.
Er wird wohl Zweiter, war die Antwort. Aber dass der Sohn des Schreinermeisters ihn übertrifft … Ja, wenn er nicht aufpasst, werden auch noch Hvidsten und Størmer ihn überflügeln.
Aber er soll doch weiterkommen, stöhnte die Mutter.
Ja, das sollte er, sagte Borgwad.
Sara presste ihr Ohr so fest an die Wand, dass es fast wehtat. Denn in der Stimme des Mannes lag noch mehr, nicht nur Sorge um Sigmund, der von Schreinermeister Måseides Sohn überflügelt worden war; von ihm war hier die Rede, das wusste Sara, denn Einar Måseide gehörte zu den Besten in der Klasse, hatte Sigmund einmal gesagt. Doch was bedeutete es eigentlich? Zweiter zu werden? Das war doch sicher fast genauso gut. Sie selber gehörte zu den drei Besten. Die Reihenfolge wechselte, von einer Klassenarbeit zur anderen, von Fach zu Fach, von Jahr zu Jahr. Sie wetteiferte mit Marie Charlotte und mit Rut. Alle anderen lagen hinter ihnen, fast immer.
Sie drückte sich an die Wand, wollten die beiden noch mehr sagen?
Das wollten sie.
Das Beste wird dann wohl sein, ihn zur See zu schicken, sagte Borgwad.
Diese Worte kamen mit einer Art Erleichterung, als sei er zufrieden, fast froh darüber, dass Sigmund nicht mehr der Beste war.
Aber er soll doch Arzt werden!, rief die Mutter.
Der Mann gab keine Antwort.
Er soll in Molde weiterlernen, sagte die Mutter jetzt mit zitternder Stimme. Und danach in Christiania. An der Universität!
Aber er arbeitet doch nicht, widersprach der Stiefvater. Er macht seine Aufgaben nicht mehr. Er treibt sich herum. Er tut rein gar nichts.
Seine Stimme wurde von Satz zu Satz lauter.
Bisher hat er sich immer große Mühe gegeben, wandte die

Mutter ein. Warte, bis ich mit ihm gesprochen habe … Er will es doch selber, lernen …
Ich weiß nicht, widersprach der Mann.
Und jetzt wird er doch bald konfirmiert, sagte die Mutter. Und dafür muss er doch auch lernen.
Ich weiß nicht, sagte Borgwad noch einmal.
Was meinst du?, fragte die Mutter mit neuer Besorgnis. Hast du etwas gehört? Vom Pastor? Bummelt er auch da?
Das Bett in der Nachbarkammer knackte, jemand schien sich umzudrehen oder sich aufzusetzen.
Er habe wirklich nichts gehört, erfuhr Sara zu ihrer Erleichterung, jedenfalls sagte der Mann nicht, dass er vom Pastor aus Borgund etwas Nachteiliges gehört hätte. Stattdessen murmelte er etwas über Geld.
Aber Geld habe ich doch!, rief die Mutter glücklich.
Was?
Dafür gibt es ja ein Konto. Darauf stehen noch …
Was!
Auf der Sparkasse, für die Kinder, damit Sigmund … und später Sara … vielleicht die Hebammenschule … und wenn Oskar …
Was!, wurde gebrüllt, während sie das sagte. Was! Was! Was!
Dann kamen die Schläge. Und scharfe Rufe, mit der tieferen Stimme. Dinge zu verstecken, zu verschweigen, vor ihm, der doch ihr Mann war!
Jetzt habe ich dich und deine Kinder in mein Haus aufgenommen. Alles habe ich mit dir geteilt, die schönen Dinge, die meine selige Mutter hinterlassen hat. Aber du! Was für eine Sorte Frau! Was für eine Sorte Ehefrau!
Sara hielt sich die Ohren zu. Sie wollte keine Beschimpfungen mehr hören, keine Schläge. Aber sie hörte es trotzdem, alles, was von ihrem Stiefvater kam, denn er nahm sich jetzt nicht mehr zusammen, er brüllte, mit durchdringender Stimme.
Schande! Verrat! Da mühe ich mich ab, um es zu schaffen, das alles, die Schule, den Laden!

Sara zitterte. Langsam kehrte im Zimmer der Erwachsenen Ruhe ein. Auch das leise Weinen der Mutter war verstummt, zusammen mit dem Geschrei der kleinen Schwester. Aber von der anderen Seite her hörte sie etwas. Und sie stieg aus dem Bett, erfüllt von einer neuen Angst, einer Angst, in der eine entsetzliche Gewissheit lag. Deshalb stieg sie aus dem Bett, sie wollte versuchen etwas zu verhindern.

Sigmund stand in der Dunkelheit bereit, nur mit seinen Kleidern, den Wintermantel über dem Arm, die Stiefel in der Hand. Die Schwester begleitete ihn hinaus, barfuß und im Hemd, auf die Treppe. Er ließ sich nicht aufhalten, ließ sich nicht überreden.

Grüß Mutter, sagte er mit seiner neuen, gröberen Stimme.

Ich werde dich nie vergessen, sagte er dann und drückte sie an sich. Meine Schwester.

Vermisst.
Der Bäckerssohn

Wie der Versuch, um die vereisten Pfützen herumzugehen, ohne es zu zerbrechen, zu zertreten, das Eis, und in den Schlamm zu fallen, der sich darunter verbarg. So waren die Tage nach Sigmunds Verschwinden. Er war auf einem spanischen Schiff davongefahren. Das sagte Oskar eines Tages, beim Mittagessen. Borgwad stellte sich taub, er kaute einfach weiter und schaute dabei seinen Teller an. Auch die Mutter schwieg. Sie hatte es ja schon gewusst.

Sie hatte mehrere Tage nach dem Sohn gesucht, während der Mann bei der Arbeit gewesen war. Sie war im Wald und am Strand unterwegs gewesen, während Johanna die Kleine gehütet hatte. Sara hatte die Schwester vor der Schule hingebracht und danach wieder abgeholt, denn die Mutter wollte sich vor Bekannten nicht sehen lassen, nicht aus der Nähe, so zerschlagen, wie ihr Gesicht war. Deshalb wusste die Tochter von den suchenden Wanderungen ihrer Mutter.

Am dritten Tag hatte sie ihn gefunden. In einer der alten Erdhütten, die die Fischer zur Heuerzeit benutzten. Er hatte sie durch die Spalten in der brüchigen Tür gesehen und ihren Namen gerufen. Und dort hatten sie dann Abschied voneinander genommen, Mutter und Sohn.

Sie hatte ihrer Tochter alles erzählt, über die Begegnung, über das Schiff. Alles wird gut gehen, wenn er sich nur beim Kapitän auslösen kann.

Mehr hatte sie aber nicht sagen können, denn schon stand er in der Tür, Borgwad, der nichts erfahren durfte; das war Sara schon klar, dass er nichts wissen durfte, dieser Mann, der so schrecklich geschrien, der zugeschlagen hatte. Nichts durfte er erfahren,

über die Begegnung in der Erdhütte, über den Kapitän, dass Sigmund sich vielleicht selbst auslösen konnte …
Was mochte das bedeuten? Sich auszulösen?
Die Mutter war aufgestanden. Sie hatte sich die Haare glatt gestrichen und war ihrem Ehemann entgegengegangen. Auch Sara war aufgesprungen und in die Küche gelaufen, mit der Frage im Kopf, mit einer neuen Angst in sich, vor dem Mann, vor so vielem, und mit den Kartoffeln vor sich, die noch immer nur halb geschält waren, mehr hatten sie nicht geschafft, wo die Mutter doch unterwegs gewesen war, während Sara nach der Schule Maren bei Johanna hatte abholen müssen. Borgwad war daran gewöhnt, dass das Essen auf dem Tisch stand, wenn er aus der Schule kam und seine Frau nicht zu einer Geburt gerufen worden war. Ob er jetzt böse werden würde?
Das wurde er nicht. Denn im Wohnzimmer passierte etwas, Sara hörte es durch die offene Tür, hörte und sah, dass die Mutter ihren Hebammenkoffer öffnete, ja, denn den hatte sie offenbar mitgebracht. Sie hatte das in diesen drei Tagen immer so gemacht, hatte ihn die ganze Zeit bei sich gehabt. Sara war das nur nicht weiter aufgefallen, jetzt aber …
Der Koffer enthielt Geld. Sara hatte noch nie so viel Geld auf einmal gesehen, und nun ergoss es sich über den Wohnzimmertisch.
Einhundertzweiunddreißig Speziestaler, teilte die Frau mit. Nach guten Fangjahren. Nach dem Verkauf des Bootsanteils. Mit Zinseszins.
Die Schläge waren ihr noch immer anzusehen. Die Haut um das eine Auge war bläulich und rot und ganz außen gelb. Aber ihre Stimme war fest. Ohne Zorn. Ohne Tränen. Ohne Angst vor neuen Schlägen. Und sie schaute dem Mann ins Gesicht. Voller Stolz, dachte die Tochter. Und offenbar auch mit einer neuen Ruhe.
Borgwad betrachtete das Geld. Er rührte es nicht an. Stattdessen ging er in die Kammer und zog sich um, das machte er immer so. Bald danach setzten sie sich zum Essen an den Küchentisch. Alle

schwiegen. Doch plötzlich entdeckte Oskar, dass auf dem Tisch etwas funkelte. Er reckte den Hals. Seine Augen quollen hervor. Und er zeigte, glotzte, wirkte total verstört.
Aber niemand sagte etwas. Nicht Borgwad. Nicht die Mutter. Nicht Sara.
Den ganzen Abend hindurch saß der Mann scheinbar völlig unberührt neben dem vielen Geld und schnitt frisch eingetroffene Bücher auf. Aber am nächsten Morgen war die Tischplatte leer.

So schmolz das Eis, langsam, sicher mit Hilfe des Geldes. Denn Borgwad ging jetzt wieder aufrecht, und er streichelte häufiger die Wange seiner Frau, als er es seit langem getan hatte, wenn er glaubte, die Kinder sähen ihn nicht. Im Gesicht der Mutter war jetzt alles verheilt. Und sie lächelte, als sei alles in Ordnung. Borgwad erwiderte ihr Lächeln und war wie damals, als er sie in dem anderen Haus besucht hatte. Er konnte mit Oskar scherzen. Er konnte witzige Anekdoten erzählen, die er gehört oder in einem Buch gelesen hatte. Und fast jeden Sonntag lud er sie zu einem Spaziergang ein, durch den Hafen oder zu den Felskuppen, wo sie dann wie viele andere saßen und aufs Wasser hinausblickten. Da saßen sie dann und redeten und konnten sogar lachen, die Erwachsenen und Oskar, wie an dem Tag, als eine arme Frau abrutschte, als sie in ein Ruderboot steigen wollte, und ins Wasser fiel.
Aber am Konfirmationssonntag in diesem Jahr blieben sie im Haus, als wollten sie die ungewöhnlich vielen Boote nicht sehen, die den Fjord überquerten, nach Borgund, und die später zurückkehrten. Und am Abschlusstag der Bürgerschule vertiefte Saras Mutter sich in ein Buch, als gebe es nichts Spannenderes als dessen Inhalt, und als der Mann nach Hause kam, zog er sich sofort seine Alltagskleidung an und setzte sich an die Orgel, wie um die Luft mit etwas anderem zu füllen als den Gedanken an etwas, was hätte sein können.
Der Sohn des Schreiners war Erster geworden, in der Kirche und in der Schule. Das erfuhr Sara von Andor August, dem

Bäckerssohn. Er sprach sie in der Stadt an und erzählte es ihr. Und er erzählte noch mehr, er selber war an beiden Orten Vierter geworden, und auf das eine war er wohl sehr stolz, denn beim Pastor hatte ein Mädchen sich zwischen die Jungen geschoben und den zweiten Platz belegt, aber alles sei doch nur noch schrecklich, jetzt, ohne Sigmund.
Sara dankte, für diese letzten Worte.
Ich habe selber ja auch davon geträumt, sagte Andor August. Wegzulaufen. Wenn Borgwad zu hart war. Mein Vater ist auch hart. Er ist noch härter. Und dabei soll ich doch nur den Laden übernehmen und nicht studieren.
Ach so, sagte Sara, der diese Vertraulichkeiten peinlich waren.
Ich wünsche mir etwas ganz anderes, sagte der Junge jetzt.
Er zittert, dachte Sara, der Rand der ziemlich großen Nasenlöcher, die dünnen Haare auf der Oberlippe. Und der Mund, zwei schmale Lippen und irgendwie ganz blank. Ansonsten sah er eigentlich recht normal aus.
Jetzt wird Sigmund sie erleben, rief er zitternd. Die weite, weite Welt.
Ja, sagte Sara, das wird er wohl.
Aber er kann doch an Land keine Arbeit annehmen, meinte der Bäckerssohn jetzt, plötzlich besorgt. Das geht doch nicht, wenn man nicht konfirmiert ist.
Dann zog Andor August den Hut, und sie trennten sich. Er trug jetzt nämlich einen Hut. Er war kein Schuljunge mehr. Er war Bäckerlehrling. Trugen Bäckerlehrlinge denn Hüte?
Nur sonntags, das begriff Sara später, denn wenn der andere ihr sonst begegnete und die Brote seines Vaters ausfuhr, trug er Schürze und Schirmmütze.
Einmal steckte er ihr den Rest eines Kuchenstückes zu, den er aus dem Nichts hervorzuzaubern schien. Der Rest wies nicht einmal einen Fussel auf und schmeckte süß und wunderbar.
Diese Szene wiederholte sich in diesem Herbst mehrere Male, wie geplant, als habe er ganz bewusst diesen Weg eingeschlagen, wenn sie gerade zur Schule ging. Und im Oktober fragte er, ob

sie sich nicht treffen könnten, am nächsten Tag, hinter dem letzten von Rønnebergs Lagerhäusern, um über Sigmund zu sprechen.
Wann denn?
Wenn der Wächter sechs Uhr ausgerufen hat, dann habe ich Feierabend.

Nein, die Stimmung bei Sara zu Hause war nicht mehr so gedrückt. Borgwad hatte beim Schreiner reich verzierte Bücherschränke für den Laden bestellt, die die selbst getischlerten Regale ersetzen sollten. Diese Schränke waren aus poliertem Holz und hatten Glastüren, so dass die Bücher niemals staubig waren, wenn die Kunden sie hervorzogen. Außerdem kauften sie Farbe, und Oskar und Borgwad bedeckten die kahlen graubraunen Wände des Gerbers mit einem freundlichen Blau. Der Stiefsohn half jetzt, als Belohnung dafür, dass er das Jahr nicht hatte wiederholen müssen, das hatten sie nämlich befürchtet, die Erwachsenen.
Er hatte den Platz seiner Schwester eingenommen.
Deine Mutter braucht dich oben, hatte Borgwad zu Sara gesagt.
Und deshalb waren die beiden Männer unten, wenn der Laden geöffnet hatte, während Sara oben der Mutter half. Die kleine Schwester schlief jetzt in ihrer Kammer, aber zum Glück hatte Borgwad für sie ein eigenes Bettchen besorgt, bei demselben Schreiner, der die Schränke hergestellt hatte, und deshalb brauchte Sara das Bett nicht mit der Kleinen zu teilen. Aber wenn das Kind nachts weinte, wurde sie ebenfalls wach. Dann saß sie in der Dunkelheit und summte und tröstete es. Manchmal war die kleine Maren nass, und Sara gab ihr frische Windeln. Die Mutter hatte keine Milch mehr, deshalb bestand kein Grund, sie zu wecken.
Aber jetzt war sie offenbar wieder schwanger.
Diesmal zog sie sich nicht in sich zurück, wurde nicht bleich und schattenhaft wie beim letzten Mal. Nein, sie hatte frische Wangen. Oft machte sie Umwege, wenn sie einkaufen ging, das

wusste Sara; sie hatte es von anderen gehört, die sie gesehen hatten, oben bei der Posthalterei, oben am Waldrand, wo sie allein dagesessen hatte, mit der Kleinen auf dem Schoß, um aufs Meer hinauszuschauen.

Ob sie Sehnsucht nach Sigmund hatte? Saß sie deshalb auf einer Felskuppe und starrte hinaus? Dorthin, wo er verschwunden war?

So musste es sein, glaubte die Tochter. Aber die Mutter sprach nie mehr über Sigmund. Er wurde überhaupt nicht mehr erwähnt, in Borgwads Zimmern. So, als sei er nie dort gewesen. Und Sara war allein mit ihren Gedanken und ihrer Sehnsucht nach den Blicken des Bruders, den schönen Augen, der lieben Stimme: meine Schwester.

Er war durchgebrannt, und der Sohn des Bäckers wünschte sich an seine Stelle, als sei das etwas Großartiges. Als sei es erstrebenswert, die Geborgenheit zu Hause aufzugeben. Und zur See zu fahren. Zur See, mit dem Wind um sich, über sich, in sich. Dem Sohn des Bäckers hatten die Wellen keinen Menschen geraubt. Er hatte nur einen großen, dicken Vater mit Mehl an den Händen und an der Kleidung, wie der Lehrling selbst, den der Erwachsene schlagen durfte, wie alle Väter das wohl taten, wie Fridas Vater, wie Marie Charlottes Vater die ältere Schwester mit der Rute verprügelt hatte, als sie sich zur Heuerzeit aus dem Haus geschlichen hatte, um sich mit einem jungen Mann vom oberen Fjord zu treffen, wie Borgwad …

Und Sara befolgte alle Worte der Erwachsenen, in der Schule und zu Hause, damit niemand die Stimme hob, den Arm hob, jedenfalls nicht ihretwegen, und sie dachte an die schrecklichen Stürme unter dem blauschwarzen Himmel, die Sigmund vielleicht jetzt gerade durchstehen musste.

Aber was hatte die Mutter mit *auslösen* gemeint? Sie wusste es nicht. Und es gab keine Möglichkeit, danach zu fragen. Das hätte die neue, weniger gespannte Stimmung zu Hause zerbrechen lassen, glaubte sie, denn noch immer war das Eis vorhanden, da war sie sich sicher, wie eine verborgene Bedrohung, wie die jähe

Kälte, die nach dem milden Wetter der Weihnachtszeit alle Pfützen über Nacht wieder gefrieren lassen konnte.

Deshalb stellte sie keine Fragen. Der Mutter zuliebe. Weil sie an das Gesicht der Mutter dachte, als es geschwollen und zerschlagen gewesen war, an dem Tag, als sie Sara von der Begegnung mit dem Bruder in der Erdhütte erzählt hatte und von dieser Sache mit dem Auslösen, ehe sie ganz schnell hatte versuchen müssen, ihr Gesicht anders aussehen zu lassen, als der Mann hereingekommen war. Denn so war es, das wusste Sara seither, dass Borgwad Gesichter sehen musste, die ihm gefielen. Deshalb bewegte Sara sich leicht und willig von einer Arbeit zur anderen, von Pflicht zu Pflicht. Und sie lächelte ihren Stiefvater an, denn er brauchte wohl ein Lächeln, um selber lächeln zu können, und das musste er, er musste froh und munter sein, durfte nicht außer sich geraten. Und deshalb lächelte sie schließlich auch aus Dankbarkeit – für die gute Laune des Mannes, dafür, dass er Oskar nur selten anfuhr und dass er sich mit Beschimpfungen begnügte, wenn der Junge schlechte Noten mit nach Hause brachte. An solchen Tagen ging Sara sofort mit der Frage dazwischen, ob sie vielleicht etwas für den Mann tun könne, seine Pfeife holen, sein Protokollbuch, oder ob er vielleicht das neue Stück hören wolle, das sie auf der Orgel spielen gelernt hatte.

Und er ließ den Arm sinken, den er wohl schon erhoben hatte, um Oskar eine Ohrfeige zu geben; denn Kinder aus einem Lehrerhaus müssen in der Klasse den ersten, zweiten oder dritten Platz einnehmen, auf keinen Fall aber den letzten oder vorletzten. Er ließ den Arm sinken, und seine Augen nahmen einen neuen Ausdruck an, und Sara lächelte über dieses Neue, ein Lächeln der Freude und der Erleichterung.

Ja, spiel du nur, sagte Borgwad zufrieden.

Danach konnte er sich zu dem Stiefsohn setzen, ihm helfen, ihm die Sache langsam erklären, die Hand harmlos um die Pfeife geschlossen, eingehüllt in den Rauch, in dem Friede und Versöhnlichkeit wohnten. Saras Mutter konnte ihm über die Haare streichen, ungesehen von den anderen, wenn auch ohne Worte, nicht über das, was soeben passiert war, nicht über andere Dinge. Nicht über Sigmund. Nie über ihn. Nicht einmal mit etwas im Blick, einem Zeichen dafür, dass sie eine Gemeinsamkeit hatten, eine Sehnsucht oder eine Sorge.

Nein, so sah die Mutter nicht aus, als sie nun immer weiter zunahm. Sie sah Marens Kleinkinderwäsche durch, machte aus den verschlissensten Teilen Putzlappen, flickte und nähte, kaufte neuen Stoff, bestickte neue Hemdchen am Kragen mit schönen Monogrammen, mit einem kleinen B. Und während sie arbeitete, konnten die Erwachsenen zusammensitzen und lange und eifrige Gespräche führen, über Ereignisse in der Stadt, über die Wahl des neuen Bürgermeisters, über die Kirche, für die nun endlich ein Bauplatz festgelegt worden war, und über Madame Øwre, die für dieses Grundstück achthundert Speziestaler verlangte.

Nein. Sigmund wurde nie erwähnt. Nicht einmal, wenn sich das Gespräch um Schiffe und Reisen und Nachrichten aus fremden Ländern drehte. Im Jahr zuvor hatte Rønneberg ein mit Klippfisch beladenes Schiff über das Meer bis nach Rio de Janeiro geschickt. Das war ein großes Ereignis gewesen, zum ersten Mal hatte sich ein Schiff aus der Stadt auf eine solche Reise gewagt. Jetzt war es zum zweiten Mal zurückgekehrt. Die »Memoria Parentum« lag im Hafen, und Borgwad hatte einmal auf dem Spaziergang mit dem Kapitän gesprochen. Und dabei hatten sie von dem Land dort drüben gehört, wo das Wasser so seltsam grün war, und so warm, dass man darin baden konnte, und wo es von kleinen, dunklen Menschen in bunten Kleidern nur so wimmelte.

Das wäre doch mal ein Erlebnis, sagte der Lehrer munter und hob die kleine Maren hoch in die Luft.

Ja, hatte die Gattin lächelnd gesagt, so etwas einmal sehen zu können!

Vielleicht war er ja dort, ihr Sigmund, überlegte Sara. Vielleicht war das spanische Schiff nach Rio de Janeiro weitergefahren ... und Sigmund hatte zwischen den kleinen dunklen Menschen an

Land gehen und in dem warmen Wasser baden können, das so seltsam grün war …

Oft weinte sie, abends oder wenn sie nachts geweckt wurde. Und dann konnte sie wie früher dasitzen, das kleine Kind an sich drücken und flüstern, fast unhörbar, über das, was sie bedrückte, und dabei ließ sie ihren Tränen freien Lauf.

Denn er ist auch dein Bruder, konnte sie zu Maren sagen. Aber du wirst ihn wohl niemals kennen lernen, denn er kehrt nie, nie, nie zurück.

Und sie erzählte flüsternd, wie der Bruder für alles gesorgt hatte, früher einmal, für Holz und Essen, für frischen Fisch auf dem Tisch, damit sie keinen Hunger leiden mussten, jedenfalls fast keinen.

Niemand sollte Hunger leiden müssen, sagte sie dann.

Und die kleine Schwester sah sie an, wie sie so in der Dunkelheit saßen, ob sie nun etwas begriff oder nicht. Sie begriff wohl nichts, glaubte Sara. Weil sie zu klein war und weil bei Borgwad Essen genug auf dem Tisch stand.

Immer gab es in der Küchenecke eine Tonne mit Heringen, immer Mehl, immer Salz, sogar ein Krug voll Zucker stand jetzt im Schrank. Und ab und zu kamen Gäste, die bedient werden mussten. Dann wurde Wein und Kaffee gekauft, und Kuchen wurde vom Bäcker geholt. Einmal hatte es sogar eine warme Mahlzeit gegeben, denn Borgwad hatte Wild besorgt, zwei Hasen, die die Mutter in der Küche zubereitet hatte, mit einer köstlichen Soße aus Mehl und Sahne und Wacholderbeeren. Aber Sara hatte servieren müssen, die Mutter durfte sich zu dieser Zeit nicht vor den Herren zeigen, hochschwanger, wie sie war. Die Gäste, die den Hasenbraten genießen durften, waren allesamt Mitglieder des Männergesangvereins. Und nach dem Essen sangen sie sich eins, während Sara und die Mutter in der Küche standen und zuhörten. Dann ging die Mutter ins Bett, erschöpft und müde, während die Tochter zu den schönen Klängen abwusch und dabei verstohlen den Rest der Soße und die wenigen Kuchenkrümel naschte, die noch in der Schüssel lagen.

Sollte sie sich mit Andor August treffen?
Sie besuchte jetzt schon im fünften Jahr die Schule. Sie dachte an Marie Charlottes Schwester, die Prügel bezogen hatte, weil sie sich insgeheim mit einem jungen Mann getroffen hatte. Aber zwischen Sara und dem Bäckerlehrling war die Sache doch nicht *so,* sie wollten nur miteinander reden, sie wollten nichts tun. Sara errötete bei der bloßen Vorstellung, mit Andor August etwas zu *tun.* Das war etwas für die Älteren, nicht für Sara. Die küssten, küssten sich und pressten dabei die Münder aufeinander. Das wusste Sara, denn das hatte Rut gesagt, dass Liebespaare sich aneinander drängten und einander auf diese Weise küssten. Sara hatte das noch nie gesehen.
Nein, mit dem Sohn des Bäckers würde sie so etwas nicht tun.
Aber dennoch.
Sie dachte an die Freundinnen, wie die überwacht wurden, die Schülerinnen der Mädchenschule. Sie mussten im Haus bleiben oder, wenn sie einen hatten, im Garten. Sie sollten ihre Aufgaben machen, schöne Stickereien anfertigen und vielleicht ein wenig musizieren, wenn ein Instrument vorhanden war. Wenn sie einen Spaziergang machen durften, dann immer nur mit den Eltern, zumeist an Sonntagen, wenn gutes Wetter war. Die meisten hatten Dienstboten und brauchten zu Hause kaum mit anzufassen. Also hatten sie Zeit genug, stellte Sara sich vor, aber trotzdem durften sie nicht draußen herumtoben wie die Jungen, nicht so, wie Sara das früher gekonnt hatte, zusammen mit Frida.
So gab es Grenzen und Ungleichheiten. Denn Frida konnte, das wusste Sara, noch immer draußen herumtoben. Sie hatte sie aus der Ferne gesehen, im Boot mit ihren Brüdern, und sie war ihr beim Einkaufen begegnet, wenn Frida einfach im Laden gewesen war, ohne dass jemand sie hingeschickt hatte.
Ach, Sara kannte ja Borgwads Ansichten zu diesem Thema. Er dachte wie die Väter von Eugenia und Rut und Marie Charlotte und den anderen. Aber wie sah die Mutter das wohl?
Das wusste Sara nicht.

Früher hatte die Mutter es ihnen erlaubt, vor langer Zeit. Aber jetzt war alles anders. Und die Frau hatte ihrem Mann noch nie widersprochen. Komm gleich nach Hause, sagte sie, wenn Sara etwas besorgen musste, etwas, das fehlte, wenn sie in den Laden oder zu einem Handwerker geschickt wurde. Komm sofort wieder nach Hause. Als ob sie das nicht immer täte!

In all diesen Jahren war sie nur an den drei Tagen bei Frida gewesen, als die Mutter sich auf ihre Suche begeben hatte, als Sara Maren dort hinbringen und sie abholen musste. Und da war alles so schnell gegangen, denn sie hatte doch in die Schule oder nach Hause gemusst, um vor dem Lehrer dort zu sein. Frida hatte sie begleiten wollen, aber Johanna hatte sie zurückgehalten, so, als habe sie alles durchschaut.

Ach, es war so schlimm gewesen, die Freundin nur ab und zu für einen Moment zu sehen und sich nicht aussprechen zu können.

Erst nachher war ihr etwas klargeworden, etwas Trauriges, denn während der drei Male war sie nur aufgeregt und verängstigt gewesen.

Frida, Frida ...

Ohne Schuhe war sie gewesen, auf dem Schulweg.

Aber war sie noch dieselbe wie früher? Eine, die über alles sprechen konnte, und lachen? Eine, die über das schweigen konnte, was andere nichts anging?

So dachte sie, an dem Tag, den Andor August für das Stelldichein hinter Rønnebergs Lagerhaus ausersehen hatte. An Frida dachte sie. Und an den Unterschied zwischen denen, die im Haus bleiben mussten, und denen, die ab und zu ohne ein festes Ziel draußen herumstromern durften. Und sie beeilte sich mit den Hausaufgaben und war danach überall, draußen bei der Wäscheleine, um die trockene Wäsche zu holen, in der Küche am Herd, während Maren sich an ihre Beine klammerte.

Ruh du dich nur ein bisschen aus, sagte sie zu ihrer unförmig gewordenen Mutter.

Nach dem Essen machte sie Wasser heiß und spülte in aller Eile.

Die beiden Männer waren nach unten gegangen. Und die Mutter hatte sich auf das Sofa gesetzt, sie hielt Maren im Arm und summte der Kleinen etwas vor.
Kann ich mal kurz bei Frida vorbeischauen?, fragte Sara vorsichtig. Es ist doch noch lange hell.
Dabei hämmerte ihr Herz.
Die Erwachsene war keine mehr, nach der geschickt werden konnte. Sie gehörte jetzt in diese Zimmer. Sara musste nicht zu Hause bleiben, um sich um die Kleine zu kümmern, falls die Mutter plötzlich geholt wurde.
Ja, tu das nur, lautete die freundliche Antwort vom Sofa her.
Sara machte sich sofort auf, damit die Mutter sich die Sache nicht anders überlegen konnte.
Und grüß Johanna, wurde hinter ihr hergerufen, und sei zurück, ehe …
Ehe der Laden schließt. Das sagte die Mutter nicht, aber das hatte sie gemeint, das wusste Sara, und sie freute sich über die Worte der Mutter, über deren Bedeutung, denn darin lag doch eine Vertrautheit, oder etwa nicht?
Und sie hatte auch nicht gelogen, denn sie ging wirklich zuerst zu Frida. Dann bat sie die Freundin, sie auf diesem Spaziergang zu begleiten. Frida war gern dazu bereit. Sie sei zu allem bereit, wenn sie nicht mit der keifenden Mutter und dem übellaunigen Vater und den lärmenden Brüdern zu Hause bleiben müsste, lachte sie, als sie vor dem Haus standen.
Und dann zogen sie los, Hand in Hand, wie früher.
Und auf dem Fels am Ebbestrand saß Andor August Bäcker und wartete schon auf sie. Er erhob sich und reichte beiden Mädchen höflich die Hand. Dann verteilte er Kuchen. Frida strahlte. Und der Bäckerlehrling lächelte über ihre Gier.
Man könnte meinen, du hättest noch nie Kuchen gegessen, sagte er.
Hab ich auch nicht, sagte Frida.
Dann kriegst du noch mehr, versprach Andor. Das nächste Mal.
Dann saßen sie da und schauten aufs Meer hinaus. Und danach

sprachen sie über das Meer und wohin es die Schiffe tragen konnte, so wie Sara und Frida das vor langer, langer Zeit einmal oben auf der Aksla diskutiert hatten.
Bis nach Rio de Janeiro, sagte der Junge.
Ja, seufzte Frida, so weit.
Mit den seltsamen Tieren und Pflanzen, sagte der Junge.
Und vielleicht mit Affen, sagte Frida.
Hast du die Komödie gesehen?, fragte Andor August mit sehnsüchtiger Stimme.
Nur aus der Ferne, sagte Frida. Oben vom Hügel her, wir hatten kein Geld für die Eintrittskarten.
Und ich musste arbeiten, seufzte Andor.
Sara schlug die Augen nieder. Denn sie war dort gewesen, als *zahlender Gast.* Borgwad hatte sie alle zu der Vorstellung eingeladen, die eine Schauspielertruppe aus Kopenhagen gegeben hatte. Es wurde ein Stück namens *Der Affe* aufgeführt, und es war so ergreifend gewesen, mit seinen prachtvollen Tableaus und den bunten Kostümen. Sara hatte nie zuvor etwas so Komisches erlebt. Sie hatte in der folgenden Nacht von der Vorstellung geträumt, und im Traum war sie eine von denen gewesen, die in einem schönen Kostüm auf der Bühne standen und auf Dänisch deklamierten, die weiterfuhren, nach Süden, nach Kopenhagen, wo sie dann ihren Bruder getroffen hatte.
Ich weiß, dass du da warst, sagte Frida. Ich hab euch im Publikum gesehen.
Sara gab keine Antwort. Sie schaute auf das Blau hinaus.
Sie bereute, Frida mitgenommen zu haben. Denn die Entfernung zwischen ihnen war so deutlich, die Entfernung, die in Borgwads feineren Räumen entstanden war. Das war sie. Es lag nicht nur daran, dass Frida barfuß ging. Sie trug offenbar auch kein Korsett, oder wenn doch, dann ein viel zu locker geschnürtes. Außerdem hatte ihr Rock grüne Grasflecken, und ihre Zöpfe waren fast aufgegangen. Und musste sie sich denn wirklich über den Kuchen hermachen, als ob sie keine Manieren hätte?
Was glaubst du, wo er ist?, fragte Andor August.

Ich weiß nicht, sagte Sara.
Er war so lieb, sagte der Junge.
Wer denn?, fragte Frida.
Sigmund natürlich, Saras Bruder.
Den kenne ich doch, sagte Frida.
Aus dem Jungen hätte etwas Großes werden können, sagte Andor August.
Was denn?, fragte Frida und leckte sich die Lippen, um einen letzten Krümel aus ihrem Mundwinkel zu holen.
Einfach alles. Der junge Borgwad könnte es bis zum Geistlichen bringen, hat der Pastor gesagt, und ich habe gedacht, das könnte das Richtige für ihn sein, so gut wie er war, so durch und durch gut.
Du redest, als sei er schon tot, sagte Frida.
Andor lächelte. Ach nein. Er ist da draußen. Da, wo es auf allen Seiten Meer gibt. Dann nähern sie sich einem Ziel. Zuerst sehen sie eine Möwe, die erste nach langer Zeit, und sie trägt ein Blatt im Schnabel.
Wie Noahs Taube, dachte Sara.
Und dann kommt Land in Sicht, sagte Andor, aber alles sieht ganz anders aus als hier, das Land ist grüner, und die Bäume, die sind höher und haben ganz andere Blätter, und viele rote Blüten …
Es gibt Fische, die fliegen können, fiel Frida ihm ins Wort. Das behauptet mein Bruder, aber ich weiß nicht, ob ich ihm das glaube. Er lügt doch fast immer.
Und dann saßen sie nur da und schwiegen, bis Andor August sich erhob.
Wie gern würde ich eine große Stadt sehen, sagte er sehnsüchtig.
Und Sara stellte sich vor, wie er morgens aussah, mit seinem Brotkarren, seiner Schirmmütze und den Mehlflecken an der Hose. Und so würde es immer mit ihm weitergehen, das ging ihr plötzlich auf, so war der Weg für Andor August Bäcker von Anfang an vorgezeichnet gewesen, ein mit gutem Mehl und Zucker gepflasterter Weg. Aber er wollte diesen Weg nicht gehen. Er

wollte das alles nicht, Mehl und Zucker und die runzligen Rosinen, mit denen Kuchen verziert werden konnte.
Und für einen Moment empfand Sara das alles, als stecke sie in dem schwarz gekleideten Jungen drin und sehe alles, wovon er vielleicht träumte: größere Städte mit größeren Häusern, Straßen, die mit Pflastersteinen bedeckt waren und nicht mit Lehm, leuchtende Schlösser, Menschen, die auf weißen und braunen und schwarzen geschmückten Pferden ritten. Ein Kamel in der Wüste. Einen Baum mit Apfelsinen.
Du hast Glück, sagte Frida. Wo du doch zwischen Kuchen lebst.
Sara sah Andor an, und er sie.
Kuchen, sagte der Junge, sind fast gar nichts.

Wörter und Bilder gingen in der folgenden Zeit in Sara um, die Kuchen, die fast nichts waren, Frida, die da sicher ganz anderer Ansicht war, Andor, der voller Abenteuer steckte, der aber nur das Schöne sah, nicht die Gefahren. Man konnte mit einem scharfen Messer erstochen werden. Man konnte ins Meer fallen, sogar an einem strahlend schönen Tag. Und was, wenn man auf einer fremden Sprache um Hilfe rief, die niemand in der Nähe verstehen konnte? Das war hier vorgekommen, dass ein Schiffsjunge geschrien hatte, aber niemand hatte seinen Hilferuf verstanden, denn der war auf Spanisch gewesen. Am nächsten Tag war er tot aufgefunden worden, blutüberströmt und einsam.
Und dass Sigmund so gut gewesen sein sollte; was mochte er für den Bäckerssohn denn wohl getan haben?
Sie wollte ihn wieder treffen, dachte sie, und mehr über Sigmund sprechen, aber das würde erst im Frühling möglich sein, denn jetzt war der Herbstregen losgebrochen, und er hörte und hörte nicht auf, er peitschte gegen Fensterscheiben und Häuserwände, gegen Gesichter und Kleider, und das Klassenzimmer roch muffig und feucht, weil sie ihre Mäntel an eine Leine hängen mussten, die über dem Ofen befestigt war.
Auch zu Hause gab es so eine Leine, die im Herbst unter der

Küchendecke angebracht wurde, um bei Regen Wäsche aufzuhängen. Sara und die Mutter mussten sich bücken und unter oder zwischen den Wäschestücken einherkriechen, während Borgwad sich darüber beklagte, dass seine saubere Kleidung nicht sauber roch, sondern nach Fisch und Speck. Die Mutter versuchte, die Kleider vor diesem Geruch zu bewahren, indem sie sie in die Kammer brachte, wenn in der Küche gebraten oder gekocht wurde. Und Sara war erleichtert, denn auch sie hatte sich wegen dieses Geruchs geschämt.

Der Stiefvater beklagte sich nicht mehr. Stattdessen lobte er seine Frau mit feuchten Augen, als sie dann später mit einem mit glühenden Kohlen gefüllten Eisen seine Sachen bügelte: Nein, keiner von den Kollegen hat eine Frau wie dich, keiner hat so tadellose, glatte Kleidung.

Alles andere musste die Tochter bügeln, sogar die Röcke und Blusen der Mutter, nicht aber Borgwads Sachen. Sara hatte angeboten, auch diese Aufgabe zu übernehmen, denn die Mutter war jetzt unförmig und hilflos, aber dieses Angebot stieß auf taube Ohren.

Vielleicht aber hatte der Mann doch etwas gehört und begriffen, was da gesagt worden war, denn eines Nachmittags schlug er vor, Sara könne doch alles übernehmen. Und er rief seine Frau zu sich ins Wohnzimmer, um ihr ein Geschenk zu machen, wie Sara nachher erfuhr, denn die Mutter zeigte ihr ein Necessaire aus echtem Silber, einen kleinen Behälter mit Stickschere, Nadeln und Faden.

Und das sei noch nicht alles, was ins Haus kommen werde, verhieß der Mann noch am selben Abend.

Was denn noch?

Oskar und Sara musterten ihn gespannt; was führte er wohl jetzt im Schilde?

Eine Bornholmer Uhr. Eine große Uhr, die vor der Wand stehen sollte, an der leeren Stelle, die die Bücherschränke hinterlassen hatten.

Diese Uhr wurde aus Dänemark geliefert, und Borgwad stand

mitten im Zimmer und erklärte ihnen, wie die Uhr funktionierte und wie sie aufgezogen wurde.
So etwas habt ihr wohl noch nie gesehen?, fragte er und zog zufrieden an seiner Pfeife.
Nein, antwortete Oskar mit Bewunderung im Blick.
Sara sah die Mutter an. Die Erwachsene schwieg, sagte nicht ja und nicht nein, sie strich sich nur vorsichtig über den Bauch, als habe plötzlich etwas anderes ihre Aufmerksamkeit abgelenkt.
Na?, drängte Borgwad.
Nun ja, sagte die Frau. Du weißt ja, dass ich als Hebamme viele Zimmer betreten habe … und da kann es schon möglich gewesen sein, dass ich so etwas gesehen habe.
Die Tochter wusste mehr. Sie wusste, dass die Mutter in einem Haus aufgewachsen war, wo eine solche Uhr gestanden hatte. Denn Sigmund hatte ihr von all den schönen Dingen erzählt, die er in Tingvoll beim Vogt gesehen hatte.
Aber die Bornholmer Uhren sind sehr schön, fügte die Mutter hinzu.
Und sie wird wunderbar zu den Möbeln meiner seligen Mutter passen, so beendete Borgwad das Gespräch.

An dem Tag, als Sara die Mutter besorgt und krank in ihrer Kammer vorfand, schneite und stürmte es. Blaubleich war die Mutter, ihre Stirn hatte die Farbe eines Heringsbauches angenommen, aber ihre Stimme war fest, als sie die Tochter bat, die neue Hebamme zu holen, die ihre Geräte übernommen hatte, aber nicht den Koffer, denn der konnte auch für andere Dinge benutzt werden, für Geld …
In dieser Nacht bekam Sara einen neuen Bruder. Und er schrie. Er schrie und er schrie und er wollte keine Ruhe geben. Tag und Nacht füllte er die Räume mit seinem schrillen Gebrüll. Sara und die Mutter nahmen ihn abwechselnd auf den Arm und sangen ihm vor, sie trugen ihn umher und sangen, summten und streichelten ihn, aber nichts half. Der Junge verstummte nur dann, wenn er an der Brust lag, aber die Brüste waren bald leer, und

dann schrie er wieder. Auch die kleine Maren weinte, denn auch sie konnte nachts nicht schlafen, und außerdem hatte niemand mehr Zeit für sie. Oskar maulte und ließ sich zu Hause so wenig wie möglich sehen. Borgwad ging übernächtigt und mit roten Augen zur Arbeit und verzog wie sein Stiefsohn das Gesicht, wenn er nach Hause kam und schon im Treppenhaus begriffen hatte, dass die Lage dort unverändert war. Sara war schließlich so müde, dass sie durch den dunklen Wintermorgen nahezu taumelte, und mehrmals schlief sie in den Stunden ein, was die Lehrerin jedoch glücklicherweise nicht entdeckte, denn Marie Charlotte und Rut bohrten ihr immer rechtzeitig lachend einen Finger in die Seite.
Das gibt sich, tröstete Eugenia. Bei meinem kleinen Bruder war das auch so. Zwei von unseren Mädchen haben ihn die ganze Zeit herumgetragen. Zum Glück hatten sie ihn unten bei sich, in ihrer eigenen Kammer, und da konnten wir anderen ja doch schlafen.
Unten.
Nein, bei Sara gab es keine Mädchen, aber ein Unten hatten sie auch. Und als sie in der nächsten Nacht das unmögliche Kind übernehmen musste, zog Sara sich warm an und wickelte den Säugling in eine zusätzliche Decke. Sie holte den Schlüssel zum Buchladen und stapfte vorsichtig in der Dunkelheit die Treppe hinunter, dann ging sie hinein zu den Büchern. Sie legte das Kind auf den Boden. Dann machte sie im Ofen Feuer, wie das auch an den Nachmittagen geschah, wenn der Laden geöffnet hatte und es besonders kalt war. Sie zog den Schemel dicht an die Flammen, legte sich das brüllende Kind auf den Schoß und wiegte es auf ihren Knien auf und ab. Dabei konnte sie lesen. Sie hielt das Kind in der einen Hand, mit der anderen sorgte sie dafür, dass das Kind nicht herunterrutschte. Das war nicht leicht, aber sie schaffte es. Bald hatte sie das herzzerreißende Geheul fast vergessen, in ihrer Freude, wieder ein Buch öffnen und in einer unbekannten Welt Zuflucht suchen zu können.
Am nächsten Morgen sagte sie nichts über ihren nächtlichen

Ausflug, und niemand fragte danach, ehe sie in die Schule ging, die anderen waren nur zufrieden und erleichtert.
Leg dich ein bisschen hin, sagte die Mutter, als sie nach Hause kam, damit du heute Abend ausgeschlafen bist, wenn ich ein wenig Schlaf brauche.
So wurde der Tag auf den Kopf gestellt. Sara schlief vom Nachmittag bis zum späten Abend, dann wurde sie von ihrer Mutter geweckt. Danach legte die Mutter sich hin, und Sara ging zu den Büchern hinunter. Niemand stellte ihr Fragen. Vielleicht glaubten sie, sich an das Geschrei gewöhnt zu haben und es deshalb nicht mehr zu hören. Oder vielleicht nahmen sie es durch den Boden hindurch wahr, nur eben leiser, hörten es aber trotzdem und glitten in ihre Träume hinein, ohne sich darüber weitere Gedanken zu machen.
Und Sara zündete unten die kleine Lampe an und machte Feuer. Und sie war erfüllt von Freude, als sie dort saß, trotz des Kindes, denn endlich hielt sie sich wieder in diesen Räumen auf, die sie so sehr liebte.
Doch eines Nachts wurde an die Tür geklopft. Sie registrierte das nicht sofort, doch als der Kleine Luft schnappte, hörte sie es dann doch. Und sie sprang auf, in plötzlicher Angst. Was für Menschen konnten um diese Zeit denn unterwegs sein?
Es war der Kommis. Der vom Land. Der, der die Gratisschule besucht und dort zuerst Buchführung und dann Deutsch gelernt hatte. Es war der junge Mann, der über den Büchern seines Prinzipals gesessen hatte; dann hatte er den leisen Lichtschein gesehen und sich gefragt, ob dort Diebe am Werk sein könnten. Deshalb hatte er sich zum Fenster geschlichen und hineingeschaut, und dann hatte er sie gesehen, mit dem Kind auf dem Schoß.
Aber Ihr Arme, Jungfer Borgwad, sitzt Ihr hier mitten in der Nacht?
Sie kam gar nicht dazu, es ihm zu erklären, denn er packte das Kind und legte es mit dem Bauch auf seine große Hand. Die andere Hand presste er gegen den Rücken des Kleinen, und der

rülpste, laut und lange, stieß gelbweißen Schaum aus und rülpste noch einmal. Danach war er still, zumindest für einige Minuten.
Engelwurz, sagte der Kommis. Wenn der Kleine einen Absud von Engelwurz bekommt, hilft das bestimmt.
Und es half. Sara trug diesen Rat weiter zu ihrer Mutter, ohne zu erzählen, woher er stammte. Sie gaben dem kleinen Ole, wie er nach seinem Vater heißen sollte, diese Medizin, und langsam beruhigte er sich.

Die Welt wurde wieder so wie früher, mit Schlaf in der Nacht und Arbeit und Betriebsamkeit am Tag. Borgwads Augen nahmen ihren eigentlichen Farbton wieder an, Oskar wurde umgänglicher, und Maren weinte nicht mehr, denn jetzt waren Mutter und Schwester auch wieder für sie da.
Die Tage wurden wieder länger und heller, und Andor August tauchte ab und zu mit seinem Karren an Saras Schulweg auf. Und bald schlug er ein weiteres Treffen vor, diesmal am Hang, oberhalb der neuen Reeperbahn.
Ende Mai trafen sie sich hinter Devolds Wollspinnerei und zur Mittsommerzeit dann auf der Wiese, wo die Kirche errichtet werden sollte. Sara brachte jedes Mal Maren mit, denn sie konnte diese Ausflüge nur ermöglichen, wenn sie die Mutter dabei auf irgendeine Weise entlastete.
Ich mach mit Maren einen kleinen Spaziergang, sagte sie dann, wenn sie in aller Eile irgendeine Arbeit abgeschlossen hatte. So hast du ein bisschen Ruhe und kannst dich um Ole kümmern.
Ja, geh du nur, Herzchen, sagte die Mutter dann immer.
Es tat gut, hier zu sitzen und sich zu erinnern. Andor August redete und redete, ab und zu rasch und eifrig, dann wieder langsam und verträumt, während Sara vor allem ihn, den Bruder, vor sich sah, so, wie er gewesen war. Ja, es tat gut, denn hier durfte Sigmund beim Namen genannt werden, und es tat besonders gut, diesen Namen von jemand anderem zu hören.
Er ist nie gekrochen, konnte Andor sagen. Nie vor dem Lehrer, nie vor den Reichen, nie …

Niemand sollte vor anderen kriechen, konnte er sagen. Man soll … stolz sein.
Aber das ist nicht immer so leicht.
Nein. Das ist es nicht immer. Wenn man nicht …
Was denn?
Den Mut hat. Den hatte er. Mut. Sigmund. Nicht wahr?
Sara schaute nach ihrer Schwester, die zwischen Insekten und Grashalmen herumkrabbelte.
Andor rechnete mit keiner Antwort, er redete einfach weiter. Denn was bedeutet eine feine Hose? Und was ein schöner Mantel?
Was bedeutet eine eigene Bäckerei? Eine eigene Bäckerei, irgendwann in der Zukunft, wenn der Teufel tot ist …
Er spuckte ins Gras, wütend, und wurde laut: Denn was bedeutet irgendwas, wenn du niemals etwas gesehen hast, niemals etwas gewagt, nie!
Brauchte er Trost? Sara sah in sein verzerrtes Gesicht, in seine verzweifelten Augen.
Ist er so schrecklich?, fragte sie und streichelte vorsichtig seinen Ärmel.
Ja, sagte Andor und starrte zu Boden.
Dann sprang er auf und lief davon.
Aber später hielt er sie wieder an, leicht verlegen, und wieder trafen sie sich, am Ebbestrand, wo Maren spielen konnte, und dann sagte er nichts über seinen strengen Vater, er sprach nur von Sigmund, von dem Meer, auf dem der lebte, und von den großen Hafenstädten, die er in aller Welt besuchte. Zwischen ihnen saß der vierzehnjährige Sigmund, so wie sie ihn sahen, schmalschultrig und schmächtig, noch ein Junge, obwohl er irgendwo weit von ihnen entfernt inzwischen fünfzehn und dann sechzehn geworden war.

Gestern ist er siebzehn geworden, erzählte Sara dem anderen an einem Wintermorgen mit bewegter Stimme.
Aber noch sah sie vor sich das Bild des *Jungen* Sigmund, obwohl

er doch im Lauf der Jahreszeiten zwischen Andor und ihr gewachsen war, an Großzügigkeit und Mut, an Schönheit und Kraft in seinem blauen Blick.

Vielleicht ist er schon Steuermann, seufzte Andor im folgenden Herbst eines Nachmittags.

Vielleicht sogar Kapitän, sagte er bei ihrer nächsten Begegnung, vor der Apotheke auf Hellen. Ich dagegen …

Und dann kam es wieder, mit frischer Kraft. Andor wollte fort. Er wollte fort vom Blick des Vaters, der polternden Stimme und den harten Fäusten. Fort von zwölf Stunden in der Hitze des Backofens und der harten Arbeit des Teigrührens, des Knetens, Tag für Tag, Woche für Woche, Jahr für Jahr.

Dann geh doch, sagte Sara.

Ein Frühling voller Leichtigkeit und Lachen

Damit fanden ihre Treffen ein Ende.

Sara war jetzt fast vierzehn. Im Spiegel war sie eine andere geworden, eine mit Brüsten unter dem Kleid, eine mit molligeren Armen, mit schmaler Taille und schlanken Hüften. Sie besuchte jetzt den Konfirmationsunterricht. Und das Examen rückte näher. Sie hatte keine Zeit mehr für einen verbitterten und unzufriedenen Träumer. Und Sigmund … der war entweder tot, oder er lebte noch. Wenn er tot war, dann war das traurig. Aber wenn er lebte, dann konnte er ja wohl einen Brief schreiben, zumindest an die Mutter.

Noch betete sie für ihn, in Gedanken, an jedem einzelnen Abend. Lieber Gott, beschütze Sigmund, wo immer er jetzt ist. Und beschütze uns alle, Mutter und Borgwad, Oskar und Maren und Ole, danke und amen.

Aber das Gebet kam schnell, wie von selbst, wie eine Pflichtübung, während sie an etwas anderes dachte. Sie dachte an Eugenias älteren Bruder.

Im letzten Jahr waren sie alle am ersten Weihnachtstag bei der Familie der Freundin eingeladen gewesen. Ein Bote hatte eine schriftliche Einladung gebracht, und die Erwachsenen hatten mehrere Tage hindurch lebhaft diskutiert, was man zu einer solchen Gelegenheit anzog. Sicher Kleider, und gute Hosen und Jacken, von Schuhen ganz zu schweigen, auch die Kleinen, die nur Winterstiefel und Holzpantinen besaßen.

Also wurde genäht und eingekauft. Die Mutter war Tag und Nacht am Werk gewesen, während Sara sich um den übrigen Haushalt gekümmert hatte.

Das für Oskar mache ich ein wenig weiter, murmelte die Mutter, dann kann er es vielleicht noch zur Konfirmation tragen. Sara braucht im Frühling auf jeden Fall ein Kleid, und es muss doch …

Nein, hatte Oskar bei den Anproben protestiert, und der Stiefvater war auf seiner Seite gewesen. Die Kleider durften ihm nicht um den Leib schlottern, er konnte sich doch mit Ärmeln, die über seine Hände fielen, nicht unter die Leute trauen; meinte die Mutter vielleicht, er solle sie aufkrempeln?

Was sollen sie denn über mich sagen, wenn er so herumläuft?, rief Borgwad.

Ich dachte, sie könnten nach innen umgeklappt werden, erklärte seine Frau.

Aber sie gab nach. Sie nähte alles enger.

Und dann waren sie zum Fest gegangen, und alles war prächtig und schön gewesen.

Sara hatte sich an ihre Freundinnen gehalten, denn auch Marie Charlotte und Rut und noch andere waren mit ihren Familie dabei gewesen.

Und dann hatte der älteste Sohn des Hauses sich zu ihnen gesellt.

Und nach Weihnachten, als sie dann wieder zur Schule gingen, hatten die anderen berichten können, dass der junge Mann sich in Sara verliebt habe.

Daran dachte sie, als sie nun ihr Spiegelbild betrachtete. An den jungen Wilhelm, der in Molde das Gymnasium besuchte und der danach ins Ausland geschickt werden sollte, nach London, glaubte sie, um dort in die Geheimnisse des Kaufmannslebens eingeweiht zu werden und später dann den Betrieb seines Vaters, des Großhändlers, übernehmen zu können.

Er war in sie verliebt?

Sie hob ihre Haare ein wenig an. Die hatten natürliche Wellen, fast schon Locken. Am ersten Weihnachtstag hatte sie sie nach allen Regeln der Kunst gelegt, zuerst vor dem kleinen Spiegel zu Hause, dann vor dem großen in dem Zimmer, das zur Feier des

Tages bei Eugenia für die jungen Damen als Garderobe gedient hatte.

Ob sie nicht ein wenig zu dick war, fragte sie sich später im Januar. Ein wenig zu groß? Sie war größer als die meisten anderen in der Schule. In der Hinsicht kam sie wohl auf die Mutter. Sie sah ihr überhaupt ähnlich, hatte ihre Haare und ihr Gesicht.

Aber die Arme, dachte sie, die könnten ruhig etwas dünner sein.

Ach, es war spannend, dass einer wie Wilhelm sie leiden mochte. Einer, der fast achtzehn war. Sie hatten sich über Bücher unterhalten. Das hatten sie. Denn sein Vater hatte Borgwad ungeheuer gelobt, den Lehrer, der noch dazu einen Buchladen eröffnet und eine Leihbücherei aufgemacht hatte, Letzteres vor allem für die Gemeinde, hatte er gesagt, damit alle für billiges Geld zu Wissen gelangen könnten.

Es muss doch wunderbar für Euch sein, hatte der junge Wilhelm zu Sara gesagt, in einem so interessanten Heim zu leben. Und jetzt wird Euer Vater ja sogar in der neuen Kirche als Küster und Vorsänger Dienst tun!

Das stimmte, Saras Jahrgang war der letzte, der noch in Borgund konfirmiert werden würde, schon im Sommer sollte die neue Kirche eingeweiht werden.

Ja, danke, hatte sie geantwortet. Es ist sehr interessant.

Dann hatte er nach den Büchern gefragt, welche sie verkauften und was sie ausliehen, und ob sie ihm vielleicht ein oder zwei lesenswerte Werke empfehlen könne. Sie hatte einige Titel genannt. Er hatte eifrig genickt und sie gebeten, mehr zu erzählen, über den Inhalt und die Autoren.

Ob er wirklich in sie verliebt war?

Bei diesem Gedanken hätte sie lachen mögen. Sie wusste nicht, ob jemals ein anderer in sie verliebt gewesen war. Und sie selber war auch nie verliebt gewesen, so wie Eugenia, die von einem Vetter von Marie Charlotte träumte, einem, der zwei Sommer hintereinander zu Besuch gewesen war, oder wie Rut, die einen spanischen Seemann angeschwärmt hatte. Nur aus der Entfernung zwar, aber wann immer sie einen Vorwand gefunden hatte, um den Laden ihres Vaters im Hafen aufzusuchen, hatte sie am Fenster gestanden und dem Mann mit den schwarzen Haaren und den dunklen Augen hinterhergeschaut. Und als sein Schiff dann in See gestochen war, war sie vor Gram regelrecht abgemagert, hatte sie behauptet.

Sara tanzte in dieser Zeit geradezu an den Hauswänden entlang. Denn wenn Wilhelm das nächste Mal nach Hause kam, wollte Eugenia sie einladen, noch einmal, dem Bruder zuliebe, damit sie sich treffen könnten, sozusagen zufällig. Darum hatte er seine Schwester gebeten, ehe er in seine Schule in Molde zurückgefahren war.

Und dann habt ihr ein Rendezvous, hatte Marie Charlotte mit funkelnden Augen und wichtiger Stimme gesagt.

Endlich kam der Tag, an dem sie bei der Freundin zum Gabelfrühstück eingeladen war. Es gab warmes Brot, dazu Aufschnitt, Fisch und allerlei Konfitüren; Sara hatte solche Köstlichkeiten bisher nicht kennen gelernt. Aber sie ließ sich nichts anmerken. Sie griff nur sehr bescheiden zu und schaute die Schüssel nicht mehr an als unbedingt nötig; sie wusste schließlich, was sich gehörte. Die Mutter und Borgwad hatten dafür gesorgt. Sie hatte die Kunst gelernt, ihren Hunger zu verbergen, auch wenn er fast so wütete wie damals, als sie noch klein gewesen war. Dieser alte Hunger war jetzt, wo sie heranwuchs, wieder in ihr aufgelodert; sie sehnte sich danach, sich über alles herzumachen, was auf dem Tisch stand. Doch mit äußerster Willenskraft hatte sie gelernt, gleichgültig ihren Blick über die Leckereien schweifen zu lassen, so als brauche sie eigentlich nur ein paar Bissen. Sie hatte sich die Kunst der Beherrschung geradezu aufgezwungen, sie konnte warten, warten, während das Gebet gesprochen wurde, während der Hausherr sich zuerst bediente und vom Besten nahm. Und mit diesem kontrollierten Blick betrachtete sie auch ihre Umgebung, das schöne Zimmer im Haus ihrer Freundin, ohne zu starren oder zu glotzen. Hier gab es einen Kronleuchter, in dem viele Wachskerzen brennen konnten. An den Wänden hingen Bilder, ein echtes Gemälde, das einen Herrn mit gewaltigem

Schnurrbart und grauen Locken zeigte. An den großen, hohen und jeweils in sechs kleine Scheiben aufgeteilten Fenstern hingen dunkelrote Samtportieren. Und an der einen Querwand stand ein schöner Schrank mit geschwungenen Beinen und goldenen Beschlägen.

An dem schönen Tisch saßen acht Personen. Eugenia und ihr älterer Bruder, die Eltern und zwei kleine Geschwister, dazu eine Tante und eben Sara. Diese Tante war eben erst in Deutschland gewesen und konnte aus Hamburg erzählen. Eugenias Vater gab munter seine Kommentare dazu, er kannte diese Stadt offenbar auch. Sie sprachen jetzt über die Elbe, einen schönen Fluss mit Bäumen am Ufer, zwischen denen immer wieder scheues Damwild auftauchte.

Nach dem Essen verschwanden die Kleinsten und die Erwachsenen und ließen die drei jungen Leute allein. Wilhelm blieb bei dem alten Thema, Hamburg, Deutschland, andere spannende Städte und Länder, auf die er sich schon freute.

Ja, so redete er, dachte Sara später, nicht wie Andor August, der nur träumte. Wilhelm träumte durchaus nicht, er freute sich, denn er konnte sicher davon ausgehen, dass er das alles in nicht allzu ferner Zukunft wirklich sehen würde.

Ach, es war nett gewesen. Die freundlichen Erwachsenen und das gute Essen. Von einem Mädchen bedient zu werden, das ihr die Schüsseln hinhielt. Während der Gymnasiast sie verstohlen ansah. In diesem Blick hatte bestimmt *Bewunderung* gelegen. Und Neugier. Sara war richtig verlegen, als sie endlich wieder allein war.

Zugleich war sie erfüllt von einem neuen Lachen, von etwas Perlendem, das in ihr steckte, das aber drohte hervorzuquellen, so ganz ohne Ursache, in der Schule oder draußen, oder zu Hause am Essenstisch. Bald würde sie Wilhelm wiedersehen, verkündete in ihr dieses Lachen. Und es lachte den ganzen Frühling hindurch, während sie den Konfirmationsunterricht besuchte. Denn auch dort gab es einen, auf dem anderen Fjordufer, das erfuhr sie nun plötzlich, der ein Auge auf sie geworfen hatte.

Eine von dort flüsterte ihr zu, dass der Lange mit den blonden Haaren gesagt hatte, Sara sei ebenso schön wie die Jungfrau Maria.
Ein Fischerssohn!, spottete Marie Charlotte, als sie das hörte. Was soll Sara denn mit so einem! Wo sie doch …

Sie war glücklich in diesen Monaten. Das Leben kam ihr wunderbar vor, sie schien keine Sorgen mehr zu kennen. Alles fiel ihr jetzt in den Schoß. Zu Hause ging ihr die Arbeit leicht von der Hand, zugleich war sie gut in der Schule und wurde vom Pastor immer wieder gelobt. Und nicht weniger als zwei Jungen waren verliebt in sie.
Aber war sie in diese Jungen verliebt?
Nicht in den Fischerssohn. Den kannte sie ja nicht, wie hätte sie sich also in ihn verlieben können? Aber in Wilhelm?
Sie dachte an seine Augen, die ein wenig schräg saßen, wie bei einem Fuchs. Gefielen die ihr? Besser als der Mund. Denn der war sozusagen zu groß, und seine bräunliche Unterlippe hing ein wenig schlaff nach unten. Außerdem hatte er fettige Haut, und das hatte sie selber jetzt auch. Es war widerlich, wie fettig ihre Haut plötzlich war, aber zum Glück hatte sie keine Akne im Gesicht wie Rut, wie Pauline und wie Eugenia, obwohl sich die Akne bei der nur in Form von roten Flecken zeigte, als Spuren von etwas, das dort gewesen war, am Morgen, ehe sie in die Schule gegangen war.
Ach, sie hatten geredet, die Mädchen, über das Große, das sie erfüllen würde, wenn erst einmal der Richtige käme. Es würde wie eine Musik sein, die durch ihren Körper schwebte. Sie würden das Gefühl haben, ihre Füße höben sich vom Boden, sie könnten fliegen, wie Vögel.
Doch, in dieser Zeit konnte sie sich durchaus vorkommen wie ein Vogel, aber lag das daran, dass sie an Wilhelm dachte? Hatte er ihr dieses neue Lachen geschenkt? Brachte er sie dazu, laut, laut zu singen, wenn sie allein oder nur mit den Kleinen zusammen war?

Der Gedanke an die Hände deines Geliebten, konnte Marie Charlotte sagen und verträumt ins Leere starren. Der Gedanke, dass er dich berühren wird …
Ja, so ist das, stimmte Rut zu, beim bloßen Gedanken zitterst und bebst du schon, wird dir schwindlig.
Ach, seufzte Eugenia.
Sara dachte an Wilhelms Hände. Sollten die sie berühren? Zitterte sie bei diesem Gedanken?
Sie wollte nicht daran denken. Sie dachte an Hamburg, an den Fluss mit den hängenden Baumkronen, die fast das Wasser streiften, denn das hatte Wilhelms Tante erzählt. Und sie sah das schöne Zimmer vor sich, in dem sie gefrühstückt hatten, denn dorthin gehörte er, Wilhelm, und damit war er ein Teil des Schönen, der märchenhaften Möglichkeit, so zu leben. Und sie freute sich auf den Sommer; dann würde die Schule ein Ende haben, sie würde konfirmiert sein, sie würde *erwachsen* sein.
Sie hatten viel darüber gesprochen, die Freundinnen. Über die Zeit, die vor ihnen lag. Dann würden sie sich auf das vorbereiten, was später kommen würde, auf dieses wunderbar Geheimnisvolle, Zitternde, das sie sich fast nicht vorstellen konnten. Sie würden ihre Aussteuer nähen. Und das dauerte seine Zeit. Sie könnten sich beieinander treffen, hatten sie abgemacht, im Licht der großen Fenster sitzen oder draußen, bei Marie Charlotte im Pavillon, um Monogramme auf weiße Kissenbezüge zu sticken, ihre eigenen, umgeben von einem kleinen Blütenkranz, doch die Hälfte der Aussteuer musste unbestickt bleiben, solange sie noch nicht wussten, wer seinen Kopf auf das andere Kissen legen würde.
Sara hatte sich das alles angehört. Bei ihr zu Hause gab es solche Kissen nicht. Nicht einmal Borgwad und die Mutter hatten welche. Aber immerhin hatten sie eine Tagesdecke für ihr Bett.
Sara hatte nur zugehört und gekichert, wenn die anderen sagten: Du kannst ja einfach loslegen, du, mit einem W und einem S …
Aber war sie verliebt? Liebte sie ihn?

Sie hatte sich diese Frage noch immer nicht wirklich gestellt, als sie am nächsten Tag mit ihrem Abschlusszeugnis in der Hand nach Hause kam.
Die Mutter überraschte sie mit einem Fleischgericht, und Borgwad holte eine Flasche Wein und füllte drei Gläser.
Jetzt bist du erwachsen, Sara, sagte er lächelnd.
Sara lächelte auch, lächelte Borgwad an, die Mutter. Sie war glücklich. In der Schule war sie die Erste geworden, in der Kirche die Zweite. Sie durfte Wein trinken. Und draußen schien die Sonne, golden, wie die Haare der Mutter, die ihren eigenen ähnelten, auch wenn die Mutter jetzt an den Schläfen grau wurde.
Du warst immer ein braves Mädchen, sagte Borgwad nach dem Essen.
Plötzlich waren sie allein. Die Mutter war in eine der Kammern gegangen, zusammen mit den Kleinen. Sara hatte spülen wollen, doch der Stiefvater hatte sie mit einer Handbewegung zurückgehalten und Oskar mit einem Nicken vor die Tür geschickt.
Ja, lächelte der Stiefvater. Es war eine Freude zu sehen, wie gut du dich gemacht hast. Du warst immer ein gehorsames Mädchen. Und jetzt öffnet sich ein ganz neues Kapitel in deinem Leben.
Wieder hatte er dieses Feuchte in den Augen, wie immer, wenn etwas ihn erfüllte.
Deine Mutter und ich haben uns das lange überlegt. Wir haben über deine praktischen Fähigkeiten und über dein Wesen gesprochen, und wir haben einen Entschluss gefasst.
Er legte eine kleine Pause ein, strich sich mit dem Daumen über das Kinn, zweimal hin und her.
Du bist in der glücklichen Lage, dass du noch mehr lernen darfst. Ich habe selber mit Jungfer Samuelsen gesprochen, und du kannst in ihrer Nähstube anfangen.

Ein Sturz.
Sara war es schwindlig, als sie später den Abwasch erledigte, zum letzten Mal, ja, zum allerletzten Mal in diesem Haus, zu

dem sie doch gehört hatte, das hatte sie geglaubt, in diesen Zimmern, die sie immer als ihre aufgefasst hatte. Aber sie gehörten ihr nicht, sie hatten ihr nie gehört, sie gehörten Borgwad, und Sara hatte sich über die Möbel von Borgwads seliger Mutter und über seine schöne Standuhr gefreut. Mit blinden Augen spülte sie Borgwads Teller und Gläser und die schöne Schüssel, auf der einige seltene Stücke frisches Fleisch gelegen hatten, ihr zu Ehren, weil sie jetzt erwachsen war, die Erste in der Klasse, ach nein, es war ein Abschiedsessen gewesen, denn jetzt musste sie aus dem Haus, fort, um nie mehr …
Schon am nächsten Morgen sollte sie loswandern, zur Jungfer mit der Nähstube, mit einem Bündel in der Hand, gefüllt mit ihren wenigen Habseligkeiten, einigen wenigen Kleidungsstücken, mehr nicht.
Ein Sturz.
Eine Schande, dass sie nicht verstanden, nicht begriffen hatte, dass sie eine andere war, eine andere als Eugenia und Marie Charlotte, eine andere als die Mädchen in der Schule.

Sie konnte nicht schnell genug fortkommen, wo es denn schon sein musste. Sie hatte alles gepackt. Und dann stand sie da, gejagt von Ungeduld, durchaus nicht mit dem Wunsch, zum Abschied die Arme der Mutter um sich zu spüren, während sie sich zugleich danach sehnte, dass deren Hände sie festhielten und nicht losließen, niemals losließen, während die Stimme der Mutter alles rückgängig machte. Aber das konnte sie nicht, denn sie war nicht mehr die Hebamme, der alles gelang, sie war Frau Borgwad, die Frau des Lehrers, und sie stand hier in ihren Kammern, die ihre waren, nicht die ihrer Tochter, mit den beiden Kindern des Lehrers am Rockzipfel und einem dritten unter dem Herzen. Und Sara befreite sich aus der ungewohnten Umarmung, aus den ein wenig unbeholfenen Armen der Mutter, die durchaus nicht versuchten, sie festzuhalten, sondern die sanken, an ihren Seiten hinabsanken, zu Boden, wie auch Sara sinken würde, zu Boden sinken, wenn sie nicht sofort davonliefe.

Sie ging rasch, bis sie außer Sichtweite war, für den Fall, dass die Mutter ihr durch die Fenster hinterherschaute. Danach ging sie noch immer schnell, schlug aber nicht den direkten Weg zur Nähstube ein. Sie ging in den Wald hinauf, ohne einen anderen Gedanken als den, dass sie allein sein musste. Und ihre Füße führten sie zu der Stelle auf der Anhöhe, wo sie mit dem Bruder gesessen hatte. Dort ließ sie sich hinabsinken auf ihren eigenen Stein, der bei solchen Anlässen immer für sie da gewesen war. Und sie weinte.

Eine Schande.

Als hätte *sie* mit den anderen dasitzen und sticken können, in einem Pavillon! Als hätte sie es sich mit der Handarbeit auf dem Schoß in Eugenias schönen Zimmern gemütlich machen und wie die anderen träumen können! Ein Blendwerk! Sie hätte es längst durchschauen müssen. Denn was waren schließlich Borgwads Zimmerchen im Vergleich zu den Räumen der anderen! Und wer war sie gewesen, in *seinem* Haus! Eine, die nicht dorthin gehörte. Ein weiterer Mund am Esstisch. Eine von denen, die er mit in Kauf genommen hatte.

Ach, bestimmt hatten die anderen über sie gelacht. Über die, die da bei ihnen gesessen und sich eingebildet hatte … was denn?

Bilder flimmerten an ihr vorüber, Bilder von Räumen – Johannas Kammern, in denen sie früher gelebt hatten, dann von Borgwads Zimmern, und von Eugenias. Oben bei Frida gab es fast nichts, nur die düstere Küche mit der verrußten Feuerstelle, nur den zersplitterten Tisch und die Bank vor der Wand, eine Ausklappbank, auf der nachts zwei von den Brüdern geschlafen hatten, und die Kammer, in der sie sich auch tagsüber aufgehalten hatten, mit dem großen Bett mit der Strohmatratze, wo die anderen Kinder geschlafen hatten, und einem Hocker unter dem Fenster. Keine Farben. Nicht einmal die Kleider hatten Farben gehabt, es hatte nur Schwarz, Grau, Dunkelblau und Weiß gegeben. Und viel mehr war es auch im Untergeschoss nicht gewesen.

Aber was waren wohl Borgwads gemietete Zimmerchen gegen ein eigenes Haus mit einem Blumengarten?

Sie sah es jetzt klar. Wie sie sich vom Kontrast zu den ärmlichen Fischerhütten hatte täuschen lassen. Aber auch beim Stiefvater hatten sie ihre Kleidung flicken müssen. Der Anzug, den der Mann zu Hause trug, war an Knien und Ellbogen abgewetzt. Nur in der Schule konnte er auf sichtbare Flicken und angesetzte Säume verzichten.

Aber die Sonntagskleidung, dachte sie dann. Oskars neue Hose und die karierte Weste. Die neuen Korsetts, die sie und die Mutter bekommen hatten. Die schönen Kleider für das Weihnachtsfest, ihre Bluse, an der die Mutter für die Konfirmation einen neuen Kragen angebracht hatte, einen weißen, kürzeren, der besser zu diesem feierlichen Anlass passte; aber hatte ihre Kleidung sich mit der der anderen messen können? Stolz hatte sie ihre Antworten gegeben, stolz in der überfüllten Kirche, neben Marie Charlotte, die als Nächste an die Reihe gekommen war, und ein gutes Stück von Frida entfernt, von der armen Frida in ihren verschlissenen Alltagsschuhen und einem Kleid aus billigem Kattun.

Ein Blendwerk, dachte sie mit Sigmunds Wort. So hatten sie vorgeben können, dachte sie, so zu sein wie die anderen, die Feineren. Wie der Magere aus Kopenhagen, der mit der Maske.

Was war Borgwads geerbtes Sofa mit dem verschossenen Bezug schon im Vergleich mit den Möbeln in den Zimmern der Freundinnen?

Aber was ist mit der Orgel?, sang es in ihr.

Sie hatte sich den Freundinnen oft nahe gefühlt, wenn sie auf dem Hocker vor der Orgel gesessen hatte. Denn sie hatte gewusst, dass in diesem Moment vielleicht auch Eugenia und Rut zu Hause an ihren Orgeln saßen. In der Schule hatten sie einander zeigen können, was sie seit dem letzten Mal gelernt hatten, am Instrument in der Ecke, in den Minuten, ehe die Lehrerin das Zimmer betrat.

Ebenbürtig hatte sie sich gefühlt, wie in der feinen Gesellschaft. Die Mutter hatte hocherhobenen Hauptes dagesessen und sich leise und gelassen mit den anderen Frauen unterhalten. Auch

Borgwad hatte gewusst, wie er sich zu benehmen hatte, und sich an der Unterhaltung beteiligt. Oskar dagegen ... der hatte seine Gier nicht verbergen können, sie hatte an jenem Abend seine Augen lodern lassen, hatte in seinen Händen gewohnt, in seinem Mund, in seinem ganzen Körper, in allem, hatte sich auf alles gerichtet, was er sah, auf Speisen und Getränke, die auf dem Tisch standen.

Sie stieß ein Jammern aus. Blendwerk.

Aber was war mit der Standuhr? Die war doch immerhin schön und noch fast neu.

Bei Eugenia hatten sie zwei, in jedem Wohnzimmer eine.

Sie selbst war nichts. Jemandes Stieftochter. Sie war wie die Fischerstöchter, mit denen sie konfirmiert worden war, die danach sofort aus dem Haus mussten. Sie hatte davon gehört und die Armen bedauert ... Die arme Frida, hatte sie gedacht, die bei Ruts Familie in Dienst treten sollte. Ausgerechnet bei Rut! Bei Saras Freundin! Und Sara selber würde dann vielleicht von Frida bedient werden, wenn sie zu Rut kam, um Monogramme zu sticken. Diese Vorstellung war ihr schrecklich peinlich gewesen. Jetzt würde ihr das erspart bleiben.

Und sie weinte und schämte sich, weil sie etwas anderes erwartet hatte.

Denn sie würde wohl nie mehr zu den Freundinnen eingeladen werden, nie mehr. Sie gehörte nicht mehr zu ihnen. Sie hatte auch nie zu ihnen gehört. Blendwerk.

Sigmund, schluchzte sie, wo bist du denn nur?

Denn r war der Einzige, fühlte sie, der sie jetzt verstanden hätte, der sie hätte trösten, etwas sagen, sie mit einer möglichen Erleichterung hätte füllen können.

Dann wischte sie sich mit dem Rockzipfel die Tränen ab und blieb noch ein wenig sitzen, den Blick ins Blaue gerichtet, ehe sie sich erhob und tief durchatmete. Ein Zittern lief durch ihren Körper. Dann machte sie sich auf den Rückweg in den Ort, zu Jungfer Samuelsen und vier Jahren Lehrzeit als Näherin.

Teil III

Die Leere danach

Die Frau des Lehrers schaute aufs Meer hinaus. Dort waren die geblieben, die sie am meisten geliebt hatte. Der Rest bestand aus Arbeit und Pflicht.

Die Arbeit war trotzdem eine Erleichterung. Sie verdrängte die Gedanken an andere Dinge.

Bekam sie denn noch ein Kind?

Ja, das war der Fall. Sie wünschte sich keins. Aber einem Mann durfte sein Recht nicht verweigert werden. Obwohl er ihr einmal etwas anderes versprochen hatte. Aber hatte er das wirklich? Er hatte ja kein Versprechen abgelegt, er hatte nur gelächelt und zu ihren Worten genickt.

So hatte er es doch nicht gemeint. Das musste sie doch einsehen. Sie konnte doch nicht erwarten, dass er enthaltsam lebte.

Nein.

Nein, das war wohl keinem Mann möglich. Hatte sie das an dem Tag vergessen, als er ihr seinen Antrag gemacht hatte? Hatte sie nicht genug gesehen, in den Fischerhütten, um zu wissen, wie es auf der Welt zuging? Wie ein Körper sich unter einer verlausten Decke an einen anderen klammerte, wie Hände grabschten und fanden, wie sie den anderen Körper unter sich zwangen? Wie der Riese mit der Vogelfrau. Er war jetzt Witwer. Um drei Kinder musste er sich kümmern, um die Zwillinge und das schöne Kind. Beim vierten war alles schief gegangen. Die neue Hebamme hatte nach einem Arzt geschickt, aber keiner der beiden Ärzte war abkömmlich gewesen, nicht sofort, der eine war anderswo gewesen, auf einer anderen Insel, der andere mitten in einer Operation – vielleicht hatte er ein verfaultes Auge entfernt.

Sie hatte Borgwad für anders gehalten.

Aber das war er nicht.

Sie stand noch immer am Fenster, wo sie der Tochter hinterhergeschaut hatte. Das Kind war davongeeilt, ohne sich umzudrehen, ohne zu winken.
Sie würde ihr fehlen. Und doch war es eine Erleichterung, dass sie ging. Wegen ihrer Augen, die sahen und verstanden. Wegen ihres Willens, auszuglätten, zufriedenzustellen, den Stiefvater freundlich und umgänglich zu stimmen. Als balanciere sie die ganze Zeit auf Messers Schneide, voller Angst vor einem falschen Schritt, vor dem Absturz. Die Mutter hatte es gesehen, hatte in ihren Augen den Blick verängstigter Vögel erkannt und hatte das fast unmerkliche Zittern ihrer hellen Stimme gehört: Soll ich das Protokoll holen?
Nein, das hatte sie sicher schon lange nicht mehr gesagt. Jetzt holte Oskar das Protokoll, wenn der Buchladen geöffnet gewesen war. Er zählte die Münzen, obwohl der Stiefvater das dann immer noch einmal überprüfte. Und dann saßen sie da und unterhielten sich, über Kunden, über Bücher, oft in herzlicher Stimmung, aber ab und zu konnte in der Stimme des Mannes etwas anderes liegen, denn der Stiefsohn hatte dort unten etwas falsch gemacht, hatte einen falschen Preis angegeben oder ein erbetenes Buch nicht gefunden und den Kunden mit leeren Händen abziehen lassen, obwohl das Buch doch vorhanden gewesen war …
Soll ich vielleicht einen Kaffee kochen?, hatte die Schwester dann gefragt. Sie hatte das Protokoll nicht mehr erwähnt, das fast unmerkliche Zittern jedoch war noch da gewesen.
Kaffee.
Der war mit dem Geld ins Haus gekommen. Eine kleine Tüte, für eine seltene Feierstunde oder für den Fall, dass Besuch kam. Und auch Tee hatten sie. Und Mutter und Tochter hatten gelernt, den vornehmen Samowar zu bedienen.
Beides sollte mit Zucker getrunken werden, mit Zucker und auch mit Milch.
Jetzt haben wir es so wie Eugenia, hatte Sara zufrieden gesagt.
Oder wie der Vogt in Tingvoll, hätte die Mutter sagen können.

Aber das hatte sie nicht.
Sie hatte mit ihrem Mann die guten Getränke genossen, und es war schön gewesen, wenn sie an etwas anderes hatte denken können als an das, was hinter ihr lag, wenn sie einfach dort hatte sitzen können, im Duft des Kaffees, mit der kleinen Tasse in der Hand, oder mit diesem Gebräu aus trockenen Blättern, das ihre Gedanken in das Land lenkte, aus dem sie gekommen war, diese Teemaschine. Russland. Woher bisweilen Schiffe kamen, die die Küste entlang nach Süden fuhren, so dass junge Seeleute aus Ålesund von ihren Fahrten nach Archangelsk hatten berichten können, von wo Mehl geholt wurde.
Und sie schaute aus zusammengekniffenen Augen auf das Meer hinaus. Weit draußen sah sie ein Schiff, das Ålesund verlassen hatte. Konnte das ein Spanier sein? Kamen nicht Jahr für Jahr dieselben spanischen Schiffe her? Sie bewahrte in ihrem Herzen einen Namen auf, *Carmen.* Einen Namen, auf den sie im Laufe der Jahre immer wieder gehorcht hatte, so wie sie auf ihren Spaziergängen auch mit den Blicken danach gesucht hatte. Vergeblich.
Es war nicht auszudenken, was der »Carmen« vielleicht alles widerfahren war.
Sie schaute in einer andere Richtung, zu den Häusern hinüber, zu dem Hang, den die Tochter eben noch hinabgeeilt war.
Sie war jetzt frei, das dachte die Mutter immer wieder. Endlich war sie frei, ihre große Tochter. Befreit von der vielen Arbeit, die an jedem einzelnen Tag wieder erledigt werden musste, auch wenn sie schon am Vortag gemacht worden war. Befreit von den kleineren Kindern. Befreit von der Notwendigkeit, einen unberechenbaren Erwachsenen bei Laune zu halten.
Nein, so schwierig war er nun doch nicht, ihr Borgwad, dachte sie versöhnlich. Denn wenn man ihn nur kannte, war er durchaus umgänglich. Wenn nur das Essen auf dem Tisch stand, wenn er nach Hause kam, wenn seine Kleider sauber waren und ordentlich zusammengefaltet in der Schublade lagen, wenn Tabak für die Pfeife vorhanden war und er nach dem Essen seine Ruhe

haben konnte, um nachzudenken und seinen Unterricht vorzubereiten. Wenn er nur unter der Bettdecke seine Lüste befriedigen konnte …

Aber es war nicht so leicht, die beiden Kleinen vom Lärmen abzuhalten. Sie hatten so viele Geräusche in sich, so viel schäumendes Leben, das einfach herausmusste. Reizend waren sie schon, Maren und Ole. Sie liebten ihre Mutter, davon war sie überzeugt. Sie mussten sich nicht mit der Frage quälen, wer sie waren. Sie umarmten sie liebevoll, hörten sie gern singen und erzählen. Aber sie hatte dazu nicht mehr die Kraft von damals. Oft musste sie sich zusammenreißen, um hineinzugehen und sich auf die Bettkante setzen zu können, zuerst ins Jungenzimmer, das Ole mit Oskar teilte, dann in das andere, wo Maren und Sara schliefen. Und ihre Erzählungen waren sicher auch weniger lebhaft als früher, das waren sie bestimmt, denn der Mann hatte sie einmal dabei ertappt, wie sie biblische Geschichten ausgeschmückt hatte, und ihre Worte müssten mit den geschriebenen übereinstimmen, fand er. Danach horchte sie immer zum Wohnzimmer hinüber, wenn der Mann zu Hause war. Und zügelte damit ihre Phantasie. Weshalb jetzt Sara die meisten dieser Rituale übernommen hatte, diese Kuschelstunden, die die Mutter in Erinnerung an ihre eigene frühe Kindheit eingeführt hatte. Und das junge Mädchen schien gern zu erzählen, von Elfen und Feen, von Königinnen und Prinzessinnen, und die Kinder konnten lachen, sie lachten oft, wenn die Schwester abends bei ihnen saß, denn dann hatte sie wohl keine Angst, die Älteste, wie sonst, wenn der Stiefvater sie sehen konnte. Sie waren ganz leise dabei, auch wenn die Kinder lachten. Und Sara sagte offenbar nichts, was den Mann erzürnte, denn ab und zu war er ihr gefolgt, hatte einige Minuten an der Wand gestanden und sich alles angehört, und sein Blick war freundlich gewesen, als er ins Wohnzimmer zurückgegangen war. Sie bringt Maren die Gebote bei, hatte er einmal lächelnd gesagt. Sie erzählt von einer Frau, die Kartoffeln stiehlt, und wie verwerflich das ist.

Doch, diese Tochter wusste, worüber gesprochen werden durfte und wann sie zu schweigen hatte. Sie war nicht wie Oskar, der einfach drauflosredete. Aber der Junge hatte jetzt begriffen, dass der Stiefvater nicht für ihn da war, nicht für ihn allein. Die Mutter hatte von Anfang an versucht, ihm das klar zu machen, dass der Mann doch so viele andere Dinge hatte, nicht nur seine Arbeit …

Er hatte nicht auf sie gehört. Das hatte er nie.

Aber er hatte den älteren Bruder nie mehr mit Namen erwähnt, nach dem einen Mal, als er von dem Schiff gesprochen hatte, auf dem der andere angeheuert hatte.

Nein, es war wirklich nicht so schwer, mit Borgwad auszukommen, wenn sie nur höflich waren und sich überlegten, was sie sagten. Und es gab doch genug Gesprächsstoff. In Ruhe und Verträglichkeit. Ohne Kindergeschrei.

Die Halbschwester hatte die Kleinen gemahnt: Seid jetzt still, Vater liest, das seht ihr doch. Sollen wir vielleicht einen Spaziergang machen?

Der Mann hatte es ihnen erlaubt. Wenn nur die Große dabei war und auf die Kleinen aufpasste, dann hatte er nichts dagegen. Und umgekehrt: Wenn Sara auf die Kleinen aufpassen musste, dann konnte sie ruhig draußen unterwegs sein, so hatte er das anfangs gesehen.

Seine Frau hatte gelacht: Sie muss doch auch einmal draußen spielen dürfen? Sie ist doch noch ein Kind!

Der Blick des Mannes hatte sich verdüstert. Er hatte sie sich vorgenommen und über Erziehung gesprochen, über alles, was sie versäumt hatte, als die Kinder so viel allein gewesen waren.

Kein Mädchen darf draußen herumstromern. Sie ist doch keine Ziege!

Wer sollte jetzt mit den Kleinen an die Luft gehen, wo Sara nicht mehr da war? Oskar würde das bestimmt nicht tun. Und sie selber konnte es nicht, jedenfalls nicht jetzt, wo ihre Schwangerschaft immer weiter fortschritt. Außerdem wollte der Mann sie bei sich haben. Das wollte er immer, wenn er zu Hause war, auch wenn er sich in die Arbeit vertiefte. Er wollte sie bei sich haben. Mit einer Handarbeit, einem Lächeln, wenn er aufschaute. Das hatte er ihr anvertraut, er sah dann so gern auf und begegnete ihrem lieben Blick.

Für einen Moment beneidete sie ihre Tochter. Für einen Moment wünschte sie, davoneilen zu können, mit einem kleinen Bündel, fort von den Möbeln einer fremden seligen Mutter in engen Zimmern, von einigen Fensterscheiben zwischen fast farblosen Stoffstücken.

Was machst du da, Mutter?

Das war Maren.

Ich reiße die alten Lumpen herunter.

Das tat sie. Denn hässlich waren sie, so hässlich, dass die Fenster ohne sie besser aussahen. Danach putzte sie die Fenster, bis sie funkelten. Danach nahm sie sich den Boden vor. Sie holte Wasser vom Brunnen, und die beiden Kleinen zockelten hinterher. Sie schleppte die Eimer die Treppe hoch und in die Wohnung. Das war nicht gut für sie, nicht in diesem Zustand. Aber wer hätte es sonst machen sollen? Ohne Sara musste sie selber zupacken. Borgwad hatte nie Zeit. Und er sah auch nicht, dass etwas getan werden musste. Glaubte er denn, dass Oskar Holz für sie holte? Oskar tat nichts, was der Stiefvater ihm nicht gesagt oder befohlen hatte. Wenn die Mutter etwas brauchte, musste sie es mit lauter Stimme verlangen, während Borgwad im Zimmer war. Dann ging er, dieser maulende Lümmel, mit unwilligem Körper und beleidigten Schritten. Solange Sara im Haus gewesen war, waren der Mutter solche Szenen zumeist erspart geblieben. Die einzige feste Pflicht, die der Junge hatte, war, Holz zu hacken und nach oben zu holen. Aber selbst daran musste er erinnert werden. Und das hatte die Schwester getan.

Jetzt war sie fort. Wie der andere.

Die Mutter unterbrach ihre Arbeit. Ihr Kreuz schmerzte. Sie ließ sich auf das Sofa sinken.

Wenn Sara wieder da ist, sagte Maren. Wenn Sara wieder da ist, gehen wir nach draußen. Dann kannst du dich ausruhen, Mutter.

Sie gab keine Antwort. Sie seufzte.
Ich kann die Kartoffeln waschen, sagte Maren. Dann ist das erledigt.
Die Stimme klang wie das Echo einer anderen.
Vielleicht kannst du bald lernen, sie zu schälen?, fragte die Erwachsene.
Aber Sara sagt …
Was sagt Sara?
Dass ich das nicht darf, ich kann mich doch schneiden. Aber waschen darf ich. Und dann schält sie.
Wieder seufzte die Mutter.
Ich kann es versuchen, sagte Maren hilfsbereit. Ich kann es versuchen, wenn ich vorsichtig bin?
Ja, sagte die Erwachsene, versuch es und sei vorsichtig, du.
Sie erhob sich. Sie putzte die restlichen Böden. Sie hörte die Geräusche aus der Küche, leises Platschen. Und die dünne Kinderstimme: Gut gemacht, Ole, die ist fast ganz sauber.
Hatte sie auch den Kleinsten an die Arbeit gesetzt?
Ja, das hatte sie offenbar. Ole, nicht so spritzen.
Jetzt kam der Dreijährige ins Zimmer, eifrig und mit einer Kartoffel in der Hand. Schau mal, Mutter. Eine … eine Nase!
Er hatte sich die Brust mit schmutzigem Wasser bespritzt. Sie musste ihm das Hemd ausziehen. Und es durch ein frisches, trockenes ersetzen. Dass er sich aber auch immer verdrecken musste!

Hatten sie nicht begriffen, dass die Schwester sie verlassen hatte? In ihrem Beisein war wohl nichts gesagt worden. Nach seiner Unterredung mit Sara am Tag zuvor hatte Borgwad sich an die Orgel gesetzt und gespielt und dazu gesungen. Die Mutter hatte sich derweil mit den beiden Kleinen aufs Sofa gesetzt. Dann hatte sie sie ins Bett gebracht. Das sollte der Schwester an ihrem letzten Abend erspart bleiben. Später hatten sie zusammen gelesen, die beiden Erwachsenen. Wo war Sara gewesen? Allein, in der Küche. Das hatte die Mutter gewusst. Sie hatte zu ihr gehen wollen. Aber sie hatte es nicht über sich gebracht. Dann war die Tochter in ihrer Kammer verschwunden. Sie hatte gepackt. Das hatte die Mutter morgens gesehen; alles war bereit gewesen, die wenigen Habseligkeiten ihrer Tochter waren zu einem Bündel verschnürt.

Hatte sie sich von den Kleinen denn nicht verabschiedet?

Das hatte sie, mit einem kurzen Gruß, wie sonst, wenn sie zur Schule gegangen war.

Nein, die Kleinen hatten das nicht begriffen.

Sara!, hörte sie Maren rufen, als die Tür geöffnet wurde. Ich habe die Kartoffeln geschält …

Aber es war nicht Sara. Es war Oskar. Und eine Weile darauf kam Borgwad mit seiner schweren Tasche. Seine Abschlussklasse hatte in der nächsten Woche Examen.

Dann saßen sie am Esstisch.

Aber wo ist …, fing Maren an.

Sara?, fragte ihr Vater. Die ist jetzt erwachsen.

Erwachsen?, fragte die Kleine.

Sie ist ausgezogen, erklärte der Mann. Das ist so. Wenn man erwachsen ist.

Maren machte große Augen. Ihre Hand, die den Löffel hielt, zitterte.

Unter Jungfer Samuelsens Dach

Das Haus war weiß und hatte zwei Stockwerke. Über der Tür hing ein vornehmes Schild und verkündete, dass hier »Näharbeiten für Damen und Herren« zu haben seien. Sara betrat einen kleinen Gang, in dem eine Treppe nach oben führte. »Nähstube« stand dort in schwarzen Buchstaben, um den Besuchern klar zu machen, dass sie sich in den ersten Stock hinaufbegeben mussten. Ihre Füße kamen ihr schwer vor, als sie die Stufen hochging. Der Gang oben war eng und düster. Vor ihr hatte sie eine Tür, und ihre Hand, die anklopfte, kam ihr tot vor. Von innen hörte sie eine Art Summen, das sie nicht einordnen konnte. Niemand machte auf, deshalb musste sie noch einmal klopfen. Aber dieses seltsame Geräusch schien alles zu übertönen. Ihre Füße wollten kehrtmachen, wollten wieder nach unten laufen, aber ihre Hand drückte auf die Klinke, und sie ging einen Schritt ins Zimmer hinein.

Der Raum wurde von der Morgensonne erhellt. Sara musste die Augen zusammenkneifen, sie war geblendet, weil sie aus dem dunklen Treppenhaus kam. Und sie machte einen Knicks, während ihre Augen nach der Näherin suchten, nach Jungfer Samuelsen, die sie doch schon kannte, von damals her, als sie deren Nähschule für kleine Mädchen besucht hatte.

Und dann stand die Jungfer da, mit ihren schönen, dunklen hochgesteckten Haaren, an die Sara sich erinnern konnte. Sie reichte ihr die Hand und hieß sie freundlich willkommen, nachdem sie sich zuerst einige Stecknadeln zwischen den Lippen hervorgezogen hatte.

Es waren noch andere Personen im Raum, viele, hatte Sara zuerst geglaubt, aber nicht alle waren aus Fleisch und Blut, es gab auch seltsame Puppen, die mit Kleidern behängt waren. Nur zwei der Gestalten, die sie nun sah, konnten sich bewegen; sie erhoben sich und kamen auf sie zu, um sie ebenfalls zu begrüßen. Die eine war eine ausgelernte Näherin, wie Sara nun erfuhr, die andere ein Lehrmädchen, das noch zwei Jahre vor sich hatte. Dann wurde ein weiterer Name gerufen, und hinter einer Stoffwand kam ein Mann zum Vorschein, ein kleiner, schief gewachsener Bursche, der einen Klumpfuß hinter sich herzog. Sara hatte ihn schon häufiger gesehen, ihr hatte beim Anblick dieses Fußes geschaudert, und sie hatte sich gefragt, wie ein solches Wesen in der Welt zurechtkommen mochte. Seine Hand umklammerte ihre wie eine Kralle, und sein Gruß klang fremdartig in ihren Ohren.

Es war Schneidergeselle. Er stammte aus Deutschland und war mit dem Schiff nach Ålesund gekommen, nachdem er sich zuerst in Bergen umgehört hatte, wo es jedoch schon zu viele Schneider gab.

Das alles sollte Sara nach und nach erfahren; wie der Mann im Hafen an Land gehumpelt war und wie er sich durchgefragt hatte, mit wenigen Wörtern, in gebrochener Sprache. Es war einige Jahre nachdem die Jungfer das Haus gekauft und die Wände zwischen den Zimmern im Obergeschoss hatte einreißen lassen, und unmittelbar nachdem sie die moderne Maschine bestellt hatte.

O doch, es gab schon Herrenschneider im Ort, aber noch hatte sich keiner diese großartige Singer zulegen können. Und als sie vom Eintreffen des Fremden gehört hatte, war der Jungfer eine Idee gekommen, und sie hatte ihn zu sich gebeten. Sie wollte die erste Nähstube einrichten, die Damen und Herren gleichermaßen bedienen konnte. Also hatten sie sich geeinigt. Der Mann mit dem Klumpfuß bekam seinen eigenen Stoff hinten im Lokal, verborgen durch diesen Stoff, der spanische Wand genannt wurde. Er kümmerte sich um die Männer. Ihnen konnte hinter der Wand ungesehen von den Näherinnen Maß genommen werden. Die Kundinnen dagegen konnten sich ebenfalls sicher fühlen, denn sie waren vor den Blicken des Mannes geschützt, der mit seinem Werkstück zwischen den Beinen auf dem Tisch saß. Er stand nicht in Diensten der Jungfer. Er arbeitete auf eigene Rechnung. Aber er nutzte ihre Maschine und profitierte davon, dass sie die Stoffe gemeinsam en gros einkauften. Außerdem konnte er bisweilen ihre Lehrlinge zu kleineren Arbeiten heranziehen. Die Jungfer bezahlte ihn nicht; er entschädigte sie für die Benutzung von Raum, Maschine und Menschen. Und er hatte einen eigenen Eingang, seine eigene Tür hinter dem Wandschirm, so dass er kommen und gehen konnte, wie er wollte, ohne dabei jemals eine Kundin im anderen Teil des Lokals in Verlegenheit zu stürzen. Obwohl die Damen auf der anderen Seite des Raumes ohnehin noch eine eigene spanische Wand hatten, die jedoch um einiges kleiner war.

Der Raum war groß und niedrig, er hatte graubraune, kahle Wände, und Balken, die die Decke trugen, wo früher eine Wand gewesen war. Die Nähmaschine stand auf einem gesonderten Tisch vor dem Fenster. Ansonsten gab es einen langen Tisch, wo der Stoff zugeschnitten und die Vorarbeiten erledigt wurden, ehe die Kleidungsstücke mit der Maschine zusammengenäht wurden, worauf dann die restlichen Arbeiten folgten. Die seltsamen Puppen waren Modelle, an denen die Kleidungsstücke anprobiert wurden. Und in Regalen auf der anderen Seite der Eingangstür lagen die Stoffballen.

Es war eine ganz eigene Welt. Aber sie roch gut, nach Stoff eben. glaubte Sara. Sie fühlte sich wie ergriffen, in etwas hineingezogen, in das Summen, in den Geruch, in den Raum mit den Puppen und den Menschen. Es war fast wie bei der Aufführung des Theaterstücks *Der Affe,* dachte sie vage, vielleicht wegen des unschönen Wesens hinter der spanischen Wand, das ihr noch immer eine Gänsehaut einjagte, als sei es ein Geheimnis, das niemand sehen sollte, das aber plötzlich aus den Kulissen zum Vorschein kommen konnte.

Wir haben großes Glück, sagte Karen Amalie, der andere Lehrling, als sie am ersten Abend schlafen gingen.

Sie und Sara sollten sich eine Kammer teilen, hinter der Küche der Jungfer, und im selben Bett schlafen.
Es ist doch viel besser, ein richtiges Handwerk zu lernen, als bei fremden Leuten dienen zu müssen?
Sara nickte stumm.
Auf diese Weise werden wir immer unseren Lebensunterhalt verdienen können, sagte Karen Amalie, denn neue Kleider brauchen die Leute doch immer. Und wenn wir heiraten, können wir weiterarbeiten, denn nähen können wir auch zu Hause, nicht wahr?
Wieder nickte Sara.
Sie hatte sich für die Nacht bereitgemacht und war unter die Decke gekrochen, als die andere das alles gesagt hatte. Karen Amalie stand noch vor dem Bett, in einem langen Hemd, ihre dunklen Haare fielen ihr über Rücken und Schultern.
Wollen wir nicht zusammen beten?, fragte sie.
Sara hatte abends nie mehr laut gebetet, seit sie klein gewesen war und ihre Mutter sie das Gebet gelehrt hatte. Damals hatte sie wie jetzt unter der Decke gelegen, hatte die Hände unter dem Kinn gefaltet und den kleinen Oskar wie eine schwere Wärme neben sich gefühlt. Aber Karen Amalie stellte sich das anders vor. Sie wollte auf dem Boden knien und die gefalteten Hände auf das Bett legen.
Das taten sie dann, und die andere murmelte mit heller, monotoner Stimme: Lieber Gott, ich danke dir für einen weiteren guten Tag. Danke, dass ich bei der Jungfer lernen kann. Beschütze alle deine Kleinen und vor allem Jungfer Samuelsen, meine Mutter, meinen Vater und meine fünf Geschwister. Amen.
Sie blieb auf Knien liegen und wartete. Und Sara öffnete den Mund: Lieber Gott, ich danke dir dafür, dass Jungfer Samuelsen mich so freundlich aufgenommen hat. Und beschütze Maren und Ole und Mutter und die anderen und vor allem Sigmund auf See. Amen.
Am nächsten Morgen standen sie früh auf und wuschen sich mit Wasser aus einer Kanne, die sie abends gefüllt hatten. Als sie sich

angezogen hatten, frühstückten sie zusammen mit der Näherin. Im Haus wohnten nur sie drei. Die andere Näherin lebte bei ihrer Familie, und der Schneidergeselle hatte im Hafen ein Zimmer gemietet. Aber die Lehrlinge bekamen Kost und Logis, alle zwei Jahre Stoff für ein Kleid und dazu im ersten Jahr fünf, im zweiten sieben und in den beiden letzten Jahren jeweils zehn Speziestaler. So lautete die Abmachung.

Das Frühstück bereitete die Jungfer selber zu, die beiden anderen Mahlzeiten dieses Tages lieferte eine Nachbarin, die auch einkaufte, putzte, Wäsche wusch und in der kalten Jahreszeit Holz brachte.

Und dann saßen sie in der Nähstube, von morgens sieben bis abends acht, nur unterbrochen von einer Stunde um die Mittagszeit, wenn die warme Mahlzeit serviert wurde und sie sich danach ein wenig ausruhen konnten. Samstags hörten sie ein wenig früher auf, und sonntags hatten sie frei und konnten den Gottesdienst besuchen, wenn sie wollten und wenn jemand sie über den Fjord ruderte, doch nur wenige Wochen nachdem Sara ihre Stelle angetreten hatte, war kein Boot mehr nötig, denn die neue Kirche wurde eingeweiht.

Jungfer Samuelsen und Karen Amalie lächelten glücklich, als plötzlich das ungewohnte Läuten der Kirchenglocken zu hören war. So verlockend, sagten sie, dann zogen sie sich für den Kirchgang an.

Kommst du nicht mit?, fragten sie Sara.

Sara war hin- und hergerissen. Sie wollte, und zugleich wehrte sich alles in ihr. Sie wollte gern auf der Bank im hohen Kirchenschiff sitzen, sie wollte gern die Choräle und die Predigt des Pastors hören. Doch zugleich ... Denn wer am Glockenstrang zog, das war Borgwad, und wer vorsingen würde, zusammen mit dem Pastor, das war ebenfalls Borgwad. Und dem wollte sie nicht gegenübertreten.

Also entschuldigte sie sich. Sie müsse ihr Kleid auslassen, brachte sie vor, es sei an der Brust so eng geworden.

Ja, das konnten sie sehen, dass das nötig war. Dann brachen sie

auf, die beiden anderen, während Sara nähte und spürte, wie sie sich verhärtete. Und diese Härte musste noch größer werden, das wusste sie, für dieses Leben, für dieses Zimmer mit den graubraunen Wänden, für sie, für Sara Junge, nicht für Sara Borgwad, denn sie war niemals Sara Borgwad gewesen, sondern Sara Junge, die Tochter des Fischers Oskar.
Sie musste dieses Weiche und Traurige in sich einsperren oder, besser noch, entfernen. Ja, hart musste sie werden, wenn sie mit den anderen zur Kirche gehen wollte, wenn sie den Blicken der Menschen standhalten wollte, die sie gekannt zu haben glaubte, denen sie nahe zu stehen geglaubt hatte, ohne dass das wirklich der Fall gewesen war.
Lieber Gott, betete sie, hilf mir, so zu werden wie Karen Amalie, so dankbar. Hilf mir, das alles richtig zu finden und zu erkennen, dass ich Glück habe, weil ich in diesem Haus sein darf.
Sie verhärtete sich. Und bekam dabei Hilfe von außerhalb. Denn Anfang August tauchten Wilhelm und seine Mutter in der Nähstube auf; der Junge musste für das nächste Schuljahr neu eingekleidet werden. Und Sara machte vor Eugenias Mutter einen Knicks, und die nickte freundlich zurück und grüßte von ihrer Tochter. Wilhelm stand noch immer draußen auf dem Gang, doch jetzt kam er herein und wurde durch die Frauenabteilung gelotst, denn es waren gerade keine Kundinnen anwesend. Und er wandte sich ab, er sah Sara nicht an, ehe er hinter der spanischen Wand zu dem Schneidergesellen verschwand.
Das half ihr. Und im selben Moment wusste sie, dass sie ihn nie genommen hätte, dass sie sich bei ihm nie wie ein Vogel gefühlt hätte, nein, nie. Aber dass er so überlegen tun musste! Wie hässlich von ihm!
Es tat weh, aber es half. Es tat weh, wie die Nadeln, die in das harte Kissen auf dem Tisch gestochen wurden, als sei sie selber dieses Kissen, es tat weh, schrecklich weh, aber es half. Und als er das nächste Mal kam, zur Anprobe, und als sie ihm auf der

Treppe begegnete, hielt sie sich ganz gerade und lachte innerlich schrill und höhnisch, über seine fettige Haut, über seine schlaffe, bräunliche Unterlippe, über seine ungeschickten Bewegungen, als er die Treppe hochging, und für einen Moment hoffte Sara, er werde stolpern, über seine eigenen schlaksigen Beine, und wenn nicht hier auf der Treppe, dann vielleicht in Hamburg, und in den Fluss fallen.

Doch als sie dann über ihrer Näharbeit saß, hämmerte ihr Herz vor Entsetzen über diese Gedanken; musste sie denn auch böse werden, wenn sie hart werden wollte? Als sie abends ins Bett ging, fügte sie dem gemeinsamen Gebet mit Karen Amalie in Gedanken noch etwas hinzu: Lieber Gott, hilf mir, ein guter Mensch zu sein und zu *ertragen …*

In dieser Nacht hatte sie einen seltsamen Traum. Es ging um Wilhelm. Er stand mitten in der Nähstube, nicht hinter der spanischen Wand, bei dem Deutschen Wolff, sondern zwischen den Frauen, mit einem halb fertigen Kleidungsstück um die Schultern. Er hatte die Arme ausgestreckt wie ein Paar hilfloser Flügel, und er sah sie an, mit etwas im Blick, das sie dort noch nie gesehen hatte. Es war keine Verliebtheit und keine Neugier, wie im vergangenen Winter, und es war auch kein Hohn. Sie wusste nicht so recht, was hier in ihm hauste, als er sie ansprach. Die Königin von Ålesund, sagte er.

Nicht Prinzessin, wie der Große vom Felssims sie genannt hatte, sondern Königin.

Sie erwachte voller Verwunderung. Würde Wilhelm irgendwann einmal wie ein gerupfter Vogel vor ihr stehen? Während sie selber … schön sein würde, dachte sie, wie eine Königin? Mit ihren wogenden Haaren, dachte sie, die sie von der Mutter geerbt hatte, und vielleicht einem Kleid aus wunderschönem Stoff, mit knisternden Röcken und Schleifen und Rüschenkanten …

So fabulierte Sara vor sich hin, während ihre Gedanken sich klärten, nicht die über sich in den schönen Kleidern, sondern die anderen, über Wilhelm, so halb nackt und verängstigt; würde er Bankrott gehen, wollte ihr Traum ihr das sagen?

Ihr wurde eiskalt vor Entsetzen, denn das wünschte sie ihm nun wirklich nicht, nein, das nicht, trotz seines Hochmutes.
Armer Wilhelm, dachte sie. Und arme Eugenia, dachte sie dann, denn wenn Wilhelm stürzte, dann doch, weil sein Vater … und dann würden sie es doch alle, auch die Schwester; und Eugenia, die Arme, die nichts konnte, sie konnte nicht putzen, nicht kochen, nicht waschen, konnte keine kleinen Kinder versorgen, nichts konnte sie, denn sie war doch immer bedient worden, sie konnte nur Monogramme sticken … während sie, Sara, so vieles beherrschte und jetzt gerade noch mehr lernte.
So verarbeitete sie ihren seltsamen Traum. Und so öffnete sie sich dem Neuen, um alles mitzubekommen, um die Geheimnisse zu durchschauen, damit Falten und Kanten richtig lagen, die fast unsichtbaren Stiche, die einen Kragen befestigten, alles. Und Jungfer Samuelsen lächelte zufrieden, denn Sara ging in ihrer Arbeit auf, sie vergeudete keinen Stoff, sie ging den Tüchtigeren zur Hand, beobachtete sie, tat es ihnen nach und wurde immer geschickter und besser.
Es gab ausländische Modezeitschriften. Das wusste Sara schon, ihre Freundinnen hatten ihr davon erzählt. Sie hatten hineinschauen dürfen, bei der Näherin, oder wenn die Näherin bei ihnen zu Hause gewesen war und Maß genommen hatte. Jetzt konnte sie selber darin blättern und sich kleine Zeichnungen von Menschen ansehen, die in schönen Kleidern und Kostümen posierten, mit eleganten Hüten und Stiefeln oder Schuhen. Manchmal waren sie auch nur in der Unterwäsche abgebildet, denn auch dafür gab es klare Vorschriften.
Die Herren haben ja niedrigere Kragen als bisher, sagte Karen Amalie.
Ach?
Sara war das noch nicht aufgefallen.
Und die Halsbinde wird durch einen breiten Schlips ersetzt.
Wirklich?
Sara sah Borgwad vor sich. Der besaß keinen Schlips. Und sein Kragen war bestimmt noch so hoch wie immer.

Und die Unterhosen für Frauen müssen im Schritt natürlich zusammengenäht sein, sagte die andere jetzt.
Sara errötete. Wie konnte man über solche Dinge sprechen?
Ob Karen Amalie sich ihre Unaussprechlichen angesehen hatte? Sie hatte nichts gesagt, das geschah erst jetzt, über der Modezeitschrift. Sara schämte sich. Denn sie hätte es wissen müssen, wie dieses innerste und intimste Kleidungsstück auszusehen hatte. Zusammengenäht und nicht offen, wie es bei ihr immer der Fall gewesen war.
Schon am selben Abend korrigierte sie diesen Fehler, um der Mode für die moderne Frau zu folgen. Am nächsten Tag fühlte sie sich erleichtert, und sie vertiefte sich wieder in die kleinen Zeichnungen der großen Schnittmuster, nach denen sie arbeiteten, nach den halb fertigen Kleidungsstücken, die an den Schneiderpuppen hingen. Und ihre Hände glitten über allerlei Stoffe. Über Samt und Satin. Über dünnen Musselin. Und über Baumwollstoffe in vielen Farben. Das Schönste aber war die Seide. Einmal, dachte sie, einmal würde sie aus diesem kühlen, glatten Stoff ein Kleid nähen.

Jetzt begleitete sie die beiden anderen Frauen in den sonntäglichen Gottesdienst, Arm in Arm mit Karen Amalie. Mit reinem Herzen freute sie sich über den Klang der Kirchenglocken, hocherhobenen Hauptes grüßte sie ihre alten Schulfreundinnen und deren Mütter, fast ohne verletzt zu sein, wenn sie ihren Gruß nicht erwiderten, denn das taten sie nicht, die jungen Mädchen, im Gegensatz zu ihren Müttern, die doch immerhin zurücknickten, wenn auch bisweilen mit einer neuen Distanz im Blick.
Es bereitete ihr eine große Freude, das weite Kirchenschiff betreten zu dürfen, in dem allein die Luft ihr schon als verklärt und schön erschien. Und der neue Pastor besaß eine gütige und feste Stimme, die der Gemeinde von der Ehre der Arbeit und der Mühsal erzählte, die im Himmel reichlich belohnt werden wird. Dann wurden Choräle gesungen, und Sara stimmte mit ein, rein

und klar, und es erfüllte sie mit noch größerer Freude und tieferer Andacht, dass sie mit so vielen anderen zusammen singen durfte.
Dann standen sie vor der Kirche, wo die Mutter auf den Küster wartete, zusammen mit Oskar und den Kleinen. Maren und Ole stürmten auf die Schwester zu.
Sara! Sara!
Sie hob sie nacheinander hoch. Sie drückte sie an sich.
Komm mit nach Hause, bat Maren. Nachts ist alles so traurig ohne dich.
Sara schluckte.
Alles ist traurig ohne dich, flüsterte die Kleine. Wir dürfen nie mehr nach draußen, außer dann, wenn wir alle einkaufen gehen.
Jetzt hatte die Mutter sie erreicht. Sara nahm ihre Hand.
Das ist Karen Amalie, stellte sie die neue Freundin vor. Wir sind beide Lehrlinge in der Nähstube.
Und das ist meine Mutter, und das sind meine kleinen Geschwister.
Ihre Stimme. Die trug. Das hörte sie, die Stimme der Mutter war fest und klar, sie zitterte nicht, sie drohte nicht, zu brechen.
Wie geht es denn?, fragte sie dann und schaute die Mutter an.
Ja, danke.
Ja, danke. Ja, danke. Fest. Klar. Sie hörte es auf dem Heimweg immer wieder. So hätte die Mutter zu jeder sprechen können.
Aber nach dem Essen, das sonntags immer später serviert wurde, musste sie allein einen Spaziergang machen, in den Wald, wie früher, und wieder weinte sie. Denn sie wusste jetzt unwiderruflich, dass sie nicht mehr zu ihnen gehörte, auch wenn Maren sich an sie geklammert hatte. Die alte Kammer gehörte nicht mehr ihr und würde nie wieder ihr gehören, die Orgel war nicht mehr für ihre Hände bestimmt, und wenn sie ein Buch lesen wollte, würde sie dafür vielleicht bezahlen müssen.
Die Mutter hatte kein Wort davon gesagt, dass sie vorbeischauen solle, sie schien sie fast vergessen zu haben, so wie sie bereits Sigmund aus ihrer Erinnerung getilgt zu haben schien.

Sara schluchzte auf.
Sie war nicht mehr das Kind der Mutter. Denn die Mutter war die Frau des Küsters, und des Vorsängers, und des Lehrers und ... und ... die Tochter des Vogtes. Sara dagegen ... Sie war Näherin. Eine, die vier Jahre lang die Befehle einer anderen befolgen sollte, vier lange Jahre, mit einem zwölfstündigen Arbeitstag, so wie ... Wie Andor August, ging ihr auf, sie war eine, die gebunden war, angepflockt, die nirgendwo hinkam, die nie ... etwas anderes sehen durfte. Und endlich konnte sie Andor verstehen, seine Sehnsucht nach dem Meer, denn jetzt war das Meer schön und hell, ohne eine Andeutung von Sturm, und am Ende des weiten Blaus ...
Würde sie wohl werden wie der Sohn des Bäckers? Erfüllt von einer solchen bitteren Sehnsucht?
Wieder schluchzte sie auf.
Sie dachte an Frida. Auch die war von zu Hause ausgezogen. So war das Leben nun einmal, für die meisten. Nach der Konfirmation mussten sie selber sehen, wie sie zurechtkamen, das wusste sie ja. Die Jungen heuerten auf einem Boot an. Die Mädchen gingen in Dienste. Wie Frida bei Rut. Ging es ihr selbst da nicht viel besser? Besser als Frida und auch als Andor?
In der Nähstube wurden sie immerhin nicht geschlagen. Und es gab keine Backöfen mit ihrer ewigen Hitze.
Nein. In der Nähstube waren die Stimmen der anderen Frauen freundlich, sanft. Und die Stoffe waren schön. Und es machte Spaß, zuzusehen, wie etwas daraus wurde, Röcke und Blusen, Hosen und Jacken.
So schaffte sie es dann. Ihre Tränen zum Versiegen zu bringen. Und sie versuchte sich zu erinnern, als sie den Hang hinunter zur Stadt zurückging, wie er ausgesehen hatte, ihr Vater, aber noch immer fand sie in ihrem Gedächtnis nur ein Licht, eine goldene Wärme in einem Raum, zwischen den Menschen, die dort saßen.
Mit frischem Mut betrat sie am folgenden und am übernächsten Morgen die Nähstube, und die Tage wurden zu Wochen und die

Wochen zu Monaten. Sie war eine Näherin, eine von zweien, unter den ausgelernten anderen, die kein anderes Licht vom Himmel sahen als das, was jetzt, in der dunkleren Jahreszeit, durch die Fenster drang, abgesehen von den Sonntagen, und die Sonntage waren wie ein Geschenk, ein reiches Geschenk, auch wenn es regnete und sogar schneite, denn trotzdem gingen sie zur Kirche und spürten den Wind im Gesicht und sahen Stadt und Menschen und Bäume und den Hafen.
Und mit all dem in der Erinnerung, und mit noch mehr, wie der Stimmung im Kirchenschiff, dem Nachhall der Choräle, begann Sara auch den neuen Montag in dem spärlichen Licht und dem hackenden Summen der Tretmaschine.
So saßen sie da und betrachteten ihre Näherei aus zusammengekniffenen Augen, bis Rücken und Arme schmerzten. Doch die Arbeit machte Fortschritte. Und Sara konnte sich über ihre Fortschritte freuen, über das Vertrauen, als sie zum ersten Mal einer Kundin allein Maß nehmen und die Zahlen in dem großen Buch notieren, als sie zum ersten Mal etwas anderes als Wolle und Kattun zuschneiden durfte.

Ihr zweites Weihnachtsfest in der Nähstube rückte näher. Frau Sahl wollte ein Kleid aus schwerer, gelber Seide bestellen. Sie hatte Jungfer Samuelsens neueste Modezeitschriften durchgesehen, hatte erklärt und entschieden, so eines wolle sie, mit hautengem Mieder, ausgeschnitten und mit Puffärmeln. Der Rock sollte bis auf den Boden reichen und mit Rüschenabsätzen unterteilt sein.
Es war teurer Stoff, und Sara zitterte vor Aufregung, als sie alles nach den richtigen Maßen zuschneiden sollte, und fast wäre ihr die Schere ausgerutscht, denn als sie fast fertig war, wurde an die Tür geklopft, und herein kam Ole Borgwad.
Das war nicht richtig so, das wusste Sara, er hätte nebenan klopfen müssen, an der Tür für Herren. Zum Glück waren gerade keine Kundinnen im Saal, aber Sara war das doch entsetzlich peinlich.

Grüße und Gemeinplätze wurden über den Kopf des Lehrmädchens hinweg ausgetauscht, ach ja, so war es jetzt hier, so sah alles aus, und Sara hatte offenbar durchaus Begabung, jetzt darf sie schon prachtvolle Seide zuschneiden, und das nach nur achtzehn Monaten ...

Ihr Stiefvater zeigte sich zum ersten Mal hier zwischen den Schneiderpuppen. Saras Familie war bisher noch nie hier gewesen. Und sie hatte die alte Wohnung seit ihrem Auszug auch nur einmal aufgesucht, obwohl der Weg wirklich nicht lang war. Niemals war sie eingeladen worden, nicht einmal zum letzten Weihnachtsfest. Deshalb hatte sie die Feiertage mit Jungfer Samuelsen verbracht. Doch nach dem Gottesdienst am ersten Weihnachtstag hatte der Küster ihr eine Art Erklärung geliefert: Es war gerade erst ein neues Kind zur Welt gekommen, wie ein kleines Geschenk Gottes war es gekommen, und die Mutter war so mit dem Kleinen beschäftigt, deshalb hatte sie an diesem Tag nicht mit zur Kirche gehen können ...

Auch in der Zeit davor war sie nicht zu sehen gewesen, Sara wusste ja, dass die Mutter am Ende ihrer Schwangerschaften immer im Haus blieb. Und sie hätte dem Stiefvater fast ins Gesicht gelacht wegen dieser Umschreibungen, denn er hörte sich an wie Saras alte Lehrerin; ein Kind ist ein Wunder Gottes, mehr ist darüber nicht zu sagen.

Aber gleich nach dieser Begegnung hatte Sara die Mutter besucht, ungebeten, um den neuen Bruder in Augenschein zu nehmen, denn so gehörte sich das doch wohl.

Und jetzt hatte plötzlich Borgwad den Weg in den Saal gefunden, wo neue Kleidungsstücke hergestellt wurden. Wollte er eine Jacke bestellen? Oder eine Weste? Oder ein neues Hemd? Das wäre wirklich nötig, dachte die Näherin, er trug ja noch immer diesen unmodernen Kragen.

Borgwad aber wollte keine Bestellung aufgeben. Er wollte für Sara über die Feiertage Urlaub erbitten. Der Urlaub sollte so bald wie möglich anfangen, denn die Mutter war krank, wirklich

krank, und außerdem war erst kürzlich ein weiteres Kind dazugekommen.
Die Mutter war schon wieder niedergekommen? Nur ein Jahr nach dem letzten Mal?
Sara hatte nicht gewusst, dass wieder ein Kind unterwegs gewesen war. Bei ihrer letzten Begegnung vor der Kirche war der Mutter nichts anzusehen gewesen, durch ihren Mantel. Wie lange war das her? Sicher schon eine ganze Weile.
Und deshalb brauchten sie Sara jetzt, bei den vielen kleinen Kindern, sagte Borgwad, wenn das möglich war.
Sara saß über der Seide, blutrot im Gesicht, denn auch eine Lehrlingsstelle war doch wohl ein Posten, und keine konnte so einfach dort weggeholt werden, selbst wenn … War die Mutter denn wirklich krank? Aber gerade jetzt, bei den vielen Bestellungen? Sollte Jungfer Samuelsen denn in Verzug kommen? Sollten die anderen noch länger arbeiten müssen als sonst, weil … weil …
Die Näherin ließ ihren Blick vom Mann zum Lehrmädchen wandern und hielt für einen langen, zögernden Moment Saras Blick fest.
Viel helfen kann die Kleine doch sicher noch nicht, sagte Borgwad.
O doch, widersprach die Frau freundlich. Sara ist uns eine große Hilfe.
Was willst du selbst?, fragte sie dann. Möchtest du gern deiner Mutter helfen?
Sara schlug die Augen nieder, sie sah den glänzenden Stoff an, und ihre Hand fuhr darüber, ganz wie von selbst.
Dann ist das abgemacht, entschied die Jungfer. Sara hat ab dem 22. Dezember frei und kann sich während der Feiertage um Euch kümmern. Aber am dritten Weihnachtstag muss sie zurück sein, denn dann legen wir letzte Hand an die Bestellungen für den Neujahrsball bei Strøms.

Ein schönes Weihnachtsfest

Neun Geburten. Neun Geburten und sieben lebende Kinder. Sie alle schienen auf einmal da zu sein, alle klein, alle anspruchsvoll. Sie kam sich vor wie eine Sau, dachte die Frau, die sie geboren hatte, wie eine Sau mit zwei Reihen von Zitzen. Zwischen harten Lippen, die saugten, saugten, die sie aussaugten.

Krank, hörte sie. Mama ist krank.

Hatte das die kleine Sara gesagt? Die kleine Sara Wuschelara? Nein, die war jetzt groß. Sie war nicht mehr hier. Es musste die andere sein, die, die versucht hatte, sich um alles zu kümmern, die Aufgaben der Großen zu übernehmen, Kartoffeln zu schälen, Brei zu kochen, aber sie war zu klein, sie konnte sich verbrennen, sich schneiden …

Sie hatte Schmerzen. Etwas stimmte nicht. Aber was? Sie versuchte sich zu erinnern, versuchte sich an Worte aus einem dicken Buch zu erinnern. Saxi, hörte sie in sich eine fremde Stimme, wie hat Saxi das nun wieder gemeint?

Ein einziges Kind hielt sie in den Armen, nicht neun. Hatte sie denn je so viele gehabt? Sie versuchte sich an Namen zu erinnern. Sigmund …

Weiter kam sie nicht. Sie erinnerte sich nur an diese Augen, an diese klugen Augen in einem schmalen Gesicht. Ein kleiner Mann, das wusste sie noch, wusste, dass sie das einmal gedacht hatte, ein kleiner Mann, der für alles sorgte, für Holz und Wasser, und der so stolz auf alles war, was ihm gelang.

Sicher war sie eingeschlafen, denn plötzlich fuhr sie hoch, als vor der Tür eine harte Stimme fragte:

Warum hast du nichts gesagt?

Wer war denn bloß so böse?

Die Jungfer hat gefragt, ob du deiner Mutter helfen wolltest, polterte die Stimme weiter, und du hast keine Antwort gegeben. Sie hätte es dir erlaubt. Sie hätte dich sicher sofort gehen lassen, wenn du nur … Was glaubst du wohl, was das hier für ein Leben war? Mit einem hergelaufenen Frauenzimmer als Hilfe, einer, der die Kinder nicht gehorchen wollten und die ich zu allem Überfluss auch noch bezahlen musste!
Borgwad hieß der, dem die Stimme gehörte. Das wusste sie doch. Ole Borgwad. Ein Mann mit einer seligen Mutter. Und mit feuchten Augen. Und einer schönen Stimme, wenn er sang.
Sing, rief es in der Kranken. Dazu bist du doch da, zum Singen, sagte es in ihr.
Dann nickte sie wieder ein.

Als sie das nächste Mal die Augen öffnete, hörten ihre Ohren vertraute Geräusche, nahm sie den Duft von Sauberkeit wahr. Durch die halb offene Tür ahnte sie eine Gestalt, die putzte und aufräumte, die fast lautlos durch die Räume glitt und die zugleich flüsterte.
Kannst du die Betten in der Kinderkammer abziehen?, flüsterte sie.
Leg sie in die Waschbütte, wurde geflüstert.
Jetzt musst du ein braver Junge sein, wurde später geflüstert. Jetzt musst du auf Arnold aufpassen, während Maren und ich einkaufen gehen. Und lass Mutter in Ruhe. Schaffst du das?
Ja, war die Antwort.
Das war der kleine Ole, das wusste die Frau im Bett. Ole hatte geantwortet. Der kleine Ole, der Ähnlichkeit mit seinem Vater hatte, mit diesem Feuchten, dieser plötzlichen Verlegenheit in den Augen, bei der sie sich zusammenreißen musste, um sich nicht zu ekeln.
Jetzt sollte er auf Arnold aufpassen. Aber warum denn nur? Der lag doch in ihren Armen? Nein. Das war ein anderer. Ein Neuer. Einer, der noch keinen Namen hatte. Einer, der verkehrt in ihr gelegen hatte. Einer, der ihr innerlich etwas angetan hatte, so

dass es wehtat. Sie hatte das doch gerufen, oder nicht? Du musst warten! Du musst …
Wem hatte sie das zugerufen?
Einer Hebamme.
Der Hebamme von Ålesund.
Aber das war sie doch selber?

Schlaf, du. Ich muss den Kleinen nur schnell neu wickeln.
Eine sanfte Stimme. Lieb. Sie zitterte offenbar nicht mehr. Sie sprach nur, so wie das richtig war. Schlaf, du.

Nein, lieg nur still. Der Kleine findet sich schon zurecht.
Jemand nahm vorsichtig ihren Arm, legte ihn um das Bündel.
Ich habe viel zu viel Blut verloren, konnte sie flüstern. Das Kind lag falsch.
Ganz ruhig. Du brauchst nichts zu sagen.
Mutter?, rief ein dünnes Stimmchen durch die Tür.
Pst, sagte die, die neben ihr saß.

Jetzt waren wir richtig tüchtig, hörte sie. Saras Stimme. Die Stimme von Sara, die nicht mehr hier war. Aber jetzt war sie hier. Und brachte alles in Ordnung. Wie früher.
Wie sauber und schön jetzt alles ist, sagte die Stimme zufrieden. Und die Schränke sind voll. Jetzt kann es Weihnachten werden.
Jemand lutschte auf etwas herum. Das konnte sie bis in ihre Kammer hinein hören, ein zufriedenes Lutschen. Wie Kandis. War der kleine Oskar denn auch da?
Der Tunichtgut. Er war kein kleiner Fettwanst mehr, fiel ihr jetzt ein. Er war groß und schlaksig geworden. Und bald musste er aus dem Haus. Er, wie seine Geschwister vor ihm. Auf ein Boot, hatte Borgwad gesagt. Das müsste er doch immerhin schaffen, hatte Borgwad gesagt. Wenn er nur bei der Konfirmation die richtigen Antworten gibt …
Den hätte der Vogt sich holen sollen, dachte die Mutter in ihrem Nebel, nicht den anderen. Dann wäre vielleicht etwas aus ihm

geworden. Er hätte immerhin Manieren gelernt. Und auch ein wenig Wissen.
Bei diesem hässlichen Gedanken musste sie weinen, aber der hässliche Gedanke machte einem anderen Platz, der dahinter lag, darunter, einem Schuldgefühl, ihrem Schuldgefühl, denn sie war vor langer Zeit weggefahren, von einem kleinen Kind, das noch nichts verstehen konnte und das so schnell vergaß. Sie hätte ihn bei Bernta lassen sollen, das wusste sie, das wäre das einzig Richtige gewesen.

Ich schlafe heute Nacht auf dem Sofa, hörte sie als Nächstes. Das war der Mann. Aber dann kam er doch zu ihr in die Kammer.
Sie spürte in der Dunkelheit, dass jemand da war, neben ihr. Sie hörte den Atem eines anderen Menschen. Eines Menschen, der nicht das Kind war.
Wo war das Kind?
Sie suchte im Bettzeug. Das Kind war verschwunden. Sie spürte die Angst in ihrem Leib; war er heruntergerutscht? Auf den Boden?
Stimmt etwas nicht?
Eine Frauenstimme, nicht die des Mannes.
Ja! Das Kind!
Er ist bei mir. Ich kümmere mich um ihn. Schlaf weiter, du, du musst doch zu Kräften kommen.
Das war Sara. Sie lag neben ihr. Nicht der Mann. Und die Mutter wollte sie in den Arm nehmen, wollte Zuckersara in den Arm nehmen, um sie nicht zu verlieren … Aber das war nicht möglich, denn Wuschelara hatte immer einen anderen im Arm, einen Kleineren, der nichts von der wissen wollte, die ihn geboren hatte.
Und sie wimmerte.
Was ist los, Mutter?
Das Kind. Gib mir mein Kind!
Hier ist er.
Sie drückte ihn an sich, sie schnupperte an seinen Flaumhaaren.

Und er weinte nicht. Er heulte nicht nach einer Tante, nach einem Kätzchen. Und alles wäre gut gewesen, wenn sie nicht solche Schmerzen gehabt hätte.

Irgendwann am Heiligen Abend schlug sie die Augen auf. Sie fühlte sich wach und klar. Sie wusste, welches Kind neben ihr lag, es war ihr siebtes, lebendes. Und es sollte nach dem Vogt heißen, meinte Borgwad, das fiel ihr jetzt wieder ein; denn er selber hatte keine weiteren Namen mehr zur Auswahl. Ole hieß nach ihm, Arnold nach seinem Vater, der dahingesiecht und gestorben war, noch ehe der Sohn Gehen gelernt hatte. Jetzt sei der andere Großvater an der Reihe, hatte Borgwad gesagt. Der Vogt. Kristen hieß er. Kristen Holger Hugo.
Und dann schreibst du ihm und erzählst ihm das, hatte Borgwad noch gesagt. Dann lässt er sich sicher sehen.
Es schien dem Mann zuzusetzen, dass er seinem Schwiegervater nie begegnet war. Dass er nicht in die Familie aufgenommen worden war.
Kristen Holger Hugo. Das war fast zu viel.
Wäre Jens da nicht besser?

Die anderen saßen in der Küche beim Essen. Das konnte sie hören.
Sie wusste jetzt, dass Sara da war. Dass sie gekommen war, um für das Weihnachtsfest zu sorgen, bei sich zu Hause. Alles schien ruhig zu sein. In der letzten Zeit war das anders gewesen, einer schlimmen Zeit. Das wusste sie, obwohl sie im Fieber gelegen hatte.
Konnte es *das Fieber* sein?
Nein, dann wäre es schneller mit ihr zu Ende gegangen. Obwohl es ja manchmal dauerte ... Aber brachte das Fieber solche Schmerzen im Unterleib?
Die Stimme des Mannes klang sanft und mild. Nicht wie an den Tagen zuvor, als er geschimpft hatte. Bestimmt hatte Sara etwas Gutes gekocht, wo doch Weihnachten war.

Sie schnupperte. Es schien nur Grütze zu geben. Aber die war sicher mit Milch gekocht. Und mit einem Klecks Butter und vielleicht sogar mit Zucker, an einem Tag wie diesem. Ob es dazu Saft gab? Das hoffte sie.
Dann schauten sie zu ihr herein, die drei Kleinen. Im Hintergrund hörte sie, dass jemand spülte.
Bist du wach, Mutter?, fragte Maren vorsichtig.
Sie nickte. Sie lächelte. Maren sah so niedlich und ernst aus.
Der kleine Arnold kam auf sie zugestapft. Er wollte offenbar zu ihr ins Bett.
Seine Schwester hielt ihn zurück. nein, das geht nicht. Das darfst du nicht, das musst du doch begreifen. Hast du Hunger, Mutter?
Wir haben leckeren Brei, sagte der kleine Ole.
Sara!, rief er. Mutter will Brei.
Sei doch leise, mahnte Maren.
Sofort bekam Ole diese feuchten Augen, die sie dazu gebracht hatten, Borgwad anzulächeln: Den da kannst du nicht verleugnen.
Wieso nicht?, hatte der Mann gefragt.
Dieser sensible Zug, hatte sie erwidert. Sicher steckt in ihm eine Künstlerseele …

Sara brachte Brei. Eine kleine Portion. Und einen Becher Saft. Sie stützte die Mutter beim Sitzen. Sie führte den Löffel an ihren Mund.
Sie brachte nicht viel herunter. Schon nach wenigen Löffeln fielen ihr die Augen zu. Aber sie musste doch noch etwas sagen. Sie musste dieser Tochter etwas sagen, etwas, das sie schon seit langer Zeit hatte sagen wollen.

Am nächsten Tag war alles so still, als ob sie allein zu Hause sei. Aber dann war Sara doch da. Sie kam in die Kammer und holte den Säugling, um ihn zu waschen und zu wickeln.
Die anderen sind in die Kirche, sagte sie. Abgesehen von Ar-

nold, aber der hält gerade Mittagsschlaf. Ich habe ihn in Marens Bett gelegt.
In Marens Bett?
In dem anderen sind doch viel zu viele.
Die Mutter lachte.
Es tat gut. Zu lachen. Einen Grund zum Lachen zu haben. Das Gewimmel im Jungenbett. Der lange Oskar, der sich an die Wand presste und gegen dessen Rücken Ole und Arnold sich drängten. Arnold, der außen liegen musste, um zwischen den anderen nicht zerquetscht zu werden, der aber einige Male aus dem Bett geschoben worden war. Er war mitten in der Nacht auf dem Boden gelandet und hatte geschrien und geweint.
Wo ist denn das Kinderbettchen geblieben?, fragte Sara.
Das ist zerbrochen, keuchte die Mutter. Ole hat zu lange darin geschlafen. Das wollte er unbedingt, er wollte nicht zu Oskar, obwohl er sich zusammenkrümmen musste. Und dann ist es unter ihm zerbrochen.
Sie lachte. Es klang wie vom Wind zerfetzte Möwenschreie. Sie wollte dieses Geräusch zum Verstummen bringen.
Und sie hatte doch eigentlich keinen Grund zum Lachen? Der arme Arnold, der auf den Boden gefallen war. Hatten sie kein Geld mehr? Konnten sie sich deshalb kein neues kleines Bett leisten? Hatten sie nicht einmal mehr Geld für Bretter? Dann hätte der Mann es selber zimmern können. Der Mann mit den zwei linken Händen.
Sie lachte. Über diese Hände, die einmal versucht hatten, Bücherregale zusammenzusetzen. Und über das Gewimmel auf einer schmalen Matratze. Gesehen hatte sie das nicht. Denn eine Mutter durfte das Zimmer eines halbwüchsigen Mannes nicht betreten, wenn der noch nicht angezogen war. Sie konnte den Kleinsten schlafen legen, wenn der Ältere noch seine Kleider trug. Dann musste sie gehen. Oskar musste die Brüder trösten, wenn sie nachts aufwachten und jammerten. Aber er schimpfte nur mit ihnen. Das konnte sie hören. Seine groben Worte.
Und sie lachte. Über Sara, die glaubte, daran etwas ändern zu

können. Borgwad wollte das nun einmal so. Die Jungen sollten zusammen schlafen. Keiner sollte das Zimmer mit einem Mädchen teilen. Denn dann könnten sie etwas sehen, was für ihre Blicke nicht bestimmt war. Dann könnten sie etwas unter der Decke spüren, das sie nichts anging.

So war Borgwad, und seine Gattin musste einfach lachen, denn es war doch so unsinnig, dieses Gliedergewimmel in dem einen schmalen Bett, während Maren allein in einem anderen lag.

Was ist so komisch, Mutter?

Nichts.

Ihr tat alles weh. Ihr eigenes schrilles Lachen. Die Schmerzen im Leib.

Aber er kann doch nicht unter derselben Decke liegen wie seine Schwester, das musst du doch einsehen. Das gehört sich nicht.

Ich rede mit Borgwad, sagte die Tochter.

Und sie verschwand mit dem Bündel. Und ein neues Kichern presste sich durch die Kehle der Frau, denn bald würde auch das Bündelkind zu den anderen müssen. Dann würden sie zu viert sein, mit acht Amen und acht Beinen. Es war unvorstellbar. Aber der Mann wollte es nun einmal so.

Dieser seltsame Mensch, der sich so geändert hatte. Denn er hatte doch über alles sprechen können, damals, als er um eine Hebamme geworben hatte. Hatte er sich zu weit gedehnt?

Wie ein Fischbauch, dachte sie, wie eine gespannte Bauchhaut, unter der ein anderer Fisch steckt, den der erste verschlungen hat. Jetzt war der kleinere entfernt worden, und der große war eingesunken, und niemand konnte mehr glauben, dass er früher so viel enthalten hatte.

Als habe der Lehrer sich mit etwas anderem gefüllt als seinem eigentlichen Wesen. Und dann war es verschwunden, wie Dampf aus einem Kessel, als er es nicht mehr gebraucht hatte …

Als der Mann geheiratet hatte.

Und die Kleine wollte mit ihm reden?

Sie zitterte. Die kleine Sara durfte dem Mann nicht widersprechen. Er würde die Hand heben. Selbst die Kleinen hatte er

geschlagen, seine eigenen Kinder. Weil sie geredet hatten oder gelacht, als er seine Ruhe hatte haben wollen.
Nein!, hatte die Mutter gerufen.
Und der Mann hatte sie angesehen, mit diesem Eisen im Blick, diesem Spott, der irgendwo in ihm wohnte, der zeigte, was er von ihr hielt, dass sie gar nichts zu sagen hatte, sie, die einmal dermaßen versagt hatte, die aus ihren ersten drei Kindern Ziegen gemacht hatte, die keine Manieren kannten.
Denn Kinder hatten beim Essen zu stehen, sie durften nicht sitzen. Wenn die drei ältesten Kinder Borgwads eigene gewesen wären, dann hätten sie das gelernt, von Anfang an, so wie das bei seinen Bekannten Sitte war, beim Schulleiter, bei den anderen Lehrern.
Sie hätte sich erbrechen mögen.
Und sie hatten aufzustehen und sich zu verbeugen, wenn der Vater ins Zimmer kam, von draußen oder morgens nach dem Aufstehen. Guten Tag, Vater, hieß es, gefolgt von Knicks oder Diener. Wie sollte er seinen eigenen Kindern das alles beibringen, wenn seine Frau alles verdorben hatte? Wenn ihre Ältesten, die mit gutem Beispiel vorangehen sollten, das einfach nicht taten?
So hatte er sie zusammengestaucht, nachdem Maren und Ole auf die Welt gekommen waren. Denn obwohl Oskar ihn damals noch mit einem Lächeln begrüßt hatte, hatte er keinen Diener gemacht, und Sara hatte nicht geknickst, nicht, seit sie im selben Haus wohnten, obwohl sie sich sonst gut gemacht hatte, so wie der Mann es wollte.
Bei ihm sollte alles so sein wie beim Vogt. Schlimmer als beim Vogt, denn dort hatten die Kinder bei Tisch immerhin sitzen dürfen.
Aber die Ältesten waren unter dem Dach eines Fischers auf die Welt gekommen, eins Fischers, der lachen und mit ihnen in staunender Freude über jeden ihrer Fortschritte sprechen konnte, über jedes Wort, das sie aussprechen und verstehen konnten, der seine Kinder auf die Schultern nahm, der sie auf den Boden stell-

te und loslaufen ließ, während er selber vor einem Bekannten stehen blieb.
Borgwad verlangte eine ganz andere Würde.
Stille, das wollte er. Wie der Vogt. Aber der Vogt hatte ein großes Haus besessen, wo die Geschwister in einem anderen Zimmer Zuflucht suchen konnten, durch mehrere Türen von dem Vater getrennt, wenn der seine Ruhe haben wollte.
Sie hätte sich erbrechen mögen. Aber sie zwang sich, das nicht zu tun.

Es duftete nach frischem Kabeljau. Sie hörte Besteck über die Teller kratzen. Vor allem hörte sie Oskar, glaubte sie. Der nur haben wollte, der aber nichts tat, um es sich zu verdienen.
Nein, das hatte sich doch sicher geändert …
Sie versuchte, Ordnung in ihren Gedanken zu schaffen, sich an die Fische zu erinnern, daran, wer sie brachte.
Doch, dieser Oskar ruderte jetzt hinaus, seit die Kammern enger geworden waren, um wegzukommen wahrscheinlich, vom Kindergeschrei, von den Strafpredigten des Stiefvaters und dessen Forderungen nach besseren Noten.
Er ruderte jetzt hinaus.
Mit den anderen Hammeln aus der Klasse, hatte der Stiefvater gespottet.
Da platschen sie auf dem Wasser und unterhalten sich gegenseitig mit ihrer Torheit, hatte er gehämt.
Aber er bringt uns doch Fische?
Er soll lernen! Das kann er, wenn er will. Es liegt nur an seinem Willen … Wenn ich ihn doch nur von Anfang an gehabt hätte …
Ein anderer hatte das alles geschafft. Einer, den Borgwad auch nicht von Anfang an gehabt hatte.
Hatte sie ihm das gesagt? Hatte sie ihrem Mann so heftig widersprochen?
Und Oskar machte sich doch auch im Laden gut? Bisweilen war er ganz allein dort unten.

Er liebte diese Arbeit. Offenbar brachte nur sie ihm eine Art Freude, die ihm auch anzusehen war.
Aber noch immer konnte er Fehler begehen. Noch immer konnte der Stiefvater sich über die Abrechnungen empören, wenn sie nicht stimmten. Was oft der Fall war. Etwas fehlte oder war zu viel. Hatte er zu wenig Geld herausgegeben?
Außerdem wusste er nicht, was er verkaufte. Borgwad hatte ihn aufgefordert, die Bücher zu lesen, damit er die Kunden beraten konnte. Aber Oskar war kein Leser.
Der arme Junge.
Deshalb sollte er zur See geschickt werden.
Bei diesen Worten waren die Augen in seinem Gesicht erloschen.
Hatte er etwas anderes erwartet? Hatte er erwartet, sein Leben zwischen den Bücherschränken verbringen zu können? Dass sie vielleicht den Laden den ganzen Tag offen halten könnten, damit er dort herumstehen könnte? Hatte er sich das vorgestellt?
Die Mutter wusste es nicht.
Zur See.
In den Händen hat er es ja auch nicht, hatte der Vater gesagt. Sonst könnte man ihn in irgendeine Handwerkslehre geben.
Aber gab es an Land denn keine andere Arbeit?
Ein Boot sei das Beste, er musste aus dem Haus und auf eigenen Füßen stehen. Das Seemannsleben würde ihn zum Mann machen.
So hatte Borgwad geredet.
Und in der Frau wuchsen die alten Schuldgefühle, als sie auf dem Bett lag und die anderen essen hörte. Die Schuldgefühle den drei anderen gegenüber. Den Kindern des Fischers. Denn nichts war so geworden, wie sie gedacht und geträumt hatten. Es war eine Gleichung. Sie hatte sich einmal verrechnet. Und alles war verkehrt geworden.
Und sie sah das Geld vor sich, den Schatz, den Berg, der vor ihr auf den Banktresen hingezählt worden war, das Silber, das sie in

ihren Hebammenkoffer gefegt hatte. Ehe alles verkehrt geworden war.

Möchtest du ein Stückchen Fisch, Mutter?
Nein. Nein, danke.

Nichts zu essen. Nicht jetzt. Bei diesen Schuldgefühlen. Unter dem Blick der Tochter. Der Tochter, der alles genommen worden war, alles, das sie ihr zugedacht hatte. Saras freundliches Lächeln, das konnte sie jetzt nicht erwidern, in ihrem Schuldbewusstsein, wegen der Gleichung, der Division in einer Erdhütte, der Division zwischen einem Mann, der alles Recht auf seiner Seite wähnte, und einem gehetzten Jungen. Nein, nichts war gerecht geteilt worden, nicht in der Mitte, nicht so einfach, nicht so falsch, und doch viel falscher …
Pass gut darauf auf, hörte sie ihre eigene Stimme. Das gibst du dem Kapitän dafür, dass er dich gehen lässt. Mehr nicht. Das reicht. Und mit dem Rest …
Sie spürte die Umarmung ihres Sohnes, ein letztes Mal: Aber Mutter, das ist doch viel zu viel …
Dann gehst du in Bergen an Land, hatte sie geflüstert. Mein Bruder Jens wird dir helfen.
Und sie brach in Schweiß aus, als sie dort lag, ihr Herz hämmerte, und die Schmerzen waren unerträglich. Sie umklammerte die Bettdecke, so fest sie konnte, um nicht schreien zu müssen.

Wo doch Weihnachten ist, hörte sie.
Durch den Türspalt sah sie, wie Sara den Kleinsten etwas gab. Hinter ihnen konnte sie Oskar ahnen. Er lehnte an der Wand und machte gierige Augen. Die Schwester schien das auch zu sehen, vielleicht erriet sie es auch, denn nun drehte sie sich um und gab ihm etwas von der braunen, süßen Masse.
Dann gab sie ihnen das Evangelium.
Sie las nicht aus dem Buch vor, sie gab es in ihren eigenen Worten wieder, deutlicher und farbenfroher für die Kleinen. Aber

alles stimmte, sie veränderte die Geschichte nicht so, dass irgendwer sich darüber ärgern und schimpfen könnte, sie verharrte nur bei den Bildern, die sie zeichnete, sie erklärte den Kleinen, was eine Herberge war, dass sie aussah wie die Übernachtungsstätte hinter dem nächstgelegenen Laden, dem mit der Kneipe. Aber nicht dort war das Jesuskind geboren worden, nicht in einer Kneipe, nicht in einer Herberge, sondern in einem kleinen Stall: Da hatte Maria ihr Kind bekommen.

Bekommen? Wie hat sie es bekommen?

Von Gott, erklärte Sara. Denn das Jesuskind war der kleine Sohn des lieben Gottes. Maria und Josef sollten nur auf ihn aufpassen, solange er klein war.

Die drei Kleinen saßen vor ihrer großen Schwester auf dem Boden. Borgwad hatte das Sofa für sich, Oskar stand in der Tür, als wäre er am liebsten gegangen, er blieb aber doch, und das Zimmer war erfüllt von dem blauen Nachtlicht über der Wüste, durch die drei Könige auf ihren seltsamen Kamelen geritten kamen, während ihr Weg von einem Stern angestrahlt wurde.

Die Frau im Bett weinte. Denn es war so schön. Denn dort drinnen wurden ihre eigenen Worte ausgesprochen, Worte, die sie selber vor langer Zeit einmal verschenkt hatte. Dem ältesten Sohn hatte sie sie gegeben, aber die kleine Sara war offenbar auch dabei gewesen, das musste sie doch, wo sie sich an alles erinnern konnte, falls der Ältere es ihr nicht nachher erzählt hatte.

Das blaue Nachtlicht über der Wüste …

So stand es nicht in der Bibel. Da war sie sich sicher. Aber niemand protestierte. Borgwad saß auf dem Sofa und hatte seinen milden Blick. Und die Stimme der großen Tochter wirkte stark und sicher. Sie balancierte nicht mehr auf Messers Schneide, um zu Gefallen zu sein, denn sie gehörte nicht mehr in diese Zimmer. Jetzt gehörte sie an einen anderen Ort, in ein anderes Leben …

Und die Mutter weinte. Weil sie nicht wusste, wie dieses andere Leben aussah, weil sie nie dort hingegangen war, um nach ihrer

Tochter zu sehen. Weil sie sie von sich weggeschoben hatte, überwältigt von ihrer Schuld.
Danke, hörte sie Borgwad sagen, später, als die Kinder im Bett lagen, danke, mit bewegter Stimme.
Danke, sagte er zur Stieftochter, die für sie Weihnachten bereitet hatte und die bald in ihre Nähstube zurückkehren würde.

Niemals hatte sie sie an sich gezogen, nachdem der Bruder verschwunden war. Nie.
Nie hatte sie ihren Blick erwidert, in der gemeinsamen Angst um den Jungen. Der Sehnsucht nach ihm. Nie.
Sie hatte es nicht gekonnt. Sie hatte sie wegschieben müssen. Sie hatte sich von den suchenden Mädchenaugen abwenden müssen.
Bald wird sie ihn vergessen haben, hatte sie gedacht. Sie war doch so klein, als er verschwunden war. Nur zehn Jahre alt. Zehneinhalb. Und sie hatte doch an dem anderen gehangen. So war es doch gewesen, oder nicht?
Aber die Erwachsene hatte nicht gewusst, was die Kinder taten, wenn die Hebamme nicht zu Hause war, damals, vor langer Zeit, und ihr war aufgegangen, dass sie sich vielleicht geirrt hatte. Sie hatte die beiden Kleinen auf der Holzkiste vor sich gesehen und den Großen über seine Schulaufgaben gebeugt. Aber die beiden hatten doch gekocht und den Haushalt versorgt, die beiden Älteren. Das hatten sie zusammen getan, hatten Ordnung geschaffen, hatten eingekauft, während die Mutter bei der Arbeit war.
Und sie hatten gestrahlt, diese beiden Älteren, wenn sie nach Hause gekommen war und gesehen hatte, dass sie alles geschafft hatten.
Nein, die Tochter hatte nicht vergessen. Wieder und wieder hatte sie die Mutter angesehen, insgeheim, flehentlich: Wusste sie etwas, das sie teilen könnte?
Nichts hatte sie gesagt, sie, die hier lag und weinte.
Nichts über die Briefe von Jens in Bergen, denn es waren mehre-

re gekommen, und alle waren gleichermaßen traurig, und allen fehlte das, was sie lesen wollte.

Auch den letzten, sehnlich erwarteten Brief hatte sie nicht erwähnt.

Die Tochter war doch nicht da gewesen, als sie ihn erhalten hatte. Sondern in der Nähstube.

Aber sie hatten doch vor der Kirche miteinander gesprochen.

Nichts ließ sich sagen, wo doch jeden Moment der Mann neben ihnen stehen konnte.

Aber sie hätte zu ihr gehen können ...

Das hatte sie nicht getan.

Wo sie es schon so lange nicht getan hatte ...

Trotzdem hatte sie es gewollt. Aber dann war ihre Schwangerschaft so weit fortgeschritten gewesen, dass sie das Haus nicht mehr hatte verlassen können. Oskar hatte widerwillig die Einkäufe übernehmen müssen. Was er wohl gesagt hätte, wenn sie trotzdem gegangen wäre ... Und zu wem er es gesagt hätte ...

Und noch mehr hatte sie zurückgehalten.

Sie schämte sich zutiefst, zutiefst, als sie dalag und hörte, wie der Mann dankte, wie er Sara für dieses Weihnachtsfest dankte.

Ein Geschenk

In der Nacht ging es der Mutter wieder schlechter. Sara lauschte ihrem keuchenden Atem. Sie hatte ihr das Kind aus den Armen genommen. Sie hatte der Kranken einige Löffel Wasser eingeflößt. Sie hatte ihr die Stirn mit einem Lappen angefeuchtet.

Sie war so heiß, so heiß.

Sara lag in der Dunkelheit und fürchtete sich. Denn ihre Mutter durfte nicht sterben.

Es war seltsam, hier zu liegen, neben der anderen, auf dem Platz des Stiefvaters. Durch die Tür konnte sie den Mann schnarchen hören. Dieses Geräusch kannte sie schon.

Ob alle Männer schnarchten?

Das wusste sie nicht. Sie glaubte es aber. Denn Johanna hatte sehr darüber geklagt.

Die Mutter hatte es nie erwähnt, jedenfalls nie in ihrem Beisein.

Sie ließ sich einfach alles gefallen, dachte die Tochter.

Eine, die es nur einmal gibt, hörte sie die Stimme ihres älteren Bruders.

Aber es gibt sie nicht mehr; auch das war der Bruder.

Selbst das mit den Betten …

Sara hatte mit dem Stiefvater gesprochen. Mit seinem Bild vor sich, wie er in der Nähstube gestanden hatte, hatte sie es geschafft, ohne sich zu fürchten. Sie war wie von selbst zu ihr gekommen, die Erinnerung an Borgwad unter Jungfer Samuelsens Blick. Der Mann, der dort so unbeholfen in einer fremden Welt gestanden hatte, so grau zwischen den schönen Farben, in seiner unmodernen Kleidung. Und der betteln musste, betteln; er hatte Sara nicht einfach mitnehmen können. Über Sara bestimmt jetzt die Jungfer.

Deshalb hatte sie alles sagen können, was sie sagen wollte. und sie hatte die Augen zusammengekniffen, um ihn so zu sehen, wie er in diesem Moment war, in seinem eigenen Zimmer.
So eng können sie doch nicht liegen, hatte sie gesagt. Arnold ist noch so klein. Er ist noch viel zu klein, um das Ungehörige zu begreifen. Und es ist sicher nur für ein paar Monate, bis Oskar eine Heuer findet. Dann ist bei den Jungen mehr Platz.
So hatte sie es gesagt. Und Borgwad hatte zugehört, noch immer mit diesem Licht in den Augen, nach der Erzählung aus dem Evangelium. Dann hatte er seine Zustimmung gegeben. Wo es doch nur für kurze Zeit war. Wo die Kleine erst ins Bett ging, wenn Arnold schon schlief, denn sie war inzwischen fünf Jahre alt, und er erst eins …
Nein, die Launen des Stiefvaters konnten ihr jetzt nichts mehr anhaben. Sie war nur ein Gast.
Aber sie machte sich Sorgen um die Mutter.
Die sah so klein aus. Ihre Augen waren eingesunken, wie bei einer alten Frau.
Wie alt mochte sie sein?
Noch keine vierzig.
Die Erwachsene stöhnte im Schlaf. Sie wand sich.
Sara griff nach dem feuchten Lappen. Sie fuhr der anderen damit über die Haut, über Gesicht und Hände.
Kleine Mutter, flüsterte sie. Kleine Mutter, die wieder gesund werden muss.
So hatte sie noch nie zu ihr gesprochen. Kleine Mutter. Bisher war sie selber die Kleine gewesen.
Der Säugling wurde von den Bewegungen im Bett geweckt. Sara stand auf. Sie wiegte das Kind vor ihrer Brust hin und her. Er musste jetzt nicht gefüttert waren. Und eine frische Windel brauchte er auch nicht. Sicher würde er bald wieder einschlafen.
Wieder lag sie da, zwischen den beiden. Einer Mutter und einem Bruder. Beide atmeten jetzt ruhig. Vielleicht würde sie selbst auch schlafen können. Das würde ihr gut tun.
Dann hörte sie ein Jammern.

Sara, klagte jemand.
Ja, Mutter? Ja? Hier bin ich. Geht es dir nicht gut?
Die andere sagte noch mehr. Aber es war nicht zu verstehen, so leise war sie. Sara beugte sich über ihren Mund.
Wenn ich … fort bin, hörte sie.
Fort? Glaubte sie, sterben zu müssen in dieser Nacht?
Nein, Mutter, flüsterte sie atemlos. Nein, du bleibst hier, weißt du. Das musst du einfach. Du hast doch Maren und Ole und Arnold und diesen Kleinen hier … Und außerdem hast du Sigmund …
Die Mutter griff nach ihr, bekam ihren Arm zu fassen, zog ihn zu sich und presste Saras Hand gegen ihre Brust.
Tut dir das Herz weh?, fragte die Jüngere entsetzt.
Sigmund, jammerte die Mutter, wie ein Echo.
Dann ließ sie los.
Aber sie atmete. Das immerhin. Und langsam schien ihr Atem sich zu beruhigen.
Die Tochter wagte nicht zu schlafen. In der Dämmerung stand sie auf und wickelte das Neugeborene. Danach legte sie es vorsichtig an die Brust der schlafenden Mutter. Eine, die noch Milch hatte, konnte doch wohl nicht sterben, überlegte sie.

Der dritte Weihnachtstag kam. Sara musste fort. Sie kochte den Frühstücksbrei. Sie aß selber und machte sich bereit. Die ganze Zeit hatte sie das Kleine bei sich, damit die Mutter so lange wie möglich ungestört schlafen konnte. Dann schlich sie sich an dem schlafenden Mann vorbei in die Kammer.
Die Mutter war wach. Sie streckte die Arme nach dem Kind aus.
Sie schien jetzt bei klarem Bewusstsein zu sein. Am Vortag war sie die ganze Zeit weit weg gewesen.
Ich habe etwas für dich, flüsterte sie. Es steht hinten in der Ecke.
Sara drehte sich um.
Es war die Reisetruhe. Die mit der Einlegelade. Die schöne Truhe der Mutter. Die nur selten einmal geöffnet wurde, wenn die

Mutter einen Brief an Menschen schreiben wollte, die anderswo wohnten.
Die ist für dich, flüsterte die Mutter.
Der Blick der Frau im Bett war bestimmt, ihre Stimme klang fest.
Sara musterte sie verwundert. Ein Weihnachtsgeschenk, dachte sie. Das hatte Borgwad gesagt, zu Weihnachten wurden Geschenke ausgetauscht. Das sei eine schöne Sitte, hatte er gesagt, damals, als die Stieftochter ihm ein Plakat für das Ladenfenster hatte machen müssen. Meinte die Mutter, sie sollten diese Sitte übernehmen?
Nimm schon, forderte die Erwachsene.
Sara wollte ihr danken, sie vielleicht umarmen, ihr war seltsam zu Mute, angesichts dieses unerwarteten Geschenks.
Leb wohl, hörte sie, als sie sich dem Bett näherte, als die Erwachsene sich wieder zurücksinken ließ.
Und Sara weinte, als sie ging. Die Tränen strömten ihr über die Wangen, als sie durch den Schnee stapfte, durch die weihnachtlich stille Stadt, zurück zur Nähstube.

Ein Antrag

Nein, an diesem Weihnachtsfest starb sie nicht, die Frau des Lehrers. Sie selber hatte wohl damit gerechnet. Und Borgwad hatte es befürchtet, in diesen Tagen hatte seine ganze Gestalt das gezeigt. Aber seine Frau hatte es überstanden. Und im neuen Jahr kam sie wieder zu Kräften.

Im Januar ging Sara zweimal sonntags dort vorbei, um nach ihr zu sehen. Die Mutter lag jetzt nicht mehr zu Bett, bewegte sich aber auf eine seltsam verkrümmte Weise. Sie begrüßte die Tochter mit einem flüchtigen Blick ohne Nähe oder Wärme, und der Stiefvater war mit seinen eigenen Angelegenheiten beschäftigt. Sara kam sich überflüssig vor. Die Kinder freuten sich zwar über den Besuch, sie jubelten, bis der Stiefvater mit etwas Gefährlichem im Blick von seiner Beschäftigung aufschaute.

Also ließ sie sich für den restlichen Winter und im Frühling nicht mehr sehen und musste sich aufs Neue verhärten, musste auf Distanz zu den anderen gehen.

Aber sie hätte sich so gern richtig für die Truhe bedankt; an dem Morgen, an dem die Mutter darauf gezeigt hatte, war das doch nicht möglich gewesen. Später war es ihr auch nicht mehr gelungen, als die Kleinen ihr zusetzten und die Mutter sie nur flüchtig anschaute.

Sara hatte ein wenig über den Inhalt gestaunt. Vier Hüte hatte die Truhe enthalten, vier Hüte mit langen Federn oder künstlichen Blumen und Früchten. Aus der Jugendzeit der Mutter, das war klar. Denn hier hatte sie sie nie getragen, daran konnte Sara sich zumindest nicht erinnern. Hier hatte sie nur Hauben getragen und den Schal, und zuletzt hatte Borgwad ihr eine neue, schönere Haube geschenkt. Meinte die Mutter, Sara solle diese Hüte tragen? Aber sie hatte doch keine passenden Klei-

der … Glaubte die Mutter, sie könnte sich einfach eines nähen? Aber das konnte sie nicht, noch nicht … Und außerdem … waren sie nicht mehr modern. Sie hatten keine Ähnlichkeit mit den Hüten in den Journalen der Jungfer.
Also war wohl die Truhe selbst das Geschenk, überlegte sie. Mit der Lade unter dem Deckel, der kleinen Schublade mit blanken Bögen und Briefumschlägen, mit dem kleinen Fach für Gänsekiele und Tinte und Sand.
Es gab jetzt andere Federn, aus Stahl und mit einem Halter, in den sie hineingeschoben wurden. So eine wollte sie sich zulegen, wenn sie Geld bekam, wenn sie wüsste, wem sie schreiben könnte.
Sigmund.
Sie sah ihn mit den Augen des Bäckerjungen: als Kapitän auf einem großen Segelschiff. In warmen grünen Fahrwassern, so weit in der Ferne, dass keine Post aus den Häfen, die das Schiff anlief, sie erreichen könnte.
Konnte das so sein?
Sie wollte nicht daran denken.
Sie dachte an die Truhe und daran, dass sie der Mutter gern richtig danken würde, jetzt, wo sie wohl wieder gesund war, gesund genug jedenfalls, um in die Kirche zu gehen. Den ganzen Winter und einen Großteil des Frühlings hindurch hatte die Frau die Gottesdienste ausfallen lassen, am vergangenen Sonntag aber war sie plötzlich aufgetaucht, mit dem Kleinsten auf dem Arm, während Maren und Ole den Zweitkleinsten an den Händen hielten.
Bei ihrer nächsten Begegnung tat sie es dann. Es war ein Tag mit hellem, hohem Himmel. Der Pastor hatte das Wetter gepriesen und Gott für den guten Fischfang gedankt. Draußen blühten die Traubenkirschen. Sara kam Arm in Arm mit Karen Amalie. Sie zog die andere mit sich zur Mutter, die zwischen den Kindern dastand und auf ihren Mann wartete.
Tausend Dank für die Truhe, sagte sie lächelnd. Aber das war doch viel zu viel!

Die andere zitterte. Wieder bekamen ihre Augen ein eigenes, verängstigtes Leben, wie kleine eilige Mäuse ohne Sinn und Ziel, und sie murmelte: Ach, das war doch nicht der Rede wert.
Dann packte sie Ole an der Schulter und drehte sich um, um zur Kirche zu gehen, zur Tür auf der Rückseite, durch die Borgwad bald erscheinen würde.

Sara verdrängte das alles, die magere, abweisende Gestalt ihrer Mutter, die Enttäuschung von Ole und Maren, als sie weggezogen wurden.
Sie wollte den Frühling sehen, nicht die Rücken anderer Menschen. Das keimende Gras. Die Knospen, die sich bald öffnen würden.
Die Boote wollte sie sehen, die stolzen Masten im Hafen. Die flatternden Segel, wenn sie gehisst wurden.
Aber schon in wenigen Wochen würde Oskar konfirmiert werden. Und dann würde sie wohl allen die Hand schütteln, würde die Geschwister umarmen müssen, die die Arme nach ihr ausstreckten, und das alles würde ihr sehr wehtun.
Sie hatte Angst um den Bruder, als sie ihn zwischen seinen Altersgenossen sah.
Die Fragen des Pastors beantwortete er korrekt. Aber seine Worte klangen wie eine Klage, schienen einem in ihm verborgenen Jammertal zu entspringen.
Was war los mit dem Jungen?
Die Mutter war nicht anwesend, und die anderen Geschwister auch nicht, wie Sara feststellte, als sie sich umschaute. Die Kleinen hätten doch den Küster begleiten können, wenn die Mutter keine Kraft hatte ... jedenfalls Maren und Ole. War die Mutter wieder ernsthaft krank? Und litt Oskar deswegen?
Saras Herz schlug schneller.
Aber Oskar nahm sich doch sonst nichts so zu Herzen – jedenfalls nicht das Leiden anderer.
Sie hörte die Antworten der letzten Konfirmanden. Sie schaute

ihren Bruder an. Der starrte zu Boden. Sie musterte seine Füße. Die bewegten sich. Er schien es gar nicht erwarten zu können, von hier fortzukommen.
Dann hörte sie es wieder, von einem der Mädchen. Ihre Stimme, die Ähnlichkeit mit der des Bruders hatte, mit demselben Jammer, nur dünner, mit kaum hörbaren Wörtern.

Du wirst es nicht glauben. Ich kann es kaum über mich bringen!
Was denn, Borgwad, was denn?
Sara hatte vor der Kirche gewartet, bis die Glocken verstummt waren. Sie wollte den Stiefvater nach der Mutter fragen. Deshalb hatte sie die Jungfer und Karen Amalie schon vorausgehen lassen. Sie hatte auch Oskar gratulieren wollen, aber den konnte sie unter den anderen Jugendlichen nicht entdecken.
Es ist nicht zu fassen … erschütternd … deine arme Mutter!
Der Mann zitterte. Seine Stimme bebte.
Er hatte sie ein Stück weitergezogen, unter einen Baum. Dort standen sie nun, außer Hörweite der anderen, während der Mann noch immer ihr Handgelenk hielt, hart hielt er es, und er fauchte seine Worte leise und aufgebracht in ihr Gesicht, über den Pastor, den Pastor, der noch nichts wusste, unverständliche Worte, begleitet von kleinen, glitzernden Speicheltropfen.
Was denn, Borgwad?
Und das ist nur gut so, denn sonst hätte er sie heute vielleicht wieder weggeschickt, diese beiden Jammerlappen.
Aber …
Nur deiner Mutter zuliebe habe ich geschwiegen. Sie hätte es nicht ertragen. Es ist auch so schon schlimm genug! Aber ich hätte mit dem Pastor sprechen müssen, schon um mein eigenes Gewissen zu erleichtern. Aber er kam heute so spät … und wir haben das alles erst gestern Abend erfahren …
Was denn, Borgwad, was denn?
Oskar … und dieses Mädchen … sie haben …
Der Mann schien Anlauf zu nehmen. Er blies sich auf. Und

zwischen zusammengepressten, straffen Lippen fauchte er: Sie bekommt ein Kind von ihm.

Sara fuhr zurück.

Wenn der Stiefvater nicht noch immer ihr Handgelenk gehalten hätte, wäre sie vielleicht gestürzt.

Sie sah ihren eigenen Unglauben in Borgwads Augen wie ein einem Spiegel; vielleicht aber hatte der Küster selber noch nicht so recht begriffen, was er da gesagt hatte.

Ich begreife nicht, keuchte Sara.

Ach, du weißt schon genug!, kläffte der andere und ließ sie los, als wolle er sie von sich schleudern.

Du weißt schon genug über diesen jämmerlichen Idioten, ihr Abkömmlinge einer Hebamme … wie so etwas passiert.

Ein … Kind?

Borgwad schluckte. Seine Miene änderte sich. Er spuckte nicht mehr. Er kläffte nicht mehr. Er sah Sara an, während sein Gesicht langsam bleich wurde und dann wieder rosa, mit roten Flecken auf den Wangen. Plötzlich standen seine Augen voll Wasser.

Meine Sara, schniefte er. Das war nicht so gemeint … das Letzte, was ich gesagt habe, Herrgott, was ist nur in mich gefahren?

Nein, du verstehst das sicher nicht, fügte er sanft hinzu, und das ist nur richtig so. Ich verstehe es ja selber kaum. Aber jedenfalls hat dein Bruder dieses Kind geschwängert … dieses elende Geschöpf, das eben in der Kirche seine elenden Antworten herausgestammelt hat.

Der kleine Oskar!

Wie in aller Welt hat er denn das geschafft, fragte Sara sich verwirrt.

Deshalb haben wir nichts mehr mit ihm zu tun, seufzte der Stiefvater.

Wieder hob sich seine Stimme, als er erzählte, dass der Junge aus dem Haus geworfen worden war. Das war am Vorabend geschehen, als der Vater des Mädchens ihnen alles erzählt hatte.

Eine Schande!

Ein armer Fischer in ihrem Wohnzimmer!
Eine Schande!
Ein armer, wütender Mann, der Oskar angeklagt hatte, der ihn beschimpft hatte, der ihnen allen Vorwürfe gemacht hatte, nicht nur der Junge sei schuld, sondern auch die Mutter und der Mann, der die Stelle des Vaters einnahm! Sogar Gott im Himmel war angerufen worden.
Der Sünder hatte noch über Nacht bleiben dürfen. Aber nicht in einer Kammer mit Ole. Borgwads Sohn sollte nicht mit so einem das Bett teilen müssen. Auf dem Küchenboden hatte er schlafen und das Haus in aller Frühe verlassen müssen, als die anderen noch nicht aufgestanden waren.
So ist das, Sara, seufzte der Diener der Kirche. Deine Mutter hat keinen Sohn dieses Namens mehr. Und du keinen Bruder.

Der kleine Oskar.
Es war nicht zu begreifen. Und Sara begriff es auch nicht.
Dass dieses Mädchen ein Kind bekam, na gut. Aber wie hatte es so weit kommen können?
Ohne zu wissen, was sie tat, war sie durch den Ort gewandert. Ihre Füße schlugen eine andere Richtung ein als die zur Nähstube und ihrem Quartier. Sie dachte nicht an die Jungfer und Karen Amalie, die vielleicht schon in dem hübschen Zimmer saßen und leise über die schöne Predigt sprachen. Sie dachte nicht daran, dass sie an diesem Tag kochen musste, dass die beiden Frauen auf ihre Schritte horchten, während sie sich über das Auftreten der Konfirmanden unterhielten.
Sie sah nur den Weg. Den ausgedörrten Boden. Nicht die Wände, an denen sie entlanglief. Denn sie hielt die Augen gesenkt, ihr Herz hämmerte, sie grübelte.
Ach, sie wusste, was das bedeutete, ein Mädchen zu schwängern, in Sünden, in Schanden, in Hurerei.
Diese Wörter waren in der Wohnung des Stiefvaters niemals ausgesprochen worden. Und die Mutter hatte sie auch früher nie erwähnt. Und in der Schule hatte sie sie auch nicht gehört.

Eine Schande war das nur bei Unverheirateten. Bei einem ordentlich getrauten Paar war es ein Segen, das hatte der Pastor gesagt, der die Kinder taufte.
Eine Unverheiratete durfte keinen Mann an sich heranlassen.
Dieses Mädchen hatte Oskar an sich herangelassen. Aber war das freiwillig geschehen? Oder hatte sich der Bruder aufgedrängt, wie die Spanier, die den jungen Mädchen auflauerten? Sara war niemals jenen Weg gegangen, vorbei an der Stelle, wo jemand ihr auflauern konnte. Sie wusste nicht, wie die Spanier dabei aussahen.
In ihr brodelte es wie in einem Kessel über dem Feuer, einem Kessel, in dem das Wasser noch nicht richtig kochte, in dem winzige Perlen vom Boden aufstiegen. Halbe und Viertelsätze stiegen in Sara auf, voller Andeutungen, voll Gekicher. Sie dachte an damals, als Ruts älteste Schwester geheiratet hatte. Sie dachte daran, wie Eugenia mitten in der Stunde nach Hause gehen musste, weil bei ihr das Unaussprechliche eingesetzt hatte.
Es gab so viel Unaussprechliches.
Du bist jetzt eine Frau, hatte die Mutter erklärt, als Sara zum ersten Mal geblutet hatte. Es sei nicht gefährlich, es sei nur unangenehm. Und alle Frauen hätten das.
Aber wozu sollte das gut sein?
Das hatte die Mutter nicht gesagt. Und die Tochter hatte nicht danach gefragt.
Und Marie Charlotte und die anderen, die geglaubt hatten, dass ein Vogel die kleinen Kinder brächte! Da wusste Sara immerhin mehr. Aber wie konnte so ein Kindchen damit anfangen, im Bauch der Mutter zu wachsen?
Wie eine Art Setzkartoffel.
Ohne die Kartoffel allerdings.
Durch etwas anderes.
Durch einen Mann.
Oder sogar einen Jungen. Wie Oskar.
Sie lief weiter, mit gesenktem Blick, mit rotem Gesicht wegen

ihrer Gedanken, daran, wie es hatte passieren können, was ihr Bruder wohl besessen hatte, das er in die Tochter des wütenden Fischers eingepflanzt hatte, wo er es bisher versteckt haben konnte. Und ohne richtig zu wissen, wie, stand sie plötzlich vor dem weißen Haus, in dem Johanna wohnte.

Hier waren die unsittlichen Worte gesagt worden. Die, die Borgwad ihr eben noch ins Gesicht gefaucht hatte.

Ach, sie hatte sie auch sonst noch gehört, aber das war später gewesen, nachdem sie die Kunst gelernt hatte, wegzuhören.

Hier waren sie ihr in die Ohren gedrungen, ehe sie gelernt hatte, zwischen dem zu unterscheiden, was sie hören und was sie nicht hören wollte. Am Brunnen hier in der Nähe. An den Hausecken, von Stimmen, die zu grinsenden Gesichtern gehört hatten, Gesichtern von Lümmeln, die hinter den Häusern verschwunden waren, so dass sie nicht mehr zu sehen waren, nur zu hören, mit ihrem Lachen, während die Wörter noch in der Luft gehangen hatten, greifbar nah. Aber nicht begreifbar.

Monrad hat Agnete ein Kind gemacht!

Die Nutte!

Der geile Bock!

Warum war Sara hergekommen?

Als habe sie geglaubt, die Wörter könnten noch immer in der Luft hängen, so dass sie sie greifen und sich ihren Inhalt genauer ansehen könnte.

Als habe sie Frida aufsuchen wollen, um sich eine Erklärung zu holen. Denn Fridas ältere Brüder hatten zu denen gehört, die gerufen und gekichert hatten. Frida war eine, die *wusste,* glaubte Sara, die alles wusste, was es über dieses Thema, von dem nicht gesprochen werden sollte, zu wissen gab.

Aber Frida wohnte doch nicht mehr hier. Sie diente bei Ruts Familie.

Und Sara machte kehrt und ging zurück, nicht mehr mit gesenktem Blick, sie schaute Menschen und Häuser an. Denn sie ahnte es jetzt, mehr mit dem Körper als mit den Gedanken. Sie wusste, was einen Jungen von einem Mädchen unterschied. Und

ihr dämmerte, wie es hatte passieren können, was Oskar mit der anderen gemacht hatte, und daran wollte sie einfach nicht denken.
Nein, das wollte sie nicht.

Na?, fragte Jungfer Samuelsen freundlich. Geht es deiner Mutter wieder schlechter?
Nein, das nicht.
Ach?
Ich wollte nur … nur …
Aber du hast doch sicher mit deinem Stiefvater gesprochen.
Ja, ich habe mit meinem Stiefvater gesprochen.
Und alles war in Ordnung?
Ja. Das heißt, nein.
Sara wusste sich einfach keinen Rat.
Musste sie alles erklären? Musste sie es den beiden erzählen? Der Jungfer und der sanftmütigen Freundin?
Das Essen ist fast fertig, wurde ihr nun gesagt. Wir haben schon mal gekocht, um uns das Warten zu verkürzen.
Sara schlug die Augen nieder. Die hatte sie ganz vergessen, ihre Pflichten dieses Tages.
Es tut mir so Leid, sagte sie.
Aber, aber, mein Kind, sagte die Jungfer freundlich. Du brauchst nichts zu erklären, wenn du nicht willst. Deine Familienangelegenheiten gehen uns doch nichts an.

Aber es ließ sich ja nicht verbergen.
Es ließ sich nicht verbergen, dass der unglückliche Junge nachts draußen schlief, dass er in einen fremden Bootsschuppen einbrach, dass das arme Mädchen von zu Hause weglief, weglief von Beschimpfungen und Schlägen, dass sie ihn suchte, dass sie sich in ihrer Verzweiflung aneinanderklammerten. Alle konnten sie sehen, wenn sie zusammen hinausruderten, wenn sie einen Fisch fingen und dann in eine Bucht ruderten und ein Feuer machten, um ihren Fang zu braten. Alle konnten sie

hören, alle, die nah genug kamen, die sich anschlichen, die hinter den Büschen lagen und glotzten.
Einer davon war Karen Amalies jüngerer Bruder. Und so hörte auch Sara davon.
Und nichts ließ sich verbergen, wenn der Vater des gefallenen Mädchens in aller Öffentlichkeit die beiden verdammte.
Sie waren *gesehen* worden. Das war das Problem. Jemand hatte Oskar und das Mädchen durch die Wand einer Erdhütte gesehen.
Aber stand denn wirklich fest, dass sie schwanger war?
So wurde getuschelt.
Von einer Vergewaltigung könne ja wohl keine Rede sein, hieß es. Denn die Kleine sei ja wohl willig genug gewesen.
Und sie könnten noch heiraten, ehe die Sache sichtbar wurde.
Aber konnte man heiraten, wenn man noch keine fünfzehn war?
Sie waren doch konfirmiert.
So ging das Gerede.
Und Sara hörte es von Bernta. Denn Onkel Hans hatte nun eingegriffen. Er kannte den wütenden Fischer und hatte ihn besänftigen können. Er konnte den Neffen außerdem in den Achter aufnehmen. Und der halbe Bootsbesitzer hatte den Pastor und die Witwe seines verstorbenen Bruders aufgesucht und ihnen das gesagt.
Bernta suchte die Nähstube auf, um Sara flüsternd über den Stand der Dinge zu informieren, darüber, dass sich für die beiden Kinder eine Lösung und ein Dach über dem Kopf finden lassen würde und dass sie ihrer Mutter sagen könne, sie brauche sich keine Sorgen zu machen.
Am nächsten Sonntag konnte Borgwad das alles bestätigen. Die beiden jungen Leute sollten in aller Stille getraut werden, so schnell das möglich wäre, nachdem sie dem Pastor ihren Fehltritt gestanden und Unseren Herrn auf Knien um Vergebung gebeten und nachdem die Eltern ihre Erlaubnis erteilt hatten.
Was für eine Schande, seufzte der Mann.

Ja, ja, hatte Karen Amalie eines Abends gekichert, als die Lehrmädchen schon im Bett lagen. Da ist er also in ihre Hose geraten, dein Bruder.
Falls sie eine hat, fügte sie dann hinzu. Diese Bettelmädchen haben wahrscheinlich gar nichts unter dem Rock.

In der folgenden Zeit blieb Sara der Anblick der beiden armen Schlucker erspart, denn sie ließen sich in der Kirche nicht blicken. Sie hätte am liebsten gar nicht an sie gedacht, aber Karen Amalie mit ihrem Gerede ließ sie einfach nicht in Ruhe.
Es ist schon eine seltsame Vorstellung, konnte sie flüstern, was die Menschen miteinander machen.
Sara wollte weder hören noch antworten. Die Worte der anderen ließen sie unter ihrer Decke erstarren.
Stell dir vor, so ein Mann fasst dich an!, flüsterte Karen Amalie.
Wie Fliegen – jetzt fielen Sara die Worte ihrer Klassenkameradin ein, und sie verdrehte im Dunkeln die Augen; was waren sie damals doch dumm gewesen, mit ihren törichten Phantasien über das Schweben!
Beim ersten Mal soll es wehtun, Karen Amalie ließ nicht locker.
Sara kehrte ihr den Rücken zu. Wehtun? Es musste doch grauenhaft sein, das, woran sie nicht denken wollte.
Aber danach gewöhnt man sich wohl daran, fügte die andere hinzu. Dann ist es nur noch eine Pflicht. Und es muss ja sein.
Wir sollen über solche Dinge nicht reden, murmelte Sara wütend.
Nein, gab die andere zu. Das sollen wir nicht.
Nein, wir sollen das überhaupt nicht, wiederholte Karen Amalie dann energisch, plötzlich beschämt, und sie wollte aufstehen und noch ein Gebet sprechen. Und Sara sollte sich neben sie knien. Dann betete sie, während die andere stumm neben ihr auf den Knien lag: Lieber Gott, vergib uns unsere unzüchtigen Reden. Dein Wille geschehe. Einen guten Mann … wenn du willst. Irgendwann, nach der Lehre. Einen, der nicht trinkt. Amen.

Nicht einmal zu Weihnachten oder Ostern tauchten der Bruder und diese Frau, mit der er jetzt verheiratet war, in der Kirche auf, und Sara hatte nur sonntags die Möglichkeit, außerhalb der Nähstube noch andere Menschen zu sehen. Sie hörte auch nichts über die beiden, denn die, die sich hier Kleider bestellten, waren keine, die Zugang zum örtlichen Klatsch hatten. Und bei Borgwad brauchte sie sich gar nicht erst zu erkundigen, für den war dieser Bruder ebenso wenig ein Thema wie der ältere.
Sie war jetzt im dritten Lehrjahr, bald würde sie das vierte beginnen. Karen Amalie hatte ihre Lehre beendet und deshalb ausziehen müssen, wie es abgemacht gewesen war. Jetzt hatte sie sich anderswo eine Kammer gemietet und bezog für ihre Arbeit einen höheren Lohn. Jungfer Samuelsen schien offenbar vorerst kein neues Lehrmädchen einstellen zu wollen, und deshalb hatte Sara ihre Kammer für sich.
Sie war gern mit der älteren Frau zusammen. Sonntags machten sie oft einen Spaziergang durch den Hafen, nach dem Essen, und sprachen über alles, was sie sahen. Danach setzten sie sich ins Zimmer der Jungfer und plauderten weiter. Die Erwachsene konnte über ihr Leben erzählen, über die Zeit, ehe sie nach Ålesund gekommen war. Sie war in Südnorwegen aufgewachsen, in einer schönen Gegend mit tiefen Wäldern und stillerem Wasser als hier. Ihr Vater war Kapitän gewesen und zur See gefahren. Ihre Mutter war früh gestorben, und eine Verwandte, die in Christiansand eine Nähstube hatte, hatte die Jungfer und deren ältere Schwester zu sich genommen. Sie hatte die beiden jungen Mädchen in feiner Näherei unterwiesen, die ältere Schwester aber hatte bald geheiratet und war weggezogen. Sie hatte sich schließlich in Ålesund niedergelassen, und nach dem Ende ihrer Lehrzeit war die andere ihr gefolgt.
Wir standen einander sehr nah, weißt du, sagte Jungfer Samuelsen. Meine Schwester und ich.
Kenne ich sie vielleicht?, fragte Sara.
Ihr Mann ist dir sicher schon einmal begegnet.

Er war einer der Lehrer an der Bürgerschule und außerdem Mitglied des Gesangvereins. Seine Frau aber war im Kindbett gestorben.
Ob das der mit der behaarten Nase sein kann?, überlegte Sara ganz kurz, denn der war auf der Hochzeit ihrer Mutter doch als Einziger ohne Ehefrau erschienen.
Und da stand ich dann, seufzte die Jungfer, ohne andere nahe Verwandte als meinen Schwager und meinen Vater, aber der war doch immer auf den sieben Meeren unterwegs, und er ist dann auch bald gestorben.
Aber … das Kind Eurer Schwester?
Es war ein kleines Mädchen, aber es hat diese unglückselige Nacht ebenfalls nicht überlebt.
Die Jungfer schaute mit einem einsamen, traurigen Zug im Gesicht eine Weile ins Leere.
Ich habe dann einige Jahre bei meinem Schwager gewohnt und ihm den Haushalt geführt, sagte sie dann. Und ich konnte doch nähen. Ich habe in seinem Wohnzimmer eine kleine Nähschule für Mädchen aufgemacht. Dann hat er wieder geheiratet.
Es konnte also doch nicht der Mann mit der schrecklichen Nase sein.
Und da habe ich dieses Haus gekauft und meinen Betrieb vergrößert, sagte die Näherin. Und dann gab es die neuen Maschinen, und es kam wirklich Schwung in die Arbeit.
Anfangs hatten Sara und Karen Amalie überlegt, warum die Jungfer wohl nie geheiratet hatte. Denn sie konnte doch nicht ganz ohne Bewerber gewesen sein? Sie hatte ein feines, kluges Gesicht, mit dunklen Augen, die zwischen tiefem Ernst und lebhafter Belustigung wechseln konnten. Ihr Mund saß als zarter Bogen unter einer haarfein gekrümmten Nase. Und das alles harmonierte auf wunderbare Weise miteinander, fand die Jüngere.
Sicher hat sie selber keinen Mann gewollt, beschloss Sara nun. Was hätte sie auch mit einem Mann anfangen sollen, wo sie doch die Näherei hatte? Was hätte sie von einem Mann gehabt, der

Befehle erteilte, der in der Kammer nach ihr griff ... Jetzt konnte Jungfer Samuelsen machen, was sie wollte, sie konnte jeden Sonntag Spaziergänge machen, wenn sie dazu Lust hatte, lange oder kurze, denn niemand verlangte, dass zu einem bestimmten Zeitpunkt das Essen auf dem Tisch stand ...

Und dann fiel ihr Wilhelm ein, und sie bekam eine Gänsehaut bei der Vorstellung, diese unausdenkliche Nacktheit mit ihm zu teilen. Er war noch immer nicht verheiratet, hatte Sara gehört. Aber er weilte wohl noch immer im Ausland, um sich in die Geheimnisse des Geschäftslebens einweihen zu lassen.

Sie brauchte ihn nicht. Sie würde niemals ein Mannsbild brauchen. Sie würde sich selber ernähren, mit ihren eigenen Händen. Sie wollte wie die Jungfer werden, ebenso adrett gekleidet, ebenso stolz, ebenso freundlich zu den Kundinnen, ohne die einen höflicher zu behandeln als die anderen. So wollte sie werden, mit einer eigenen Wohnung und einer eigenen Nähstube, mit eigenen Schneiderpuppen und eigener Maschine. Und so wie die andere jetzt beschloss, sich die Wände täfeln zu lassen, wollte auch sie sich einrichten, mit dem Duft der Stoffe und einem Lampenöl, das nicht aus Tran war.

Das waren ihre Träume. Und wenn sie träumte, konnte sie das andere verdrängen. Oskars Schande. Die Tränen der Mutter, die Sara nicht gesehen hatte, denn sie hatte ihre Familie seither nicht mehr besucht, aber sie konnte sie vor sich sehen, die Mutter, die noch kleiner geworden war und die schluchzte und ihre Hände rang, angesichts von Borgwads Empörung und seinem Jähzorn.

Tagsüber fiel es ihr leicht, diese traurigen Gedanken zu verdrängen. Denn dann sah sie die Nähstube, die eines Tages ihr gehören würde, wenn auch in einem anderen Haus. Die Ausnahmen waren die Sonntage, dann bewegte sie sich in einer anderen Welt, in der, die draußen lag. Sie wusste ja, welche Hände die Glocken zum Läuten brachten, aber wenn sie nach dem Gottesdienst nicht herumtrödelte, war der Stiefvater noch nicht fertig mit seinen Aufgaben. Die Mutter kam nur an hohen Festtagen in die Kirche, und die Schande des Sohnes schien ihren Nacken zu beugen und ihren Blick zu Boden zu pressen, wie die Tochter glaubte. Sie hätte sie nicht zu begrüßen brauchen, denn die Mutter schien ja doch niemanden zu sehen. Aber die kleinen Geschwister suchten immer nach der Schwester, wenn sie hatten mitgehen dürfen.

Bald schaffte sie es dann auch ohne Schwierigkeiten, hinüberzugehen und einige Worte zu sagen, die Kleinen zu umarmen und über Wetter und Wind zu reden.

Wie geht es, Mutter? Hast du noch Schmerzen?

Es geht jetzt besser …

Ich soll von Fräulein Guldbrandsen grüßen, sagte Maren. Sie sagt, ich hätte Ähnlichkeit mit dir, so wie ich die Buchstaben schreibe.

Grüß zurück.

Das war nicht nötig. Sara hatte ihre alte Lehrerin eben gesehen, sie nickten einander fast jeden Sonntag in der Kirche zu.

Sie sagt, du hättest Lehrerin werden sollen, so wie sie selber, sagte Maren jetzt.

Das sagt sie?

Sara richtete sich auf und verabschiedete sich. Sie ging auf die Jungfer zu, die sich mit dem Pastor unterhielt. Zu ihr gehörte sie jetzt. Die anderen lebten ein anderes Leben, eines, das sie verlassen hatte. Ihr eigenes sollte ganz anders verlaufen.

Aber nach und nach kamen neue Bilder dazu. Erst durch Karen Amalie. Die Freundin kam wohl nur mit Mühe zurecht. Ihr Lohn war wirklich nicht hoch, obwohl sie doch ausgelernt war. Sie konnte sich gerade den Stoff für einen neuen und dringend benötigten Mantel zusammensparen, obwohl sie ihn selber nähte, nach Feierabend auf der Maschine der Jungfer. Und auch die Miete für ihre Kammer war eine arge Last. Sie besaß fast nichts, wie Sara einmal selber sehen konnte, als sie dort eingeladen war. Ein schmales Bett. Ein Tischchen mit zwei abgenutzten Schemeln, gebraucht gekauft. Einen Kochtopf, einen Eimer, eine

Wanne zum Wäschewaschen. Eine Schüssel für den Brei. Ein Trinkgefäß, das sie gemeinsam benutzten mussten, als sie auf ihren wackligen Schemeln saßen. Sie tranken Wasser. Keinen Kaffee.

Nichts hier erinnerte an das Wohnzimmer der Jungfer. Es gab überhaupt kein Wohnzimmer.

War die Jungfer geizig? Bezahlte sie zu wenig?

Karen Amalie hatte sich erkundigt. Nein, auch in anderen Nähstuben wurde nicht mehr bezahlt, eher sogar weniger.

War Karen Amalie vielleicht eine, die ihr Geld nicht zusammenhalten konnte?

Sara rechnete alles durch. Sie wusste ja, was im Laden bezahlt werden musste, für Grieß und Mehl und Salz …

Doch, von dem Lohn müsste man leben können. Die andere lebte ja auch davon. Und für ein Dach über dem Kopf musste es auch reichen. Aber etwas zurückzulegen war wohl fast unmöglich.

Wie hatte die Jungfer das geschafft?

Sie hatte geerbt.

Das erfuhr Sara im vierten Jahr im Spätwinter.

Ja, ohne mein väterliches Erbe, sagte die Näherin lächelnd, da weiß ich nicht, was aus mir geworden wäre, als mein Schwager wieder heiratete.

Ein Erbe.

Ein Erbe war nötig gewesen. Um ein Haus anzuschaffen. Um es zur Nähstube umzubauen. Um die Singer zu kaufen.

Auf diese Weise lernte das Nähmädchen eine neue Mutlosigkeit kennen. Denn aus diesem Raum führte wohl kein Weg heraus.

An diesem Abend weinte sie.

Wieder hatte sie zu große Träume gehegt.

Nein, sie würde niemals ihre eigene Nähstube haben. Sie musste hier bleiben. Und bald mit einem eigenen Unterschlupf, mit einer Schale für den Brei und ansonsten so gut wie nichts. Ohne Vorhänge für das kleine Fenster. Ohne schöne Tassen. Ohne Kaffeemühle.

Wenn ich nur einen Mann finden könnte, sagte Karen Amalie jetzt immer häufiger.
Sie sagte es in den Pausen, wenn sie ihr karges Mahl verzehrt und aus ihrer mitgebrachten und einzigen Tasse Wasser getrunken hatte, nachdem Sara am Küchentisch der Jungfer verköstigt worden war und sie nach draußen gingen, um für eine Weile frische Luft zu schnappen, ehe sie wieder an die Arbeit gingen.
Doch, ein Mann wäre sicher die Lösung, konnte die andere sagen. Denn bei zwei Löhnen verdoppelten sich doch die Möglichkeiten, ja, sie wurden noch größer, denn Männer verdienten zumeist ja viel besser, und bei gutem Fang konnte ein Fischer wirklich viel nach Hause bringen.
Ein Fischer. War Karen Amalie in einen Fischer verliebt?
Was heißt schon verliebt ... Wann soll ich denn einen kennen lernen, in den ich mich verlieben kann, wir sitzen doch immer hier. Aber vielleicht auf dem Mittsommerfest? Das fällt in diesem Jahr auf einen Samstag, dann machen wir früher Feierabend. Und dann können wir zum Tanz gehen. Kommst du mit?
Ja, Sara wollte gern die Feuer sehen, die Geschäftigkeit. Und tanzen könnte sie ja wohl auch.
In den anderen Jahren waren sie mit der Jungfer zusammen hingegangen. Und hatten mitten in dem fröhlichen Gewimmel gesessen. Zwei junge Männer hatten Sara aufgefordert, aber sie hatte abgelehnt.

Sieh an. Karen Amalie würde gern heiraten. Und dann würden Kinder kommen. Würde sie denn noch arbeiten können, wenn erst einmal einige Kleine auf der Welt waren?
Die dritte der ausgelernten Näherinnen schaffte das. Ihre Mutter kümmerte sich um die Kinder. Saras Mutter hatte auch so schon genug zu tun.
Sieh an. Karen Amalie wollte sich beim Tanz zeigen. Für einen Fischer.
Für Mädchen wie sie gab es Fischer und Seeleute. Oder viel-

leicht einen Handwerker. Aber keinen besseren. Keinen mit Gobelins.
Das wusste sie ja.
Aber sie kannte keinen. Sie kannte nicht einen einzigen Fischer. Abgesehen von Oskar. Aber den kannte sie ja auch nicht mehr. Abgesehen von Onkel Hans.
Fridas Brüder waren sicher auch Fischer geworden, dachte sie. Aber einen von denen wollte sie einfach nicht. Bei der bloßen Vorstellung bekam sie eine Gänsehaut.
Nein, sie wollte gar keinen.
Dazu hatte sie sich entschlossen.
Aber ein Leben wie Karen Amalie zu führen – wie traurig!
Der Gedanke an Fridas Brüder ließ sie auch an die alte Freundin denken. Sara erinnerte sich an die Freiheit, an die gute Zeit, als die beiden Mädchen durch die Gassen gelaufen waren, über den trockenen Hang und in den Wald, als sie über alles gesprochen und über alles gestaunt hatten.
Ach, das war so lange her …
Ein kleiner freier Raum, ohne die vielen Pflichten …
Frida ging auf der Straße sicher nicht mehr barfuß. Sicher musste sie auch an ihrem freien Tag Schuhe tragen, wie sich das gehörte, bestimmt wollte ihre Herrschaft das so. Ob sie glücklich war?
Plötzlich wollte Sara wissen, was die andere so machte. Sie wollte mit ihr sprechen, so wie früher. Darüber, wie die andere sich ihre Zukunft vorstellte, das wollte sie sie fragen. Ob sie wie Karen Amalie dachte und sich einen Mann wünschte.
Sonntags hatte Frida doch sicher frei? Und bestimmt besuchte sie dann ihre Mutter.

Johanna schlug vor Wiedersehensfreude die Hände zusammen. Sie jagte die beiden verbliebenen Kinder vor die Tür und wischte mit dem Arm über die Bank, damit der Gast einen sauberen Platz hätte; wie es ihr denn so ging? Wie war es, Nähen zu lernen? Kränkelte die Mutter noch immer?

Doch, das Lernen machte Spaß, und der Mutter ging es wohl gar nicht schlecht.
Und der kleine Oskar, der hat ja schon eine Familie gegründet, lachte Johanna.
Ja, das hatte er.
Seinen Sohn kann er jedenfalls nicht verleugnen, meinte die Frau.
Nein?
Sie wohnen ja gleich hier um die Ecke, ich sehe sie sehr oft.
Sara wollte mehr wissen, über Oskar, über das Kind, aber sie fand es so beschämend, sich bei einer anderen nach ihrem eigenen Bruder erkundigen zu müssen. Deshalb lenkte sie das Gespräch auf Frida.
Doch, die hatte einen guten Dienst, aber das wusste Sara sicher.
Und da läuft sie in einer frisch gebügelten Schürze durch das Haus, prahlte die Mutter.
Das war Sara ja bekannt. Sie hätte nur gern gewusst, ob noch etwas passiert sei ... später.
Nein, Gott sei Dank, sagte Johanna. Einer von Eliseussens hatte ein Auge auf sie geworfen. Aber den hat sie abgewimmelt. Und das ist ja auch nur gut so, ein bisschen warten schadet nichts. Ins Unglück kommt sie immer noch früh genug.
Sie saßen noch eine Weile beieinander. Johanna wollte alles über die Nähstube wissen. Frida aber ließ sich nicht sehen. Sie schaute sonntags oft herein, sagte die Mutter, aber nicht immer, denn oft musste sie für ihre Herrschaft zusätzliche Arbeiten verrichten. Und sie konnte nur mitten am Tag weggehen, zur Kirchzeit, vielleicht mit einer knappen Stunde vorher und nachher. Dann ließ sie sich bisweilen zu Hause sehen, denn sie ging nicht besonders gern in die Kirche.

Oskar, dachte Sara, als sie das Haus verließ. Dass er ein eigenes Kind hatte, das seine Tante nicht kannte, obwohl sie doch im selben Ort lebten. Ein Sohn, der ganz gesund zu sein schien. Der kein Klumpen mit blinden Augen war.

Ob sie vorbeischauen sollte?
Johanna hatte ihr das Haus gezeigt, Sara war nur wenige hundert Meter davon entfernt.
Wollte sie? Hatte sie Lust? Ja, den Jungen hätte sie vielleicht gern gesehen. Sie hatte schon häufiger daran gedacht, im Laufe der Zeit, jetzt sei es wohl auf die Welt gekommen, dieses Kind der Schande, jetzt könne es wohl schon krabbeln ... laufen ...
Johanna hatte über Oskar und seine Familie gesprochen wie über irgendwen. Wie über irgendeinen Jungen, der geheiratet hatte und Vater geworden war. Ohne schadenfrohes Getuschel, so, als sei das Ganze doch kein Grund zur Aufregung. Ein Unglück eben ... das jedem passieren konnte.
Sara hatte es gut getan, das zu hören, diesen Namen zu hören, und sie war auch zufrieden gewesen, denn für ihn schien sich alles gefunden zu haben, als sei es lange her, dass er sich unmöglich gemacht hatte, als sei das jetzt vorbei ...
Aber wollte sie ihn sehen?
Sie dachte an das verängstigte Mädchen. An ihre Schwägerin. Sie waren Schwägerinnen, wie die Mutter und Bernta. Aber sie hatte ihr noch nie die Hand gereicht.
Du hast keinen Bruder dieses Namens mehr, hörte sie Borgwads Stimme.
Johanna hätte gelacht. Plötzlich wusste sie das. Johanna hätte laut gelacht, wenn sie den Mann gehört hätte.
Wirklich?
Das glaubte sie. Denn die Menschen hier am Ort waren eben unterschiedlich.
Armer Oskar, dachte sie dann, der viel zu früh ins Unglück geraten war.
Aber vielleicht war das nur gut für ihn gewesen? Seine eigene Familie zu bekommen, etwas, für das er Verantwortung tragen musste?
Er fischte noch immer zusammen mit Onkel Hans, hatte Johanna erzählen können. Einer von Johannas Söhnen fuhr offenbar

im selben Boot. Schaffte er das, ihr Oskar? Mit den anderen Männer zusammenzuarbeiten, ohne dass es Streit gab?
Ja, sie wollte vorbeischauen.
Aber nein. Wenn er ihr nun dasselbe Gesicht zeigte wie früher, dieses verdrießliche ... Wenn er ihr Vorwürfe machte, weil sie nicht früher gekommen war!
Aber es war einfach an der Zeit, hinzugehen. Er war doch ihr Bruder, da mochte der Stiefvater sagen, was er wollte.
In dem Moment, als sie ihren Entschluss gefasst hatte, wurde sie aus ihren Gedanken gerissen. Jemand sprach sie an, eine dunkle Stimme, die sie kannte.
Es war Andor August. Er lächelte über das ganze Gesicht. Er trug seinen Sonntagsstaat, eine schwarze Jacke und Weste über seiner Hose, ein weißes Hemd und einen Hut.
Was für eine freudige Überraschung, sagte Andor.
Er fummelte mit den Händen an sich herum, als suche er etwas, vielleicht ein kleines Stück Kuchen.
Ich bin jetzt ausgelernt, sagte der junge Mann. Schon seit einer ganzen Weile. Aber das wisst Ihr vielleicht. Und Ihr, Ihr näht, das ist ja bekannt.
Sara nickte.
Er hat es nicht gewagt, dachte sie, einfach wegzugehen.
Er schien ihre Gedanken gelesen zu haben, denn plötzlich sah er unsicher aus.
Ihr seid ja sehr gewachsen, sagte er.
Ja, erwiderte Sara, wir wachsen alle, bis es dann nicht mehr geht.
Wie wahr, wie wahr, sagte Andor lächelnd.
Dann hob er zum Abschied den Hut, denn es gab wohl nicht mehr zu sagen, doch dann fiel ihm etwas ein.
Ich könnte einen neuen Anzug brauchen, sagte er. Den hier trage ich seit der Konfirmation, und ich bin wohl, ja, ein wenig herausgewachsen.
Das konnte Sara sehen, er war herausgewachsen.
Kommt einfach vorbei und gebt die Bestellung auf, sagte sie.

Sara ging an diesem Tag nicht zu ihrem Bruder. Sie schien nach der Begegnung mit dem Bäcker den Mut verloren zu haben, als wäre beides auf einmal zu viel, Andor, der so große Träume gehabt und der nichts erreicht hatte, und Oskar.
In ihr entwickelte sich ein Unwille, der sich gegen beide richtete, als sie zum Haus der Jungfer zurückging, und dieser Unwille vermischte sich mit der Mutlosigkeit, die sie in der letzten Zeit erfüllt hatte, mit der Ablehnung dem Leben gegenüber, das zu Träumen führte, zu Träumen, die am Ende weggeschoben und vergessen werden mussten. Nein, für Leute wie sie gab es kein Licht, für den Bäcker, der noch immer unter dem väterlichen Joch schmachtete, so ausgelernt er auch sein mochte, und für sie selber, so viel Mühe sie sich auch gab. Sie dachte auch an Frida, die in einem fremden Haus diente und den Bedürfnissen und Befehlen anderer folgte. Ihnen allen war in diesem Leben wohl nur Mühsal beschieden.
Am nächsten Morgen war die Arbeit ihr ein Trost, denn sie ließ keine Möglichkeit für andere Gedanken. Sara musste bis zum Abend einen Mantel für Frau Sødring fertig stellen. Dazu kam ein schwarzes Kleid für Frau Wasmuth, das vom Hals an und abwärts mit winzigen Knöpfen besetzt werden sollte. Sie konnte jetzt wie die anderen die Maschine benutzen. Es bestand überhaupt kein Unterschied mehr zwischen ihr und den anderen, sie hatte alles gelernt, und die Aufgaben wurden danach verteilt, wer gerade mit einer Arbeit fertig war oder wer Zeit zum Maßnehmen hatte, wenn eine Kundin den Raum betrat.

Zwei Wochen darauf stand der junge Bäcker bei Wolff hinter der spanischen Wand. Sara erkannte ihn an der Stimme. Er kam noch zweimal zur Anprobe, dann konnte er seinen Anzug holen. Anschließend klopfte er bei den Frauen an die Tür. Die Jungfer öffnete. Danach ging sie zu Sara: Da steht ein junger Herr, der gern ein paar Worte mit dir wechseln wollte. Er sagt, ihr seid gute Bekannte.
Sie stand auf, denn das gehörte sich wohl so, die Erwachsene

fand sicher, sie solle zu Andor hinausgehen und dort die gewünschten Worte mit ihm wechseln.

Und dann standen sie da, vor der Tür.

Der Bäckergeselle umklammerte seinen ordentlich zusammengelegten neuen Anzug. Seine Ohren waren rot, und die großen Nasenlöcher vibrierten, wie früher, vor langer Zeit.

Ihr arbeitet ja offenbar die ganze Zeit, sagte er mit stockender Stimme. Genau wie ich.

Er schaute unsicher auf die Tür hinter ihr. Die war angelehnt. Sie hatte sie nicht geschlossen. Sie hatte mit Andor August Bäcker keine Geheimnisse.

Ich würde so gerne, sagte er mit Mühe, aber Ihr habt ja wohl nie frei. Ich bin abends hier vorbeigegangen und habe das Licht gesehen, bis spätabends. Aber Sara, ich meine Fräulein Borgwad … würdest du … ich dachte, ich habe mir das schon lange überlegt, und jetzt dauert es ja nur noch wenige Monate, bis Ihr auch ausgelernt seid … würdest du … würdet Ihr …

Im Zimmer wurde die Maschine wieder angelassen, und Sara konnte die letzten Wörter nicht hören.

Was habt Ihr gesagt?, fragte sie.

Mich heiraten!, rief Andor.

Sara wich vor Schreck zurück. Sie wäre fast über die Türschwelle gestolpert, konnte sich dann aber am Türrahmen festhalten.

Aber was ist denn hier los? Die Jungfer kam angestürzt. Hat er dich gestoßen?

Überhaupt nicht, rief Andor und ging rückwärts auf die Treppe zu.

Aber überlegt es Euch, überlegt es Euch, rief er, ehe er verschwand.

Nein, er hat mich nicht gestoßen, sagte Sara verwirrt. Er will mich nur heiraten.

Jungfer Samuelsen brachte diesen Antrag zur Sprache, als die beiden Frauen später an diesem Tag beim Essen saßen. Wollte Sara den jungen Bäcker denn heiraten?

Sara schüttelte energisch den Kopf. Nein, wirklich nicht.
Die andere schwieg eine Weile und schluckte zwei Bissen hinunter.
Aber wie ist er denn auf diese Idee gekommen?, fragte sie dann.
Und Sara erzählte, von ihren Gesprächen über den Bruder, als sie noch Kinder waren, Und dass sie jahrelang nicht mehr mit ihm geredet hatte, bis sie einander neulich über den Weg gelaufen waren.
Soso, sagte die andere lächelnd. Das hatte ich mir doch gedacht.
Was hatte sie sich gedacht?
Dass an deinem Lebenswandel nichts auszusetzen ist.
Sara schlug die Augen nieder. Sie spürte eine Hitze im Leib, eine Schande, die anderen zukam, nicht ihr selber, anderen, die sich nicht beherrschen konnten, die sich eine leere Erdhütte suchten, einen Bootsschuppen, ja, sogar auf einer Wiese konnte es wohl passieren, das, was andere taten, andere, nicht sie selber, o ja, Oskar, der hatte es gekonnt.
Der Pastor war nämlich bei mir, sagte die Jungfer jetzt. Das ist dir sicher aufgefallen, dass er mich vor einigen Wochen am Sonntag um ein Gespräch gebeten hat.
Sara konnte sich daran erinnern.
Und bei diesem Gespräch ging es um dich.
Um mich?
Ich wusste nicht, dass du Orgel spielst.
Doch, gab Sara erstaunt zu, ein bisschen.
Borgwad hatte das erwähnt, erklärte die Näherin. Dem Pastor gegenüber, meine ich.
Er hat dich offenbar sehr gelobt, dein Stiefvater, sagte sie dann. Der Pastor hat erzählt, wie du zu Weihnachten deiner Mutter geholfen hast. Du hast den anderen ein schönes Fest bereitet. Du hast alle Arbeit geleistet und den Kleinen außerdem das Evangelium erzählt und Orgel gespielt.
Das alles hatte Borgwad erzählt, berichtete die Jungfer. Und der Pastor hatte viel darüber nachgedacht, bis neulich eben.

Eine neue Erleichterung und Freude hatten Saras Schamgefühle vertrieben, und wenn sie noch immer rot war, dann wegen dieser freundlichen Worte.
Und dann ging es weiter: Der Pastor hatte vor einiger Zeit Besuch von seinem Amtsbruder auf Herø gehabt, einem Mann mittleren Alters mit Gattin und mehreren kleinen Kindern. Und der sucht eine Gesellschafterin. Er hat den hiesigen Pastor gefragt, ob er vielleicht eine passende kennt, eine junge Frau von hoher Moral, eine, die seiner Gattin eine Hilfe und eine Freundin sein kann, denn die sehnt sich in der Einsamkeit dort draußen doch oft nach Gesellschaft.
Darüber wollte der Pastor mit mir reden, er wollte wissen, ob ich dich für geeignet halte und ob ich auf dich verzichten würde, wenn du erst ausgelernt bist.
Sara saß starr auf ihrem Stuhl. Gesellschafterin? Auf Herø? Wo mochte das liegen? Irgendwo im offenen Meer.
Ich habe seither darüber nachgedacht, sagte Jungfer Samuelsen. Und am letzten Sonntag hat er noch einmal gefragt, und ich habe ihm Antwort innerhalb einer Woche versprochen.
Was bedeutet es, eine Hilfe und eine Freundin zu sein?, fragte sich Sara.
Also?, fragte die andere.
Aber haltet Ihr mich für … geeignet?, fragte Sara.
Ich kenne jedenfalls keine Bessere, sagte die Jungfer lächelnd. Du kannst doch alles, was nötig ist, nähen und sticken und ein angenehmes Gespräch führen, außerdem kannst du Orgel spielen und singen. Doch, du bist geeignet, mein Mädchen. Es wird mir eine Freude sein, dich zu empfehlen. Natürlich würde ich dich am liebsten hier behalten, aber … diese Möglichkeit kann ich dir doch nicht nehmen, verstehst du?

Eine Möglichkeit.
Sara schaute aus dem Fenster, zu einer weißen Wolke hoch, hinüber zu den flachen Inseln weit draußen, auf der anderen Seite des weiten Blaus. Niemand hatte dieses Herø in ihrer Gegen-

wart je erwähnt. Rio de Janeiro war erwähnt worden. Bilbao. Santander. Die Hebriden. Nicht Herø.
Um Mittsommer, hörte sie die sanfte Stimme der Näherin. Dann hast du ausgelernt. Um Mittsommer. Dann kannst du hinfahren. Vorbei an den flachen Inseln dort draußen, dachte Sara. Sie würde sie aus der Nähe sehen, von einem Boot aus, einem Boot auf dem Meer. Dem guten Meer, das sie ernährte. Dem verlockenden Meer, dem Weg zu Bäcker Andors gesammelten Märchen, denen des Mannes, der sie heiraten wollte.

Der Inhalt der Lade. So viele Träume

Mit einer Reisetruhe sollte sie losziehen, nicht mit einem Bündel wie vier Jahre zuvor, als sie von zu Hause weggegangen war.

Sie hatte sich ein neues Kleid mit zwei Oberteilen genäht, keines jedoch war ärmellos, denn es gehöre sich sicher nicht für ein Pfarrhaus, sich mit bloßen Armen zu zeigen, hatte die Jungfer ihr eingeschärft. Außerdem hatte sie einen neuen Mantel bekommen, aus einem Stoff, den ihr die Näherin fast schon aufgedrängt hatte; es sei ja nur ein Rest, hatte sie gesagt.

Alles, was sie mitnehmen wollte, lag auf dem Bett, bereit, gefaltet und in die Truhe gelegt zu werden.

Sara öffnete den Deckel. Das hatte sie seit dem Tag, an dem sie die Truhe bekommen hatte, nicht mehr getan. Sie hatte keinen Brief geschrieben, und die Hüte hatte sie nicht aufsetzen wollen. Das wollte sie auch jetzt nicht, das war klar, denn solche Hüte wurden auf einer Felseninsel sicher nicht getragen, schon gar nicht von der Gesellschafterin einer Pastorenfrau.

Sie nahm sie heraus. Dann brachte sie sie ins Wohnzimmer zu Jungfer Samuelsen, denn die konnte vielleicht etwas Neues daraus machen?

In ihrer Kammer packte sie. Nach ganz unten legte sie die Winterstiefel, darauf dann ein Kleidungsstück nach dem anderen. Der Wintermantel war zu groß und dick. Der passte nicht mehr hinein. Aber mitnehmen musste sie ihn doch? Sie würde ihn anziehen, beschloss Sara, obwohl es doch mitten im Sommer war. Sie könnte ihn ja auch über den Arm legen und ihren neuen, dünneren Sommermantel in der Truhe verstauen.

Dann saß sie auf der Bettkante. Noch immer wurde in der

Nähstube gearbeitet, sie hörte aus der Ferne das Summen der Maschine, die Schritte über ihrem Kopf. Sie jedoch war jetzt frei. Sie war ausgelernt und hatte jetzt ein neues Ziel. Aber welches? So ganz genau wusste sie das nicht. Aber sie freute sich, auch wenn sie sich zugleich ein wenig davor ängstigte, etwas Neues und Fremdes zu sehen.

So wie Sigmund.

Am Sonntag zuvor hatte sie sich von ihrer Mutter und den anderen verabschiedet. Jetzt hatte sie nichts mehr zu tun, sie konnte nur noch durch die Fensterchen blicken, auf das Licht, das die Felsen beschien, auf die Anleger in der Ferne, wo die Boote lagen, auf die Vögel über dem Wasser …

Sie schaute wieder in die Truhe, die sie noch nicht geschlossen hatte. Sie zog die Lade heraus. Sie packte einen Gänsekiel. Noch hatte sie sich keinen von diesen neuen Federhaltern zugelegt.

Sie zog Umschläge und Briefbögen hervor. Sie strich mit der Hand darüber. Vielleicht könnte sie an Frida schreiben, dachte sie, wenn sie erst auf Herø wäre. Und an Karen Amalie und die Jungfer … und ihnen das Leben dort draußen schildern. Aber das wäre vielleicht zu teuer …

Dann fiel es ihr auf. Dass ganz unten etwas lag, etwas, das sich anders anfühlte als der Rest.

Briefe.

Sara betrachtete sie verwundert. Sie waren alle an die Mutter adressiert, und als sie sie sah, wollte sie sofort loslaufen, sie zurückbringen zu ihrer eigentlichen Besitzerin.

Dann zögerte sie. Denn die Mutter hatte ihr doch alles mitgegeben. Sie musste gewusst haben, dass die Briefe in der Lade lagen. Und sie hatte sie nie zurückverlangt, in den Jahren, die seit dem Weihnachtsfest vergangen waren, als sie krank in ihrer Kammer gelegen und geflüstert und darauf gezeigt hatte.

Auch die Briefe waren für sie bestimmt gewesen, erkannte Sara, aber warum eigentlich? Von wem stammten sie überhaupt?

Mit zitternden Händen faltete sie sie auseinander, Bogen für Bogen, und las: die schroffen Worte, mit denen der Vogt sich von seiner Tochter lossagte. Die trockenen Beschreibungen des Onkels über das lustige Leben in Kopenhagen. Die Betrachtungen eines Fremden über einen österreichischen Arzt namens Semmelweis.

Zwei Briefe stammten von diesem Fremden, der erste beschrieb einen gelungenen Kaiserschnitt, dann war wieder die Rede von diesem Semmelweis, der angefeindet wurde, der aber trotzdem mit seinen Vermutungen über die Ursache des Kindbettfiebers im Recht sein musste.

Dann gab es nicht weniger als sechs Briefe von einer Frau, die im Norden lebte und die die Mutter offenbar in Christiania in der Accouchieranstalt kennen gelernt hatte.

Das alles las sie, und sie dachte viel darüber nach, über die Einblicke, die sie da in das Leben der Mutter tun konnte, über die Erklärungen, über ihr neues Wissen darum, wer ihre Mutter gewesen war.

Und das will ein Vater sein!, dachte sie über den Vogt in Tingvoll. Doch, Sigmund hatte sicher Recht, er war ein harter Mann …

Aber dass die Mutter mit einem Arzt in der Hauptstadt korrespondiert hatte!

Sara wurde von Stolz und Neugier erfüllt und las weiter. Es gab noch andere Briefe von Jens, zuerst aus Kopenhagen, dann aus Bergen. Sie wusste ja, dass er jetzt dort lebte, der Kirchenmaler.

Sie faltete einen weiteren Brief auseinander. Und ihr wurde vor Aufregung ganz heiß, als sie las, was der Onkel da geschrieben hatte: Es thut mir leid, dasz Du so lange warten musztest. Aber es liegt daran, dasz ich warten wollte, in der Hoffnung, eine günstige Kunde für Dich zu haben. Aber Dein ältester Sohn, Sigmund, ist hier noch nicht eingetroffen.

Sigmund! Hier war die Rede von Sigmund! Dass er nach Bergen unterwegs gewesen war, zum Bruder der Mutter. Sie riss die

letzten beiden Briefe von Jens Cold aus der Lade; war Sigmund nun bei ihm? Wusste der Mann mehr?
Aber das war nicht der Fall. Noch einmal betonte er, dass er leider nichts von dem jungen Mann gehört hatte.
Sara seufzte vor Enttäuschung. Denn weitere Umschläge mit dieser Handschrift gab es nicht. Der letzte, unterste Brief stammte von jemand anderem.
Sie betrachtete Name und Adresse der Mutter. Und dann zitterte sie. Denn sie erkannte sie, diese Art, die Buchstaben aneinander zu hängen. Diese Schrift gehörte ... Es konnte gar nicht anders sein ...
Sie riss den Bogen heraus. Er war dicht beschrieben. Und beide Seiten waren gefüllt, bis zum untersten Rand.
Die liebsten Grüsze von Deinem Sohne Sigmund, stand dort. Und daneben: Und grüsze bitte meine geliebte Schwester!
Sie drehte den Bogen wieder um, um den Brief von Anfang an zu lesen. Ihre Hand zitterte.
Ich hoffe, Du hast Dich nicht gar zu sehr meinetwegen sorgen müszen ...
Sara traten die Tränen in die Augen. Er lebte! Er lebte doch! Er hatte einen Brief geschrieben. Und er hatte sie grüßen lasen, seine geliebte Schwester.
Sie kniff die Augen zusammen, um sie von der Nässe zu befreien. Sie las weiter. Über einen Kapitän, der sich geweigert hatte, ihn freizugeben.
Die Mutter hatte Sigmund Geld mitgegeben, das erfuhr sie jetzt, viel Geld offenbar, denn er hatte davon nur einen kleinen Teil dem Kapitän dafür geben sollen, dass der ihn das Schiff verlassen ließ.
Es kam ihr vor wie ein Märchen, das, was sie hier las, ein ungeheuer trauriges Märchen ...
Denn der Kapitän hatte den Jungen betrogen.
Sara sah es vor sich, so wie die Wörter es zeichneten und so wie es gewesen sein musste, nach allem, was sie wusste:
Ein spanisches Schiff verließ den Hafen von Ålesund. Ein Kapi-

tän wies dem Bruder Arbeit zu, vielleicht musste er das Deck schrubben, wo er doch der Jüngste war, ein Junge auf seiner ersten Fahrt. Um ihn herum wurde die fremde Sprache gesprochen. Ob Sigmund Spanisch verstand? Damals noch nicht. Er konnte höchstens die Brocken, die alle in Ålesund aufgeschnappt hatten. Buenos dias ... Aber der Kapitän konnte sicher ein wenig Norwegisch, wenn er nicht zum ersten Mal in den Norden gefahren war, um Fisch zu holen. Auf jeden Fall hatten sie doch abgemacht, dass der Junge an Bord kommen durfte.

Erst am nächsten Tag hatte der Junge ihm den Betrag angeboten, den die Mutter für ausreichend erklärt hatte.

Sara sah es vor sich: einen mageren Jungen und einen erwachsenen Mann, vielleicht breit und kräftig, wenn auch nicht sehr groß, das waren die Spanier ja normalerweise nicht. Aber trotzdem erwachsen. Vielleicht trug er einen gestreiften Pullover. Vielleicht eine Jacke mit blanken Knöpfen. Vielleicht fielen ihm die Locken in die Stirn. Ein großer Dunkler vor einem schmalen Blonden. Vielleicht hatte Sigmund sein Angebot auf Englisch vorgebracht, denn diese Sprache hatte er auf der Bürgerschule gelernt. Oder vielleicht verständigten sie sich mit Zeichen und Namen: Der Kleine öffnete eine Hand voller Münzen und nannte dabei den Ort Bergen. Während er mit der freien Hand auf die Küste zeigte.

Sara stellte sich vor, wie der Kapitän seinen gierigen Blick auf das glänzende kleine Vermögen richtete, sie sah, dass er nickte und die Hand packte, wie er die schmale, gefüllte Faust des Jungen mit seiner umschloss, als wolle er alles haben, die Hand und deren Inhalt, ehe er Sigmunds Finger öffnete und den glitzernden Schatz an sich nahm.

Danach stieß er einen Pfiff aus, der Spanier.

Das stand im Brief. Dass er einen Pfiff ausgestoßen hatte. Und dass einige Matrosen angelaufen gekommen waren. Ein rascher Befehl wurde erteilt. Der neue Schiffsjunge hatte nichts verstanden. Er hatte geglaubt, bezahlt zu haben, um die Vereinbarung rückgängig machen, um an Land gehen zu können, in Bergen, wo er Verwandte hatte. Stattdessen wurde er gepackt, von den Matrosen, von denen, die den auf Spanisch erteilten Befehl ausführten. Er wurde zum Mast geschleppt. Er wurde mit einem Seil festgebunden. Er wurde hochgezogen und umgedreht, hing mit dem Kopf nach unten und schrie. Schrie er? Er schrie, denn er hatte Angst. Er begriff nicht, was hier passierte, warum es passierte. In dem kurzen Moment, in dem sein Körper hochgezogen und umgedreht wurde, begriff er nichts. Aber danach hing alles an ihm nach unten, Kopf und Arme, der Beutel unter seinem Hemd, der Stoffbeutel, der an einer Schnur befestigt war, an einer Schnur um seinen Hals.

Mit dem raschen Schnitt eines blanken Messers wurde er von diesem Gewicht befreit, dem Gewicht eines Vermögens. Dann wurde er ausgepeitscht, während er noch immer am Mast hing.

Sara schluchzte. Ein Dieb! Dieser Kapitän. Ein gottloser Dieb! So war es gewesen. So wurde es beschrieben.

Er hatte so große Träume gehabt, das wusste seine Schwester. Arzt hatte er werden wollen. Dann war er mit leeren Händen von zu Hause weggelaufen. Und wieder war er mit Möglichkeiten und Träumen erfüllt worden, in der Erdhütte, durch seine Mutter, durch den Hebammenkoffer. Um dann wieder …

Sara entfuhr ein Laut der Klage, beim Anblick des Bruders am Mast und danach, als er heruntergenommen worden war, geschunden und hilflos, umgeben vom weiten Meer. Ohne andere Aussichten als die auf harte Arbeit. Denn sein Geld war für immer verloren, das Geld, das ihm hätte helfen sollen, sich endlich konfirmieren zu lasen, in Bergen, wo er bei dem Onkel hätte wohnen können, um dort weiterzulernen. Es war verloren. Es war, als habe es niemals existiert, dort an Bord. Aber das Versprechen musste gehalten werden, Sigmunds Versprechen, das er vorher abgegeben hatte, nämlich, an Bord zu bleiben.

Erst als die abgemachten drei Jahre zu Ende gewesen waren,

hatte der böse Kapitän ihn laufen lassen. Danach hatte Sigmund bei einem anderen angeheuert. Und der hatte ihn nach Verdienst bezahlt, las Sara.
An Bord braucht man ja kein Geld, erzählte Sigmund dann. Geld braucht man nur im Hafen. Aber man muss es ja nicht ausgeben. Langsam hatte er zu sparen versucht, las Sara. Um die Summe zusammenzubringen, die er von seiner Mutter erhalten und dann verloren hatte. Aber das dauerte seine Zeit.
Vieles habe ich indes gelernt und gesehen, las Sara.
Eine Adresse war nicht angegeben. Kein Ort, an welchem die Schwester ihn erreichen könnte.
Aber dennoch. Er lebte. Und er schien vor ihr in der Kammer zu stehen, mit seinen blauen Augen, und sein trauriges Lächeln zu lächeln.

Von ihr unbemerkt war in der Nähstube Feierabend gemacht worden. Jetzt wurde sie aus ihrer Stimmung gerissen, als die Jungfer ins Zimmer trat: Sara? Diese Hüte … hast du …?

Karen Amalie hatte freibekommen, um sie am nächsten Morgen zum Hafen zu bringen; denn Begleitung gehöre dazu, hatte Jungfer Samuelsen gesagt, nachdem sie Sara immer wieder alles Gute gewünscht hatte.
Sara stand an Deck, neben sich die Reisetruhe, und winkte, während das Boot aus dem Hafen glitt. Noch lächelte die andere dort an Land, aber ihr Lächeln hatte etwas Wehes, wie Sara wusste, obwohl sie es bei der wachsenden Entfernung nicht mehr sehen konnte. Karen Amalie wäre sicher gern an ihrer Stelle gewesen. Und wem wäre es nicht so gegangen?
Sie dachte an Andor August, der ihr einen Heiratsantrag gemacht und sich einen Korb geholt hatte.
Dann dachte sie wieder an den Bruder. Wo mochte er jetzt sein? Vielleicht in einem Hafen, wo eine seltsame Sprache gesprochen und wo merkwürdige Fische verkauft wurden, vielleicht solche, die fliegen konnten. Vielleicht hatte er es ja schon bis zum Steu-

ermann gebracht? Hatte er sich einen wiegenden Seemannsgang zugelegt? Und hatte er die muskulösen Arme eines erwachsenen Mannes?
Jetzt war die Freundin nur noch ein kleiner Punkt in der Ferne, und Sara konnte sich umdrehen und aufs Meer hinausschauen, auf die Inseln, die sich zu nähern schienen. Und sie spürte in sich ein warmes Gefühl, für die Mutter, die ihr diese Briefe gegeben hatte, als sie glaubte, sterben zu müssen, damit Sara alles erfahren sollte, darüber, wer die Erwachsene einst gewesen war, über den Bruder, den sie beide liebten, diesen Jungen, der vor Borgwad niemals erwähnt werden durfte.
Es war das schönste Geschenk, das sie ihr hatte machen können. Sie hatte die ganze Zeit daran gedacht, am Vorabend im Wohnzimmer, zusammen mit der Jungfer, als sie über die Hüte gesprochen hatten, die einstmals so elegant gewesen waren. Und als sie schlafen gegangen war, hatte sie Gott gedankt, wieder und wieder, weil er dafür gesorgt hatte, dass Sigmund lebte und sich gemeldet hatte. Danach hatte sie um die Mutter getrauert, um diese Frau, die einmal so stark gewesen, jetzt aber so klein geworden war und nach der letzten Geburt offenbar immer noch kränkelte. Da hatte sie sich nun nach dem Sohn gesehnt und immer nur gewartet, so voller Sorge, Jahr um Jahr.
Wie Sara selbst. Und deshalb hatte sie ihr die Truhe mit dem Brief gegeben, damit sie ihn finden und lesen könnte.
Danke, flüsterte sie in die milde Brise hinein. Danke.

Die flachen Inseln, die aus der Nähe doch nicht so grau und flach waren, wie Sara geglaubt hatte, lagen jetzt hinter ihnen. Zwischen den Felskuppen wuchsen Bäume und Sträucher, und sogar einige Blumen glaubte sie erkennen zu können. Sie stützte die Hände auf die Reling. Sie schaute zu einem Matrosen hinüber, der an ihr vorübereilte. Und sie war gerührt und glücklich, denn alles schien gut und schön zu sein. Sie würde einen neuen und besser bezahlten Posten antreten. Der Pastor würde ihr ein

wenig mehr zahlen, als sie als fertige Näherin in der Nähstube hätte erwarten können. Außerdem würde die Arbeit viel leichter sein, hatte Karen Amalie gemeint.
Sie zog ihren dicken Mantel aus und legte ihn über die Reisetruhe. Dann stand sie in ihrem neuen Kleid da und spürte den Wind wie eine erfrischende Berührung. Jetzt war es Sommer. Als der Bruder verschwunden war, war es Frühling gewesen. Ein Schwarm Möwen folgte dem Boot. Sie schrien, als stehe achtern jemand und werfe ihnen Fischabfälle zu. Aber das war nicht der Fall. Sara hielt Ausschau nach den anderen Fahrgästen, die mit ihr zusammen an Bord gegangen waren, ein älteres Paar, eine Mutter mit Kindern. Die Alten standen vorn am Bug. Die Frau mit ihren Kindern saß vielleicht unten im Schiffsrumpf, wo es eine Art Aufenthaltsraum gab. Zwei Matrosen machten sich neben ihr an Trossen zu schaffen. Sie bewegten sich schnell, ihre Arbeit schien ihnen Freude zu machen.
Sara dachte an Sigmund. Nicht an die Familie, zu der sie unterwegs war.
Sie dachte an Sigmund und an ihre Mutter. Und ihre Gedanken waren von Jammer erfüllt bei den Bildern, die sie sah: den flackernden Blick der Mutter, damals zu Weihnachten im Bett und später vor der Kirche. Wegen des Mannes, wie Sara am Vorabend gedacht hatte. Wegen Borgwad, der nichts erfahren durfte über den untersten Brief in der Lade. Und auch nicht über den von Jens aus Bergen … Oder den von diesem Arzt aus Christiania, denn welcher Mann würde das hinnehmen, auch wenn es lange zurücklag?
Und sie hatte die Distanz im Blick und im Verhalten der Mutter verziehen, in der Nacht und am Morgen, als sie aufgestanden war, mit warmem Herzen, denn es war eine Distanz, die der Sorge entsprungen war. Aber in Saras Obhut war alles in Sicherheit, hatte sie gedacht.
Wie eine Last, die sie übernommen hatte, ging ihr jetzt auf. Eine Last, von der die Mutter sich hatte befreien wollen, als sie damals mit ihrem Tod rechnete. Damit nicht der Mann … später …

Aber warum hatte sie denn nicht einfach alles verbrannt? Warum hatte sie nicht eines Tages, als Borgwad nicht zu Hause war, einen Briefumschlag nach dem anderen ins Feuer gehalten, während Borgwad beim Gesangverein war oder unten im Buchladen, eines Abends, als die Kleinen schon schliefen?
Damit die Tochter alles lesen könnte, hatte Sara sich in ihrer Dankbarkeit vorgestellt.
Aber nun wuchs etwas in ihr. Langsam wuchs es, eine Art milder Schmerz, ein Schmerz, der dann stärker wurde und ihren Blick flackern ließ.
Die Zeit, daran dachte sie jetzt.
Sie spürte in sich eine jähe Hitze, etwas, das in ihr wogte, eine Art Schuldgefühl. Weil sie nicht sofort … Weil sie erst jetzt …
Zweieinhalb Jahre hatte die Truhe in Jungfer Samuelsens Kammer gestanden. Als sie sie bekommen hatte, hatte sie Karen Amalie den Inhalt gezeigt, die Hüte, das Tintenfass. Den schönen Kamm hatte sie gleich in Gebrauch genommen. Dann hatte sie den Truhendeckel wieder geschlossen. Und die Truhe hatte nur dagestanden, an der Wand, als etwas Schönes, das sie irgendwann benutzen würde, wenn sie je auf Reisen gehen sollte.
Dass sie die Schreibbögen nie vorher herausgenommen hatte! Dass sie die Briefe nicht gefunden hatte …
Zweieinhalb Jahre hatte sie nichts vom Schicksal ihres Bruders gewusst. Aber die Antwort auf ihre Fragen war da gewesen, ganz in der Nähe, die ganze Zeit. Hatte die Mutter auf ein Wort von ihr gewartet, darüber? Hatte sie gehofft, Sara werde sie besuchen, um die Freude zu teilen und zugleich den Kummer, den Schmerz über diesen Kapitän …
Sie schaute aus zusammengekniffenen Augen zur Sonne hoch, sah das Gesicht der Mutter vor sich und hielt Ausschau nach Zeichen.
Doch sie sah nur diesen Unwillen, diese Eile, von ihr wegzukommen, von der Kirche nach Hause zu laufen.

Aber sie musste doch begriffen haben, dass Sara nicht … Sie musste es ihr doch angesehen haben, dass sie noch nichts gefunden …
Die Erwachsene hätte doch etwas sagen können?
Nichts hatte sie gesagt. Kein Zeichen hatte sie gegeben.
Sara zitterte. Sie band ihre Haube unter ihrem Kinn fester. Sie sah zu den schreienden Vögeln hoch. Die waren noch immer da. Schienen auf etwas zu warten. Vielleicht auf die Reste einer Mahlzeit. Die Wellen wurden jetzt lebhafter. Das Schiff fuhr weiter draußen, war dem Land aber doch so nahe, dass Sara einzelne Häuser sehen konnte, einzelne kleine Punkte von Menschen und Tieren dort hinten. Aber an die dachte sie nicht. Sie dachte an die Zeit. An die drei Jahre, für die Sigmund bei dem spanischen Kapitän angeheuert hatte. Ehe Sara mit der Schule fertig gewesen war, hatte er bereits seine Freiheit erlangt, war auf ein anderes Schiff übergewechselt. Sie war noch nicht einmal konfirmiert gewesen.
Wie benommen griff sie nach Mantel und Truhe und schleppte diese Last über das Deck und zu einem großen Kasten, der dort stand. Dort legte sie ihren Wintermantel ab und hob den Deckel der Truhe hoch.
Sie tastete zwischen den Briefen in der Lade und fand den letzten, den des Bruders. Mit zitternden Händen faltete sie ihn auseinander, kniff sie die Augen zusammen, um klar den Zeitpunkt lesen zu können, zu dem er das alles geschrieben hatte. Dann legte sie den Brief zurück, verbarg alles unter dem Deckel, setzte sich auf den großen Kasten und legte sich den Wintermantel über die Knie.
Der Schmerz war zu einer spitzen Qual in ihr geworden, und in ihrer Brust wohnte ein Schrei, den sie mit aller Gewalt zurückdrängen musste.
An jenem Weihnachtsfest hatte die Mutter den Brief schon seit fast einem Jahr gehabt, ohne ein Wort zu sagen, ohne ihn der Tochter zu zeigen. Einen halben Winter und einen Frühling, einen Sommer und einen Herbst und sogar noch ein Stück eines

weiteren Winters hindurch hatte die Mutter gewusst, dass dieser Sohn lebte, und hatte es nicht gesagt.
Sara sah sie vor sich, wie sie auf Umwegen zur Posthalterei geschlichen war, wieder und wieder, bis endlich ein Brief eingetroffen war. Dieser. Dann war sie vielleicht in den Wald hochgewandert, um ihn in Ruhe zu lesen, um dann den Umschlag unter ihrem Kleid zu verstecken, nach Hause zu gehen und ihn in die Lade zu legen.
Sie hatte nicht bei Jungfer Samuelsens Nähstube vorbeigeschaut. Das hatte sie nie getan.
Die Möwen unter dem Himmel sahen schmutzig aus. Die Häuser an Land kamen Sara ärmlich und traurig vor. Und ein fauliger Geruch hüllte sie ein, als seien die Bootsplanken bereits verrottet.
Ob die Mutter wohl nach diesem ersten noch weitere Brief erhalten hatte?
Sie hatte keine Lade mehr, in der sie sie verbergen konnte, und deshalb hatte sie sie vielleicht gleich nach dem Lesen verbrannt.
Sara umklammerte ihren Mantel. Er war elegant geschnitten. Die Jungfer hatte mit ihr zusammen in den Zeitschriften geblättert und ihr bei der Entscheidung geholfen. Sie war ein guter Mensch, diese Jungfer Samuelsen. Sie hätte Sara so gern selber zum Schiff gebracht, hatte sie gesagt, aber an diesem Vormittag hatte sie eine Bestellung beenden müssen.
Ich hoffe, du wirst es dort draußen gut haben, hatte sie mit Wärme im Lächeln gesagt. Und sie hatte das noch mehrere Male wiederholt. Immer mit derselben Besorgnis in der Stimme.
Leb wohl, hatte die Mutter kurz gesagt, als sie sich von ihr verabschiedet hatte.
Eine Frau zwischen vier Kleinen. Obwohl sie nicht mehr ganz so klein waren, zumindest die beiden Ältesten nicht. Aber dennoch, eine Frau in ihrem eigenen Reich. Zwischen vier Kindern, die sie demselben Mann geboren hatte. Die Frau des Lehrers mit den Kindern des Lehrers. Maren war gut in der Schule, das

wusste die Halbschwester. Ein Kind nach dem Herzen des Vaters. Nicht wie Oskar. Aber wie sie selber?
Doch sie stammte nicht von ihm. Sondern von einem anderen, einem, an den sie sich nicht erinnern konnte. Wie die beiden anderen. Die einander nicht mehr kannten.
Sie drehte sich um. Ålesund war nicht zu sehen.
Sie schaute in die andere Richtung. Nach Herø hinüber, das wusste sie, es lag ein Stück vor ihr, war aber auch nicht zu sehen, noch nicht, aber bald. Ein Ort mit einem Pastor. Ob der freundlich sein würde? Und lebte er wohl in einem schönen Haus? Hatte er vielleicht einen Hof, mit Tieren?
Plötzlich wünschte sie sich Tiere, vielleicht einige Schafe, denen sie sich langsam nähern und deren wolliges Fell sie dann streicheln könnte.

Der Anleger bestand aus einem morschen schwarzbraunen Steg, auf dem eine Gruppe von Männern in grauen Pullovern und durchhängenden Hosen standen. Sara hatte aus dem großen Boot in ein kleineres umsteigen müssen, und jetzt wurde ihr auf den morschen Steg geholfen. Ein Stück von den anderen entfernt stand ein Junge mit einem Karren. Er schaute sie an. Die Truhe wurde auf den Karren gesetzt, und dann ging es über einen hellbraunen Weg aus winzigen Muscheln und Sand. Es duftete nach Sommer. Es duftete nach Blumen und Sträuchern, nach der Sonne, die die Felsen wärmte, nach dem salzigen Wind. Der Weg schlängelte sich aufwärts, und dann waren sie am Ziel, einem weißen Haus mit einem Garten. Ein Stück dahinter lagen eine Scheune, ein Stall und Felder, die offenbar zu diesem Anwesen gehörten.
Eine kleine Treppe führte zur Haustür hoch, und sofort hatte sie sich mit einer Kinderschar gefüllt, und zwei Erwachsenen, die wie lächelnde Säulen im Gewimmel standen. Das waren Pastor Drevland und seine Gattin und die Kinder, von denen es »mehrere« geben sollte, wie Sara gehört hatte, die sich jetzt aber als volles Dutzend entpuppten.

Dann standen sie unten vor der Treppe, und wie auf ein unmerkliches Zeichen hin stellten die zwölf Kinder sich dem Alter und der Größe nach in Reih und Glied. Und nachdem sie die Erwachsenen begrüßt hatte, sollte Sara wohl die Reihe abschreiten und den Kleinen die Hand reichen.
Olaf Johannes, dreizehn, sagte der Älteste mit einer tiefen Verbeugung.
Bernt Ingolf, zwölf, sagte der Nächste.
Agnete Karine, elf, Hans Peder, elf, Ellisiv Mathilde, zehn, Clara Johanna, neun …
Eine lebhafte Stimme folgte auf die andere, während sich verbeugt und geknickst wurde, bis Sara sich zu dem Kleinsten bücken musste, der auf unsicheren Beinchen an der Hand seiner nächstälteren Schwester dastand.
Er heißt Claus, teilte irgendwer mit.
Dann löste die Reihe sich auf, wie auf ein weiteres Zeichen hin, und die ganze Schar lief lachend um das Haus und war verschwunden.
Wie fröhlich sie alle sind, dachte Sara. Sie hatte das Gefühl, plötzlich ganz viel süßen Kandis gegessen zu haben, als sie ins Haus geführt, nach ihrer Reise befragt, als ihr für die Grüße des Amtsbruders aus Ålesund gedankt wurde, als sie in eine Kammer geführt wurde, wo sie auspacken konnte, und als dann ein Hausmädchen sie zu einem kleinen Holztisch brachte, wo sie zusammen mit dem Pastorenehepaar ein Glas kühlen Himbeersaft genießen durfte.
So viele Kinder!, rutschte es aus ihr heraus, als die Schar sich wieder zeigte, ein Stück entfernt, wo sie einander zu einem Wäldchen jagten.
Ja, Gott sei Dank, sagte der Mann lächelnd. Und alle sind gesund und munter.
Sara schaute verstohlen zu der schmalen Gestalt der Frau Pastorin hinüber, aber nein, ein weiteres Kind schien nicht unterwegs zu sein …
Sie hatten mit dem Essen auf sie gewartet, und bald stand das

Mädchen in der Tür und meldete, es sei serviert. Dann saßen sie an einem langen Tisch in einem Zimmer mit hohen Wänden, Mann und Frau an den Enden, die Kinder an der Seite. Sara wurde neben die Frau Pastorin gesetzt, zu einem Mädchen in Marens Alter. Auf der anderen Seite der Mutter saß der Kleinste, der kleine Claus, der noch Hilfe brauchte. Die älteste Tochter fütterte den Jungen, nicht die Mutter. Die widmete sich Sara. Und die ganze Zeit redete sie und wollte alles Mögliche über das Leben in Ålesund wissen.

Wie die neue Kirche sei?

Hell und schön.

Und die Frauen, wie die sich derzeit kleideten?

Sara schilderte die neue Mode.

Die andere seufzte.

Ich kann für Euch nähen, bot Sara eifrig an. Wenn Ihr etwas Neues braucht.

Was soll ich denn hier draußen damit, murmelte die andere.

Bald darauf gingen sie zu Bett, zuerst die Kinder und dann die Erwachsenen, und Sara wunderte sich über das Interesse der Pastorengattin an der neuen Mode und über ihren Seufzer.

Am nächsten Morgen wurde sie wie immer früh wach und sah vor sich helle Wände und eine Stickerei, die einen Hirten und seine Herde zeigte. Ob das den Herrn darstellen sollte? Vielleicht ja, denn ein goldener Schein umgab das Haupt des Hirten. Und ihr fiel ein, dass sie am Vorabend ihr Gebet vergessen hatte. Das hatte sie tatsächlich, sie war zu sehr mit ihrem neuen Aufenthaltsort und der Pastorenfamilie beschäftigt gewesen. Lieber Gott, betete sie jetzt, den Blick auf die Stickerei gerichtet. Danke dafür, dass alle so lieb und freundlich wirken. Hilf mir, ihre Wünsche zu erfüllen. Und beschütze …

Sigmund, betete sie, ehe sie mit Amen und Danke endete.

Sie stand auf und wusch sich. Hier war es wie bei der Jungfer, sie hatte einen Waschtisch mit Kanne und Schüssel in ihrer Kammer. Sie durfte nicht vergessen, abends frisches Wasser mit

hochzunehmen, überlegte sie. Dann trug sie die Schüssel die Treppe hinunter, um sie draußen auszugießen.
Aber meine Liebe, sagte das Mädchen. Das ist doch meine Aufgabe.
Wirklich?
Sara errötete.
Das Mädchen war die Einzige, die noch vor ihr aufgestanden war. Sie machte bereits Feuer, um Grütze zu kochen, überlegte Sara, und vielleicht Kaffee.
Ihr müsst mir zeigen, wo alles steht, sagte sie, dann kann ich den Tisch decken.
Aber das ist doch nichts für Euch: Kümmert Ihr Euch um die Gnädige, dann ist sie glücklich.
Sara blieb verwundert in der Türöffnung stehen und sah der anderen bei der Arbeit zu. Sie sollte die Frau des Pastors glücklich machen? Aber wie sollte sie das schaffen?

Sie hatte Schmerzen.
Sara hatte am Vortag gesehen und doch nicht gesehen, dass die Frau mit den vielen Kindern sie an eine andere erinnerte, dadurch dass sie ging, als könne sie sich nur unter Qualen zu ihrer vollen Höhe aufrichten.
Ihre Geburten waren leicht gewesen, wie Sara nun erfuhr. Sie erfuhr es vom Pastor, an diesem Morgen nach dem Frühstück, als er sie in sein kleines Arbeitszimmer bat.
Doch, leicht war es schon gewesen für seine Frau, und auch die Schwangerschaften waren nicht beschwerlich gewesen, so viel er wusste. Aber im Winter des vergangenen Jahres war dann alles anders gewesen. Sie hatte nichts essen mögen. Sie hatte ohne Grund weinen können; als habe sie gespürt, sagte der Mann, dass etwas nicht stimmte. Und das dreizehnte Kind war nach zweitägigem Kampf ohne einen Hauch von Leben zur Welt gekommen, und seither schien etwas in ihr nicht mehr richtig zu sein.
Die Stimme des Mannes klang sanft und besorgt.

Er stand vor einem Bücherregal, und das Licht des Fensters fiel in sein Gesicht. Im Zimmer gab es nur einen Stuhl, hinter dem schmalen Tisch, auf dem die Bibel lag, zusammen mit einem silbernen Messer.

Sara nahm das alles in sich auf, die weißen Vorhänge, einen gestickten Wandbehang von der Sorte, wie auch einer auf ihrem Zimmer hing, in den gleichen Farben, aber mit einem anderen Motiv, dem Kind in der Krippe. Sie sah den einen Stuhl und dachte, dass der Mann sich nicht gesetzt hatte, um nicht als Einziger zu sitzen. Und zugleich hörte sie seine Worte, seltsame Worte von einem Mann, über seine Gattin. Seltsam von einem Mann und von einem Geistlichen, über die Geburten.

Er wusste sicher, dass sie die Tochter einer Hebamme war, dachte sie. So musste es sein.

Aber dennoch ... So zu sprechen, ohne Hemmungen, zu einer Fremden!

Sie konnte sich nicht erinnern, dass jemals in ihrem Beisein ein erwachsener Mann über solche Dinge gesprochen hätte, außer den Männern natürlich, die vor ihrer Tür gestanden hatten. Aber die hatten gestammelt und gestottert, einer wie der andere, und hatten ihr Begehr fast flüsternd vorgebracht. Laut war nur zu hören gewesen, dass die Sache eile, dass die Hebamme sofort kommen müsse ...

Und deshalb bist du hier, endete der freimütige Pastor.

In seinem Blick lag eine Bitte, als traue er Sara zu, das zu schaffen, was ihm nicht gelungen war, nämlich, seine Frau wieder fröhlich zu machen.

Aber das war doch unmöglich! Sara konnte das dreizehnte, das tote Kind nicht wieder lebendig machen. Und sie konnte die Pastorenfrau auch nicht von ihren körperlichen Schmerzen befreien.

Von Unruhe erfüllt verließ sie den Mann und ging ins Wohnzimmer, wo die andere schon auf sie wartete.

Was hat er gesagt?, fragte die Frau, nachdem sie sich auf ein Sofa gesetzt hatten.
Er hat von der unglücklichen Geburt erzählt, antwortete die Jüngere sachlich. Und dass Ihr Schmerzen habt.
Sonst nichts?
Nein, mehr hatte er wohl nicht gesagt. Aber das war doch auch genug.
Die Pastorenfrau betätigte eine kleine Klingel. Sofort stand das Mädchen in der Tür.
Könnten wir wohl ein wenig Tee bekommen?
Das Mädchen knickste und war wieder verschwunden. Sara dachte an den Tee, der bald serviert werden würde, und an Frida; ob die bei Rut auch knicksen musste?
Und mehr kann ich nicht bekommen, sagte die Frau des Pastors. Aber es reicht ja wohl auch so.
Ja, das stimmte sicher.
Und dieses Zusammensein, sagte die andere jetzt, ohne das kann man wirklich sehr gut leben.
Sara errötete.
Beim ersten Mal war ich erst neunzehn und wusste rein gar nichts. Und wie alt seid Ihr?
Bald achtzehn, antwortete Sara.
Wart Ihr schon einmal verliebt?
Sara schüttelte den Kopf.
Ich war verliebt, sagte die Frau. Sehr verliebt war ich damals. Aber Drevland war auch ein sehr anziehender Mann. Seht Ihr das? Könnt Ihr das noch sehen?
Doch …
In Euren Augen ist er sicher alt. Aber damals … Wie er tanzen konnte! Keiner tanzte so wie er!
Die Frau schaute verträumt vor sich hin.
Geistliche dürfen eigentlich nicht tanzen, wisst Ihr. Aber er hat es doch heimlich getan, als er noch studierte. Später dann aber nie mehr.
Das Mädchen brachte den Tee. In einer Kanne, nicht in einem

Samowar. Dünne Tassen wurden damit gefüllt. Sie waren weiß, und sie waren mit Frauen bemalt, die seltsame Gewänder trugen und Stäbchen in ihre schwarzen Haare gesteckt hatten.
Mit Zucker schmeckt er am besten, sagte die Pastorenfrau. Aber wir haben keinen mehr. Das nächste Boot soll Nachschub bringen. So ist es hier nun einmal. Man muss auf alles warten.
Sie seufzte.
Ihre Worte wanderten langsam durch Saras Kopf, der tanzende Mann, das Warten auf den Zucker, das Zusammensein, auf das die andere gern verzichtete.
Ihr zieht vielleicht Kaffee vor?, fragte die Pastorenfrau.
Nein, Tee ist mir sehr recht, sagte Sara.

Später machte sie zwischen den wenigen Bäumen einen Spaziergang. Die Frau, die sie aufmuntern sollte, hatte sich hingelegt. Sara sah sie vor sich, die weichen Hände, die bleichen Augen, so voller Kummer. Nein, es war weniger Kummer, sondern eine Art Überdruss, so erschien es ihr. Konnte das sein? Und was hatte das zu bedeuten?
Sie betrachtete den Boden, sah Wiesenblumen und verschlungene Wurzeln. Welches Leben würde sie selbst wohl hier draußen führen? Tage auf einem Sofa, Tee.
Hier auf Gurskøy, dachte sie. So hieß die Insel, auf der die Pastorenfamilie lebte. Die Kirche dagegen lag auf Herø. Das Kirchspiel hieß Herø und umfasste noch weitere Inseln, wenn Sara das richtig verstanden hatte.
Dann waren plötzlich die Kinder da, jedenfalls einige von ihnen. Sie scharten sich um sie und lächelten ihr neugierig ins Gesicht.
Wir haben eine Katze, willst du die sehen?
Sie liefen vor ihr her, um die Mieze zu suchen. Bald lag sie in den Armen des Mädchens, das an Maren erinnerte. Sara durfte sie streicheln und liebkosen. Und sie fragte die Kinder aus, was sie jetzt im Sommer machten, welche Pflichten sie hätten.
Sie sollten jeden Tag ein wenig lernen, wie zur Schulzeit. Ein

bisschen biblische Geschichte und andere Dinge. Dann hörte der Vater sie abends vor dem Schlafengehen ab. Er setzte sich zu jedem Kind auf die Bettkante und wollte wissen, was es gelernt habe. Und den Kleinsten erzählte er ein kleines Märchen, und dabei hörten alle zu, obwohl es nur für die Kleinen bestimmt war.

Früher hat Mutter das gemacht, erzählte ein Kind.

Jetzt tut sie das nie mehr, sagte ein anderes.

Sie tut fast gar nichts, sagte ein drittes.

Du hast sicher keine Kinder, meinte ein viertes.

Nein, antwortete Sara. Aber ich habe kleine Geschwister.

Sie erzählte von Maren und Ole, von Arnold und Hugo, wie er jetzt hieß, der Jüngste der Mutter. Die Kinder wollten mehr wissen, wie alt die Kinder waren, ob sie in Ålesund lebten, wie sie aussahen, was sie machten …

Sie haben eine Orgel, erzählte Sara.

Die haben wir auch, riefen die Kinder stolz. Aber spielen kann nur Mutter …

Und jetzt kann das niemand mehr, sagte der Älteste. Niemand kann spielen, denn der Schlüssel ist verschwunden.

Saras Herz wurde schwer. Am Vorabend hatte sie das Instrument bemerkt. Sie hatte sich gefreut.

Der Schlüssel ist verschwunden?

Ja, seit dem Winter.

Vielleicht hat Claus … vielleicht hat er ihn gegessen.

Niemand isst ja wohl einen Schlüssel!

Er isst alles. Blumen … einmal eine Fliege …

Igitt!, riefen die Kinder. Und lachten.

Aber jetzt nicht mehr. Oder was sagst du, Claus?

Der Kleine schüttelte den Kopf. Zugleich schaute er seine Faust an, in der sich etwas versteckte. Jetzt öffnete er sie und ließ den Inhalt sehen. Es war eine kleine Ameise.

Nich ’ssen, sagte der Junge.

Sara lachte. Auch die Kinder lachten. Es tat gut, mit ihnen zusammen zu sein, ihre hellen Stimmen zu hören, die sie bei sich aufnahmen. Es tat gut, wenn sie ihre Hände fassten, um sie mit sich zu ziehen, um ihr etwas zu zeigen, den Stall, die Tiere, die kleinen Hühner, die draußen hin und her trippelten.

Sie kam sich vor wie eine große Schwester, als sie zum Essen gerufen wurden, als sie sich der Tür näherten und als sie zwischen den fröhlich plaudernden Kindern dahinlief. Wieder ging es in das geräumige Esszimmer, wieder durfte sie neben der Pastorenfrau sitzen.
Als ob sie zur Familie gehörte, dachte Sara. Denn das Gesinde aß sonst in der Küche, die Dienstboten, die für Haushalt, Garten und Hof zuständig waren. Auch das mollige Kindermädchen aß dort.
Das alles verwirrte sie. Vor allem, dass sie nicht arbeiten sollte. Sie brauchte nicht zu putzen und nicht zu kochen, sogar ihre eigene Wäsche wurde von einer anderen gewaschen und gebügelt. Nicht einmal das Wissen der Näherin schien in diesem Haus gefragt zu sein. Und die Orgel war abgeschlossen.
Ihre Hände kamen ihr seltsam leer vor. Sie ertappte sich dabei, wie sie nach dem kleinen Zierkissen griff, das auf dem Sofa lag, wenn sie dort mit der Gnädigen plauderte, ehe sie es dann rasch wieder losließ. Auf diese Weise war es für sie immer wie eine doppelte Erleichterung, wenn das Mädchen Kaffee oder Tee brachte.
Und dann tranken sie gemeinsam, wie feine Damen. Während die andere sie nach dem Leben in Ålesund fragte. Ob dort Vorstellungen gegeben würden?
Sara erzählte vom Affen. Und von dem starken Mann. Und vom alljährlichen Umzug zu Ehren der Heiligen Drei Könige.
War sie deshalb hergekommen? Um auf dem Sofa zu sitzen und zu plappern?
Freute es die Pastorenfrau, wenn sie von starken Männern hörte?
Sara hatte nicht den Eindruck. Die Frau saß einfach da, mit ihrem bleichen Gesicht, mit den grauen Augen, die an stilles

Wasser erinnerten, an das Wasser eines Weihers nach einem Regentag.
Meistens saßen sie im Haus. Manchmal gingen sie in den Garten, zu dem kleinen Holztisch bei den Bänken. Die Kinder schauten immer wieder zu ihnen herüber, wagten sich aber nicht in ihre Nähe. Ihnen war wohl eingeschärft worden, dass sie die Mutter in Ruhe lassen sollten. Und die Erwachsene rief sie in diesem Sommer nie zu sich. Sie ging nicht einmal mit den anderen zur Kirche; sie habe keine Kraft, hieß es. Und deshalb musste Sara ebenfalls zu Hause bleiben, um der anderen Gesellschaft zu leisten.
Wird in Ålesund viel getanzt?, wurde sie gefragt.
Getanzt?
Saras Gedanken arbeiteten heftig. War damit das Spiel in der Mittsommernacht gemeint? Dann fiel ihr ein, was die Mutter vor langer Zeit einmal erzählt hatte, von einem paarweisen Marsch durch die Säle.
Polonaise, sagte sie. Manchmal versammeln sich die Leute in großen Sälen und tanzen Polonaise.
Ach ja?, fragte die Gnädige.
Sara erzählte, was sie zu hören geglaubt hatte, wie die Leute Arm in Arm hintereinander herwanderten, zur Musik eines Akkordeons.
Ach ja?
Dann teilen die Paare sich und gehen in verschiedene Richtungen … und am Ende gehen sie in einen anderen Saal, mit langen, weiß gedeckten Tischen, mit Kronleuchtern an der Decke …
Die Wangen der Pastorenfrau hatten ein wenig Farbe bekommen. Ach ja? Das klingt wie Trondhjem, in meiner Kindheit …

Als eines Sonntags die anderen aus dem Haus waren, schlug sie einen kleinen Spaziergang vor.
Mein Mann glaubt, dass mir das nicht gut tut, aber ….
Sie ging gern spazieren. Das sagte sie. Als sie einen kleinen Aus-

sichtspunkt erreicht hatten, wo sie Blick über das Meer hatten, sagte sie: Früher habe ich das fast jeden Tag gemacht. Es war wie eine Erleichterung. Dieser Ausblick. Zu wissen, dass es noch etwas anderes gibt … dort draußen.
Wir waren spazieren, sagte sie zu ihrem Mann, als die anderen sich wieder eingefunden hatten.
Aber meine Liebe, du solltest doch nicht …
Es ist sehr gut gegangen. Die Schmerzen sind jedenfalls nicht schlimmer geworden. Sondern vielleicht eher weniger.

Die beiden Frauen machten den ganzen Herbst hindurch diese langsamen Wanderungen. Sie waren allein dabei. Frau Drevland hatte mit ihren eigenen Schritten genug zu tun. Unterwegs mussten sie mehrere Ruhepausen einlegen. Und Sara musste der anderen beim Hinsetzen und dann später beim Aufstehen helfen. Und während sie noch dort saßen, zeigte die Pastorenfrau auf die grauen Hütten und erwähnte Namen und Schicksale.
Nach diesen Gängen konnten sie auf der Gartenbank sitzen, einfach sitzen, während die Gnädige mehr erzählte, über die Insel, über die wenigen Familien, die hier lebten und sie so oft beieinander einheirateten, dass man es schon sehen konnte, weil dieselben Züge sich immer wiederholten. Seltsame blassblaue Augen, wie Sara erfuhr. Und eine graue Gesichtshaut, die sich nicht einmal unter der Sommersonne verfärbte.
Sie haben nichts anderes gesehen. Könnt Ihr Euch das vorstellen? Nichts anderes zu sehen als das hier … dieses Grüne und Graue …
Nein, erwiderte Sara verwundert.
Abends wiederholte sie in Gedanken diese Worte, alles, was die Gnädige über dieses und jenes gesagt hatte. Und sie prägte sich Gesicht und Gestalt dieser Frau ein, als könne ihr das erklären, was sie von ihr erwartete.
Sie vermisste die vertraute Müdigkeit ihrer Glieder, wenn sie sich hinlegte, und oft drehte sie sich immer wieder von einer

Seite auf die andere, in ihrer Unsicherheit, ehe sie endlich einschlief. Dann erwachte sie in aller Frühe mit denselben Gedanken, denselben Bildern: dem traurigen Lächeln der Frau. Ihrem sanften Wesen, das zugleich eine Ruhelosigkeit verbarg. Sollte Sara diese Ruhelosigkeit beheben? Sie stellte sich den hellen Blick vor, und die ganze Gestalt, die sich bisweilen so abrupt bewegen konnte, deren Schultern, Arme, Kopf zuckten, als wünsche die Frau sich fort. Sie erinnerte Sara an andere, die sie gesehen hatte, an Frauen, die am Ufer gesessen und aufs Meer geschaut hatten, als gebe es dort etwas, etwas Großes, anderswo.

Aber ihr Mann und ihre Kinder waren doch hier!

Sara dachte nach und fühlte sich hilflos, denn sie wusste nicht, was sie dagegen tun sollte, gegen die Schmerzen im Leib der Frau, gegen eine Sehnsucht, von deren Ausmaßen sie sich keine Vorstellung machen konnte.

Die Sehnsucht reichte bis nach Trondhjem, das ging ihr schließlich auf. Die Sehnsucht richtete sich auf die Stadt, in der die Frau aufgewachsen war, und auf ihre gleichaltrige Schwester und das Leben, das sie führte, diese Schwester, ein Leben in viel schöneren Zimmern, mit schöneren Gegenständen, mit Geselligkeit und Spaziergängen in einer Stadt, nicht an einem Meeresufer.

So begriff Sara langsam, warum sie hier war: Sie sollte die Pastorenfrau an den Ort binden, indem sie ihre Bedürfnisse nach Gesprächen über dieses andere erfüllte. Aber sie wusste doch nichts über die Stadt, sie konnte gar nichts zum Gespräch beitragen.

Das änderte sich im Laufe der Zeit, als die Beschreibungen der anderen in sie hineinglitten. Und zu einem Echo wurden, weshalb sie die Reden der anderen mit Worten füllen konnte, die sie zuvor von dieser erhalten hatte, über den Dom, der so wunderschön sein sollte, über den Nidelv, der so still unter den hohen Bäumen dahinfloss, über die Musik, die unter freiem Himmel spielte, jeden Samstagnachmittag, und über lustige Vorstellungen, die in der Jugendzeit der Gnädigen von Gauklern gegeben worden waren.

Aber das alles war zutiefst unzulänglich, so kam es ihr vor, für sie und auch für die andere, und eigentlich auch für die ganze Familie, denn wenn zum Essen gerufen wurde, musste Frau Drevland bisweilen die Augen zusammenkneifen, wie um sich zu erinnern, wo sie war, und oft versank sie in ihrer eigenen Welt, wenn sie oben am Tisch saß. An solchen Tagen nahm sie nicht an dem leisen Gespräch teil. An solchen Tagen verstummten auch die anderen.

Und Sara machte sich Sorgen, denn was mochte das für eine Mutter sein, die ihre eigenen Kinder nicht sah? Eine schlechte Mutter, bestimmt. Eine, die einen Makel hatte. Als sei sie nie wirklich erwachsen geworden, die Pastorenfrau, trotz ihrer vielen Schwangerschaften.

Oder als habe die dreizehnte und letzte sie verhext.

Und die Gesellschafterin, die sich nützlich machen und Frohsinn verbreiten sollte, überlegte weiter: Wenn sie damit Recht hatte, dann war es ihre Aufgabe, den Blick der anderen wieder auf die lebenden Kinder zu richten und diese Sehnsucht nach etwas anderem nicht zu unterstützen.

Die Schule hatte schon seit einigen Wochen wieder angefangen, als Sara in ihren Betrachtungen so weit gekommen war. Die sechs ältesten Kinder besuchten die Gemeindeschule, die auf dem Pfarrhof abgehalten wurde, wenn der Lehrer in der Gemeinde war. Dann kamen noch mehr Kinder ins Haus, die in den Pausen draußen herumlärmten. Das durften sie. Der Pastor in seinem kleinen Arbeitszimmer konnte den Lärm aushalten. Danach jedoch, wenn die fremden Kinder verschwunden waren und die Frau sich ausruhte, half Sara den Pastorenkindern bei den Hausaufgaben. Sie ging von einem zum anderen, schaute ihnen über die Schulter, lobte hier und dort ein wenig und fragte, ob sie alles verstanden hätten.

Na ja, flüsterte das eine, diese Wörter, die seien ja so schwer zu

schreiben. Und dieses Gedicht, das bis zum nächsten Morgen gelernt werden sollte, flüsterte das andere, das wollte nicht sitzen …
Sara freute sich, denn das war viel einfacher als ihre andere Aufgabe, und sie hatte fast vergessen, warum sie hier mit den Pastorenkindern zusammen war, bis die Pastorenfrau plötzlich in der Tür stand und sie ungeduldig musterte; es war wieder Zeit, auf dem schönen Sofa zu sitzen und über Zimmer mit schönen Gobelins und einem ungeheuer erlesenen Kaffeeservice aus Silber zu sprechen, das auf einem geschnitzten Tablett aus hellem Holz stand, an einem anderen Ort, in Trondhjem.
Sara hörte zu und beteiligte sich am Gespräch, mit der Kaffeetasse in der Hand, bis die Frau verstummte und in Gedanken versank. Dann lenkte Sara das Thema auf etwas anderes. Vorsichtig und behutsam machte sie das. Indem sie ihre alte Freundin Eugenia und die schönen Behälter in deren Haus erwähnte, ja, Sara wusste noch, wie sie sie zum ersten Mal gesehen hatte, diese schmiedeeisernen Behälter mit den verschnörkelten Griffen, damals, als sie einen ganz bestimmten Choral lernen sollten, einen Choral mit seltsamen Worten, ja, die Tochter Clara Johanna hier im Haus lerne gerade dasselbe Lied, und auch sie wundere sich …
Worüber denn?
Über das mit der Krone. Was das für eine Krone sei …
Sicher eine Dornenkrone?
Ja, sicher. Aber leicht zu verstehen war das nicht. Clara Johanna dachte, das Lied handele vielleicht von einem Prinzen. Und das fand auch …
Die Pastorenfrau lachte. Von einem Prinzen? Na, er war wohl eine Art Prinz, sagte sie dann und machte ein ernsteres Gesicht.

Bei jedem Gespräch konnte Sara etwas über die Kinder einflechten, über die Katze, die sie so liebten und die eine kranke Pfote hatte. Über Agnete Karine, die gerade ein Deckchen mit blauen

Blumen bestickte. Über den kleinen Claus, der eine Raupe essen wollte.

Eine Raupe?, rief die Mutter. Und hat er das getan?

Nein. Das haben die anderen verhindert.

Die Pastorenfrau runzelte die Stirn.

Passierte etwas in ihr?, fragte sich Sara. Würde sie gleich aufstehen und zu den Kindern gehen? Nein. Sie blieb sitzen. Aber sie dachte an die Kinder, als sie das nächste Mal etwas sagte.

Findet Ihr nicht, dass sie eine Gouvernante oder einen Hauslehrer brauchen?, fragte sie. Na ja, antwortete sie dann selber. Mein Mann bringt ihnen ja vieles bei, wenn der Lehrer nicht in der Gegend ist ... aber dennoch?

Sara wusste, was eine Gouvernante war, aus den Büchern, die sie gelesen hatte. Und ein Klassenkamerad von Sigmund war aus der Schule genommen worden, um zu Hause von einem Hauslehrer unterrichtet zu werden. Weil er so dumm gewesen war, hatte der Bruder gesagt.

Wenn der Pastor sie auch unterrichtet, dann lernen sie sicher alles, was sie brauchen, sagte sie dann.

Die Stirn der Pastorenfrau glättete sich wieder, und sie sprach über ein Kleid, das sie mit sechzehn Jahren besessen hatte.

Gegen Abend setzte sich manchmal der Mann zu ihnen, und dann sprachen sie über ganz andere Dinge. Der Pastor machte sich Sorgen wegen der Ernährungsgewohnheiten auf den Inseln; denn die Menschen lebten fast nur von Fisch, vielleicht waren sie deshalb alle so grau. Und dann gab es so viele Kranke. Vor allem die Fäule lag ihm am Herzen.

Sara sagte erleichtert dies und jenes, erwähnte die Ansichten ihrer Mutter, und Drevland nickte interessiert. Und so saßen sie dann, die beiden, und sprachen über Gesundheit und Seife, während die Ehefrau sich wieder in ihre eigene Welt zurückzog.

Oft brachte der Mann dann die Kinder zur Sprache, wenn sie so zusammensaßen, und Sara ging bereitwillig darauf ein, sie nannte alle beim Namen und hatte für jedes ein lobendes Wort. Bald

versuchten sie dann zu zweit, die träumende Frau an ihr Heim zu binden. Aber das half alles nichts. Sie saß nur da und schaute durch das Fenster in die Dunkelheit. Der Mann schaute bisweilen mit traurigem Blick zu ihr hinüber. Manchmal aber schien er sie zu vergessen, wenn sie über ein interessantes Thema sprachen, er und Sara, wie diesen Vogel, den die tierliebende Hulda Jensine ins Haus geholt hatte, eine verletzte Bachstelze, die nicht fliegen konnte und um die die Kleine sich kümmerte; aber sollte man so ein Tier denn in einem Kinderzimmer halten? Konnte der Vogel dort vielleicht Ungeziefer einschleppen?
Wir könnten ihn doch im Stall versorgen, schlug Sara vor. Da ist es warm genug.
Wie wahr, wie wahr. Und wir können dort draußen ein kleines Bett für ihn einrichten. Aber können wir ihn den ganzen Winter über im Stall festhalten? Er hätte doch mit den anderen in den Süden ziehen sollen.
Wir müssen eben alle darauf achten, dass die Türen immer geschlossen sind.
Wie wahr.
Und der Mann nickte der Gesellschafterin aufmunternd zu, dann ging er wieder zu seiner Arbeit.
Und seine Frau schien zugehört zu haben, obwohl sie selbst nichts gesagt hatte. Etwas hatte sie doch immerhin mitbekommen, denn als der Mann hinter sich die Tür zuzog, murmelte sie verträumt: Auf dem Nidelv schwimmen manchmal weiße Schwäne.

Am nächsten Abend fragte Sara die andere nach Dingen, die die Kinder vielleicht früher erlebt hatten. Sie hätte gern gewusst, wie der älteste Sohn sich die kleine Narbe über der Augenbraue zugezogen hatte.
Er ist von einem Baum gefallen, war die Antwort, wie eine auswendig gelernte Lektion.
Und welche Pläne habt Ihr für das nächste Jahr, wenn er konfirmiert wird?

Ich glaube, er will ebenfalls Geistlicher werden, wie sein Vater, antwortete die Frau zerstreut. Und Drevland will ihn nach Molde zur Schule schicken, während ich … Es wäre doch sicher besser für ihn, nach Trondhjem zu kommen?
Und damit waren sie wieder bei ihrem Thema angelangt, der Stadt, in der die Schwester lebte.

Im späteren Dezember wurde er dann gefunden, der kleine Schlüssel für den Orgeldeckel. Dieser Fund schien im Haus etwas zu lösen. Denn Sara setzte sich auf den Hocker und spielte. Die ganze Familie versammelte sich um sie. Die meisten stimmten ein, vor allem zwei der Mädchen hatten schöne Stimmen. Und die Mutter kam den anderen näher. Jetzt konnte sie die Kleinen auf den Schoß nehmen und ihre Haare streicheln, mit gerührten Blicken. Ach, das tat gut, fand Sara, denn endlich hatte sie etwas Sinnvolles geleistet, und es wurde ein schönes Weihnachtsfest, durch die Orgel und diese neue Stimmung.
Und sie freute sich, als alle die Kirche besuchten. Sie hielt das zweitjüngste Kind auf dem Schoß, Hulda Jensine saß neben ihr, und die Achtjährige fasste nach ihrer Hand und drückte sie, als der Vater die Kanzel betrat.

Ihr war Sara von den Kindern am nächsten gekommen, vielleicht, weil sie vom Aussehen und vom Blick her ein wenig an Maren erinnerte. Sie hatte allerdings einen kleinen Sprachfehler und schämte sich deshalb, und Sara hatte sich viel Zeit gelassen, um ihr bei den Ausspracheübungen zu helfen. Sie machte auch im neuen Jahr damit weiter, und als es draußen grün wurde, ging sie mit Hulda Jensine nach draußen, fort von den anderen. Dort nahm sie die Katze auf den Schoß und übte Choräle, Strophe für Strophe, wieder und wieder, auch dann noch, wenn sie sie schon längst konnte, um dafür zu sorgen, dass sich ihr R nicht mehr wie ein L anhörte. Und alles ging besser, wenn sie die Hand ins Katzenfell schmiegen und über sich die Vögel singen hören konnte.

Dann aber fand Sara endlich eine Aufgabe, der sie sich gewachsen fühlte. Sie durfte den Anzug des Konfirmanden nähen, nachdem der Vater Maß genommen hatte, zumindest an den intimen Stellen. Sie summte beim Zuschneiden, sie sang beim Nähen, und sie gab sich alle Mühe, damit der Anzug sich elegant um den schlaksigen Leib schmiegte.
Aber Frau Drevland war wieder in ihren Gedanken versunken, in diesem verträumten und zugleich ruhelosen Zustand. Die Kinder hatten sich inzwischen offenbar daran gewöhnt. Sie warfen ihr nicht mehr diese langen, sehnsüchtigen Blicke zu. Sie vertieften sich in ihre Spiele, ihre Aufgaben, ihre kleinen Pflichten in Haus und Garten.
So verlief das erste Jahr. Und so ging es im zweiten weiter, mit Spaziergängen bei Sonnenschein, mit frisch gefangenem Fisch auf dem Tisch, mit Sprachübungen unter den Baumkronen, abends mit Gesang und Spiel und den täglichen Gesprächen mit der Gnädigen, die sich darüber ärgerte, dass sie in der Auseinandersetzung darüber, wo der Älteste zur Schule gehen sollte, den Kürzeren gezogen hatte.
Sara gelang es jetzt besser, sie abzulenken. Über Trondhjem wurde nicht gesprochen. Sie sprachen über das Haus und die Kinder der Frau.
Aber das brauchst du mir doch nicht zu sagen?, beschwerte sich die Pastorenfrau eines Abends. Ich weiß doch, dass Claus die seltsamsten Dinge in den Mund steckt.
Er hört jetzt langsam damit auf, widersprach Sara. Das habe ich erzählt. Nicht das andere.
Und von dem Sprachfehler weiß ich auch, fauchte die Frau.
Aber auch der wird bald verschwunden sein, erwiderte die Gesellschafterin.
Ich habe schließlich auch Ohren, murmelte die andere.
Sie sah so unglücklich aus. So klein im Dämmerlicht. Sara musste ein neues Gesprächsthema finden, etwas Aufmunterndes, aber was?
Sie entschied sich für ein Buch. Die andere hörte zu. Hörte sich

die Beschreibungen von deutschen Landschaften und Schlössern an, von Burgen am Ufer eines Flusses, der Rhein hieß. Dort wanderte ein Mann mit einem Falken, einem Jagdfalken, der auf seinem Handgelenk saß, dem von einem Handschuh verhüllten Handgelenk.

Sara hatte vor langer Zeit darüber gelesen, damals, als Kind. Jetzt begriff sie, dass das, was sie noch wusste, Mängel hatte, vieles hatte sie wohl gar nicht mitbekommen. Zuerst errötete sie und zögerte kurz, doch der Blick ihrer Zuhörerin richtete sich auf das Fenster, auf die Welt dort draußen, und sie schluckte und sprach weiter, füllte die Löcher in ihrer Erinnerung, fand einen Sinn, wo es vielleicht im Buch einen ganz anderen gegeben hatte.

Erzähl mehr, verlangte die Pastorenfrau, als Sara verstummte, ich war noch nie am Rhein.

Doch Sara wusste nicht mehr über Deutschlands Strom, nur, dass am Ufer Burgen lagen und dass Tiere die Hügel erklommen, wilde Tiere, auf die die Jäger Jagd machen konnten.

Deshalb sprach sie lieber über etwas anders, über ein kleines Mädchen, das, ohne den Grund zu verstehen, von seiner Mutter fortgenommen und auf einen Felssims über einem Fjordarm gebracht worden war. Dort wurde sie an einen Baum gebunden, um nicht in den Abgrund zu stürzen. Sara beschrieb die Ziegen und die Schafe an diesem Ort, sie schilderte das klare Wasser, das über den Berghang sprudelte. Dann erzählte sie von einem großen Mann mit Kindergemüt, der so viele Märchen gekannt hatte.

Schön, sagte die Pastorengattin danach. Sehr schön und ein wenig seltsam.

Erzähl mehr über diesen Kindmann, bat sie am nächsten Abend.

Und Sara erzählte von damals, als er viel später das Mädchen wiedergesehen hatte, als er mit Wiedersehensfreude im Blick auf sie zugelaufen war, die Umstehenden dies aber missverstanden und ihn deshalb zu Boden gerungen und ins Wasser geworfen hatten.

Entsetzlich!
Ja, das war entsetzlich. Aber es hat doch ein gutes Ende genommen, er ist nicht ertrunken.
An manchen Abenden schien die Frau durch diese Geschichten wirklich belebt zu werden, und sie erhob sich und ging zu ihren Kindern, um ihnen gute Nacht zu sagen, und Sara hörte, wie sie mit sanfter Stimme etwas erzählte und ein Abendgebet sprach, ehe sie ins Wohnzimmer zurückkehrte.
In solchen Zeiten schien auch die Ehe sich zu bessern, denn die Frau lehnte sich manchmal an ihren Mann an, wenn sie am Fenster standen, und er konnte ihr liebevoll den Arm um die Schultern legen.
Sara zog sich in solchen Momenten immer zur Tür zurück, denn eine solche Nähe war nicht für fremde Augen bestimmt. Sie wartete dann im Vorzimmer, für den Fall, dass diese intime Stimmung verflog und die Gnädige gleich wieder nach ihrer Gesellschaft verlangte. Wenn sie längere Zeit nichts hörte, ging sie auf ihre Kammer und machte sich bereit für die Nacht.
Dann lag sie im Bett, erfüllt von diesen Bildern, von denen sie nicht wusste, ob sie sie haben wollte: die Blicke, die das Ehepaar in solchen Momenten wechselte.
Sie schienen einander zu lieben.
Ach ja, Drevland liebte seine Frau. Jeden Tag war es ihm anzusehen, welche Sorgen er sich machte, wie er etwas in ihr suchte. Ohne Forderungen. Ohne Druck.
Also musste er sie doch lieben.
Also musste es möglich sein, dass eine Frau von einem Mann geliebt werden konnte, dass es etwas anderes gab als Vorschriften und Angst, die Angst davor, etwas zu sagen, was nicht gesagt werden durfte …
In den Augen des Pastors lebte ein ganz eigenes Licht, wenn er seine Frau ansah. Tagsüber brannte dort eine sanfte Glut. Eine Flamme, die auflodern konnte, wenn sie ihm ein seltenes Mal mit dieser Nähe begegnete …
Dass es solche Menschen gibt!, dachte Sara.

Drevland war wohl ganz anders als alle anderen.
Aber wen hatte sie denn eigentlich von nahem gesehen, welche Ehemänner?
Borgwad. Johannas Gunder. Den wortkargen Onkel Hans, der den kleinen Oskar einst verstoßen hatte und dann später zu seinem Retter geworden war. War der Tante Bernta ein guter Ehemann?
Diese Frage hatte Sara sich bisher nie gestellt.
Und liebte Bernta Hans?
Bei diesem Gedanken hätte sie lachen mögen. Das Wort war einfach zu großartig für diese rundliche Frau, die sich vor allem für Essen und niedliche kleine Kinder und Klatsch interessierte.
Aber wie war es mit Frau Drevland?
Sara suchte in ihrer Erinnerung nach Zeichen, nach etwas anderem als diesem Leid, dieser Sehnsucht nach einem fernen Leben.
Doch, auch sie hatte so etwas in sich, die Gnädige, wenn sie die erste Zeit erwähnt hatte, damals, als ihr Mann getanzt, als er um sie geworben hatte. Sie hatte auch einmal ihre Hochzeit beschrieben, die war so schön gewesen …
Aber dann?
Doch. Diese seltenen Momente, wie an dem Abend, an dem Sara sich aus dem Zimmer geschlichen hatte. Da hatte es zwischen den beiden etwas gegeben, ein Band, das wusste sie jetzt, das alle anderen aussperrte.
Und das noch immer vorhanden war. Nach so vielen Jahren. Nach dreizehn Geburten.
Ein Band. Durch die Blicke. Als habe sich für beide eine Tür geöffnet, als stünden sie im selben Raum, der nur ihnen gehörte.
In Gedanken hörte sie Karen Amalies Stimme: Beim ersten Mal tut es angeblich weh.
Und Marie Charlottes Träumereien.
Und Sara fühlte sich plötzlich einsam, als sie dort in ihrer Kammer lag.

Dann kam die Nachricht, dass Drevlands jüngerer Bruder zu Besuch erwartet wurde. Die Kinder freuten sich. Sie schienen diesen jungen Mann sehr zu mögen. Er wollte Lehrer werden, erzählten sie. Und die älteste Nichte lachte, als sie das sagte, denn ihrer Ansicht nach war er zu diesem Amt wirklich nicht geschaffen. Nein, er hatte keine Ähnlichkeit mit dem alternden Mann, der hier auf Gurskøy unterrichtete. Onkel Preben scherzte und lachte. Und er war ja so schön, seufzte Agnete Karine.

Inwiefern schön?, fragte Sara mit einer Stimme, die versuchte, ihre Neugier zu verbergen.

Es liegt vielleicht an seinem Lächeln, sagte die andere. Ja, bestimmt. An seinem Lächeln. Und an seinen Haaren. Die sind irgendwie ... silbern.

Sara stellte sich eine jüngere Ausgabe des Pastors vor, mit dem sanften Lächeln des Pastors, nur stärker und fröhlicher. Sara hatte Drevland nie laut lachen hören. Jetzt hörte sie ihn doch, in Gedanken, und dazu sah sie das Bild eines anderen.

Sie freute sich.

Onkel Preben nimmt uns zum Angeln mit, erzählte Hans Peder. Immer viele auf einmal, bis das Boot ganz voll ist.

Die beiden ältesten Söhne waren die Einzigen, die allein hinausrudern durften, die anderen konnten ihnen sonst nur mit langen Gesichtern hinterherschauen.

Wir dürfen bei Onkel Preben auch die Angel halten, erzählte Ellisiv Mathilde mit erwartungsvollen Augen.

Sara sah ihn vor sich. Einen jungen Mann mit hohem Hut, Jacke und Weste, der beim Rudern lächelte. Er hatte auch ein wenig Ähnlichkeit mit Sigmund. Sie selber saß vor ihm, auf der hintersten Ruderbank, und folgte den Bewegungen des Ruderers, den Füßen, die sich abstemmten, dem Oberkörper, der sich vor- und zurückbewegte ...

Du musst Orgel spielen, sagte Clara Johanna, wenn Onkel Preben kommt. Und dann stehen wir alle um dich herum und singen.

Für den Besuch wurden besonders gute Lebensmittel bestellt. Das Mädchen ging durch die Zimmer und summte, auch ihr Gesicht zeigte eine neue Freude. Kann sie in ihn verliebt sein?, überlegte Sara. Dieser Gedanke machte ihr zu schaffen; Preben war ja schon häufiger hier gewesen, und vielleicht waren er und das Mädchen … konnte das sein?
Dann bedauerte sie die andere, die hier vor sich hin summte und alles besonders schön herrichtete, denn sie war doch nur ein Dienstmädchen, während Preben Drevland …
Ein Lehrerstudent. Er besuchte offenbar das Seminar, so eines, wie Borgwad ihnen beschrieben hatte. Vielleicht besuchte er dasselbe wie damals ihr Stiefvater? Sie würde ihn fragen.
So freute sie sich und formte in Gedanken Gespräche mit dem Fremden aus, während sie auf seinen Besuch wartete.
Das alles spielte sich im Spätwinter ihres zweiten Jahres auf der Insel ab. Sara nähte einen weiteren Konfirmationsanzug, diesmal für Bernt Ingolf, einen klein gewachsenen Jungen mit den zarten Gliedern der Mutter. Abends saß sie mit ihrer Handarbeit bei der Gnädigen. Deren Unterleibsschmerzen hatten sich wohl verringert. Sie wollte jetzt wieder nach draußen, nachdem der Schnee geschmolzen war, und sie ging schneller als im Herbst zuvor.
Jedes Mal wollte sie denselben Weg einschlagen, den zum Aussichtspunkt. Dort wollte sie lange stehen bleiben und einfach nur schauen.
Aber der Besuch wird Euch sicher gut tun, sagte Sara, um die Pastorengattin daran zu erinnern, wo sie hingehörte und wie bald sie ein wenig Zerstreuung erleben würde.
Ja, sicher, lautete die geistesabwesende Antwort.
Er hätte das Seminar in Trondhjem besuchen sollen, sagte sie ein wenig später. Dort hätte er sich wohlgefühlt, der junge Preben.
In Hamburg gibt es auch einen schönen Fluss, sagte Sara.
Ach ja? Hast du den gesehen?
Nein. Das hatte sie nicht.
Die Pastorengattin sah enttäuscht aus. Und wieder überkam sie

die Ruhelosigkeit. Sara sah es, in ihren Augen, in ihren Gliedern, während die andere mit ihren Blicken einer Möwe folgte, einer Möwe, die in einem Bogen über das Wasser glitt und weiter nach Norden flog, während die Frau sich offenbar auf den Rücken des Vogels wünschte ...
Um wohin zu fliegen?
An einen neuen Ort mit viel Leben. In die Stadt, wo ihre Jugendfreundinnen und ihre Schwester lebten. Um sie besuchen zu können, am Kaffee zu nippen, Plätzchen zu knabbern, zu plaudern, zu plaudern, über alles, was früher passiert war, vor langer Zeit. Sie wollte Mann und Kinder nicht verlassen, das war es nicht. Davon war Sara überzeugt. Das Problem war die Leere hier auf der Insel.
Sara wusste jetzt nämlich, dass die Schwermut sich nicht mit dem dreizehnten Kind eingestellt hatte. Sie war schon lange da gewesen. Doch durch dieses Unglück hatte sie sich noch verschärft und verschlimmert.
Aber konnten die Erinnerungen denn nicht genug sein?, fragte die Gesellschafterin sich. Und konnte sie nicht als Mutter tagsüber anwesend sein und sich abends in ihre Erinnerungen vertiefen?
Vielleicht aber hatte sie das alles ganz falsch gesehen, überlegte Sara jetzt. Vielleicht hätte sie ihre Kräfte nicht nutzen sollen, um die Gedanken der anderen von diesem Thema wegzuführen, über das sie sprechen wollte, vielleicht hätte sie sie reden lassen sollen, bis sie endlich satt wäre ...
Aber das hatte sie doch in der ersten Zeit gemacht, ehe sie verstanden hatte, was in der anderen vorging ... Ja, aber sie hatte die Richtung der Gespräche wohl zu rasch geändert, weil sie es für vernünftiger gehalten hatte ... Viel zu rasch, denn die Frau hatte sicher noch unendlich viel mehr von diesen Erinnerungen, die sie hervorholen und an denen sie sich wärmen wollte. Und erst dann!
Erst dann würde sie vielleicht genug haben, dann, wenn alles gesagt und betrachtet wäre.

Dann traf die Nachricht ein, dass Preben Drevland erkrankt war und doch nicht kommen könnte. Die Enttäuschung war groß. Zwei der Mädchen brachen sofort in Tränen aus. Aber das gute Essen sollten sie trotzdem bekommen, versuchte der Vater zu trösten. Als das nichts half, versprach er, mit ihnen allen zum Angeln zu fahren, in Vierergruppen, aber das erst ein wenig später, wenn das Wetter wärmer wäre.
Die Gnädige sprach über Trondhjem. Abend für Abend. Und Sara ließ sie jetzt gewähren, die Worte der anderen glitten ihr zum einen Ohr hinein und zum anderen heraus. Sie dachte an Preben. Den jungen Mann mit den silbernen Haaren. Der ein Lungenleiden entwickelt hatte. Sie sah ihn vor sich, bleich und mager, in einem schmalen Bett aus dunklem Holz. Und sie zitterte unmerklich, während die Pastorengattin frische rote Wangen bekam.

Und dann war alles zu Ende.

Es wurde ihr erst Ende Mai gesagt. Die Frau hatte gewonnen, so wie sie im Vorjahr verloren hatte. Das Ehepaar hatte offenbar seine Gespräche unter vier Augen geführt, denn keines der Kinder hatte von den Umzugsplänen gewusst. Sie lebten seit elf Jahren hier auf der Insel, sie war ihre Heimat, mit der Wiese im Sommer, dem Wasser gleich vor der Haustür, dem Strand, an dem sie herumgetobt waren.
Das sollte jetzt ein Ende haben.
Der Pastor hatte sich um ein Amt in der Domstadt am Nidelv beworben und es erhalten. Der älteste Sohn konnte damit die Schule wechseln und seine Altersgenossen einholen, hieß es, wie als Begründung für diese angekündigte Veränderung.

Sara wurde nicht um ihre Begleitung gebeten. In der Stadt, wo die Pastorengattin so viele Verwandte und Bekannte hatte, wurde sicher keine Gesellschafterin als Hilfe und Freundin benötigt. Und wieder stand sie allein auf einem Deck, unterwegs, aber

nicht vorwärts, nein, es ging zurück, in das Ålesund, das sie verlassen hatte. Ein Knabe aus dem Ort hatte ihr Gepäck mit einem Karren über den schmalen Kiesweg gebracht. Sara war hinterhergegangen, durch den Duft der Bäume und Blumen, durch den Gesang der Vögel in den Büschen. Ohne andere Gedanken als den an einen roten Hut ging sie dort, denn es gab sonst nichts, woran sie denken konnte.
Jetzt stand sie an Deck, mit diesem roten Hut auf dem Kopf, und dieser Hut straffte ihren Rücken. Denn so gehörte es sich, wenn eine einen Hut trug, das wusste sie, das hatte sie gesehen, bei den Damen in der Stadt, auf Zeichnungen in Modejournalen.
Der Hut war ziemlich modern. Frau Drevland hatte ihn im Vorjahr bekommen, von ihrer Schwester. Aber im Kirchspiel Herø trug keine Frau einen Hut. Und dieses leuchtende Rot gehörte sich wohl auch nicht für eine, die so viele Kinder hatte und außerdem mit einem Mann der Kirche verheiratet war. So eine Frau trug einen blauen Hut, wenn sie durch Trondhjems Straßen wandelte. Deshalb hatte Sara den Hut bekommen.
Er steht dir sehr gut, hatte die Pastorenfrau gesagt.
Du bist ja vielleicht schön!, hatte Agnete Karine geseufzt.
Ja, der Pastor hatte genickt. Ein solcher Hut gibt einer jungen Frau eine ganz eigene Würde.
Daran konnte sie jetzt denken, während das Boot davonglitt. Sie war jetzt zu nichts anderem fähig, als sich mit dem Anblick des Meers zu füllen, dem der Möwen, der Seeleute, die ihre Arbeit verrichteten, des Küstenstreifens neben der Fahrrinne ... und dieser Gewissheit, eine junge Frau mit einem roten Hut zu sein.
Aber als das Boot sich Ålesund näherte und die Aksla immer größer und deutlicher wurde, als sich die Welle aus wogendem Leben im Hafen zu einzelnen Menschen löste, musste Sara andere Gedanken entwickeln, wenn sie an Land gehen und nicht an Deck stehen bleiben wollte wie ein zusätzlicher Mast mit einer farbenfrohen Spitze.
Und dann stand sie da, zwischen den Lagerhäusern, neben ihrer Reisetruhe. In dem Kleid, das sie vor zwei Jahren genäht hatte.

Mit dem dicken Mantel über dem Arm. Aber ohne Haube oder Schal auf dem Kopf, wie sie sie früher immer getragen hatte. Jetzt steckten beide unter dem Truhendeckel.

Da stand sie nun und fühlte sich ein wenig seltsam. Wer war sie jetzt? Und wohin sollte sie gehen?

Sie sah ihre Kammer bei Jungfer Samuelsen vor sich. Die Näherin hatte jetzt hinter ihrer Küche sicher ein neues Lehrmädchen wohnen.

Soll die Truhe irgendwohin gebracht werden?

Vor ihr stand ein Knabe wie der auf Gurskøy, mit nackten Füßen und einem Karren.

Zugleich rief jemand etwas, unverständliche Wörter erklangen gleich neben ihr, ein Spanier mit funkelnden Augen sah sie an und sagte etwas zu seinem Kumpan.

Ja, sagte Sara. Ja, tausend Dank.

Der Junge hob die Truhe. Er nahm Sara den Mantel vom Arm und legte ihn über den Deckel. Dann setzte er sich mit seinem Karren in Bewegung.

Diese Hilfe kostete, das wusste sie, und plötzlich hatte sie Angst. Aber sie hatte doch Geld. In der Truhe hatte sie Geld, das, was sie früher schon verdient hatte, und das, was der Pastor ihr bei der Schlussabrechnung ausgezahlt hatte. Außerdem hatte Herr Drevland ihr einen Brief mitgegeben, das fiel ihr jetzt ein, ein Empfehlungsschreiben, in dem sie als Gesellschafterin gelobt wurde. Sie solle diesen Brief seinem Amtsbruder in Ålesund übergeben, hatte der Mann gesagt, denn der werde ihr sicher bei der Suche nach einem neuen Posten behilflich sein.

Dieser Gedanke tat weh.

Sie hatte die Menschen auf der Insel lieb gewonnen. Im Laufe der Zeit war sie allen nahe gekommen, von den Kleinsten bis zu den Eltern. Doch, sie hatte sie sehr lieb gewonnen, und sie hatte alles über sie gewusst, das hatte sie zumindest geglaubt, über die Gedanken der Frau, über die Erlebnisse und die schlichten Träume der Kinder, über die Gründe, aus denen der Mann sich für ein Predigtthema entschied, ja, sogar das, denn im letzten

Jahr hatte Drevland immer häufiger mit ihr darüber gesprochen. Er hatte sie seine Predigten sogar einige Male ins Reine schreiben lassen und ihre schöne Handschrift gelobt. Doch, sie hatte von fast allem gewusst, nur nicht von dem Wichtigsten, dem Entschluss, die Insel zu verlassen. Der allem ein Ende gesetzt hatte.

Der ihr klar gemacht hatte, wer sie war.

Der Knabe, der ihr Gepäck zog, ging jetzt langsamer, er wollte sie vorlassen, damit sie ihm den Weg zeigen konnte.

Sara hätte weinen mögen. Vor Scham. Denn sie hatte geglaubt …

Was hatte sie geglaubt?

Sie schaute ihre Füße und den trockenen Boden an. Die Füße bewegten sich langsam, weiterhin vorbei an den Reihen von Booten, doch bald würden sie ihre Richtung ändern müssen, das wusste sie …

Was hatte sie dort draußen geglaubt?

Lag es daran, dass sie die Mahlzeiten mit der Familie eingenommen hatte und nicht wie die anderen in der Küche? Auch das war sicher ein Grund. Und sie schämte sich, denn sie hatte sich hinters Licht führen lassen, wie früher, wie früher. Und sie spürte, wie ihr Rücken sich krümmte, wie ihre Füße ihren Oberkörper immer weiter nach unten zogen.

Aber das durfte nicht sein!

Sie trug einen roten Hut!

Und sie riss sich zusammen. Sie sah, wohin der Weg führte. Sie näherten sich den kleinen Logierhäusern, Herbergen, in denen Ortsfremde sich ein Bett mieten konnten, während sie auf Heuer warteten oder sich aus anderen Gründen in der Stadt aufhielten. Es gab sehr unterschiedliche Logierhäuser, aber Sara hatte von einem gehört, das von einer guten christlichen Witwe betrieben wurde, einem Haus, in dem offenbar kein Schnaps ausgeschenkt wurde. Dorthin wollte sie, um ihren Hut abzusetzen, um ihr Geld zu zählen, um Atem zu holen und um über ihre Zukunft nachzudenken.

Am nächsten Tag ging sie zur Nähstube, sie wollte guten Tag sagen, denn Jungfer Samuelsen war der Mensch in Ålesund, den sie am liebsten sehen wollte.
Es war seltsam, in diesen geschäftigen Saal zurückzukehren. Die anderen Frauen scharwenzelten um sie herum, um sie erzählen zu hören, um den Hut zu bewundern. Sogar Wolff kam hinter seinem Wandschirm hervor, um sie zu begrüßen und sich am Gespräch zu beteiligen. Doch, mit der Arbeit lief alles gut, inzwischen waren drei Wände getäfelt worden, und die Jungfer hatte eine weitere Maschine bestellt.
Es wächst, alles, sagte der Schneidergeselle. Die ganze Stadt. Neue Leute, neue Häuser, neue Schilder über den Türen.
Es gibt jetzt schon über dreißig Bäcker in der Stadt, berichtete Karen Amalie. Und ebenso viele Schuster.
Und Bootsbauer Haasted hat jetzt fast hundert Angestellte, sagte die dritte Näherin. Mein Bruder arbeitet auch dort.
Das kommt alles vom Fisch, erklärte die Jungfer. Jetzt scheint er in Mengen zu kommen, nicht wie vor einigen Jahren, als die Stadtkasse fast leer war und die Lehrergehälter gekürzt werden mussten.
Die Lehrergehälter, die waren gekürzt worden?
Ja, das alles steht doch in der Zeitung, sagte Karen Amalie feierlich.
Hielten sie jetzt schon eine Zeitung?
Sara hörte mit großen Augen zu.
Ja, die Jungfer hielt eine Zeitung, und in den Pausen durften alle darin lesen. Deshalb wussten sie, wie viele Bäcker es gab, und wie viele Segelmacher und Böttcher…
Sara stellte fest, dass es kein neues Lehrmädchen gab. Die Jungfer habe keines gefunden, das begabt genug gewirkt hätte, wie sie nun erfuhr. Aber wenn die neue Singer eintraf, dann müsste sie …
Auf diese Weise konnte Sara bis auf weiteres ihre alte Kammer beziehen und sich ihr Gepäck aus dem Logierhaus bringen lassen.

Als mein Gast, sagte die Näherin lächelnd.
Nein!, protestierte Sara.
Sie wollte bezahlen. Aber die andere wollte davon nichts hören. Deshalb übernahm Sara wieder Näharbeiten, und das war gut, es tat gut, etwas Sinnvolles zu tun zu haben. Vor allem, wo kein Zwang darauf lastete, sie machte es freiwillig, stand nicht in Diensten. Sie nähte, während sie sich überlegte, was jetzt passieren sollte. Während sie auf den Sonntag wartete, glaubte die Jungfer, dann würden sie zur Kirche gehen und den Pastor treffen, denn Sara hatte ihr den Brief gezeigt und Drevlands lobende Worte wiederholt.
Aber willst du denn deine Mutter nicht besuchen?, fragte die Näherin am zweiten Abend.
Doch, das wollte sie. Das musste sie doch. Am nächsten Tag, dann würde sie gehen. Aber sie schreckte davor zurück. Es lag so viel zwischen ihnen. Doch andererseits ... Was, wenn sie etwas Neues hören würde ... über Sigmund? Ach nein, nicht in den Zimmern des Stiefvaters ...

In dieser Nacht hatte sie einen Traum. Sie träumte, dass sie in einem großen Zimmer stand, in einem Zimmer, das ihr vollständig fremd war. Dort gab es schöne Bücherschränke mit Glasscheiben in den Türen, die aber keine Ähnlichkeit mit Borgwads Schränken hatten, denn sie waren viel höher und größer. Unter der Decke hing ein schöner Kronleuchter aus funkelnden Glasstücken, die auf irgendeine Weise aneinander befestigt waren. So einen hatte Sara einmal gesehen, aber es war doch ein anderer gewesen. Und unter dem Licht dieses Kronleuchters stand ein Mann, eine hochgewachsene Gestalt in einer schönen Jacke, und das von oben fallende Licht zeichnete Streifen über das Revers. Das Gesicht des Mannes war nicht klar zu erkennen, Sara wusste nicht, wer er sein konnte, wie sein Gesicht aussah, ob sie ihn kannte ... Im Traum war sie glücklich, weil sie ihn sah, und sie schien Flügel zu haben, in diesem hellen Zimmer.

Als sie erwachte, sah sie alles deutlich vor sich, und sie dachte an Liebe.

Aber hatte sie nicht schon längst entschieden, dass sie niemals heiraten wollte?

Ach, das war so lange her. Dieser Entschluss gehörte zu der Illusion, dass sie einmal eine eigene Nähstube betreiben würde.

Die Gefühle wogten in ihr, manche zogen sie hinunter in etwas Graues und Trauriges, in die Gewissheit, dass sie einfach ein Nichts war. Andere zogen sie hoch, waren erfüllt von Farben, wie der Himmel über dem Wasser, der Himmel bei einem Sonnenaufgang.

In ihr schien ein Kampf ausgefochten zu werden, zwischen einer zitternden Hoffnung auf etwas anderes, auf etwas Beglückendes, und der Trauer und Enttäuschung, die sie in der letzten Zeit erfüllt hatten: Was war denn schon ein Traum? Hatte sie nicht ohnehin schon genug geträumt, nur um zu stürzen, stürzen, wenn sich alles dann abermals als Blendwerk herausstellte?

Aber waren die nächtlichen Träume nicht etwas anderes als das, was sie sich selber ausdenken konnte? Konnte Johanna nicht Recht damit haben, dass die Träume, die nachts kamen …

So siegte die Hoffnung. Und Sara fühlte sich munter und leicht, als sie sich zum Frühstück an den Tisch der Jungfer setzte. Denn Gott hatte mit ihr gesprochen, das glaubte sie jetzt ganz fest, er hatte ihr ein Zeichen gegeben, dass sie eines Tages etwas Ähnliches erleben würde, ein schönes Zimmer, in das sie gehören würde, eine Liebe, die sie dazu bringen würde, sich mit allen Fasern ihres Herzens nach dem Zusammensein mit einem Mann zu sehnen.

Na?, fragte die Jungfer lächelnd. Du scheinst ja richtig gut geschlafen zu haben?

Für einen Moment dachte Sara, der junge Preben könne von seiner Krankheit doch genesen sein …

Wieder verdüsterte sich alles in ihr. Wieder schämte sie sich trotz ihrer Glücksgefühle, denn plötzlich ging ihr auf, dass sie auf der Insel vom Bruder des Pastors geträumt hatte, und dabei

war sie doch nichts anderes als eine Magd gewesen, da sie auf dieselbe Weise ins Haus geholt worden war, um sich ihr Brot zu verdienen.
Jetzt greif doch zu. Die Näherin hielt ihr eine Schüssel mit Aufschnitt hin.
Ja, tausend Dank.
Sara brachte ein Lächeln zustande.
Aber innerlich litt sie wieder Höllenqualen. Denn wie hatte sie so töricht sein können! Sie war diesem jungen Seminaristen ja nicht einmal begegnet!
Kaffee?, fragte ihre Gastgeberin.
Es tat gut, die Jungfer anzusehen. Es tat gut, ihre Stimme zu hören. Es gab ihr Geborgenheit. Denn Jungfer Samuelsen hielt sie nicht zur Närrin. Jungfer Samuelsen war so, wie sie war. Ein guter Mensch. Eine, die nur gut über sie gesprochen hatte. eine, die ihr eine Möglichkeit hatte geben wollen.
Und jetzt war sie des Lobes voll über Sara, über den Hut, darüber, dass sie so viel erwachsener wirkte als vor ihrer Abreise.
So konnte alles andere in den Hintergrund geschoben werden, die Überlegungen, wer sie war, wie ihre Zukunft aussehen sollte. Und bald glitt es noch weiter weg, im Summen der Maschine. Und sie dachte nur an Mutter und Geschwister, und an den Stiefvater, als sie nachmittags loszog, im Sommermantel und mit dem eleganten Hut, den sie auf Drängen der Jungfer aufgesetzt hatte.
Der Buchladen hatte geöffnet. Sie hatte sich nicht überlegt, dass es einer der beiden Tage war, an denen Laden und Leihbücherei geöffnet hatten. Wer jetzt wohl unten steht, überlegte sie. Sicher Borgwad selber, denn er hatte doch keine Hilfe mehr, falls nicht die Mutter … Nein, die war nie gern unten gewesen. Aber Maren konnte doch … Sie war jetzt älter, als Sara damals gewesen war.
Plötzlich hatte sie Lust, dort vorbeizuschauen. Als Kundin zu kommen. Sich vielleicht ein Buch zu leihen, ein Buch, aus dem sie ihrer Gastgeberin vorlesen könnte. Diese Vorstellung wirkte

plötzlich verlockend, zur Tür hereinzukommen, mit dem schönen Hut auf dem Kopf, und in den Büchern zu blättern, mit allen Rechten der Kundin.

Es befand sich schon ein Kunde im Laden. Er kehrte ihr den Rücken zu, und das Licht, das durch das kleine Fenster fiel, zeichnete eine Art Streifenmuster auf seine Schultern. Hinter ihm konnte sie Borgwad erkennen, in seiner verschlissenen Jacke, die an Ellbogen und Handgelenken schon längst speckig war. Er schaute aus zusammengekniffenen Augen zur Eingangstür hinüber und verbeugte sich vor Sara wie vor einer Fremden. Dann erkannte er sie.

Nein, aber Sara! Bist du's?

Auch der andere drehte sich um. Es war der Kommis, über dessen ländlichen Akzent sie einmal gelacht hatte, der hereingekommen war, als sie mitten in der Nacht mit dem schreienden Ole hier gesessen hatte, und der das Kind auf seine große Hand gelegt, seinen Rücken gestreichelt und den Jungen zum Aufstoßen gebracht hatte.

Jetzt lächelte er, strahlend und überrascht, trat einen langen Schritt vor und reichte ihr die Hand.

Sie begrüßten einander. Und Borgwad fragte Sara über Herø und den Pastor mit den vielen Kindern aus. Dann kam noch ein Kunde, und der Buchhändler ließ Sara und den Kommis stehen.

Ihr wart also draußen auf Herø, sagte der. Ich habe mich in diesen Jahren ja auch bisweilen gefragt, warum ich Euch niemals wiedergesehen habe.

Sara nahm sein Bild in sich auf, er kam ihr wie ein neuer Mensch vor.

Ja, und auch für ihn habe die Zeit zu Veränderungen geführt, erzählte er. Jetzt sei er Kontorangestellter beim Konsul.

Ach, beim Konsul …

Sie musste zu ihrer Mutter. Sie stand schon lange genug hier unten. Sie konnte nicht in den Büchern blättern, wenn dieser redselige Mann vor ihr stand.

Doch, und der Konsul sei ein sehr umgänglicher Prinzipal …

Wie gut zu hören.
Die Mutter. Die Truhe. Der Brief.
An etwas anderes konnte sie nicht mehr denken.
Und Herø?, fragte er. Ist es schön dort draußen?
Sehr schön.
Der Brief. Sigmund.
Sara lächelte freundlich und stammelte eine Entschuldigung; sie musste nach oben.

Mama, sagte sie

Die Frau des Buchhändlers hatte ein Buch auf dem Schoß liegen. Endlich hatte sie einen Moment für sich. Das Mädchen hatte frei, und Maren war mit den drei Kleinen zu einer Klassenkameradin gegangen, die Kinder im selben Alter hatte. Es handelte sich um die Kinder eines Arztes, des Mannes, der einmal einer Frau den Bauch aufgeschnitten und ein neues Leben herausgeholt hatte, zum ersten Mal in dieser Stadt. Seine Älteste ging in Marens Klasse, und es war sehr nett gewesen, bei einer Veranstaltung in der Schule ihren Eltern zu begegnen. Seither hatten die Familien sich einige Male gegenseitig besucht, jede mit ihrer kleinen Kinderschar, und das war wirklich angenehm gewesen. Borgwad und der Arzt verstanden sich sehr gut. Sie sprachen über Themen, die sie beide beschäftigten, über die gewaltigen Wissenslücken der Allgemeinheit. Auch die Frauen kamen gut miteinander aus.

Es war neu für sie, dieser Kontakt zu den Eltern der Freunde ihrer Kinder. Sie hatten so viele Gemeinsamkeiten, so viel Freude und so viele Sorgen. In der Mittsommernacht wollten sie gemeinsam Feuer und Festlichkeiten zusehen. Sie würden Proviant und Decken zum Sitzen mitnehmen.

Und dann mache ich noch einen Versuch, ihn in den Chor zu holen, hatte Borgwad erklärt.

Er hatte es schon häufiger versucht, denn er hielt den anderen für einen guten Sänger. Das könne man auch hören, wenn der Mann redete, sagte er.

Bisher aber hatte der Arzt dankend abgelehnt. Er hatte ohnehin so viel, was ihn beschäftigte, so große Verantwortung für so viele.

Aber man muss doch auch einmal an sein eigenes Vergnügen denken, hatte der Chorleiter eingewandt.

Wie wahr, hatte seine Frau lächelnd gesagt.
Auch jetzt lächelte sie zerstreut, als sie mit dem Buch auf dem Schoß auf dem verschlissenen Sofa saß. Sie hatte das Buch noch nicht geöffnet. Sie saß nur da, den Rücken an die Wand hinter sich gelehnt, füllte sich mit Frieden und Stille und dachte an die Worte ihres Mannes über das eigene Vergnügen, während sie mit dem Gedanken spielte, sich längs auf das Sofa zu setzen und die Beine hinaufzuziehen. Sie war sicher, dass sie sich dann besser fühlen würde, dass die Schmerzen in den Beinen, die sich zu den anderen nun noch eingestellt hatten, sich dämpfen würden, wenn sie die Beine über den langen Sofasitz legen könnte. Sie hatte das noch nie getan. Nicht hier im Wohnzimmer. Sondern nur im Bett. Aber das war in der Mitte so eingeknickt, hatte eine tiefe Kuhle. Das Sofa war fest. Sie konnte doch jetzt einen Versuch machen, wo sie allein war? Sie würde es sicher hören, wenn jemand kam, und dann könnte sie sich wieder anders setzen?
Sie legte das Buch auf den Tisch. Sie zog ihre Röcke hoch. Dann drehte sie sich und hob die Beine auf den Sitz.
Sie ließ sich zurücksinken und schloss die Augen. Konnte sie wohl auch ihr Korsett ein wenig lockern? Sie beugte sich wieder vor und machte sich unter ihrer Bluse zu schaffen. Dann war es getan. Wieder ließ sie sich gegen die Wand zurücksinken. Wieder schloss sie die Augen und holte vorsichtig Luft, tiefer als sonst. Atmen war wichtig. Das wusste sie. Das hatte sie anderen eingeschärft, den Gebärenden: ganz ruhig und tief atmen. Das kannst du jetzt, jetzt engt dich doch nichts mehr ein.
Du musst an den Atem denken, hatte sie zu diesen anderen gesagt, und nicht an den Schmerz.
So machte sie es jetzt auch selber. Zitternd spürte sie, wie etwas in sie hineingezogen und später wieder ausgestoßen wurde.
Die Luft. Die so unterschiedlich war. Je nachdem, wo man lebte, wer man war.
Ob sie inzwischen mehr darüber wussten, die tüchtigsten Ärzte, was die Luft mit sich tragen konnte?

Allerlei Düfte, dachte sie dann. Von Blumen. Von Salz und Meer.
Sie hatte das Haus lange nicht mehr verlassen, war nur bis zum Abtritt gekommen. Der hatte seinen eigenen Geruch. Keinen Duft. Eher einen Gestank. Aber nicht so schlimm wie die Krankenstube.
Er war schon auf die Entfernung zu riechen. Der Gestank des Abtritts. Wurde er von der Luft getragen? Konnte die Luft, die wie nichts aussah, etwas tragen?
Armut, hatte der alte Arzt gesagt.
Sie hatte es nicht geglaubt. Sie hatte einen anderen Grund vermutet.
Sie hatte den neuen Arzt fragen wollen, den, dessen Tochter in Marens Klasse ging. Wenn sie zusammensaßen, die beiden Ehepaare, hatte sie das tun wollen. Aber dann hatte sie es doch gelassen. Denn wozu hätte das gut sein sollen?
Einmal hatte sie ein ähnliches Thema angeschnitten. Und zwischen ihr und dem Arzt hatte sich eine kleine Diskussion entwickelt.
Borgwad hatte sie nicht angesehen. Er hatte nichts gesagt, ohnehin nicht sofort, aber auch nicht später. Trotzdem hatte sie begriffen, dass er sehr unzufrieden gewesen war.
Sie sollte nicht über solche Dinge sprechen. Sie war keine Hebamme mehr.
An diesem Tag hatte sie sich vergessen. Es war so schön gewesen, den Arzt wiederzusehen, mit dem sie diese große Tat vollbracht hatte.
Es war seltsam, daran zu denken.
Borgwad schien das alles zugedeckt zu haben. Als habe ihr Leben erst mit dem Tag begonnen, an dem sie über den Fjord gerudert und mit Gesang zurückgekehrt waren. Als habe sie nur einmal geheiratet und nur vier Kinder geboren.
Die Frau des Lehrers. Des Küsters und des Buchhändlers. Des Chorleiters und des Glöckners.
Als habe er das alles werden müssen, damit sie wirklich in jeder

Hinsicht die Frau von jemandem war. Als werde es immer unmöglicher, sich daran zu erinnern, dass es früher noch etwas gegeben hatte, je umtriebiger er wurde.
Wie ein Vogel, so dachte sie manchmal über ihren Mann. Ein magerer Vogel mit dünnen Beinen, aber mit üppigem, brausendem Gefieder: Seht mich an! Seht, was ich schaffe!
Ja, er schaffte viel.
In der Stadt war er zu einem angesehenen und respektierten Mann geworden. Seine Stimme war so stark und schön wie früher. Ole schien sie geerbt zu haben. Der Vater saß oft an der Orgel, der Junge stand daneben, und sie sangen zusammen, der eine tief und tönend, der andere hell und spröde.
Ach ja, es tat gut, hier im Wohnzimmer zu sitzen.
Sie atmete ruhig und langsam.
Sie fühlte sich jetzt besser. Ein wenig zumindest. Vielleicht würde sie ein bisschen lesen können. Vielleicht würde sie die Worte in sich aufnehmen und nicht immer zurückblättern müssen, weil sich das andere zwischen sie und den Text im Buch schob: diese ewigen Schmerzen im Unterleib.
Sie öffnete das Buch. Es war eine Sammlung von Gedichten. Von sehr schönen Gedichten, hatte der Mann gesagt.
Voller Fürsorge hatte er das gesagt: Jetzt setzt du dich ganz ruhig hin und machst es dir gemütlich. Wir anderen gehen alle aus dem Haus.
Doch, es war eine Erleichterung, dass so wenige Ansprüche an sie gestellt wurden. Sie musste sich noch um den Haushalt kümmern, aber diese Verantwortung teilte sie ja mit dem Mädchen, das die meiste Arbeit übernahm, da sie selber es nicht schaffte, und mit der kleinen Maren, die ihr inzwischen eine so große Hilfe war: Ruh du dich nur aus, Mutter ....
Aber sie konnte doch nicht einfach die Hände in den Schoß legen. Die Wäsche ihres Mannes musste sie immer noch waschen und bügeln, das wollte er so. Und manche Gerichte wollten dem Mädchen einfach nicht gelingen ...
Er schimpfte nicht mehr, ihr Borgwad. Die Kinder waren wohl

so, wie er sich das vorgestellt hatte. Schwiegen beim Essen. Waren höflich. Arbeiteten pflichtbewusst.
Und so war alles gut.
Es gab keine Gefahren mehr. Keine Angst mehr vor Worten und Namen, die nicht erwähnt werden durften. Ohne Oskar und Sara war alles leichter, einfacher geworden. Die beiden Erwachsenen hatten diese vier Kinder, um die es keine Geheimnisse gab.
Und weitere Kleine würden nicht dazukommen. Borgwad hatte nach der letzten Geburt eingesehen, dass er sie auf diese Weise nicht mehr berühren durfte. Wieder und wieder hatte sie dem Herrn dafür gedankt, für diese Rücksichtnahme, dafür, dass der Mann seine Lüste doch bezwingen konnte. Sie konnte ihre Schmerzen fast vergessen, wenn sie daran dachte, aber eben doch nur fast. Sie waren immer da, wie ein Teil von ihr. Und immer blutete sie. Die ganze Zeit seit Hugos Geburt blutete sie nun schon. Der Mann wusste das vielleicht nicht, aber er musste es doch ahnen, wenn er sah, was sie auf die Wäscheleine hängte, vor allem im Winter, wo alles im Haus getrocknet werden musste.
Und sie dankte Gott für jeden neuen Morgen. Denn noch waren die Kinder klein. Noch brauchten sie eine Mutter.
Oft half sie den beiden Ältesten bei den Hausaufgaben. Früher war das unmöglich gewesen, als die anderen Kinder vielleicht Hilfe gebraucht hätten. Damals hatte sie so viele Pflichten gehabt. Obwohl, als das Jüngste dieser anderen Kinder mit den Buchstaben angefangen hatte …
Sie verdrängte diesen Gedanken sofort.
An dieses Kind durfte sie nicht denken. Das war besser so.
Dann dachte sie doch an ihn, in Frieden und Einsamkeit. An diesen Jungen, der so frühreif gewesen war. In einer Hinsicht war er das gewesen. Und plötzlich hätte die Mutter lachen mögen.
Sie wusste nicht so recht, was daran so komisch war, aber trotzdem … der kleine Oskar.
Ob er dieses Kind liebte, mit dem er verheiratet war?
Das hoffte sie.

Sie hatten einen Sohn. Das wusste sie. Sie hatte es durch einen Zufall erfahren. Einmal war ihr beim Posthalter die neue Hebamme begegnet. Sie hatte sogar das Datum erfahren, und diese Zahlen hatten sich ihr eingeprägt. Sie ließen sich nicht auslöschen, und wenn sie sich das noch so sehr wünschte. Drei Jahre war er jetzt alt. Vielleicht hatte er blonde Locken.
Diese Vorstellung war unerträglich.
Sie wollte ein Buch mit kleinen Gedichten lesen. Das wollte sie. Später würde der Mann sie vielleicht bitten, laut daraus vorzutragen, die Stellen, die ihr am besten gefallen hatten. Obwohl er lieber das Buch selber hielt und ihr mit seiner eigenen Stimme vorlas, die sich je nach Inhalt änderte. Sie hörte gern zu. Das vertrieb ihre Gedanken.
Wie die Arbeit. Wie die Kinder, die um sie herum beschäftigt waren. Wie die Fragen des Mädchens: Aber Frau Borgwad, kann Wolle denn nicht gekocht werden?
Nein, dann läuft sie ein.
Nur die Einsamkeit ließ solche Gedanken zu ihr durch. Wie sonntagnachmittags, wenn der Mann mit den Kindern einen Spaziergang machte.
Sie selber war dazu nicht mehr in der Lage. Sie war so müde, immer so müde und erschöpft, und hatte diese Kälte in sich, sommers wie winters, auch wenn ihre Haut schweißnass war, ja, sie war fast immer schweißnass, wie eine Extrahaut bedeckte sie der Schweiß, und das beschämte sie, denn vielleicht war der auch für andere sichtbar, anders als Blut und Schmerzen.
Nicht einmal in die Kirche kam sie noch, außer zu besonderen Feiertagen. Dann brach sie frühzeitig von zu Hause auf, um eingetroffen zu sein, ehe das Läuten verstummte. Das Mädchen stützte sie, und die Kleinen gingen Hand in Hand nebeneinander vor ihnen her. Sie hätte gern häufiger den Gottesdienst besucht. Aber niemand machte ihr Vorwürfe. Das war das Beste an allem, dass Borgwad einsah, warum sie zu Hause bleiben musste, und sie auch nie aufforderte, doch einen Versuch zu machen. Sie konnte dann ganz still dasitzen, mit einem Buch, so wie jetzt,

aber die Bücher ... die machten sie oft so traurig. Und die Buchstaben ... die konnten vor ihrem Blick flimmern, als fehle auch ihren Augen etwas, aber das glaubte sie nicht, es hatte sicher alles denselben Grund, sie hatte keine Kraft und verlor doch immer noch mehr ...
So saß sie einfach mit geschlossenem Buch da, Sonntag für Sonntag, und dann kamen diese Gedanken, die sie haben und doch nicht haben wollte.
Aber zu Mittsommer, dachte sie dann. Da wollte sie aus dem Haus. Es waren nur noch vier Tage. Da wollte sie die Feuer sehen, die Stimmung erleben, die Akkordeonmusik hören, die einsame Geige, denn das war so schön. Alles war dann schön, das Feuer vor dem hellen Himmel, der Tanz auf den Felsen. Tanzen konnte sie zwar nicht mehr, aber trotzdem, sie konnte zuschauen.
Ich kann sie alle mitnehmen, hatte das Mädchen angeboten, als die Rede auf den Kirchgang gekommen war.
Aber die Kleinsten gingen noch so langsam. Bis vor kurzem hatte die Mutter die beiden Ältesten mit dem Mädchen losschicken mögen. Doch seit Ostern durfte auch Arnold jede Woche dieses Große erleben: sich einem Geräusch zu nähern, das von einem Glöckner hervorgerufen wurde, der sein eigener Vater war, in der Kirche zu sitzen und dem Wort zu lauschen, den Gesang zu hören, den Borgwad zusammen mit dem Pastor anführte.
Denn es soll doch eine Stunde des Friedens und der Freude sein, hatte sie zu dem Mädchen gesagt, und du sollst nicht mehr Verantwortung auf dich nehmen als unbedingt nötig.
Die andere hatte sich bedankt, obwohl sie berechtigt war, ohne Kinder loszuziehen, denn so hatten sie es ausgemacht: Sie sollte einen Nachmittag in der Woche und den Sonntagvormittag frei haben. Aber sie war ein gutes Mädchen. Sie verrichtete fröhlich ihre Arbeit. Und sie beschwerte sich nicht darüber, dass sie Kammer und Bett mit Maren teilen musste.
Hugo hatte ein wenig geweint, als Arnold zum ersten Mal mit

den Großen gegangen war, aber dann hatte der Vater ihm erklärt, wie wichtig es sei, dass er zu Hause blieb und sich um die Mutter kümmerte.

Das tat der Junge. So gut er konnte. Er streichelte ihre Hand. Er sorgte dafür, dass genug Holz im Ofen lag, wann es kalt war. Das konnte er. So wie Maren und Ole schon lange zum Einkaufen geschickt werden konnten. Ole hatte außerdem gelernt, mit dem kleinen Boot hinauszurudern. Ein älterer Junge, der ein Stück von ihnen entfernt wohnte, hatte ihm gezeigt, wo es Fische gab und wie er sie fangen konnte. Manchmal machte sie sich Sorgen, wenn sie an den Kleinen draußen auf der See dachte. Aber er fuhr nur bei Sonnenschein und Windstille hinaus. Nicht wie ein anderer … nicht wie ein anderer, der das durchaus auch bei starkem Wind getan hatte.

Sie verdrängte den anderen.

Und sie atmete langsam, als sie Rücken und Kopf gegen die Wand lehnte, und sie war wohl eingeschlafen, denn plötzlich stand jemand im Zimmer. Verwirrt drehte sie sich, um die Beine auf den Boden zu stellen, und die Schmerzen durchfuhren sie wie ein Messer.

Aber Mutter, was ist denn los?

Es war Sara.

Es war jedenfalls Saras Stimme, aber ihre Gestalt war nicht sofort zu erkennen, jedenfalls nicht deren oberer Teil.

Geht es dir nicht gut, Mutter?

Nein, nein, das ist es nicht …

Sie strich ihre Röcke zurecht, und die Haare, die vielleicht durch die Begegnung mit der Wand am Hinterkopf seltsam platt anlagen.

Du hast ja einen Hut!, rief sie verwundert.

Ja, die Tochter lächelte ein wenig verlegen. Den hat die Pastorenfrau mir zum Abschied geschenkt.

Bist du nicht mehr bei ihnen?

Nein. Sie ziehen nach Trondhjem um. Und da brauchen sie mich nicht mehr, denn die Gnädige …

Aber setz dich doch, Kind. Kann ich dir etwas anbieten, vielleicht eine Tasse Kaffee?
Bleib sitzen, Mutter. Ich finde mich schon zurecht. Aber wo sind die anderen?
Sie erzählte.
Sie sah ihre Besucherin an. Die stand noch immer vor ihr. Schlank war sie geworden. Und hübsch. Mit geradem Rücken unter dem roten Hut.
Aber findest du alles? Die Bohnen sind in dem blauen Krug.
Die Tochter war schon unterwegs in die Küche. Und die Gedanken der Frau auf dem Sofa verschlangen sie miteinander, sie wogten und wallten, gute und böse, dass die Tochter gesund und stark aussah, einen stolzen, klaren Blick hatte, oder nicht? Und wie sie einander zum letzten Mal nahe gewesen waren, in derselben Wärme, im selben Bett; wie lange war das her? So lange, wie Hugo schon lebte, abgesehen von einigen Wochen. Die Reisetruhe, dachte sie dann. In der so viel von ihr selber gelegen hatte. Hatte Sara es jetzt gefunden, das Wichtigste darin? Damals war das nicht der Fall gewesen, als sie auf die Insel gefahren war. Sie hatte es ihr am Gesicht angesehen, dass sie noch nicht … Und die Mutter hatte sich geängstigt. Sie hatte sich vor dem Tag geängstigt, an dem die Tochter alles erfahren und dann schlecht über sie denken würde.
Mit gutem Grund, das hatte sie gewusst.
Und sie zitterte, wie sie dort saß. Denn etwas an dem geraden Rücken der anderen machte ihr klar, dass sie es jetzt gesehen hatte, das, was sich unter dem Schreibpapier verbarg, dass sie jetzt alles gelesen hatte.
Sie zitterte. Und sie fühlte sich wie ertappt, wie entdeckt in einer Blöße, die nicht für andere Blicke bestimmt war, und sie fasste unter ihre Bluse, um das zu straffen, was sich straffen ließ, aber darum ging es hier doch gar nicht …
Sie musste aufstehen, dass wusste sie, musste in die Kammer gehen.
Sie spürte den stechenden Schmerz. Sie verdrängte den Schmerz

und nahm ihren ganzen Willen zusammen. Den Willen, aufzustehen.
Sie hörte die Geräusche, die ihre Tochter in der Küche verursachte. Und sie sah sie vor sich, die flinken Finger, die alles schafften, und das mit solch eleganten Bewegungen. Sara, Sara, Seidensara, sang es in ihr, und das Bild änderte sich wie durch eine Zeitverschiebung: Sara als kleines Mädchen in einem Boot, Sara, die aus der Nähschule nach Hause gelaufen kam.
Sie stützte sich auf die Tischkante. Ihr wurde in wenig schwindlig, aber das war gleich vorbei. Sie schleppte sich in die Kammer. Ihr Korsett musste warten. Das Blut musste warten. Sie hatte die Lappen noch vor kurzer Zeit gewechselt. Und das Blut strömte nicht, es tröpfelte nur. Es gab genug Stoffschichten zwischen ihr und dem Sofa, sie würde keine Flecken verursachen. Das war noch nie passiert. Und jetzt war etwas anderes wichtiger.
Sie öffnete die Schublade, in der ihre Wäsche lag. Sie schob die Hand hinein und bekam etwas zu fassen. Sie verbarg es an ihrer Brust.

Und dann saßen sie da. Eine Mutter und eine Tochter, und tranken Kaffee.
Du hast es gelesen, sagte die Erwachsene.
Ihre Stimme klang fest. Sie konnte der anderen ins Gesicht sehen.
Saras Hals rötete sich.
Ja, sagte sie.
Die Mutter wandte sich ab, dem Fenster zu, dem Blick aufs Meer und allem, was es draußen gab, zu.
Ich will auch wissen, wie es dir ergangen ist, murmelte sie gegen die Fensterscheibe, ja, das möchte ich, ich möchte wissen, wie es draußen auf Herø war. Aber jetzt …
Sie schluckte. Sie hob die Tasse. Sie schaute darauf und dachte, dass der Kaffee dünn sei, dass die Tochter noch immer diese Vorsicht besitze, diese Angst, die Lebensmittel könnten ihnen ausgehen.

Ja, Mutter, sagte die Tochter ein wenig lauter. Ich habe es gelesen.

In den Ohren der Erwachsenen rauschte es. Aber sie musste noch mehr sagen. Es war wichtig. Es musste einfach heraus. Es belastete sie schon so lange. Jetzt musste es heraus.

Ihr Herz hämmerte so laut, dass sie es hören konnte. Aber ihr Kopf war klar. Und sie saß ganz aufrecht da, wie es sich gehörte. Sie schaute zur Tür hinüber. Nein, es würde noch eine Weile dauern, bis die Kinder kamen, und noch länger, bis der Mann unten den Laden dichtmachte.

Sie wusste es schon lange. Hinter allen Alltagsgedanken war es da gewesen, hatte sie gewusst, dass sie endlich über alles sprechen musste, wenn die Tochter zum nächsten Mal zu Besuch kam.

Aber wenn sie nun nicht kommt, hatte sie ein andermal gedacht. Was, wenn Sara viele Jahre draußen auf der Insel bleibt? Diese Möglichkeit hatte sie mit Erleichterung erfüllt, zugleich aber waren ihre Schuldgefühle gewachsen und hatten sie fast krank werden lassen, sie hatte sich erbrechen müssen. Lieber Gott, hatte sie dann gebetet, mach, dass sie kommt, mach, dass sie es noch schafft …

Sie sah ihre Tochter an. Und der Hut löste sich vor ihren Augen auf, war kein Hut mehr, sondern irgendetwas Frisches, Rotes, vielleicht ein Vogel, ein seltsamer roter Vogel in der Luft hinter dem Menschen, als seien die Zimmerwände auseinander geglitten. Und die goldenen Haare lösten sich vor ihren Blicken ebenfalls auf und fielen über die Schultern der anderen, flochten sich selber. Deshalb konnten sie sprechen, denn sie waren nicht mehr hier, im Zimmer eines Lehrers, sie waren draußen an der Luft, in der frischen Luft mit dem Geruch von Tang und See; den nahm sie wahr, zusammen mit dem Bild der kleinen Sara konnte sie diesen Duft in sich aufnehmen und alles sagen, was gesagt werden musste.

Und die Worte kamen wie ein Märchen, über ein Leben an einem anderen Ort, in einem anderen Haus, wo einst ein Mann

gelebt hatte, der schön und gütig gewesen war. Und alles war gut gewesen bis … bis jemand eine traurige Nachricht gebracht hatte.
Aber wir wussten es ja schon, sagte sie. Wir hatten es ja sofort gewusst. Sigmund und ich … wir hatten es wie einen Flügel an der Wand gesehen.
Und ich hatte es vorher geträumt.
Was sagst du da?
Aber weißt du das nicht mehr, Mutter? Dass ich in der Nacht davor aufgewacht bin und geschrien habe? Das war eine Vorankündigung.
Stimmte das?
Sie sah es in den Augen der anderen. Es stimmte.
Sie sah es im Blick der jungen Frau, die kein Mädchen mehr war, sondern eine Erwachsene, mit milder Miene, durch die Erinnerung, wie sie begriff, dadurch dass sie endlich …
Sara, wollte sie rufen. Kannst du mir verzeihen?
Sie rief nicht. Es war kein Augenblick für Bitten. Es gab noch mehr zu sagen. Über ein Erbe. Über die Hinterlassenschaft eines Fischers und Bootsbesitzers.
Die hätte in drei Teile geteilt werden sollen, sagte die Witwe des Fischers. Aber das ist nicht passiert.
Sara sah sie wortlos an.
Begreifst du, was ich da sage?
Ich weiß nicht recht, Mutter.
Sigmund hat als Einziger seinen Teil bekommen. Verstehst du mich jetzt?
Aber den hat der Kapitän doch gestohlen, war die Antwort. Und also hat auch Sigmund nichts bekommen.
Aber das ändert doch gar nichts. Die Rechnung, kleine Sara, ist nicht aufgegangen. Ihr wart drei Kinder. Drei! Dass ich nicht drei Teile gemacht habe …
Aber das konntest du nicht, Mutter. Nicht, nachdem … nach dieser Nacht … als du ihm alles erzählt hattest. Was hätte denn sonst aus uns werden sollen?

So habe ich das nicht gemeint, rief sie atemlos. Ich musste natürlich das meiste herbringen. Eine Frau darf keine solchen Geheimnisse vor ihrem Mann haben. Aber das, was ich ihm vorenthalten habe – und etwas durfte ich doch sicher für mich behalten –, das hätte ich in drei Teile teilen müssen.
Ihre Ohren rauschten. Ihre Haut klebte vor Schweiß. Aber sie war noch immer nicht fertig.
Verstehst du jetzt, warum ich dir den Brief deines Bruders nicht zeigen konnte?
Das Gesicht der Jüngeren veränderte sich. Vor Zorn vielleicht? Aber es war gleich wieder verflogen.
Ich habe mich so geschämt. Ich habe mich so entsetzlich geschämt, als mir aufging …
Du hättest nicht in die Nähstube gehört. Du hättest nicht … dort sitzen dürfen … in der Dunkelheit … ohne alles …
Jetzt weinte sie. Sie schluchzte. Sie kam nicht dagegen an. Und die Tochter nahm sie in die Arme. Sie war um den Tisch herumgegangen und hatte sich auf das Sofa gesetzt. Sie streichelte ihren Rücken.
Nicht weinen, Mutter, flüsterte sie.
Kleine Mama, nicht weinen.
Mama, sang es in ihr. So war sie seit damals in dem weißen Haus nicht mehr genannt worden. Denn Borgwad hatte gesagt … Was hatte er noch gesagt? Dass eine Mutter voller Respekt angesprochen wird und nicht mit diesem kindlichen …
Sara, schluchzte sie, mein Kind …
Und sie fielen einander um den Hals, als gebe es auf der Welt nichts außer ihnen, einer Mutter und einer Tochter, in einem Raum voller … *Verklärung,* wusste sie, ein Wort aus der Bibel, einer Verklärung, durch die alle, die dazugehören und sie erfahren, erleuchtet werden und vergeben, aber war das bei der Tochter so, vergab sie?
Ja, das tat sie wohl. Ihre Arme ließen spüren, dass sie vergab, die Arme, die sie hielten, die streichelnden Hände. Und die Mutter sah es in ihren Augen, als sie sie mit ihren schwachen

Kräften zurückschob, um zu sehen, um ins Gesicht der Tochter zu sehen.
Es war schön. Und wieder kamen die Tränen.
Und sie machte sich unter ihrer Bluse zu schaffen, denn sie hatte noch mehr zu sagen oder auf jeden Fall zu zeigen.

ÜBER DAS RECHT EINER FRAU ZU GEHEN, MIT WEM SIE WILL

SARA MUSSTE AUF der Treppe stehen bleiben, um sich die Tränen abzuwischen, aber sie weinte nicht aus Kummer, sondern aus Freude.

UND DIESE FREUDE drohte ihre Brust zu sprengen, ihre Dankbarkeit über das Zusammensein mit der Mutter, über alles, was diese gesagt hatte, darüber, wie sie es gesagt hatte. Und endlich über dieses Letzte …

Sie wischte sich die Tränen ab. Sie richtete sich auf. Sie wäre gern die letzten Stufen hinuntergesprungen und in den Wald geeilt, zu der Stelle, die ihr und ihrem Bruder gehört hatte, um das Meer zu sehen, ihm mit den Blicken nach Süden zu folgen. Nach Bergen und nach Kopenhagen.

Sie wusste, dass sie lächelte, als sie das Haus verließ. Sie lächelte vor sich hin und konnte nicht dagegen an.

Aber da seid Ihr ja, sagte jemand irgendwo neben ihr.

Es war der Kommis. Er kam offenbar aus dem Buchladen. Und er strahlte vor Wiedersehensfreude.

Sara lächelte ihm ins Gesicht. Sie konnte nicht anders, so von Freude erfüllt, wie sie war.

Wir haben doch denselben Weg?, fragte der andere.

Das hatten sie. Jedenfalls gingen sie nebeneinander weiter. Und nach einigen wenigen Schritten zeigte er ihr ein Buch, das er ausgeliehen hatte.

Ihr habt es vielleicht schon gelesen?

Nein, das hatte sie nicht. Aber sie erinnerte sich an den Band; er hatte in einem der untersten Fächer dicht vor der Wand gestanden. Etwas an dem schwarzbraunen Rücken hatte ihr nicht gefallen, fiel ihr ein. Er war unten am Rand zerkratzt, und es war

Sara peinlich gewesen, dass sie nicht nur unversehrte Bücher ausliehen.

Das hässliche Buch, rutschte es ihr heraus.

Sie hätte über das verdutzte Gesicht des Kommis lachen mögen. Dann erklärte sie ihm, wie sie damals über diese unschöne Kante gedacht hatte. Sicher hatte sie das Buch deshalb nie aus dem Regal gezogen, meinte sie jetzt, und deshalb war es eines der wenigen aus dem Bücherschrank, das sie nie aufgeschlagen hatte, damals, als sie regelmäßig unten gewesen war.

Er hatte seine Verblüffung wohl überwunden, denn jetzt schmunzelte auch er.

In Sara erklang ein Lied. Ein ganz anderes Lied, eines über Bergen und Kopenhagen.

Der Kommis lächelte. Und er erzählte, dass das kleine Buch von den Sternbildern am Himmel handele.

Ich habe es zu meiner Erbauung ausgesucht, erzählte er munter. Es muss doch nett sein, nachts nach oben zu blicken und die Namen von dem zu kennen, was man dort sieht?

Ja. Da mochte er Recht haben.

Ist es nicht seltsam, sagte der Mann dann, dass wir dabei immer dasselbe sehen, ob wir nun hier sind oder in Amerika?

Oder in Dänemark, dachte Sara glücklich.

Denn dort war er, ihr Bruder.

Er war nicht mehr an Bord eines Schiffes. Er ging nicht mehr mit breitbeinigen Seemannsschritten über ein Deck. Er stand nicht in der Kombüse. Er zog nicht an dicken Tauen. Er reffte keine Segel. Er konnte nicht an den Mast gebunden und ausgepeitscht werden.

Er war an Land gegangen.

Er war in Bergen an Land gegangen und hatte dort bei seinem Onkel gelebt. Dort hatte er die Aufnahmeprüfung für die höhere Schule bestanden und jetzt schon sein Abitur gemacht, und das offenbar in kürzerer Zeit als die anderen, als *Privatist.*

Auch draußen auf dem Meer hatte er ja lesen können, das hatte Sara aus dem Brief erfahren, den die Mutter ihr hingehalten hatte. Außerdem hatte Sigmund mehrere Sprachen gelernt, zuerst Spanisch und dann noch Englisch. Deswegen war er nicht auf Bücher in seiner Muttersprache angewiesen gewesen, und in den vielen Hafenstädten in aller Welt konnte er Buchläden finden, in denen alles Mögliche verkauft wurde. Er hatte sich Bücher über Geometrie und Arithmetik und über die Geschichte fremder Länder zugelegt …

Und das alles, zusammen mit seinen Studien während der letzten anderthalb Jahre, hatte ausgereicht, so dass er jetzt auf die Universität nach Kopenhagen gehen konnte. Die Wahl war auf diese dänische Stadt gefallen, weil der Onkel ihm dort bei der Tochter seiner früheren Zimmerwirtin ein billiges Quartier besorgt hatte.

Jetzt ist er sicher schon dort, hatte die Mutter geflüstert. In der königlichen Stadt …

Nimm den Brief an dich, Sara, hatte sie schließlich gesagt, und die Tochter hatte ihn unter ihrer eigenen Bluse versteckt, so, wie zuvor die Mutter.

Es war der letzte Brief. Er war erst vor kurzer Zeit eingetroffen. Der Posthalter hatte einen Boten geschickt, an einem Vormittag, an dem die Mutter mit dem Dienstmädchen allein zu Hause gewesen war.

Atemlos hatte die Mutter dann noch von einem anderen Brief berichtet, der gekommen war, als Sara noch auf Herø gewesen war, doch die Mutter hatte nicht gewagt, ihn zu behalten, sondern hatte ihn verbrannt. Dieser Brief war eingetroffen, nachdem Sigmund gerade erst an Land gegangen war.

Schreib ihm, Sara, von uns beiden, hatte die Mutter gebeten. Und sag, dass er die Antwort an dich schicken soll. Und dann sagst du mir alles … später …

Sara nahm den Kommis fast gar nicht wahr, als sie zu Jungfer Samuelsens Haus weitergingen, sie sah nur den Bruder, sie spürte den Brief an ihrer Haut, und sie war glücklich.

Ihr kommt mir so ungeheuer fröhlich vor?, rief der Mann neben ihr. Man könnte meinen, Ihr hättet ein großes Erlebnis hinter Euch!

Aber das habe ich doch auch!

Und wieder rutschten ihr Dinge heraus, Dinge, die sie mit diesem fast Fremden gar nicht hatte teilen wollen. Mit strahlenden, leuchtenden Augen erzählte sie von Sigmund, der endlich sein Ziel erreicht hatte, das, wofür er geschaffen war, er war nach Kopenhagen gefahren, um Medizin zu studieren.

Du meine Güte!, rief der Kommis. Ja, da ist Borgwad sicher stolz!

Borgwad? Aber der weiß davon doch nichts. Und Ihr dürft nicht ...

Ach, was hatte sie da nun wieder angestellt! Alles Private einfach so aus sich heraussprudeln zu lassen. Es ging ihn doch gar nichts an, diesen Mann ...

Das weiß er nicht?

Sara blieb stehen. Was sollte sie jetzt sagen? Sie musste den Mann zum Schweigen bringen.

Ihr müsst wissen ..., sagte sie.

Konnte sie ihn in die tiefsten Geheimnisse der Familie einweihen?

Er ist nicht Borgwads Sohn, müsst Ihr wissen.

Dann ist hier also die Rede von Eurem Halbbruder ...

Nein, nein ... Borgwad ist auch nicht mein Vater.

Nicht? Aber ich war mir ganz sicher ...

Sara spürte, wie sie errötete. Trotzdem schaute sie dem anderen ins Gesicht, als könne ihr Blick etwas in ihm heraufbeschwören, ein Verständnis für die Dinge, wie sie waren, die Erkenntnis, dass ihn das alles überhaupt nichts anging und dass das alles nie mehr erwähnt werden durfte.

Nein, meine Sache ist das ja nicht, sagte er und schlug plötzlich die Augen nieder.

Er ging weiter, aber nicht schnell, so als lege er noch immer Wert auf ihre Begleitung, und dann hob er wieder das kleine Buch und sprach von etwas ganz anderem.

Auf der südlichen Halbkugel, sagte er, da sieht man die Sternbilder aus einem anderen Winkel, habt Ihr das gewusst?
Nein, erwiderte Sara. Das hatte sie nicht gewusst.
Und ihr Gesicht verlor seine Röte, obwohl sie sich noch immer unsicher fühlte angesichts dieses Geständnisses, das sie ihm gemacht hatte, und weil sie nicht wusste, wie dieser zufällige Begleiter mit seinem Wissen umgehen würde.
Sie gingen nebeneinander weiter, schwiegen aber eine Weile, die junge Frau mit dem eleganten Hut und der Kommis, der einst aus einem anderen Ort gekommen war, vielleicht vom Inneren des Fjords, oder von einer weiter draußen gelegenen Insel.
Ich weiß noch, dass ich Euch früher einmal beneidet habe, sagte er.
Ach?
Ja. Weil Ihr zwischen den Büchern gelebt habt.
Sara schaute verstohlen zu ihm hoch. Er hatte sie beneidet? Kein Wunder, dachte sie, wo er doch gern liest. Denn das tat er, so viel wusste sie immerhin über ihn.
Sie hatte kaum bemerkt, dass sie die Tür der Jungfer schon erreicht hatten. Der Kommis hielt ihr zum Abschied die Hand hin. Die war groß. Aber das wusste Sara ja seit damals, als ein kleines Kind darin Platz gefunden hatte.
Es war sehr angenehm, mit Euch zu sprechen, sagte der Junge Mann. Schade, dass es ein so jähes Ende genommen hat. Wärt Ihr vielleicht bereit, demnächst wieder einmal einen Spaziergang mit mir zu machen und über die Welt der Bücher zu sprechen?
Nein, rief es in ihr. Das wollte sie wirklich nicht. Es gab keinen Grund, ihn wiederzusehen, diesen Mann, dem sie viel zu viel gesagt hatte. Aber wenn er ihre Bitte um Verschwiegenheit nun nicht verstanden hatte … Wenn er nun mit dem Mann der Mutter sprach …
Ihr braucht Euch keine Sorgen zu machen, sagte der Kommis leise. Ich weiß, wann ich etwas für mich zu behalten habe.

Ja, danke, sagte Sara verwirrt.
Dann darf ich Euch vielleicht hier abholen, am Sonntag um fünf Uhr?, fragte der Mann und trat einen Schritt zurück.

Zwei Tage darauf kam der Sonntag. Aber an diesem Morgen dachte sie nicht an den Kommis. Sie dachte an den Pastor, den von Ålesund.
Sie fühlte sich schwer, wie von etwas Grauem, Traurigem erfüllt. Sie musterte ihren schönen Hut, ehe sie sich mit der Jungfer auf den Weg machte. Nein, den konnte sie nicht tragen, nicht in der Kirche, nicht, wenn sie den Brief von Pastor Drevland von Herø überreichen sollte. Nein, das gehörte sich einfach nicht. Wenn sie ihre Haare mit einem Schal bedeckte, würde das viel besser zu dem passen, was über sie im Brief stand, dann würde sie als bescheidenes Wesen erscheinen, das viele Arbeiten verrichten konnte.
Und so kam sie sich auch vor, als sie zusammen mit Jungfer Samuelsen weiterging, wie dieses bescheidene Wesen, eine Frau, die sich wieder allen anderen unterordnen sollte; aber wer würde es diesmal sein? Welche Träume würde sie sich jetzt anhören müssen? Welche Wünsche würde sie erraten müssen, was würde eine Fremde von ihrer Gesellschafterin erwarten? Und in Gedanken seufzte sie immer wieder.
Nach dem Gottesdienst schüttelte der Pastor ihr herzlich die Hand. Er ging mit ihr in die kleine Sakristei auf der Rückseite und las dort den Brief.
Ja, er hatte schon gehört, dass der andere einen neuen und besseren Posten angetreten war. Er hatte sie deshalb fast schon erwartet. Und er war sicher, dass er ihr einen anderen guten Posten besorgen könne.
Lass mir nur ein wenig Zeit, sagte er lächelnd, eine Woche oder zwei, höchstens drei.
Dann gingen sie nach Hause, die Näherin und ihr ehemaliger Lehrling, während die eine fragte und kurze Antworten erhielt, über das, was der Pastor gesagt hatte.

Nach dem Essen sollte sie mit dem Kommis spazieren gehen. Sie hatte keine Lust. Sie hatte offenbar zu gar nichts Lust.

Aber sie hatte ihm diesen Spaziergang versprochen.

Warum eigentlich? Einem fast Fremden …

Nein, nicht ganz. Sie wusste doch seit vielen Jahren, dass es ihn gab.

Aber deshalb gleich mit ihm spazieren zu gehen?

Sara wurde von einer plötzlichen Verlegenheit erfüllt. Und ihr fiel ein, was die Jungfer über geziemendes Verhalten gesagt hatte, damals, als der Bäcker sie hatte heiraten wollen. Denn keine junge Frau ging ohne Erlaubnis mit einem Mann spazieren. Wer aber hätte ihr das erlauben können? Sie dachte an den Stiefvater. Aber nein. Der hatte sie weggeschickt. Seit sechs Jahren musste sie allein fertig werden. Also konnte er auch keine Macht mehr über sie haben. Und die Jungfer auch nicht, denn Sara stand nicht mehr in deren Diensten.

So wogte es in ihr, bis sie zu dem Entschluss kam, dass sie tun würde, was sie wollte. Aber dieser Entschluss machte ihr keine Freude.

Der junge Mann wartete schon vor dem Haus. Wieder lächelte er zufrieden. Und dann gingen sie durch die Gassen, am Hafen entlang, einen halben Meter auseinander.

Gab es viele, die sie sahen? Die sich fragten, was sie hier zusammen machten? Das waren die älteren Wasmuths. Gehörten die vielleicht zu denen, bei denen der Pastor sich umhören wollte? Frau Wasmuth sah an ihr vorbei, ohne zu grüßen. Nein, warum sollte sie grüßen, es war lange her, dass Sara in der Nähstube ihre Maße genommen hatte, und warum sollte sie sich an eine Näherin erinnern …

In Sara wuchs ein Widerwille, ein Abscheu bei der Vorstellung, vielleicht dieser alten Frau dienen zu müssen, ihre Wünsche zu erraten, ihre Gedanken zu vervollständigen, zu lächeln, zu lächeln, jeden Morgen ein freundliches Gesicht zu machen, um dann auf einem kleinen Sofa zu sitzen, mit Samtbezug vielleicht, um über eine fremde Kindheit zu hören, über die glückliche

Jugendzeit, als Wasmuth seinen Antrag gemacht hatte, und über das Leben, das ihnen so viel Gutes gebracht hatte, ja, bis ins Ausland hatte es sie gebracht, mehrere Male, unter anderem nach Hamburg, mit dem schönen Fluss ...

Woran denkt Ihr?

Das war der Kommis, er hatte ihr vielleicht eine Frage gestellt, und sie hatte nichts gehört.

Ihr kommt mir nicht so froh vor wie beim letzten Mal?, fragte er besorgt.

Seine Stimme klang wie damals, vor langer Zeit, als er sie nachts im Buchladen besucht hatte.

Vielleicht brauche ich einen Absud aus Engelwurz.

Ich kann aber nicht gerade hören, dass Ihr schreit, sagte der Mann.

Er lachte. Und er zeigte auf eine kleine Bank, auf die man sich setzen konnte, denn er wollte ihr etwas zeigen, wie er sagte.

Er hatte ein kleines Buch mitgebracht, ein anderes als das über die Sterne.

Sara vergaß die Wasmuths und alles andere, über der Bank, die nicht hier gestanden hatte, als sie zuletzt in der Stadt gewesen war, so wie auch manche Häuser inzwischen dazugekommen waren. Was für eine Vorstellung, eine Bank unter freiem Himmel, auf der man sich ausruhen konnte ... Dann vergaß sie auch die Bank, als sie das Buch in den Händen des Mannes sah. Eifrig ließ sie den Kommis blättern, von der einen kleinen Zeichnung zur anderen. Die Zeichnungen zeigten Kopenhagen. Denn er hatte sich offenbar überlegt, dass ihr das Freude machen könnte, einige kleine Darstellungen aus der Stadt, in der ihr Bruder sich aufhielt.

Sara spürte, wie ihr innerlich warm wurde – weil der junge Mann sie auf diese Weise daran erinnerte, was sie nicht hätte sagen dürfen, und zugleich vor Freude darüber, was er ihr zeigte. Einen alten Brunnen aus schönen Steinen. Eine Arkade, umschlungen von Zweigen und Blättern. Häuser, die ganz anders aussahen als die in Ålesund. Einen Mann auf einem Pferd.

Reiten die da unten durch die Straßen?, fragte sie aufgeregt.
Das weiß ich nicht, antwortete der Mann. Aber das hier ist eine Skulptur.
Was war wohl eine Skulptur?
Sara wusste es nicht. Sie fragte aber auch nicht danach.
Er blätterte weiter zum Bild eines Löwen.
Gibt es da unten solche Tiere?, fragte sie verwundert.
Nein, das ist auch eine Skulptur.
Aus Stein, jetzt begriff sie.
Dann war das Buch zu Ende. Und Sara zitterte. Beim Gedanken an Sigmund, daran, dass er dort unten war, dass er das alles gesehen hatte.
Danke, flüsterte Sara. Tausend Dank.
Keine Ursache, sagte der andere. Aber Ihr könnt es behalten. Dann könnt Ihr es ansehen, wann immer Ihr wollt.
Aber das geht doch nicht?
Ich brauche es nicht mehr, sagte der Kommis. Ich habe es schon gelesen. Und ich habe es doch selber geschenkt bekommen, zu Weihnachten, vom Konsul.

Ach, sagte Jungfer Samuelsen. Man geht durchaus nicht zu seiner Familie, man trifft einen jungen Mann.
Ich habe doch gar nicht ..., widersprach Sara.
Nein, du hast nichts anderes behauptet, ich dachte einfach, du wolltest dorthin, zu deiner Mutter.
Die beiden Frauen saßen an dem kleinen Wohnzimmertisch, jede mit einer Tasse seltenen, hellbraunen Kaffees, und die Ältere blickte die Jüngere forschend an.
Ein tüchtiger Mann, dieser Mortensen, sagte sie.
Sara schlug die Augen nieder.
Ja, das wissen doch alle, beharrte die andere, dass Mortensen tüchtig ist.
Sara schaute durch das Fenster in die untergehende Abendsonne.
Ohne einen einzigen Schilling ist er vor Jahren hergekommen, heißt es. Und jetzt? Jetzt ist er Kommis bei Høyem.

Aber wir … wir reden doch nur über Bücher, stammelte Sara. Das ist … alles. Wirklich alles.
Denn mehr war es doch nicht?
Doch ehe sie sich an diesem Tag trennten, hatte sie sich ein weiteres Mal mit ihm verabredet, für den kommenden Sonntag. Sie hatte geglaubt, ihm das schuldig zu sein, wegen des Geschenks und weil er versprochen hatte, Borgwad nichts von Sigmund zu erzählen. Außerdem hatte sie sich geschämt, weil sie zu Anfang des Spaziergangs so lange geschwiegen hatte, sie musste ja fast abweisend und unhöflich gewirkt haben.
Aber dann setzt Ihr Euren Hut auf, hatte er zum Abschied lächelnd gesagt.
Ach, sagte die Jungfer jetzt. Bücher.
Mehr sagte sie nicht.
Und Sara vergaß an den folgenden Tagen in der Geschäftigkeit der Nähstube Mann und Hut fast gleichermaßen. Plötzlich war wieder eine Woche vergangen, und vielleicht konnte der Pastor ihr etwas erzählen.
Aber das konnte er nicht. Und an diesem Tag fühlte Sara sich erleichtert, als sie den Kommis traf.
Auch an diesen Tag hatte sie ihren eleganten Hut nicht aufgesetzt. Aber sie trug auch nicht den Schal. Sie trug ihre Haube. Und sie wusste, dass sich ihre Locken wunderschön um ihre Wangen legten.
Sie gingen zwischen den Häusern entlang zum Waldrand. Dort setzten sie sich, auf eine Felskuppe, so dass sie nach unten schauen konnten, wo einige Hühner im trockenen Boden scharrten und von wo aus sie den Inselgürtel in der Sonne liegen sahen.
Er erwähnte einen Roman, den sie ebenfalls gelesen hatte.
Jetzt sitzen wir fast so, sagte er lächelnd, wie die Menschen in diesem Roman.
Wir sehen keinen Mohn, sagte Sara.
Sie konnte sich daran erinnern, dass es um eine schöne Wiese mit wildem Mohn gegangen war, in Frankreich, und es hatte würzig geduftet. Das wusste sie noch, weil sie über diesen würzigen

Duft und über die Blumen gestaunt hatte, denn wie mochte Mohn wohl aussehen?
Es war eine schöne Liebesgeschichte, sagte Mortensen ernst.
Wirklich?
Ja, vielleicht. Sara runzelte die Stirn und suchte in ihrer Erinnerung. Ja, da hatte sich wohl etwas entwickelt zwischen denen, die im Gras gesessen und die Blumen betrachtet hatten, aber da waren doch so viele gewesen … Sie musterte Mortensen mit schärferem Blick. Hatte er etwas sagen wollen? Etwas Unpassendes?
Ich habe sehr darüber gestaunt, sagte er gelassen. Darüber, dass Ihr in Eurem jungen Alter die Romane für Erwachsene gelesen habt.
Ich habe wohl nicht allzu viel verstanden, erwiderte sie trocken. Dass dieses Buch von Liebe gehandelt hat, habe ich offenbar übersehen.
Er lachte laut. Und sie ärgerte sich.
Dann wurde er wieder ernst.
Ich selber habe ja vor allem andere Dinge gelesen, sagte er, damals.
Über Buchführung, sagte Sara.
Das auch. Und deutsche Grammatik. Ich hatte doch nur die Gemeindeschule besucht, als ich hergekommen war. Und das war wirklich nicht genug.
Nein, bestimmt nicht für einen, der Prokurist bei einem Konsul werden wollte, sagte sie.
Er schwieg eine Weile. Dann hob er einen Tannenzapfen auf. Dann sagte er etwas, und zwar mit seiner ernsten Stimme.
Ich habe durchaus nicht vor, auf diesem Posten zu bleiben, sagte er.
Aber ist der denn nicht gut?, fragte Sara verwundert.
Doch, das schon. Aber jetzt diene ich schon seit vielen langen Jahren bei anderen.
Er hielt inne und schaute zu einer Frau hinunter, die zwischen den Hühnern stand.

Im ersten Jahr habe ich zehn Reichstaler verdient, sagte er dann. Im zweiten fünfzehn. Dann habe ich den Prinzipal gewechselt und dreißig bekommen. Das ging zwei Jahre so. Dann wurde mein Gehalt auf vierzig angehoben. Und bald waren es fünfzig und dann sechzig. Und jetzt verdiene ich mehr als das Doppelte.
Mehr als hundertzwanzig?, fragte Sara fassungslos.
Einhundertfünfzig bekomme ich beim Konsul.
Aber einen solchen Posten dürft Ihr doch nicht aufgeben. Das ist doch mehr, als ein Lehrer verdient! Und viel, viel mehr als eine Hebamme, obwohl deren Arbeit so wichtig ist. Nein, das dürft Ihr nicht, das ist doch klar, einen besseren Prinzipal als Konsul Høyem kann es doch gar nicht geben!
Ich habe einiges gespart, sagte Mortensen. Aber in den letzten Jahren musste ich für Kost und Logis selber aufkommen ... und für meine Kleidung. Und ich muss doch auch zu Hause helfen.
Sara dachte an den Haufen Geld, den sie einmal auf einem Tisch gesehen hatte. Und die Mutter war ihr so nah, dass sie die Hände auf die Brust pressen musste.
Der Mann erhob sich, als habe er genug gesagt.
Sie gingen nacheinander abwärts, über den schmalen Weg, und Sara begriff nicht, wie er einen so hervorragenden Posten aufgeben konnte. Und sie dachte an ihre eigenen Ersparnisse, nach vier Jahren harter Arbeit und zwei Jahren Seltsamkeit. Für die Seltsamkeit war sie am besten bezahlt worden. In dieser Hinsicht war die Welt schon wunderlich, fand sie. Andererseits, in den Jahren der harten Arbeit war sie ja Lehrling gewesen.
Aber wie denkt Ihr über Trondhjem?, fragte der Kommis, als sie wieder zwischen den Häusern standen.
Sollte sie eine Meinung über Trondhjem haben? Sie hatte diese große Stadt doch nie gesehen. Aber einiges wusste sie ja.
Da gibt es wohl einen alten Dom, sagte sie. Und oft versammeln die Menschen sich zu Konzerten unter freiem Himmel.
Aber meint Ihr nicht, es wäre ein guter Ort, um sich selbständig zu machen?

Das hatte er also vor. Und deshalb hatte er gespart. Und Sara fühlte sich plötzlich ganz klein. Denn jetzt würde auch er gehen, jetzt würde er nicht mehr mit ihr spazieren gehen und über den Inhalt von Büchern sprechen. Er würde wegfahren, zu etwas Größerem und Eleganterem, wie die Pastorenfamilie von Herø, wie Sigmund …

Ich war bei Eurem Vater und habe um Eure Hand angehalten, sagte der Mann, als sie vor Jungfer Samuelsens Tür standen. Und jetzt bitte ich Euch …

Sara fehlten die Worte. Sie ließ die Hand los, die er ihr gereicht hatte, sie stieß sie fast von sich. Lagen die Dinge also so? War das also passiert? War er hinter ihrem Rücken die Treppe zu dem Wohnzimmer mit dem abgenutzten Sofa und der Orgel hochgegangen?

Ihr schwindelte. Sie griff nach der Wand. Sie stolperte die wenigen Stufen hoch und ins Haus. Sie fühlte sich verraten. Von Borgwad. Denn was ging ihn das überhaupt an? Er hatte doch kein Recht …

Aber was ist denn los, Kind?

Die Näherin stand mit ausgestreckten Armen in der Tür und fragte noch einmal: Was ist los? Was ist passiert?

Sara fiel ihr um den Hals und wurde zu dem Kind, an das die andere ihre Frage gerichtet hatte. Sie zitterte, sie schluchzte, und in ihr tobte es, wütete es, und alles richtete sich gegen Borgwad, nicht gegen den anderen.

Aber am Ende war sie doch kein Kind, und sie zog sich aus den Armen der anderen zurück und lief wütend hin und her und schlug sich auf die Knie, als habe sie den Rücken des Stiefvaters vor sich. Sie biss die Zähne zusammen. Sie richtete sich gerade auf.

Er ist nicht mein Vater!, sagte sie. Erzähl schon, sagte die andere und versuchte vergebens, sie zum Sofa zu ziehen.

Aber, aber, ich schlage vor, wir holen uns einen Schluck Likör, sagte die Jungfer dann tröstend und ließ Saras unwilligen Arm los.

Als sie im Zimmer allein war, ließ Sara sich auf einen Stuhl sinken, während in ihren Gedanken ein harter, zorniger Satz zum nächsten führte. Wer Geld hatte … die Väter, die Geld besaßen, die hatten vielleicht das Recht … die Reichen, die es sich leisten konnten, ihre Töchter auf Seidenkissen sitzen und die Hände in den Schoß legen zu lassen … die konnten wohl solche Entscheidungen treffen. Aber die, die nichts hatten, die ihre Töchter bei der ersten Gelegenheit aus dem Haus schickten, welches Recht hatten die denn?
Keins, dachte sie. Denn so musste es doch sein, dass die Armen, wenn sie allein zurechtkamen, sich auch die Freiheit eroberten, selber zu entscheiden, wenn die Zeit gekommen war, wenn ihnen einer begegnete, der …
Dann war die Näherin wieder da. Sie schenkte ein und hielt Sara ein Glas hin. Sara nahm es mit zitternder Hand und trank.
Mein Stiefvater, Ole Borgwad, glaubt, er habe das Recht, mich zu verheiraten, sagte sie mit zitternder Stimme.
Ach?, fragte Jungfer Samuelsen.
Aber ich will selber entscheiden, wen ich heirate, wenn ich überhaupt heirate, erklärte Sara.
Das ist doch klar, meine Liebe, sagte die andere.
Aber es ist doch schön zu hören, dass Lehrer Borgwad mit deinen Spaziergängen einverstanden ist, fügte sie hinzu.
Wir haben nichts verbrochen!, rief Sara. Wir sind nur spazieren gegangen. Und wir sind einander nie näher als einen halben Meter gekommen, warum hätten wir das auch tun sollen? Ich liebe ihn doch nicht!
Das fand ich ja gerade so seltsam, sagte die Jungfer, dass du dich ins Gerede bringst, obwohl gar nichts zwischen euch ist.
Aber gerade deshalb!, rief Sara.
Die Näherin blickte sie lange an, lange, bis Sara die Augen niederschlug.
Wieder wurde sie rot. Denn das, was sie gesagt hatte, ergab wirklich keinen Sinn. Und sie hatte sich ja selber überlegt, dass die Menschen, die sie sahen, sich vielleicht ihre Gedanken

machen würden. Sie wusste doch, wie die Welt war, wie andere die Dinge sahen. Und sie schämte sich. Ihrer Dummheit, weil sie plötzlich nichts mehr begriff. Denn ihr hätte doch klar sein müssen, dass Mortensen seine Pläne hatte ....

Stimmte das denn wirklich? Dass der erwachsene Mann ...

Aber wen hier im Ort könntest du denn bekommen, der besser ist als Herr Mortensen?, fragte die Stimme der Jungfer.

Er ist doch so alt, sagte Sara.

Alt? Er ist doch keine dreißig!

Ich ... ich habe nie so an ihn gedacht.

Dann bist du doch noch ein Kind, sagte die andere trocken. Ein viel größeres Kind, als ich angenommen hätte.

Am nächsten Morgen setzte Sara sich beschämt an ihre Näharbeit. Sie hatte sich ins Gerede gebracht. Sicher wusste es jetzt die ganze Stadt. Der Pastor würde ihr bestimmt keinen neuen Dienst verschaffen können. Und Mortensen ...

Dass sie nicht begriffen hatte, was er wollte! Aber wie hatte er auf diese Idee kommen können, wo er sie doch zuletzt als Kind gesehen hatte?

Sie war kein Kind mehr.

Sie musterte sich in dem Spiegel, der an der langen Wand bei der Tür hing. Hinter der einen Schneiderpuppe konnte sie ihren Kopf ahnen. Ob ihn die goldenen Locken an ihren Wangen so entzückt hatten? Oder gab es noch mehr?

Na ja, auch Wilhelm hatte sie doch gemocht. Und der Fischerssohn aus Borgund. Und Andor August.

Aber Wilhelm hatte sich zurückgezogen.

Während Mortensen sie wollte ... obwohl er wusste ... dass sie doch nur ...

Es lag wohl an den Büchern, dachte sie, die hatten ihm das Gefühl gegeben, dass sie eine Gemeinsamkeit hatten. Es lag wohl weder an den Locken noch an anderen Äußerlichkeiten – sondern vielleicht daran, dass sie sich so nett unterhalten konnten, so sah er das wohl.

Aber das war doch etwas ganz anderes als Liebe?
Vielleicht wusste Mortensen nicht, was Liebe war? Denn woher sollte er das wissen, wo er nur gearbeitet und gespart hatte, jahraus, jahrein? Ab und zu hatte er doch die halbe Nacht arbeiten müssen.
Aber er hatte auch Romane gelesen ... wie den über den Mohn. Ach ja, Mortensen wusste sicher Bescheid. Dass man von der Liebe träumte und sich nach ihr sehnte.
Sie nähte einen Umhang und dann noch einen, und die ganze Zeit sah sie ihn vor sich, diesen erwachsenen Mann, denn so kam er ihr noch immer vor, sehr erwachsen. Sie wusste noch, wie er als Junge gewesen war, damals, als sie heimlich über seine Kleider gekichert hatte. Jetzt gab es keinen Grund mehr, ihn auszulachen. Er trug gut geschnittene Kleidung. Und einen schönen schwarzen Hut. Er hatte eine klangvolle Stimme. Und strahlte Wärme aus. Außerdem war auf ihn Verlass. Bestimmt hatte er sein Versprechen, dem Stiefvater nichts von Sigmund zu erzählen, nicht gebrochen, denn dann hätte Borgwad doch niemals ...
Aber sie liebte ihn nicht.
Sie konnte sich nicht vorstellen, seinen Blick so zu erwidern wie die Pastorenfrau ... Obwohl er hübscher war als Wilhelm. Er hatte einen schönen Mund. Und so liebe Augen. Blau, ja, sie waren blau. Und seine Haare waren braun, nicht richtig dunkel, aber auch nicht besonders hell. Und sie waren dicht, glaubte sie. Nicht schütter, wie Borgwads. Aber der Lehrer war ja auch schon viel älter.
Doch, er war schon ein flotter Mann, dieser Kommis, mit seinen breiten Schultern, denn die hatte er, breite Schultern und einen kräftigen Körper, wie ein Fischer, dachte sie. Aber das war er nicht. Hochgewachsen war er auch. Ihr fiel ein, wie er sich immer hatte bücken müssen, um die niedrige Tür des Gerbers zu passieren, die Tür zum Buchladen.
Aber sie liebte ihn nicht. Sie wäre nie auch nur auf den Gedanken gekommen, dass das möglich sein könnte.

Sie sah die anderen Frauen im Saal an, ihre über den Stoffen zusammengekniffenen Augen, sah Karen Amalie, die sich die Arbeit bisweilen dicht vors Gesicht halten musste. Sie schien einen krummen Rücken zu haben, obwohl das gar nicht stimmte. Aber bald würde es wohl so sein, nach einigen weiteren Jahren hier in der Nähstube, so wie sie saß.
Aber es ist doch ein Lebensunterhalt, dachte sie.
Ein Lebensunterhalt für Karen Amalie und für die drei anderen.
Auf ewige Zeit, dachte sie.
Für Karen Amalie, die nicht einmal auf Herø war, dachte sie.
Sollte auch sie selber so sitzen bleiben, für immer?
Und wenn es so käme, dann wäre das ihr eigene Entscheidung. Das wusste sie jetzt. Und sie war nicht mehr wütend, nicht auf ihren Stiefvater und auch auf keinen anderen. In ihr wuchs nun etwas ganz anderes, und plötzlich fiel ihr Andor ein, und ihre Hände umklammerten den Stoff in ihrer Hand.
Andor August, der sie ebenfalls hatte heiraten wollen. Das hatte sie fast vergessen, hatte den ganzen Menschen vergessen, hatte ihn aus ihrem Gedächtnis getilgt, diesen jungen Mann und seine Bitterkeit. Aber jetzt war alles wieder da, die Verbitterung und der Bäcker selber.
Nein, jammerte es in ihr. Nein!
Denn das Leben … Es wirkte so glatt, wie es vor ihr lag, so ganz ohne Licht außer dem, das durch die Fenster der Nähstube fiel. Und die Liebe … die musste doch anders aussehen … wenn sie ihr erst begegnete …

Fort von zu Hause, in einem Boot, den Wind im Gesicht

Von draussen her drang das Geschrei der Seevögel zur Frau des Lehrers durch. Sie stand am Fenster und schaute auf das Meer und auf ein Schiff, das den Hafen verlassen hatte. Es war kein Achter. Es war ein größeres Fahrzeug. Und sie hatte dieses Schiff vor Augen, während sie die Ruderschläge eines Achters hörte, während sie vor sich einen Mann sah, einen jungen rudernden Mann.

Fort von hier, sang es in ihr. Fort, fort!

Und ein innerer Jubel erfüllte sie, ihrer Tochter wegen, der sie endlich etwas hatte geben können, etwas, das alles Verlorene vielleicht ausglich.

Die magere Frau lehnte ihre Schulter gegen die Wand. Sie wusste, dass sie nicht lange stehen konnte, aber sie hatte sich diesen kurzen Blick auf Meer und Schiff so sehr gewünscht.

Hinter ihr spielten die jüngsten Söhne mit einem kleinen Holzpferd. Wer hatte das geschnitzt? Nicht der Mann mit den zwei linken Händen. Sondern ein anderer. Einer, der es einst in eine Tasche gesteckt hatte. In ihre eigene braune Tasche, die damals ziemlich neu gewesen war. Damals hatte sie Kleider enthalten, die wenigen Kleidungsstücke der Tochter, nachdem die Kleine einige Zeit woanders gewohnt hatte. Und ein Wesen mit einem großen runden Kopf hatte das Holzpferd dazwischengesteckt.

So war es von Haus zu Haus gebracht worden. Sara und Oskar hatten es in den Händen gehabt, während seltsame Dinge gemurmelt worden waren. Sara hatte gemurmelt, nur sie, das wusste die Mutter jetzt. Und diese Tochter hatte ihre Worte später offenbar wiederholt, einer anderen gegenüber, der kleinen Maren, die sie sich eingeprägt und weitergegeben hatte. Es waren wunderliche Märchen für kleinere Geschwister, für immer neue kleine Geschwister, die von einer älteren Schwester getröstet werden mussten.

Voller Verwunderung hatte die Mutter sie damals gehört, und mit neuer Verwunderung hörte sie sie jetzt von Arnold und Hugo: Denn die Königin ist in einem Boot davongefahren. Und wenn sie an Land geht, steht das Pferd bereit. Und auf seinem Rücken liegt ein schönes Tuch, aus Samt wie eine sanfte Nacht.

In Gedanken hörte sie den Wind in einem Segel.

Und sie sah den jungen Mortensen vor sich, der so schüchtern als Brautwerber angetreten war. Und doch nicht ganz so schüchtern, denn als er sich dann gesetzt hatte, hatte er über seine Pläne und Träume erzählt.

Ihm war der Borgwads gegenüberstehende Sessel angeboten worden. Sie selber hatte zwischen den beiden Männern gesessen, auf dem Sofa.

Und der Gast hatte Zahlen vorgelegt, das, was er besaß, das, was er vielleicht leihen musste, das, was er brauchte, um Erfolg zu haben. Er hatte erwähnt, welche Beziehungen er hatte, um sich selbständig zu machen. In Trondhjem.

Borgwad war unruhig hin und her gerutscht. So hatte er sich das wirklich nicht gedacht. Und er hatte immer wieder seine Frau angesehen, mit Blicken voller alter Worte, alter Sätze, die er immer wieder gesagt hatte, nachdem Hugo geboren und sie krank geworden war: Sara muss zurückkommen.

Er hatte gleich nach Weihnachten damit angefangen, nach Hugos erstem Weihnachtsfest, und hatte dann weitergemacht, als er sah, dass sie nicht wieder auf die Beine kam. Er hatte zur Näherin gehen und sie bitten wollen, das junge Mädchen aus dem Lehrvertrag zu entlassen.

Aber das geht doch nicht!, hatte seine Frau widersprochen. Ein Wort ist doch ein Wort!

Mit einer Kraft, die aus der Tiefe ihres Herzens stammte, hatte sie es geschafft, dem Mann zu widersprechen.
Und sie hatte es ihm ausreden können, bis auf weiteres. Und für das, was Borgwad als »Zwischenzeit« bezeichnete, hatten sie ein Mädchen angestellt. Denn der Mann hatte seine Absichten nicht verändert, obwohl er diesen Aufschub gewährt hatte: Wenn Sara erst in der Nähstube fertig ist, dann muss sie wieder herziehen und ihrer Mutter helfen, das ist klar.
Und über das Dienstmädchen hatte er wütend geflüstert: eine Fremde! Eine Fremde in unserem eigenen Heim! Die ich zu allem Überfluss auch noch bezahlen muss!
Aber es kostet doch gar nicht so viel, hatte seine Frau geantwortet. Und sie ist wirklich sehr tüchtig.
Nicht wie Sara, hatte der Ehemann gebrummt.
Wir brauchten mehr Platz, hatte er außerdem gebrummt. Wir brauchten eine eigene Dienstbotenkammer, hinter der Küche, damit sie nicht immer … nicht immer bei *uns* ist, in Hörweite … und nicht in Marens Bett!
Bei den Wohlhabenden schlief das Gesinde in einem anderen Teil des Hauses. Aber Borgwad war nicht wohlhabend, und das machte ihm sichtlich zu schaffen. Und er fühlte sich gehemmt dadurch, dass immer diese Fremde in der Nähe war, als könne auch das Mädchen Andrea vom oberen Fjord das sehen und darüber nachdenken und ihn in Gedanken vielleicht verachten, weil es bei ihm so klein und unfein zuging. So hatte die Frau erraten, dass der Mann sich in Gedanken heruntermachte, während er sich auf den nächsten Schultag vorbereitete, während er sich an der Orgel den Weg durch ein Notenblatt suchte.
Und er hatte sich auf den Sommer vor zwei Jahren gefreut, denn dann hatte er die Stieftochter holen wollen, damit sie sich um alles kümmerte, was ihm gehörte.
So war es dann aber doch nicht gekommen. Denn als der Pastor ihm von der Stelle auf Herø erzählt hatte, hatte der Glöckner natürlich keinen Widerspruch gewagt.

Aber dort kann sie doch nicht ewig bleiben, hatte er in der folgenden Zeit immer wieder gemurrt. Und da kann sie doch sicher kündigen, irgendwann ... wenn wir schreiben, dass wir sie brauchen.

Ich fühle mich jetzt schon besser, hatte die Frau darauf gesagt. Bald bin ich bestimmt wieder richtig gesund. Und dann können wir das Mädchen vielleicht entlassen.

Auf diese Weise war der Brief an Sara aufgeschoben worden, wieder und wieder.

Aber es ging ihr nicht besser. Und der Lehrer hatte gestrahlt, als Sara so plötzlich und unerwartet wieder aufgetaucht war. Er hatte zufrieden gelächelt, als er gehört hatte, dass sie wieder in der Nähstube arbeitete, wenn auch nicht fest, sondern nur als Gast der Jungfer.

Im Herbst, hatte er gelächelt. Zum Dingtag, da muss die andere sich einen neuen Dienst suchen. Sprich du mit dem Mädchen, hatte er sie gebeten, damit sie darauf vorbereitet ist.

Das hatte sie nicht getan. Noch gab es Geld, um diesen kleinen Lohn zu bezahlen. Dieses Geld würde noch für einige Jahre reichen, zusammen mit dem, was auf der Bank war, mit den Zinsen und dem Gehalt des Mannes ... Sie hatte in seinem Rechnungsbuch nachgesehen, wenn er in der Schule war. Der neue Ofen hatte natürlich Geld verschlungen, wie auch die schöne Uhr. Aber es würde noch reichen, sogar für das Schulgeld, wenn die beiden Jüngsten an die Reihe kämen, falls der Mann beim Bücherkauf nicht vollständig den Kopf verlor.

Doch dann war dieser Mortensen aufgetaucht. Und Borgwad war mit rotem Gesicht hin und her gerutscht.

Was Ihr nicht sagt, hatte er endlich herausgebracht, ein eigenes Geschäft. Das ist nicht wenig, nein ... und in Trondhjem, sagt Ihr ... Ja, mir ist durchaus aufgefallen, wie sehr Ihr ...

Der eine halbe Satz hatte den anderen gejagt, während der Mann schwitzte und sich wand und in den Reden des anderen nach Löchern und Unsicherheiten suchte: Nein, leicht wird das nicht ... dazu ist doch nicht wenig Kapital vonnöten ...

Der Bewerber hatte ihm höflich und offen geantwortet: So hatte er sich die Sache vorgestellt, so wollte er die Probleme lösen. Und wenn er nun sofort aufbrach – sowie der Hochzeitstag festgesetzt war –, um sich in der großen Stadt umzuhören ... Ja, der Konsul sei über seine Pläne informiert, ja, nicht über die Hochzeitspläne, sondern über das andere ...
Wir müssen uns die Sache überlegen, hatte Borgwad erklärt. Nein, gegen Euch haben wir nun wirklich nichts, das ist doch klar ... aber dennoch. Das kommt alles so plötzlich. Wir müssen uns Euren Antrag doch überlegen dürfen, meine Gattin und ich. Könntet Ihr nicht vielleicht in zwei Tagen noch einmal vorsprechen?

In der Nacht nach dem ersten Besuch des Bewerbers hatte sie nicht schlafen können, die Frau, die zwischen den beiden Herren gesessen und nur zugehört hatte. Er durfte seinen Willen nicht durchsetzen, Sara sollte ihr eigenes Leben haben. Sie sollte nicht wie früher werden. Zu einer, die sich unter dem Blick des Stiefvaters duckte. Stolz und aufrecht sollte sie sein, und einen roten Hut tragen. Arm in Arm mit dem jungen Jacob Mortensen sollte sie ihrer Wege gehen, weit von hier, durch die Straßen von Trondhjem.
Am nächsten Tag hatte sie in Gedanken gemurmelt, die Worte, die sie laut sagen musste, wenn die Kinder im Bett lagen, wenn sie unter vier Augen mit dem Mann sprechen konnte. Ängstliche kleine Sätze waren es anfangs gewesen. Dann wurden sie immer stärker und klarer: Sieben lebende Kinder habe ich geboren, Ole Borgwad! Aber in deinen gemieteten Kammern darf ich mich wohl nur um vier davon kümmern. Das Erbe meiner Ältesten hast du an dich gerissen. Jetzt redest du davon, dass Ole weiterstudieren und Lehrer werden soll. Von Saras Geld, Borgwad, während Sara ...
Sie hatte sich erbrechen müssen.
Das Mädchen Andrea war herbeigeeilt.
Danach hatte sie zitternd auf dem Sofa gesessen. Mit bleichem

Gesicht hatte sie den Mann und die Kinder begrüßt, als sie aus der Schule kamen. Ohne Appetit hatte sie mit den anderen am Küchentisch gesessen. Ohne Kraft. Als sei durch ihre harten, ungesagten Worte der letzte Rest davon verflogen.

Doch als die Kinder im Bett lagen und die Wohnzimmertür geschlossen war, hatte sie es dann doch geschafft. Mit einer Kraft, die aus ihrem Mark zu stammen schien, hatte sie gesprochen. Sie hatte dem Mann in die Augen geblickt, in seine feinfühlige Seele, die es einst gewagt hatte, sich einer Frau zu nähern, von der es in der ganzen Stadt nur eine gegeben hatte. Jetzt war sie wieder zu dieser Frau geworden, für einen Moment war sie das, eine, die nicht auf das Gerede der anderen achtete, weil manche Dinge über jedes Gerede erhaben waren, erhaben über Kleinlichkeit und Dummheit.

Sie war Sara Cold. Eine, die einem Vogt getrotzt hatte. Wer war dieser Lehrer mit dem feuchten Blick im Vergleich zum Vogt von Tingvoll?

Sollte er sie doch schlagen, wenn er wollte. Das machte ihn auch nicht größer.

Ich habe mich dir in jeder Hinsicht gefügt, Ole Borgwad, sagte ihre Stimme. Aber in dieser Sache füge ich mich nicht.

Am nächsten Abend hatte Mortensen die erhoffte Antwort erhalten. Die Frau hatte mit ihrem schmerzenden Leib stumm dabeigesessen, unsäglich müde und doch aufrecht, während der Mann dem Bewerber sein Ja erteilt hatte: Denn der wahren Liebe darf sich doch niemand in den Weg stellen, nein, wer darf das schon?

Mit gerührter Stimme hatte der Lehrer diese Worte gesprochen, und dann war die Sache mit einem Handschlag unter Männern besiegelt worden.

Drei Tage später hatte sie Maren zur Nähstube geschickt und der Tochter ausrichten lassen, sie solle abends vorbeischauen, denn dann war der Laden unten geöffnet.

Wieder hatten sie mit ihren Kaffeetassen dagesessen, allein so-

gar, denn Andrea besuchte eine Tante, die in der Nähe wohnte, und hatte die Kleinen mitgenommen.
Die Mutter hatte über die Hochzeit sprechen wollen.
Aber die Tochter hatte so merkwürdig düster dreingesehen.
Er hatte kein Recht dazu, murmelte sie.
Wer denn? Wovon redest du da?
Borgwad. Er hat doch wohl kein Recht über mich. Ich bin schließlich meine eigene Herrin. Ich bin nicht wie Marie Charlotte und die anderen Feinen ... Deren Väter können über sie bestimmen, aber nicht ... Ich entscheide selber, ob ich heiraten will!
Wie meinte sie das?
Die Mutter verstand sie nicht. Der Mann hatte Mortensen doch sein Ja gegeben. Hatte er seine Entscheidung danach wieder rückgängig gemacht? Hatte er etwa hinter ihrem Rücken ...
Was erzählst du mir da?, rief sie empört. Aber das geht doch nicht! Ein Wort ist doch ein Wort!
Nein, jammerte sie. Das wird ihm nicht gelingen!
Die Tochter schaute sie überrascht an. Was denn, Mutter?
Er will, dass du wieder herkommst. Das will er. Er will dich wieder hier haben. Du sollst mit deiner Schwester in der Kammer hausen. Um uns alle zu bedienen. Wie eine Magd, meine Sara, der er aber keinen Lohn zu bezahlen braucht.
Die Tochter starrte sie ungläubig an.
Aber ich will das nicht. Ich will dich nicht so klein sehen.
Aber Mutter ...
Ich will dich frei sehen, meine Sara. Und stolz. Und glücklich!
Aber Mutter!
Nein, widersprich mir nicht. Denn ich habe davon geträumt ...
Wovon hast du geträumt? Von mir und Herrn Mortensen?

In diesem Moment war es ihr so vorgekommen, als habe sie davon geträumt. Aber während der letzten Jahre waren Wachen und Schlafen für sie oft ineinander übergeglitten, wenn sie auf dem Sofa vor sich hin gedämmert hatte. Und ab und zu hatte ihr Wille, hier zu sein, in Borgwads Zimmern, einfach ausgesetzt. Sie hatte es zwar nicht gewollt, aber es waren andere Bilder aufgetaucht, von denen, die nicht mehr da waren, und sie hatte Sigmund gesehen, zumeist ihn, auf einem Schiff, in einem Hafen … Aber auch die Tochter, dort draußen auf Herø, jetzt, in der letzten Zeit, in einer Landschaft, die sie selber nie erlebt hatte, aber dennoch … Und einmal, einmal, als sie aus dem flimmernden Halbtraum herausgerissen worden war, da hatte sie die beiden gesehen, den Sohn und die Tochter, hatte sie zusammen gesehen, in einem freudigen Wiedersehen.

Und dann war ihr aufgegangen, dass dies nun passieren könnte, durch Jacob Mortensen, den jungen Handelsmann, der sich selbständig machen wollte.

Sie hatte der Tochter diese Bilder gegeben, die Bilder eines Traumes: Ich habe es gesehen, wie du mit deinem Mann nach Kopenhagen reist, um deinen Bruder zu treffen.

Das Gesicht der jungen Frau hatte sich verändert. Das Düstere war verschwunden. Sie schien den Hals zu recken und in etwas hineinzuschauen, in eine Zukunft. Und ihr Blick wirkte hell und verwundert.

Die Träume sind die Reden, die der Herr für die Menschen hält, hatte sie gesagt.

Zweimal hatte sie das gesagt, und dazwischen hatte sie die Tasse an den Mund gehoben, ohne zu trinken, mit zitternder Hand.

Wenn Borgwad also etwas anderes verlangt, dann musst du ihm widersprechen, hatte die Mutter gesagt. Versprichst du mir das?

Ja, hatte die Tochter gemurmelt, noch immer mit diesem verwunderten Blick.

Dann war sie erschöpft in sich zusammengesunken, die Frau mit den Schmerzen im Leib. Ehe der Mann nach Hause gekommen war, war sie zu Bett gegangen. Doch als kurz darauf die Verlobung bekannt gegeben wurde, wusste sie, dass sie gesiegt hatte.

Und Borgwads Frau hatte sich in der folgenden Zeit gerade gehalten, jedenfalls dann, wenn der Mann zu Hause gewesen war. Er durfte nicht glauben, es gehe ihr schlecht, er musste denken, sie sei auf dem Weg der Besserung, unter der Sommersonne, in dem milden Wetter.

Bis die Tochter verheiratet war, musste er das glauben.

Jetzt war es so weit.

Und jetzt waren sie unterwegs.

Weit draußen konnte sie das Schiff ahnen. Dort standen sie an Deck, das wusste sie, eine junge Frau und ihr Ehemann. Er würde sich gut um sie kümmern. Man kann es einem Menschen an den Augen ansehen, dachte sie, aus welchem Stoff er ist. Jacob Mortensen war aus gutem Stoff. Das hatte sie gesehen.

Sie musste für einen Moment die Augen schließen. Aber noch stand sie da. Sie würde stehen bleiben, bis das Boot nicht mehr zu sehen wäre. Sie schaffte es aber nur mit großer Mühe. Wo sind wohl die Kleinen, dachte sie vage. Die waren sicher in der Küche. Und die beiden anderen waren in der Schule. Der kleine Ole mit der klaren Singstimme. Die kleine Maren, die so groß und tüchtig war. Bald würde sie fast alle Aufgaben übernehmen können, wenn das sein müsste.

Aber es gab noch Geld, um das Mädchen zu bezahlen.

Von Saras Erbe. Und Oskars.

Und sie dachte das, was sie in letzter Zeit immer wieder gedacht hatte. Dass sie irgendwann einmal … Dass sie die Kraft finden würde, durch den Ort zu gehen, um ihn zu sehen, ihren kleinen Oskar, um zu sehen, wer er geworden war, um ihn um Verzeihung zu bitten, um sein Kind an sich zu drücken, wenn er ihr das erlaubte …

Ob sie das wohl noch schaffen würde?
Sie würde Andrea bitten, sie zu begleiten, als Stütze.

Wieder stand sie mit offenen Augen da, um einen letzten Blick auf das zu werfen, was dort draußen durch das nasse Blau glitt. Und wieder sah sie zwei Hände, die ruderten, die sie fortruderten, fort von etwas Bösem, hin zu etwas Gutem.
Und in ihr sang es. Fort von hier, sang es. Fort, fort.

Toril Brekke

Die Asche der Vergangenheit

Roman

In der Weltabgeschiedenheit eines norwegischen Fjords verbringt Ib, der alte Däne, seinen Lebensabend beim Fischen und Philosophieren. Eine flügellahme Möwe ist seine einzige Begleiterin. Doch dann zieht eine allein stehende Frau ins Nachbarhaus ein. Sie heißt Marie, wie Ibs erste große Liebe, damals vor vielen Jahren, am Ende des Krieges …

Mit einer feinfühligen Sprache und symbolstarken Bildern webt Toril Brekke die Geschichte einer späten Liebe zu einem schmerzvollen, schönen Ganzen. Ihr Roman ist Zeitgemälde, Familiengeschichte und Generationenporträt in einem.

»Der Erzählstil des Buches spiegelt das Gelassene
und Unaufgeregte des norwegischen Lebensrhythmus.
Am Fjord hat man Zeit, und man nimmt sich Zeit.
Ein gefühlsintensiver Roman.«
Neue Zürcher Zeitung

Toril Brekke
Linas Kinder

Roman

Mit 17 Jahren begegnet Lina dem zwölf Jahre älteren Anton, der in einer Mittsommernacht an einem Fjord zum Tanz aufspielt. So nimmt die Geschichte einer Spielmannsfamilie ihren Lauf, die Toril Brekke, Literaturpreisträgerin und PEN-Präsidentin aus Norwegen, über mehrere Generationen hinweg erzählt. Und sie versteht es meisterhaft, die Fäden der einzelnen Lebensgeschichten miteinander zu verknüpfen.

»Ein großes Epos voller Farbigkeit.«
Oldenburgische Volkszeitung